HEYNE BÜCHER

SCIENCE FICTION

Herausgegeben
von Wolfgang Jeschke

Von HARRY HARRISON erschienen in der Reihe
HEYNE SCIENCE FICTION & FANTASY:

Retter einer Welt · 06/3058
Der Daleth-Effekt · 06/3352
Das Prometheus-Projekt · 06/3730

›STAHLRATTEN‹-ZYKLUS:

Agenten im Kosmos · 06/3083
— auch als Sonderausgabe · 06/3928
Rachezug im Kosmos · 06/3393
— auch als Sonderausgabe · 06/3974
Ein Fall für Bolivar diGriz, die Stahlratte · 06/3417
Jim diGriz, die Edelstahlratte · 06/3678
Macht Stahlratte zum Präsidenten! · 06/4096

Neuausgabe des kompletten Zyklus:

Die Geburt einer Stahlratte · 06/4487
Stahlratte wird Rekrut · 06/4488
Stahlratte zeigt die Zähne · 06/4489
Stahlratte schlägt zurück · 06/4490
Stahlratte rettet die Welt · 06/4491
Stahlratte will dich · 06/4492
Macht Stahlratte zum Präsidenten! · 06/4493

›TODESWELTEN‹-TRILOGIE:

Die Todeswelt · 06/3067
Die Sklavenwelt · 06/3069
Die Barbarenwelt · 06/3136

zusammen in einem Band:

Todeswelten · 06/55

›ZU DEN STERNEN‹-TRILOGIE:

Heimwelt · 06/3910
Radwelt · 06/3911
Sternwelt · 06/3912

zusammen in einem Band: Zu den Sternen · 06/4695

in der BIBLIOTHEK DER SCIENCE FICTION LITERATUR:

New York 1999 · 06/26
Todeswelten · 06/55

HARRY HARRISON

ZU DEN STERNEN

HEIMWELT
RADWELT
STERNWELT

Drei Romane in einem Band

Sonderausgabe

herausgegeben von
Wolfgang Jeschke

WILHELM HEYNE VERLAG
MÜNCHEN

HEYNE SCIENCE FICTION & FANTASY
Band 06/4695

Sonderausgabe der Bände:

Heimwelt
(HOMEWORLD)
(HEYNE-BUCH Nr. 06/3910)

Radwelt
(WHEELWORLD)
(HEYNE-BUCH Nr. 06/3911)

Sternwelt
(STARWORLD)
(HEYNE-BUCH Nr. 06/3912)

Deutsche Übersetzungen von Thomas Schlück
Das Umschlagbild schuf Barcley Shaw

2. Auflage

Redaktion: Wolfgang Jeschke

Printed in Germany 1990
Umschlaggestaltung: Atelier Ingrid Schütz, München
Satz: Schaber, Wels
Druck und Bindung: Ebner Ulm

ISBN 3-453-04277-8

Inhalt

DER ERSTE ROMAN

Heimwelt

HEIMWELT
erschien ursprünglich als HEYNE-BUCH Nr. 06/3910
Titel der amerikanischen Originalausgabe
HOMEWORLD

Deutsche Übersetzung:
Thomas Schlück

1

»Eine Monstrosität ist das, eine unmögliche Mischung uralter Leitungen, ausgeleierter Ventile und modernster Elektronik! Den ganzen Laden sollte man in die Luft jagen und von grundauf neu errichten!«

»So schlecht ist es auch wieder nicht, Euer Ehren, davon bin ich überzeugt.« Radcliffe rieb sich mit dem Handrücken über die gerötete Nase und hob schuldbewußt den Blick, als er feuchte Streifen darauf feststellte. Der großgewachsene Ingenieur neben ihm hatte nichts bemerkt; unauffällig rieb sich Radcliffe am Bein trocken. »Alles funktioniert, wie stellen besten Alkohol her ...«

»Die Fabrik läuft – aber nur eben.« Jan Kulozik war erschöpft, und in seiner Stimme lag ein scharfer Klang. »Die Verpackungsdüsen müßten ausnahmslos ersetzt werden, sonst sprengt sich die Anlage noch ohne mein Zutun in die Luft. »Schauen Sie sich doch die Lecks an, überall Pfützen von dem Zeug!«

»Ich lasse sofort saubermachen, Euer Ehren.«

»Das meine ich nicht. Die Ursache für die Lecks muß beseitigt werden. Tun Sie etwas Konstruktives, Mann! Das ist ein Befehl.«

»Wie Sie befehlen. Es soll geschehen.«

Gehorsam neigte Radcliffe den Kopf; er zitterte. Jan blickte auf den schütter werdenden Schädel des Mannes, auf den Streifen der Schuppen im fettigen Haar, und empfand Widerwillen. Diese Leute lernten es nie. Sie hatten keinen eigenen Gedanken im Kopf; selbst wenn man ihnen genaue Anweisungen gab, machten sie meistens Unsinn. Dieser Fabrikleiter war etwa so funktionsfähig wie die Sammlung aus uralten Fraktionierungstürmen, Gärungswannen und rostigen Röhren, aus denen die Produktionsstätte für pflanzlichen Treibstoff bestand. Die automatischen Kontrollen einzubauen, wollte ihm als reine Zeitverschwendung erscheinen.

Durch hohe Fenster drang kaltes Winterlicht herein und machte die Umrisse der Anlage vage erkennbar; Lampen warfen gelbe Pfützen auf den Boden. Ein Arbeiter schlurfte in sein Blickfeld, hielt inne und kramte in seinen Taschen herum. Die Bewegung erweckte Jans Aufmerksamkeit.

»Der Mann dort – halt!« rief er.

Das Kommando hallte laut durch die Werkhalle. Der Arbeiter hatte von der Anwesenheit des Ingenieurs nichts geahnt. Er ließ das Streichholz fallen – noch ehe er den Joint anzünden konnte –, und die Flamme fiel in die Pfütze zu seinen Füßen. Blaue Flammen loderten empor.

Jan stieß den Mann energisch zur Seite; er sprang auf den Feuerlöscher zu, riß ihn aus der Halterung und betätigte im Laufen den Bedienungsknopf. Der Arbeiter stampfte heftig in der Pfütze brennenden Alkohols herum und erreichte damit nur, daß sich der Brand noch weiter ausdehnte.

Schaum fauchte aus der Mündung des Feuerlöschers, und Jan richtete den Strahl nach unten, führte ihn im Kreis. Im Nu war der Brand gelöscht, nur die Hose des Arbeiters glimmte noch. Jan richtete den Schaumstrahl auf die Beine des Mannes und in einem Anflug von Zorn höher auf die Brust und ins Gesicht, das sofort von einer weißen Schicht überzogen war.

»Sie sind ein Dummkopf, ein unsäglicher Dummkopf!«

Jan drehte das Gerät ab und warf es zu Boden. Der Arbeiter wischte sich keuchend die Augen; Jan verfolgte ungerührt die Szene.

»Sie wissen, daß Rauchen hier verboten ist. Man muß es Ihnen oft genug gesagt haben. Außerdem stehen Sie direkt unter einem Schild, das das Rauchen verbietet!«

»Ich ... ich kann nicht so gut lesen, Euer Ehren.« Der Mann würgte und spuckte die bittere Löschflüssigkeit aus.

»Nicht so gut, und vermutlich überhaupt nicht. Sie sind entlassen. Verschwinden Sie von hier!«

»Nein, bitte, Euer Ehren, sagen Sie das nicht!« jammerte der Mann. Der Schmerz in seinen Augen war vergessen, der Mund war ein verzweifelt klaffendes O. »Ich habe schwer gearbeitet ... meine Familie ... jahrelang arbeitslos ...«

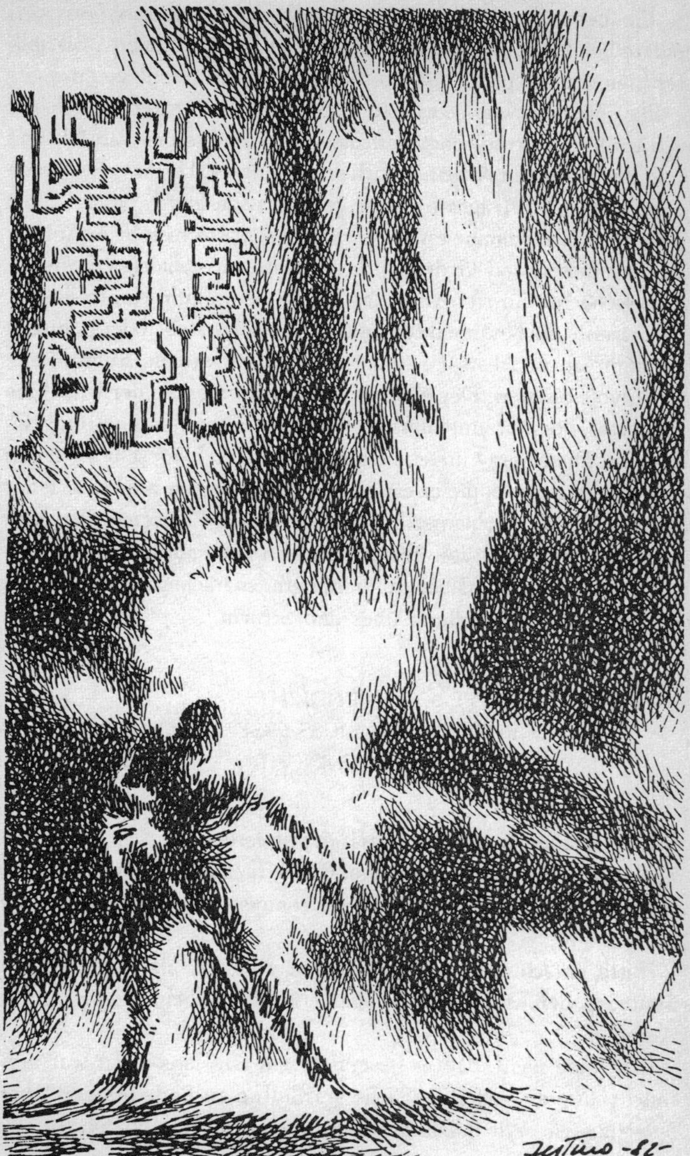

»Ein Leben lang arbeitslos«, sagte Jan kalt, und sein Zorn verpuffte beim Anblick des Mannes, der im Schaum kniete. »Sie sollten mir dankbar sein, daß ich Sie nicht wegen Sabotage anzeige.«

Die Situation war geradezu unmöglich. Jan entfernte sich mit schweren Schritten, ohne auf die stieren Blicke des Fabrikleiters und des stummen Arbeiters zu achten. Unmöglich! Am ehesten im Kontrollraum erträglich. Dort war die Lage etwas besser. Dort konnte er sich beinahe entspannen und sogar lächeln beim Anblick der schimmernden Ordnung des von ihm installierten Systems. Kabelschächte führten von allen Seiten heran zum Kontrollgerät. Er bediente die Knöpfe des Kombinationsschlosses in der richtigen Reihenfolge und ließ die Abdeckung aufschwingen. Stumm, elegant, vollkommen. Der Mikrocomputer im Herzen der Maschine steuerte alles mit unendlicher Präzision. Das Terminal hing im Futteral an seinem Gürtel. Er hakte es aus und stöpselte es in den Computer, dann tippte er etwas ein. Unverzüglich belebte sich der Schirm. Keine Probleme, hier gab es keine Probleme. Das galt allerdings nicht für den übrigen Bereich der Fabrik. Als er einen allgemeinen Zustandsbericht verlangte, marschierten die Zeilen der optischen Darstellung über den Schirm.

VENTILGRUPPE 376-L-9 UNDICHT
VENTILGRUPPE 389-P-6 MUSS ERSETZT WERDEN
VENTILGRUPPE 429-P-8 UNDICHT

Es war alles durch und durch deprimierend, und er leerte den Schirm mit kurzem Kommando. Radcliffe stand hinter ihm in der offenen Tür und meldete sich mit ruhiger, respektvoller Stimme zu Wort.

»Bitte entschuldigen Sie, Ingenieur Kulozik, aber es geht um Simmons, den Mann, den Sie eben entlassen haben. Er ist ein guter Arbeiter.«

»Ich finde nicht, daß er besonders gut ist.« Jans Zorn war verraucht, und er wollte die Sache vernünftig zu Ende bringen, aber entschlossen. »Wir haben bestimmt genügend Kandidaten für seinen Posten. Jeder davon ist bestimmt genausogut wie er – wenn nicht besser.«

»Er hat jahrelang studiert, Euer Ehren. Jahrelang. Um von der Arbeitslosenunterstützung wegzukommen. Das will doch etwas heißen.«

»Daß er das Streichholz angezündet hat, zeigt noch viel mehr. Tut mir leid. Ich bin kein grausamer Mensch. Aber ich denke an Sie und die anderen hier. Was würden Sie tun, wenn er *Ihre* Arbeitsstellen niederbrennte? Sie sind hier der Leiter, Radcliffe, und so müssen Sie denken. Es mag Ihnen schwerfallen und von außen auch nicht richtig erscheinen, aber eine andere Möglichkeit gibt es nicht. Sie sind doch meiner Meinung, oder?«

Der Mann zögerte einen Sekundenbruchteil lang, aber dann antwortete er: »Natürlich haben Sie recht. Es tut mir leid, daß ich Sie belästigt habe. Ich schaffe ihn hier raus. Seinesgleichen hat hier nichts verloren.«

»So ist's recht.«

Jan wurde durch ein leises Summen und ein rotblitzendes Licht auf der Kontrolleinheit abgelenkt; Radcliffe blieb an der Tür stehen. Der Computer hatte einen Fehler entdeckt und wollte Jan verständigen. Die Information wurde optisch dargestellt.

> VENTILGRUPPE 928-R-9 AUSGEFALLEN. ZUSTAND: GEÖFFNET. ABSCHOTTUNG ZUR AUSWECHSLUNG VERANLASST.

»928-R. Das kommt mir doch irgendwie bekannt vor.« Jan gab die Information in seinen Privatcomputer ein und nickte. »Richtig vermutet. Das Ding hätte schon letzte Woche ausgetauscht werden müssen. Ist das geschehen?«

»Ich muß in den Unterlagen nachsehen.« Radcliffe war bleich.

»Ersparen Sie sich die Mühe. Wir wissen beide, daß nichts geschehen ist. Ziehen Sie los, holen Sie ein Ventil! Wir erledigen das auf der Stelle!«

Mit einem elektrischen Schraubenzieher löste Jan persönlich die festen Verschraubungen und nahm den Motor ab. Die Befestigungen waren rostverkrustet. Typisch. Anscheinend war es zu mühsam gewesen, sie einzufetten, ehe sie angezogen wurden. Jan trat zur Seite und verfolgte aufmerksam, wie die schwitzenden Prols das alte Ventil aushängten und dabei von der aus den Rohrstutzen laufenden Flüssigkeit durchnäßt wurden. Als die neue Gruppe unter seinem wachsamen Auge eingepaßt und befestigt worden war – diesmal wurde keine schlechte Arbeit geleistet –, schraubte er den Motor an. Die Arbeit lief zügig und ohne überflüssiges Gerede ab, und kaum war die Ventilgruppe wieder funktionsfähig, nahmen die Arbeiter ihre Werkzeuge und entfernten sich. Jan kehrte in den Kontrollraum zurück, um die blockierte Sektion zu öffnen und die Fabrik wieder anlaufen zu lassen. Noch einmal ließ er sich den Zustandsbericht vorführen, dann fertigte er davon einen Abdruck. Als der Bogen aus dem Drucker geglitten war, ließ er sich in einen Stuhl sinken und ging die Liste sorgfältig durch; dabei hakte er die Posten ab, die vordringlich erledigt werden mußten. Er war ein großer, beinahe lässig wirkender Mann Ende Zwanzig. Die Frauen hielten ihn für gutaussehend – einige hatten sich in dieser Richtung geäußert –, doch er fand das nicht weiter wichtig. Sie waren eine hübsche Annehmlichkeit, hatten aber ihren Platz in seinem Leben – und der war unmittelbar hinter der Mikroschalt-Technik, die er studiert hatte. Beim Lesen pflegte er die Stirn zusammenzuziehen, so daß sich zwischen seinen Augen eine tiefe Falte eingegraben hatte. Diese Falte war jetzt beim zweiten Durchgang durch die Liste besonders ausgeprägt – bis plötzlich ein breites Grinsen auf seinem Gesicht erschien.

»Geschafft – so gut wie geschafft!«

Der Auftrag, den er hier in der Walsoken-Fabrik hatte, war theoretisch eine Kleinigkeit gewesen, doch die Arbeit hatte sich endlos in die Länge gezogen. Im Herbst war er eingetroffen, um das Kontrollzentrum zu installieren, mit Unterstützung von Buchanan, der ausgebildeter Hydraulik-Ingenieur war. Aber Buchanan hatte das Pech – eigentlich eher Glück –, eine Blinddarmentzündung zu bekommen: ein Ambulanz-Kopter hatte ihn fortgebracht, und er war nicht wieder in Erscheinung getreten. Ebensowenig wie sein Ersatzmann. So hatte Jan nicht nur den Einbau seiner Elektronik überwachen müssen, sondern auch den der mechanischen Teile, und der Herbst war in den Winter übergegangen, ohne daß ein Ende seiner Pflichten abzusehen war.

Nun aber schien die Sache gelaufen zu sein. Alle wesentlichen Einbauten und Reparaturen waren vorgenommen worden; die Fabrik lief. Und er konnte seine Fesseln abstreifen. Zumindest für einige Wochen – der Fabrikleiter mußte eben sehen, wie er allein zurechtkam.

»Radcliffe, kommen Sie herein! Ich habe Ihnen etwas Interessantes mitzuteilen.«

Die Worte dröhnten aus jedem Lautsprecher im Gebäude, pflanzten sich hallend und widerhallend fort. Sekunden später waren hastige Schritte zu hören, und schweratmend eilte der Leiter in das Büro.

»Ja ... Euer Ehren?«

»Ich gehe. Heute noch. Starren Sie mich nicht an, Mann! Ich hätte angenommen, daß Sie sich darüber freuen würden. Der überalterte Wodka-Laden ist wieder in Schuß und müßte auch weiter funktionieren, wenn Sie sich um die Instandsetzungen kümmern, die hier auf der Liste stehen. Ich habe den Computer über das Netz an die Treibstoffkonzent gehängt, wo die Abläufe überwacht werden. Sollten Probleme auftauchen, kommt sofort jemand angelaufen. Aber ich rechne nicht mit Problemen, Radcliffe, oder hätte ich Grund dazu?«

»Nein, Sir, natürlich nicht. Wir werden unser Bestes tun, Sir, vielen Dank!«

»Das hoffe ich. Und daß Ihr Bestes ein bißchen besser ist als bisher! Ich kehre so schnell wie möglich zurück, um mir die Leistung anzusehen und die Liste der abgeschlossenen Arbeiten zu überprüfen. Wenn Sie nicht noch etwas haben, werde ich jetzt hier verschwinden.«

»Nein, nichts, Sir.«

»Also gut. Sorgen Sie dafür, daß es so bleibt!«

Jan scheuchte den Fabrikleiter mit einer Handbewegung hinaus und löste seinen Terminal und Computer und verstaute beides in seinem Koffer. Seine Bewegungen zeugten zum erstenmal von einem gewissen Eifer, als er den fellgefütterten Mantel anzog und die Handschuhe überstreifte. Ein kurzer Halt im Hotel, um seine Sachen zu packen, dann ade! Lautlos pfiff er durch die Zähne, als er durch die Tür in das Dämmerlicht des Spätnachmittags hinauseilte. Der Boden war hartgefroren, und Schneegeruch lag in der Luft. Sein rotschimmernder Wagen war der einzige Hauch von Farbe in der öden Landschaft. Kranke Felder erstreckten sich auf allen Seiten stumm unter dem bedrückenden grauen Himmel. Die Treibstoffkammer zündete sofort, als er den Schlüssel drehte; das Heizgebläse erwärmte das Innere mit einem Lufthauch. Langsam fuhr er über die festgefrorenen Spuren im Hof und auf die gepflasterte Straße hinaus.

Früher war hier ein Moor gewesen, das man längst trockengelegt und umgepflügt hatte. Es existierten aber noch einige der alten Kanäle, und Wisbech war noch immer Binnenhafen. Jan war froh, endlich hier herauszukommen. Das Packen kostete ihn zehn Minuten – er reiste gern unbeschwert –, und der Geschäftsführer des Hotels hielt ihm die Tür auf, verneigte sich und wünschte ihm eine gute Reise.

Unmittelbar vor der Stadt begann die Autobahn. Die Polizeistreife an der Auffahrt salutierte, und er antwortete mit einer lässigen Armbewegung. Sobald er das automatisierte Straßennetz erreicht hatte, schaltete er auf Selbstführung, indem er LONDON AUSFAHRT 74 als Ziel angab. Diese Information wanderte von dem Sender unter dem Wagen in das Kabel unter der Straßenfläche und von dort zum Straßencomputer, der ihm eine Steuerroute ermittelte und in Mikrosekunden das Kommando an das Fahrzeug zurückgab. Die elektrischen Schwingmotoren beschleunigten gemächlich auf die üblichen 240 Stundenkilometer, bis die Landschaft in der zunehmenden Dämmerung zu einem verwischten Hauch geworden war. Jan verspürte nicht den Wunsch hinauszublicken. Vielmehr entrastete er seinen Sitz und drehte ihn nach hinten. Im Barfach erwarteten Whisky und Wasser seinen Knopfdruck. Der Fernsehschirm erwachte und zeigte eine farbenfrohe und laute Produktion von Peter Grimes. Jan konzentrierte sich einen Augenblick darauf und bewunderte die Sopransängerin nicht nur wegen ihrer Stimme – und versuchte darauf zu kommen, an wen sie ihn erinnerte.

»Aileen Pettit – natürlich!« Die Erinnerung erfüllte ihn mit einem Gefühl der Wärme; wenn sie nur frei war! Seit ihrer Scheidung hatte sie schließlich nicht viel zu tun. Eigentlich mußte sie die Gelegenheit willkommen heißen, mit ihm auszugehen. Dem Gedanken folgte die Tat. Er drückte den Knopf, der ihm das Telefon verschaffte, und tippte ihre Nummer ein. Es klingelte nur zweimal, dann meldete sie sich.

»Jan! Wie schön, daß du anrufst!«

»Wie schön, daß du zu Hause bist. Hast du Kummer mit deiner Kamera?« Er deutete auf seinen dunklen Schirm.

»Nein, ich habe abgeblendet. Du hast mich in der Sauna erwischt.«

Gleichzeitig erwachte der Schirm zum Leben, und sie lachte über seinen Gesichtsausdruck. »Hast du noch nie eine nackte Frau gesehen?«

»Wenn, dann habe ich es vergessen. Wo ich herkomme, hat es keine Frauen gegeben. Wenigstens keine, die so strahlend naß ist wie du. Ehrlich, Aileen, ich könnte vor Freude in Tränen ausbrechen. Du bist der wunderschönste Anblick auf der Welt!«

»Mit Schmeichelei kommt man weit.«

»Und du kommst mit. Bist du frei?«

»Immer frei, mein Schatz, aber es hängt natürlich davon ab, was du vorhast.«

»Sonnenschein. Heiße Sonne, warmes Meer, etwas Gutes zu essen, eine Kiste Champagner und dich. Was sagst du dazu?«

»Ich finde, das hört sich ausgesprochen gut an. Mein Bankkonto oder das deine?«

»Alles auf meine Kosten. Nach diesem Winter in der Wildnis habe ich etwas Gutes verdient. Ich kenne da ein kleines Hotel in der Wüste an der Küste des Roten Meeres. Wenn wir morgen früh abreisen, sind wir schon ...«

»Bitte keine Einzelheiten, mein Schatz. Ich tauche jetzt wieder in meine Sauna und erwarte dich dort. Laß dir nicht zuviel Zeit!«

Sie unterbrach die Verbindung, und Jan lachte laut auf. Ja, das

Leben würde sich viel angenehmer gestalten als in den letzten Wochen. Er trank seinen Scotch aus und schenkte sich einen zweiten ein.

Das gefrorene Moor war bereits aus seinen Gedanken verschwunden.

Er wußte nicht, daß Simmons, der Mann, den er entlassen hatte, nie wieder Arbeitslosengeld beziehen würde. Er beging etwa um die Zeit Selbstmord, als Jan London erreichte.

2

Tief unten trieb der runde Schatten des riesigen Flugschiffes langsam über die Fläche des Mittelmeeres, dann über den Strand und die Wüste. Die Elektromotoren liefen lautlos, das einzige Geräusch war das Sirren der Propeller. Sie waren winzig und beinahe unsichtbar unter der dicken Untertassenform der *Strandhüpfer,* denn ihre einzige Aufgabe bestand darin, das Luftschiff vorwärtszutreiben. Den Auftrieb lieferten riesige Heliumbehälter unter der straffen Außenhaut. Die ganze Konstruktion machte einen vorzüglichen Transporter aus, der nur wenig Treibstoff verbrauchte.

Die Fracht bestand aus riesigen Bündeln schwarzer Röhren, die unter dem Flugkörper befestigt waren. Viele Tonnen Röhren. Die *Strandhüpfer* beförderten aber auch Passagiere, die am Bug in Kabinen untergebracht waren.

»Ein unglaublicher Ausblick«, sagte Aileen. Sie saß vor dem schrägen Fenster, das die gesamte Vorderwand der Kabine einnahm, und schaute zu, wie die Wüste unter ihnen vorüberwanderte. Jan hatte sich auf dem Bett ausgestreckt und nickte stumm – allerdings nahm er dabei den Blick nicht von ihr. Sie kämmte ihr schulterlanges kupferrotes Haar, die ausgestreckten Arme ließen ihre bloßen Brüste emporsteigen, ihr lieblicher Rücken war zurückgeneigt.

»Unglaublich«, sagte er, und sie lachte, legte den Kamm fort, setzte sich neben ihn und gab ihm einen Kuß.

»Willst du mich heiraten?« fragte Jan.

»Nein, vielen Dank der Nachfrage. Meine Scheidung ist noch keinen Monat alt. Ich möchte meine Freiheit noch ein Weilchen genießen.«

»Dann frage ich dich nächsten Monat noch einmal.«

»Tu das ...« Die melodische Glocke unterbrach sie, und die Stimme des Stewards beendete die Stille in der Kabine.

»An alle Passagiere. In dreißig Minuten landen wir in Suez. Bitte halten Sie Ihr Gepäck für die Träger bereit. In dreißig Minuten. Wir freuen uns, Sie an Bord der *Strandhüpfer* begrüßen zu können. Im Namen von Captain Weatherby und der Besatzung danke ich Ihnen, daß Sie mit British Airways geflogen sind.«

»Noch eine halbe Stunde – schau dir mein Haar an. Und mit dem Packen habe ich noch gar nicht angefangen ...«

»Keine Eile. Niemand wird dich aus der Kabine werfen. Vergiß nicht, daß wir auf Ferienreise sind! Ich ziehe mich an und besorge das Gepäck. Wir sehen uns unten wieder.«

»Kannst du nicht auf mich warten?«

»Ich warte auf dich – aber draußen. Ich möchte mir anschauen, was für Bohrgeräte abgeladen werden.«

»Diese dreckigen Röhren sind dir wichtiger als ich.«

»Da hast du recht – wie bist du nur darauf gekommen? Aber wir befinden uns in einer wichtigen Phase. Wenn die thermische Extraktion klappt, pumpen wir vielleicht in Kürze wieder Öl! Zum erstenmal seit gut zweihundert Jahren.«

»Öl? Woher denn?« Aileens Stimme klang unbeteiligt; ihr Interesse galt in erster Linie der Bluse, die sie sich über den Kopf zu streifen versuchte.

»Aus dem Boden. Dort gab es früher Öl, sehr viel Öl, Rohöl. Von den Vernichtern heraufgepumpt, oxidiert und verschwendet – wie alles andere. Eine prächtige Quelle hochwertiger Kohlewasserstoffe, die einfach nur verbrannt wurden.«

»Ich habe keine Ahnung, wovon du da redest. In Geschichte war ich nie sehr gut.«

»Wir sehen uns dann nach der Landung.«

Als Jan den Fahrstuhl am Fuße des Anlegeturms verließ, hatte er das Gefühl, in einen lodernden Ofen zu treten. Obwohl hier Winter war, hatte die Sonne einen heißen Stich, den man im Norden nicht kannte. Ein angenehmes Gefühl nach seinem Exil im eisigen Moorland Englands.

Rohrbündel wurden an Kabelzügen herabgelassen. Langsam tiefertreibend, sanft schwankend unter dem schwebenden Luftschiff, mit leichtem Dröhnen auf dem wartenden Lkw landend. Einen Augenblick lang spielte Jan mit dem Gedanken, sich um eine Besuchserlaubnis an der Bohrstelle zu bemühen – dann aber überlegte er es sich anders. Nein, der Urlaub kam zuerst. Vielleicht auf dem Rückweg. Im Augenblick mußte er sein Denken von den faszinierenden Dingen befreien, die Wissenschaft und Technologie boten, und sich statt dessen um die noch faszinierenderen Dinge kümmern, die Aileen Pettit zu bieten hatte.

Nachdem sie aus dem Lift getreten war, schlenderten sie Hand in Hand zur Zollabfertigung. Die Sonnenwärme auf der Haut war sehr angenehm. Ein ernst wirkender dunkelhäutiger Polizist hielt am Zollschalter Wache und sah zu, wie Jan seine Erkennungskarte in den Schlitz steckte.

»Willkommen in Ägypten«, sagte die Maschine mit angenehm tiefer Frauenstimme. »Wir hoffen, daß Sie eine schöne Zeit bei uns verbringen werden ... Mr. Kulozik. Hätten Sie bitte die Freundlichkeit, Ihren Daumen auf die Platte zu drücken? Vielen Dank. Sie können Ihre Karte jetzt herausziehen. Ich habe eine Nachricht für Sie. Bitte begeben Sie sich zu Ausgang 4, wo man Sie erwartet. Der nächste bitte.«

Der Computer schleuste Aileen nicht minder schnell durch. Während das Willkommensritual gesprochen wurde, überprüfte die Anlage ihre Identität und vergewisserte sich mit Hilfe des Daumenabdrucks, daß sie die auf der Erkennungskarte angegebene Person war. Schließlich klärte die Maschine, ob die Reise Aileens genehmigt worden war.

Am Ausgang trat ihnen ein schwitzender, sonnenverbrannter Mann in engsitzender blauer Uniform entgegen. »Mr. Kulozik und

Begleitung? Ich komme vom Magna Palace, Euer Ehren. Ihr Gepäck ist bereits verladen. Wir können abfahren, wenn es Ihnen recht ist.« Sein Englisch war gut, doch er sprach mit einem Akzent, den Jan nicht einzuordnen wußte.

»Wir können gleich fahren.«

Der Flughafen lag dicht am Wasser, und das kleine Hovercraft wartete auf einem Podest am Ende des Kais. Der Fahrer öffnete die Tür, und sie stiegen in das klimatisierte Innere. Es gab ein Dutzend Sitze, doch sie waren die einzigen Passagiere, Sekunden später erhob sich das Fahrzeug auf sein Luftkissen und trieb zum Wasser hinab und hinüber und gewann schnell an Tempo.

»Wir fahren im Golf von Suez nach Süden«, erklärte der Fahrer. »Links sehen Sie die Sinai-Halbinsel. Rechts vorn wird gleich der Gipfel des Gharib-Berges auftauchen, der eintausendsiebenhundertdreiundzwanzig Meter hoch ist ...«

»Ich bin nicht zum erstenmal hier«, sagte Jan. »Sie können sich die Erläuterungen sparen.«

»Vielen Dank, Euer Ehren.«

»Jan, ich möchte das aber hören. Ich weiß ja nicht einmal, wo wir sind.«

»Hast du nicht nur in Geschichte nicht aufgepaßt, sondern auch in Geographie?«

»Sei nicht gemein.«

»Entschuldige. Wir erreichen bald das Rote Meer und biegen dann scharf links in den Golf von Akaba ein, wo stets die Sonne scheint und es ewig heiß ist, bis auf den Sommer, wo es noch heißer wird. Und genau in der Mitte dieser herrlichen Sonnen-und-Wasser-Pracht liegt das Magna Palace, das unser Ziel ist. Sie kommen nicht aus England, Fahrer?«

»Nein, Euer Ehren. Aus Südafrika.«

»Dann sind Sie ja fern der Heimat.«

»Die liegt einen Kontinent weit weg, Sir.«

»Ich habe Durst«, sagte Aileen.

»Ich hole etwas aus der Bar.«

»Überlassen Sie das mir, Euer Ehren«, sagte der Fahrer, schaltete die Kontrollen auf Automatik und sprang auf. »Was darf es sein?«

»Was immer Sie vorschlagen ... ich kenne Ihren Namen noch nicht.«

»Piet, Sir. Wir hätten kaltes Bier und ...«

»Genau das Richtige. Für dich auch eins, Aileen?«

»Ja, bitte.«

Jan leerte das überschäumte Glas zur Hälfte und seufzte zufrieden. Endlich kam er in Ferienstimmung. »Nehmen Sie sich auch eins, Piet.«

»Sehr freundlich von Ihnen, Sir.«

Aileen schaute sich den Fahrer genau an, dessen blondes Haar und gerötete Haut ihr ein Rätsel zu verheißen schien. Der Mann war zwar höflich, zeigte aber nichts von dem rauhen Benehmen eines Prols. »Ich gebe es zwar ungern zu, Piet«, sagte sie, »aber ich habe noch nie von Südafrika gehört.«

»Nur wenige kennen es«, räumte er ein. »Die Stadt Südafrika ist nicht besonders groß, ein paar tausend Weiße in einem Meer von Schwarzen. Wir sind eine Festung über den Diamantenminen, das ist alles. Die Arbeit in den Bergwerken hat mir nicht gefallen, aber etwas anderes gibt es nicht – also habe ich mich verdrückt. Die Arbeit hier liegt mir, und die Bewegungsfreiheit ebenfalls.« Ein schriller Laut ertönte, und er stellte das Glas fort und eilte an die Kontrollen.

Der Nachmittag ging dem Ende entgegen, als Magna am Horizont erschien, ein vager Strich zwischen Wüstensand und Ozean. Die leuchtenden Glastürme der Ferienanlage tauchten auf, Boote mit hellen Segeln ruhten wie Pünktchen auf dem Meer.

»Oh, das ist wunderschön!« sagte Aileen lachend.

Abseits der Schwimmer und Boote glitt das Hovercraft auf den Strand, dicht bei einigen verkrusteten Lehmhütten, die das Eingeborenendorf darstellten. Einige Araber in Burnussen waren zu sehen, verschwanden aber, noch ehe sich die Tür des kleinen Gleitbootes geöffnet hatte. Eine offene Kutsche erwartete die Gäste, gezogen von einem Esel. Aileen klatschte vor Vergnügen in die Hände, und starrte den dunkelhäutigen, mit einem Turban bekleideten Fahrer staunend an. Sie genoß jede Sekunde der kurzen Fahrt zum Hotel. Der Geschäftsführer hielt den Gästen beflissen die Tür auf und begrüßte sie; Träger entfernten sich mit dem Gepäck. Das Zimmer war geräumig und verfügte über einen breiten Balkon, der aufs Meer hinausging. Ein Korb mit Früchten wartete auf dem Tisch, und der Geschäftsführer öffnete persönlich den Champagner und schenkte die ersten Gläser ein.

»Noch einmal: Willkommen!« sagte er und schaffte es, seinen Gästen die Gläser zu reichen und sich dabei gleichzeitig zu verbeugen.

»Ich finde es großartig hier«, sagte Aileen, sobald sie allein waren, und küßte Jan ausgiebig. »Und ich möchte schnellstens schwimmen gehen.«

»Warum nicht gleich?«

Der Ozean war so herrlich, wie er ausgesehen hatte. Trotz der Jahreszeit hatte das Wasser eine angenehme Temperatur, und die Sonne strahlte heiß herab. England und sein Winter waren ein unangenehmer Traum, weit entrückt. Die beiden schwammen bis zur Erschöpfung. Dann setzten sie sich unter eine hohe Palme und genossen im roten Schein des Sonnenuntergangs einen Drink. Das Abendessen wurde auf der Terrasse serviert, und sie machten sich nicht die Mühe, etwas anderes anzuziehen. Der Abend wurde durch einen hellstrahlenden Vollmond abgerundet, der schließlich über der Wüste aufstieg.

»Ich fasse es einfach nicht!« sagte Aileen. »Du hast das sicher alles arrangiert.«

»Und ob! Eigentlich sollte der Mond erst in zwei Stunden aufgehen, aber ich habe ihn deinetwegen schneller kommen lassen.«

»Sehr nett von dir, Jan. Schau doch, was geht da vor?«

Dunkle Umrisse entfernten sich von der Küste; sie veränderten sich und wuchsen, während Jan und Aileen noch hinschauten.

»Nachtsegler. Die ziehen die Segel auf.«

»Können wir das auch machen? Verstehst du dich darauf?«

»Und ob!« sagte er nachdrücklich und versuchte sich an das Wenige zu erinnern, das er bei seinem ersten Aufenthalt in diesem Hotel über das Segeln gelernt hatte. »Komm, ich zeig es dir.«

Natürlich ging zuerst alles schief, und lachend stolperten sie über die hoffnungslos durcheinandergeratenen Leinen und mußten schließlich um Hilfe rufen. Einer der arabischen Bootsbetreuer ruderte in einem kleinen Boot herbei und brachte die Takelage in Ordnung. Ein leichter Wind war aufgekommen, so daß sie kurze Zeit später mit aufgezogenem Hauptsegel sanft über das ruhige Meer glitten. Der Mondschein wies ihnen klar den Weg, die Sterne brannten von Horizont zu Horizont. Jan hielt das Ruder mit einer Hand, während der andere Arm um Aileen lag, die sich an ihn schmiegte und ihn immer wieder küßte. Ihre Haut war angenehm warm.

»Es ist beinahe zuviel«, flüsterte sie.

»Niemals.«

Sie kreuzten nicht, und der Wind drückte sie weiter von der Küste fort, bis kein anderes Boot mehr in Sicht und das Land in der Schwärze des Wassers untergegangen war.

»Sind wir nicht schon zu weit draußen?« fragte Aileen.

»Im Grunde nicht. Ich wollte nur richtig allein sein mit dir. Ich kann mich nach dem Mond richten, und im Notfall können wir das Segel einziehen und mit dem Hilfsmotor zurückfahren.«

»Ich habe nicht die geringste Ahnung, wovon du redest, aber ich vertraue dir.«

Eine halbe Stunde später beschloß Jan umzukehren; es wurde allmählich kühler. Es gelang ihm, beim Wenden aus dem Wind zu kommen, doch schließlich füllte sich das Segel wieder, und die Lichter des Hotels tauchten am Horizont auf. Bis auf das Rauschen des Wassers am Bug und das Knattern des Segels war es sehr still, und so vernahmen sie das Grollen der Motoren, als es noch weit entfernt war. Schnell wurde das Geräusch lauter.

»Da hat es jemand eilig«, stellte Jan fest und starrte mit zusammengekniffenen Augen in die Richtung, aus der das Jaulen der mit voller Kraft fahrenden Maschinen kam.

»Was ist das da draußen?«

»Keine Ahnung. Wir werden es aber bald wissen. Die Boote scheinen in unsere Richtung zu kommen. Hört sich nach zwei Motoren an. Eine etwas seltsame Zeit, um Wettrennen zu veranstalten!«

Es geschah sehr schnell. Das Wummern wurde lauter, und das

erste Schiff tauchte auf. Ein dunkler Umriß über weißschäumender Wasserwelle. Zu monströser Größe anwachsend – direkt auf den Segler zukommend. Aileen schrie auf; das Gebilde ragte über ihnen auf und raste vorbei. Das Kielwasser packte das Boot, schwemmte über die Bordwand, ließ sie heftig schwanken.

»Bei Gott, das war knapp!« sagte Jan keuchend und hielt sich mit einer Hand am Rand des Cockpits fest, während er mit der anderen Aileen festhielt.

Sie hatten sich umgedreht und schauten hinter dem ersten Schiff her. So sahen sie den Verfolger erst, als es zu spät war. Jan gewann aus dem Augenwinkel einen bruchstückhaften Eindruck von dem herbeischießenden Bug, der gegen das eigene Bugspriet prallte, es zerschmetterte und das Boot kentern ließ. Er hatte eben noch Zeit, Aileen an sich zu drücken, da waren sie schon im Wasser.

Als die Wogen über ihm zusammenschlugen, prallte etwas heftig gegen sein Bein und betäubte es. Das Meer zerrte an Aileen, doch er hielt sie fest, beide Arme um sie gelegt. Sie kamen wieder an die Oberfläche. Das Mädchen schluchzte und hustete, und er hielt sie hoch, so gut er konnte.

Sie schwammen in einem Meer von Trümmerstücken. Das Segelboot war zerstört. Verschwunden waren die beiden Schiffe, deren Motorengeräusch langsam verhallte.

Sie waren allein in dunkler Nacht, auf einem schwarzen Ozean.

3

Zuerst machte sich Jan nicht klar, in welcher Gefahr sie schwebten. Aileen weinte und würgte, und er hatte alle Hände voll damit zu tun, ihren Kopf über Wasser zu halten. Die Trümmerstücke wirkten schwarz ringsum im Wasser, und er löste sich mühsam aus einem Seilgewirr, als seine herumwirbelnde Hand auf eine Art Kissen stieß. Das Gebilde schwamm hoch im Wasser und war offensichtlich unsinkbar. Er zog Aileen näher heran und zog ihr das Gebilde unter die Arme. Erst als er sah, daß sie sich festhielt und wohl nicht mehr unter Wasser sinken würde, ließ er sie los und sah sich nach einem zweiten Rettungskissen um.

»Komm zurück!« rief sie entsetzt.

»Schon gut. Ich will mir auch so ein Kissen holen.«

Er hatte keine Mühe, eine Schwimmhilfe zu finden, und schwamm hastig in Richtung ihrer besorgter Stimme zurück.

»Ich bin wieder da. Alles in Ordnung.«

»Was ist in Ordnung? Wir werden hier draußen sterben, ertrinken, soviel ist klar!«

Darauf wußte er keine beruhigende Antwort, denn er hatte das schreckliche Gefühl, daß sie sich nicht irrte. »Man wird uns finden«, sagte er schließlich. »Die Schiffe kommen zurück oder rufen über Funk Hilfe herbei. Wart's nur ab. Bis dahin wollen wir auf die Küste zuschwimmen. Die ist nicht weit entfernt.«

»In welche Richtung schwimmen wir aber?«

Das war eine gute Frage, und er wußte nicht recht, wie die Antwort aussah. Der Mond stand inzwischen hoch am Himmel und verbarg sich hinter Wolken. Und vom Wasser aus waren die Lichter des Hotels nicht mehr auszumachen. »Hier entlang«, sagte er und versuchte seiner Stimme einen überzeugenden Klang zu geben. Vorsichtig schob er das Mädchen vor sich her.

Die Schiffe kamen nicht zurück, die Küste war Kilometer entfernt – selbst wenn sie in der richtigen Richtung schwammen, was er noch bezweifelte –, und ihm wurde kalt. Außerdem begann er zu ermüden. Aileen war kaum noch bei Bewußtsein, und er hatte das Gefühl, daß sie sich bei dem Zusammenstoß irgendwo den Kopf gestoßen hatte. Nach kurzer Zeit mußte er das Schwimmen aufgeben, um sie auf dem Kissen halten zu können.

Konnten sie bis zum Morgen durchhalten? Diese Frage mußte er sich stellen. Er würde nicht zur Küste schwimmen können. Wie spät war es eigentlich? Wahrscheinlich noch nicht einmal Mitternacht. Und die Winternächte waren lang. So warm war das Wasser nicht mehr. Wieder bewegte er die Beine, um den Blutkreislauf in Gang zu bringen, um sich ein wenig zu erwärmen. Aileens Haut dagegen wurde unter seinen Fingern immer kälter, ihr Atem ging immer unregelmäßiger. Wenn sie starb, war das einzig und allein seine Schuld. Er hatte sie an diesen Ort gebracht, er hatte sie gefährdet. Aber wenn sie starb, würde er dafür auf jeden Fall bezahlen müssen. Er würde ebenfalls nicht bis zum Morgengrauen durchhalten. Und selbst wenn es ihm gelang – würden die Sucher ihn finden?

Verzweifelte Gedanken kreisten ihm durch den Kopf, und die Depression überschwemmte alles andere. Vielleicht war es das Beste, gleich loszulassen und zu ertrinken, den Qualen auf der Stelle ein Ende zu machen. Doch noch während ihm dieser Gedanke durch den Kopf ging, bewegte er zornig die Beine, um an der Oberfläche zu bleiben, um weiter voranzukommen. Vielleicht würde er in dieser Nacht sterben – es würde aber kein Selbstmord sein. Seine Beine ermüdeten jedoch schnell wieder, und er gab die sinnlose Anstrengung auf und ließ sie wieder nach unten hängen. Aileens kalte Schulter umfassend, drückte er sein Gesicht gegen das ihre. Sollte es so enden?

Plötzlich schob sich von unten etwas gegen seine Füße, und er zog entsetzt die Knie an. Die Vorstellung, daß im dunklen Wasser unter ihm ein unsichtbares Geschöpf lauerte, war alptraumhaft! Ein Hai? Gab es in diesem Meer Haie? Er wußte es nicht.

Wieder berührte ihn das Unsichtbare, etwas Hartes, das unaufhaltsam von unten heraufkam. Es gab kein Entrinnen. Dort war es, in allen Richtungen, so sehr er sich auch bemühte, der Erscheinung zu entkommen.

Während hinter ihm etwas aufragte, das noch schwärzer war wie die Nacht, hoch wie eine Mauer, Wasser verströmend.

Voller Angst hieb Jan mit der Faust um sich – und verletzte sich an hartem Metall.

Im nächsten Augenblick waren sie nicht mehr im Wasser – sie lagen auf einer Art Plattform, und der Wind strich kalt über seine nackte Haut. Die Erkenntnis durchzuckte ihn wie ein Schock, dann brüllte er laut los:

»Ein U-Boot!«

Man hatte den Unfall beobachtet – eine andere Erklärung gab es nicht. U-Boote steigen nicht zufällig unter Schiffbrüchigen aus dem Meer. Ein Infrarot-Teleskop, vielleicht auch das neue Mikroimpuls-Radar. Sanft legte er Aileen auf das feuchte Metall, drapierte ihren Kopf auf das Schwimmkissen.

»Hallo!« rief er und hämmerte mit der Faust gegen den Turm. Die Tür mochte auf der anderen Seite liegen. Er wollte eben um den Aufbau herumgehen, als sich plötzlich eine schwarze Öffnung auftat und Männer ins Freie drängten. Einer sprang auf Aileen zu und stach ihr etwas Schimmerndes ins Bein.

»Zum Teufel, was soll das?« brüllte Jan und sprang auf die Gestalten los; seine Erleichterung schlug in Wut um. Der ihm am nächsten stehende Mann drehte sich hastig um und hob die Hand, in der sich etwas befand, und ließ sie auf Jan zuzucken.

Er wehrte sich mit der Kraft der Verzweiflung. Er packte den Arm und stemmte sich dagegen. Der Mann ächzte überrascht auf, als er sich selbst traf – entsetzt riß er die Augen auf. Er bäumte sich auf und erschlaffte dann. Jan schob ihn zur Seite und fuhr mit geballten Fäusten zu den anderen herum. Sie hatten sich im Halbkreis vor ihm aufgestellt, angriffsbereit geduckt. Mit gutturalen Stimmen brummten sie sich etwas zu.

»Ach, was soll's«, sagte einer der Männer, richtete sich auf und hielt die anderen mit einer Handbewegung zurück. »Schluß mit der Rauferei. Wir haben die Sache versaut.«

»Wir können doch jetzt nicht mehr ...«

»O doch. Zurück ins Boot!« Er wandte sich an Jan. »Sie auch!«

»Was haben Sie mit ihr gemacht?«

»Nichts Wichtiges. Sie hat eine Injektion bekommen, die sie einschlafen läßt. Für Sie hatten wir auch so einen Schuß vorbereitet, den sich aber der arme Ota selbst gesetzt hat ...«

»Sie können mich nicht zwingen mitzukommen.«

»Reden Sie keinen Unsinn!« brüllte der Mann in aufflammendem Zorn. »Wir hätten Sie auch ertrinken lassen können – statt dessen sind wir aufgetaucht, um Ihnen das Leben zu retten. Und jeder Augenblick hier oben erhöht die Gefahr für uns! Bleiben Sie also, wenn Sie wollen!«

Er machte kehrt und folgte den anderen durch die Öffnung; er half ihnen, die bewußtlose Aileen ins Boot zu schaffen. Jan zögerte nur einige Sekunden lang, dann folgte er der Gruppe. Er war noch immer nicht bereit, Selbstmord zu begehen.

Im grellroten Schein des Inneren kniff er die Augen zusammen; Gestalten bewegten sich ringsum wie Teufel im Höllenfeuer. Einen Augenblick lang kümmerte sich niemand um ihn: das Luk wurde verriegelt, Befehle ertönten, das Deck neigte sich. Als das Boot sicher unter Wasser war, wandte sich der Mann, der draußen mit ihm gesprochen hatte, vom Periskop ab und winkte Jan mit einer Handbewegung zu einem Durchgang am Ende des Raums.

»Gehen wir in meine Kabine. Sie sollen etwas Trockenes anzuziehen bekommen und ein heißes Getränk. Um das Mädchen brauchen Sie sich keine Sorgen zu machen; um die kümmern wir uns.«

Jan setzte sich auf die Kante der sauber gemachten Koje, froh über die Wärme der Decke, die um seine Schultern lag. Er zitterte heftig. Man reichte ihm einen Becher süßen Tee, den er dankbar trank. Sein Retter – oder Aufseher? – saß ihm gegenüber auf einem Stuhl und zündete sich eine Pfeife an. Ein Mann Mitte Fünfzig, mit grauem Haar und gebräunter Haut, in einer abgetragenen Khakiuniform, mit Rangabzeichen auf den Epauletten.

»Ich bin Kapitän Tachauer«, sagte er und verbreitete eine scharf riechende Rauchwolke in der Kabine. »Würden Sie mir bitte Ihren Namen nennen?«

»Kulozik. Jan Kulozik. Wer sind Sie, und was tun Sie hier? Und warum der Versuch, uns bewußtlos zu machen?«

»Es schien uns eine gute Idee zu sein. Niemand wollte Sie beide da oben ertrinken lassen, obwohl am Rande auch mit dem Gedanken gespielt wurde. Wir sind keine Mörder. Doch indem wir Sie retteten, verrieten wir unser Hiersein – und das könnte schlimme Folgen haben. Endlich schlug jemand die Betäubungsspritzen vor, und darauf einigten wir uns schließlich. Was blieb uns anderes übrig? Aber Sie sehen selbst, auf solche Dinge verstehen wir uns nicht. Ota hat sich selbst gespritzt, und darf nun mal richtig ausschlafen.«

»Wer sind Sie?« wiederholte Jan seine Frage. Er musterte die fremde Uniform, die Bücher in dem Regal an der Wand, die ein ihm völlig unbekanntes Alphabet verrieten. Kapitän Tachauer seufzte betont.

»Wir gehören zur israelischen Marine«, sagte er. »Willkommen an Bord.«

»Vielen Dank – und ich danke Ihnen auch, daß Sie uns das Leben gerettet haben. Ich begreife nur nicht, warum Sie besorgt waren, daß wir Sie zu Gesicht bekommen könnten. Wenn Sie hier einen Geheimauftrag für die Marine der UNO ausführen, halte ich gern den Mund. Ich bin selbst als Geheimnisträger eingestuft.«

»Es genügt, Mr. Kulozik, ich bitte Sie.« Der Kapitän hob abwehrend die Hand. »Sie sprechen in völliger Unkenntnis der politischen Lage in diesem Bereich.«

»Unkenntnis! Ich bin kein Prol. Ich besitze zwei Universitätsabschlüsse!«

Anerkennend hob der Kapitän die Augenbrauen; ansonsten schien er nicht beeindruckt zu sein. »Meine Äußerung galt nicht Ihren technischen Kenntnissen, die sicher eindrucksvoll sind, sondern gewissen Lücken in Ihrem Wissen über die Weltgeschichte – Lücken, die auf Tatsachenverdrehungen in allen Ihren Lehrbüchern zurückgehen.«

»Ich weiß nicht, was Sie damit meinen, Kapitän Tachauer. In Großbritannien wird der Lehrstoff nicht zensiert. In den Sowjetstaaten mag das der Fall sein, auf keinen Fall aber bei uns. Ich habe freien Zugang zu allen Büchern in unseren Bibliotheken, wie auch zu sämtlichen Computerausdrucken solcher Bände, die ich nach Belieben anfordern kann.«

»Sehr interessant«, sagte der Kapitän, zeigte sich aber nicht im geringsten beeindruckt. »Es ist nicht meine Absicht, zu dieser späten Stunde und in unserem Zustand über Politik mit Ihnen zu diskutieren. Ich wollte Ihnen nur als unausweichliche Tatsache klar machen, daß die israelische Nation keine UNO-Enklave von Fabriken und Landwirtschaftsbetrieben ist, wie Ihnen zu Hause beigebracht worden ist. Es handelt sich um eine freie und unabhängige Nation – beinahe die einzige, die es noch auf der Welt gibt. Wir können unsere Unabhängigkeit aber nur so lange bewahren, wie wir diese Zone nicht verlassen und unsere Existenz vor allen anderen als den herrschenden Kräften Ihrer Welt geheimhalten. Das ist die Gefahr, in die wir uns bei Ihrer Rettung begeben haben. Daß Sie von unserer Existenz erfahren haben, besonders hier in diesem Gewässer, in dem wir nichts zu suchen haben, könnte uns großen Schaden bringen. Dieser Umstand könnte sogar zur atomaren Vernichtung unseres Landes führen. Ihre Herrscher haben sich nie so ganz mit unserer Existenz abgefunden. Wenn sie der Überzeugung wären, unbeschadet damit durchzukommen, würden sie uns schon morgen auslöschen ...«

Das Telefon summte, und Kapitän Tachauer hob ab. Er hörte zu und brummte eine Antwort.

»Man braucht mich«, sagte er und stand auf. »Machen Sie es sich bequem. In der Thermosflasche haben Sie noch Tee.«

Wovon hatte der Mann geredet, um alles auf der Welt? Jan trank vorsichtig von dem starken Tee und rieb unbewußt die schwarzblaue Stelle, die sich an seinem Bein abzeichnete. Geschichtsbücher lügen nicht. Aber dieses U-Boot existierte und bewegte sich sehr verstohlen – und die Besatzung war offensichtlich besorgt. Er wünschte, er wäre nicht so müde und seine Gedanken wären nicht so verwirrt.

»Fühlen Sie sich schon besser?« fragte das Mädchen, schob den Vorhang zur Seite, der als Tür diente, und setzte sich auf den Stuhl des Kapitäns. Sie hatte blondes Haar und grüne Augen und war sehr anziehend. Sie trug eine Bluse und Shorts aus Khakistoff, und ihre Beine waren glatt und gebräunt. Verlegen zusammenfahrend löste Jan seinen Blick von ihren Schenkeln. Sie lächelte. »Ich heiße Sara, und Sie heißen Jan Kulozik. Kann ich Ihnen noch etwas bringen?«

»Nein, nein, vielen Dank. Ach ja, eine Information hätte ich noch gern. Wissen Sie, was die Schiffe im Sinn hatten, die uns über den Haufen gefahren haben? Ich möchte sie melden.«

»Ich weiß es nicht.«

Aber sie sprach nicht weiter. Sie saß nur da und betrachtete ihn gelassen. Das Schweigen zog sich in die Länge, bis er erkannte, daß sie nicht weitersprechen wollte.

»Wollen Sie es mir nicht sagen?« fragte er.

»Nein. Es ist zu Ihrem eigenen Besten. Sollten Sie Ihr Wissen irgendwann einmal weitergeben, kämen Sie sofort auf die schwarze Liste der Sicherheitspolizei und würden überwacht. Für den Rest Ihres Lebens. Ihre Beförderung, ihre Karriere – alles wäre gefährdet.«

»Sara, ich muß leider sagen, daß Sie sehr wenig über mein Land wissen. Wir haben eine Sicherheitspolizei, das stimmt, und mein Schwager bekleidet dort einen hohen Posten. Aber Dinge, wie Sie sie eben erwähnt haben, gibt es bei uns nicht. Vielleicht für Prols, denn die sind als Unruhestifter bekannt. Die muß man im Auge behalten. Doch nicht für Leute in meiner Stellung ...«

»Wie sieht denn Ihre Stellung aus?«

»Ich bin Ingenieur und stamme aus einer guten Familie. Ich habe die besten Verbindungen.«

»Ich verstehe. Einer der Unterdrücker. Ein Sklavenherr.«

»Ich protestiere gegen diese Unterstellung ...«

»Ich unterstelle gar nichts, Jan. Ich spreche lediglich eine Tatsache aus. Sie haben Ihre Art von Gesellschaft, und wir die unsere. Eine Demokratie. Das mag ein Wort sein, das Sie noch nie gehört haben. Egal, denn wir sind wahrscheinlich die letzte Demokratie auf der Welt. Wir regieren uns selbst und sind alle gleich. Im Gegensatz zu Ihrer Kastengesellschaft, in der alle ungleich geboren werden und so leben und sterben, da sich nichts verändern kann. Aus Ihrer Sicht macht sich das bestimmt nicht so übel aus. Sie gehören immerhin zu denen, die oben stehen. Aber bringen Sie das Schiff nicht zum Schwanken. Ihre persönliche Stellung könnte sich sehr schnell ändern, sobald Sie unter Verdacht stehen. In Ihrer Gesellschaft gibt es eine gewisse vertikale Bewegungsmöglichkeit – allerdings nur in einer Richtung. Nach unten.«

Jan lachte laut auf. »Unsinn!«

»Glauben Sie das wirklich? Na schön. Ich erzähle Ihnen mehr über die Schiffe. Im ganzen Roten Meer blüht der Rauschgifthandel. Die traditionelle Route aus dem Osten. Heroin für die Massen, durch Ägypten oder die Türkei herbeigeschmuggelt. Wo es Bedarf gibt – und Ihre Prols haben ein großes Bedürfnis, in die

Unwirklichkeit zu fliehen –, sind auch stets Gelder und Männer zur Stelle, die solchen Handel finanzieren. Durch die Gebiete, die wir kontrollieren, wird kein Rauschgift befördert, dafür sorgen wir – einer der Gründe, warum man uns weiter existieren läßt. Unsere U-Boot-Patrouille gehört zu unseren Maßnahmen zur Unterbindung des Rauschgiftschmuggels. Solange die Schmuggler uns in Ruhe lassen, ignorieren wir sie. Ihre staatlichen Sicherheitskräfte unterhalten aber eigene Patrouillen, von denen eine jenen Schmuggler verfolgte, der Sie gestern abend beinahe gerammt hätte. Das Küstenwachboot hat Sie zum Kentern gebracht. Ich glaube nicht, daß die Beamten Sie in der Dunkelheit gesehen haben. Jedenfalls haben sie sich gründlich um die Schmuggler gekümmert. Wir haben das Licht einer Explosion aufgefangen und das Wachboot geortet, das allein in den Hafen zurückkehrte.«

Jan schüttelte den Kopf. »Das alles ist mir völlig neu. Die Prols bekommen doch alle Bennies und Joints, die sie brauchen ...«

»Sie brauchen weitaus stärkere Mittel, um das Leben, das ihnen aufgezwungen wird, ertragen zu können. Aber bitte unterbrechen Sie mich nicht andauernd mit der Bemerkung, Sie hätten davon noch nie etwas gehört. Das *weiß* ich, und deshalb versuche ich Ihnen ja auch klarzumachen, was hier vorgeht. Die Welt in ihrer wirklichen Form entspricht nicht der Welt, die man ihnen vorgaukelt. Als Angehöriger der herrschenden Minderheit, der dickgefressenen, reichen Oberschicht in einer hungrigen Welt sollte Ihnen das eigentlich egal sein. Aber Sie haben mich ausdrücklich gefragt. Ich sage Ihnen also, daß Israel ein freies, unabhängiges Land ist. Als das arabische Öl zur Neige ging, wandte sich die Welt vom Nahen Osten ab, erleichtert, die Last der reichen Scheichs los zu sein. Aber wir leben ständig hier – und die Araber verschwinden nicht einfach. Wieder einmal versuchten sie es mit einer Invasion, doch ohne Hilfe von außen konnten sie nicht siegen. Wir hielten uns knapp über Wasser, eine Fähigkeit, die wir nicht zum erstenmal unter Beweis stellten. Und als sich die Lage verschlimmerte, haben wir nach besten Kräften geholfen. Als sich die arabische Bevölkerung zu stabilisieren begann, lehrten wir sie die traditionellen Anbaumethoden in diesem Teil der Welt, Dinge, die sie in den Jahren finanziellen Überflusses vergessen hatten. Als der Rest der Welt wieder auf uns aufmerksam wurde, hatten wir unsere Zone stabilisiert und auf eigene Beine gestellt. Es gab Obst und Gemüse für den Export. Eine Situation, über die sich die anderen Länder nicht gerade freuten – die sie dann aber doch akzeptierten. Besonders nachdem wir gezeigt hatten, daß unsere Atomraketen so gut waren wie die ihren und daß sie, wenn sie uns vernichten wollten, vorher selbst einiges würden einstecken müssen. So stellt sich die Lage auch heute noch dar. Unser ganzes Land mag ein Ghetto sein, aber wir sind es gewöhnt, in Ghettos zu leben. Und innerhalb unserer Mauern sind wir frei.«

Jan wollte wieder protestieren, überlegte es sich aber anders und trank einen Schluck Tee. Sara nickte anerkennend.

»Jetzt wissen Sie es also. In Ihrem eigenen Interesse kann ich Ihnen nur raten, damit nicht hausieren zu gehen. Und in unserem Interesse werde ich Sie jetzt um einen Gefallen bitten. Der Kapitän wollte es nicht tun, aber ich habe diese Skrupel nicht. Bitte erzählen Sie niemandem von diesem U-Boot. Dabei geht es auch um Ihre Sicherheit. Wir werden Sie in wenigen Minuten an Land setzen, an einer Stelle am Strand, an die Sie nach dem Unfall auch hätten getrieben worden sein können. Man wird Sie dort finden. Das Mädchen weiß nichts. Sie war anscheinend bewußtlos, als wir ihr die Spritze gaben. Sie wird ihre Gehirnerschütterung gut überstehen; unser Arzt sagt, es besteht keine Gefahr. Auch Ihnen passiert nichts, wenn Sie den Mund halten. Werden Sie das tun?«

»Ja, natürlich. Ich sage nichts. Sie haben uns das Leben gerettet. Aber ich glaube, daß vieles von dem, was Sie mir erzählt haben, gelogen ist, eine andere Möglichkeit gibt es gar nicht.«

»Das ist sehr nett von Ihnen.« Sie tätschelte ihm den Arm. »Und glauben können Sie, was Sie wollen, *Ingileh,* solange Sie nur den großen Goy-Mund halten!«

Ehe er sich eine Antwort zurechtlegen konnte, war sie durch den Vorhang verschwunden. Der Kapitän kehrte nicht zurück, und niemand sonst richtete das Wort an ihn, bis er an Deck gerufen wurde. Man brachte Aileen ebenfalls ins Freie, in großer Eile; dann wurden sie in einem aufblasbaren Beiboot ans Ufer gerudert.

Der Mond stand hinter hohen Wolken, spendete aber genügend Licht, um den Strand und die Wüste deutlich zu machen. Aileen wurde vorsichtig in den Sand gelegt, dann zerrte man ihm die Decke von den Schultern. Das Schwimmkissen aus dem Segelboot wurde ihm zugeworfen, dann verschwanden die Männer. So vorsichtig wie möglich zog Jan Aileen über die Wasserlinie; die einzigen Spuren im Sand stammten von ihm und ihr. Das Beiboot und das U-Boot waren verschwunden – untergetaucht – eine bloße Erinnerung. Eine Erinnerung, die mit jeder Minute unwirklicher vorkam.

Kurz nach Sonnenaufgang wurden sie vom Such-Kopter entdeckt. Die Maschine landete am Wasser ganz in der Nähe.

4

»Absolut in Ordnung. Völlig gesund«, sagte der Arzt und klopfte gegen den Bildschirm. »Schauen Sie sich den Blutdruck an – ich wünschte, meiner wäre so gut. EKG, EEG, alles prima. Hier, ich geben Ihnen einen Printout für Ihren Hausarzt mit, für seine Unterlagen.« Er bediente die Kontrollen des Computer-Diagnostikers, woraufhin ein langes bedrucktes Blatt erschien.

»Nicht um mich selbst mache ich mir Sorgen, sondern um Mrs. Pettit.«

»Bitte beunruhigen Sie sich nicht, mein lieber junger Mann.« Der beleibte Arzt tätschelte Jan mit mehr als beruflichem Mitgefühl das Knie. Jan schob das Bein zur Seite und bedachte den Mann mit einem kühlen Blick. »Sie hat eine leichte Gehirnerschütterung, hat ein wenig Meerwasser geschluckt, das ist alles. Sie können Sie jederzeit besuchen. Allerdings würde ich Sie gern noch einen Tag im Krankenhaus behalten. In erster Linie, damit sie sich ausruht. Ärztliche Pflege braucht sie nicht mehr. Und hier ist Ihre Diagnose.«

Festino-82-

»Ich brauche ihn nicht. Lassen Sie ihn auf die Unterlagen meiner Firma übertragen.«

»Das könnte schwierig sein.«

»Warum? Sie haben doch eine Satellitenverbindung – da müßte sich der Kontakt leicht herstellen lassen. Ich kann dafür zahlen, wenn Sie meinen, daß damit das Budget des Krankenhauses überfordert wäre.«

»Nichts dergleichen! Natürlich kümmere ich mich sofort darum. Aber zuerst will ich sie abstöpseln, ha-ha!« Die Hände des Arztes bewegten sich zielsicher beim Lösen der Kontakte von Jans Haut. Er zog ihm die Nadel aus der Vene und betupfte die kleine Wunde mit Alkohol.

Jan zog sich gerade die Hose an, als die Tür aufsprang und eine bekannte Stimme sich meldete.

»Da bist du ja, wohlauf und bei bester Gesundheit. Ich hatte mir schon Sorgen gemacht!«

»Smitty! Was machst du denn hier?«

Jan ergriff die Hand seines Schwagers und schüttelte sie begeistert. Die mächtige Adlernase, die schmalen, harten Gesichtszüge waren wie ein Hauch von Heimat inmitten der rötlich-runden Gesichter der Einheimischen. Thurgood-Smythe schien sich über seinen Anblick ebenso zu freuen.

»Du hast mir einen gehörigen Schrecken eingejagt. Ich war gerade in Italien auf einer Konferenz, als die Nachricht durchkam. Ich habe ein bißchen meine Verbindungen ausgenutzt und einen Militärjet requiriert. Als ich landete, sagte man mir, daß du gefunden worden seist. Ich muß sagen, du scheinst dein Abenteuer ganz gut überstanden zu haben.«

»Du hättest mich gestern abend sehen sollen – mit einer Hand habe ich mich am Schwimmkissen festgeklammert, mit dem anderen hielt ich Aileen – und mit einem Bein bin ich geschwommen. So etwas möchte ich nicht noch einmal durchmachen.«

»Muß ein aufwühlendes Erlebnis gewesen sein. Zieh das Hemd an, dann spendiere ich dir einen Drink, und du erzählst mir alles der Reihe nach. Hast du das Schiff gesehen, das dich überfuhr?«

Jan hatte sich umgedreht, um sein Hemd zu ergreifen, und

schob jetzt die Arme in die Ärmel. Urplötzlich kamen ihm die Warnungen der letzten Nacht in den Sinn. Hatte Smittys Stimme bei dieser letzten, gar nicht so beiläufigen Frage irgendwie anders geklungen? Immerhin war er Sicherheitsoffizier – in einer Stellung, die es ihm ermöglichte, sich mitten in der Nacht eine Militärmaschine zu besorgen. Der Augenblick war gekommen. Die ganze Wahrheit zu sagen – oder mit dem Lügen zu beginnen. Jan zog sich das Hemd über den Kopf, und der Stoff dämpfte seine Stimme ein wenig.

»Nichts. Die Nacht war pechschwarz, und keines der Schiffe hatte ein Licht gesetzt. Das erste raste so dicht vorbei, daß wir beinahe gekentert wären – das zweite gab uns dann den Rest.« Bis jetzt hatte er nicht gelogen. »Ich würde gern wissen, was das für Schweinehunde waren. Es war sicher mein Fehler, ohne Lampe so weit hinauszufahren, aber trotzdem ...«

»Da hast du recht, alter Knabe. Wir werden einen tüchtigen Wirbel veranstalten. Ich kümmere mich darum. Zwei Marineschiffe im Manöver – weit außerhalb des Gebiets, das dafür vorgesehen war. Sobald die Schiffe anlegen, wird den Kapitänen gehörig der Kopf gewaschen, dessen kannst du sicher sein.«

»Ach, was soll's, Smitty, das Ganze war ein Unfall.«

»Du bist zu großzügig – aber schließlich bist du Gentleman. Jetzt wollen wir mal bei Aileen vorbeischauen, dann kommt der Drink an die Reihe.«

Aileen küßte beide ausgiebig, weinte ein wenig – vor Freude, wie sie sagte – und bestand darauf, Thurgood-Smythe jede Einzelheit des Abenteuers zu schildern. Jan wartete ab und versuchte sich die Spannung nicht anmerken zu lassen. Erinnerte sie sich an das U-Boot? Und irgend jemand log bereits: es gab zwei völlig unterschiedliche Geschichten. Schmuggler und eine Explosion – oder zwei Marineschiffe? Wie konnte er sich Gewißheit verschaffen?

»... und *peng*! Im Handumdrehen lagen wir im Wasser. Ich würgte und hustete, doch der alte Seemann hier hielt meinen Kopf über Wasser. Ich bin davon überzeugt, ich habe versucht, ihm das Gesicht zu zerkratzen. Panik! Ich glaube, erst heute weiß ich, was das

Wort wirklich bedeutet. Der Kopf tat mir weh, und alles verschwamm mir vor den Augen, die Umgebung wurde unscharf und dann wieder deutlich. Dann hatte ich plötzlich das Schwimmkissen unter den Armen, und wir schwebten im Wasser, und ich weiß noch, daß Jan mich aufzumuntern versuchte, was ich für absolut sinnlos hielt. Und dann – nichts mehr.«

»Nichts?« fragte Thurgood-Smythe.

»Nichts. Als nächstes erinnere ich mich an dieses Bett hier. Man mußte mir erzählen, was passiert war.« Sie ergriff Jans Hand. »Ich werde dir niemals richtig danken können. Nicht jeden Tag wird einem das Leben gerettet. Aber jetzt verschwindet hier, ehe ich wieder zu weinen anfange!«

Schweigend verließen die Männer das Krankenhaus, und Thurgood-Smythe deutete auf das nächste Café. »Dort hinein – einverstanden?«

»Natürlich. Hast du mit Liz gesprochen?«

»Gestern abend nicht mehr. Ich wollte sie nicht wecken und ihr unnötig Sorgen machen. Sinnlos, ihr eine Nacht der Ungewißheit aufzubürden. Aber ich habe sie heute früh angerufen, sobald ich erfuhr, daß du in Sicherheit warst, und sie läßt dir durch mich ihre schwesterliche Liebe entbieten. Und dir sagen, du sollst dich ab sofort von kleinen Booten fernhalten!«

»Typisch Liz. Prost!«

Sie hoben die Gläser und tranken. Der Brandy brannte in der Kehle und erwärmte eine Stelle in Jan, von der er nicht gewußt hatte, daß sie verkühlt gewesen war. Es war knapp ausgegangen. Und die Schwierigkeiten waren noch nicht vorüber. Er mußte den Wunsch unterdrücken, seinem Schwager über die vergangene Nacht die Wahrheit zu sagen. Über das U-Boot, die Rettung, die beiden Schiffe, über alles. War es nicht ein Verbrechen, diese Vorkommnisse zu verschweigen? Nur ein Umstand verhinderte, daß er mit der Wahrheit herausplatzte. Die Israelis hatten ihm das Leben gerettet – und Sara hatte gesagt, daß er ihr Leben gefährde, wenn er von dem U-Boot berichtete. Also mußte er die Sache vergessen. Er mußte alles vergessen.

»Ich nehme noch so einen«, sagte er.

»Und ich auch. Vergiß die letzte Nacht, genieße deinen Urlaub!«

»Genau das habe ich vor.«

Aber die Erinnerung verflog nicht, sie lauerte in einem Winkel seines Geistes und überfiel ihn jedesmal, wenn er sich zu entspannen begann. Als er sich von Thurgood-Smythe an der Startplattform verabschiedete, erfüllte ihn die schuldige Befriedigung, daß er nun nicht mehr ständig auf der Hut sein mußte, den Rahmen seiner Lügen nicht zu verlassen.

Die Sonne, das Essen, das Wasser – alles war wunderschön. Allerdings herrschte zwischen Jan und Aileen das unausgesprochene Einverständnis, nicht wieder mit einem Boot hinauszufahren. Im Bett stattete Aileen ihren Dank für seine Tat mit einer Leidenschaft ab, die beide in glückliche Erschöpfung sinken ließ. Trotzdem war die Erinnerung an das andere stets gegenwärtig. Wenn er in der Morgendämmerung erwachte, dicht neben sich ihr rotes Haar, dachte er an Sara im U-Boot und an Saras Worte. Lebte er eine Lüge? Es kam ihm nicht wahrscheinlich vor.

Die beiden Wochen gingen zu Ende, und auf eine Weise hatten Jan und Aileen nichts dagegen, dem warmen Wasser jenes Meeres den Rücken zu kehren. Sie hatten sich eine hübsche Sonnenbräune zugelegt, die sie ihren neidischen Freunden in England vorführen konnten, und sie freuten sich auf die Heimkehr. Und auf gutes Fleisch und Kartoffeln nach all dem vornehmen, ungewohnten Essen. Es war zwar sehr angenehm, doch man wollte doch nicht immer davon leben. Sie verabschiedeten sich im Flughafenterminal Victoria mit einem letzten langen Kuß, und Jan fuhr in seine Wohnung. Dort machte er sich einen starken Tee, den er in sein Arbeitszimmer trug. Unbewußt entspannte er sich, als er durch die Tür trat und das Licht anging. Die Wand über dem Arbeitstisch war gefüllt mit Instrumenten, deren Chromflächen sauber glänzten. Der Arbeitstisch war aufgeräumt, die Werkzeuge in Reihen säuberlich verstaut und befestigt. In einem drehbaren Schraubstock ruhte das Gerät, an dem er vor der Abreise gearbeitet hatte. Jan setzte sich und drehte das Gebilde – dann griff er nach einer Augenlupe, um sich eine Lötverbindung anzusehen. Das Ding war beinahe betriebsbereit – wenn es überhaupt funktionierte. Eigentlich durfte es keine Probleme geben; die Computersimulation hatte gestimmt. Und der Gedanke war sehr einfach.

Alle großen Ozeanschiffe verließen sich bei der Navigation auf Satelliten. An jedem Punkt des Ozeans befanden sich mindestens zwei Navigationssatelliten über dem Horizont. Die Navigationsinstrumente des Schiffes gaben ein Signal ab, das von den Satelliten zurückgeworfen wurde. Diese Signale, die Azimut, Richtung und Höhenwinkel des Satelliten angaben, wurden anschließend in einen Schiffscomputer gefüttert. Dieser Computer hatte dann keine Mühe mehr, die Position des Schiffes bis auf wenige Meter genau zu bestimmen. Diese Navigationsinstrumente waren sehr tüchtig, aber auch umfänglich und sehr teuer – was bei einem großen Schiff nicht ins Gewicht fiel. Aber wie stünde es mit einem kleinen Navigationsinstrument? Für ein Privatboot? Jan arbeitete schon seit einiger Zeit an einem vereinfachten Gerät, das für jedes Schiff dieselbe Leistung erbrachte, unabhängig davon, wie groß das Boot war. Ein Instrument, das so klein und so billig war, daß jeder es benutzen konnte. Wenn es funktionierte, mochte er es sogar patentieren und mit Gewinn bauen lassen. Aber das war die Zukunft. Zunächst mußte er es in Betrieb setzen – und dann alle Bauteile miniaturisieren.

Trotz der interessanten Aufgabe vermochte er sich nicht richtig zu entspannen. Irgendwie war er abgelenkt. Er trank den Tee aus und trug das Tablett wieder in die Küche. Auf dem Rückweg schaute er in der Bibliothek vorbei, zog den dreizehnten Band der *Encyclopedia Britannica* und blätterte die gewünschte Eintragung auf.

ISRAEL: *Fabrik- und Landwirtschafts-Enklave an der Küste des Mittelmeeres. Lage entspricht der früheren Nation Israel. Während der Krisenjahre entvölkert und 2065 von UNO-Freiwilligen neu besiedelt. Verwaltet jetzt die arabischen Anbaugebiete im Norden und Süden und ist für alle Versendungen landwirtschaftlicher Produkte aus dieser Gegend verantwortlich.*

Da stand es schwarz auf weiß in einem Buch, dem er vertrauen konnte. Die geschichtlichen Tatsachen, jeder Emotion beraubt. Nur Tatsachen, Tatsachen ...

Aber das stimmte nicht. Er war schließlich wirklich an Bord des U-Boots gewesen und hatte mit den Israelis gesprochen. Oder mit Leuten, die sich Israelis nannten. Waren sie tatsächlich Israelis? Wenn nicht, wer waren sie wirklich? In was war er da verwickelt worden?

Was hatte T. H. Huxley einmal gesagt? Er erinnerte sich an die Äußerung vom Beginn seines Studiums, da er sich die Worte über seinem Schreibtisch befestigt hatte. Es war eine Bemerkung über die »... große Tragödie der Wissenschaft – die Beendigung einer wunderschönen Hypothese durch eine häßliche Tatsache«. Er hatte sich an diese harten Worte gehalten, indem er seine Wissenschaften mit hartem Schädel gebüffelt hatte. Tatsachen, er brauchte nur Tatsachen – dann würden die Theorien schon ausgeräumt werden.

Aber wie sahen die Tatsachen in diesem Fall aus? Er war an Bord eines U-Boots gewesen, das in der Welt seines Zuschnitts nicht existieren durfte. Aber das U-Boot *hatte* existiert. Also stimmte sein Weltbild nicht.

Die Sache aus diesem Blickwinkel zu sehen, erleichterte ihm das Verstehen – aber zugleich machte es ihn ärgerlich. Er wurde belogen. Zum Teufel mit dem Rest der Welt, der konnte allein auf sich aufpassen, doch er, Jan Kulozik, wurde von vorn bis hinten belogen! Das gefiel ihm nicht. Aber wie sollte er herausfinden, was Lüge, was Wahrheit war? Mit dieser Erkenntnis kam die Überlegung, daß Sara recht hatte im Hinblick auf die Gefahren, die ihm drohten. Lügen waren Geheimnisse, und Geheimnisse sollten geheimgehalten werden. Und hier handelte es sich um Staatsgeheimnisse. Was immer er tat, was immer er feststellte, er durfte zu niemandem darüber sprechen.

Wo anfangen? Irgendwo mußte es komplette Aufzeichnungen geben, doch er hatte keine Ahnung, nach welchen Unterlagen er forschen sollte, oder wonach er überhaupt suchte. Er mußte sich alles gründlich überlegen, er mußte sorgfältig planen. Eins jedoch konnte er sofort unternehmen. Er konnte sich die Welt ringsum genauer ansehen. Wie hatte Sara ihn genannt? Einen Sklavenherrn. Er fühlte sich nicht wie ein Sklavenherr. Nur war es seine Klasse gewohnt, die Dinge in die Hand zu nehmen, die Verantwortung für Leute zu tragen, die nicht für sich selbst sorgen konnten. Und auf keinen Fall durfte man den Prols gestatten, die Führung zu übernehmen, denn dann wäre sofort alles in die Brüche gegangen. Diese Leute waren einfach nicht intelligent und verantwortungsvoll genug. Das war die natürliche Rangordnung.

Sie waren dort unten, die Prols, die Millionen und Abermillionen ungewaschener Leiber – die meisten arbeitslos. Und dort waren sie gewesen, seit die Vernichter die Welt in Schutt und Asche gelegt hatten. Es stand alles in den Geschichtsbüchern. Wenn diese Leute heute noch am Leben waren, dann nicht aus eigenem Verdienst oder dank der Vernichter, die alles hatten geschehen lassen, vielmehr lebten sie noch durch die harte Arbeit der Angehörigen seiner Klasse, die die Zügel der Regierung an sich genommen und gestrafft hatten. Verwaltungskräfte und Techniker, die die schrumpfenden Ressourcen der Erde nach bestem Vermögen genutzt hatten. Die Erb-Mitglieder des Parlaments hatten immer weniger mit den Problemen der Lenkung einer technologischen Gesellschaft zu tun. Die Königin war nur noch eine Galionsfigur. Das Wissen war König, und das Wissen hatte die Welt am Leben erhalten. Eine Zeitlang hatte alles auf des Messers Schneide gestanden – aber die Menschheit hatte überlebt. Die Satellitenstationen hatten die Energiekrise beendet, die damit begonnen hatte, daß die Ölvorräte sich erschöpften; und die Kernverschmelzung hatte der Welt schließlich eine sichere Energieversorgung beschert.

Eine Lektion hatte man immerhin gelernt: die zerbrechliche Ökologie einer Welt war leicht aus dem Gleichgewicht zu bringen. Rohstoffe gingen zur Neige, neue Materialien wurden benötigt. Der erste Schritt führte zum Mond, dann in den Asteroidengürtel, wo es im Überfluß Elemente gab. Dann zu den Sternen. Hugo Foscolo machte diese Schritte möglich: Er entdeckte ein Phänomen, das später als Foscolo-Diskontinuität bekannt wurde. Foscolo war theoretischer Mathematiker gewesen, ein Genie im Kämmerchen, der sich seinen Lebensunterhalt im Staat Sao Paulo, Brasilien, verdiente, und zwar als Lehrer in einer Stadt mit dem unmöglichen Namen Pindamonhangaba. Die Diskontinuität war eine Korrektur der Relativitätstheorie; als er sie in einem unbedeutenden mathematischen Journal veröffentlichte, hatte sich Foscolo noch dafür entschuldigt, daß er die akzeptierten Theorien eines großen Mannes in Zweifel zog, und hatte bescheiden darum gebeten, qualifizierte Mathematiker und Physiker mögen ihn auf die Irrtümer in seinen Gleichungen hinweisen.

Aber das gelang niemandem – und so entstand ein Raumantrieb, der die Menschen zu den Sternen transportierte. Es dauerte nur hundert Jahre, um die nächsten Sternensysteme abzusuchen und zu besiedeln. Eine großartige Geschichte, die auch wahr sein mußte, weil die Beweise dafür existierten.

Es gab keine Sklaven, das wußte Jan, und er zürnte Sara, daß sie so etwas behauptet hatte. Frieden herrschte in der Welt, außerdem gab es Gerechtigkeit, genug zu essen für alle, außerdem hatte jeder seinen Platz. Was für ein Wort hatte sie benutzt? Demokratie. Offenbar eine Regierungsform. Jan hatte noch nie davon gehört. Zurück zur Enzyklopädie – diesmal allerdings mit einem gewissen Widerstreben. Es gefiel Jan nicht, in den dicken Bänden Irrtümer aufzuspüren. So etwas war ungefähr der Entdeckung gleichzusetzen, daß ein geliebtes Gemälde in Wahrheit eine Fälschung war. Er zog den Band aus dem Regal und trat an das hohe Fenster, wo es heller war.

DEMOKRATIE. *Ein überalterter historischer Begriff in der politischen Wissenschaft. Er bezeichnet eine Regierungsform, die in den kleinen Stadtstaaten Griechenlands eine kurze Blüte erlebte. Nach Aristoteles ist Demokratie die pervertierte Form der dritten Regierungsform ...*

Es ging noch ein Stück so weiter, gänzlich uninteressant. Irgendeine historische Regierungsform, etwa wie der Kannibalismus, die gekommen und vergangen war. Was hatte so etwas mit den Israelis zu tun? Das alles war ein wenig rätselhaft. Jan schaute durch das Fenster auf den grauen Himmel und die mit Eisschollen bedeckte Themse tief unten. Er erschauderte, so sehr steckte ihm die tropische Sonne noch in den Knochen. Wo sollte er anfangen?

Nicht mit Geschichte. Die war nicht sein Fachgebiet; er hatte keine Ahnung, wo er den Hebel ansetzen sollte. Mußte er denn überhaupt Nachforschungen anstellen? Im Grunde wollte er das gar nicht, und er hatte das plötzliche dumpfe Vorgefühl, daß es kein Zurück mehr geben würde, wenn er erst einmal damit angefangen hatte. War Pandoras Büchse erst geöffnet, ließ sie sich nicht mehr schließen. Wollte er mehr über diese Dinge herausfinden? Ja! Sie hatte ihn einen Sklavenherrn genannt – und er wußte, daß er das nicht war. Sogar ein Prol hätte darüber gelacht!

Das war's! Die Prols. Er wußte genug über sie, er arbeitete mit ihnen zusammen: dort würde er beginnen. Morgen früh wollte er in die Walsoken-Fabrik zurückfahren – man erwartete ihn dort sowieso zur Überprüfung der Einbauten und Reparaturen, die er angeordnet hatte. Diesmal würde er sich mehr mit den Prols unterhalten. Zugegeben – er hatte das bisher nicht getan, aber das lag daran, daß er zu tun gehabt hatte. Solange er es unauffällig anstellte, konnte er keinen Ärger bekommen. Es gab gewisse gesellschaftliche Regeln für den Umgang mit Prols, Regeln, die er nicht zu übertreten gedachte. Aber er wollte einige Fragen stellen und sich die Antworten sorgfältig anhören.

Es dauerte nicht lange, bis er feststellte, daß sein Vorhaben gar nicht so leicht in die Tat umzusetzen war.

»Ich begrüße Sie, Euer Ehren, ich begrüße Sie!« sagte der Fabrikleiter und eilte aus dem Tor, noch ehe Jan seinen Wagen zum Stehen gebracht hatte. Sein Atem stieg in weißen Wolken auf, und er trat unbehaglich von einem Fuß auf den anderen.

»Vielen Dank, Radcliffe. Ich hoffe, die Dinge sind hier während meiner Abwesenheit gut gelaufen?«

In Radcliffes Lächeln lag ein Anflug von Nervosität. »Gar nicht übel, Sir. Fertiggeworden sind wir nicht, tut mir leid, Mangel an

Ersatzteilen. Vielleicht können Sie die Beschaffung beschleunigen. Aber ich will Ihnen die Unterlagen zeigen.«

Nichts schien sich geändert zu haben. Trotz der lethargischen Bemühungen eines Mannes mit einem Schrubber schienen die Pfützen nicht kleiner geworden zu sein. Jan hatte schon eine scharfe Bemerkung auf der Zunge – er öffnete bereits den Mund –, aber dann überlegte er es sich anders. Radcliffe schien mit einem Ausbruch zu rechnen, denn er warf einen hastigen Blick über die Schulter. Jan erwiderte das Lächeln. Eins zu null für die Heimmannschaft. Vielleicht hatte er früher zu schnell heftig reagiert – diesen Fehler wollte er nicht mehr machen. Mit Honig lassen sich leichter Fliegen fangen. Ein paar nette Worte, dann ein Gespräch. Es klappte gut.

Trotzdem mußte er an sich halten, als er die Druckbögen durchsah. Irgend etwas mußte er aber sagen.

»Ich bitte Sie, Radcliffe, ich will ja nicht ewig auf denselben Sachen herumreiten – aber so geht das wirklich nicht. Sie haben gut zwei Wochen Zeit gehabt, und die Liste ist so lang wie vorher.«

»Männer sind krankgemeldet gewesen, Sir, ein kalter Winter. Und wie Sie sehen, sind diese Arbeiten erledigt worden ...«

»Aber dafür hat es neue Defekte gegeben, die das, was getan wurde, mehr als wettmachen ...«

Jan spürte den zornigen Unterton in seiner Stimme und schloß energisch den Mund. Diesmal wollte er nicht die Beherrschung verlieren. Er bemühte sich, nicht mit den Stiefeln zu stampfen, als er zur Bürotür ging und in den Hauptsaal der Fabrik hinausblickte. Aus dem Augenwinkel nahm er eine Bewegung wahr: der Teewagen wurde durch den Korridor geschoben. Ja, eine Tasse Tee, das war schon besser. Er ging zu seiner Tasche und öffnete sie.

»Verflixt!«

»Stimmt etwas nicht, Sir?«

»Nichts Wichtiges. Nur habe ich heute früh im Hotel meine Thermosflasche Tee vergessen.«

»Ich kann einen Mann mit einem Fahrrad hinschicken, Sir. Dauert nur wenige Minuten.«

»Das lohnt die Mühe nicht.« Plötzlich kam Jan der große, beinahe wagemutige Einfall. »Holen Sie den Teewagen herein. Wir trinken beide eine Tasse.«

Radcliffe riß die Augen auf, und schwieg einen Augenblick lang vor Entsetzen. »O nein, Euer Ehren! Das Zeug, das wir hier servieren, würde Ihnen nicht gefallen. Ein unmöglicher Sud. Ich schicke sofort ...«

»Unsinn. Rufen Sie den Wagen her!«

Mit dieser Bitte stürzte Jan seine Umwelt in eine Verlegenheit, von der er nichts bemerkte, während er sich wieder in die Printouts vertiefte und seine Prioritäten festlegte. Die gekrümmt dastehende Teefrau rieb sich immer wieder die Hände am Rock ab und verneigte sich in seine Richtung. Radcliffe eilte hinaus und kehrte nach kurzer Zeit mit einem sauberen Handtuch zurück, mit dem sie immer wieder einen Becher auswischte. Als der Tee schließlich serviert wurde, stand er allein auf dem verbeulten Tablett.

»Sie auch Radcliffe – das ist ein Befehl!«

Der Tee war heiß – aber das war schon so ungefähr das einzige Positive, was sich über ihn sagen ließ. Der Becher war dick und am Rand vielfach abgeplatzt. »Sehr gut«, sagte Jan.

»Ja, Euer Ehren, stimmt.« Ein qualvoller Blick über den Becher.

»Wir müssen das öfter machen.«

Die Antwort war Schweigen, und Jan hatte keine Ahnung, in welche Bahnen er das Gespräch nun lenken sollte. Das Schweigen dehnte sich in die Länge, bis er den Becher ausgetrunken hatte und ihm nichts anderes übrigblieb, als sich wieder der Arbeit zuzuwenden.

Er mußte noch ausreichend Feineinstellungen vornehmen, wie auch dringende Reparaturen, die während seiner Abwesenheit übersehen worden waren. Jan konzentrierte sich voll auf seine Arbeit, und es war nach sechs Uhr, als er zu gähnen und sich zu recken begann und erkannte, daß die Tagschicht bereits nach Hause gegangen war. Ihm fiel ein, daß Radcliffe kurz hereingeschaut und etwas gesagt hatte, aber das war alles. Genug gearbeitet für einen Tag. Er packte seine Papiere ein, zog den fellgefütterten Mantel über und schloß hinter sich ab. Die Nacht war kalt und trocken, die Sterne flackerten eisig am Himmel. Das Rote Meer war weit. Erleichtert stieg er in den Wagen und stellte die Heizung an.

Heute hatte er viel erledigt. Die Kontrollanlage arbeitete gut, und wenn er den nötigen Druck machte, ließen sich die Reparaturen und Wartungsarbeiten verbessern. Und das *mußte* geschehen. Er zog energisch das Steuer herum, um einem Radfahrer auszuweichen, der plötzlich in seinem Scheinwerferstrahl erschien. Dunkle Kleidung und ein dunkles Fahrrad ohne Reflektoren. Lernten diese Leute denn nie dazu? Überall leere Felder und kein Haus in Sicht. Was machte der Mann hier in der Dunkelheit?

Die nächste Biegung brachte die Antwort. Leuchtende Fenster und ein helles Schild am Straßenrand weiter vorn. Natürlich ein Lokal; sehr oft war er schon daran vorbeigefahren, ohne es zu beachten. Es hatte auch kein Grund dazu bestanden. Jan fuhr langsamer. *Der Eiserne Herzog* stand auf dem Schild, darunter ein Bild des hohen Herrn mit hochgereckter Aristokratennase. Die Kundschaft war nicht ganz so aristokratisch; kein Wagen stand vor dem Haus, und an der Vordermauer reihten sich die Fahrräder. Kein Wunder, daß ihm das Haus bisher nicht aufgefallen war.

Er trat auf die Bremse. Natürlich! Er würde auf einen Drink hier Station machen und mit den Leuten reden. Damit konnte er nichts falsch machen. Die Gäste würden sich über sein Auftauchen bestimmt freuen. Eine interessante Anregung an einem kalten Abend. Eine gute Idee!

Jan schloß den Wagen ab und stapfte über den harten Boden zum Eingang. Unter seiner Hand schwang die Tür auf, und er betrat einen großen, hellerleuchteten Raum; dichter Tabaksqualm und Marihuanarauch lagen in der Luft. Langweilig klingende Musik dröhnte aus Lautsprechern an der Wand und übertönte die Gespräche der Männer an der Bar und an den kleinen Tischen. Frauen waren nicht anwesend, wie er interessiert feststellte. In einer richtigen Bar waren mindestens die Hälfte – oder mehr – der Gäste Frauen. Er fand eine Lücke an der Bar und klopfte aufmerksamkeitheischend, als der Barkeeper ihn zu übersehen schien.

»Aber ja, Sir, freut uns, daß Sie hier sind, Sir«, sagte der Mann und eilte herbei. Auf seinen dicken Lippen lag ein freundliches Lächeln. »Was darf es denn sein?«

»Ein großer Whisky – und etwas für Sie.«

»Also, danke, Sir. Ich nehme dasselbe.«

Jan bemerkte den Namen der Marke nicht; der Alkohol schmeckte rauher als der Whisky, den er sonst trank. Aber der Preis war in Ordnung. Die Runde kostete ihn weniger als ein Drink in seinem Stammlokal. Diese Leute hatten wirklich keinen Grund zur Klage.

Es gab inzwischen mehr Platz an der Bar, die er sogar fast für sich allein hatte. Jan drehte sich um und entdeckte an einem nahegelegenen Tisch Radcliffe und einige andere Arbeiter aus der Walsoken-Fabrik. Jan winkte ihnen zu und trat an den Tisch.

»Na, Radcliffe, suchen Sie ein wenig Entspannung?«

»Könnte man sagen, Euer Ehren.« Die Worte klangen kalt und förmlich; der Mann schien aus irgendeinem Grund verlegen zu sein.

»Haben Sie etwas dagegen, wenn ich mich jetzt zu Ihnen setze?«

Es gab undeutliches Gemurmel am Tisch, das Jan als Zustimmung auslegte. Er zog sich einen leeren Stuhl vom Nachbartisch heran, setzte sich und schaute in die Runde. Niemand begegnete seinem Blick; alle starrten nur in ihr Bier.

»Ein kalter Abend, nicht wahr?« Einer der Männer trank schlürfend; eine andere Antwort bekam er nicht. »Und die Winter werden auch in den nächsten Jahren kalt ausfallen. Man nennt das eine kleine Eiszeit, eine kleine Wetterveränderung innerhalb der großen Wetterzyklen. Es wird keine neue Eiszeit geben, jedenfalls nicht so bald, aber man muß damit rechnen, daß diese kalten Winter noch eine Weile anhalten.«

Sein Publikum zeigte nicht gerade Begeisterung, und Jan hatte plötzlich das Gefühl, sich zum Narren zu machen. Warum war er überhaupt hier eingekehrt? Was konnte er von diesen Dummköpfen erfahren? Sein Gedanke war dumm gewesen. Er leerte sein Glas und ließ es auf dem Tisch stehen.

»Viel Spaß noch, Radcliffe. Ihnen allen. Wir sehen uns morgen bei der Arbeit wieder, und dann kümmern wir uns mit Hochdruck um die Wartung. Es gibt viel zu tun.«

Die Männer murmelten etwas, das er nicht mehr mitbekam. Zum Teufel mit Theorien und blonden Mädchen in U-Booten! Er mußte verrückt geworden sein, solche Lokale aufzusuchen und so verqueren Gedanken nachzuhängen! Zum Teufel damit! Die kalte Luft tat ihm gut nach dem Gestank im Lokal. Vor ihm stand sein Wagen – zwei Männer beugten sich über die offene Tür.

»Halt! Was soll das?«

Jan lief auf die beiden zu. Dabei glitt er auf dem Eis aus. Die Fremden hoben hastig den Kopf, ein vager Eindruck bleicher Gesichter, dann machten sie kehrt und liefen in die Dunkelheit.

»Halt! Hören Sie – halt!«

Die Kerle brachen in seinen Wagen ein – Verbrecher! Das sollten sie ihm büßen! Er folgte ihnen um das Haus, und einer blieb stehen. Gut! Er drehte sich um ...

Die Faust des Mannes sah er nicht kommen. Er spürte nur die schmerzhafte Explosion an seinem Kinn. Und stürzte.

Es war ein harter, grausamer Hieb, und er mußte einige Sekunden lang bewußtlos gewesen sein, denn als er wieder denken konnte, hockte er auf Händen und Knien da und schüttelte den schmerzenden Kopf. Ringsum gab es Gebrüll, hastige Schritte. Hände packten ihn an der Schulter und zerrten ihn hoch. Irgend jemand half ihm in das Lokal, in ein kleines Zimmer, in dem er sich schwer in einen tiefen Sessel fallen ließ. Ein nasses Handtuch legte sich kühl auf seine Stirn, berührte sein schmerzendes Kinn. Er griff danach und hielt den Stoff auf die Wunde und blickte zu Radcliffe empor, der allein mit ihm war.

»Ich kenne den Mann, der mich geschlagen hat«, sagte Jan.

»Ich glaube nicht, daß Sie das tun, Euer Ehren. Ich glaube, es war keiner von den Leuten, die in der Fabrik arbeiten. Ich lasse den Wagen bewachen, Sir. Soweit ich feststellen kann, ist nichts gestohlen worden, Sie waren zu schnell. Ein bißchen Schaden hat es gegeben, weil die Tür aufgestemmt wurde ...«

»Ich habe gesagt, ich *kenne* den Mann! Konnte sein Gesicht ganz deutlich sehen, als er zuschlug. Und er arbeitet in der Fabrik!«

Das kühle Tuch war angenehm. »Sampson, oder so ähnlich. Wissen Sie noch – der Mann, der die Fabrik niederzubrennen versuchte. Simmons – so hieß er!«

»Der kann es nicht gewesen sein, Sir. Er ist tot.«

»Tot? Das begreife ich nicht. Vor zwei Wochen war er doch noch bei bester Gesundheit.«

»Selbstmord, Sir. Konnte den Gedanken nicht ertragen, wieder Arbeitslosengeld zu beziehen. Jahrelang hat er studiert, um den Posten zu kriegen. Hatte ihn nur wenige Monate.«

»Na, mich können Sie für seine Unfähigkeit nicht zur Rechenschaft ziehen. Sie waren meiner Ansicht, das weiß ich noch, daß seine Entlassung die einzige Möglichkeit war. Wissen Sie noch?«

Diesmal senkte Radcliffe den Blick nicht, und in seiner Stimme lag ungewohnte Härte.

»Ich weiß nur, daß ich Sie gebeten habe, ihn nicht zu entlassen. Sie lehnten das ab.«

»Sie wollen damit doch nicht andeuten, daß ich für seinen Tod verantwortlich bin, oder?«

Radcliffe antwortete nicht, ebensowenig veränderte sich sein ausdrucksloses Gesicht. Und er nahm den Blick nicht von Jans Gesicht. Jan drehte sich als erster zur Seite.

»Direktionsentscheidungen sind manchmal nicht leicht zu treffen. Aber es führt kein Weg daran vorbei. Trotzdem könnte ich schwören, daß der Mann Simmons war. Sah ihm sehr ähnlich.«

»Jawohl, Sir. Es war sein Bruder. Wenn Sie wollen, können Sie das mühelos feststellen.«

»Na, vielen Dank, daß Sie es mir gesagt haben. Die Polizei wird sich der Sache annehmen.«

»Ach ja, Ingenieur Kulozik?« Radcliffe richtete sich auf, und in seiner Stimme lag ein Timbre, das Jan von ihm noch nicht gehört hatte. »Müssen Sie den Vorfall denn anzeigen? Simmons ist tot, genügt das nicht? Sein Bruder kümmert sich um seine Frau und die Kinder. Und das alles von seinem Arbeitslosengeld. Für den Rest seines Lebens. Ist es da verwunderlich, daß er sich aufgeregt hat? Ich will ihn nicht entschuldigen; er hatte kein Recht, so zu handeln. Wenn Sie die Sache vergessen könnten, wären Ihnen hier einige Leute sehr dankbar. Er ist nicht mehr der alte gewesen, seit er seinen toten Bruder fand.«

»Es ist meine Pflicht ...«

»Ach wirklich, Sir? Die Pflicht wozu? Bei Ihresgleichen zu bleiben und uns in Ruhe zu lassen! Wären Sie hier heute abend nicht aufgekreuzt, um sich in eine Runde zu drängen, in der Sie nicht erwünscht sind, wäre nichts geschehen. Lassen Sie den Vorfall auf sich beruhen, sage ich. Steigen Sie in Ihren Wagen und verschwinden Sie von hier. Unternehmen Sie nichts weiter.«

»Nicht erwünscht ...?« Jan versuchte sich mit dem Gedanken abzufinden, daß die Männer ihm solche Gefühle entgegenbrachten.

»Hier nicht erwünscht. Ich habe genug gesagt, Euer Ehren. Vielleicht zuviel. Tun Sie, was Sie wollen. Was geschehen ist, ist geschehen. Man wird Ihren Wagen bewachen, bis Sie kommen.«

Er ließ Jan allein. Und er fühlte sich einsamer als je zuvor in seinem Leben.

5

Langsam fuhr Jan zu seinem Hotel in Wisbech zurück; düstere Gedanken wirbelten in seinem Kopf herum. Die Bar des *Weißen Löwen* war überfüllt, und er ging hastig vorbei und über die quietschende Treppe in sein Zimmer. Die geprellte Stelle an seiner Wange fühlte sich schlimmer an, als sie aussah. Er kühlte sie mit Wasser; das feuchte Tuch gegen das Gesicht haltend, starrte er sich im Spiegel an. Er mußte ein absoluter Dummkopf sein.

Nachdem er sich aus der Zimmerbar einen großen Drink eingeschenkt hatte, starrte er blicklos aus dem Fenster und versuchte sich klar zu machen, warum er die Polizei noch nicht angerufen hatte. Mit jeder Minute wurde dieser Weg ungangbarer, denn die Beamten würden wissen wollen, warum er gewartet hatte. Ja, warum wartete er? Man hatte ihn brutal angegriffen, in seinen

Wagen war eingebrochen worden, das Fahrzeug war sogar beschädigt. Er hatte doch wahrlich das Recht, den Mann anzuzeigen.

War er für Simmons' Tod verantwortlich gewesen?

Das konnte nicht sein, so etwas war unmöglich. Wenn ein Mann seine Arbeit nicht gut verrichtete, hatte er seine Stellung nicht verdient. Wenn nur einer von zehn Anstellung fand, mußte er schon gut sein, sonst flog er raus, wurde auf die Straße gesetzt. Und mit Recht! Und Simmons war nicht gut gewesen. Also wurde er entlassen. Und war jetzt tot.

»Ich habe es nicht getan«, sagte Jan mit lauter, fester Stimme. Dann begann er seinen Koffer zu packen. Zum Teufel mit der Walsoken-Fabrik und den Leuten, die dort arbeiteten! Seine Aufgabe war mit dem Einbau und der Aktivierung der Kontrollanlage beendet gewesen. Um Wartungsarbeiten brauchte er sich wahrhaftig nicht zu kümmern. Darüber sollte sich ein anderer Gedanken machen. Dazu hatte er seine teure Ausbildung nicht erhalten. Warum machte er sich überhaupt Gedanken um diese untergeordneten Leute? Morgen würde er seinen Bericht einschicken, dann konnte sich Ingenieurskonzent Gedanken über die nächsten Maßnahmen machen. Es gab genug Arbeit für ihn; mit seiner Berufserfahrung hatte er so gut wie freie Wahl. Und er hatte keine Lust, sich inmitten gefrorener Felder in einer lecken Alkoholfabrik aufzuhalten.

Sein Gesicht schmerzte, und auf dem Rückweg trank er mehr, als geboten war. Als der Wagen die Londoner Abfahrt der Autobahn erreichte, schaltete er auf Handkontrolle, ohne daß etwas passierte. Der Computer überwachte seinen Blutalkoholspiegel, der das gesetzliche Minimum überschritten hatte. Der Computer gab die Kontrolle nicht her. So war die Fahrt langsam, langweilig und aufreibend, da der automatischen Anlage nur wenige Wege durch London zur Verfügung standen, die für sein Ziel große Umwege bedeuteten. Abkürzungen gab es nicht. Und an jeder Kreuzung gab es Warterei, denn jedes handgesteuerte Fahrzeug hatte automatisch Vorfahrt, egal wie langsam es fuhr. Erst vor der Garagentür schaltete sich der Computer aus, und Jan leistete sich den kleinen Spaß, mit überhöhtem Tempo die Rampe hinabzurasen und heftig abbremsend in seine Parknische zu schlittern, was ihm einen verbeulten Kotflügel eintrug. Es folgte mehr Whisky, und er erwachte um drei Uhr früh: das Licht brannte noch, und der Fernseher hielt in der Ecke Selbstgespräche. Am nächsten Morgen erwachte er spät und leerte gerade seine erste Tasse Kaffee, als sich der Türmelder regte. Er starrte mit zusammengekniffenen Augen auf den Bildschirm und gab die Sperre frei. Es war sein Schwager.

»Du siehst heute früh ein bißchen zerzaust aus«, sagte Thurgood-Smythe und legte Mantel und Handschuhe säuberlich auf die Couch.

»Kaffee?«

»Bitte ja.«

»Ich fühle mich so, wie ich aussehe«, sagte Jan, der sich die Lüge bereits beim Aufwachen zurechtgelegt hatte. »Bin auf dem Eis ausgerutscht und habe mir wohl einen Zahn angeknackst. Als ich nach Hause kam, habe ich zuviel getrunken, um den Schmerz zu betäuben. Der verdammte Wagen hat mich nicht fahren lassen.«

»Der Fluch der Automatisierung! Hat sich schon jemand um den Zahn gekümmert?«

»Nein. Nicht nötig. War nur eine Prellung. Jetzt komme ich mir ziemlich töricht vor.«

»Passiert uns allen mal. Elizabeth möchte dich für heute abend zum Essen einladen. Kannst du es einrichten?«

»Jederzeit. Schließlich ist sie die beste Köchin in London. Solange sie mich nicht wieder unter die Haube bringen will.« Mißtrauisch starrte er Thurgood-Smythe an, der mit spitzem Finger lächelnd auf ihn deutete.

»Genau das habe ich ihr auch gesagt. Sie meinte zwar, das Mädchen sei einzigartig, aber dann war sie doch damit einverstanden, sie nicht einzuladen. Abendessen zu dritt.«

»Vielen Dank, Smitty. Liz will einfach nicht einsehen, daß ich nicht fürs Heiraten gemacht bin.«

»Ich sagte ihr, du würdest sicher noch auf dem Totenbett ›nein‹ sagen, aber da hat sie mich nur groß angesehen.«

»Ich hoffe, daß ich es so lange durchhalte. Aber du bist sicher nicht quer durch die Stadt zu mir gekommen, wenn ein Anruf auch genügt hätte.«

»Natürlich nicht. Habe da einen neuen Apparat für dich. Schau ihn dir einmal an.« Er zog ein flaches Päckchen aus der Tasche und reichte es dem Schwager.

»Ich weiß noch nicht, wie scharf ich heute früh sehen kann. Aber ich will's gern versuchen.«

Jan zog einen Metallbehälter aus dem Umschlag und öffnete ihn. Drinnen befanden sich einige winzige optische Anzeigen und Kontrollen. Ein vorzüglich gefertigtes Stück. Nicht zum erstenmal brachte Thurgood-Smythe kleine Nebenarbeiten für Jan. Elektronische Instrumente, die durch die Sicherheitspolizei erprobt wurden, oder technische Probleme, bei denen fachliche Hilfe benötigt wurde. So etwas blieb in der Familie, und bisher hatte Jan auch immer gern ausgeholfen. Besonders wenn es Barzuwendungen gab, sollte er für ein Problem einmal längere Zeit benötigen.

»Sieht hübsch aus«, sagte er jetzt. »Aber ich habe nicht die geringste Vorstellung, was das Ding macht.«

»Aufspüren jeder Abhörschaltung.«

»Unmöglich!«

»Das glauben alle, aber wir haben im Labor ein paar kluge Denker. Dieses Gerät ist dermaßen empfindlich, daß es jedes Element eines Stromkreises auf Grundwiderstand und Stromverlust analysiert. Wenn man ein durch Draht weitergegebenes Signal belauscht, verursacht dieser Abhörvorgang eine meßbare Veränderung des Impulses, die ihrerseits aufspürbar ist. Begreifst du das?«

»Durchaus. Aber bei einer solchen Sendung geht ohnehin viel Spannung verloren, durch Schalter, Verbindungen und so weiter – ich begreife also nicht, wie das Ding funktionieren sollte.«

»Angeblich analysiert es jeden Verlust, stellt fest, worum es sich handelt, mißt nach, wie groß er wirklich sein sollte, und geht zur nächsten Impulsunterbrechung weiter, wenn alles stimmt.«

»Dazu kann ich nur sagen: *toll*! Wenn man so viele Schaltungen und Kontrollen in diesen kleinen Kasten packen kann, sind deine Fachleute wirklich Klasse. Was soll ich nun tun?«

»Wie testen wir das Ding außerhalb des Labors, um festzustellen, ob es funktioniert?«

»Kein Problem. Verbindet das Ding mit etlichen Telefonen – von euch und anderen Leuten in eurem Laden, und laßt es eine Weile laufen. Dann legt Abhörschaltungen auf und paßt auf, ob der Apparat seine Pflicht tut.«

»Hört sich ganz einfach an. Man hat mir gesagt, daß man es mit der Mikrofon-Eingabe benutzt. Gibt's damit Probleme?«

»Nein. Ganz einfach.« Jan ging zu seinem Telefon und befestigte das Gerät über dem Mikrofon. Sofort flammte das Bereitschaftslicht auf. »Dann redest du ganz normal ins Mikrofon.«

»Probieren wir's mal aus. Ich sage Elizabeth, daß du heute abend kommst.«

Es war ein kurzes Gespräch, und beide beobachteten die schnellen Signale, die auf dem Überwachungsgerät aufblitzten. Es schien zu funktionieren. Thurgood-Smythe unterbrach die Verbindung. Die visuelle Anzeige erschien.

ABHÖRSCHALTUNG AUF DIESER LEITUNG.

»Scheint zu funktionieren«, sagte Thurgood-Smythe leise und blickte Jan an.

»Zu funktionieren ... Soll das heißen, das Ding hat an meinem Telefon eine Abhörung festgestellt? Um alles auf der Welt, warum sollte ...« Jan überlegte einen Augenblick lang und hob dann anklagend den Finger. »Heraus damit, Smitty! Es ist kein Zufall, daß du heute hier aufgetaucht bist und das Ding angebracht hast. Du wußtest, daß mein Telefon überwacht wird. Aber warum?«

»Sagen wir lieber, ich habe mit so etwas ›gerechnet‹, Jan. Genau wußte ich es nicht.« Er trat ans Fenster, schaute hinaus und flocht hinter seinem Rücken die Hände zusammen. »Mein Geschäft ist voller Unwägbarkeiten und Verdächtigungen. Aus einer gewissen Abteilung sind mir Hinweise zugeflossen, daß du unter Beobachtung stehst. Ich konnte mich nicht gut danach erkundigen, man hätte alles abgestritten.« Er drehte sich um, und sein Gesicht wirkte sehr abweisend. »Aber jetzt weiß ich Bescheid. Dafür werden ein paar Köpfe rollen. Ich lasse es nicht zu, daß irgendein Paragraphenreiter meine Familie überwacht. Ich nehme mich der Sache an und kann dich nur bitten, das alles zu vergessen.«

»Das täte ich gern, Smitty. Aber es geht wohl leider nicht. Ich muß wissen, was hier vorgeht.«

»Das hatte ich mir fast gedacht.« Thurgood-Smythe hob resignierend die Hand. »Du warst zur falschen Zeit am falschen Ort, das ist alles. Es genügt aber, um solche niederen Bürokraten zum Handeln zu bringen.«

»Ich bin aber an keinem ungewöhnlichen Ort gewesen – mal abgesehen von dem Schiffsunglück.«

»Darum geht es. Ich habe dir hinsichtlich deiner Beobachtungen nicht die Wahrheit gesagt. Ich kann dir mehr verraten, aber die Information darf nicht aus diesem Zimmer heraus.«

»Du müßtest mich eigentlich kennen!«

»Tut mir leid. War eine anstrengende Woche. Bei den Leuten im ersten Boot handelte es sich um Verbrecher, um Schmuggler. Sie hatten Rauschgift an Bord. Das zweite Schiff war unsere Küstenwache. Die hat die Übeltäter erwischt und in Fetzen geschossen.«

»Illegale Rauschgifte? Ich wußte nicht, daß es so etwas gibt. Aber wenn es sie gibt und die Leute erwischt wurden – dann scheint mir das doch eine gute Meldung für die Abendnachrichten zu sein.«

»Da bin ich ganz deiner Meinung – andere aber nicht. Sie glauben, daß solche Publicity die Leute nur noch mehr zur Gesetzesübertretung anregen würde. Das ist hohe Politik, und wir müssen uns daran halten, und du steckst genau dazwischen. Aber nicht mehr lange. Vergiß die Überwachung und meine Worte und sei heute abend um acht Uhr zum Aperitif zur Stelle.«

Jan ergriff die Hand seines Schwagers.

»Wenn meine Stimme nicht dankbar genug klingt, dann liegt das nur an meinem Kater. Vielen Dank. Es ist ein angenehmes Gefühl, dich in der Nähe zu wissen. Ich begreife kaum etwas von dem, was du mir da erzählt hast, und vielleicht will ich es auch gar nicht verstehen.«

»So ist es am besten. Bis heute abend.«

Als die Tür zugefallen war, schüttete Jan seinen kalten Kaffee in den Ausguß und ging zur Bar. Normalerweise nahm er keinen Frühschoppen zu sich, aber heute war ein besonderer Tag. Hatte Smitty ihm etwas vorgespielt, oder stimmte seine Geschichte? Steckte mehr hinter der Sache, als man ihm bisher offenbart hatte? Ihm blieb nichts anderes übrig, als davon auszugehen. Und aufzupassen, was er am Telefon sagte.

Und plötzlich überfiel ihn die Erkenntnis, daß Saras Äußerungen an Bord des U-Bootes der Wahrheit entsprachen. Die Welt erwies sich nicht als das klar überschaubare Spielfeld, als die er sie immer gesehen hatte.

Draußen schneite es, und London war hinter einem wirbelnden weißen Vorhang verschwunden. Was sollte er tun? Jan wußte, daß er vor einer wichtigen Entscheidung stand, vor einer Gabelung des Weges, die sein ganzes weiteres Leben bestimmen würde. Vielleicht die entscheidende Gabelung, die wichtigste von allen. In den letzten Wochen hatte er etliche Erschütterungen überwinden müssen, wohl mehr, als er in seinem ganzen bisherigen Leben durchgemacht hatte. Auseinandersetzungen in der Schule, Prügelstrafen der Lehrer, Prüfungen in der Universität, Liebesbeziehungen – das alles war im Grunde einfach gewesen. Das Leben war auf ihn zugeströmt, und er hatte es gegriffen, wie es kam. Alle Entscheidungen waren ihm leichtgefallen, weil sie mit dem Strom gingen. Ja, heute war das anders: jetzt kam die große Entscheidung.

Natürlich konnte er nichts tun, er konnte alles ignorieren, was er gehört und entdeckt hatte, und sein Leben weiterführen wie bisher.

Nein – das war unmöglich. Alles hatte sich verändert. Die Welt, in der er lebte, war nicht die echte Welt, sein Bild der Realität nicht das wahre. Israel, Schmuggler, U-Boote, Demokratie, Slavenhaltergesellschaft. Diese Dinge waren vorhanden, und er hatte davon keine Ahnung gehabt. Er war so irregeleitet gewesen wie die Menschen vor Kopernikus, die der Meinung gewesen waren, die Sonne kreise um die Erde. Sie hatten geglaubt – nein, sie hatten *gewußt* –, daß es sich so verhielt. Und sie hatten falsch gelegen. Er hatte von seiner Welt gewußt – und war ebenso weit an der Realität vorbeigegangen.

In diesem Augenblick hatte er keine Ahnung, wohin sein Weg ihn führen würde, und hatte plötzlich das deprimierende Gefühl daß ihn vielleicht eine Katastrophe erwartete. Vielleicht – aber dieses Risiko mußte er eingehen. Er war stolz auf seine Gedankenfreiheit, auf die Fähigkeit, vernünftig und emotionslos zu denken und damit zur Wahrheit zu gelangen, wie immer sie aussehen mochte.

Nun, es gab etliche Wahrheiten in jener Welt, von der er nichts wußte – und er würde sie finden. Und er wußte auch schon, wie er das anstellen würde. Es war einfach und würde womöglich Spuren hinterlassen, aber wenn er es richtig anstellte, würde man ihn nicht erwischen.

Lächelnd setzte er sich mit Block und Stift hin und entwarf ein Computerprogramm zum Stehlen.

6

»Ich kann Ihnen gar nicht sagen, wie sehr ich mich darüber freue, daß Sie bei unserem Programm mitmachen«, sagte Sonja Amariglio. »Unsere Mikroschaltungen sind beinahe ausnahmslos so uralt, daß sie ins Museum gehören, und ich mache mir täglich verzweifelte Gedanken darum, wie wir das verbessern.« Sie war beleibt und grauhaarig und wirkte sehr klein hinter dem großen Tisch. Und ihr belgisch-französischer Akzent war trotz der langen Jahre in London noch ziemlich ausgeprägt. Sie wirkte wie eine Hausmeisterin oder erschöpfte Hausfrau. Aber sie galt als führende Kommunikationstechnikerin der Welt.

»Das Vergnügen, hier zu arbeiten, ist ganz meinerseits, Madame Amariglio. Ich muß allerdings zugeben, daß ich aus durchaus egoistischen Gründen in Ihre Abteilung komme.«

»Solchen Egoismus kann ich immer gebrauchen!«

»Nein, ich spreche die Wahrheit. Ich arbeite an einer kleineren Version des nautischen Navigatorgeräts und bin dabei auf Probleme gestoßen. Schließlich ging mir auf, daß mein größtes Problem darin bestand, zu wenig über die Schaltungen auf seiten der Satelliten zu wissen. Als ich erfuhr, daß Sie einen Mikroschaltungs-Techniker suchen, ergriff ich die Gelegenheit.«

»Sie sind ein fähiger Mann und mir doppelt willkommen. Wir gehen jetzt in Ihr Laboratorium.«

»Wollen Sie mir nicht zuerst einmal meine Aufgabe umschreiben?«

»Ihre Aufgabe ist alles«, sagte sie und breitete mit einer schnellen, umfassenden Bewegung die Hände aus. »Sie sollen zuerst unsere Schaltungen verstehen, Fragen stellen, unsere Satelliten kennenlernen. Wir haben so viele Probleme, daß ich Sie damit nicht sofort belasten will. Wenn Sie sich dann auskennen, werde ich Ihnen einen ganzen Stapel – so hoch ist er! – dieser Probleme auf den Tisch legen. Es wird Ihnen leid tun, daß Sie zu uns gestoßen sind.«

»Das glaube ich kaum. Ich freue mich ehrlich darauf.«

Und das war die Wahrheit. Er mußte in einem sehr großen Laboratorium arbeiten, und es war ein glücklicher Zufall, daß er auf die freie Stelle im Satellitenprogramm gestoßen war. Er konnte hier tatsächlich an der Weiterentwicklung seines Navigators arbeiten. Und er konnte sich außerdem nützlich machen, wenn die Mikroschaltungen tatsächlich so veraltet waren, wie man ihm angedeutet hatte.

Die Wirklichkeit war noch schlimmer als erwartet. Der erste Satellit, den er sich gründlich ansah, war eine große, zwei Tonnen schwere geosynchrone Maschine, die 35.924 Kilometer hoch über dem Atlantik hing. Sie machte seit Jahren Ärger, und nur noch knapp die Hälfte ihrer Anlagen waren in Betrieb. Ein Ersatz wurde bereits hergestellt. Jan prüfte die Diagramme des Ersatzsatelliten durch – dabei hatte er einen umfassenden Bauplan auf einen Schirm geschaltet und detaillierte Aufschlüsselungen in Farbe auf den größeren Bildschirm vor sich. Einige Schaltungen kamen ihm vertraut vor – zu vertraut. Er drückte den Stift gegen den Schirm und ließ die Information kommen. Eine dritte visuelle Darstellung erschien und gab bestimmte Ziffern an.

»Es ist nicht zu fassen!« rief Jan.

»Haben Sie mich gerufen, Euer Ehren?« Ein Laborhelfer, der einen mit Instrumenten beladenen Wagen schob, blieb stehen und drehte sich zu ihm um.

»Nein, nichts. Vielen Dank. Ich habe nur mit mir selbst geredet.«

Der Mann eilte weiter. Jan schüttelte staunend den Kopf. Solche Schaltungen hatten in seinen Schulbüchern gestanden; sie mußten mindestens fünfzig Jahre alt sein! Seither hatte es mindestens ein Dutzend wesentliche Verbesserungen gegeben. Wenn es davon noch mehr gab, konnte er die Satellitenkonstruktion mühelos dadurch verbessern, daß er bestehende Entwürfe aktualisierte. Langweilig, aber einfach. Und das verschaffte ihm genügend freie Zeit für sein Privatprojekt.

Auch damit kam er gut voran. Er hatte sich bereits an den meisten Riegeln des Computers der Oxford-Universität vorbeigeschaltet und suchte nun nach gesperrten Bereichen in den Geschichtsspeichern. Seine jahrelange Arbeit im Entwerfen von Computerschaltungen war nicht umsonst gewesen.

Computer sind absolut unintelligent. Riesige Additionsmaschinen, die alles an den Fingern abzählen. Nur haben sie unglaublich viele Finger zur Verfügung und können sehr schnell zählen. Sie können allerdings keinen eigenen Gedanken fassen oder etwas tun, für das sie nicht programmiert worden sind. Wenn ein Computer als Gedächtnisspeicher arbeitet, beantwortet er jede ihm gestellte Frage. Die Speicher einer öffentlichen Bibliothek stehen jedem zur Verfügung, der an ein Terminal herankommt. Ein Bibliothekscomputer ist sehr hilfsbereit. Er sucht ein Buch nach dem Titel, nach dem Autorennamen oder auch nach dem Thema. Er liefert Informationen über ein Buch oder Bücher, bis der Kunde überzeugt ist, daß es sich wirklich um das gewünschte Buch handelt. Auf ein Zeichen hin überträgt der Bibliothekscomputer das Buch innerhalb weniger Sekunden auf den Gedächtnisspeicher des anfragenden Computerterminals. Einfach.

Aber selbst ein Bibliothekscomputer kennt gewisse Grenzen in der Freigabe von Material. Eine Beschränkung ist das Alter des Anfragenden und der Zugang zur Pornographie-Sektion. Ein Kundenkode enthält automatisch das Geburtsdatum des Kunden – wie auch andere wichtige Informationen, und wollte ein zehnjähriger Junge *Fanny Hill* lesen, würde seine Anforderung höflich abgelehnt. Und wenn er nicht nachgibt, wird er feststellen, daß der Computer darauf programmiert ist, seinem Arzt von dieser anhaltenden Verfehlung Meldung zu machen.

Würde der Junge jedoch die Kennummer seines Vaters benutzen, müßte ihm der Computer *Fanny Hill* liefern, mit farbigen Illustrationen, ohne Rückfrage.

Jan wußte genau, wie gedankenlos Computer in Wirklichkeit sind, und ihm war bekannt, wie man die Sperren und Warnungen umging, die in die Programme eingebaut waren. Nach knapp einer Woche an seiner neuen Arbeitsstelle hatte er bereits Zugang zu einem unbenutzten Terminal im Balliol-College, hatte ihm einen neuen Prioritätskode verschafft und benutzte ihn, um Zugang zu den gewünschten Unterlagen zu finden. Sollten seine Erkundigungen irgendwo Alarm auslösen, konnte die Anfrage nur ins Balliol-College zurückverfolgt werden, wo solche Dinge wohl immer mal passierten. Wurde die Spur weiter aufgenommen, lief die Schaltung noch durch das pathologische Laboratorium in Edinburgh, ehe sie sein Terminal erreichte. Auf diesem Weg hatte er genügend eigene Alarmsignale eingebaut, um sofort zu wissen, wenn man ihn aufzuspüren versuchte, so rechtzeitig, daß er die Verbindung unterbrechen und alle Hinweise auf seine Aktivitäten löschen konnte.

Heute wollte er feststellen, ob seine Arbeit die Mühe wert gewesen war. Er hatte das Anfrageprogramm zu Hause vorbereitet und trug es jetzt bei sich. Die morgendliche Teepause hatte begonnen, und die meisten Laborarbeiter hatten ihre Plätze verlassen. Jan hatte auf vier Schirmen Diagramme laufen. Und niemand beobachtete ihn. Er nahm eine kleine Zigarre zur Hand – zu seiner Verstellung gehörte es, daß er nach beinahe acht Jahren wieder zu rauchen begonnen hatte – und nahm den Glühzünder aus der Tasche, um die Zigarre anzuzünden. Das Element wurde im Nu weißglühend, und er atmete eine Rauchwolke aus. Und stellte das Feuerzeug vor sich auf die Werkbank. Genau auf einen scheinbar zufälligen Tintenfleck, den er in Wirklichkeit sehr sorgfältig berechnet hatte.

Er leerte den Schirm, der ihm am nächsten war, und fragte ihn, ob er bereit war, Informationen zu lesen. Die Antwort fiel positiv aus – und das bedeutete, daß der Anzünder richtig über den Drähten in der Werkbank stand. Er drückte die Anfangs-Taste, und der Schirm sagte: READY. Das Programm war jetzt im Computer. Das Feuerzeug wanderte wieder in seine Tasche, zusammen mit dem 64K umfassenden magnetischen Speicher, den er installiert hatte, in den Raum, der durch den Einbau einer kleineren Batterie freigeworden war.

Der Augenblick der Wahrheit. Wenn er das Programm gut geschrieben hatte, müßte er die benötigte Information herausziehen, ohne eine Spur seiner Anforderung zu hinterlassen. Selbst wenn der Alarm losging, war er überzeugt, daß man ihn nicht leicht aufspüren konnte. Denn sobald der Edinburgh-Computer die Daten hatte, würde er sie nach Balliol übertragen. Ohne auf die Empfangsbestätigung zu warten, würde er das Programm aus allen Speichern löschen, Anforderung, Übertragung und auch Addressat. Balliol würde dasselbe tun, sobald das Terminal die Information an ihn ins Labor weitergegeben hatte. Wenn die Information nicht richtig ankam, hieß das, daß er die Schaltfolge mühsam wiedererrichten mußte. Aber die Anstrengung lohnte sich. Keine Anstrengung war zu groß, wenn sie dazu führte, daß man nicht aufgespürt wurde.

Jan streifte die Asche von seiner Zigarre in den Aschenbecher und sah, daß niemand in seine Richtung blickte; niemand konnte sehen, was er tat. Er benahm sich völlig normal. Er tippte das Kodewort ISRAEL auf den Schirm. Dann RUN, dann drückte er die Aktionstaste.

Sekunden vergingen. Langsam. Fünf, zehn, fünfzehn. Er wußte, daß es Zeit kostete, zum Speicher vorzudringen, die kodierten Sperren zu umgehen, den richtigen Bezug zu finden, und dann die Information zu übermitteln. Bei Tests, die er mit nicht geheimem

Material aus derselben Quelle durchgeführt hatte, hatte er allerhöchstens achtzehn Sekunden warten müssen. Diesmal gab er sich zwanzig Sekunden Zeit, nicht mehr. Sein Finger lag bereits auf der Taste, die die Verbindung trennen würde. Achtzehn Sekunden. Neunzehn.

Er wollte schon drücken, als sich der Schirm leerte und die Nachricht offenbarte: PROGRAMM ABGESCHLOSSEN.

Vielleicht hatte er etwas – vielleicht auch nicht. Aber das Risiko, sich gleich näher damit zu befassen, wollte er nicht eingehen. Er drückte die halb aufgerauchte Zigarre aus, nahm eine frische aus der Packung und zündete sie an. Und stellte den Glühanzünder auf den Arbeitstisch. Er befand sich wieder an der richtigen Stelle.

Es dauerte nur wenige Sekunden, den Inhalt des Computerspeichers in den Kleinspeicher im Feuerzeug zu übertragen. Sobald das Gebilde wieder sicher in seiner Tasche lag, beseitigte er alle Spuren seiner Tätigkeit aus den Speichern des Terminals und holte sich wieder ein Diagramm auf den Schirm. Dann ging er seinen Tee holen.

Jan wollte an diesem Tag nichts Ungewöhnliches tun und konzentrierte sich wie immer auf seine Satellitenstudien. Sein Interesse war bald gebannt, so daß er über der Kompliziertheit der Schaltungen den Inhalt seines Feuerzeugs völlig vergaß. Am Abend ging er nicht als erster – aber auch nicht als letzter. In der Abgeschiedenheit seiner Wohnung warf er den Mantel hin und verschloß die Tür. Und überprüfte den Einbruchalarm, den er angebracht hatte. Die Reaktion war negativ; anscheinend war seit dem Morgen niemand in der Wohnung gewesen.

Der Speicher entleerte sich aus dem kleinen Kern im Feuerzeug in seinen Computer. Es war tatsächlich etwas vorhanden, doch ob sein Plan erfolgreich abgelaufen war, ließ sich nur auf einem Weg feststellen. Er tippte ABLAUF ein und drückte AKTION

Alles war da. Viele Seiten Text. Die Geschichte des Staates Israel aus biblischer Zeit bis in die Gegenwart. Ohne Lücken oder erfundene Berichte über UN-Enklaven. Es schien alles so zu sein, wie Sara behauptet hatte, allerdings mit viel mehr Einzelheiten. Der Blickwinkel war sicher anders, doch im großen und ganzen hatte sie ihm die Wahrheit gesagt. Was es ziemlich sicher erscheinen ließ, daß auch alle ihre anderen Äußerungen wahr gewesen waren. War er ein Sklavenherr? Er würde sich noch weiter umhören müssen, um festzustellen, was sie mit der Bemerkung meinte, und um sich über die Demokratie zu informieren. Zunächst studierte er mit wachsendem Interesse einen Geschichtsverlauf, der sich total von dem unterschied, den er in der Schule gelernt hatte.

Der Text war allerdings nicht komplett. Die Aufzeichnung brach plötzlich mitten in einer Zeile ab. Zufall? Ein kleiner Fehler irgendwo in dem komplizierten Programm, das er geschaffen hatte? Möglich – aber er nahm es nicht an. Eher mußte er davon ausgehen, daß hier ein bewußter Eingriff vorlag und er seinen ganzen Plan umformulieren sollte. Wenn er beim Zugriff zu der gewünschten Information einen Schlüsselkode verpaßt hatte, dann mochte ein Alarm losgegangen sein. Dann wäre das laufende Programm auf diese Weise unterbrochen worden. Und aufgespürt.

Ein kalter Schauer lief Jan über den Rücken, obwohl es im Zimmer ziemlich warm war. Er stellte sich dumm an; so tüchtig konnten die Sicherheitsbehörden gar nicht sein. Aber – warum eigentlich nicht? Es war immerhin eine Möglichkeit. Er verdrängte den Gedanken daran einen Augenblick lang, holte sich aus dem Tiefkühlgerät etwas zu essen und stellte es in den Mikrowellenherd.

Nach dem Essen studierte er das Material noch einmal, und begann hastig noch einmal von vorn, als er das abrupte Ende erreichte. Schließlich drehte er den Text noch einmal durch und las die wichtigeren Absätze ein letztesmal, dann tippte er SCR und löschte alles, verwandelte verständliche Symbole wieder in willkürlich gruppierte Elektronen. Ebenso den Speicher im Feuerzeug. Er führte das Gerät durch das starke Magnetfeld des Löschers – dann hielt er inne. Es genügte noch nicht. Es dauerte nur wenige Minuten, den kleinen Speicher aus dem Feuerzeug auszubauen und in die Schachtel mit den Ersatzteilen zu werfen. Die ursprüngliche Batterie kehrte an ihren alten Platz zurück, und alle

Beweise waren vernichtet. Er mochte sich dumm anstellen; trotzdem war er erleichtert, als alles getan war.

Auf dem Weg ins Laboratorium kam er am nächsten Morgen an der Bibliothek vorbei, die um diese Tageszeit meistens verlassen dalag. Plötzlich meldete sich eine bekannte Stimme.

»Jan, du bist aber früh auf den Beinen!«

Sein Schwager winkte ihm von der Schwelle her zu.

»Smitty! Was machst du denn hier? Ich hatte keine Ahnung, daß du dich für Satelliten interessierst.«

»Ich interessiere mich für alles. Hast du mal einen Moment Zeit für mich? Komm herein und mach die Tür hinter dir zu!«

»Du tust aber geheimnisvoll heute früh. Wolltest du dir meine Entdeckung anhören, daß wir heute noch Satelliten mit Schaltungen aus dem letzten Jahrhundert bauen?«

»Das würde mich nicht im geringsten überraschen.«

»Aber deshalb bist du nicht hier, oder?«

Thurgood-Smythe schüttelte den Kopf; sein Gesicht war ungewöhnlich ernst. »Nein. Die Sache ist ernster. Es gibt hier eine Unstimmigkeit, und ich hätte dich gern aus dem Weg, während wir der Schluderei auf die Spur kommen.«

»Unstimmigkeit? Mehr kannst du mir nicht sagen?«

»Im Augenblick nicht. Übrigens hat Elizabeth wieder mal ein Mädchen gefunden, das sie dir vorstellen möchte. Diesmal eine reiche Erbin, und sie meint, daß dich das interessieren könnte.«

»Arme Liz. Sie gibt nie auf. Sag ihr, ich wäre in Wahrheit homosexuell und hätte mich dir endlich offenbart.«

»Da würde sie dir Jungen zum Essen einladen.«

»Damit hast du sogar recht. Nach Mutters Tod hat sie sich rührend um mich gekümmert. Vermutlich hört das niemals auf.«

»Entschuldige«, sagte Thurgood-Smythe, dessen Funkgerät zu summen begonnen hatte. Er nahm es aus der Tasche und hörte einen Augenblick lang zu. »Gut« sagte er dann. »Bringen Sie Band und Fotos zu mir.«

Sekunden später klopfte jemand diskret an die Tür. Thurgood-Smythe öffnete sie nur eben weit genug, um die Hand hinauszustrecken; Jan bekam den Boten nicht zu Gesicht. Sein Schwager setzte sich und sah den Umschlag durch, den man ihm überreicht hatte.

»Kennst du diesen Mann?« fragte er und hielt Jan ein Farbfoto hin. Jan nickte.

»Ich habe ihn hier schon gesehen. Mehr als gegrüßt habe ich ihn allerdings nicht. Arbeitet auf der anderen Seite des Labors. Kenne nicht mal seinen Namen.«

»Wir kennen ihn aber. Und wir behalten ihn im Auge.«

»Warum?«

»Man hat ihn beobachtet, wie er den Labor-Computer für eine Verbindung in die komerziellen Kanäle benutzt hat. Er hat eine komplette Vorstellung *Tosca* aufgenommen.«

»Er liebt die Oper – ist das ein Verbrechen?«

»Nein. Aber solche Aufzeichnungen sind verboten.«

»Du willst mir doch nicht einreden, daß du dir Sorgen machst um die paar Pfund Aufzeichnungsgebühr, die das Labor statt seiner zahlen muß?«

»Kaum. Aber es gibt da einen weitaus ernsteren Fall eines unautorisierten Zugriffs zu geheimem Material. Wir haben das Signal bis zu einem der Computer dieses Computersystems hier in diesem Laboratorium zurückverfolgt, konnten die Eingabe aber nicht genauer bestimmen. Jetzt wissen wir Bescheid.«

Jan war plötzlich sehr kalt. Thurgood-Smythe hatte den Kopf gesenkt und konzentrierte sich auf das Zigarettenetui, das er aus der Tasche gezogen hatte, um eine Zigarette zu entnehmen. Hätte er Jan angeschaut, wäre ihm etwas aufgefallen.

»Natürlich haben wir keinen positiven Beweis«, fuhr er fort und schloß das Etui. »Aber der Mann steht jetzt ganz oben auf unserer Liste der Verdächtigen und wird genau beobachtet. Ein Ausrutscher, und wir haben ihn. Vielen Dank.«

Er inhalierte tief, während Jan ihm den Glühzünder an die Zigarettenspitze hielt.

7

Das Pflaster der Uferstraße war gefegt worden, doch noch immer lagen weiße Schneeberge an der Mauer und weiße Kreise um die Bäume. Eisschollen bewegten sich mit großer Geschwindigkeit auf der schwarzen Oberfläche der Themse. Jan wanderte durch die Dunkelheit des frühen Abends von einem Lichtkreis in den nächsten, die Hände in die Taschen gesteckt, den Kopf gesenkt. Ganz auf sein Bedürfnis nach Einsamkeit fixiert, spürte er nichts von der beißenden Kälte. Seit dem Vormittag hatte er sich auf das Alleinsein gefreut, auf die Gelegenheit, seine Gedanken zu ordnen, den Strom der Gefühle, der ihn beherrschte, in den Griff zu bekommen.

Die Zeit hatte sich an diesem Tag nur dahingeschlichen. Mit der Arbeit war er nicht gut vorangekommen, denn zum erstenmal gelang es ihm nicht, sich darin zu verkriechen. Die Diagramme schienen keinen Sinn zu ergeben, und er ging sie immer wieder durch, ohne einen Schritt weiterzukommen. Schließlich waren die Stunden doch verstrichen, und soweit er wußte, hatte er sich nicht verdächtig benommen. Nicht daß er sich Sorgen machen mußte: der offizielle Verdacht richtete sich ja bereits auf den Falschen.

Bis zu dem Augenblick, da er Thurgood-Smythe in der Bibliothek vor sich sah, hatte er keine Ahnung gehabt von der Macht der Sicherheitsbehörden. Er mochte seinen Schwager und half ihm nach besten Kräften, in dem vollen Bewußtsein, daß seine Arbeit mit der Sicherheitspolizei zu tun hatte – doch was diese Behörde in Wirklichkeit tat, war der normalen Existenz weit entrückt gewesen. Damit war es nun vorbei. Der erste Blitz war unangenehm nahe eingeschlagen. Trotz des kalten Nordwindes spürte Jan eine Schweißschicht auf seinem Gesicht. Die Sicherheitspolizei hatte wirklich gute Arbeit geleistet, verdammt! Zu gute Arbeit. Einen solch tüchtigen Gegner hatte er nicht erwartet.

Es hatte Geschicklichkeit und Kenntnisse erfordert, die Sperren zu durchdringen, die die gewünschten Computerspeicher schützten. Nun aber mußte er erkennen, daß diese Sperren lediglich er-

Festino-82-

richtet worden waren, um einen zufälligen, versehentlichen Zugang zu den Informationen zu verhindern. Es mußte schon eine zu allem entschlossene und findige Person kommen, die Barrieren zu überwinden – und ihre einzige Funktion bestand darin, dafür zu sorgen, daß dies einem möglichen Eindringling nicht zu leicht fiel. Waren sie erst einmal überwunden, lauerte eine größere Gefahr. Staatsgeheimnisse sollten auf jeden Fall geheim bleiben. In dem Augenblick, als er sich zu der Information vorgetastet hatte, war die Falle zugeschnappt, sein Signal war aufgefaßt, aufgezeichnet, die Quelle aufgespürt worden. All seine raffinierten Sicherheitsschaltungen waren im Nu überbrückt worden. Der Gedanke war erschreckend. Er bedeutete, daß *sämtliche* Kommunikationsleistungen im Lande, öffentliche wie private, durch die Sicherheitskräfte überwacht und kontrolliert wurden. Ihre Macht schien grenzenlos zu sein. Sie konnten jedes Gespräch mithören und jeden Computerspeicher anzapfen. Natürlich war eine ständige Abhörung sämtlicher Telefongespräche physisch unmöglich. Oder nicht? Es ließen sich Überwachungsprogramme schreiben, die auf gewisse Worte und Sätze achteten und alles aufzeichneten, in denen sie vorkamen. Der mögliche Umfang der Überwachung war angsteinflößend.

Warum geschah das alles? Man hatte die Geschichte umgeschrieben, hatte die Informationen über den wahren Verlauf der Welt gefälscht – und konnte sämtliche Bürger der Welt überwachen. Wer waren diese Leute? So gefragt, lag die Antwort auf der Hand. An der Spitze der Gesellschaft gab es einige wenige Leute, weiter unten daher sehr viele. Wer sich oben befand, wollte natürlich dort bleiben. Und er war einer von denen da oben – folglich geschah das alles, ohne daß er es wußte, um dafür zu sorgen, daß er seine Position im Leben behalten konnte. Wenn er seine Privilegien erhalten wollte, brauchte er also nichts weiter zu tun, als den Mund zu halten. Er mußte vergessen, was er gehört, was er aufgedeckt hatte – und die Welt würde unverändert bleiben.

Für ihn. Und was war mit den anderen? Bis heute hatte er kaum Gedanken an die Prols verschwendet. Sie waren überall und nirgends. Ständig dabei, stets unsichtbar. Er hatte ihre Rolle im Leben akzeptiert wie er die seine hinnahm; als etwas, das eben vorhanden war und sich nicht veränderte. Aber wie fühlte es sich an, ein Prol zu sein? Was wäre, wenn *er* einer wäre?

Jan erschauderte. Endlich drang die Kälte zu ihm durch. Nur die Kälte. Weiter vorn entdeckte er das Laser-Hologramm eines die ganze Nacht hindurch geöffneten Ladens und eilte darauf zu; die Tür öffnete sich bei seiner Annäherung und gewährte ihm Zutritt in eine Zone der Wärme. Er mußte einiges für seine Küche einkaufen. Das konnte er jetzt tun und sich damit von seinen morbiden Gedanken ablenken. Die nächste Kundennummer war siebzehn, die auf achtzehn umsprang, als er den Kontakt berührte. Milch, bestimmt brauchte er frische Milch. Er tippte siebzehn in die Tastatur unter die Worte Liter Milch, dann eine Eins. Butter, ja, die ging auch zur Neige.

Und Orangen, fest und reif. Mit dem großgedruckten Wort ›Jaffa‹ auf jeder Frucht, frisch aus dem Sommer in den Winter des Nordens geflogen. Hastig wandte er sich ab und eilte zur Kassensperre.

»Siebzehn«, sagte er zu dem Mädchen am Tresen, und sie gab die Nummer ein. »Vier Pfund zehn, Sir. Sollen die Sachen geliefert werden?«

Jan reichte ihr seine Kreditkarte und nickte. Sie schob das Plättchen in die Maschine und gab es ihm zurück. Die eingekauften Waren erschienen in einem Korb, den sie zur Auslieferung nach hinten schickte.

»War sehr kalt heute«, sagte Jan. »Der Wind bläst ziemlich stark.«

Das Mädchen öffnete ein wenig den Mund, dann bemerkte sie seinen Blick, biß sich auf die Lippe und wandte sich zur Seite. Sie hatte seine Aussprache gehört, seine Kleidung gesehen; eine Plauderei zwischen ihnen war unmöglich. Das Mädchen wußte das genau, auch wenn Jan sich im Augenblick darüber hinwegsetzen wollte. Er trat in die Nacht hinaus, froh über die Kälte der Nacht auf seinen glühenden Wangen.

In der Wohnung angekommen, erkannte er, daß er gar keinen Hunger hatte. Er beäugte die Whiskyflasche – aber das war auch keine befriedigende Lösung. Schließlich begnügte er sich mit einer Flasche Bier, rief ein Streichquartett von Bach ab und fragte sich, was er nur tun sollte.

Was *konnte* er tun? In seiner Ahnungslosigkeit und mit viel Glück war er schon bei seinem ersten Versuch, verbotene Informationen zu erlangen, einer Verhaftung nur knapp entgangen. Das durfte er nicht noch einmal versuchen, jedenfalls nicht auf diesem Wege. Wenn man den Behörden Ärger machte, wurde man in die schottischen Arbeitslager gesteckt. Sein ganzes Leben lang hatte er diese Lager für eine strenge, aber notwendige Methode gehalten, eine weitgehend durchorganisierte Gesellschaft von Unruhestiftern zu befreien. Natürlich ging es dabei um *Prol*-Unruhestifter, andere waren undenkbar gewesen. Plötzlich aber nicht mehr, in einem Augenblick, da er in Gefahr war, selbst dorthin verbannt zu werden. Er durfte nichts tun, das die Aufmerksamkeit auf ihn lenkte, denn das konnte sein Verderben sein. Wie ein Prol. Vielleicht war sein Sektor der Gesellschaft physisch besser dran als der der Prols – aber im Grunde war er darin ebenso gefangen wie sie. In was für einer Welt lebte er denn nun wirklich? Und wie konnte er mehr darüber herausfinden, ohne jene Fahrt ohne Wiederkehr in das schottische Hochland anzutreten?

Auf seine Fragen fielen ihm keine Antworten ein – weder an diesem Tag, noch am nächsten oder übernächsten. Im Laboratorium bereitete es ihm keine Mühe mehr, sich in seine Arbeit zu vertiefen, die nach wie vor kompliziert und interessant war. Man brachte ihm außerdem große Anerkennung entgegen.

»Ich kann Ihnen gar nicht sagen, wie sehr ich mich über Ihre Arbeit freue«, sagte Sonja Amariglio. »Und noch dazu in so kurzer Zeit.«

»Bisher war es leicht«, sagte Jan und löffelte sich Zucker in den Tee. Die Nachmittagspause hatte begonnen, und er spielte ernsthaft mit dem Gedanken, anschließend zu gehen. »Im Grunde habe ich nur die alten Entwürfe aktualisiert. Aber es zeichnet sich schon ab, daß bald völlige Neukonstruktionen gemacht werden müssen, besonders am Komsat einundzwanzig, und das wird nicht mehr so einfach sein.«

»Aber Sie schaffen es. Ich habe unendliches Vertrauen in Sie. Aber jetzt zu etwas anderem. Ein gesellschaftliches Ereignis. Haben Sie morgen abend etwas vor?«

»Ich glaube nicht.«

»Bitte halten Sie sich den Abend frei. In der italienischen Botschaft findet ein Empfang statt, und ich glaube, Sie werden daran teilnehmen wollen. Der Gast dort ist ein Mann, den Sie bestimmt gern kennenlernen. Giovanni Bruno.«

»Bruno? Hier?«

»Ja. Auf dem Weg nach Amerika zu einem Seminar.«

»Ich kenne natürlich seine Arbeit. Er ist ein Physiker, der wie ein Techniker denkt ...«

»Das ist sicher das höchste Lob, das man von Ihnen erhalten kann.«

»Vielen Dank für die Einladung.«

»Keine Ursache. Neun Uhr abends.«

Jan hatte keine Lust, an einer langweiligen Botschaftsparty teilzunehmen, doch andererseits durfte er sich nicht unnötig abkapseln. Und wenn er tatsächlich zu Bruno durchkam, mochte sich die Mühe lohnen. Der Mann war ein Genie und verantwortlich für ein ganz neues Spektrum an Speicherblöcken. Vermutlich kam er im Gedränge der Partyschwalben gar nicht an den Mann heran. Er mußte sich den Smoking ansehen, ob er vielleicht gebügelt werden mußte.

Das Gedränge war so schlimm, wie er es sich vorgestellt hatte. Jan ließ das Taxi eine Querstraße vor der Botschaft halten und ging den Rest des Weges zu Fuß. Alle wunderschönen Leute der oberen Zehntausend waren gekommen. Die Leute mit Rang und Geld und einem Ehrgeiz, der sich ausschließlich auf die gesellschaftliche Position bezog. Ihnen ging es nur darum, mit Bruno gesehen, mit ihm photographiert zu werden, um in den Zeitungen zu erscheinen, um hinterher mit Bekannten darüber diskutieren zu können, die die gleichen Interessen hatten. Jan war mit diesen Leuten aufgewachsen, war mit ihnen zur Schule gegangen – und er mochte sie ebensowenig wie sie ihn. Sie schauten gern hochmütig auf seine Familie herab, weil er und auch schon seine Vorfahren mehr der Technik und der Wissenschaft als dem Snobismus der Kulturschickeria verbunden gewesen waren. Sinnlos, den anderen zu erzählen, daß dieser Zug auf Andrzej Kulozik zurückging, einen fernen und verehrten Vorfahr, einen Physiker, der wesentlich an der erfolgreichen Entwicklung der Kernverschmelzung beteiligt war. Die meisten Angehörigen dieser Kreise hatten gar keine Ahnung, was Kernverschmelzung überhaupt war. Jetzt war Jan wieder von ihnen umgeben, und das Gefühl gefiel ihm gar nicht. In der Menge entdeckte er viele bekannte und halb vertraute Gesichter, und als er einem wartenden Dienstboten seinen Mantel reichte, waren seine Züge zu der kalten, abweisenden Maske erstarrt, die er sich schon in den ersten Schultagen hatte zulegen müssen.

»Jan, bist du's wirklich?« fragte eine tiefe Stimme neben ihm, und er drehte sich um.

»Ricardo! Das ist ja wirklich ein erfreulicher Zufall!«

Die beiden Männer schüttelten sich begeistert die Hand. Ricardo de Torres, der Marquis de la Rosa, war ein ziemlich naher Verwandter aus der Familie von Jans Mutter. Groß, elegant, wortgewandt und mit prächtigem schwarzen Vollbart, war er so etwa der einzige Verwandte, den Jan zu Gesicht bekam. Sie waren zusammen zur Schule gegangen, und ihre Freundschaft hatte sogar dieses Erlebnis überdauert.

»Du bist doch nicht etwa gekommen, um den großen Meister kennenzulernen?« fragte Ricardo.

»Ursprünglich schon – bis ich die lange Schlange sah, die bei Professor Bruno ansteht. Ich habe nicht die geringste Lust, eine halbe Stunde zu warten, um ihm die behandschuhte Rechte zu drücken und mir von ihm ein paar Worte ins Ohr murmeln zu lassen.«

»Wie geradeheraus eure barsche Inselrasse immer ist! Ich, Produkt einer älteren und gelasseneren Kultur, werde mich anstellen.«

»Gesellschaftliche Verpflichtung?«

»Gleich beim erstenmal richtig geraten!«

»Na, während du das tust, werde ich diesem ruhmsüchtigen

Klüngel am Buffet zuvorkommen. Angeblich gehört die Küche hier zum Besten.«

»Das kann man wohl sagen, und ich beneide dich. Wenn ich eintreffe, wird es nur noch kalte Platte und abgenagte Knochen geben.«

»Hoffentlich nicht. Wenn du das Gedränge überlebst, sehen wir uns dann noch am Buffet.«

»Ich hoffe schon.«

Es war perfekt: Jan hatte die aufgebaute Tafel beinahe für sich allein. Einige Gestalten wanderten bereits neugierig vor dem langen, mit Damasttischtüchern bedeckten Buffet hin und her, doch die Bedienungen auf der anderen Seite waren weitaus in der Überzahl. Ein dunkelhäutiger Koch in hoher weißer Mütze wetzte hoffnungsvoll das Messer, als Jan auf das Roastbeef blickte; er verzog betrübt das Gesicht, als Jan weiterging. Er konnte jeden Tag in der Woche Roastbeef essen. Im Augenblick interessierte er sich mehr für Tintenfisch in Knoblauch, Schnecken und Pâté mit Trüffeln. Es machte keine Mühe, sich den Teller mit solchen Köstlichkeiten zu füllen. Die kleinen Tische in der Nähe der Wand waren noch leer, und er setzte sich, um die Speisen zu genießen, ohne den Teller auf dem Knie balancieren zu müssen. Köstlich! Doch eigentlich gehörte noch ein Schluck Wein dazu. Eine Serviererin in schwarzem Kleid ging mit einem Tablett voller Gläser vorbei, und er winkte ihr zu.

»Einen Roten. Ein großes Glas«, sagte er, ohne den Blick von seinem Teller zu nehmen.

»Bardolino oder Corvo, Euer Ehren?« fragte die Kellnerin.

»Ich glaube, lieber Corvo ... ja, Corvo.«

Sie reichte ihm das Glas, und er mußte den Kopf heben. Zum erstenmal nahm er ihr Gesicht wahr. Beinahe hätte er das Glas fallen lassen, und sie nahm es ihm aus der Hand und stellte es vor ihm auf den Tisch.

»*Shalom*«, sagte Sara mit leiser Stimme. Sie blinzelte ihm kurz zu, machte kehrt und war verschwunden.

8

Jan wollte schon aufstehen und ihr folgen, aber dann blieb er doch sitzen. Ihre Gegenwart konnte kein Zufall sein. Und Italienierin war sie auf keinen Fall. Oder doch? Wenn sie es war, mußte ihre Geschichte über Israel Täuschung gewesen sein. Woher sollte er wissen, daß das U-Boot nicht den Italienern gehörte? Was ging hier vor? Die Gedanken wirbelten ihm durch den Kopf, und langsam aß er die köstlichen Dinge, ohne etwas zu schmecken. Als der Teller leer war, begann sich der Raum zu füllen, und er wußte genau, was er tun mußte.

Auffällig durfte er sich unter keinen Umständen verhalten; er kannte die Gefahren einer Überwachung durch die Sicherheitspolizei besser als sie. Sein Glas war leer; sich ein neues zu beschaffen, konnte nicht verdächtig sein. Wenn sie hier war, um mit ihm Kontakt aufzunehmen, sollte sie wissen, daß er das erkannt hatte. Wenn sie sich dann nicht bei ihm meldete oder ihm irgendeine Nachricht zukommen ließ, war ihr Hiersein, was ihn betraf, ein Zufall. Italienerin, oder Israeli – auf jeden Fall war sie eine Art feindliche Agentin. Hielt sie sich illegal im Lande auf? Wußte die Sicherheitspolizei über sie Bescheid? Wurde sie vielleicht schon beobachtet. Sollte er sie zu seinem eigenen Schutz anzeigen?

Diesen Gedanken wies er von sich, kaum daß er ihm durch den Kopf gegangen war. So etwas konnte er nicht tun; wer immer sie war, sie gehörte auch zu den Leuten, die ihm das Leben gerettet hatten. Nicht nur das – er hatte gar keine Lust, irgend jemanden der Behörde seines Schwagers auszuliefern. Selbst wenn er das ohne Gefahr für sich hätte machen können – denn wenn er sie identifizierte, mußte er auch sagen, woher er sie kannte, und dann mußte die ganze U-Boot-Geschichte auf den Tisch. Ihm wurde allmählich klar, wie dünn die Eisschicht war, auf der sich jene Welt bewegte, die er einmal für ganz normal gehalten hatte. Bei seiner Rettung war er durch dieses Eis gebrochen, und seit diesem Augenblick war er immer tiefer eingesunken.

Er brauchte einen Augenblick, um sie aufzuspüren, sich durch die Menge zu drängen und das leere Glas auf ihrem Tablett abzustellen. »Bitte noch einen Corvo.« Sein Blick war auf ihr Gesicht gerichtet, doch sie schaute ihn nicht an. Stumm reichte sie ihm das Glas, ohne ihn zu beachten. Er hatte das Glas kaum in der Hand, als sie sich auch schon abwandte. Was sollte das wohl bedeuten? Er war zornig, er fühlte sich zurückgestoßen. Die ganze Charade nur, um ignoriert zu werden? Oder gehörte das zu einem noch raffinierteren Plan? Die Sache begann ihn anzuwidern, und Lärm und Licht verursachten ihm Kopfschmerzen. Nicht nur das – außerdem lagen ihm die ungewohnt würzigen Speisen wie ein Stein im Magen. Es hatte keinen Sinn, noch länger zu bleiben.

Der Diener fand seinen Mantel, verbeugte sich und hielt ihm das Kleidungsstück hin, damit er hineinschlüpfen konnte. Jan verließ das Gebäude, während er die Knöpfe schloß, und atmete tief die eiskalte, erfrischende Luft. Eine Reihe Taxis wartete, und er gab dem Pförtner ein Zeichen, ihm einen Wagen zu rufen. Seine Hände wurden kalt, also zog er einen Handschuh an, dann den zweiten – und hielt inne.

In dem Handschuh, an der Spitze des Zeigefingers, befand sich etwas, das sich wie ein Stück Papier anfühlte. Als er gekommen war, war es noch nicht dort gewesen. Er zögerte einen Augenblick lang, dann zog er den Handschuh an. Dies war weder der richtige Zeitpunkt noch der passende Ort, um der Sache nachzugehen. Der Taxifahrer sprang ins Freie, hielt ihm die Tür auf und salutierte.

»Monument Court«, sagte Jan und ließ sich in den Sitz sinken.

Der Portier eilte unter dem Baldachin hervor und öffnete die Tür, als der Wagen hielt.

»Wieder ein kalter Abend, Ingenieur Kulozik.«

Jan nickte; zu antworten brauchte er nicht. Er ging durch den Vorraum und betrat den Fahrstuhl, er achtete nicht im geringsten auf den Liftboy, der ihn in seine Etage fuhr. Natürlich. Er mußte sich zu jeder Zeit natürlich benehmen.

Die Alarme waren nicht ausgelöst; seit er am Morgen aufgebrochen war, hatte niemand die Wohnung betreten oder irgend etwas berührt. Oder wenn doch jemand hier gewesen war, hatten die

Eindringlinge ihre Spuren so raffiniert verwischt, daß seine Lage ohnehin hoffnungslos war. In dieser Situation war eine gewisse fatalistische Resignation geboten. Erst als er alles überprüft hatte, wendete er den Handschuh und schüttelte den zusammengefalteten Zettel auf den Tisch.

Das Gebilde öffnete sich und offenbarte einen schlecht gedruckten Kassenzettel über eine Summe von vierundneunzig Pence. Zeit und Datum waren ebenfalls angegeben, ein Vormittag vor drei Tagen. Die Firma, von der der Kassenzettel kam, hieß SMITHFIELD JOLYON, und Jan hatte noch nie davon gehört.

War es Zufall, daß der Zettel so plötzlich in seinem Handschuh aufgetaucht war? Nein, kein Zufall, nicht an dem Ort und an dem Abend, da er Sara wiedergesehen hatte. Es mußte sich um eine Botschaft handeln – zugleich um eine Botschaft, die jedem, der sie zufällig fand, ganz unschuldig erscheinen mußte. Ein Kassenzettel, so etwas hatte jeder in den Taschen. Auch ihm wäre der Fund rätselhaft vorgekommen, wenn er sie nicht in der Botschaft gesehen hätte. Es war also eine Mitteilung an ihn – aber was bedeutete sie?

Das Telefonbuch verriet ihm, daß das Smithfield Jolyon zu einer Kette von Automatenrestaurants gehörte. Er kannte die Lokale nicht, weil sie ausnahmslos in Bezirken lagen, die er niemals aufsuchte. Dieses Restaurant war zwar nicht weit entfernt, lag aber in einer heruntergekommenen Hafengegend. Was jetzt?

Natürlich mußte er dorthin, irgendwann vormittags. Oder heute nacht noch? Natürlich heute nacht. Er hätte schon sehr begriffsstutzig sein müssen, um die einfache Botschaft, die der Zettel vermittelte, nicht zu erkennen. Vielleicht setzte es auch einen Dummkopf voraus, tatsächlich in das Restaurant zu gehen. Und was war, wenn er nicht ging? Ein neuer Kontaktversuch? Wahrscheinlich nicht. In diesem Geschäft war ein Blinzeln so gut wie ein Nicken.

Jan machte sich klar, daß die Entscheidung bereits gefallen war, als er zu überlegen begann, was er anziehen sollte. Die Sache sollte also laufen. Es ging nicht anders. Er mußte mehr herausfinden. Er würde die einfache Kleidung und die Stiefel anziehen, die er im Moorland für Außenarbeiten benutzte. Darin sah er nicht gerade wie ein Prol aus – er wußte nicht einmal, ob er das überhaupt wollte –, aber die Sachen waren der beste Kompromiß.

Um Viertel vor eins parkte er seinen Wagen in einem gut beleuchteten Abschnitt des Highway und ging den Rest des Weges zu Fuß. Die Straßen waren hier nicht so gut beleuchtet, und überall erstreckten sich die kahlen Mauern von Lagerhäusern. Das strahlende Schild des Restaurants war schon aus großer Entfernung zu sehen. Es war eben ein Uhr. Ohne zu zögern, ging Jan mit langsamen Schritten zur Tür und stieß sie auf. Das Lokal war nicht groß. Ein weiter, hell erleuchteter Raum mit vier Reihen von Tischen. Es waren nur wenige Gäste da; einzelne Gestalten, die sich hier und dort niedergelassen hatten, und nur ein oder zwei kleine Gruppen. Es war heiß und roch stark nach Reinigungsmitteln und Rauch, außerdem lag ein vager Duft nach abgestandenem Essen in der Luft. An der hinteren Wand ragte die riesige Gestalt eines Kochs auf, aus buntem und teilweise zersprungenem Plastik zusammengesetzt. Als Jan langsam darauf zuging, bewegte sich bedächtig grüßend der Arm auf und ab, und die Computerstimme redete ihn an.

»Guten Abend ... Madam. Was hätten Sie denn gern heute ... früh?«

Die Schaltung, mit der die Geschlechter unterschieden wurden, schien nicht mehr so recht zu funktionieren, doch zumindest stimmte die Tageszeit. Im nächsten Augenblick flammte am Bauch der Kochgestalt die Speisenkarte auf – nicht gerade eine appetitanregende Stelle, überlegte Jan. Er ging die Liste durch, die auch nicht gerade zu Begeisterungsstürmen hinriß, und drückte schließlich auf das leuchtende Wort TEE. Das Licht ging aus.

»Ist das alles ... Sir?« Diesmal bekam der Computer die Anrede richtig hin. Er mußte noch etwas bestellen, auch wenn er es nicht aß; das war nur natürlich. Er berührte die Leuchtschrift: WURST M. BRÖTCHEN.

»Guten Appetit bei Ihrer Mahlzeit. Das macht ... vierzig Pence. Jolyon freut sich immer über Ihren Besuch.«

Kaum hatte Jan die Münzen in die Maschine gesteckt, als sich an dem Serviertisch an der Wand ein runder Silberdeckel hob und seine Mahlzeit offenbarte. Zumindest wollte sich der Deckel heben; auf halbem Wege klemmte er fest und begann vibrierend zu summen. Jan schob ihn ganz hoch und nahm das Tablett mit Tasse, Teller und Empfangsquittung heraus. Erst dann drehte er sich um und blickte sich im Raum um.

Sara war nicht anwesend. Er brauchte einen Moment für diese Feststellung, denn abgesehen von den kleinen Gruppen schienen die einzelnen Gäste ausnahmslos Frauen zu sein. Junge Frauen. Und die meisten schauten in seine Richtung. Hastig senkte er den Blick und suchte sich einen leeren Tisch und nahm auf der am Boden festgeschraubten Bank Platz. In der Mitte des Tisches standen automatische Spender, die mit unterschiedlichem Erfolg ans Werk gingen. Die Zuckermaschine gab sich große Mühe, brachte trotz eines würgenden Tons aber nur wenige Kristalle hervor; die Senfpumpe dagegen bespritzte seine Wurst mit verschwenderischer Begeisterung. Das Essen war ohnehin nur Schein, und er hatte nicht die Absicht, die Wurst zu essen. Vorsichtig kostete er den Tee und sah sich um. In diesem Augenblick kam Sara durch die Tür.

Auf den ersten Blick erkannte er sie nicht unter dem grellen Make-up und in dem absurden Mantel. Er war weiß, ein Kleidungsstück aus Kunstpelz, das viel zu weit für sie war. Sinnlos, sie zu eingehend zu beobachten; er senkte den Blick wieder auf den Teller und biß automatisch in das Würstchen, was er sofort bereute. Hastig spülte er den Bissen mit einem Schluck Tee hinunter.

»Darf ich mich zu Ihnen setzen?«

Sie stand auf der anderen Seite des Tisches, in den Händen ein Tablett, das sie noch nicht absetzte. Er nickte kurz, denn ihm fehlten in dieser ungewöhnlichen Szene die Worte. Sie faßte die Bewegung als Zustimmung auf, stellte das Tablett mit der Tasse Kaffee hin und setzte sich ebenfalls. Ihr Mund war von Lippenstift verschmiert, ihre Augen von grünlichem Lidschatten umgeben, ihr Gesicht ausdruckslos unter dieser Maske. Sie trank einen Schluck Kaffee und öffnete dann kurz den Mantel.

Darunter trug sie nichts. Er erhaschte einen kurzen Blick auf ihre festen, gebräunten Brüste, aber da machte sie das Kleidungsstück schon wieder zu.

»Hätten Lust auf eine hübsche Stunde, ja, Euer Ehren?«

Deshalb waren also die Mädchen hier! Er hatte gerüchteweise vernommen, daß es solche Kontaktlokale gab, Mitschüler hatten nach Besuchen davon berichtet. Dies war seine erste persönliche Berührung damit, und er fand nicht sofort die richtige Antwort.

»Es wird Ihnen bestimmt gefallen«, sagte sie. »Ist nicht zu teuer.«

»Ja, gute Idee«, brachte er schließlich hervor. Der Gedanke, in dieser höchst ungewöhnlichen Lage die entschlossene Frau aus dem U-Boot vor sich zu haben, hätte ihn beinahe zum Lächeln gebracht. Doch er nahm sich zusammen, und sein Gesicht blieb genauso ausdruckslos wie das ihre. Die List, die sie sich hatte einfallen lassen, war sehr gut und nicht im geringsten komisch. Sie sagte nichts mehr; offensichtlich gehörte ein Gespräch in der Öffentlichkeit nicht zu den angebotenen Diensten. Als sie das Tablett aufnahm und sich erhob, stand er ebenfalls auf.

Über dem Tisch begann ein Licht zu blinken, und ein lauter Summer meldete sich. Einige Gesichter drehten sich in seine Richtung.

»Nehmen Sie das Tablett«, flüsterte Sara energisch.

Jan gehorchte; die Lampe verlosch, das Summen hörte auf. Er hätte sich klar machen müssen, daß in diesem Automatenlokal niemand hinter ihm herräumen würde. Er machte es wie sie und ließ das Tablett in den Schlitz neben der Vordertür gleiten. Dann folgte er ihr in die kalte Nacht hinaus.

»Nicht weit, Euer Ehren«, sagte sie und ging eilig die dunkle Straße entlang. Er mußte große Schritte machen, um an ihrer Seite zu bleiben. Kein weiteres Wort fiel, bis sie ein schmutziges Mietshaus erreichten, das sich unweit der Themse erhob. Sara öffnete die Tür, winkte ihn hinein und ging ihm dann voraus zu ihrem Apartment. Als das Licht aufflammte, legte sie stilleheischend den Finger an die Lippen und zog ihn herein. Erst als sie die Tür geschlossen und alle Fenster untersucht hatte, atmete sie auf.

»Es tut gut, Sie wiederzusehen, Jan Kulozik.«

»Und Sie, Sara. Ein bißchen anders als das letztemal.«

»Wir scheinen immer unter ungewöhnlichen Begleitumständen zusammenzutreffen – aber wir leben schließlich in einer ungewöhnlichen Zeit. Entschuldigen Sie mich einen Augenblick. Ich muß diese beschämenden Sachen loswerden. Die einzig sichere Methode für eine Frau meines Äußeren, aus meiner Klasse, mit einem aus Ihrer Schicht zusammenzukommen; die Polizei duldet diese Dinge. Trotzdem ist es beschämend für eine Frau, absolut ärgerlich!«

Nach kurzer Zeit kehrte sie zurück; sie hatte sich einen warmen Morgenmantel angezogen. »Möchten Sie eine echte Tasse Tee trinken? Besser als das Zeug in dem lasterhaften Palast?«

»Nein, ein Drink, wenn Sie einen haben.«

»Ich habe italienischen Weinbrand. Stock. Sehr süß, aber es ist Alkohol drin.«

»Ja, das wäre mir am liebsten.«

Sie schenkte für beide etwas ein und setzte sich auf die zerschlissene Couch ihm gegenüber.

»Daß ich Sie auf der Party gesehen habe, war kein Zufall?« fragte er.

»Ganz im Gegenteil – die Sache war sorgfältig vorbereitet. Es hat viel Geld und Zeit gekostet, das Zusammentreffen zu arrangieren.«

»Sie sind doch keine Italienerin, oder? Ich wüßte nicht, wie ich das bestimmen sollte.«

»Nein, Italienerin bin ich nicht. Aber wir benutzen sie oft, wenn es nicht anders geht. Die unteren Beamtenstufen sind sehr leicht zugänglich und wenig tüchtig. Sie bilden unseren besten Kanal aus dem Land.«

»Warum haben Sie sich solche Mühe gegeben, mich zu sprechen?«

»Weil Sie gründlich über die Dinge nachgedacht haben, die man Ihnen damals an Bord des U-Bootes offenbarte. Und beinahe gerieten Sie in große Schwierigkeiten. Als das geschah, sagte man sich, daß der Augenblick gekommen sei, mit Ihnen Verbindung aufzunehmen.«

»Schwierigkeiten? Was meinen Sie damit?«

»Die Sache im Labor. Man hat den falschen Mann erwischt, habe ich nicht recht? Sie haben die Computerspeicher angezapft, nicht wahr?«

Jan bekam Angst. »Was machen Sie? Lassen Sie mich beobachten?«

»So gut wir können. Leicht fällt es uns nicht. Wir vermuten im Grunde auch nur, daß Sie der Betreffende waren. Das ist einer der Gründe, warum man sich gerade jetzt zu dem Kontaktversuch entschlossen hat. Ehe man Sie bei etwas erwischte, das nun wirklich keinen Ausweg mehr ließ.«

»Ihre Sorge aus dem fernen Israel rührt mich zutiefst.«

Sara beugte sich vor und nahm seine Hand zwischen die ihren. »Ich verstehe, warum Sie zornig sind – und ich kann es Ihnen nicht verdenken. Die ganze Sache hat sich rein zufällig ergeben – sie begann mit Ihrem Unfall.«

Sara lehnte sich zurück und trank aus ihrem Glas. Aus irgendeinem Grund fand Jan die kurze Berührung ihrer Hände sehr beruhigend.

»Als wir Ihr Segelboot sinken sahen und Sie beide im Wasser, wurde heftig darüber diskutiert, was wir jetzt tun sollten. Als dann der ursprüngliche Plan fehlschlug, legten wir uns hastig einen zweiten zurecht, der Sie kompromittieren mußte. Wir gaben Ihnen eben so viele Informationen, daß Sie selbst in der Klemme stecken würden, wenn Sie etwas davon weitergaben.«

»Dann war es also kein Zufall, das Sie so mit mir gesprochen haben?«

»Nein. Tut mir leid, wenn Sie jetzt glauben, daß wir Sie ausgenutzt haben, aber es ging schließlich auch um unser Überleben. Ich bin Sicherheitsoffizier, und da war es meine Pflicht ...«

»Sicherheit! Wie Thurgood-Smythe?«

»Nicht ganz wie Ihr Schwager. Wenn überhaupt, dann genau das Gegenteil. Aber ich will Sie erst aufs laufende bringen. Wir retteten Sie und das Mädchen, weil Sie Menschen in Not waren. Das war alles. Aber nach der Rettung mußten wir Sie im Auge behalten, um zu sehen, was Sie über die Angelegenheit aussagen würden. Vielen Dank für Ihr Stillschweigen. Das wissen wir wirklich zu schätzen.«

»So gut, daß Sie mich seither unter Beobachtung halten?«

»Das ist eine ganz andere Sache. Wir retteten Ihnen das Leben, und Sie verschwiegen unsere Existenz. Die beiden Sachen heben sich auf, diese Sache ist erledigt.«

»Sie wird nie erledigt sein. Der kleine Keim des Zweifels, den Sie in mir gesät haben, ist seither tüchtig gewachsen.«

Sara breitete die Arme aus und zuckte die Achseln. Eine uralte Geste der Resignation über die Hand des Schicksals – zugleich kam darin zum Ausdruck, daß hier Dinge geschehen waren, die sich nicht mehr rückgängig machen ließen.

»Trinken Sie noch etwas. Wenigstens wärmt das Zeug.« Sie hob die Flasche. »Während wir Sie beobachteten, kamen wir erst darauf, wer Sie waren und was Sie machten. Höheren Orts ist man begeistert. Wären Sie in Ihr normales Leben zurückgekehrt, hätten Sie nie wieder von uns gehört. Aber Sie haben es nicht getan. Also bin ich heute abend hier.«

»Willkommen in London. Was wollen Sie von mir?«

»Wir brauchen Ihre Hilfe, technische Hilfe, meine ich.«

»Was haben Sie dafür zu bieten?«

»Na, die ganze Welt. Nichts weniger als das.« Ihr Lächeln war breit und glücklich, ihre Zähne leuchteten ebenmäßig und weiß. »Es wird uns ein Vergnügen sein, Ihnen die wahre Geschichte der Welt zu erzählen, die Dinge, die wirklich in der Vergangenheit passiert sind und gerade in der Gegenwart passieren. Die Lügen, die erzählt werden, die Unruhe, die sich entwickelt. Es ist eine faszinierende Geschichte. Möchten Sie sie hören?«

»Ich weiß nicht recht. Was wird aus mir, wenn ich mich da hineinziehen lasse?«

»Sie werden zum wichtigen Teil einer internationalen Verschwörung mit dem Ziel, die herrschenden Regierungen der Welt zu stürzen und jenen Ländern, die seit Jahrhunderten darauf verzichten mußten, die Demokratie wiederzuschenken.«

»Ist das alles?«

Beide lachten laut auf, und ein wenig von der Spannung, die in der Luft lag, verflog. »Sie sollten gründlich überlegen, ehe Sie sich entscheiden«, sagte Sara. »Es bedeutet große Gefahren.«

»Ich glaube, diese Entscheidung habe ich getroffen, als ich die Sicherheitsbehörden anzulügen begann. Ich stecke schon viel zu tief drin, dabei weiß ich noch so wenig. Ich muß alles erfahren.«

»Das sollen Sie auch. Heute abend noch.« Sara trat ans Fenster, öffnete die Gardine und schaute hinaus. Dann zog sie den Stoff wieder zu und setzte sich.

»In wenigen Minuten ist John hier und beantwortet alle Ihre Fragen. Es war so schwer, das Zusammentreffen zu arrangieren, daß wir uns vornahmen, es nach besten Kräften zu nutzen, sollten Sie sich einverstanden erklären. Ich habe den anderen gerade Bescheid gegeben. Natürlich ist John nicht sein echter Name. Und aus demselben Grund wird man Sie Bill nennen.« Sie reichte ihm einen weichen, maskenähnlichen Gegenstand. »Und er trägt ein solches Ding. Ziehen Sie es sich über den Kopf.«

»Was ist das?«

»Ein Gesichtsveränderer. In das Material sind Verdickungen eingebaut. Ihr Kinn wird breiter erscheinen, Ihre Nase flacher, die Wangen hohler, und dergleichen. Außerdem verbergen wir Ihre Augen hinter einer dunklen Brille. Wenn es zum Schlimmsten kommen sollte, können Sie John nicht identifizieren – und er kann Sie nicht bloßstellen.«

»Aber Sie kennen mich. Was ist, wenn Sie gefangen werden?«

Ehe Sara antworten konnte, begann das abgestellte Radio schrill zu pfeifen. Vier kurze Töne, nicht mehr. Das Signal hatte eine unerwartete Wirkung.

Sara sprang hastig auf. Sie entriß Jan den Gesichtsveränderer und eilte in das Nachbarzimmer. »Ziehen Sie das Jackett aus, öffnen Sie Ihr Hemd!« rief sie über die Schulter. Nach wenigen Sekunden kehrte sie in einem durchsichtigen schwarzen Gewand zurück, das mit rosa Spitzen abgesetzt war. Es klopfte an der Tür.

»Wer ist da?« fragte sie durch die dünne Tür.

»Polizei!« lautete die knappe Antwort, die Jan in die Knochen fuhr.

9

Als die Tür aufging, kümmerte sich der uniformierte Beamte nicht um Sara, sondern drängte sich an ihr vorbei und trat vor Jan hin, der noch immer mit dem Glas in der Hand dasaß. Der Polizist trug einen Sicherheitshelm mit gesenkter Gesichtsscheibe. Seine Uniform war dick gepolstert, mit Schutzgewebe überzogen, und seine Finger bewegten sich in der Nähe der großen automatischen Pistole, die arrogant an seiner Hüfte baumelte. Er blieb vor Jan stehen und musterte ihn aufmerksam von Kopf bis Fuß.

Jan trank einen Schluck aus dem Glas und nahm sich vor, kein Schuldbewußtsein zu zeigen, wie schlimm die Sache auch ausgehen würde.

»Was machen Sie hier?« fragte er mit scharfer Stimme.

»Tut mir leid, Euer Ehren. Reine Routine.« Die Worte des Beamten klangen gedämpft durch den Visierschutz, den er jetzt nach oben klappte. Sein Gesichtsausdruck war leer, sein Gehabe verriet Autoritätsbewußtsein. »Es ist dazu gekommen, daß ehrenwerte Herren von Huren und ihren Zuhältern belästigt wurden. Das darf in einer gesetzestreuen Stadt nicht sein. Die Sache haben wir ziemlich im Griff, die Dame hier aber ist neu. Eine Ausländerin aus Italien, die eine vorübergehende Aufenthaltsgenehmigung hat. Wir haben nichts dagegen, daß sie sich nebenbei ein bißchen dazuverdient, mal was anderes für die Herren, könnte man sagen, aber wir wollen ja auch keinen Ärger haben. Alles in Ordnung, Sir?«

»Alles in Ordnung – bis Sie hier hereinplatzten.«

»Ich verstehe Sie ja, Sir – aber es ist illegal, vergessen Sie das nicht, Euer Ehren.« Eine stählerne Härte lag in diesen ruhigen Worten; Jan ließ es lieber nicht darauf ankommen. »Wir schützen nur Ihre Interessen. Haben Sie die anderen Zimmer schon gesehen?«

»Nein.«

»Dann sehe ich mich mal kurz um. Man weiß nie, was sich manchmal unter den Betten findet.«

Jan und Sara blickten sich stumm an, während der Polizist mit schweren Schritten durch die Zimmer ging und schließlich zurückkehrte.

»Alles in Ordnung, Euer Ehren. Viel Spaß.«

»Den haben Sie mir gründlich verdorben!«

Der Polizist zuckte die Achseln und verließ die Wohnung, und Jan stellte fest, daß er vor Zorn zitterte. Die Röte war ihm ins Gesicht gestiegen. Er richtete die geballte Faust auf die geschlossene Tür, doch Sara faßte ihn um die Schultern und drückte ihm einen Finger auf die Lippen.

»Das machen Sie immer, Euer Ehren. Sie stürmen rein, *peng*! scharf auf ein bißchen Zoff. Natürlich ist das alles gelogen. Jetzt machen wir es uns gemütlich und Sie können dabei alles vergessen.«

Sie drückte ihn an sich, während sie sprach, und sein Zorn schwand in dem Maße, wie er sich der Wärme und Nähe ihres festen Körpers durch die dünne Seide bewußt wurde.

»Trinken Sie noch einen guten italienischen Likör«, sagte sie, löste sich von ihm und trat an den Tisch. Sie ließ das Glas mit der linken Hand gegen die Flasche klirren, während sie hastig mit der Rechten etwas auf einen Block kritzelte. Als sie zu ihm zurückkehrte, reichte sie ihm nicht das Glas, sondern den Zettel.

IM ANDEREN RAUM VIELLEICHT TONBANDGERÄT. SIE WÜTEND. GEHEN JETZT.

»Ich weiß nicht, ob ich noch etwas zu trinken will. Passiert das öfter, daß die Polizei hier bei Ihnen nachts hereinplatzt?«

»Es hat nichts zu bedeuten ...«

»Mir gefällt das aber nicht. Bringen Sie mir den Mantel. Ich verschwinde!«

»Aber das Geld! Sie haben mir versprochen ...«

»Zwei Pfund für die Drinks – mehr bekommen Sie nicht.«

Als sie ihm in den Mantel half, hatte sie einen neuen Zettel für ihn bereit. MAN MELDET SICH BEI IHNEN, stand darauf. Sie drückte seine Hand zwischen ihren Händen – und gab ihm einen flüchtigen Kuß auf die Wange, ehe sie ihn hinausließ.

Es verging beinahe eine Woche, bis Jan wieder angesprochen wurde. Seine Arbeitsleistung steigerte sich, nachdem er nun mit ungeteilter Aufmerksamkeit rechnen und zeichnen konnte. Obwohl er noch immer in Gefahr war, vermutlich noch mehr als vorher, da er nun direkt mit dem Untergrund in Verbindung stand, fühlte er sich entspannter. Weniger einsam. Das war es. Bis zu dem Gespräch mit Sara, so kurz dieses Zusammentreffen auch gewesen war, hatte er niemanden gehabt, dem er sich anvertrauen konnte, niemanden, mit dem er über die überwältigenden Entdeckungen und Zweifel sprechen konnte, die ihn bewegten. Seine einsame Existenz war vorbei, würde vorbeigehen, denn er zweifelte nicht daran, daß man den Kontakt bald wieder aufnehmen würde.

Seit einigen Wochen hatte er es sich angewöhnt, vor dem Nachhausegehen in einer Bar nahe den Satellitenlaboratorien ein oder zwei Gläschen zu trinken. Der Barkeeper, ein dicker, zuvorkommender Mann, hatte sich auf Cocktails spezialisiert und brachte teuflische Kreationen auf den Tisch. Sein Repertoire schien unerschöpflich zu sein, und Jan hatte sich auf ein halbes Dutzend der interessanteren Kreationen konzentriert.

»Brian, wie hieß das bittersüße Ding, das ich vor ein paar Tagen probiert habe?«

»Negroni, Euer Ehren, eine italienische Spezialität. Möchten Sie einen?«

»Ja. Die Mischung scheint mich besonders gut zu beruhigen.«

Jan nippte an seinem Glas und beschäftigte sich in Gedanken noch immer mit Orientierungsschaltungen für Solarzellengruppen, als er spürte, daß sich jemand auf den Barhocker neben ihn setzte. Als der dicke Nerzmantel seinen Arm streifte, bemerkte er, daß es sich um eine Frau handelte. Die Stimme kam ihm sehr bekannt vor, nicht allerdings der Akzent.

»Also, das ist doch Jan! Jan Kulozik, nicht wahr?«

Es war Sara, aber eine völlig veränderte Sara. Make-up und Kleidung gehörten zur gleichen Klasse wie ihr Mantel – ebenso ihre Aussprache. »Ach, hallo«, sagte er. Mehr fiel ihm in der ersten Überraschung nicht ein.

»Ich wußte gleich, daß Sie es sind, obwohl ich wetten könnte, daß Sie sich an mich nicht mehr erinnern. Cynthia Barton, wir lernten uns vor ein paar Wochen bei dieser schrecklichen Party kennen. Ihr Drink sieht wirklich hübsch aus; seien Sie ein braver Junge, bestellen Sie mir auch so einen.«

»Freut mich, Sie wiederzusehen.«

»Und mich erst, es war ein ganz schlimmer Tag heute. Hmm, der Drink ist wirklich hervorragend, genau was der Arzt mir verschrieben hat. Aber finden Sie es nicht auch schrecklich laut hier, die Musik und die vielen Leute? Trinken wir aus und gehen wir zu Ihnen. Ich weiß noch, neulich wollten Sie mir unbedingt ein Gemälde zeigen. Damals hielt ich das nur für einen Vorwand für etwas ganz anderes, aber heute weiß ich nicht recht. Sie sind ein so ernsthafter Bursche, daß Sie vielleicht *wirklich* ein Gemälde besitzen. Ich will meine Ehre riskieren, um diese Frage ein für allemal zu klären.«

Dieses Geplauder setzte sich weiter fort, sogar noch im Taxi, und Jan stellte fest, daß er gar nicht antworten mußte; er ließ sich von der Woge der Worte mitreißen. Erst als seine Wohnungstür geschlossen war, hörte sie auf zu reden und blickte ihn fragend an.

»Alles in Ordnung«, sagte er. »Ich habe mehrere Alarmschaltungen installiert, Wanzenorter und so weiter, und das Lämpchen dort verrät mir, daß alles in Ordnung ist. Wenn es nicht brennen würde, wüßte ich, daß sich hier jemand zu schaffen gemacht hat. Darf ich es wagen zu fragen, wer Cynthia Barton ist?«

Sara warf ihren Mantel auf den Stuhl und sah sich um. »Jemand, der mir sehr ähnlich ist. Kein Zwilling, doch etwa genauso groß und mit derselben Haarfarbe. Wenn sie unterwegs ist – diese Woche verbringt sie in einem Landhaus in Yorkshire – schlüpfe ich in ihre Persönlichkeit, um mich in besseren Kreisen zu bewegen. Meine Kennkarte ist ziemlich gut – einer oberflächlichen Prüfung hält sie jederzeit stand.«

»Es freut mich, daß sie unterwegs ist. Schön, Sie wiederzusehen!«

»Das kann ich auch sagen – denn seit unserem letzten Gespräch hat sich einiges getan.«

»Und das wäre?«

»Ich erzähl's Ihnen gleich, im größeren Zusammenhang. Zunächst sollen Sie einen besseren Einblick in die umfassende Situation erhalten. Der Mann, den Sie letztesmal kennenlernen sollten, Kodename John, ist auf dem Weg hierher. Ich bin als erste gekommen, um Sie vorzuwarnen. Sie haben ja wirklich eine tolle Wohnung«, wechselte sie hastig das Thema.

»Das ist eigentlich nicht mein Verdienst. Als ich sie kaufte, ging ich gerade mit einem Mädchen, das Innenarchitektin werden wollte. Mein Geld und ihr Talent haben *das* daraus gemacht.«

»Warum sagen Sie ›werden wollte‹? Sie scheint mir recht gut gearbeitet zu haben.«

»Na, Sie wissen schon, eigentlich ist das kein Frauenberuf.«

»Männliches Chauvinistenschwein!«

»Was bedeutet denn das? Hört sich nicht gerade wie ein Kompliment an!«

»Ist es auch nicht. Ein überlieferter Ausdruck der Verachtung – und ich entschuldige mich dafür. Ist ja nicht Ihre Schuld. Sie sind in einer ganz auf die Männer ausgerichteten Gesellschaft aufgewachsen, in der die Frauen zwar respektiert werden, aber trotzdem Bürger zweiter Klasse sind ...«

Eine Glocke ertönte, und sie hob fragend die Augenbrauen.

»Das kommt vom Eingang. – John?«

»Er müßte es sein. Wir haben ihm einen Schlüssel zum Garagentor dieses Hauses gegeben und ihm aufgetragen, diese Wohnungsnummer aufzusuchen. Soweit er informiert ist, handelt es sich um ein neutrales Haus; er kann nicht feststellen, daß Sie ständig hier leben. Kein perfektes Arrangement, das weiß ich auch, aber etwas Besseres haben wir in der Eile nicht zustandegebracht. Jedenfalls ist er in der Organisation nicht aktiv, und es gibt kaum Berührungspunkte mit ihm, außer wenn er uns mit Informationen versorgt. Legen Sie das an.« Sara zog einen Gesichtsveränderer aus der Tasche. »Und die dunkle Brille. Ich lasse ihn herein.«

Im Badezimmer zog sich Jan die flexible Maske über den Kopf – mit erstaunlichem Ergebnis. Als er in den Spiegel schaute, erwiderte ein Fremder seinen Blick. Wenn er sich schon nicht erkannte, würde er auch niemals in der Lage sein, den unbekannten John zu identifizieren. Falls der Fremde auch so einen Gesichtsschutz trug.

Sara unterhielt sich mit einem untersetzten Mann, der den Mantel ausgezogen hatte, aber noch Hut und Handschuhe trug, die Hände und Haar verdeckten. Sara trug keinerlei Maske, woraus zu schließen war, daß er ihre Identität kannte. »John«, sagte sie. »Dies ist Bill. Der Mann, der Ihnen einige Fragen stellen will.«

»Ich bin Ihnen gern zu Diensten, Bill.« Die Stimme klang weich und gebildet. »Was wollen Sie wissen?«

»Ich weiß nicht, wo ich anfangen soll, was ich Sie fragen soll. Ich weiß einige Dinge über Israel, die von den mir vorliegenden Texten abweichen – und ich vermute, das ist alles. Abgesehen von den Dingen, die ich in der Schule gelernt habe.«

»Na, das ist doch schon ein Anfang. Sie haben Zweifel und haben bemerkt, daß die Welt nicht so aussieht, wie Sie stets angenommen hatten. Ich werde also keine Zeit mit dem Versuch verschwenden, Sie dazu zu bringen, Verstand und Augen zu öffnen. Können wir uns setzen?«

John ließ sich auf seinem Stuhl nieder und schlug bequem die Beine übereinander. Beim Reden neigte er zum Dozieren und dazu, bestimmte Punkte an den Fingern abzuzählen. Offensichtlich war er Akademiker, vermutlich Historiker.

»Kehren wir zum Ende des zwanzigsten Jahrhunderts zurück, schauen wir uns die Ereignisse seit jener Zeit gründlich an. Machen Sie *tabula rasa* in ihrem Gehirn und versuchen Sie mich nicht mit Fragen zu unterbrechen. Dazu ist später Zeit. Die Welt des Jahres 2000 unterschied sich kaum von den Geschichtstexten, die Sie studiert haben, zumindest physikalisch; die Regierungen aber sahen auf jeden Fall anders aus. Damals gab es auf der Welt die persönliche Freiheit nur in unterschiedlichem Maße, und die Regierungsformen reichten von liberal bis zur schlimmsten Unterdrückung. Dies alles hat sich in den Jahren seither verändert. Daran sind die Vernichter schuld, so wie Sie es gelernt haben. Das zumindest ist die Wahrheit.« Er hüstelte. »Mein Bester, könnte ich ein Glas Wasser haben?«

Festino -82-

Sara brachte es ihm, und er sprach weiter.

»Von den politischen Führern oder Regierungen, den Vernichtern, achtete niemand ernsthaft auf die Ausplünderung der natürlichen Rohstoffe der Erde – sie reagierten erst, als es zu spät war. Die Weltbevölkerung wuchs bis über die Grenzen der natürlichen Ernährungs- und Versorgungsmöglichkeiten hinaus, während die fossilen Brennstoffe sehr schnell immer rarer wurden. Große Angst herrschte vor einem Atomkrieg, der die Welt verwüstet hätte, doch anscheinend bestand diese Besorgnis bei allen Weltmächten, denn der große Knall blieb aus. Es gab zwar einige lokale Atomzwischenfälle mit Bomben, die ironischerweise als selbstgemacht bezeichnet wurden, doch diese Entwicklung ging sehr schnell zu Ende. Die Welt endete nicht mit einem Knall, wie man befürchtet hatte, sondern in wimmernder Qual – ich verwende hier ein dichterisches Zitat.«

Mit spitzen Lippen trank er aus seinem Glas und fuhr fort:

»Ohne Energie mußte eine Fabrik nach der anderen schließen. Ohne Treibstoff konnten keine Automobile fahren, und die Wirtschaft aller Länder sackte in die Depression ab, Arbeitslosigkeit breitete sich aus. Die schwächeren und weniger stabilen Länder stürzten ins Chaos, zerrissen von Hunger und internen Zwistigkeiten. Die stärkeren Länder hatten genügend eigene Sorgen und konnten sich nicht noch um die Probleme anderer kümmern. Die Überlebenden aus dem Bereich, der einmal die Dritte Welt genannt worden war, fanden schließlich Stabilität mit kleinen Bevölkerungen und im wesentlichen auf die Landwirtschaft ausgerichteten Wirtschaftssystemen.

In den hochentwickelten Industrie-Ökonomien war eine andere Lösung erforderlich. Ich möchte dies am Beispiel Großbritanniens demonstrieren, da Sie wissen, wie das Leben hier heute aussieht. Bitte denken Sie sich in eine Zeit zurück, da unsere Regierungsform demokratisch war, da regelmäßig Wahlen stattfanden und die Parlamente sich nicht durch Vererbung verjüngten und nicht so machtlos waren wie heute. Die Demokratie, in der alle Individuen als gleich gelten und in der jeder eine Stimme hat bei der Wahl der Herrscher, ist ein Luxus der Superreichen. Damit meine ich die reichen Länder. Jede Senkung des Lebensstandards und des Bruttosozialprodukts kann nur eine Minderung der Demokratie zur Folge haben. Ein einfaches Beispiel. Ein Angestellter mit regelmäßigem Einkommen kann sich aussuchen, wo er wohnt, was er ißt, wie er seine Freizeit verbringt – welchen Lebensstil er pflegt, so könnte man das wohl nennen. Ein Arbeitsloser dagegen muß wohnen, wo man ihn einweist, essen, was man ihm gibt, und ein gleichförmiges, bedrückendes Leben fristen. Großbritannien hat die katastrophalen Jahre überlebt, zahlte aber einen schrecklichen Preis an persönlicher Freiheit. Da es keine Devisen gab zur Einfuhr von Nahrungsmitteln, mußte sich das Land auf eigene Beine stellen, was die Ernährung betraf. Dies hatte mikroskopisch kleine Fleischmengen zur Folge, die nur für die Superreichen erschwinglich waren, und eine pflanzliche Diät für die übrigen. Eine fleischessende Nation nimmt eine solche Veränderung nicht so ohne weiteres hin, also mußte sie erzwungen werden. Die herrschende Elite gab die Befehle aus, und Polizei und Soldaten sorgten dafür, daß sie ausgeführt wurden. Dies war damals die einzige Alternative zu Chaos, Hungersnot und Tod, also erschien sie ganz vernünftig. Und sie *war* auch vernünftig, wenn man die Begleitumstände bedenkt. Das Problem bestand nur darin, daß die Notlage sich zwar entspannte und die äußeren Verhältnisse sich wesentlich besserten, daß die herrschende Schicht an der einmal gewonnenen Macht aber festhalten wollte. Ein großer Denker hat einmal geschrieben, daß Macht korrumpiert und absolute Macht auch absolut korrumpiert. Sobald der genagelte Stiefel fest im Nacken des anderen steht, wird er freiwillig nicht wieder hochgenommen.«

»Welcher genagelte Stiefel?« fragte Jan verwirrt.

»Verzeihung. Ein Gleichnis, sehr überholt; entschuldigen Sie den Ausrutscher. Ich wollte nur sagen, daß die Besserung sehr langsam eintrat und die herrschenden Regierungen einfach an der Macht blieben. Die Bevölkerung reduzierte und stabilisierte sich allmählich. Die ersten Generatorensatelliten wurden gebaut und strahlten ihre Energie zur Erde herab. Dann kam die Energie aus der Kernverschmelzung, die uns für alle Bedürfnisse den Überfluß bescherte. Planmäßig mutierte Pflanzen lieferten die Chemikalien, die zuvor aus dem Öl gewonnen wurden. Satellitenkolonien verarbeiteten die Rohstoffe des Mondes, und die Fertigprodukte wurden auf die Erde gebracht. Die Entwicklung eines funktionstüchtigen Raumantriebs ermöglichte, daß Schiffe Erkundungsflüge durchführten, und gestattete Siedlungen auf den Planeten der nächsten Sterne. Da hätten wir also alles, was wir heute abend haben. Ein Paradies auf Erden, sogar ein himmlisches Paradies, in dem kein Mensch Krieg oder Hunger fürchten müßte. In dem alle versorgt sind und niemandem etwas fehlen müßte.

Doch an diesem paradiesischen Bild stimmt etwas nicht. Die Länder der Erde stöhnen unter absoluter Oligarchie, die sich auch auf die Satellitenkolonien ausgeweitet hat und darüber hinaus bis zu den Planeten. Die Herrscher aller großen Länder sind sich mit allen anderen Machthabern darin einig, daß den Massen auch nicht die geringste persönliche Freiheit gewährt werden darf. An der Spitze die totale Freiheit – dabei müßte es sich nach Ihrem Akzent, Bill, um Ihre Klasse handeln –, und für alle darunter Stehenden wirtschaftliche Abhängigkeit und Sklaverei. Und jeder, der die Kühnheit hat, sich aufzulehnen, kommt sofort ins Gefängnis oder wird hingerichtet.«

»Ist es wirklich so schlimm?« fragte Jan.

»Es ist weitaus schlimmer, als Sie es sich vorstellen können«, sagte Sara. »Sie müssen sich selbst davon überzeugen. Solange Sie nicht selbst fest daran glauben, daß eine Veränderung erforderlich ist, werden Sie für sich selbst und andere eine Gefahr sein.«

»Dieses Orientierungsprogramm ist auf meinen Vorschlag hin durchgeführt worden«, sagte John und konnte einen Anflug pedantischen Stolzes in seiner Stimme nicht verhindern. »Es ist eine Sache, gedruckte Dokumente zu lesen und Worte zu hören, doch eine ganz andere, die Realitäten der Welt zu erleben, in der wir leben. Nur ein gefühlloser Mensch würde sich davon nicht anrühren lassen. Wir werden uns wiederbegegnen, sobald sie ins Inferno hinabgestiegen sind. Wenn Sie nichts dagegen haben, gehe ich allein zur Tür.«

»Ein komischer kleiner Mann«, sagte Jan, als sich die äußere Tür geschlossen hatte.

»Komisch und liebenswert und absolut unersetzbar für uns. Ein Spezialtheoretiker, der weniger Fragen stellt, als daß er Antworten zur Verfügung hat.«

Jan zog sich den Gesichtsveränderer ab und trocknete sein Gesicht von Schweiß. »Offensichtlich Akademiker, wahrscheinlich Historiker ...«

»Nicht!« sagte Sara heftig. »Machen Sie sich keine Gedanken über ihn, sonst könnten Sie ihn eines Tages denen verraten, die nichts über ihn wissen dürfen. Schlagen Sie sich den Mann aus dem Kopf und denken Sie an seine Worte. Können Sie sich ein paar Tage freinehmen?«

»Jederzeit. Ich richte mir meine Arbeit selbständig ein. Was wollen Sie?«

»Geben Sie im Institut an, Sie brauchten Erholung und wollten aufs Land fahren, um einen Freund zu besuchen oder so, ein Ort, an dem man Sie nicht so leicht aufspüren kann.«

»Wie wär's mit Skifahren? Gewöhnlich fahre ich ein- oder zweimal jeden Winter nach Schottland zum Langlauf.«

»Ich weiß nicht, was das ist.«

»Das ist eine besondere Art von Skiern für die Fortbewegung auf ebenem Grund, nicht bergab. Ich nehme dazu einen Rucksack mit, übernachte auch einmal draußen oder kehre in Schänken und Hotels ein und gehe, wohin ich will.«

»Das hört sich ja geradezu ideal an. Sagen Sie im Institut, Sie gingen ein paar Tage Ski fahren, ab nächsten Donnerstag. Legen Sie sich nicht fest hinsichtlich der Dauer. Erwähnen Sie keine Anschriften oder Orte, die Sie aufsuchen wollen. Packen Sie Ihre Sachen zusammen und legen Sie sie in Ihren Wagen.«

»Fahre ich denn nach Schottland?«

»Nein. Sie werden noch weiter reisen. Sie werden in das erwähnte Inferno eintauchen – direkt hier in London.«

10

Jan parkte schon gut eine halbe Stunde lang am verabredeten Ort – man hätte ihn längst abholen sollen. Durch den wirbelnden Schnee zeichnete sich vage der gelbe Schimmer der Laternen ab. Bürgersteige und Straßen waren leer. Die dunkle Masse von Primrose Hill ging jenseits der Straße in Schwärze unter. Der Verkehr hatte bisher nur aus einem Streifenwagen bestanden, der vor einiger Zeit vorbeigekommen war; der Wagen hatte die Fahrt verlangsamt und war gleich darauf verschwunden. Vielleicht wurde er aus irgendeinem Grunde beobachtet, was zur Folge haben würde, daß sein Kontaktmann nicht in Erscheinung trat.

Noch als ihm dieser Gedanke durch den Kopf ging, öffnete sich die Tür und ließ einen kalten Windhauch herein. Ein dick vermummter Mann glitt auf den Beifahrersitz und schloß die Wagentür hastig hinter sich.

»Sie haben mir doch etwas zu sagen, oder, Meister?« fragte der Mann.

»Es wird noch wesentlich kälter werden, ehe wir wieder warmes Wetter bekommen.«

»Da haben Sie recht.« Sara hatte ihm die Erkennungsworte eingebläut. »Was wissen Sie sonst noch?«

»Nichts. Man hat mich angewiesen, hier zu parken, auf jemanden zu warten, mich zu identifizieren und auf Anweisungen zu warten.«

»Gut. Jedenfalls wird es gut sein, wenn Sie die Anweisungen annehmen und alles genau so tun, wie ich es Ihnen sage. Sie sind nun mal, was Sie sind, und ich bin ein Prol – und Sie werden von mir Befehle entgegennehmen müssen. Schaffen Sie das?«

»Ich wüßte nicht, warum das nicht gehen sollte.« Innerlich verwünschte Jan das Stocken in seiner Stimme. Es fiel ihm wirklich nicht leicht.

»Meinen Sie das wirklich ernst? Einem Prol gehorchen – noch dazu einem, der nicht gerade gut riecht?«

Als der Mann es aussprach, nahm Jan den unangenehmen

Geruch wahr, der von der dicken Kleidung aufstieg. Die Muffigkeit ungewaschenen Gewebes vermengte sich mit Körpergerüchen und einem vagen Anflug von Rauch und Speisedünsten.

»Ich meine es ernst«, sagte Jan in plötzlich aufflammendem Zorn. »Ich glaube, es wird mir nicht gerade leicht fallen, aber ich will mir Mühe geben. Und den Geruch werde ich auch überleben.«

Es folgte ein Schweigen, und Jan sah, wie ihn die Augen des Mannes, die unter der Stoffmütze kaum auszumachen waren, eindringlich musterten. Plötzlich streckte der Fremde ihm eine hornige Hand hin.

»Geben Sie mir die Tatze, Meister! Ich glaube, mit Ihnen wird's klappen.« Jan fühlte, wie seine Finger energisch gedrückt wurden. »Man hat mir gesagt, ich soll Sie John nennen, also bleibt's bei John. Ich heiße Fryer. Fahren Sie bitte in östlicher Richtung, ich sage Ihnen dann, wo wir abbiegen.«

Es herrschte kaum Verkehr, und die Reifen zogen schwarze Linien durch den frischgefallenen Schnee. Sie benutzten vorwiegend Nebenstraßen, und Jan wußte bald nicht mehr genau, wo sie sich befanden – irgendwo im nordöstlichen London.

»Gleich sind wir am Ziel«, sagte Fryer. »Noch etwa eine Meile, aber da können wir nicht fahren. Jetzt langsamer, zweite Einfahrt rechts.«

»Warum können wir nicht bis ans Ziel fahren?«

»Eine Sicherheitsbarriere. Natürlich unsichtbar, man würde nichts merken, wenn man sie überfährt. Aber die Stromkreise unter der Straße würden den Sender in Ihrem Wagen ansprechen und sich seine Identität angeben lassen. Die wird dann gespeichert. Und schon fängt man sich an zu fragen, was Sie hier zu suchen haben. Zu Fuß ist es sicherer, wenn auch verdammt viel kälter.«

»Ich hatte keine Ahnung, daß es solche Sperren gibt.«

»Sie haben einen erfahrungsreichen Urlaub vor sich, John. Jetzt langsam – und halt! Ich öffne die Garage dort, und Sie steuern den Wagen langsam hinein. Dort ist es sicher.«

Die Garage war kalt und roch muffig. Jan wartete in der Dunkelheit, bis Fryer die Tür geschlossen und verriegelt hatte. Gleich darauf schob sich der Mann an ihm vorbei; er orientierte sich mit

Hilfe einer kleinen Taschenlampe. Hinter der Garage erstreckte sich ein Raum, ein Schuppen, der von einer kahlen Glühbirne erleuchtet wurde. Fryer stellte einen kleinen einzelligen Elektroheizer an, der die Kälte in dem Schuppen kaum zu vertreiben vermochte.

»Hier ziehen wir uns um, Meister«, sagte Fryer und nahm einige primitive Kleidungsstücke von einem Pflock an der Wand. »Ich sehe, Sie haben sich weisungsgemäß heute nicht rasiert, das ist sehr gut. Ihre Stiefel eignen sich ganz gut, wir müssen sie nur noch ein bißchen verkratzen und mit Asche einreiben. Aber die anderen Sachen müssen runter, restlos.«

Jan versuchte, nicht zu zittern, doch er bekam seinen Körper nicht in den Griff. Die dicke, schmutzige Hose fühlte sich auf seinen längst kalten Beinen wie Eis an. Ein rauhes Hemd, ein Wams ohne Knöpfe, ein zerrissener Pullover, ein noch mehr ausgefranster Überzieher. Doch als die erste Kälte verflogen war, wärmte ihn das Zeug einigermaßen.

»Ich kannte Ihre Hutgröße nicht, da habe ich Ihnen das mitgebracht.« Fryer hielt eine handgestrickte Mütze hoch. »Das ist bei diesem Wetter sowieso das Beste. Tut mir sehr leid, aber die pelzgefütterten Handschuhe müssen Sie auch hierlassen. Unter den Arbeitslosen gibt es nicht viele, die überhaupt Handschuhe besitzen. Stecken Sie die Pfoten einfach in die Taschen, dann geht es schon. Richtig, wundervoll. Jetzt würde Ihre eigene Mutter Sie nicht wiedererkennen. Los geht's!«

Sie schritten durch die dunklen Straßen: nachdem sie sich in Bewegung gesetzt hatten, war es gar nicht so übel. Die Wollmütze bedeckte nicht nur den Kopf, sondern ließ sich auch über Mund und Nase herabziehen, mit einer Öffnung für die Augen; die Hände hatte er tief in die Taschen gesteckt, und den Füßen ging es in seinen alten Bergsteigerstiefeln, die er hinten im Schrank gefunden hatte, auch nicht schlecht. Seine Stimmung war gut, denn das Unternehmen hatte etwas Abenteuerliches, das ihm gefiel.

»Meister, Sie halten lieber den Mund, bis ich Ihnen sage, daß alles in Ordnung ist. Sie brauchen nur ein Wort am falschen Ort zu sagen, und schon weiß man, wer Sie sind. Wir haben noch Zeit für einen halben Liter, unsere Arbeit wird uns Durst machen. Trinken Sie, was man Ihnen gibt, und sagen Sie nichts.«

»Was ist, wenn mich jemand anspricht?«

»Das tut niemand. Das Lokal ist nicht von der Sorte.«

Warme, schwere Luft schlug ihnen entgegen, als sie die dicke Tür öffneten. Männer, nur Männer, saßen an Tischen und standen an der Bar. Einige aßen von Tellern, die durch ein Wandluk serviert wurden. Als sie sich an einem besetzten Tisch vorbeischoben, machte Jan eine Art Eintopf aus, Eintopf mit dunklen Brotbrocken. An der verkratzten, mit Pfützen übersäten Bar gab es Platz, und sie bezogen dort Stellung. Fryer winkte einen Barkeeper herbei.

»Zwei halbe Apfel«, sagte er und wandte sich an Jan. »Das Bier ist hier unmöglich, da nehmen wir besser den Apfelwein.«

Jan brummte zustimmend und beugte das Gesicht über sein Glas. Säuerlich, ein schrecklicher Geschmack. Wie mochte da erst das Bier sein?

Fryer hatte recht; in dieser Bar wurden keine Kontakte geknüpft. Die Männer unterhielten sich miteinander, aber sie waren offensichtlich schon zusammen eingetroffen. Wer allein war, blieb auch allein und konzentrierte sich ausschließlich auf sein Getränk. Eine deprimierende Stimmung hing in dem dunklen Raum, eine Bedrücktheit, gegen die auch nicht die fleckigen Brauereiplakate ankamen, die einzigen Verzierungen. Den Trinkenden ging es offensichtlich nicht um Entspannung: sie suchten zu vergessen. Jan trank einen großen Schluck, als Fryer in der Menge untertauchte. Gleich darauf kehrte er mit einem zweiten Mann zurück, der sich in seiner zerknitterten dunklen Kleidung nicht von den anderen unterschied.

»Wir gehen jetzt«, sagte Fryer, ohne den Fremden vorzustellen. Draußen trampelten sie durch den Schnee, der bereits die Rinnsteine zudeckte und die Schritte der Männer unhörbar machte. »Mein Kumpel hier kennt viele Leute«, sagte Fryer und deutete mit einer Kopfbewegung auf den Neuankömmling. »Er kennt jeden. Weiß alles, was hier in Islington los ist.«

»Bin auch schon drinnen gewesen«, sagte der Mann. Er hatte

eine lispelnde Aussprache, und Speichel flog ihm beim Sprechen von den Lippen. Anscheinend besaß er nur noch wenige Zähne. »Wurde dabei erwischt, wie ich das Zeug nahm. Schwerarbeit, in Schottland Bäume fällen. Die Sucht wurde ich allerdings los. Auf die schlimmste Weise. Die alte Frau dagegen, Sie werden sehen, wie sie wohnt. Kein tolles Leben mehr, aber sie hat es sowieso bald überstanden.«

Sie betraten das Gelände einer düsteren Reihe hoch aufragender Sozialwohnungen und überquerten den dazwischenliegenden Bereich – unter dem Schnee war nicht auszumachen, ob die Fläche gepflastert oder mit Rasen besät war. Von den Dächern der Gebäude strahlten Scheinwerfer und erhellten die Zone wie einen Gefängnishof. Deutlich zeichneten sich Kinder ab, die im grellen Licht einen riesigen Schneemann bauten. Plötzlich gab es Streit, und sie schrien los und prügelten auf einen kleinen Jungen ein, der sich schließlich aus der Gruppe löste und weinend davonlief, rote Blutspuren im Schnee hinterlassend. Da Jans Begleiter die Szene nicht wahrzunehmen schienen, schlug er sie sich aus dem Kopf.

»Die Fahrstühle funktionieren nicht. Wie üblich«, sagte Fryer, als sie dem Führer ins Treppenhaus folgten. Fünf schmutzige Stockwerke hinauf, die Wände vollgekritzelt mit Bemerkungen aller Art. Allerdings war es warm – kein Wunder bei unbeschränkt verfügbarer Elektrizität. Die Tür war verschlossen, doch der Mann hatte einen Schlüssel. Sie folgten ihm in einen warmen, hell erleuchteten Raum, in dem es nach Tod roch.

»Sieht nicht gut aus, wie?« fragte er und deutete auf die Frau im Bett.

Sie war bleich wie Pergament, die Haut heller als die schmutzige Bettdecke. Eine klauenartige Hand hielt den Stoff unter das Kinn, und ihr rasselnder Atem ging langsam.

»Reden sie ruhig, wenn Sie wollen«, sagte Fryer. »Wir sind hier unter Freunden.«

»Sie ist krank?« fragte Jan.

»Todkrank, Euer Ehren«, sagte der zahnlose Mann. »Der Arzt hat sie sich im Herbst angesehen und ihr Medizin verschrieben – aber seither nichts mehr.«

»Sie müßte ins Krankenhaus.«

»Das gibt's nur für Sterbende, die Arbeitslosenunterstützung bekommen.«

»Also ein Arzt.«

»Sie kann ihn nicht aufsuchen. Und ohne Geld kommt er nicht her.«

»Aber es muß doch Geldmittel geben von ... unseren Leuten.«

»Stimmt«, sagte Fryer. »Mehr als genug, um wenigstens unseren Genossen zu helfen. Aber wir wagen es nicht. Das käme sofort in ihre Akte, die Sicherheitspolizei würde davon erfahren, würde wissen wollen, woher sie's hat, dann Ermittlungen, Herumgefrage, wer ihre Freunde sind. Das würde mehr schaden als nützen. Also tun wir's nicht.«

»Sie stirbt also einfach?«

»Das tun wir doch alle früher oder später. Mit der Wohlfahrt nur eben früher. Jetzt gehen wir was essen.«

Sie verabschiedeten sich nicht von dem zahnlosen Mann, der einen Stuhl ans Bett gerückt hatte und sich draufsetzte. Jan blickte sich in dem kahlen Zimmer um und sah die schäbigen Möbel, die primitiven sanitären Einrichtungen an der Wand, hinter einem löcherigen Schirm kaum verdeckt. Eine Gefängniszelle wäre besser gewesen.

»Er kommt gleich nach«, sagte Fryer. »Er wollte noch ein bißchen bei seiner Ma sitzen.«

»Die Frau – ist seine Mutter?«

»Ja. Haben wir ja alle eine.«

Sie stiegen in den Keller hinab, wo es einen gemeinschaftlichen Eßraum gab. Die Unterstützung reichte offensichtlich nicht für den Luxus einer eigenen Küche. Menschen aller Altersstufen saßen an den rauhen Tischen und aßen oder standen vor dem Ausgabeschalter Schlange.

»Wenn Sie sich ein Tablett nehmen, stecken Sie das in den Schlitz«, sagte Fryer und reichte Jan eine rote Plastikmarke.

Das Tablett ließ sich erst fortnehmen, als die Marke ganz hinabgefallen war. Jan schlufte hinter Fryer vorwärts zu dem dampfenden Schalter und nahm die randvoll gefüllte Schale entgegen, die der schwitzende Küchenhelfer ihm hinhielt. Ein Stück weiter entdeckte er einen großen Haufen dunkler Brotstücke, von denen er sich eins nahm. Das war sein Abendessen. Die beiden Männer setzten sich an einen Tisch, auf dem es keinerlei Bestecke gab.

»Wie soll ich essen?« fragte Jan und musterte zweifelnd die Schale.

»Mit einem Löffel, den Sie immer bei sich haben – aber ich habe einen zweiten mit, denn ich wußte, daß Ihnen das neu sein würde.«

Es war Linsensuppe mit einigen wenigen Gemüsebrocken darin. Schlecht schmeckte es nicht, aber es war kein greifbarer bestimmbarer Geschmack. Andere Brocken, die darin herumschwammen, sahen wie Fleisch aus, schmeckten aber nicht danach.

»Wenn Sie wollen, habe ich auch Salz«, sagte Fryer.

»Nein, vielen Dank. Ich glaube kaum, daß das einen Unterschied machen würde.« Jan biß von dem Brot ab, das zwar halb vertrocknet war, aber kräftig nach Nuß schmeckte. »Kein Fleisch in der Suppe?«

»Für die Wohlfahrtsempfänger nicht. In der Suppe gibt's Brocken Soja-Immo, die alle benötigten Proteine enthalten – heißt es. Drüben am Spender gibt's Wasser, wenn Sie das Zeug runterspülen wollen.«

»Später. Ist das Essen immer so?«

»Mehr oder weniger. Die Leute, die ein bißchen verdienen, kaufen sich im Laden etwas dazu. Ohne Geld ist man hierauf angewiesen. Man kann davon leben.«

»Möglich ist es wohl. Aber als regelmäßige Speise ist so etwas nicht gerade verlockend.« Jan preßte die Lippen zusammen, als ein Mann den Raum betrat, direkt an ihren Tisch kam und sich setzte.

»Ein bißchen Ärger gibt's, Fryer«, sagte er und schaute dabei Jan an.

Die beiden standen auf und unterhielten sich an der Wand. Jan aß noch einen Löffel Suppe und schob die Schale fort. Ein Leben lang solche Sachen essen? Neun von zehn Arbeitern bezogen Unterstützung. Ganz zu schweigen von ihren Frauen und Kindern. So war es schon sein ganzes Leben lang – und er hatte nichts davon gewußt. Er hatte sein Leben auf einem Eisberg geführt, ohne von den unter der Oberfläche verborgenen neun Zehnteln zu wissen.

»Wir gehen zum Wagen zurück, Meister«, sagte Fryer. »Hat sich was ergeben.«

»Hat es mit mir zu tun?«

»Keine Ahnung. Wir sollen nur schleunigst zurückkommen. Weiß nicht, was da läuft, es muß was Ernstes sein.«

Sie gingen schnell, ohne zu laufen; das hätte verdächtig gewirkt. Sie schritten energisch und in gleichmäßigem Tempo durch den klebrigen Schnee. Im Vorbeigehen gewahrte Jan erleuchtete Läden mit beschlagenen Schaufensterscheiben. Er fragte sich, was hier verkauft wurde, und erkannte, daß diese Dinge ihm so fremd waren wie die auf dem Markt, den er an der Küste des Roten Meeres aufgesucht hatte.

An der Rückseite der Garage angekommen, hielt Jan die Taschenlampe hoch, damit Fryer den richtigen Schlüssel finden konnte. Sie betraten den Schuppen und gingen nach vorn zur Garage durch.

»Da soll mich doch ...!« rief Fryer und ließ den Lichtkegel über den kahlen Boden wandern.

»Mein Wagen ist weg!«

Eine hellere Lampe strahlte den Männern in die Augen, und jemand sagte: »Stehenbleiben und keine Bewegung! Ich will Ihre Hände sehen!«

11

Jan dachte gar nicht daran, sich zu bewegen, er hätte keinen Finger rühren können, selbst wenn er gewollt hätte. Der Schock der letzten Sekunden, zuerst das Verschwinden seines Wagens, dann die plötzliche Konfrontation, war zuviel für ihn. Das Spiel war aus, man hatte ihn erwischt, alles war verloren. Reglos stand er da, eingehüllt in diese schreckliche Erkenntnis.

»Zurück in den Schuppen«, sagte der Mann. »Wir haben hier jemanden, den Sie nicht kennen.«

Fryer machte gehorsam kehrt, und der Mann mit der Taschenlampe folgte ihm; Jan vermochte nur seinen Umriß wahrzunehmen, als der andere vorbeiging. Was ging hier vor?

»Jan, ich muß mit Ihnen sprechen«, sagte eine bekannte Stimme, als die Tür geschlossen war. Er hielt noch immer die kleine Taschenlampe in der Hand. Langsam hob er sie und holte Saras Gesicht aus der Dunkelheit. »Wir wollten Sie nicht erschrecken«, fuhr sie fort, »aber es ist ein Notfall eingetreten.«

»Erschrecken! Keine Spur davon. Mein Herz hat einfach aufgehört zu schlagen, müßte man eher sagen!«

»Tut mir leid«, sagte sie lächelnd, doch das Lächeln verschwand sofort wieder. »Es ist etwas Unangenehmes passiert, und wir brauchen vielleicht Ihre Hilfe. Einer von unseren Leuten ist gefangengenommen worden, und wir dürfen es nicht zulassen, daß seine wahre Identität offenbart wird. Haben Sie schon einmal vom Slethill-Lager gehört?«

»Nein.«

»Es handelt sich um ein Arbeitslager in Sunderland, im nördlichsten Hochland Schottlands. Wir sind ziemlich sicher, daß wir ihn aus dem Lager herausholen können, das ist im Grunde kein Problem – aber wir wissen noch nicht, wie wir ihn aus der Gegend schleusen sollen. Bei der Frage bin ich schließlich auf Sie gekommen und auf Ihre Bemerkung, daß Sie dort oben schon Langläufe gemacht haben. Könnte er mit Skiern aus dem Kessel heraus?«

»Durchaus, wenn er die Gegend kennt und mit den Skiern zurechtkommt. Schafft er das?«

»Nein, ich glaube nicht. Aber er ist jung und kräftig und müßte es schnell lernen. Ist es schwer?«

»Die Grundbegriffe schnappt man schnell auf. Aber es dauert eine Weile, bis man sich wirklich geschickt anstellt. Haben Sie jemanden, der ihm zeigen könnte, wie er ...« Plötzlich begriff Jan, was hier vorging, und richtete das Licht wieder auf ihr Gesicht. Sie hatte den Blick gesenkt, und ihr Gesicht war sehr bleich.

»Ja. Ich werde Sie bitten, uns zu helfen«, sagte Sara. »Das bekümmert mich, nicht nur wegen der Gefahren, in die Sie kommen werden, sondern weil wir solche Dinge Ihnen gegenüber nicht einmal erwähnen dürften. Wenn Sie sich dazu entschließen, mit uns zusammenzuarbeiten, könnte Ihre Arbeit die wichtigste im ganzen Widerstand sein. Aber wenn dieser Mann nicht befreit wird, ist womöglich alles vorbei, egal, was wir sonst noch unternehmen.«

»Ist der Einsatz so wichtig?«

»O ja.«

»Dann helfe ich Ihnen selbstverständlich. Aber ich muß nach Hause zurück, um meine Sachen ...«

»Unmöglich. Alle glauben, daß Sie in Schottland sind. Wir haben sogar Ihren Wagen hochfahren lassen, damit Ihre Bewegungen dort abgedeckt sind.«

»Ach, dort ist also mein Wagen!«

»Wir können ihn an jedem gewünschten Ort in Schottland abstellen. Würde Ihnen das weiterhelfen?«

»Ungemein. Aber wie komme ich dorthin?«

»Mit dem Zug. Es fährt einer in zwei Stunden nach Edinburgh, und wir können Sie rechtzeitig hinbringen. Sie fahren, wie Sie sind, da fallen Sie nicht auf. Ihre anderen Sachen nehmen Sie im Gepäck mit. Fryer begleitet Sie.«

Jan überlegte hastig. Stirnrunzelnd starrte er in die Dunkelheit. »Arrangieren Sie alles. Sorgen Sie außerdem dafür, daß wir morgen früh in Edinburgh wieder zusammentreffen – Sie als Cynthia Barton. Bringen Sie Geld mit. Mindestens fünfhundert Pfund in bar. Alte Banknoten. Ist das zu schaffen?«

»Selbstverständlich. Ich kümmere mich sofort darum. Fryer wird von allem unterrichtet. Rufen Sie ihn herein, sagen Sie ihm, der Mann in seiner Begleitung soll mit mir gehen.«

Es kam ihm irgendwie widersinnig vor, daß Menschen, die miteinander ihr Leben aufs Spiel setzten, das Gesicht des anderen nicht sehen durften. Aber es war eine einfache Absicherung dagegen, daß einer aus der Gruppe gefangengenommen und verhört wurde: der oder die Betreffende konnte dann die anderen nicht identifizieren.

Sie blieben im Dunkeln stehen, bis Fryer und der Unbekannte zurückgekehrt waren, dann gingen dieser und Sara wortlos, nachdem sie sich kurz mit Fryer unterhalten hatte. Fryer wartete, bis sie fort waren, ehe er das Licht anmachte.

»Wir machen eine kleine geheime Reise«, sagte er. »Hübsche Jahreszeit dafür.« Er wühlte in den Kisten im hinteren Winkel der Garage und zog einen alten Armeerucksack hervor. »Der paßt gut. Tun Sie Ihre Sachen hinein, dann brechen wir sofort auf. Wenn wir tüchtig marschieren, müßten wir's rechtzeitig bis King's Cross schaffen.«

Wieder einmal stellte Fryer seine hervorragenden Ortskenntnisse in den Nebenstraßen Londons unter Beweis. Nur zweimal mußten sie eine der hellerleuchteten Durchgangsstraßen überqueren. Jedesmal kundschaftete Fryer zunächst die Gegend aus, um sich zu vergewissern, daß man sie nicht beobachtete, dann erst führte er Jan aus der Dunkelheit in die Sicherheit auf der gegenüberliegenden Seite. Sie erreichten den Bahnhof King's Cross fünfundvierzig Minuten vor Abfahrt des Zuges. Komisch war, daß Jan den Bahnhof gar nicht wiedererkannte, obwohl er hier oft genug nach Schottland abgefahren war.

Sie verließen die Straße und erreichten einen langen Tunnel. Der Gang war gut erleuchtet, doch man hatte ihn als Latrine mißbraucht, und scharfer Uringestank hing in der Luft. Mit widerhallenden Schritten passierten sie den Durchgang und erstiegen die Treppe am anderen Ende; sie führte in einen großen Wartesaal voller zerkratzter Bänke. Die meisten Anwesenden schienen zu liegen und zu schlafen; nur wenige saßen aufrecht da und warteten auf Züge. Fryer begab sich zu dem verbeulten Zigarettenautomaten und nahm eine Metallschachtel aus der Tasche, die er unter die Öffnung hielt. Als sich die Maschine davon überzeugt hatte, daß genügend Münzen eingesteckt worden waren, ratterte sie kurz und schüttete einige Zigaretten in die Schachtel. Fryer reichte sie mit einem Anzünder an Jan weiter.

»Hier. Rauchen Sie ein wenig. Versuchen Sie sich ganz natürlich zu geben. Reden Sie mit niemandem, egal was er sagt. Ich hole die Fahrkarten.«

Die Zigaretten waren von einer Marke, die Jan völlig unbekannt vorkam: WOODBINE stand in blauen Buchstaben auf jedem Glimmstengel, der beim Anzünden wie Stroh knisterte und ihm den Mund verbrannte.

Immer wieder kamen und gingen Menschen, doch niemand beachtete ihn. Alle paar Minuten würgten die braunen Lautsprecher eine unverständliche Ankündigung heraus. Jan mühte sich mit seiner dritten Zigarette und fühlte sich schon einigermaßen übel, als Fryer endlich zurückkehrte.

»Alles in Ordnung, Meister. Ab ins Land der Schotten, doch zuerst wollen wir aufs Klo gehen. Haben Sie ein Halstuch?«

»In der Tasche, hier im Rucksack.«

»Na, dann holen Sie es raus! Wir brauchen es. In den Zügen sitzt man eng beieinander, da gibt's immer wieder neugierige Typen, die reden wie ein Wasserfall. Und wir wollen doch nicht, daß Sie etwas sagen müssen.«

Im Waschraum zuckte Jan zurück, als Fryer ein riesiges Messer aufschnappen ließ. »Ein kleiner Eingriff, Meister, zu Ihrem eigenen Besten. Damit bleiben Sie am Leben. Schieben Sie nur die Lippen auf, ich ritze sie Ihnen innen ein bißchen an. Völlig schmerzfrei.«

»Tut verdammt weh«, sagte Jan kaum verständlich durch das weiße Taschentuch, das er sich vor den Mund drückte. Er hielt es von sich ab und sah, daß es blutbefleckt war.

»So ist's richtig. Gut und rot. Wenn die Wunde zuheilt, müssen Sie sie mit der Zunge wieder aufreißen. Und ab und zu ein bißchen Blut spucken. Geben Sie eine richtige kleine Vorstellung. Jetzt müssen wir los. Ich trage den Rucksack, Sie drücken sich das Tuch an den Mund.«

Es gab einen Eingang zum Bahnsteig des *Fliegenden Schotten*, von dessen Existenz Jan nichts gewußt hatte. Er führte zum hinteren Teil des Zugs. Weit vorn machte Jan die Lichter und hin und her eilende Gepäckträger der Erste-Klasse-Sektion hinter der Lokomotive aus; dort reiste er sonst immer. Ein Privatabteil, ein Drink aus der eingebauten Bar, dann tiefer Schlaf, bis er in Glasgow erwachte. Ihm war bekannt, daß es weiter hinten eine Zweite Klasse gab, denn er hatte die Passagiere in die Schlafwagen einsteigen sehen, in denen man übereinander lag; er hatte sie außerdem in Schottland geduldig warten sehen, bis die Passagiere der Ersten Klasse den Zug verlassen hatten. Von der Existenz einer Dritten Klasse hatte er keine Ahnung gehabt.

Die Wagen waren warm, und das war alles, was sich zu ihren Gunsten sagen ließ; es gab keine Bar, kein Buffet, keinerlei Service. Die Sitze waren aus Holzplanken zusammengezimmert, haltbar gebaut, doch weder modisch noch bequem. Es gelang Jan, einen Fenstersitz zu finden, auf dem er sich in die Ecke zurückneigen konnte, den Kopf gegen sein Kleiderbündel gestützt. Fryer setzte sich ruhig neben ihn, zündete eine Zigarette an und blies den Rauch gelassen zum NICHTRAUCHER-Schild hinauf. Andere drängten herein und waren noch dabei, sich häuslich einzurichten, als der Zug sanft anfuhr.

Es war eine sehr ungemütliche Reise. Immer mehr Blutflecke erschienen auf Jans Taschentuch. Später versuchte er zu schlafen, was im grellen Schein der Lampen, die nicht gelöscht wurden, keine Kleinigkeit war. Fryer hatte sich umsonst Sorgen gemacht; niemand versuchte ein Gespräch anzufangen oder beachtete ihn nach einem ersten Blick auf den blutigen Mund. Der Zug fuhr mit monotonem Grollen durch die Nacht, und Jan schlief zuletzt doch ein und erwachte zusammenfahrend, als eine Hand ihn entschlossen an der Schulter rüttelte.

»Aufstehen, aufstehen, alter Knabe!« sagte Fryer. »Halb sechs und ein hübscher Morgen. Sie können nicht den ganzen Tag im Bett verbringen. Wir wollen uns Frühstück holen.«

Jan hatte einen schrecklichen Geschmack im Mund, und die Nacht auf der harten Bank hatte ihn steif und lahm gemacht. Der lange Marsch über den Bahnsteig in der kalten Luft weckte ihn auf, und der Anblick der beschlagenen Fenster des Schnellrestaurants brachte ihm zu Bewußtsein, daß er hungrig war, sehr hungrig. Das Frühstück war sehr einfach, aber es schmeckte und gab seinem Magen zu tun. Fryer bezahlte den Tee und die bis zum Rand mit Haferbrei gefüllten Schalen, und Jan griff heißhungrig zu. Ein Mann, genauso gekleidet wie sie, stellte eine Tasse Tee auf den Tisch und setzte sich neben Fryer.

»Eßt auf, Jungs, und kommt mit! Wir haben nicht viel Zeit!«

Sie fuhren mit dem Lift aus dem Bahnhof und folgten stumm dem Fremden, der durch die Kälte des Morgennebels zu einem unweit des Bahnhofs gelegenen Mietshaus stapfte. Sie erstiegen endlose Treppen – waren die Fahrstühle denn überall kaputt? – und betraten schließlich eine trostlose Wohnung, die, bis auf die größere Zahl der Zimmer, eine Nachbildung der Behausung hätte sein können, die sie in London aufgesucht hatten. Jan stand am Waschbecken und versuchte sich mit einem uralten Rasierapparat zu rasieren, der ihn zu verletzten drohte; dann zog er seine eigenen Sachen an. Er mußte zugeben: mit Erleichterung. Er versuchte nicht daran zu denken, wie ein ganzes Leben unter solchen Umständen sein würde, nachdem ihm schon ein einziger Tag in dieser Kleidung und in dieser Umgebung solche Ungemach bereitete. Er war müde; er durfte nicht darüber nachgrübeln. Die beiden Männer beobachteten sein Tun mit gelassener Gleichgültigkeit. Fryer hielt die Stiefel hoch, die er mit dunkler Schuhcreme bearbeitet hatte.

»Nicht übel, Meister. Zum Tanzen werden Sie damit nicht gerade gehen können, aber für die Straße reichen Sie aus. Ich habe erfahren, daß eine gewisse Person in der Halle des Caledonian Hotels auf Sie wartet. Sie brauchen nur unserem Freund hier zu folgen. Er führt sie geradewegs hin.«

»Und Sie?«

»Stellen Sie keine Fragen, Meister! Aber ich kehre nach Hause zurück, sobald es geht. Hier im Norden ist es mir zu kalt.« Lächelnd entblößte er mehrere angefaulte Zähne. Er schüttelte Jan die Hand. »Viel Glück!«

Jan folgte seinem Führer auf die Straße hinaus und hielt einen Abstand von etwa zwanzig Metern. Die Sonne hatte den Nebel aufgelöst, und die kalte Luft fühlte sich sehr angenehm an. Am Caledonian Hotel vorbeikommend, zuckte der Mann die Achseln und eilte weiter. Jan schob sich durch die Drehtür und sah Sara unter einer Topfpalme sitzen und eine Zeitung lesen. Zumindest gab sie sich den Anschein, denn ehe er sich ihr nähern konnte, stand sie auf, ging quer vor ihm vorbei, scheinbar ohne ihn wahrzunehmen, und verließ das Gebäude durch die Seitentür. Er ging ihr nach. Sie wartete hinter der Ecke auf ihn.

»Es ist alles arrangiert«, sagte sie. »Bis auf die Skier. Sie nehmen heute um elf einen Zug.«

»Das reicht zum Einkaufen. Haben Sie das Geld?« Sie nickte. »Gut, dann machen wir jetzt folgendes: Ich habe mir das alles während der Nacht zurechtgelegt – dazu hatte ich dort wirklich ausreichend Gelegenheit. Waren Sie auch im Zug?«

»Ja, in der Zweiten Klasse. Es ging.«

»Na schön. Wir müssen in drei Läden – die einzigen drei Sporthäuser in Edingburgh, die Skiausrüstungen verkaufen. Wir teilen uns die Einkäufe auf und zahlen bar, damit keine Kreditkarte registriert werden kann. Ich bin hier bekannt; ich sage einfach, ich hätte meine Karte im Zug verloren, und es würde eine Stunde dauern, ehe ich eine neue erhalte. Dabei brauchte ich dringend ein paar Sachen. Ich weiß, daß das funktioniert, weil es mir vor einigen Jahren wirklich so gegangen ist. Man wird ausnahmsweise das Geld nehmen.«

»Bei einem klappt das, aber nicht bei zweien. Ich habe eine Karte für ein solventes Konto, auch wenn die auf der Karte angegebene Person gar nicht existiert.«

»Das ist ja noch besser! Sie kaufen die teuren Sachen wie die Hochleistungsbatterie und die beiden Kompasse, die ich brauche. Soll ich Ihnen aufschreiben, was Sie kaufen sollen?«

»Nein, mein Gedächtnis ist gut trainiert«, versicherte sie.

»Gut. Sie haben von einem Zug gesprochen. Was tue ich anschließend?«

»Wir fahren beide über Nacht nach Inverness. Sie sind doch im Kingsmill-Hotel gut bekannt, oder?«

»Ihre Organisation weiß mehr über mich als ich selbst. Ja, ich bin dort bekannt.«

»Das hatten wir uns gedacht. Für heute abend ist ein Zimmer für Sie reserviert. Bis morgen ist alles weitere arrangiert.«

»Und Sie können mir nicht sagen, was im einzelnen ablaufen soll?«

»Ich weiß es selbst nicht. Die ganze Sache ist hastig und improvisiert vorbereitet worden, eine Aktion fünf Minuten vor zwölf. Aber wir haben im Hochland einen verläßlichen Stützpunkt, vorwiegend ehemalige Gefangene, die entflohenen Häftlingen gern helfen. Sie wissen aus eigener Erfahrung, wie es drinnen aussieht.«

Sie traten in einen Hauseingang, wo Sara ihm das Geld geben wollte. Er zählte ihr die benötigten Dinge auf, und sie nickte und wiederholte die Liste, ohne etwas auszulassen.

Als sie wieder zusammenkamen, trug er seine Einkäufe in einem Rucksack, während die Skier und die Dinge, die sie erstanden hatte, zum Bahnhof geschickt worden waren, wo sie in sein Abteil gestellt werden sollten. Sie erreichten den Bahnhof eine halbe Stunde vor Abfahrt des Zuges, und Jan suchte das Abteil gründlich nach Abhöranlagen ab, so gründlich, wie er es ohne Instrumente vermochte.

»Nichts zu finden«, sagte er.

»Soweit wir wissen, werden Züge selten abgehört, außer es läuft ein gezieltes Projekt. In der Zweiten Klasse sieht das schon wieder anders aus, da gehört die akustische Überwachung und die Computerkontrolle zur Routine.«

Sara hatte den Mantel ausgezogen und setzte sich ans Fenster. Als der Zug anfuhr, schaute sie hinaus und sah zu, wie die Stadt langsam ins offene Land überging. Ihr grüner Anzug schien aus weichem Leder zu bestehen, abgesetzt mit Pelz, der zu ihrer Fellmütze paßte. Sie drehte sich um und erwischte ihn dabei, wie er sie musterte.

»Ich habe Sie nur bewundert«, sagte er. »Sie sehen in dieser Aufmachung sehr anziehend aus.«

»Reine Tarnung, eine schöne Frau mit Geld. Trotzdem vielen Dank. Obwohl ich an die völlige Gleichheit der Geschlechter glaube, kränkt es mich im Gegensatz zu etlichen Gesinnungsgenossinnen nicht, für andere Attribute als mein Gehirn bewundert zu werden.«

»Wie könnte so etwas kränkend sein?« Manche Bemerkungen Saras überraschten Jan noch immer. »Aber erklären Sie's mir nicht – nicht sofort. Ich öffne jetzt die Bar und gieße Ihnen und mir

Festino-82-

einen richtig starken Drink ein, dann lasse ich Sandwiches kommen mit Fleisch darin.« Er spürte, wie sich sein Gesicht beschämt rötete, doch er versuchte die Anwandlung zu überspielen. »Kalbfleisch, das ist auf diesem Zug immer gut. Und vorher vielleicht ein bißchen Räucherlachs. Und dazu – ja, hier ist er – Glen Morangie, der beste der Malzwhiskies. Kennen Sie ihn?«

»Ich habe noch nie davon gehört.«

»Was für ein Glück Sie haben – in warmem Luxus rollen Sie durch die kalte Wildnis des Hochlands und kosten Ihren ersten Malzwhisky! Ich nehme dasselbe.«

Es war unmöglich, die Fahrt nicht zu genießen – trotz der Gefahren, die damit zusammenhingen. Diese Gefahr lag in der Vergangenheit – und in der Zukunft. In den wenigen Stunden, die sie im Zug verbrachten, war die Welt vergessen. Vor den Fenstern leuchtete die Sonne grell auf einer weißen Landschaft aus Wald und Bergen, auf der gelegentlichen Glätte eines zugefrorenen Sees. Kein Rauch stand über den Schornsteinen der Bauernkaten – selbst die entlegensten Gehöfte wurden mit Elektrizität beheizt –, doch abgesehen davon hatte sich die Szenerie seit Jahrtausenden nicht verändert. Schafe standen in geschützten Einfriedungen, und ein Rudel Rehe stob vor dem heranrasenden elektrischen Zug davon.

»Ich hatte keine Ahnung, daß es so schön sein würde«, sagte Sara. »Ich bin noch nie so hoch im Norden gewesen. Gleichzeitig kommt es einem aber steril und kahl vor.«

»In Wirklichkeit ist es genau das Gegenteil. Wenn Sie im Sommer herkommen, dann brodelt es hier nur so vor Leben.«

»Mag sein. Könnte ich noch einen Schluck von dem faszinierenden Whisky haben? Mir dreht sich schon der Kopf.«

»Lassen Sie ihn drehen. In Inverness werden Sie schnell genug wieder nüchtern.«

»Ganz bestimmt. Sie gehen direkt ins Hotel und warten die Anweisungen ab. Was passiert mit der Skiausrüstung?«

»Die Hälfte nehme ich mit, den Rest geben wir an der Gepäckaufbewahrung ab.«

»Klingt gut.« Sara trank einen Schluck Malzwhisky und rümpfte die Nase. »Ein starkes Zeug; ich weiß immer noch nicht, ob ich es mag. Inverness liegt am Rand der Sicherheitszone, das wissen Sie. Alle Hotelanmeldungen werden automatisch in die Polizeicomputer übertragen.«

»Das wußte ich nicht. Aber ich habe oft genug im Kingsmill gewohnt, so daß mein Auftauchen sicher keinen Alarm auslösen wird.«

»Nein. Für Sie ist alles in Ordnung. Sie haben die perfekte Tarnung. Ich aber darf in keinem Computer auftauchen. Und ich nehme nicht an, daß ich heute abend den letzten Zug zurück erwische. Ich muß in Ihrem Zimmer übernachten – wenn Sie nichts dagegen haben?«

»Es ist mir ein Vergnügen.«

Bei ihren Worten spürte Jan plötzlich eine angenehme Wärme in der Magengegend. Er dachte an ihre Brüste, die er in dem Café in London kurz gesehen hatte. Unbewußt lächelte er über den Gedanken – und stellte fest, daß sie ebenfalls lächelte.

»Sie sind schrecklich«, sagte sie. »Nicht anders als alle Männer.« Aber ihre Stimme klang eher belustigt als verärgert. »Anstatt an die Gefahren zu denken, die Sie erwarten, beschäftigt sich ihr hormongesättigter Schädel vermutlich nur mit dem Gedanken, mich zu verführen?«

»Na, nicht nur das ...«

Sie lachten gemeinsam los, und Sara ergriff seine Hand. »Die Männer scheinen nie zu begreifen, daß die Frauen an Liebe und Sex genausoviel Spaß haben können wie sie. Ist es undamenhaft, wenn ich zugebe, daß Sie mir seit der ersten Unglücksnacht im U-Boot nicht mehr aus dem Kopf gegangen sind?«

»Undamenhaft oder nicht – ich finde es wundervoll.«

»Na gut«, sagte sie wieder ganz sachlich. »Sobald Sie Ihr Zimmer bezogen haben, machen Sie einen Spaziergang, schnappen frische Luft oder besuchen ein Lokal. Dabei kommen Sie auf der Straße an mir vorbei und sagen mir Ihre Zimmernummer, ohne stehenzubleiben. Nach dem Abendessen suchen Sie sofort Ihr Zimmer auf. Ich möchte mich nach Einbruch der Dunkelheit nicht zu lange auf der Straße herumtreiben. Ich komme dann zu Ihnen, sobald ich erfahren habe, wie die Pläne für morgen aussehen. Einverstanden?«

»Einverstanden.«

Sara verließ den Zug vor ihm; sofort tauchte sie in der Menge unter. Jan winkte einen Gepäckträger herbei und ließ ihn die Skisachen zur Gepäckaufbewahrung bringen. Mit seinem beinahe leeren Rucksack auf dem Rücken legte er den kurzen Weg zum Hotel zu Fuß zurück. Um diese Jahreszeit waren im Hochland ohnehin mehr Rucksäcke als Koffer zu sehen, so daß er nicht weiter auffiel, auch als er sich dann im Hotel eintrug.

»Willkommen, Ingenieur Kulozik. Es ist uns immer wieder eine Freude, Sie bei uns begrüßen zu dürfen. Die Zimmer sind knapp; wir können Ihnen den gewohnten Raum nicht geben. Dafür haben wir ein schönes Zimmer im dritten Stockwerk, wenn es Ihnen recht ist.«

»Kein Problem«, sagte Jan und nahm den Schlüssel. »Würden Sie den Rucksack ins Zimmer stellen lassen? Ich möchte noch einmal losgehen, ehe die Läden zumachen.«

»Wie Sie wünschen.«

Es lief alles wie geplant. Sara nickte, als sie die Zimmernummer hörte, und ging an ihm vorbei, ohne stehenzubleiben. Er aß im Grillrestaurant früh zu Abend und hatte sich schon um sieben Uhr auf sein Zimmer zurückgezogen. Auf dem Bücherregal fand er einen Roman von John Buchan, der in dieser Gegend beinahe zur Pflichtlektüre gehörte, und er machte sich einen schwachen Whisky mit Wasser und begann zu lesen. Die Schlaflosigkeit der letzten Nacht forderte ihr Recht, ohne daß er es merkte, und als er wieder zu sich kam, fuhr er hoch: es hatte leise an der Tür geklopft. Sara glitt herein.

»Es ist alles arrangiert«, sagte sie. »Sie fahren morgen mit dem Personenzug in einen Ort, der Forsinard heißt.« Sie blickte auf ein Stück Papier. »Liegt im Achentoul-Wald. Kennen Sie den?«

»Ich habe davon gehört. Und ich habe auch die nötigen Karten.«

»Gut. Verlassen Sie den Zug mit den anderen Skifahrern. Halten Sie nach einem Einheimischen Ausschau, einem stämmigen

Burschen mit schwarzer Augenklappe. Er ist Ihr Kontaktmann. Ihm folgen Sie, er sagt Ihnen alles weitere.«

»Und was tun Sie?«

»Ich nehme morgen früh um sieben den Zug in den Süden. Ich kann hier nichts mehr tun.«

»O nein!«

Sie lächelte, mit einer Wärme, wie er sie an ihr noch nicht bemerkt hatte. »Mach das Licht aus und zieh die Gardinen auf! Wir haben heute einen wunderschönen Vollmond.«

Er gehorchte, und die weiße Landschaft lag in einem bleichen Licht. Schatten, Dunkelheit und Schnee. Jan drehte sich um, und das Mondlicht berührte ihren Körper. Die festen, runden Brüste, die er ganz kurz gesehen hatte, ihr flacher Bauch, die verlockend geschwungenen Hüften und langen Schenkel. Sara streckte die Arme aus, und er drückte sie an sich.

12

»So kommen wir aber nicht zum Schlafen«, sagte er und zeichnete mit dem Finger die Kontur ihrer hübschen Brust nach, die im Mondschein vom Fenster noch immer deutlich sichtbar war.

»Ich brauche nicht viel Schlaf. Und du hast noch viel Zeit, wenn ich gegangen bin. Dein Zug fährt erst mittags. Habe ich dir schon einmal für deine Hilfe bei der Rettung Uris gedankt?«

»In Worten noch nicht – aber es gibt ja andere Wege. Wer ist dieser Uri, daß er für euch so wichtig ist?«

»Er ist nicht wichtig – jedenfalls nicht für sich allein gesehen. Es geht um die Dinge, die geschehen werden, wenn die Sicherheitspolizei erkennt, wen sie da hat. Er ist als italienischer Seemann gereist, eine gute Tarnidentität. Irgendwann aber wird man feststellen, daß sie falsch ist. Dann beginnen die Verhöre erst richtig, und sehr schnell werden die Beamten herausfinden, daß er Israeli ist – daran führt kein Weg vorbei.«

»Wäre das schlimm?«

»Es wäre eine Katastrophe! Die Politik unseres Landes ist in internationaler Sicht auf Kontaktlosigkeit abgestellt – Kontakte jeder Art werden vermieden, außer auf offizieller Ebene. Bei uns in der Abwehr gibt es Kräfte, die das nicht so sehen. Wir müssen wissen, was in der Welt draußen geschieht, um unser Land zu schützen. Und als wir erst erfuhren, wie das Leben hier aussieht, fiel es uns schwer, neutral zu bleiben. Trotz aller Befehle, uns nicht einzumischen, trotz der logischen Vorhaltungen, daß jede internationale Verwicklung unserer Heimat schaden kann – trotzdem hängen wir mit drin. Es ist unmöglich, einfach danebenzustehen und nichts zu tun.«

»Ich habe mein ganzes Leben danebengestanden, ohne etwas zu tun.«

»Du wußtest es aber nicht besser«, sagte Sara und legte ihm den Finger auf die Lippen, um ihn zum Schweigen zu bringen. Ihr warmer Körper öffnete sich ihm. »Und jetzt tust du ja auch etwas.«

»Und ob – damit hast du recht!« flüsterte er und zog sie zärtlich an sich. Er erstickte ihr Lachen mit seinen Lippen und bewegte sich behutsam in ihrem Schoß.

Als sie sich später ankleidete und ging, war Jan wach, doch keiner von beiden fand die richtigen Worte. Er nahm nicht an, daß er noch einmal würde einschlafen können, aber wieder forderte die Natur ihr Recht. Es war taghell, als er endlich erwachte und beißenden Hunger verspürte. Das Frühstück machte der Hochlandküche alle Ehre, der Räucherhering schmeckte wunderbar, und er fühlte sich schließlich beim Ankleiden ausgesprochen gut, so daß er sogar vor sich hin pfiff. Bisher war sein Ausflug nach Schottland eher ein Urlaub gewesen als der eilige Versuch, das Leben eines Mannes zu retten – und vielleicht ein ganzes Land. Das waren alles nur Worte – die Wirklichkeit war ihm noch nicht bewußt geworden.

Die Weiterfahrt in dem klappernden Zug war auch nicht gerade geeignet, ihn auf den Boden der Tatsachen zurückzuholen. Es fuhren einige Einheimische mit, die Mehrzahl der Fahrgäste schien jedoch aus Urlaub machenden Skifahrern zu bestehen. Sie füllten die Wagen mit bunter Kleidung und Gelächter, und Flaschen wurden weitergereicht. In dieser Umgebung konnte er nicht weiter auffallen. An jedem Bahnhof stiegen Leute ein oder aus, und so konnte niemand später überprüfen, wo er den Zug schließlich verlassen hatte.

Gegen Mitte des Nachmittags verdunkelte sich der Himmel, und es begann leicht zu schneien. Dies dämpfte sein Hochgefühl etwas, und als er in Forsinard seine Rucksäcke und Skier aus dem Gepäckwagen holte, vertrieb die Schärfe des Windes den letzten Rest von Fröhlichkeit. Die gefährliche Aktion sollte beginnen.

Sein Kontaktmann war nicht zu übersehen: ein dunkler Fleck inmitten der bunten Anoraks und Hosen. Jan ließ seinen Rucksack in den Schnee fallen und kniete nieder, um seine Schnürsenkel nachzuziehen. Als er sich aufrichtete, nahm er Kurs auf das Bahnhofsgebäude, der stämmigen Gestalt seines Kontaktmannes folgend. Die Straße entlang, dann einen ausgetretenen Weg hinab zwischen die Bäume. Der Mann erwartete ihn auf einer Lichtung, die von der Straße aus nicht einzusehen war.

»Wie nenne ich Sie?« fragte er, als Jan ihn erreichte.

»Bill.«

»Also, Bill. Ich bin Brackley, und das ist kein Kodename. Mir ist egal, wer ihn kennt. Ich habe meine Zeit abgesessen und zum Beweis auch ein Auge zurückgelassen.« Er deutete auf die schwarze Klappe, und Jan entdeckte die rote Narbe, die über die Wange führte und unter dem Stoff verschwand, um sich dann auf der Stirn bis unter die herabgezogene Wollmütze fortzusetzen. »Jahrelang haben sie versucht, den alten Brackley kleinzukriegen, aber bis jetzt haben sie's nicht geschafft. Ist Ihnen kalt?«

»Nicht besonders.«

»Gut. Würde auch keinen Unterschied machen, wenn Sie bibberten. Wird dunkel, ehe der Kettenwagen kommt. Was wissen Sie über die Arbeitslager?«

»Wenig oder nichts. Bis auf die Tatsache, daß es sie gibt.«

Brackley schnaubte durch die Nase und nickte, dann zog er einen Brocken Tabak aus der Tasche und biß eine Ecke ab. »So will man das von oben haben«, sagte er undeutlich durch den Bissen, den er kleinzukauen versuchte. »Tatsache ist, wenn sich jemand danebenbenimmt, wird er hier heraufgeschickt, zum Beispiel auf zehn Jahre Bäume fällen. Gut für die Gesundheit, solange man sich nicht mit den Aufsehern anlegt – dann handelt man sich das ein.« Wieder deutete er mit einer Daumenbewegung auf seine Augenklappe. »Oder Schlimmeres. 'S gibt auch Tote, denen ist das egal. Wenn man dann aber seine Zeit rumhat, muß man feststellen, daß man noch einmal so lange im Hochland bleiben muß, um dort zu arbeiten – o nein, die Freuden des Südens sind so fern wie eh und je. Dabei gibt's hier gar keine Arbeit. Außer Schafe hüten. Nehmen Sie's mir nicht übel, aber Sie da im Süden, Euer Ehren, haben gern ein Stückchen Fleisch auf dem Teller, nicht wahr? Und wir armen Kerle frieren uns hier den Arsch ab, damit Sie's kriegen. Nach zehn Jahren im Bau und zehn Jahre mit den Schafen haben die meisten keine große Lust mehr, in den Süden zurückzukehren, und wenn's doch einer tut, hält er sich den Rücken frei, um dort bleiben zu können. Ist ein gutes System, das die Leute da haben, funktioniert prima.« Er spuckte eine große braune Kugel in den weißen Schnee.

»Wie steht es mit Flucht?« fragte Jan und stampfte mit den Füßen auf, die langsam die Kälte zu spüren bekamen.

»Rauskommen ist kein Problem. Ein paar Stränge Stacheldraht. Aber dann was? Auf allen Seiten Wildnis. Ein paar gut bewachte Straßen. Die Züge werden ebenfalls kontrolliert. Das Rauskommen ist kein Problem, draußen zu bleiben, das macht Kopfschmerzen. Und da schalten sich Brackley und seine Jungs ein. Wir alle haben unsere Zeit abgesessen. Jetzt sind wir draußen, dürfen aber das Hochland nicht verlassen. Während wir hier sind, machen wir keinen Ärger, aber wenn mal jemand durch den Zaun kommt und uns findet, haben die Wärter nichts zu lachen. Wir schaffen die Leute hier raus. In den Süden. Wie eine Untergrund-Eisenbahn. Wir reichen sie an eure Leute weiter. Und jetzt wollen Sie einen ganz bestimmten Kerl raushaben, geradewegs aus einer Einzelzelle. Keine Kleinigkeit.«

»Die Einzelheiten kenne ich nicht.«

»Ich aber. Das erstemal, daß man uns Kanonen gegeben hat. Kann bedeuten, daß auf Jahre hinaus hier nichts mehr läuft. Sobald wir diesen Mann raus haben, ziehen wir uns in unsere Schabracken zurück und behalten lange Zeit die Köpfe unten. Trügen wir sie zu hoch, könnte man sie uns abhacken. Der Mann hat gefälligst wichtig zu sein, ja!«

»Das ist er.«

»Hat man mir auch schon gesagt. Schauen wir uns mal die Karte an, eh's zu dunkel ist. Wir sind jetzt hier.« Er deutete mit dickem braunen Daumen auf die Stelle. »Nach Beginn der Dunkelheit fahren wir über Land, etwa dorthin – auf der Karte nicht eingezeichnet. Das ist der Ortungsschirm. Danach geht's zu Fuß weiter, und da sind wir von Elchen oder Rehwild nicht zu unterscheiden. Ist denen auch egal. Sie fangen erst an zu suchen, wenn jemand ausgebrochen ist. Und bis jetzt ist keiner dumm genug gewesen, einbrechen zu wollen. Wir nehmen Schneeschuhe. Wollen Sie Ihre komischen Skier nehmen?«

»Ja, damit kenne ich mich am besten aus.«

»In Ordnung. Wir holen den Mann in einem Ackja raus, damit wir auf Tempo gehen können. Zurück zum Kettenwagen, zurück zur Straße, den Wagen in einen See, und wir gehen nach Hause, und keiner weiß von was.«

»Vergessen Sie nicht etwas?«

»Niemals!« Der Mann versetzte Jan einen freundschaftlichen Schlag auf den Rücken, und er verlor beinahe das Gleichgewicht dabei. »Genau hier gibt's eine Reihe von Wegen, wo Skifahrer die Straße überqueren. Selbst wenn es nicht schneit, wird man Ihren Spuren nicht folgen können – die führen von hier in alle Richtungen. Sie und Ihr Freund halten nach Westen, und dann haben Sie mindestens acht oder zehn Stunden Dunkelheit, um Vorsprung vor Verfolgern zu gewinnen. Die kommen wahrscheinlich gar nicht in Gang, werden wohl nicht auf den Gedanken kommen. Ihr Interesse wird sich auf jemanden richten, der sich einbuddelt oder mit dem Zug oder über die Straße nach Norden oder Süden bewegt. Sie nehmen da einen neuen Fluchtweg, sehr schlau überlegt. Sie kommen bestimmt durch. Allerdings müssen Sie sich in der Nähe von Loch Naver dann auf mobile Patrouillen gefaßt machen.«

»Wir halten die Augen offen.«

»So ist's recht.« Brackley blickte aus zusammengekniffenen Augen zum dunkler werdenden Himmel auf, dann nahm er den zweiten Rucksack und das zusätzliche Paar Skier. »Gehen wir.«

Jan war inzwischen bis aufs Mark durchgefroren. Sie warteten längere Zeit zwischen einigen Kiefern am Straßenrand, und langsam verdunkelte sich der Abend zur Nacht. Unsichtbare Schneeflocken schmolzen auf seinem Gesicht, und er bewegte sich steif, als Brackley ihn beim Anblick zweier Scheinwerfer, die sich langsam näherten, aus der Deckung zog. Ein dunkles Fahrzeug hielt, und eine Tür schwang über ihnen auf, hilfsbereite Hände zerrten sie ins Innere.

»Jungs, dies ist Bill«, sagte Brackley. Die unsichtbaren Männer murmelten etwas zur Begrüßung. Ein Ellbogen traf Jan schmerzhaft in die Seite, zum Zeichen, daß er zuhören sollte. »Dies ist ein Schnee-Lkw. Von Waldpflegern ausgeliehen. Das dürfen wir nicht zu oft machen, denn die regen sich mächtig auf und stellen das ganze Land auf den Kopf. Im Frühling werden sie sich dann noch einmal ärgern, wenn das Ding im See gefunden wird. Diesmal führte aber kein Weg daran vorbei. Wegen der Geschwindigkeit.«

Im Inneren des Gefährts war ein starkes Heizgerät eingeschaltet, und Jan erwärmte sich ein wenig. Brackley schaltete eine Taschenlampe ein und hielt sie, während Jan die Stiefel auszog und seine eiskalten Füße massierte. Dann zog er lange Socken und seine speziellen Langlaufstiefel an. Er war noch mit dem Zubinden der Schnürsenkel beschäftigt, als der Ketten-Lkw anhielt.

Die Männer schienen genau zu wissen, was sie tun mußten, denn es wurden keine Befehle gegeben. Sie verließen nacheinander das Fahrzeug. In hüfthohem Schnee schnallten sie sich hastig die runden, bärenpfotenähnlichen Schneeschuhe an. Die ersten beiden Männer waren bereits unterwegs; sie zogen einen Ackja hinter sich her. Amtlich wirkende weiße Buchstaben standen darauf; anscheinend war auch dieser Rettungsschlitten gestohlen worden. Jan schnallte sich die Skier an und folgte den

Männern eilig zwischen den Bäumen hindurch, wobei er sich fragte, wie sie sich in der schneegefüllten Dunkelheit orientieren wollten.

»Halt!« sagte Brackley und stoppte so abrupt, daß Jan beinahe auf ihn aufgelaufen wäre. »Sie kommen nur bis hierher mit. Nehmen Sie dies und warten Sie hier.« Er drückte Jan ein Sprechfunkgerät in die Hand. »Wenn jemand vorbeikommt und den zerschnittenen Draht bemerkt, lassen Sie sich nicht blicken. Verschwinden Sie zwischen die Bäume. Drücken Sie auf diesen Knopf und geben Sie uns über Funk Bescheid, damit wir auf einem anderen Weg zurückkehren. Dann ziehen Sie sich tief in den Wald zurück. Wir finden Sie später mit Hilfe des Funks.«

Es klickte mehrmals kurz und laut: der Stacheldraht wurde durchgeschnitten. Dann herrschte wieder Stille. Jan war allein.

Sehr allein. Es hatte zu schneien aufgehört, trotzdem war es noch immer dunkel, der Mond stand hinter dichten Wolken. Pfosten und Drähte verschwanden auf beiden Seiten in der Dunkelheit; ihre Existenz wurde durch den freigeschlagenen Streifen zwischen Bäumen und Büschen unterstrichen. Jan zog sich in den Schutz der Bäume zurück, wo er langsam hin und her ging, um warm zu bleiben, und immer wieder auf die Leuchtziffern seiner Uhr blickte. Eine halbe Stunde, noch immer nichts. Er fragte sich, wie weit die Männer noch vordringen mußten, wie lange alles dauern würde.

Als eine schier endlose Stunde verstrichen war, waren seine Nerven bis auf das Äußerste gespannt. Einmal zuckte er entsetzt zusammen und wäre beinahe gefallen: dunkle Gestalten kamen zwischen den Bäumen auf ihn zu: Rehwild. Die Tiere waren noch viel erschrockener als er, als sie seine Witterung aufnahmen. Nach beinahe neunzig Minuten erschienen weitere dunkle Gestalten, und er hätte beinahe das Funkgerät in Betrieb genommen, als er den Ackja hinter den Männern erkannte.

»Ausgezeichnet ist es gegangen«, sagte Brackley heiser und schnappte nach Luft. Die Männer waren im Eilschritt gelaufen. »Wir brauchten die Kanonen nicht, es ging mit Messern. Ein halbes Dutzend von den Schweinehunden haben wir beseitigt. Ihren

Freund haben wir. Er ist allerdings ziemlich mitgenommen. Hier, nehmen Sie das Seil und ziehen Sie den Ackja, meine Jungs sind am Ende ihrer Kräfte.«

Jan griff nach dem Seil. Er nahm es über die Schulter und band es am Gürtel fest, dann stemmte er sich mit vollem Gewicht dagegen. Die Bahre bewegte sich leicht auf ihren Kufen, und er begann einen gleichmäßigen, schnellen Lauf, mit dem er die anderen auf ihren Schneeschuhen sehr schnell ein- und überholte. Er mußte langsamer machen, um hinter Brackley zu bleiben, der den Trupp anführte. Wenige Minuten später waren sie beim Kettenwagen eingetroffen und hoben die Bahre über die hintere Ladeklappe. Die Treibstoffzelle zündete mit gedämpftem Brausen, und das Gefährt setzte sich schon in Bewegung, als noch die letzten Männer an Bord sprangen.

»Wir haben mindestens eine halbe Stunde, vielleicht eine Stunde«, sagte Brackley und trank einen großen Schluck aus der Wasserflasche, ehe er sie weiterreichte. »Alle Wächter bei den Zellen sind tot – wenn sie entdeckt werden, geht es dort rund.«

»Dabei haben die Leute noch andere Sorgen«, warf einer der Männer ein; zustimmendes Gemurmel wurde laut.

»Wir haben einige Lagerhäuser in Brand gesteckt. Das lenkt die Schweinehunde eine Weile ab.«

»Hätte mal jemand die Güte, mich loszuschnallen?« fragte der Mann auf der Bahre.

Ein Licht ging an, und Jan löste die Gurte, die Uri in dem Ackja sicherten. Der Mann wirkte sehr jung, er mochte kaum Dreißig sein, mit schwarzem Haar und tiefliegenden dunklen Augen.

»Kann mir jemand verraten, wie es weitergeht?« fragte er.

»Sie kommen mit mir«, sagte Jan. »Können Sie Ski fahren?«

»Nicht im Schnee – aber ich fahre Wasserski.«

»Sehr gut. Wir machen keine Abfahrt, sondern Langlauf. Ich habe alles mit, was Sie dazu brauchen.«

»Klingt ganz lustig«, sagte Uri und richtete sich schaudernd auf. Außer einer dünnen grauen Gefängnisuniform hatte er nichts an. »Wenn mir mal jemand hilft, kann ich mich auf die Bank setzen.«

»Wozu?« fragte Jan, den plötzlich ein kalter Angsthauch überfiel.

»Die Kerle im Lager«, sagte Uri und ließ sich auf den Sitz fallen. »Die dachten, ich redete nicht genug, auch als sie schon den italienischen Übersetzer dabei hatten. Da haben Sie mich ermuntert, um die Sache zu beschleunigen.«

Er zog den Fuß aus den verwickelten Decken: er war dunkel von getrocknetem Blut. Jan beugte sich mit einer Lampe darüber und sah, daß dem Mann sämtliche Zehennägel ausgerissen worden waren. Wie sollte er mit solchen Füßen gehen – geschweige denn Ski fahren?

»Ich weiß nicht, ob es etwas nützt«, sagte Brackley, »aber die Leute, die das gemacht haben, sind alle tot.«

»Es macht meine Füße nicht besser, gibt mir aber sonst gehörig Auftrieb. Vielen Dank.«

»Und um die Füße kümmern wir uns auch. Wir mußten damit rechnen, daß so etwas geschehen würde.« Brackley zog einen flachen Metallbehälter unter seiner Kleidung hervor und öffnete ihn. Er nahm eine Einmalspritze heraus und brach die Schutzkappe ab. »Die Leute, die mir das gegeben haben, meinen, eine Injektion würde den Schmerz bis zu sechs Stunden beseitigen. Keine Nebenwirkungen, aber süchtig machend.« Er stieß das Gebilde gegen Uris Schenkel, die dünne Nadel durchdrang den Stoff, und das Mittel wurde durch die Druckkapsel langsam eingespritzt. »Wir haben noch zehn davon«, sagte er und übergab sie Uri. »Damit sollten Sie über die Runden kommen.«

»Mein Dank an den Mann, der daran gedacht hat«, sagte Uri. »Meine Zehen fühlen sich schon ein wenig taub an.«

Jan half ihm, sich in dem schwankenden Schneefahrzeug umzuziehen. Der Kettenwagen bewegte sich etwas weniger heftig, als er eine Straße erreichte und schneller fahren konnte. Die Männer blieben aber nur wenige Minuten lang darauf, dann bogen sie wieder in den tiefen Schnee ab.

»Vor uns liegt ein Sicherheitsposten«, sagte Brackley. »Wir müssen drum herum.«

»Ich wußte nicht, welche Schuhgröße Sie haben«, sagte Jan. »Da habe ich gleich drei Paar Schuhe mitgebracht, von unterschiedlicher Größe.«

»Ich probiere sie an. Um die Füße lege ich Bandagen, die das Blut aufsaugen. Ah, die hier passen wohl am besten.«

»Kommen Sie an der Ferse hin?«

»Sehr gut.« Angezogen und erwärmt, sah sich Uri im Kreis der zuschauenden Männer um, die im schwachen Lampenschein kaum auszumachen waren. »Ich weiß nicht, wie ich euch danken soll ...«

»Sie brauchen uns nicht zu danken. Das Vergnügen ist ganz auf unserer Seite«, sagte Brackley. Im gleichen Augenblick fuhr der Wagen langsamer und hielt an. Zwei Männer stiegen schweigend aus, und die Fahrt ging weiter. »Ihr beiden seid die letzten. Ich sitze dann am Steuer und kümmere mich auch darum, das Fahrzeug loszuwerden. Bill, ich setze Sie an der Stelle ab, die ich Ihnen auf der Karte gezeigt habe. Danach sind Sie auf sich allein gestellt.«

»Darum kümmere ich mich schon«, sagte Jan.

Jan packte die Rucksäcke um, bis die Last, die er sich auf den Rücken schnallen würde, erheblich größer war als die des anderen, dann schnallte er Uri den Rucksack um.

»Ich kann doch mehr tragen«, sagte Uri.

»Zu Fuß mag das stimmen, aber ich bin schon zufrieden, wenn Sie sich auf den Skiern halten. Das Gewicht ist kein Problem für mich.«

Als sie zum letztenmal anhielten, war der Kettenwagen leer. Brackley verließ die Kabine und öffnete die hintere Klappe, und sie ließen sich auf die vereiste Straße gleiten.

»Das ist der Weg«, sagte Brackley und gab die Richtung an. »Verschwindet schleunigst von der Straße und haltet erst inne, wenn ihr unter den Bäumen seid. Viel Glück!«

Ehe Jan eine Antwort äußern konnte, war er schon wieder verschwunden. Dröhnend und Eisstücke sprühend entfernte sich der Lkw. Dann waren sie allein. Die beiden Männer kämpften sich durch den dicken Schnee zu den Bäumen vor. Dort hielt Uri die kleine Taschenlampe, während Jan niederkniete und dem Mann die Skier anschnallte, dann machte er sich ebenfalls reisefertig.

»Die Schlaufen des Skistocks lassen Sie sich so über das Handgelenk gleiten. Damit hängt er sicher an ihrem Arm. Jetzt führen Sie die Hand senkrecht hinab und packen zu. Auf diese Weise kann man einen Skistock nicht verlieren. Und das ist die Bewegung, die Sie machen müssen, ein Dahingleiten. Während Sie den rechten Fuß vorwärtsgleiten lassen, stemmen Sie sich gegen den *linken* Stock. Dann verlagern Sie das Gewicht und schieben den gegenüberliegenden Ski mit dem anderen Stock. So ist's recht. Weiter so!«

»Leicht ist das ... nicht.«

»Es fällt Ihnen leichter, sobald Sie den Rhythmus richtig heraus haben. Passen Sie mal auf. Schub ... Schub ... Jetzt gehen Sie voraus. Folgen Sie den Spuren. Ich halte mich dicht hinter Ihnen.«

Uri kämpfte sich voran und kam gerade ein wenig in Schwung, als der Weg eine scharfe Biegung machte und sie sich dem weichen Pulverschnee des Waldes gegenübersahen. Von dieser Stelle an übernahm Jan die Führung und spurte durch den unberührten Schnee. Der Himmel erhellte sich hinter den schwarzen Silhouetten der Bäume. Auf einer Lichtung hielt Jan inne und blickte zum Mond empor, der über den bewegten Wolken ritt. Weiter vorn war der düstere Umriß eines Berges deutlich auszumachen.

»Ben Griam Beg«, sagte Jan. »Wir umgehen ihn ...«

»Gott sei Dank! Ich dachte schon, Sie wollten mich hinüberschleifen.« Uri atmete schwer und schien in Schweiß gebadet zu sein.

»Das brauchen wir nicht. Auf der anderen Seite gibt es zugefrorene Seen und Flüsse, da müßten wir leichter vorankommen – und schneller.«

»Wie weit müssen wir denn gehen?«

»Etwa achtzig Kilometer Luftlinie, aber natürlich gibt es keinen direkten Weg dorthin.«

»Ich glaube nicht, daß ich das schaffe«, sagte Uri und starrte bedrückt auf die eisbedeckte Wildnis. »Wissen Sie von mir, ich meine, hat man Ihnen gesagt ...?«

»Sara hat mir alles gesagt, Uri.«

»Gut. Ich habe eine Waffe. Wenn ich es nicht schaffe, müssen Sie mich erschießen und weiterfahren. Begreifen Sie?«

Jan zögerte – und nickte langsam.

13

Sie setzten die Wanderung fort. Dabei mußten sie öfter pausieren, als Jan lieb war, denn Uri vermochte ein gleichmäßiges Tempo nicht durchzuhalten. Doch er lernte schnell und erhöhte allmählich die Geschwindigkeit, ohne sich mehr anstrengen zu müssen. Die Dunkelheit würde nur noch vier Stunden dauern. Als sie das nächstemal pausierten, am Hang des Berges, überprüfte Jan den Kurs mit dem Kreiselkompaß und versuchte die Richtung auf einen erkennbaren Punkt in der vor ihm liegenden Landschaft abzustellen.

»Ich ... ich brauche einen ... neuen Schuß«, sagte Uri.

»Dann pausieren wir zehn Minuten lang, und essen und trinken etwas.«

»Verdammt ... gute Idee.«

Jan nahm zwei Trockenfrucht-Riegel aus dem Gepäck. Die Männer kauten darauf herum und spülten die Bissen mit Wasser aus den Feldflaschen hinunter.

»Besser als der Fraß drinnen«, stellte Uri fest, der seine Portion mit Heißhunger verschlang. »Ich war drei Tage dort, kaum etwas zu essen, noch weniger zu trinken. Ein langer Weg zum guten Israel. Ich hatte keine Ahnung, daß es auf der Welt soviel Schnee gibt. Wie geht es weiter, wenn wir unseren kleinen Ferienausflug beendet haben?«

»Unser Ziel ist das Altnacealgach-Hotel – ein Hotel am Hochwald, das von Jägern bevorzugt wird. Vermutlich wird man Sie von dort abholen, vielleicht soll ich Sie auch irgendwohin fahren. Mein Wagen wird dort stehen. Jedenfalls werden Sie sich ein Weilchen im Wald verstecken müssen, während ich vorausfahre.«

»Ich freue mich schon auf Ihr Hotel. Machen wir weiter, ehe ich mich verkrampfe, und wir nicht mehr von hier wegkommen.«

Auch Jan war ziemlich erschöpft, bevor der Morgen heraufzog – und er wagte sich nicht vorzustellen, wie Uri zumute war. Trotzdem waren sie weitergewandert, um möglichst weit vom Lager fortzukommen. Es hatte während der Nacht einige Schneeschauer gegeben, nicht sehr stark, aber hoffentlich ausreichend, um die Spuren zuzudecken. Wenn die Sicherheitspolizei überhaupt nach Spuren suchte. Es bestand die Möglichkeit, daß es noch gar nicht soweit war. Gefährlich wurde es erst mit dem Sonnenaufgang; dann mußten sie sich gut versteckt haben.

»Es ist Zeit anzuhalten!« rief Jan über die Schulter. »Wir buddeln uns dort drüben unter den Bäumen ein.«

»Die wunderschönsten Worte, die ich je gehört habe!«

Jan stampfte Vertiefungen in den Schnee und breitete darin die Schlafsäcke aus. »Kriechen Sie hinein«, befahl er. »Aber ziehen Sie vorher die Schuhe aus. Ich kümmere mich darum. Und verschaffe uns etwas Warmes zu essen.«

Er mußte dem anderen mit den Schuhen helfen. Socken und Bandagen waren blutdurchtränkt. »Nur gut, daß ich nichts spüre«, sagte Uri und ließ sich in den Schlafsack gleiten. Jan schaufelte Schnee darüber, bis der Mann fast nicht mehr zu sehen war.

»Die Schlafsäcke bestehen aus Insulcon, einem Material, das für Raumanzüge entwickelt wurde. Sie haben eine isolierende Gasschicht im Gewebe, das beinahe ebenso nicht-leitend ist wie ein Vakuum. Sie werden feststellen, daß Sie oben offen lassen müssen, wenn Sie nicht im eigenen Saft gebraten werden wollen.«

»Darauf freue ich mich schon.«

Das Licht nahm zu; Jan beeilte sich mit dem Frühstück. Die elektrische Zelle der Hochleistungsbatterie schmolz im Nu einen Topf mit Schnee, in den er ein Paket Trocken-Eintopf schüttete. Ein zweiter Topf wurde erhitzt, während sie die ersten Portionen vertilgten. Später machte Jan sauber, schmolz Wasser ein, um die Feldflaschen nachzufüllen, und verstaute schließlich alles wieder. Inzwischen war es heller Tag. In der Nähe dröhnte ein Flugzeug vorbei. Bestimmt hatte die Suche jetzt begonnen. Er wand sich in seinen Schlafsack und scharrte Schnee darüber. Uri hatte zu schnarchen begonnen. Ein guter Einfall. Er stellte den Armbanduhrwecker und zog sich den Kaputzenlappen über das Gesicht. Zuerst fürchtete er, wach zu bleiben, in Sorge um die Suche, die sich schon ausbreiten mußte, aber dann überwältigte ihn doch der

Schlaf, und als er wieder zu sich kam, schrillte ihm der Alarm des Weckers ins Ohr.

In der zweiten Nacht kamen sie zwar leichter voran, legten aber eine geringere Strecke zurück als in der Nacht davor. Uri verlor Blut, zuviel Blut, und hatte trotz der schmerztötenden Injektionen immer größere Schwierigkeiten. Etwa eine Stunde vor der Morgendämmerung überquerten sie einen zugefrorenen See und erreichten einen geschützten Hain mit einer überhängenden Felswand. Jan beschloß anzuhalten. Die Stelle war ideal, und es lohnte die wenigen Kilometer nicht, Uri weiter zu peinigen.

»Ich komme nicht gerade gut voran, wie?« fragte Uri und trank einen Schluck dampfenden Tee.

»Sie werden allmählich ein guter Ski-Langläufer. Bald können Sie Medaillen gewinnen.«

»Sie wissen genau, was ich meine. Ich glaube nicht, daß ich es schaffe.«

»Wenn Sie sich gründlich ausgeschlafen haben, fühlen Sie sich besser.«

Irgendwann am Nachmittag wurde Jan aus tiefem Schlaf geweckt. Uri rief leise zu ihm herüber: »Das Geräusch! Hören Sie es? Was ist das?«

Jan hob den Kopf aus dem Schlafsack – und hörte es ebenfalls. Ein leises Jaulen, weit entfernt am oder auf dem See.

»Eine Schneekatze«, sagte er. »Hört sich an, als käme sie hierher, am Ufer entlang. Behalten Sie den Kopf unten, dann sieht man uns nicht. Unsere Spuren sind zugeschneit. Denen folgt das Fahrzeug bestimmt nicht.«

»Polizei?«

»Anzunehmen. Ich wüßte nicht, wer außer den Behörden um diese Jahreszeit hier draußen mit Fahrzeugen unterwegs sein sollte. Bleiben Sie ruhig, es passiert uns nichts.«

»Nein. Wenn er in die Nähe komme, sollen Sie sich vielmehr aufrichten und winken, damit er auf uns aufmerksam wird.«

»Was? Sie sprechen doch nicht im Ernst ...«

»O doch. Ich schaffe es nicht aus diesen Wäldern, jedenfalls nicht zu Fuß. Das wissen wir beide. Aber mit einem Transportmittel geht es. Lassen Sie ihn möglichst nahe herankommen, ehe Sie sich bemerkbar machen.«

»Das ist Wahnsinn!«

»O ja. Dieses ganze Durcheinander ist Wahnsinn. Da kommt er.«

Das Jaulen wurde lauter, als das Schneemotorrad um eine Erhebung kam, die in den See hinausragte. Es war hellrot, und der schnell kreisende Kettenantrieb ließ Schnee aufstieben. Der Fahrer starrte durch seine Schutzbrille geradeaus. Er fuhr parallel zum Ufer und mußte die beiden Männer in etwa zehn Metern Abstand passieren. In ihrem Versteck unter dem Felsüberhang konnte er sie kaum zufällig entdecken.

»Jetzt!« sagte Uri, und Jan stand im Schnee auf und schwenkte rufend die Hände.

Der Fahrer entdeckte ihn sofort und nahm das Gas weg; im gleichen Augenblick schwang er das Schneemotorrad in Jans Richtung. Er senkte die Hand, hakte sein Mikrofon aus und hob es an den Mund, als Uris Geschoß ihn in die Brust traf. Uri feuerte mit einer Raketenpistole – ein lautloses, sich selbst antreibendes Projektil, das den Mann glatt durchschlug. Mit ausgebreiteten Armen stürzte er rückwärts. Das Motorrad fiel zur Seite, wobei es sich mit knirschenden Fahrketten vorwärts bewegte, bis der Schutzschalter den Motor abschaltete.

So schnell sich Jan auch bewegte, Uri war schneller. Er befreite sich in Windeseile aus seinem Schlafsack und hinterließ rote Spuren im Schnee, als er auf den Gestürzten zueilte. Aber die Hast war unnötig.

»Sofort tot«, stellte Uri fest, öffnete das Jackett des Offiziers und zog es ihm aus. »Schauen Sie sich das Loch an – glatter Durchschuß.« Uri stieg ohne zu zögern in die Kleidung des Mannes. Jan ging ihm langsam nach und richtete das Motorrad wieder auf.

»Der Funk ist noch abgeschaltet. Er hat keine Meldung mehr absetzen können«, sagte er.

»Das ist die beste Nachricht seit meiner Bar Mizwa. Wird es mir schwerfallen, das Ding in Gang zu setzen?«

Jan schüttelte verneinend den Kopf. »Die Batterie ist beinahe noch voll geladen, das reicht für mindestens zweihundert Kilometer. Der rechte Griff ist Hauptschalter und Gaskontrolle. Es macht Spaß, diese Dinger zu fahren. Der vordere Steuerski fährt geradeaus, es sei denn, man legt in der Kurve auch das Gewicht auf die Seite. Sind Sie schon mal Motorrad gefahren?«

»Oft.«

»Dann haben Sie keine Probleme. Nur – wo wollen Sie hin?«

»Darüber habe ich mir meine Gedanken gemacht.« In Uniform und Stiefel gekleidet, stampfte Uri zu den Rucksäcken zurück und zog die detaillierte Übersichtskarte heraus. »Können Sie mir sagen, wo wir sind?«

»Genau hier.« Jan nahm den Zeigefinger zu Hilfe. »An dieser Bucht am Loch Shin.«

»Durness – diese Stadt an der Nordküste. Gibt es viele andere Orte in Schottland mit demselben Namen?«

»Soweit ich weiß, nicht.«

»Gut. Ich mußte mir eine Liste mit Städtenamen merken; dort gibt es sichere Kontaktmöglichkeiten, sollte ich einmal Probleme haben. In Durness existiert eine solche Stelle. Ist die Strecke zu schaffen?«

»Ja – wenn Sie nicht unterwegs auf Probleme stoßen. Fahren Sie dort entlang, den Flüssen nach. Das hält Sie auf Distanz von diesen beiden Nord-Süd-Straßen. Benutzen Sie den Kompaß und folgen Sie diesem Kurs. Bleiben Sie drauf, bis Sie die Küste erreichen. Dann ziehen Sie sich wieder landeinwärts zurück und verstecken sich, bis es dunkel wird. Ziehen Sie Ihre eigenen Sachen an, versuchen Sie die Maschine von den Klippen ins Meer zu fahren – schmeißen Sie die Uniform hinterher. Und danach – sind Sie auf sich allein gestellt.«

»Also kein Problem. Aber was ist mit Ihnen?«

»Ich wandere weiter. Ich veranstalte einen hübschen Langlauf durch die Wildnis, so etwas macht mir Spaß. Machen Sie sich meinetwegen keine Gedanken.«

»Ich hatte auch nicht angenommen, daß das nötig wäre. Aber was ist mit unserem Freund, dem Toten?«

Jan betrachtete den blutbesudelten Leichnam des Mannes, der mit ausgebreiteten Armen im Schnee lag. »Ich kümmere mich um ihn. Ich schaufele ihn oben im Wald zu. Die Füchse werden ihn finden, dann die Krähen. Im Frühling sind nur noch die Knochen übrig. Kein sehr hübscher Gedanke ...«

»Seine Aufgabe war auch nicht sehr hübsch. Ich wäre Ihnen dankbar, wenn Sie sich darum kümmerten. Dann kann ich schon losfahren.« Uri streckte die behandschuhte Rechte aus, und Jan griff zu. »Und meine Freiheit verdanke ich ausschließlich Ihnen und Ihren Leuten. Wir werden siegen, warten Sie's nur ab.«

»Hoffentlich. Shalom.«

»Vielen Dank. Aber Shalom erst später. Zuerst wollen wir die Schweinehunde los werden!«

Uri drehte an der Kontrolle und fuhr an, zuerst langsam, dann immer schneller werdend. Er winkte noch einmal, dann war er um die Uferbiegung verschwunden, und das winselnde Geräusch des Elektromotors erstarb.

»Viel Glück«, sagte Jan leise und wandte sich dem Lager zu. Zuerst der Tote. Er zerrte ihn an den Hacken durch den Schnee; die Arme hingen schräg über den Kopf hoch, und eine Blutspur blieb zurück. Die Aasfresser würden zur Stelle sein, kaum daß er das Lager geräumt hatte. Er schob Schnee über die Blutspur und begann das Lager abzubrechen. Der zweite Schlafsack und alle zusätzlichen Ausrüstungsgegenstände kamen in einen Rucksack, die Dinge, die er brauchen würde, in einen anderen. Es hatte keinen Sinn, unnötig lange zu verweilen, es konnte sogar sehr gefährlich sein, sobald die Stelle des Überfalls entdeckt wurde. Wenn er sich vorsichtig durch den Wald bewegte, konnte er vor Einbruch der Dunkelheit ein gutes Stück zurückgelegt haben. Er schnallte sich den Rucksack um, nahm das andere Bündel und die zusätzlichen Skier vom Boden auf und marschierte los. Es war ein angenehmes Gefühl, schnell und sicher voranzukommen, und die Kilometer glitten vorüber. Er vergrub Skier und Rucksack inmitten eines dichten Dickichts, dann marschierte er weiter. Einmal hörte er ein weiteres Schneemotorrad in der Ferne vorbeifahren, und er blieb stehen, bis es verschwunden war. Gegen Sonnenuntergang dröhnte ein Flugzeug über ihn dahin, für ihn durch die Bäume ebenso unsichtbar, wie er für die Besatzung unsichtbar war. Er legte noch etwa zwei Stunden zu, ehe er endlich sein Lager aufschlug.

In der Nacht fiel dichter Schnee, und er erwachte mehrmals, um den sich anhäufenden Schnee fortzuschieben, damit er frei atmen konnte. Am Morgen strahlte eine goldgelbe Sonne auf das frisch gefallene Pulver, und er stellte fest, daß er zu pfeifen begonnen hatte, als er den Schnee für den Tee aufsetzte. Es war vorbei, alles war vorbei, und er war in Sicherheit. Er hoffte, daß Uri durchkam. In Sicherheit oder tot – Jan wußte, der Israeli würde nicht ein zweitesmal lebendig in Gefangenschaft geraten.

Als er den Benmore-See überquerte, war es später Nachmittag. Als er weiter vorn auf der Schnellstraße 837 einen Wagen vorbeifahren hörte, blieb er stehen und trat in den Schutz eines Baums. Das Hotel konnte nicht mehr weit sein. Aber was sollte er tun? Es machte sicher keine Mühe, noch eine Nacht im Schnee zu verbringen und am Morgen dort einzutreffen. Aber war das ratsam? Wenn man ihn in Verdacht haben sollte, war es ratsam, die Reise so kurz wie möglich zu halten – um so geringer war die Wahrscheinlichkeit, daß er nach Norden in das Slethill-Lager hatte fahren und so schnell wieder zurückkehren können. Eine frühe Ankunft war also geboten. Ein Abendessen mit einem guten Steak und einer Flasche Wein vor einem offenen Kamin – das war keine üble Aussicht.

Entschlossen schwang sich Jan in schneller Fahrt auf den Hang hinter dem großen Hotel hinaus und bremste mit schräggestellten Skiern im Hof. Dort schnallte er die Bretter ab und steckte sie neben dem Haupteingang in einen Schneehaufen. Schließlich stampfte er sich den Schnee von den Stiefeln und trat durch die Doppeltür in die Hotelhalle. Nach den Tagen im Freien kam es ihm hier heiß und stickig vor.

Als er sich der Anmeldung näherte, trat ein Mann aus dem Büro des Geschäftsführers und wandte sich ihm zu.

»Na, Jan«, fragte Thurgood-Smythe, »hattest du eine hübsche Fahrt?«

14

Jan verhielt mit aufgerissenen Augen den Schritt, erstaunt über die Anwesenheit seines Schwagers. »Smitty! Ja, um alles auf der Welt, was machst du hier?« Erst später wurde ihm klar, daß diese ganz natürliche Reaktion die richtige gewesen war; Thurgood-Smythe beobachtete ihn aufmerksam.

»Aus verschiedenen Gründen«, antwortete der Beamte der Sicherheitspolizei. »Du siehst gut erholt aus und scheinst vor Energie nur so zu strotzen. Wie wär's mit einem Drink, der dir mal wieder ein paar Gifte zuführt?«

»Eine gute Idee. Aber nicht in der Bar. Die Luft hier drinnen ist mir zu schwer. Wir können genausogut in meinem Zimmer trinken – und ich öffne das Fenster ein wenig, während du dich auf die Heizung setzt.«

»Einverstanden. Ich habe hier deinen Schlüssel – erspar' dir die Mühe. Gehen wir hinauf!«

Es befanden sich weitere Leute im Fahrstuhl, und so kam noch kein Gespräch in Gang. Jan starrte geradeaus und versuchte seine Gedanken zu ordnen. Was vermutete Thurgood-Smythe? Seine Anwesenheit war kein Zufall. Er versuchte auch gar nicht den Eindruck zu erwecken – nicht mit Jans Schlüssel in seiner Hand, was er auch gar nicht zu verheimlichen versuchte. Aber eine Durchsuchung hatte noch nichts zu bedeuten: er hatte nichts im Gepäck, das ihn belasten konnte. Angriff war die beste Verteidigung, und er wußte, es war nicht ratsam, vor seinem Schwager den Ahnungslosen zu spielen. Kaum hatte sich die Tür hinter ihnen geschlossen, ergriff er das Wort.

»Was ist los, Smitty? Und tu mir den Gefallen, nicht so zu tun, als wäre dies ein bedeutungsloses Zusammentreffen – nicht wo du meinen Schlüssel in der Tasche hast. Welches Interesse haben die Sicherheitsbehörden an mir?«

Thurgood-Smythe stand am Fenster und starrte auf die weiße Landschaft hinaus. »Ich hätte gern einen Whisky, einen großen, ohne Wasser oder Eis. Das Problem, mein lieber Jan, bestand darin, daß ich nicht an Zufälle glaube. Was ich als gegeben hinnehme, ist beschränkt. Du bist einmal zu oft zu vielen interessanten Dingen zu nahe gewesen.«

»Würdest du mir das bitte erklären?«

»Du weißt das so gut wie ich. Der Vorfall im Roten Meer, die illegale Computeranzapfung aus deinem Laboratorium.«

»Das hat doch absolut nichts zu besagen! Wenn du der Ansicht bist, ich wollte mich aus irgendeinem Grund ertränken, dann bist du von uns beiden derjenige, der einen Psychiater braucht, nicht ich. Und damit bleibt nur das Labor – mit wie vielen Angestellten?«

»Ich begreife durchaus, was du sagen willst«, entgegnete Thurgood-Smythe. »Vielen Dank.« Er trank einen Schluck Whisky. Jan öffnete das Fenster eine Handbreit und atmete tief die kalte Luft.

»Für sich gesehen sind diese beiden Vorfälle bedeutungslos. Sie liegen mir auch nur im Magen, seitdem ich festgestellt habe, daß du dich gerade jetzt im Hochland aufhältst. In einem nahegelegenen Lager hat es einen sehr ernsten Zwischenfall gegeben, der bedeutet, daß dein Hiersein sehr verdächtig sein *könnte.*«

»Ich wüßte nicht, wieso.« Jans Stimme klang kühl, sein Gesicht blieb ausdruckslos. »Ich fahre hier jeden Winter mindestens zwei- bis dreimal Ski.«

»Das ist mir bekannt, und das ist der einzige Grund, warum ich mich noch mit dir unterhalte. Wäre ich nicht mit deiner Schwester verheiratet, sähe dieses Gespräch ganz anders aus. Ich hätte einen Biomonitor in der Tasche, der mir Angaben über deinen Herzschlag, Muskelspannung, Atmung und Gehirnwellen machte. Mit diesem Gerät wüßte ich sofort, ob du lügst oder nicht.«

»Warum sollte ich lügen? Wenn du so ein Gerät hast, hol es heraus und überzeuge dich von der Wahrheit!«

Jans Zorn war echt; es gefiel ihm ganz und gar nicht, wie das Gespräch sich entwickelte.

»Ich habe keins hier. Ich hatte so einen Apparat in der Hand, ehe ich ging – aber dann legte ich ihn wieder in den Safe. Nicht weil ich dich mag, Jan – und das stimmt. Das hat nichts damit zu tun. Wärst du jemand anders, würde ich jetzt nicht mit dir sprechen, sondern dich verhören. Doch wenn ich das täte, würde Elizabeth früher oder später davon erfahren, und das wäre das Ende meiner Ehe. Ihre beschützerischen Instinkte gegenüber ihrem kleinen Bruder gehen über jedes vernünftige Maß hinaus, und ich möchte sie nicht soweit beanspruchen, daß sie zwischen dir oder mir wählen müßte. Ich habe das vage Gefühl, daß sie sich für dich entscheiden könnte.«

»Smitty, um Himmels willen – was soll das alles?«

»Laß mich zunächst zu Ende reden. Ehe ich dir sage, was hier vorgeht, möchte ich dir ein für allemal klarmachen, was geschehen wird. Ich werde nach Hause fahren und zu Elizabeth sagen, daß eine andere Abteilung der Sicherheitsbehörden dich unter Beobachtung gestellt hat. Das stimmt auch. Ich werde ihr außerdem sagen, daß ich das nicht verhindern kann – was ebenfalls der Wahrheit entspricht. Was dann in der Zukunft geschieht, hängt von dem ab, was du tust. Bis jetzt, bis zu diesem Augenblick, hast du eine reine Weste, verstehst du, was ich damit sage?»

Jan nickte langsam. »Vielen Dank, Smitty. Du gehst für mich ein ziemliches Risiko ein, nicht wahr? Ich kann mir vorstellen, daß es gefährlich für dich ist, mir von der Überwachung zu erzählen, ja?«

»Allerdings. Und ich hätte gern, daß du mir den Gefallen erwiderst, indem du mich sofort anrufst und dich beschwerst, nachdem du etwas von der Überwachung bemerkt hast.«

»Das soll geschehen. Sobald ich wieder zu Hause bin. Kannst du mir jetzt sagen, was ich getan haben soll ...«

»Nicht getan haben ... was du hättest tun *können.*« In Thurgood-Smythes Art lag keine Wärme mehr, kein Entgegenkommen. Vor Jan stand der erfahrene Sicherheitsbeamte, den er noch nie erlebt hatte. »Dort oben ist ein italienischer Seemann aus einem Arbeitslager entflohen. Normalerweise eine unwichtige Sache. Aber zwei Dinge lassen den Zwischenfall bedeutsam erscheinen. Ihm wurde von außerhalb geholfen – außerdem sind bei der Befreiung einige Wächter ums Leben gekommen. Kurz nach diesem Ereignis erreichte uns ein Bericht der italienischen Behörden. Den Mann gibt es gar nicht.«

»Ich verstehe nicht ...«

»Existiert nicht in den *italienischen* Unterlagen. Seine Dokumente waren gefälscht, und zwar sehr geschickt. Und das bedeutet, er muß der Bürger eines anderen Landes sein, ein ausländischer Agent.«

»Er könnte aber doch trotzdem Italiener sein.«

»Möglich. Aber aus anderen Gründen zweifle ich doch sehr daran.«

»Wenn er kein Italiener ist – was für ein Landsmann dann?«

»Ich dachte, daß du mir das vielleicht sagen könntest.« Die Stimme tönte leise, weich wie Seide.

»Woher soll *ich* das wissen?«

»Du hättest ihm bei der Flucht helfen und ihn durch den Wald führen können. Vielleicht versteckt er sich in diesem Augenblick noch dort draußen?«

Diese Mutmaßung kam dem ursprünglichen Plan so nahe, daß sich Jan die Nackenhaare sträubten. »Möglich ist es wohl – wenn du es sagst. Aber ich habe es nicht getan. Ich hole jetzt meine Landkarte und zeige dir, wo ich gewesen bin. Dann sagst du mir, ob ich mich in der Nähe deines geheimnisvollen Flüchtlings aufgehalten habe.«

Thurgood-Smythe tat den Vorschlag mit einer Handbewegung ab. »Keine Landkarten. Ob du lügst oder die Wahrheit sagst – es wird dafür keine Beweise geben.«

»Warum sollte ein anderes Land uns bespitzeln – das verstehe ich nicht! Ich dachte, wir lebten in einer friedlichen Welt.«

»So etwas wie den Frieden gibt es nicht – nur unterschiedliche Formen der Kriegführung.«

»Das ist eine verdammt zynische Äußerung.«

»Ich gehe auch einem verdammt zynischen Beruf nach.«

Jan füllte beide Gläser nach und setzte sich auf das Fensterbrett. Thurgood-Smythe zog sich so weit wie möglich von dem kalten Luftzug zurück.

»All diese Dinge, die du mir da erzählst, gefallen mir nicht«, sagte Jan. »All das Morden und die Gefangenen und die Überwachungsmaschinerie. Geschieht so etwas denn oft? Warum erfahren wir nicht davon?«

»Ihr erfahrt nicht davon, lieber Schwager, weil ihr es nicht erfahren sollt. Die Welt ist ein sehr unschöner Ort, und es besteht kein Grund, die Leute mit den unangenehmen Einzelheiten zu belasten.«

»Soll das heißen, daß wichtige Weltereignisse vor den Menschen geheimgehalten werden?«

»Genau das behaupte ich. Und wenn du etwas Ähnliches nicht schon geahnt hast, bis du ein größerer Dummkopf, als ich angenommen hatte. Die Leute deines Standes ziehen es vor, nichts zu wissen; sie überlassen es Leuten meiner Art, sich um die schmutzige Arbeit zu kümmern. Und verachten uns deswegen.«

»Das stimmt nicht, Smitty ...«

»Ach?« Ein schneidender Unterton lag in seiner Stimme. »Wie hast du mich eben genannt? Smitty? Hast du Ricardo de Torres jemals – Ricky genannt?«

Jan setzte zu einer Antwort an, brachte sie aber nicht über die Lippen. Sein Schwager hatte recht. Thurgood-Smythe entsprang einer Familie, die über Generationen hinweg langweilige Beamte hervorgebracht hatte; Ricardo gehörte dem landbesitzenden Adel an. Sekundenlang fühlte sich Jan vom Blick des Schwagers aufgespießt, der blanken Haß ausstrahlte; dann wandte sich der andere ab.

»Wie hast du mich hier oben gefunden?« fragte Jan und versuchte das Thema zu wechseln.

»Stell dich nicht dumm an! Der Standort deines Wagens ist in den Speichern der Autobahnen verzeichnet. Ist dir klar, wie weit die Computerdokumentationen und Programmierungen reichen?«

»Ich habe nie darüber nachgedacht. Vermutlich sehr weit.«

»Viel weiter, als du dir vorstellen kannst – und sie sind auch viel besser organisiert. So etwas wie zuviel Speicherungen gibt es gar nicht. Wenn die Sicherheitsbehörden jede Sekunde deines Lebens überwachen wollten – und dazu kommt es vielleicht –, dann könnten sie das mühelos tun und alles registrieren.«

»Das ist Quatsch, absolut unmöglich. Jetzt bewegst du dich auf meinem Fachgebiet. Egal, wie viele Schaltungen man hat, wieviel Speicherkapazität – man könnte jeden im Land auf keinen Fall ständig überwachen. Ihr würdet in der Datenflut ertrinken. Sie würde euch wegschwemmen.«

»Natürlich. Aber ich habe nicht vom ganzen Land gesprochen. Ich meinte ein einziges Individuum. Dich. Achtundneunzig Prozent der Leute in diesem Land sind Neutrale – unwichtige Mitläufer. Namen in einem Gedächtnisspeicher und für uns nicht interessant. Prols, die so gleichförmig sind wie Streichhölzer. Dazu die Paradiesvögel der Gesellschaft, die zwar vermögender und exotischer sind, aber gleichermaßen uninteressant. In Wirklichkeit haben wir sehr wenig zu tun. An der Spitze unserer Verbrechensstatistik stehen Diebstahl und Unterschlagung. Im Grunde keine wichtigen Delikte. Wenn wir also gebeten werden, uns für jemanden zu interessieren, stürzen wir uns wirklich voll ins Geschäft. Deine Bildschirme können in beiden Richtungen funktionieren, ebenso dein Telefon. Dein Computer ist uns zugänglich, egal wie sicher du ihn glaubst. Dein Wagen, dein Laboratorium, der Spiegel in deinem Badezimmer, das Licht über deinem Bett – sie alle dienen uns ...«

»Du übertreibst!«

»Mag sein. Aber nicht viel, nicht grundlegend. Wenn wir mehr über dich erfahren wollen, fällt es uns leicht, *alles* über dich zu erfahren. Daß du mir daran niemals zweifelst. Und ab sofort interessierst du uns. Ich würde sagen, für eine Reihe von Jahren – bis deine Schuld oder Unschuld bewiesen ist – dürfte dies das letzte Privatgespräch sein, das du geführt hast.«

»Versuchst du mir angst zu machen?«

»Hoffentlich gelingt es mir. Wenn du in etwas verwickelt bist, löse dich davon! Wir werden es dann niemals erfahren, und was mich betrifft, wäre das am besten so. Aber wenn deine Hände schmutzig sind, werden wir dich erwischen. Ja, auf jeden Fall – so sicher wie die Sonne im Osten aufgeht.«

Thurgood-Smythe ging zur Tür und öffnete sie. Er machte kehrt, wie um noch etwas hinzuzufügen, überlegte es sich dann aber anders. Er drehte sich um und ging, und die Tür schloß sich energisch hinter ihm.

Jan schloß das Fenster; ihm wurde kalt.

15

Ihm blieb nichts anderes übrig, als ganz normal weiterzumachen und in jeder Beziehung natürlich aufzutreten. Jan packte seinen Rucksack aus in dem Bewußtsein, daß Thurgood-Smythe ihn bestimmt schon durchgesehen hatte, besorgt, daß er zufällig etwas Belastendes daringelassen hatte. Natürlich fand er nichts; doch den Stachel der Angst vermochte er nicht zu vertreiben. Er war allgegenwärtig, während er badete und sich umzog, während er unten zu Abend aß und sich an der Bar mit alten Bekannten unterhielt. Das Gefühl hielt auch die Nacht über an, und er schlief schlecht. Früh am nächsten Morgen meldete er sich ab und machte sich auf die lange Rückfahrt nach London.

Es hatte wieder zu schneien begonnen, und während er vorsichtig über die gewundenen Hochland-Straßen fuhr, blieb ihm die Entspannung versagt, an etwas anderes zu denken. Das Mittagessen bestand aus einem Bier und einem Stück Gebäck in einem Gasthaus am Straßenrand, dann fuhr er weiter bis zur Autobahn. Nachdem der Computer die Führung übernommen hatte, konnte er sich entspannen – schaffte es aber nicht. Wenn das überhaupt möglich war, steigerte sich seine Unruhe noch mehr.

Zurückgelehnt, geblendet von den wirbelnden Schneeflocken vor der Windschutzscheibe, doch unter dem erstklassigen Schutz der Elektronik fahrend, machte sich Jan schließlich klar, was ihm auf der Seele lag. Dort, unmittelbar vor ihm, war der Beweis. Der Kreis winziger Löcher um den Kern des Lenkrads. Sie überwachten seinen Atem. Er konnte nicht fahren und diesen Löchern entgehen. Zugänge zu einem Analysiergerät, das die Alkoholanteile in seinem Atem bestimmte und das ihn nur dann weiterfahren ließ, wenn er nach dem Gesetz nüchtern war. Eine intelligente Einrichtung, die Unfälle verhindern sollte; eine unterschwellig erniedrigende Vorstellung, wenn man sie als Teil eines größeren Panoramas ständiger Überwachung sah. Diese Information und seine anderen persönlichen Daten waren im Speicher des Wagens registriert und konnten auf den Autobahncomputer übertragen werden – und von dort in die Speicher der Sicherheitsbehörden. Eine Aufzeichnung seines Atems, seiner Trinkgewohnheiten, seiner Reaktionszeiten, wohin er fuhr, wann er fuhr – mit wem er fuhr. Und wenn er nach Hause kam, würden ihm die Überwachungskameras in Garage und Flurs sorgfältig bis zur Wohnungstür folgen – und in die Wohnung. Wenn er das Fernsehen anhatte, würde der Apparat ihn seinerseits beobachten, ein unsichtbarer Polizist, der ihn aus dem Bild heraus musterte. Sein Telefon angezapft, nicht aufzuspürende Abhörschaltungen in den Leitungen. Wenn er diese Wanzen fand und entfernte – sofern das überhaupt möglich war –, dann ließ sich seine Stimme im Zimmer aufnehmen, indem man einen Laserstrahl auf das Glas seiner Fenster richtete. Daten und immer neue Daten würden ständig in eine geheime elektronische Akte über ihn fließen – in der bereits alle übrigen Fakten seines Lebens verzeichnet waren.

Er hatte noch niemals ernsthaft darüber nachgedacht – doch zum erstenmal wurde ihm bewußt, daß er als zwei Menschen existierte. Als Person aus Fleisch und Blut und als Nachahmung in Form der elektronischen Akte. Seine Geburt war verzeichnet wie auch alle wichtigen medizinischen Informationen. Seine Bildung, seine Gebißaufnahmen, sein finanzieller Status, seine Einkäufe. Welche Bücher er kaufte, welche Geschenke er anderen machte. War das alles irgendwo registriert? Mit einem unangenehmen Gefühl in der Magengrube sagte er sich, daß er damit rechnen mußte. Physikalisch gab es so gut wie keine Grenzen für die Menge der Informationen, die sich in den neuen Molekularspeichern festhalten ließ. Die Moleküle, die so oder so geladen worden waren, um Bits zu bilden, Bits, die sich zu Bytes summierten, Bytes zu Worten und Ziffern. Mehr und mehr und immer mehr. Eine Enzyklopädie in einem Objekt von der Größe eines Stecknadelknopfes, das gesamte Leben eines Menschen in einem Kieselstein.

Und nichts konnte er dagegen tun. Er hatte es versucht, er hatte seinen Beitrag zum Widerstand geleistet, er hatte in kleinem Maße Hilfestellung gegeben. Aber jetzt war alles vorbei. Er brauchte nur den Kopf zu heben, und er wurde ihm abgeschlagen. Das Leben war gar nicht so übel. Er sollte froh sein, daß er kein Prol war und sein ganzes Leben lang so dahinvegetieren mußte.

Mußte er aufhören? Ließ sich daran nichts ändern? Doch noch während diese rebellischen Gedanken ihn beschäftigten, erkannte er, daß sich sein Herzschlag beschleunigt hatte, daß die Muskeln seiner Arme sich spannten und er ohne eigenes Zutun die Finger zur Faust ballte. Physiologische Veränderungen, die man überwachen, die man beobachten konnte, die mitgerechnet wurden.

Er war ein Gefangener in einer unsichtbaren Zelle. Nur ein Schritt hinaus, dann war alles vorbei. Zum erstenmal im Leben hatte er einen Eindruck davon, was *Freiheit* bedeutete, was er nicht hatte. Was das *Fehlen von Freiheit* wirklich bedeutete.

Die Heimfahrt war langweilig und verlief ereignislos. Das Wetter besserte sich; nach Carlyle hörte der starke Schneefall auf, und Jan fuhr unter einem bleiernen Himmel dahin. Auf dem fünften Kanal gab es ein Spiel, und er schaltete es ein, verfolgte das Geschehen aber nicht; die Turbulenz seiner Gedanken war zu groß. Nachdem er nun nicht mehr am Widerstand teilnehmen konnte, erkannte er, wie wichtig er ihm geworden war. Eine Möglichkeit, für etwas zu arbeiten, an das er glaubte, eine Möglichkeit, die Schuld abzubauen, die ihm allmählich zu Bewußtsein kam. Das alles war vorbei. Als er zu Hause eintraf, war er in sehr niedergeschlagener Stimmung. Er fauchte den unschuldigen Fahrstuhlführer an und knallte die Wohnungstür hinter sich zu. Er schloß ab und schaltete das Licht ein – und die Birne in der entscheidenden Lampe brannte nicht.

So schnell? Während seiner Abwesenheit war jemand in der Wohnung gewesen.

Er war unschuldig: an diesem Gedanken mußte er festhalten. Unschuldig. Man beobachtete ihn bestimmt in diesem Augenblick. Jan sah sich langsam um; natürlich war nichts zu sehen. Er probierte nacheinander die Fenster, doch sie waren alle geschlossen und verriegelt. Dann begab er sich zu seinem Wandsafe und drückte die Kombination. Er sah die Papiere und das Bargeld durch. Alles schien in Ordnung zu sein. Wenn die Sicherheitspolizei hier gewesen war – jemand anders konnte es nicht gewesen sein –, hatte sie sein einfaches Alarmsystem gefunden. So etwas zu besitzen, war nicht ungesetzlich, es handelte sich sogar um eine Vorsichtsmaßnahme, die die meisten seiner Freunde ergriffen. Jetzt aber mußte es eine natürlich wirkende Reaktion geben. Er ging zum Telefon und zeigte sich dabei so zornig, wie er wirklich war. Er rief die Verwaltung des Gebäudes an.

»Während Ihrer Abwesenheit in die Wohnung eingebrochen, Sir? Wir haben keine Unterlagen darüber, daß Wartungsmechaniker oder sonstige Leute, beispielsweise von der Feuerwehr, in der Wohnung gewesen wären.«

»Dann Einbrecher, Diebe. Ich dachte, es gäbe eine Alarmanlage in diesem Gebäude?«

»Gibt es auch, Sir, die beste. Ich schaue sofort in den Aufzeichnungen nach. Fehlt denn etwas?«

»Auf den ersten Blick nichts, zumindest nichts Wichtiges.« Jan merkte, daß er beim Sprechen das Fernsehgerät anschaute. Dabei fielen ihm die Spuren auf dem Teppich auf. »Eben habe ich etwas entdeckt. Der Fernseher ist verschoben worden. Vielleicht wollte man ihn stehlen.«

»Diese Möglichkeit wäre denkbar. Ich mache Meldung bei der Polizei – und schicke den Mechaniker hinauf, der die Kombination an Ihrer Wohnungstür umstellt.«

»Tun Sie das. Sofort. Ich bin entrüstet über diese Sache.«

»Kein Wunder, Sir. Wir werden sofort ermitteln.«

Wir raffiniert man vorging! Hatte man die Spuren vor dem Fernseher absichtlich zurückgelassen? Handelte es sich um eine Warnung, einen leichten Rippenstoß? Er wußte es nicht. Aber nachdem er den verschobenen Fernseher bemerkt und gemeldet hatte, mußte er sich weiter umschauen. So hätte jeder gehandelt, der unschuldig war.

Er rieb sich das Kinn und ging um das Fernsehgerät herum. Dann kniete er nieder und sah sich die Schrauben an, die die Rückwand festhielten. Ein Schraubenkopf wies eine helle Stelle auf; hier war kürzlich ein Schraubenzieher abgerutscht. Man hatte das Gerät aufgemacht!

Zehn Minuten später hatte er die Rückwand abgenommen, das

Innere herausgezogen und betrachtete das Gerät, das eine Schaltung überbrückte. Es hatte die Größe einer Eichel und etwa auch dieselbe Form – mit einem kristallenen Schimmern am runden Ende. Das Gebilde war auf ein winziges Loch gerichtet, das man in die vordere Verkleidung gebohrt hatte. Angezapft! Mit heftiger Bewegung zerrte er das Ding los und ließ es zornig in seiner Handfläche auf und ab hüpfen, während er sich darüber klar wurde, was er als nächstes tun sollte, was er tun würde, wenn er so unschuldig war, wie er zu sein vorgab. Er ging zum Telefon und wählte Thurgood-Smythes Privatnummer. Seine Schwester meldete sich.

»Jan, mein Schatz, es ist ja endlos lange her! Wenn du morgen frei bist ...«

»Tut mir leid, Liz, ich habe zu tun. Außerdem wollte ich Smitty sprechen.«

»Und kein Wort für deine Schwester, wie?« Sie schob sich mit einer Hand das Haar aus der Stirn und versuchte die Märtyrerin zu spielen, was ihr aber nicht besonders gut gelang.

»Ich bin ein Ungeheuer, Liz, aber das hast du ja schon immer gewußt. Im Augenblick habe ich es eilig. Wir sehen uns nächste Woche, das verspreche ich dir.«

»Darauf nagele ich dich fest. Ich habe da ein süßes Mädchen, das du unbedingt kennenlernen mußt.«

»Wunderbar!« Er seufzte betont. »Hättest du jetzt die Güte, mir deinen Mann zu geben?«

»Natürlich. Mittwoch um acht Uhr.« Sie warf ihm einen Handkuß zu und drückte auf den Vermittlungsknopf. Gleich darauf erschien Thurgood-Smythe auf dem Bildschirm.

»Während ich fort war, ist jemand in meine Wohnung eingebrochen«, meldete Jan.

»Diebstähle nehmen in diesem Winter überhand. Ich habe damit aber nichts zu tun, das weißt du. Ich gebe die Sache an die Polizei weiter, und ...«

»Vielleicht hat deine Abteilung doch damit zu tun. Mir ist nichts gestohlen worden – statt dessen habe ich dieses Ding im Fernseher gefunden.« Jan hielt das Gebilde hoch. »Sehr kompakt, sehr teuer.

Ich habe mir das Innere noch nicht angesehen, doch ich kann mir vorstellen, daß es Video hat und sein Signal auf mindestens einen Kilometer Entfernung abgibt. Wenn es euren Leuten nicht gehört, dürfte es dich auf jeden Fall sehr interessieren.«

»Und ob. Ich kümmere mich sofort darum. Bist du in Dinge verwickelt, für die sich die Leute von der Industriespionage interessieren könnten?«

»Nein. Ich arbeite an Kommunikationssatelliten.«

»Dann ist mir das Ganze ein Rätsel. Ich lasse das Gerät abholen und gebe dir Bescheid.«

Jan hatte eben die Rückwand am Fernsehgerät wieder angebracht, als die Türglocke anschlug. Ein untersetzter Mann mit düster wirkendem Gesicht stand draußen und zog einen Ausweis der Sicherheitspolizei, den er vor die Kameralinse hielt, als Jan ihn darum bat.

»Das ging aber schnell«, sagte Jan und ließ den Mann eintreten.

»Sie haben etwas für mich?« fragte der Beamte tonlos.

»Ja, hier.«

Der Sicherheitspolizist steckte die Wanze ein, ohne sie anzusehen. Er starrte vielmehr Jan abweisend an. »Daß Sie mir nicht noch einmal zu Mr. Thurgood-Smythe reden«, sagte er.

»Was soll das heißen? Wovon sprechen Sie?«

»Ich meine genau das, was ich gesagt habe. Die Sache betrifft Ihren Schwager nicht mehr, weil es da Familienbeziehungen gibt.« Er machte kehrt, und Jan rief zornig hinter ihm her:

»Sie können doch nicht solche Sachen sagen und dann einfach gehen!« schrie er. »Wer sind Sie überhaupt, daß Sie mich hier herumkommandieren? Was hat diese Wanze zu bedeuten?«

»Sagen *Sie's* mir doch«, antwortete der Mann und machte heftig kehrt. »Sind Sie irgendwie schuldig? Haben Sie eine Aussage zu machen?«

Jan spürte, wie sich sein Gesicht rötete. »Raus hier!« brüllte er. »Verschwinden Sie und belästigen Sie mich nie wieder! Ich weiß nicht, was das alles soll, und es ist mir scheißegal. Hauen Sie ab, bleiben Sie mir fern und lassen Sie sich nie wieder blicken!«

Die Tür ging zu, und es war die Tür eines Käfigs. Jan war darin eingeschlossen, und man beobachtete ihn von draußen.

Am Tage lenkte er sich mit Computerschaltungen ab, er stürzte sich geradezu auf seine Arbeit an den Kommunikationssatelliten – zur großen Freude Sonja Amariglios. Er trieb sich erbarmungslos an, um nicht von seinen Gedanken geplagt zu werden. Abends ging er gewöhnlich als letzter. Müde und sehr froh, daß er erschöpft war. Noch einige Drinks an der Bar, manchmal sogar mit Abendessen, dann verweilte er so lange, bis er müde genug war, um nach Hause und ins Bett zu gehen. Ein törichtes Verhalten – er wußte, daß die Überwachung an jedem Ort lückenlos war – doch ihm widerstrebte der Gedanke, daß man ihn in seiner eigenen Wohnung beobachtete und belauschte. Er machte sich auch nicht mehr die Mühe, nach Wanzen zu suchen. Das wäre ein törichtes Spiel gewesen. Da war es schon besser, davon auszugehen, daß er jederzeit überwacht wurde, und sich entsprechend zu verhalten.

Am folgenden Mittwoch rief ihn sein Schwager frühmorgens im Büro an.

»Guten Morgen, Jan. Elizabeth hat mich gebeten, dich anzurufen.«

Die Stille dehnte sich in die Länge, denn Jan wartete ab. Thurgood-Smythe wartete ebenfalls und beobachtete ihn. Offensichtlich würden keine weiteren Bemerkungen über die Sicherheitsbehörden fallen.

»Wie geht es Liz?« fragte Jan schließlich. »Was ist los?«

»Das Abendessen heute. Sie war besorgt, daß du es vergessen würdest.«

»Ich habe es nicht vergessen. Aber ich schaffe es einfach nicht. Ich wollte schon anrufen und mich entschuldigen ...«

»Zu spät. Es kommt noch jemand, und wir können nicht mehr absagen. Es wäre für Liz zu unangenehm.«

»O Gott. Sie hat etwas gesagt über ein Mädchen, das Sie einladen wollte! Du könntest doch nicht ...«

»Es fiele mir sehr schwer. Du solltest diese Medizin lieber brav schlucken. So wie sie redet, ist das neue Mädchen wirklich ganz anders. Aus Irland, aus Dublin, ganz gälischer Charme und Schönheit und so weiter.«

»Hör auf – ich habe mir das schon zu oft angehört. Bis heute abend dann.«

Jan unterbrach die Verbindung als erster, eine schwache Geste, die seine Laune ein wenig besserte. Er hatte das verdammte Abendessen tatsächlich vergessen. Hätte er früher angerufen, hätte er sich aus der Verpflichtung herausreden können – aber nicht mehr am gleichen Tag. Liz würde ihm das übelnehmen. Vielleicht war es sogar ganz gut, wenn er hinging. Auf diese Weise bekam er zur Abwechslung einmal eine ordentliche Mahlzeit in den Magen – die Speisen in der Bar verursachten ihm Verstopfung. Außerdem konnte es nicht schaden, wenn die Sicherheitsbehörden daran erinnert wurden, mit wem er verwandt war. Und vielleicht war das Mädchen tatsächlich ganz ansehnlich, obwohl Liz' Kandidatinnen gewöhnlich nicht in diese Kategorie fielen. Gesellschaftliche Verbindungen waren ihr wichtiger als Anmut und Aussehen, und sie hatte ihm schon einige gräßlich aussehende Tanten aufschwatzen wollen.

Er verließ die Arbeit früher und mischte sich zu Hause einen Drink, anschließend befreite er sich durch ein heißes Bad von einigen Verspannungen. Dann zog er einen guten Anzug an. Liz würde ihn den ganzen Abend mit Blicken erdolchen, wenn er das zerschlissene Jackett anbehielt, das er im Büro immer trug. Vielleicht ließ sie sogar seine Portion anbrennen. Um des lieben Seelenfriedens willen wollte er es sich mit Liz nicht verderben.

Die Thurgood-Smythes lebten in einem georgianischen Haus in Barnet, und die Fahrt dorthin besserte Jans Laune. Die Landschaft erstreckte sich im Schein des abnehmenden Mondes, silbern und schwarz und hart. Obwohl der März bereits begonnen hatte, machte der Winter noch keine Anstalten, seinen eisernen Griff zu lockern. An der Vorderseite des Hauses schienen sämtliche Lampen zu brennen, doch in der Auffahrt stand nur ein Wagen. Na, er wollte höflich tun und lächeln. Und zumindest würde das Essen gut sein. Außerdem müßte er mit seinem Schwager ein paar Runden Billard spielen, ob er nun wollte oder nicht. Die Vergangenheit war vorbei. Gegenwart und Zukunft mußten in unschuldigen Bahnen verlaufen.

Frauenlachen tönte aus dem Wohnzimmer, und Thurgood-Smythe ließ die Augen rollen, während er Jan aus dem Mantel half. »Diesmal hat sich Elisabeth geirrt«, sagte er. »Das heutige Exemplar bietet tatsächlich einen erträglichen Anblick.«

»Gott sei Dank für diese kleine Zugabe. Ich kann es kaum abwarten.«

»Trinkst du Whisky?«

»Ja. Malz.«

Jan steckte die Handschuhe in seine Pelzmütze und ließ sie auf den Tisch fallen, dann kämmte er sich hastig vor dem Spiegel. Neues Gelächter ertönte, gefolgt von dem Klirren von Gläsern, und er ging den Tönen nach. Thurgood-Smythe hatte sich über den Barwagen gebeugt. Elizabeth winkte ihm zu, und die andere Frau auf dem Sofa drehte sich zu ihm um und lächelte.

Es war Sara.

16

Jan mußte seine ganze Willenskraft aufbieten, seine jahrelange Übung, kein Gefühl zu zeigen, um nicht das Kinn herabklappen zu lassen oder die Augen aufzureißen. »Hallo, Liz«, sagte er mit hörbar fremder Stimme und ging um die Couch herum, um sie auf die Wange zu küssen. Sie drückte ihn an sich.

»Liebling, es ist herrlich, dich mal wieder hier zu haben. Ich habe dir auch etwas Besonderes gekocht, wart's nur ab!«

Thurgood-Smythe reichte ihm entspannt einen Drink und schenkte sich selbst nach. Wußten sie es nicht? War dies eine Farce – oder eine Falle? Schließlich nahm er sich die Freiheit, Sara anzuschauen, die züchtig dasaß, die Knie zusammengedrückt und an einem kleinen Sherry nippte. Ihr Kleid war lang und dunkelgrün und wirkte irgendwie altmodisch. Als einzigen Schmuck trug sie eine Goldbrosche am Hals.

»Jan, ich möchte dir Orla Mountcharles vorstellen. Aus Dublin. Wir sind auf dieselbe Schule gegangen, natürlich nicht zur gleichen Zeit! Jetzt gehören wir demselben Bridge-Klub an, und ich konnte nicht widerstehen, sie mit nach Hause einzuladen, damit wir noch mehr miteinander plaudern können. Ich wußte, daß du nichts dagegen haben würdest, habe ich recht?«

»Das Vergnügen ist ganz meinerseits. Sie können sich auf etwas Besonderes freuen, Miss Mountcharles, wenn Sie Liz' Küche noch nicht kennen.«

»Orla, bitte, zu Hause sind wir nicht so förmlich.« Ein vager irischer Akzent lag in ihrer Stimme. Sie lächelte ihn freundlich an und nippte geziert an ihrem Glas. Mit einem verzweifelten Schluck stürzte Jan den halben Inhalt seines Glases hinunter und begann zu husten.

»Was ist, nicht genug Wasser?« fragte Thurgood-Smythe besorgt und brachte Jan einen Krug.

»Ja bitte«, keuchte Jan. »Tut mir leid.«

»Du bist eben nicht mehr im Training. Nimm dir einen zweiten, dann zeige ich dir die neue Bespannung auf dem Billardtisch.«

»Endlich hast du sie erneuert. In ein paar Jahren hättest du das Ding als Antiquität verkaufen können.«

»Da hast du recht. Aber jetzt können wir das obere Loch wieder anspielen, man braucht nicht mehr so stark zu stoßen, um über die Falte zu kommen.«

Es war ganz leicht, so zu plaudern und sich abzuwenden, und dem Mann in das Billardzimmer zu folgen. Was machte sie hier? Was sollte dieser Wahnsinn?

Das Abendessen war nicht so unangenehm, wie er befürchtet hatte. Die Speisen waren – wie immer – großartig: Beef Wellington mit vier verschiedenen Gemüsesorten. Sara gab sich zurückhaltend und bescheiden und wenn er mit ihr sprach, hatte er das Gefühl, auf einer Bühne eine Rolle zu spielen. Ihm war nicht bewußt gewesen, wie sehr sie ihm gefehlt hatte, wie leer er sich gefühlt hatte in dem Bewußtsein, sie nie wiedersehen zu können. Und doch war sie hier – im Herzen der Sicherheitsbehörden. Natürlich gab es dafür eine Erklärung, aber er wagte sich nicht danach zu erkundigen. Das Geplauder hatte keinen großen Tiefgang, und das Essen und der Brandy hinterher waren ausgezeichnet. Es gelang ihm sogar, Billard zu spielen und Thurgood-Smythe zwei zu eins zu schlagen.

»Du bist zu gut für mich«, sagte sein Schwager.

»Entschuldige dich nicht – bezahl mir nur die fünf Scheine, die du mir schuldest.«

»Hatten wir uns wirklich auf einen Fünfer pro Spiel geeinigt? Na schön, du hast natürlich recht. Besser als sonst, unsere kleine irische Besucherin, nicht wahr?«

»Besser! Das Wort ist ›phantastisch‹! Wo hat Liz nur so ein Mädchen aufgetan?«

»Im Bridge-Klub, sagte sie. Für das Spiel könnte ich mich auch noch interessieren, wenn die Teilnehmerinnen so aussehen.«

»Na, laß das nur Liz nicht wissen, sonst wird sie ganz unerträglich und schleppt mir jeden Abend eine neue an.«

»Beschränke dich auf die hier, es könnte dir schlimmer ergehen.«

»Vielleicht tu' ich das sogar.«

In Thurgood-Smythes Stimme lag nichts Verschwörerisches; er schien im Ernst zu sprechen. Der Sicherheitsbeamte in ihm war anscheinend in den Hintergrund getreten. Stimmte es wirklich? fragte sich Jan immer wieder. Wird sie hier tatsächlich als Irin angesehen? Vielleicht stammte sie aus Irland. Er mußte Näheres erfahren.

»Es fängt wieder an zu schneien«, sagte Sara später, als sie die Mäntel anzogen. »Ich fahre ungern im Schnee.«

Liz warf Jan den strengsten Blick zu, dessen sie fähig war, während ihr Mann im Hintergrund die Augen hochrollte und zu grinsen begann.

»Die Straßen sind noch in Ordnung«, sagte Jan schwach.

»Aber sie schneien bald zu«, sagte Liz betont und gab ihm sogar einen Rippenstoß, als sich Sara abgewandt hatte. »Kein Mädchen sollte an einem solchen Abend allein fahren.« Ihr Blick hätte einen Eimer Wasser zum Gefrieren bringen können.

»Nein, natürlich hast du recht«, sagte Jan hastig. »Orla, vielleicht könnte ich Sie nach Hause fahren?«

»Ich möchte nicht, daß Sie einen Umweg machen müssen ...«

»Kein Problem«, sagte Thurgood-Smythe. »Er wohnt keine fünf Minuten vom West End entfernt. Und ich lasse Ihnen Ihren Wagen morgen früh von einem Fahrer im Klub vorbeibringen.«

»Dann ist ja alles klar«, sagte Liz und lächelte erfreut. »Sie brauchen sich wegen der Fahrt also keine Gedanken zu machen.«

Jan verabschiedete sich, küßte liebevoll seine Schwester und ging den Wagen holen. Während das Heizgerät die Kälte aus dem Inneren vertrieb, kritzelte er etwas auf einen kleinen Zettel und barg ihn in der Handfläche. Sara erwartete ihn an der Haustür, und er hielt ihr die Tür auf. Dabei reichte er ihr den Zettel. Sie hatte eben Zeit genug, um die drei Worte zu lesen, ehe die Innenbeleuchtung wieder erlosch. WAGEN WIRD ABGEHÖRT. Als sie außer Sichtweite des Hauses waren, nickte sie.

»Wohin soll ich Sie bringen, Orla?« fragte er.

»Es tut mir wirklich leid, Ihnen diese Umstände zu machen. Ich wohne im Irischen Klub in Belgravia, ein Flecken Heimaterde in der Fremde, wie es heißt. Wenn ich in London bin, steige ich immer dort ab. Nicht gerade ein prachtvoller Laden, aber sehr gemütlich. Mit einer netten kleinen Bar. Es gibt dort einen schönen heißen Whisky – natürlich irischen Whisky.«

»Natürlich. Ich kann nicht behaupten, daß ich so etwas schon mal getrunken hätte.«

»Dann müssen Sie es probieren. Sie kommen doch auf einen Sprung mit hinein, ja? Nur ein paar Minuten. Es ist ja eigentlich noch nicht spät.«

Diese unschuldige Einladung wurde durch ein energisches Kopfnicken und ein betontes Augenblinzeln unterstrichen.

»Na, vielleicht ein paar Minuten. Vielen Dank für die Einladung.«

Die Plauderei ging in ähnlichen Bahnen weiter, während er durch die nahezu leere Finchley Road zum Marble Arch fuhr. Sie wies ihm den Weg; der Klub war nicht schwer zu finden. Er parkte direkt vor dem Eingang, und sie traten ein, wobei sie sich den schmelzenden Schnee von den Mänteln klopften. Sie waren allein in der Bar, bis auf ein weiteres Paar. Während die Kellnerin die Bestellung notierte, schrieb Sara etwas auf die Rückseite des Zettels, den er ihr gegeben hatte. Er schaute darauf, kaum daß sich das Mädchen abgewandt hatte.

AKUSTISCHE ÜBERWACHUNG AUCH HIER. NIMM EINLADUNG AUF MEIN ZIMMER AN. LASS DORT DEINE GESAMTE KLEIDUNG IM BADEZIMMER.

Er reagierte auf diese Einladung, indem er die Augenbrauen hochzog, und sie steckte ihm in gespieltem Ärger die Zunge heraus. Während sie sich weiter unterhielten, zerfetzte er das Stück Papier in der Tasche.

Der heiße Whisky schmeckte sehr gut, die gespielte Verführung lief sogar noch besser. Nein, er hielt sie nicht für aufdringlich, ja, die Leute könnten es mißverstehen, wenn sie das Zimmer gemeinsam aufsuchten. In Ordnung, er würde mit dem Schlüssel vorausgehen und die Tür offen lassen.

Die Gardinen in ihrem Zimmer waren geschlossen und das Bett einladend aufgeschlagen. Er folgte den Anweisungen und entkleidete sich im Badezimmer. Hinter der Tür hing ein dicker Frottee-Bademantel, den er überstreifte. Sara betrat das Zimmer, und er hörte, wie sie die Tür zum Flur verschloß. Sie hatte die Finger an die Lippen gelegt, als er das Bad verließ, und redete erst, als sie die Badezimmertür hinter ihm geschlossen und das Radio eingeschaltet hatte.

»Setz dich hierher und sprich leise. Du weißt, daß du von den Sicherheitsbehörden überwacht wirst?«

»Ja, natürlich.«

»Dann sind deine Sachen bestimmt verwanzt. Auf diese Entfernung dürften wir keine Probleme haben. Die Iren sind sehr stolz auf ihre Unabhängigkeit, und so wird dieser Klub täglich kontrolliert und von Abhöreinrichtungen befreit. Daraufhin haben die Sicherheitskräfte ihre Bemühungen schon vor Jahren aufgegeben. Sie verloren so viele Geräte, daß sie praktisch den irischen Geheimdienst mit allem versorgten, was der für seine Arbeit brauchte.«

»Dann sag mir schnell, was aus Uri geworden ist.«

»Er ist in Sicherheit, er hat das Land verlassen. Dank deines Einsatzes.«

Sie zog ihn an sich und umarmte ihn und gab ihm einen langen Kuß. Aber als er die Arme um sie legte, machte sie sich frei und setzte sich auf die Bettkante.

»Setz dich in den Sessel dort«, befahl sie. »Wir müssen uns unterhalten. Vorher.«

»Na, solange du ›vorher‹ sagst. Würdest du mir zuerst bitte erklären, wer du eigentlich bist, und wie Orla in das Haus meiner Schwester geraten ist?«

»Orla ist die beste Tarnmöglichkeit, die uns zur Verfügung steht. Wir setzen sie nicht aufs Spiel, indem wir sie zu oft benutzen. Wir haben der irischen Regierung dann und wann einen Gefallen getan; dies gehört zu den kleinen Gegenleistungen. Eine absolut stimmige Identifikation, Geburtsurkunde, Schulunterlagen, andere Dokumentation, alles ist echt. Bis hin zu meinen Fingerabdrücken und physischen Einzelheiten. Wir kamen auf den richtigen Dreh, als wir deine Unterlagen durch den Computer jagten. Orla Mountcharles ist wirklich auf die Rodean-Schule gegangen, einige Jahre nach deiner Schwester. Der Rest war einfach. Ich verschaffte mir Informationen über die Schule, sprach mit Freunden von Freunden von Freunden und wurde aufgefordert, dem Bridge-Klub beizutreten. Der Rest ergab sich so selbstverständlich wie das Schwerkraftgesetz.«

»Ich weiß! Man braucht Liz nur ein neues Mädchen vorzustellen, das zudem noch gut aussieht, und schon wird die Falle aufgestellt. Eine Einladung nach Hause zum Abendessen mit dem kleinen Bruder. Aber ist dein Vorgehen nicht verdammt gefährlich – so dicht unter der scharfen Nase Thurgood-Smythes?«

»Ich glaube kaum, daß diese Nase in der Enge seines eigenen Heims so gut funktioniert. Im Grunde ist es so viel sicherer für mich.«

»Wenn du meinst. Aber wie kommst du darauf, daß in meinen Sachen eine Wanze steckt?«

»Reine Erfahrung. Die Iren haben eine hübsche Sammlung von Abhörgeräten. Die Behörden bauen sie in Gurtschnallen, Schreibstifte, in den Metallrücken von Notizbüchern, überall. Diese kleinen Dinger senden nicht, sondern zeichnen auf Molekularbasis digital auf und können später abgespielt werden. Praktisch unaufspürbar, wenn man nicht jedes Kleidungsstück in der Garderobe auseinandernehmen will. Am besten geht man davon aus, daß man ständig überwacht wird. Ich hoffe, daß dein Körper noch in Ordnung ist.«

»Möchtest du das feststellen?«

»*Das* habe ich nicht gemeint. Warst du seit deiner Rückkehr aus Schottland beim Zahnarzt oder bist sonstwie operiert worden?«

»Nein.«

»Dann bist du wohl auch noch sauber. Es kommt vor, daß die Behörden Abhörgeräte in Zahnbrücken einbauen oder sie sogar in Knochengewebe einsetzen. Die Leute sind sehr geschickt.«

»Aus meiner Sicht ist das nicht gerade ermutigend«, sagte Jan und deutete auf die Flasche Malvern-Wasser auf dem Nachttisch. »Hast du dazu nicht einen Tropfen Whisky im Haus?«

»O ja. Natürlich irischen Whisky. Paddy's.«

»Ich entdecke meine Neigung dazu.«

Er schenkte zwei Gläser ein und ließ sich wieder in den tiefen Sessel sinken. »Ich mache mir Sorgen. So gern ich mit dir zusammen bin – ich glaube nicht, daß ich dem Widerstand noch irgendwie nützen kann.«

»Es wird schwierig sein, aber wir können die Barrieren überwinden. Erinnerst du dich – ich habe einmal gesagt, daß du der wichtigste Mann bist, den wir in letzter Zeit gefunden haben.«

»Ja. Aber einen Grund hast du nicht genannt.«

»Damit meinte ich deine Arbeit an den Satelliten. Es heißt, du hast Zugang zu den Stationen in den Umlaufbahnen.«

»Richtig. Ich schiebe einen Ausflug in den Weltraum schon seit einiger Zeit vor mir her. Einen der alten Komsats muß ich an Ort und Stelle untersuchen, im Weltall und im freien Fall. Es wird sich alles verändern, wenn wir das Ding auf die Erde herabholen, ins Laboratorium. Wieso ist das wichtig für euch?«

»Weil du als Kontaktmann zu den Leuten draußen im tiefen All fungieren könntest. Durch sie stehen wir in Verbindung mit einer Reihe von Planeten. Die Kommunikation ist nicht perfekt, aber sie wird allmählich besser. Eine Revolte ist bereits im Entstehen, die der Bergleute auf Alpha Aurigae II. Die Leute haben durchaus Erfolgsaussichten, wenn wir uns noch einmal mit ihnen in Verbindung setzen können. Die Regierung aber weiß, daß sich dort draußen Ärger anbahnt, und die Sicherheitspolizei hat allem einen Riegel vorgeschoben. Wir können mit den von der Erde startenden Schiffen unseren Leuten keine Nachrichten mehr zukommen lassen. Du aber müßtest das über die Station möglich machen. Wir haben schon einen Plan ausgearbeitet ...«

»Du runzelst die Stirn«, sagte Jan leise. »Wenn du dich aufregst, legst du immer die Stirn in Falten. Wenn du so weitermachst, wirst du früh alt aussehen.«

»Aber ich will dir erklären ...«

»Hat das nicht noch ein bißchen Zeit?« fragte er, nahm ihre Hände in die seinen und beugte sich vor, um sie auf die Stirn zu küssen.

»Natürlich! Du hast völlig recht. Komm, tu was gegen meine Gesichtsfalten!« Sie ließ sich zurücksinken und öffnete seinen Bademantel.

17

Als Jan am nächsten Tag verkündete, daß er es für an der Zeit hielte, den Satelliten im All zu untersuchen, war Sonja Amariglio beinahe außer sich vor Freude.

»Großartig!« rief sie und klatschte in die Hände. »Das Ding schwebt da in einem idealen Orbit herum, und niemand hat das Köpfchen, sich dort oben mit den Schaltungen zu befassen und nachzuschauen, was schiefgelaufen ist. Ich bin manchmal so zornig, daß ich am liebsten selbst fliegen würde.«

»Das sollten Sie auch. Ein Flug ins Weltall ist doch etwas, das man nicht so leicht vergißt.«

»Solche Erinnerungen hätte ich wohl gerne. Aber diese alte Maschine funktioniert nicht mehr so gut.« Sie klopfte sich in der

Gegend des Herzens auf den umfänglichen Busen. »Die Ärzte meinen, die Beschleunigung wäre nicht gut für mein Uhrwerk da drinnen ...«

»Das tut mir wirklich leid. Ich rede Unsinn, aber ich wußte das nicht.«

»Bitte entschuldigen Sie sich nicht, Jan. Solange ich mich von Raumschiffen fernhalte, kann ich ewig leben – sagen die Ärzte. Es genügt, wenn Sie fliegen – und Sie würden dort oben viel besser aufräumen. Wann können Sie los?«

»Ich muß die Programme abschließen, die gerade am Laufen sind, den multiresonanten Wiederholer. Eine Woche, höchstens zehn Tage.«

Sonja wühlte die Papiere auf ihrem Schreibtisch durch und zog einen grauen UNOSA-Hefter heraus, den sie durchblätterte. »Ja, da hätten wir es. Ein Shuttle zur Satellitenstation startet am zwanzigsten März. Ich buche Ihnen sofort einen Platz darauf.«

»Sehr gut.« Der Zeitpunkt war wirklich günstig. Es war genau der Shuttle, auf den Sara ihn verwiesen hatte; er mußte diesen Flug nehmen, damit die weiterführenden Pläne genau koordiniert werden konnten.

Auf dem Rückweg zur Arbeit pfiff Jan vor sich hin – ein Stück aus ›Mögen die Schafe sicher grasen‹. Die Ironie dieses Titels in bezug auf seine augenblickliche Lage entging ihm nicht. Er würde nie wieder sicher grasen – und er war froh darüber. Seit dem Beginn der Überwachung war er übervorsichtig gewesen, er war wie auf Eiern gegangen. Aber damit war jetzt Schluß. Das Zusammensein mit Sara, der liebevollen Sara, hatte unter die Zeit vager Ängste einen Schlußstrich gezogen. Er würde nicht einfach aufhören, nur weil man ihn genau beobachtete. Seine Arbeit wurde dadurch erschwert, aber nicht verhindert. Er würde nicht nur weiter im Widerstand mitmachen, er würde auch ein wenig eigenen Widerstand leisten. Als Spezialist für Mikroschaltungen interessierte es ihn schon sehr, welche Art Geräte die Überwachungsbehörden sich hatten einfallen lassen.

Bis jetzt war seine Sache erfolglos geblieben. Er hatte ein neues

Notizbuch kaufen müssen, als Ersatz für das, welches er auseinandergerissen hatte, dann mußte er sich eine neue Identitätskarte besorgen, weil er die alte unabsichtlich zerstört hatte. Heute bearbeitete er seinen Schreibstift, den Goldstift, den Liz ihm zu Weihnachten geschenkt hatte. Ein günstiges Versteck für eine Wanze, da er das Ding meistens bei sich hatte. Auch jetzt hatte er das Schreibgerät im Ärmel – vorsichtig dort verstaut, als er sicher war, nicht optisch beobachtet zu werden. Auf seinem Programm stand eine gründliche Untersuchung.

Er überprüfte die Stromkreise und stellte fest, daß die Instrumente an seinem Arbeitsplatz noch nicht verwanzt waren. Als er sein ungenehmigtes Forschungsproblem in Angriff nahm, hatte er feststellen müssen, daß sein elektronisches Mikroskop und sämtliche elektronischen Instrumente angezapft waren und ihre Informationen an einen kleinen Sender abgaben. Nach dieser Entdeckung benutzte er das optische Mikroskop und sorgte dafür, daß ein 4000-Volt-Kurzschluß in den Sender fuhr. Das Gerät war daraufhin verschwunden und war nicht ersetzt worden.

Der Stift ließ sich leicht auseinandernehmen, und er untersuchte jedes Teil gründlich unter dem Mikroskop. Nichts. Die gewalzte Metallhülle kam ihm zu dünn vor, um Funktionsteile zu enthalten; für den Fall, daß er sich doch irrte, schickte er ein paar Volt hindurch und setzte sie Hitze aus – ein Vorgehen, das jede gedruckte Schaltung aus dem Rennen werfen mußte. Er wollte das Ding schon wieder zusammensetzen, als ihm aufging, daß er den Tintenbehälter noch nicht untersucht hatte.

Dieser Teil seiner Arbeit war ziemlich schmutzig, brachte ihn aber ans Ziel. Mit der Spitze eines befleckten Fingers rollte er den kleinen Zylinder hin und her. Dick wie ein Reiskorn und etwa zweimal so lang. Mit Mikroinstrumenten nahm er das Gebilde auseinander und bestaunte die Schaltungen und die elektronische Miniaturisierung. Die Hälfte der Wanze war eine Art Batterie, doch in Anbetracht des geringen Energieaufwandes konnte das Ding mindestens sechs Monate laufen, ohne wieder aufgeladen werden zu müssen. Ein Druckmikrofon, das die gesamte Oberfläche des Tintenvorrats als Geräuschaufnahme benutzte, raffi-

niert! Unterscheidungsschaltungen, die Zufallsgeräusche ausließen und das Gerät nur bei menschlichen Stimmen auf Aufnahme stellten. Aufzeichnung auf Molekularbasis. Sender-Empfänger-Schaltung, die bei Ansprache durch die richtige Frequenz und das vorgegebene Signal den gesamten Speicherinhalt mit hoher Geschwindigkeit abstrahlte. Viel Arbeit steckte in diesem winzigen Ding, das ihn bespitzelte. Fehlgeleitete Technologie – wie es in der Entwicklung der Technik so oft geschehen war. Jan fragte sich, ob der Stift präpariert worden war, ehe Liz ihn ihm geschenkt hatte. Dafür hätte Thurgood-Smythe mühelos sorgen können. Sie hatte ihrem Mann einen gleichen Stift zu Weihnachten geschenkt, und es wäre für ihn kein Problem gewesen, die beiden zu vertauschen.

In diesem Augenblick hatte Jan den großartigen Einfall. Es war zwar eine Art Bravourstück, ein nicht ungefährlicher Gegenschlag – aber er würde es tun, egal wie riskant die Sache war! Er konzentrierte sich auf die Analyse des Abhörgeräts und trennte sorgfältig die Read-Only-Memory-Sektion des Sender-Empfängers heraus. So etwas machte ihm Spaß. Als er fertig war, richtete er sich auf und massierte seine verkrampften Schultern, so gut es ging. Dann rief er seine Schwester an.

»Liz – ich habe eine tolle Nachricht für dich. Ich fliege zum Mond!«

»Ich dachte eher, du wolltest dich bedanken, weil ich die hübsche Irin zum Essen eingeladen habe.«

»Ja, das auch, sehr nett von dir. Ich erzähle dir von ihr, wenn ich mal wieder bei euch bin. Aber hast du nicht gehört, was ich gesagt habe? Ich fliege zum Mond!«

»Ich hab's gehört. Aber was ist daran so toll, Jan? Die Leute fliegen doch ständig hinauf.«

»Natürlich. Aber wolltest du nicht mal selbst so eine Reise machen?«

»Eigentlich nicht. Ich stelle mir den Mond ziemlich kalt vor.«

»Ja, da hast du wohl recht. Besonders wenn man keinen Raumanzug anhat. Ich fliege in Wirklichkeit nicht zum Mond, sondern zu einem Satelliten. Aber die Sache ist wichtig, und Smitty ist vielleicht derselben Meinung, und ich möchte euch alles darüber erzählen. Zur Feier des Tages führe ich euch heute abend zum Essen aus.«

»Wie nett! Aber es geht nicht. Wir sind zu einem Empfang eingeladen.«

»Dann auf einen Drink, bei euch. Da spare ich ja viel Geld. Sechs Uhr, ist es dir recht?«

»Wenn du meinst. Aber ich verstehe nicht, warum du so eilig ...«

»Jungenhafte Begeisterung, weiter nichts. Dann bis sechs.«

Thurgood-Smythe kehrte erst gegen sieben Uhr nach Hause zurück, und Elizabeth zeigte kein großes Interesse an Satelliten oder der Raumfahrt. Nachdem Jan das Thema Orla erschöpft hatte, wandte er sich dem Barwagen zu und mixte einen großen Krug Cocktails. Eine neue Mischung namens Todestal, trocken, heiß und tödlich – so hatte der Barkeeper ihm erklärt –, und bei den Damen sollte man auf den größten Teil des Tabasco verzichten. Thurgood-Smythe stürmte gehetzt herein, verzog über den Drink die Lippen und hörte mit halbem Ohr auf die Satelliten-Neuigkeit, die Jan zu berichten hatte. Die bestimmt keine Neuigkeit mehr für ihn war, wenn er Überwachungsberichte erhielt. Jan ging ihm nach und hatte keine Mühe, die Goldstifte auszutauschen, als sein Schwager die Jacketts wechselte.

Wahrscheinlich würde nichts daraus werden, aber es bereitete ihm eine diebische Freude, nun einmal die Lauscher zu belauschen. Als er ging, waren Liz und sein Schwager froh, ihn los zu sein.

Auf dem Nachhauseweg hielt er vor einem vierundzwanzig Stunden geöffneten Laden und tätigte die Einkäufe, die man ihm aufgetragen hatte. Später am Abend würde er wieder mit Sara zusammentreffen; er hatte genaue Anweisungen erhalten.

In seine Wohnung zurückgekehrt, suchte er sofort das Badezimmer auf und zog das Testgerät aus dem Futteral an seinem Gürtel. Er arbeitete damit jeden Tag, seit er in der Lampe über dem Waschbecken eine optische Wanze gefunden hatte. Die Beeinträchtigung seines Privatraums war eine Sache, schlechter Geschmack aber eine andere, so hatte er sich brüllend geäußert, während er das Ding herausriß. Seither war eine Art unausgesprochenes Arrangement in Kraft. Er machte keinen Versuch, in der übrigen Wohnung nach Abhörgeräten zu suchen; dafür verzichtete die Überwachung darauf, ihre optischen Geräte in der Toilette einzubauen; jedenfalls soweit er feststellen konnte. Sein Testgerät zeigte nach wie vor Grün.

Er ließ Wasser in die Wanne laufen; das mußte die akustischen Instrumente übertönen. Es gab so viele Methoden, Geräusche und Stimmenklang aufzufangen, daß er gar nicht erst den Versuch machte, alle Möglichkeiten durchzuprüfen. Er wollte sein Tun lediglich tarnen, so gut es ging. Es badete schnell, während das Wasser noch lief, rieb sich trocken und kleidete sich völlig neu ein mit den Sachen, die er gekauft hatte. Unterwäsche, Socken, Schuhe, dunkle Hosen, ungefähr die Farbe der Hose, die er eben ausgezogen hatte – Hemd und Pullover. Die abgelegte Kleidung kam in die Tasche, in der er seine Erwerbungen hergebracht hatte. Er zog den Mantel über, knöpfte ihn sorgsam bis zum Kinn zu, nahm Handschuhe und Hut und verließ die Wohnung, wobei er die Sachen mitnahm. Während all die Wanzen, die darin steckten, wie verrückt sirrten und aufzeichneten.

Er warf einen Blick auf die Uhr am Armaturenbrett und fuhr langsamer. Er mußte genau um neun Uhr am Treffpunkt sein. Nicht früher und nicht später. Es war ein klarer Abend, und nur wenige Leute waren noch unterwegs. Er bog in die Edgware Road ein und fuhr gemächlich in Richtung Little Venice. Das Radio spielte, ein wenig lauter als sonst, doch die Musik gehörte ebenfalls zum Plan.

Es war genau neun Uhr, als er auf der Brücke über den Regent's Canal anhielt. Ein Mann kam aus der Dunkelheit und ergriff die Wagentür, die Jan ihm öffnete. Das Gesicht war unter einem breiten Schal verborgen. Der Fremde zog die Tür zu, ohne das Schloß klicken zu lassen, und fuhr weiter. Jans Identität und Wanzen begleiteten den Wagen, zusammen mit Mantel, Schuhen und Kleidung. Bis er in den Wagen zurückkehrte, würden die Sicherheitsbehörden nicht wissen, wo er sich befand, sie konnten ihn nicht sehen oder hören. Vom Treidelpfad am Kanal winkte ihm ein Mann zu.

Jan folgte ihm in etwa zehn Schritten Abstand, ohne den Versuch zu machen, den anderen einzuholen. Der Wind war kalt und pustete mühelos durch den Pullover. Fröstelnd zog er die Schultern hoch und rammte die Hände in die Taschen. Der Schnee verschluckte das Geräusch der Schritte, die Nacht war still bis auf das leise Plärren eines Fernsehgeräts in der Nähe. Der zugefrorene Kanal war eine einzige weiße Fläche. Die Männer erreichten einige Kanalboote, die am Ufer festgemacht waren. Der vorausgehende Mann schaute sich um, sprang an Bord des zweiten Schiffes und verschwand. Jan tat es ihm nach; er ertastete in der Dunkelheit die hintere Tür und schob sie auf. Jemand schloß sie hinter ihm, dann ging das Licht an.

»Kalter Abend«, sagte Jan und betrachtete das Mädchen am Tisch. Ihre Züge waren unter einem Gesichtsveränderer nicht auszumachen, doch Haar und Figur wiesen eindeutig auf Sara hin. Der Mann, dem er gefolgt war, zeigte ein vertrautes Lächeln, das einige Zahnlücken freilegte.

»Fryer«, sagte Jan und drückte dem anderen kräftig die Hand. »Wie schön, Sie wiederzusehen!«

»Ganz meinerseits. Wie ich sehe, haben Sie Ihr kleines Abenteuer überlebt und sich dabei noch herausgemacht.«

»Wir haben nicht viel Zeit«, sagte Sara streng. »Und es gibt viel zu tun.«

»Ja Ma'am«, antwortete Jan. »Haben Sie einen Namen, oder nenne ich Sie einfach Ma'am, als wären Sie die Königin?«

»Sie können mich Majestät nennen, mein guter Mann.« Ihre Stimme triefte vor Bosheit, und Fryer wandte den Kopf.

»Hört sich an, als hättet ihr beide euch schon mal getroffen. Alter Knabe, wir werden Sie also König nennen, weil ich mich nicht mehr daran erinnern kann, welchen Namen Sie das letztemal benutzt haben. Unten in der Bilge habe ich gutes Bier, das hole ich jetzt, dann kümmern wir uns um die Sache, wegen der wir hier sind.«

Es blieb den beiden Zeit für eine kurze Umarmung, ehe Fryer klappernd die Treppe heraufkam.

»Da, für Sie«, sagte Fryer und stellte zwei schwere Flaschen auf das Deck. Daneben setzte er einen Metallkasten ab und holte ein Handtuch aus der Kombüse, um alles trockenzureiben. Auf dem Tisch standen Gläser; Jan schraubte eine Flasche auf und schenkte ein.

»Selbstgebraut«, sagte Fryer. »Besser als das Gesöff, das man in den Bars bekommt.« Er leerte sein Glas mit einem Zug und begann die Verschlüsse des Kastens zu öffnen, während Jan ihm nachschenkte. Als der Deckel abging, nahm Fryer zwei kleine Umschläge aus Aluminiumfolie aus dem Kasten und legte sie auf den Tisch.

»Von außen sind das ganz normale Fernsehaufzeichnungen«, sagte Sara. »Du könntest sie sogar zu Hause auf deinem Gerät abspielen. Das eine ist ein Orgelkonzert, das andere ein lustiges Unterhaltungsprogramm. Tu diese Aufnahmen in das Gepäck, das du mitnimmst – vermengt mit eigenen Aufzeichnungen. Gib dir keine Mühe, sie zu verstecken. Solche Kassetten sind bei den Raumfahrern alltäglich, es gibt sie dort oben zu Hunderten.«

»Warum sind die aber etwas Besonderes?« fragte Jan.

»Fryer gehen Sie mal an Deck und schauen sich um?« bat Sara.

»So ist's recht, Majestät. Was man nicht weiß, kann man nicht verraten.«

Der Mann nahm sich die volle Flasche Bier und verließ die Kabine. Die Tür hatte sich kaum hinter ihm geschlossen, als Sara den Gesichtsveränderer abriß und Jan sie in die Arme nahm. Er küßte sie mit einer Leidenschaft, die beide überraschte.

»Jetzt nicht, bitte, wir haben so wenig Zeit«, sagte Sara und versuchte ihn zurückzudrängen.

»Wann haben wir denn Zeit? Sag's mir sofort, sonst lasse ich dich nicht los!«

»Jan – morgen, ja, morgen. Hol mich vom Klub ab, dann gehen wir zum Abendessen.«

»Und der Nachtisch?«

»Du weißt, was du zum Nachtisch bekommst.« Sie lachte und löste sich von ihm. Vorsichtshalber nahm sie auf der anderen Seite des Tisches Platz.

»Vielleicht hat meine Schwester recht«, sagte Jan. »Vielleicht bin ich doch der Typ, der sich verliebt ...«

»Bitte red nicht so! Weder jetzt – noch überhaupt. Wir haben nur zehn Minuten Zeit, bis dein Wagen zurückkommt. Wir müssen die Sache zu Ende besprechen.«

Er öffnete den Mund, um etwas zu sagen – verzichtete aber darauf. Statt dessen nickte er, und sie entspannte sich. Aber er bemerkte, daß sie unbewußt die Hände rang. Sie würden sich morgen unterhalten. Sara schob ihm die Aufzeichnungen hin, dann zog sie den Gesichtsveränderer wieder über.

»Das hier ist das wichtige, das Orgelkonzert«, sagte sie. »Ich weiß nicht, wie es gemacht wird, doch in die statischen Hintergrundgeräusche ist eine Computerspeicherung hineingearbeitet worden.«

»Aber ja! Was für eine interessante Vorstellung! Jede Speicherung in einem Computer besteht aus zwei Signalen, einem Ja und einem Nein, mehr gibt es im binären System nicht. Ein solcher Speicher könnte also gestreckt, moduliert, in der Frequenz verändert werden und dann als scheinbar zufällige Phasen von Oberflächengeräuschen hineingespielt sein. Und ohne den Schlüssel kann niemand die Zeichen lesen.«

»So muß es wohl sein. Auf dem gleichen Weg haben wir uns schon früher verständigt. Aber der Weg ist mühsam und langsam, und viele Aufzeichnungen kommen nicht an. Nun haben wir ein neues System ausgearbeitet, und die Einzelheiten befinden sich auf dieser Scheibe. Diese Aufzeichnung *muß* durchkommen. Die Lage dort oben ist explosiv, und die Lunte wird brennen sobald wir eine verläßliche Kommunikation etabliert haben. Das ist dann nur der Anfang. Andere Planeten werden folgen.«

»In Ordnung«, sagte Jan, schob sich die Umschläge in die Hemdtasche und knöpfte die Klappe zu. »Aber warum zwei?«

»Unser Kontaktmann an Bord des Tiefraumers ist davon überzeugt, daß man ihm auf die Schliche gekommen ist, daß die Aufzeichnung abgefangen werden soll. Du wirst dem ersten Mann, der dich anspricht, also diese falsche Aufzeichnung geben. Heb dir die echte Aufzeichnung für den echten Agenten auf.«

»Woher weiß ich, was ich tun soll?«

»Man wird dich beobachten. Sobald du es gewöhnt bist, im All zu arbeiten, bist du auf dich allein gestellt. Dann sollst du angesprochen werden. Wer immer Kontakt mit dir aufnimmt, wird den Satz benutzen: ›Haben Sie kürzlich ihre Sicherheitsleine überprüft?‹ Dem gibst du die Aufzeichnung.«

»Die falsche?«

»Richtig. Der echte Agent spricht dich anschließend auf die richtige Aufzeichnung an.«

»Das hört sich alles sehr kompliziert an.«

»Das muß es auch sein. Halte dich nur an die Befehle!«

Die Kabinentür öffnete sich einen Spalt breit, und Fryer meldete sich durch die Öffnung.

»Der Wagen kommt in zwei Minuten«, sagte er. »Gehen wir!«

18

Im Anfang unterschied sich der Shuttleflug kaum von einer Reise in einem ganz normalen Düsenflugzeug. Jan war schon oft genug geflogen, um nicht mehr aufgeregt zu sein. Während des Fluges über den Atlantik hatte er hauptsächlich gelesen. Beim Landeanflug beschränkte sich sein optischer Eindruck von Cape Canaveral auf die tropischen Wolkenbänke, die darüber lagen. Eine Rampe schloß die Maschine zum Terminal hin an, und durch eine zweite Rampe war er an Bord des Shuttle gegangen. Abgesehen von den fehlenden Fenstern war das Innere mit dem eines regulären Passagierflugzeugs zu vergleichen. Der Fernsehschirm vor jedem Sitz zeigte eine beruhigende Wiesenlandschaft mit sich wiegenden Lilien und wallenden weißen Wolken, dazu erklangen die Töne von Beethovens Pastoralsymphonie. Der Start, der ein Maximum von anderthalb G brachte, war zwar stärker als bei einem normalen Flug, aber nicht unerträglich. Selbst nachdem der Schutz vor der Bugkamera zurückgeglitten war und die Lilien dem Weltraum

Platz gemacht hatten, kam ihm das Ereignis noch nicht weiter ungewöhnlich vor. Es konnte sich genausogut um ein Fernsehprogramm handeln. Erst als die Beschleunigung völlig aufhörte und das Shuttle im freien Fall war, trat der wesentliche Unterschied hervor. Trotz der vorbeugenden Pillen, die alle Passagiere genommen hatten, war die psychologische Wirkung stark genug, um etliche Mägen durcheinanderzubringen. Der Steward hatte alle Hände voll zu tun mit den Beuteln – und mit einem Handstaubsauger für die Dinge, die an den Tüten vorbeigegangen waren.

Die Realität der Szene machte sich vollends bemerkbar, als vor dem Schiff ein Stern immer heller wurde und allmählich Gestalt annahm. Die Satellitenstation. Ein spezialisierter Satellit für Raumschiffe. Hier legten die Tiefraumer an, Schiffe, die im Vakuum des Weltalls gebaut worden waren und niemals in eine Planetenatmosphäre eintauchen konnten. Versorgt wurden sie durch gedrungene, geflügelte Shuttleflugzeuge, Gebilde, die auf dem Planeten landen und von dort wieder starten konnten. Außerdem waren spinnenartige Raumfrachter zu sehen, skelettartige Schiffe, die die irdischen Satelliten warteten, sie reparierten oder austauschten, wenn es erforderlich war. Und hier lag der Grund für Jans Reise. Eine Reise, die hoffentlich einen doppelten Zweck erfüllte.

Getrieben von kurzen Stößen aus den Lenkdüsen, trieb das kleine Shuttle auf die Masse der Station zu, in der letzten Phase durch die Computer der Station gelenkt. Ein leichtes Zittern lief durch die Zelle, als es zur Berührung der Landepolster kam, aber es gab kein Abprallen, denn sofort traten die magnetischen Greifer in Aktion. Kurz darauf leuchtete das grüne Licht über der Tür, und der Steward drehte den Verschlußmechanismus. Fünf uniformierte Männer kamen an Bord. Sie stießen sich mühelos ab und schwebten längs durch die Kabine. Dann hielten sie sich an Handgriffen fest und bremsten ihre Bewegung geschickt ab.

»Sie haben alle gesehen, wie es gemacht wird«, sagte der Steward. »Aber bitte versuchen Sie es nicht selbst, ehe Sie eigene Erfahrungen gemacht haben. Die meisten Herren verfügen über technische Kenntnisse und wissen daher, was ich meine, wenn ich darauf aufmerksam mache, daß ein Körper im freien Fall kein Gewicht hat – aber noch seine Masse. Wenn Sie sich abstoßen und mit dem Kopf gegen die Wand prallen, wird ihnen zumute sein, als hätten Sie die Wand mit dem Kopf voran getroffen. Bitte bleiben Sie also sitzen, wie man Ihnen gesagt hat, und behalten Sie die Gurte um. Die Helfer werden Sie nacheinander hinausbringen. Vorsichtig, als würden Sie von Ihrer Mutter umarmt.«

Während der Steward noch redete, lösten vier Männer in den ersten Reihen ihre Gurte und strampelten sich frei. Nach ihren Bewegungen zu urteilen, waren es erfahrene Raumfahrer. Jan war so klug, es gar nicht erst versuchen zu wollen. Er öffnete seinen Gurt, als er die Anweisung dazu erhielt, und fühlte sich hochgehoben und durch den Kabinenraum gezogen.

»Halten Sie sich am Kabel fest und lassen Sie erst los, wenn Sie das andere Ende erreicht haben.«

Ein gummiartiges endloses Kabel kam aus einem Loch in der Wand der Verbindungsröhre und bewegte sich in gleichförmigem Tempo der Station entgegen. Ein silbriger Streifen in der Röhre mußte ein schwaches Magnetfeld verbreiten, und zweifellos hatte das Kabel einen Metallkern – denn es klebte an der Wand fest und bewegte sich mit einem aufreizenden Quietschen. Allerdings ließ es sich mühelos lösen. Jan hielt sich daran fest und wurde durch die Röhre in einen kreisförmigen Empfangsraum am anderen Ende gezogen.

»Lassen Sie los!« rief der Mann, der ihn dort erwartete. »Ich bremse Sie ab.« Er bewegte sich mühelos und schwang Jan auf das Geländer zu, hinter dem er sich mit den Zehen festgehakt hatte. »Ob Sie sich Hand über Hand zur Öffnung im Transferraum ziehen können?«

»Ich kann es nur versuchen«, sagte Jan und nahm die nicht allzu leichte Aufgabe in Angriff. Es klappte ganz gut, obwohl seine Beine die Neigung entwickelten, ihm über den Kopf hinweg voranzuschweben – wenn das überhaupt das richtige Wort war. Eine Leiter führte in den Transferraum hinab, der auf der anderen Seite eine offene Tür hatte. Vier Männer hielten sich bereits in dem dahinterliegenden kleinen Raum auf, und der Helfer schloß die Tür, als Jan drinnen war. Der Raum begann sich seitlich zu bewegen.

»Während wir beschleunigen, um uns der Rotation der Station anzupassen, kehrt allmählich Ihr Gewicht zurück. Die rote Wand wird der Fußboden sein. Bitte orientieren Sie sich in die Richtung, damit Sie darauf zu stehen kommen.«

In dem Maße, wie die Drehung zunahm, steigerte sich das scheinbare Gewicht. Als der Transferraum an die Rotationsgeschwindigkeit der Station angepaßt war, standen sie sicher auf einem Boden und warteten darauf, daß der Assistent das Luk öffnete. Eine ganz normale Treppe führte in die Station hinab. Jan ging diesen Weg als erster. Die Treppe führte in einen größeren Raum mit etlichen Ausgängen. Ein großer blonder Mann wartete hier; er blickte den Neuankömmlingen entgegen und kam schließlich auf Jan zu.

»Ingenieur Kulozik?« fragte er.

»Richtig.«

»Ich bin Kjell Norrval.« Er streckte Jan die Hand hin. »Zuständig für Satellitenwartung. Es freut mich, Sie bei uns begrüßen zu können.«

»Ganz meinerseits. Es ist schon aufregend, ins Weltall hinauszufliegen.«

»Wir sind hier nicht gerade im interstellaren Raum – aber trotzdem ist der Weg zur Erde weit. Hören Sie, ich weiß nicht, ob Sie Hunger haben oder nicht, aber ich habe gerade meine Schicht hinter mir, mir hängt der Magen bis an die Kniekehlen.«

»Lassen Sie mir ein paar Minuten Zeit, dann kann ich sicher auch wieder essen. Dieser Wechsel in die Schwerelosigkeit und zurück ist nicht gerade einfach für den Magen.«

»Und auch nicht die Reise in dem Spuck-Expreß mit all den weißen Beuteln ...«

»Kjell, ich bitte Sie ...«

»Entschuldigung. Themawechsel. Es freut mich, Sie hier zu haben. Der erste Ingenieur aus den Londoner Labors seit gut fünf Jahren.«

»Das ist doch nicht möglich!«

»Und ob! Die Leute sitzen da unten auf ihrem dicken Hintern – davon nehme ich Sie natürlich aus – und schreiben uns vor, was wir hier oben tun und lassen sollen, ohne unsere Probleme im geringsten zu verstehen. Sie sind uns also wirklich willkommen, das ist durchaus ehrlich gemeint. Sie verzeihen mir meine schlechten norwegischen Scherze, ja?«

»Ja natürlich. Sobald ich mich ein wenig eingewöhnt habe, werde ich selbst welche machen.«

»Hier hinein.«

Leise Hintergrundmusik spielte im Speisesaal, der mit Geschmack eingerichtet worden war. Die Blumen an den Wänden sahen nur ganz aus der Nähe wie Plastik aus. Einige Männer standen am Selbstbedienungstresen an, doch Jan hatte noch keine Lust, sich so dicht an Speisen heranzuwagen.

»Ich suche uns einen Tisch«, sagte er.

»Soll ich Ihnen etwas mitbringen?«

»Eine Tasse Tee, weiter nichts.«

»Kein Problem.«

Jan versuchte, sich das Essen, das Kjel mit Begeisterung hinunterschlang, nicht zu genau anzusehen; der Tee dagegen bekam ihm sehr gut, und er war damit zufrieden.

»Wann kann ich mir den Satelliten ansehen?« fragte Jan.

»Sobald wir hier fertig sind, wenn Sie wollen. Ihr Gepäck wartet sicher schon in Ihrem Raum. Ehe ich es vergesse, hier ist der Schlüssel dazu, die Nummer steht darauf. Ich zeige Ihnen, wie ein Raumanzug funktioniert, dann können wir los.«

»Ist es denn so einfach – ins All hinauszugehen?«

»Ja und nein. Die Anzüge sind so narrensicher, wie man sie überhaupt machen kann. Das ist kein Sorgenpunkt. Die einzige Methode, sich mit der Arbeit bei Null-G vertraut zu machen, ist, hinauszugehen und anzufangen. Sie werden nicht frei fliegen, das erfordert viel Übung. Ich nehme Sie aber in einem Antriebsanzug mit hinaus und mache Sie fest. Auf demselben Weg hole ich Sie zurück. Sie können arbeiten, so lange Sie wollen, um sich mit dem Gebrauch des Werkzeugs vertraut zu machen, und wenn Sie genug haben, rufen Sie mich einfach über Funk. Dort draußen sind Sie nie allein. Einer von uns ist garantiert innerhalb von sechzig Sekunden bei Ihnen. Sie brauchen sich keine Sorgen zu machen.«

Kjell schob seinen Teller zurück und nahm eine große und grellrote Portion Nachtisch in Angriff. Jan wandte den Blick ab. Die Maserung der Wandverkleidung kam ihm in diesem Augenblick besonders attraktiv vor.

»Keine Fenster«, sagte Jan fest. »Ich habe seit der Ankunft noch kein Fenster gesehen.«

»Die werden Sie hier auch nicht finden – das einzige haben wir im Kontrollturm. Wir befinden uns hier in einer geosynchronen Kreisbahn, wie die meisten Satelliten. Außerdem direkt im Van-Allan-Gürtel. Dort draußen gibt's verflixt viel Strahlung, die durch diese Wände gut abgeschirmt wird. Die Anzüge, die wir nehmen, sind ebenfalls gut abgesichert – trotzdem gehen wir bei Sonnenstürmen nicht hinaus.«

»Wie sieht's im Moment aus?«

»Ruhig. Und müßte auch so bleiben. Fertig?«

»Gehen Sie voraus!«

Was immer sich in den Raumanzügen hatte automatisieren lassen, war entsprechend eingerichtet – mit mehrfachen Sicherungs- und Notschaltungen. Innentemperatur, Sauerstoffbedarf, Feuchtigkeitskontrollen – alles wurde vom Computer gesteuert. Wie auch die Kontrolleingabe.

»Sie reden einfach mit dem Anzug«, sagte Kjell. »Nennen Sie ihn Anzugkontrolle, fordern Sie, was sie wollen, und beenden Sie Ihre Anordnungen mit den Worten ›Ende Anzugkontrolle‹. Etwa so.« Er hob den bogenförmigen Helm und sprach hinein. »Anzugkontrolle, gib mir einen Zustandsbericht.«

»*Unbesetzt, alle internen Kontrollen abgeschaltet, Sauerstofftank gefüllt, Batterien voll aufgeladen.*« Die Stimme klang mechanisch, war aber gut zu verstehen.

»Gibt es bestimmte Kommandos oder Kennsätze?« fragte Jan.

»Nein, Sie müssen nur deutlich sprechen, die Unterscheidungsschaltungen weden dann die Kommandoworte und Phrasen schon sortieren. Der Apparat fragt zurück, wenn es Zweifel gibt, und wiederholt jede Anordnung, ehe er sie durchführt.«

»Das klingt recht einfach – ich hoffe, es ist auch wirklich so. Fangen wir an?«

»Je eher, desto besser. Setzen Sie sich und schieben Sie Ihre Beine hier hinein ...«

Es ging leicht vonstatten, und Jans Vertrauen in die Mechanik des Anzugs wurde gefestigt, als sie ihn darauf aufmerksam machte, daß sein rechter Handschuh nicht ganz dicht war. Mit aufgesetztem Helm stapfte er hinter Kjell in die Luftschleuse. Sein Anzug verlor die Falten, als der Druck sank, und als das Vakuum vollkommen war, entriegelte sich automatisch die Außentür.

»Los geht's!« sagte Kjells Stimme über die direkte Funkverbindung. Er schob Jan durch die Öffnung.

Sie befanden sich auf der dunklen Seite der Station. Nichts hatte Jan auf den Anblick der Sterne vorbereitet, ungedämpft durch Atmosphäre oder Bildschirm. Es schienen viel zu viele zu sein: sie füllten das gesamte Panorama. Unterschiedlich in Helligkeit und Farbe. Er kannte den arktischen Himmel bei Nacht – aber das war nur ein ungefährer Eindruck von der Pracht und Schönheit, die die Leere ringsum erfüllte. Mehrere Minuten vergingen, ohne daß er es merkte, dann meldete sich Kjell zu Wort.

»Beim erstenmal ist es immer so – da ist es etwas Besonderes. Man gewöhnt sich aber nie ganz daran.«

»Unglaublich!«

»Und die Sterne verschwinden nicht – wir könnten also doch noch etwas arbeiten.«

»Entschuldigung.«

»Sie brauchen sich nicht zu entschuldigen. Mir geht's ja genauso.«

Kjell flog sich und seinen Begleiter mit Düsenkraft zu einem Komsatelliten, der an einer Spante festgemacht war. Die Masse eines Tiefraumers lag unweit davon. Einige Männer arbeiteten an der Schiffshülle, und zwischen ihnen flackerte zuweilen das grelle Licht eines Laserschweißers auf. Hier im Weltall, in der richtigen Umgebung, wirkte der Kommunikationssatellit eindrucksvoller als

je zuvor im sterilen Labor auf der Erde. Die Jahre im Beschuß der Mikropartikel hatten das Äußere sehr in Mitleidenschaft gezogen. Die Männer machten daran fest, und Jan zeigte Kjell die Abdeckungen, die er gelöst haben wollte. Er verfolgte interessiert, wie Kjell mit dem gegenrotierenden elektrischen Schraubenzieher arbeitete. Dann versuchte er es selbst, zuerst ungeschickt, doch dann mit zunehmender Sicherheit. Nach einer Stunde spürte er Müdigkeit aufkommen und unterbrach die Arbeit. Sie kehrten in die Station zurück. Kurze Zeit später legte er sich zu Bett und schlief tief und lange.

Als sie in der nächsten Arbeitsperiode wieder hinausflogen, hatte er die Umschläge mit den Metallaufzeichnungen in der Tasche. Es machte keine Mühe, sie in die äußere Beintasche seines Raumanzugs zu schieben.

Am dritten Tag arbeitete er schon sehr gut. Kjell schien mit seinen Fortschritten zufrieden zu sein.

»Ich lasse Sie jetzt allein. Rufen Sie, wenn Sie Hilfe brauchen. Ich bin dort drüben im Inneren des Navsat.«

»Ich komme hoffentlich ohne Sie zurecht. Ich habe die Schaltungen draußen und komme mit den Prüfern überall heran – das müßte mich eine Weile beschäftigen. Vielen Dank für die Hilfe.«

»Ich danke vielmehr Ihnen. Diese Geräte warten seit Jahren auf Ihre meisterliche Hand.«

Jan mußte unter ständiger Beobachtung gestanden haben – oder sein Funk wurde abgehört. Wahrscheinlich beides. Er montierte noch seinen Monitorschirm, als hinter dem nahegelegenen Raumschiff eine Gestalt im Raumanzug hervorkam und mit geschickten Düsenstößen aus dem Rückenantrieb in seine Richtung zu schweben begann. Der Mann kam in Jans Nähe, bremste ab und brachte schließlich seinen Helm dicht an den Jans heran. Die Funkgeräte waren abgeschaltet, doch die Stimme war durch die Berührungsfläche deutlich zu hören.

»Haben Sie kürzlich Ihre Sicherheitsleine überprüft?«

Sein Gesicht war in dem spiegelnden Helm nicht auszumachen. Ungeschickt zog Jan die Aufnahme aus der Tasche und reichte sie durch den Strahl seiner Arbeitslampe. Es war die richtige Scheibe. Der Mann nahm sie ihm aus der Hand und stieß sich ab. Gleichzeitig drehte er sich.

Aus der Dunkelheit raste ein zweiter Mann herbei. Er bewegte sich schnell, schneller als Jan es bisher hier im Weltall erlebt hatte. Er befand sich auf Kollisionskurs und prallte lautlos gegen den ersten Mann. Gleichzeitig löste er das Laser-Schweißgerät aus, das er vor sich hielt.

Es war nur ein kurzer Strahl, ein Streifen grellroten Lichts, der durch Anzug und Mann ein klaffendes Loch riß. Sauerstoff puffte heraus und gefror zu einer Wolke winzigstrahlender Kristalle. Es gab keinen Funkalarm; der Angreifer mußte den Strahl so plaziert haben, daß gleichzeitig der Anzugcomputer zerstört wurde.

Jan war noch starr vor Schrecken, als der zweite Mann das Lasergerät an seiner Leine schwingen ließ, den toten Mann packte und gleichzeitig seine Antriebsdüsen auslöste. Sie mußten speziell angebrachte Hochdrucköffnungen haben, denn die beiden Gestalten entfernten sich sehr schnell – und trennten sich dann. Der Angreifer ließ den Toten los und gab Gegenschub. Der Tote raste weiter, und ein Kometenschweif gefrorenen Sauerstoffs zog hinter ihm her. Er wurde immer kleiner, schrumpfte zum Punkt und war schließlich verschwunden.

Der andere bremste neben Jan und streckte die Hand aus. Einen Augenblick lang wußte Jan nicht, was von ihm erwartet wurde – Tempo und Grausamkeit des Angriffs hatten ihn gelähmt. Dann griff er in die Tasche, nahm die zweite Aufzeichnung heraus und reichte sie dem Mann. Unwillkürlich zuckte er zurück, als der andere Helm sich bewegte und gegen den seinen drückte.

»Gut gemacht«, sagte die ferne Stimme.

Dann schoß der Fremde davon.

19

Zwei Tage später wurde Jan mitten in einer Schlafperiode durch das Schrillen des Telefons geweckt. Er blinzelte zur erleuchteten Zeitanzeige hinauf; er hatte nur etwa drei Stunden geschlafen. Er brummte mürrisch vor sich hin und drehte sich zum Gerät um. Sonja Amariglios Gesicht füllte den Bildschirm.

»Jan, sind Sie dort?« fragte sie. »Mein Bildschirm ist dunkel.«

Noch immer hoffend, daß er weiterschlafen konnte, schaltete er auf Infrarotaufnahme, anstatt das Licht anzumachen. Sein Bild kam nun schwarz-weiß durch, aber sicher deutlich genug.

»Ich hatte schon befürchtet, daß Sie schlafen würden«, sagte Sonja. »Es tut mir leid, wenn ich Sie geweckt habe.«

»Schon gut. Ich mußte ja sowieso aufstehen, um ans Telefon zu gehen.«

Sie schürzte konzentriert die Lippen – und lächelte. »Ach so. Verstehe, ein Witzchen!« Das Lächeln verschwand. »Der Grund für meinen Anruf ist sehr wichtig. Sie müssen sofort nach London zurückkehren. Unbedingt.«

»Ich bin hier eigentlich noch nicht fertig.«

»Tut mir wirklich leid. Aber Sie müssen die Arbeit ruhen lassen. Es ist schlecht zu erklären.«

Jan hatte plötzlich das unangenehme Gefühl, daß hier nicht ihr freier Wille am Werke war, sondern daß sie den Befehl erhalten hatte, ihn zurückzuholen. Er wollte nicht in sie dringen. »Na schön. Ich melde mich bei der Shuttle-Kontrolle und rufe Sie wieder an ...«

»Nicht nötig. Das Shuttle startet in etwa zwei Stunden, und man hat einen Platz für Sie gebucht. Sie schaffen es?«

»Ja, allerdings nur knapp. Ich melde mich, sobald ich unten bin.«

Jan unterbrach die Verbindung und schaltete das Licht ein. Gähnend rieb er sich das stoppelige Gesicht. Jemand wollte ihn schleunigst aus der Station schaffen und nach London zurückholen. Bestimmt die Sicherheitspolizei. Aber warum? Die Antwort lag auf der Hand. Im Weltall verschwanden nicht einfach Männer. Und doch war einer fort. Lag hier der Grund? Er hatte das dumme Gefühl, daß es sich genau darum drehte.

Die Rückkehr zur Erde fiel ihm leicht - er hatte sich gut an den freien Fall gewöhnt und kam sich seltsam schwer vor, als er auf der Erde die Rampe hinabschritt. In wenigen Tagen hatte er sich an die verminderte Schwerkraft an Bord der Station gewöhnt. Der Atlantikflug verlief gleichermaßen ohne Zwischenfälle; er schlief hauptsächlich. Die Lider waren ihm schwer, als er in Heathrow das Flugzeug verließ; nach einiger Zeit stellte sich trotzdem ein Gefühl des Ausgeruhtseins ein. Draußen herrschte wieder die Welt des Wetters, und er eilte erschaudernd zu seinem wartenden Wagen. Es hatte nun doch endlich zu tauen begonnen, und der Schnee wurde zu Matsch. Für jemand, der aus einer kontrollierten Umgebung kam, fühlte es sich trotzdem sehr kalt an. Der Mantel lag im Kofferraum, und er zog ihn hastig über.

Als er seine Wohnung betrat, fiel sein Blick sofort auf die Lampe am Telefon, die ihm ankündigte, daß eine Nachricht auf ihn wartete. Er drückte den Knopf und las den Text auf dem Bildschirm:

> ICH WARTE IN MEINEM BÜRO. BESUCHE MICH SCHNELLSTENS NACH DEINER ANKUNFT.
>
> THURGOOD-SMYTHE

Genau wie er erwartet hatte. Aber die Sicherheitsbehörden - und sein Schwager - konnten warten, bis er sich gewaschen und umgezogen und etwas Anständiges gegessen hatte. Die Rationen in der Station waren tiefgekühlt gewesen - nahrhaft und langweilig.

Während des Essens fiel Jan plötzlich ein, daß er während des Besuchs noch etwas tun konnte. Mitten in der Festung der Sicherheitsbehörde! Gefährlich - aber er konnte der Versuchung kaum widerstehen. Während er seine Taschen leerte und sich umzog, brachte er ein kleines Gerät an sich, das er nicht ohne Mühe konstruiert hatte. Jetzt würde sich erweisen, wie gut es funktionierte.

Die Sicherheitszentrale war ein mächtiger grauer Komplex aus fensterlosem Beton, der sich an der Nordseite von Marylebone erstreckte. Jan war schon einmal hier gewesen, ein Umstand, den der Zentralcomputer genau registriert hatte. Als er seine Kennkarte in den Schlitz vor der Garagentür schob, gab der Apparat sie sofort in seine Hand zurück und ließ die Tür aufrollen. Jan stellte den Wagen in der Besucherecke ab und betrat den Fahrstuhl, der ihn von allein in die Empfangsetage brachte.

»Guten Tag, Ingenieur Kulozik«, sagte das Mädchen hinter dem breiten Tisch und warf einen Blick auf ihren Schirm. »Wenn Sie bitte Lift drei nehmen würden.«

Er nickte und trat durch den Prüfbogen. Es gab ein leises Summen, und der Wächter hob den Blick von den Kontrollen.

»Würden Sie sich bitte hierher stellen, Euer Ehren«, sagte er.

So etwas passierte ihm zum erstenmal. Jan durchfuhr ein kalter Schauder, und er mußte sich zusammennehmen, damit der Wächter nichts merkte.

»Was stimmt mit der Maschine nicht?« fragte er. »Ich habe keine Waffe bei mir.«

»Tut mir leid, Sir. In der Tasche dort müssen Sie etwas Metallisches haben. Wenn Sie mir bitte gestatten würden ...«

Warum hatte er das Ding mitgebracht? Welche hirnverbrannte Idiotie hatte ihn zu solcher Torheit verleitet? Langsam steckte Jan die Hand in die Tasche, nahm das Gerät heraus, das er gebaut hatte und streckte es aus.

»Meinen Sie das?« fragte er.

Der Wächter warf einen Blick auf den Glühanzünder und nickte. »Ja, Sir. Genau das. Normalerweise wird aber durch Feuerzeuge kein Alarm ausgelöst.«

Er beugte sich vor und starrte das Ding an, er griff sogar danach. Jan hielt den Atem an. Dann senkte der Mann die Hand.

»Liegt sicher an der Vergoldung. Tut mir leid, daß ich Sie aufgehalten habe, Sir.«

Jan steckte Hand und Feuerzeug wieder in die Tasche und nickte – er konnte es nicht riskieren, etwas zu sagen. Dann schritt er zur offenen Tür des Fahrstuhls. Sie schloß sich hinter ihm, und er atmete auf und ließ das Feuerzeug aus der zusammengeballten

Faust in die Jackentasche fallen. Das war knapp gewesen, viel zu knapp. Er konnte nicht mehr riskieren, das Gerät zu aktivieren, das er in den Anzünder eingebaut hatte. Das wäre zu gefährlich.

Thurgood-Smythe saß hinter seinem Tisch und nickte kühl, als Jan das Büro betrat. Unaufgefordert ließ sich Jan in einen Sessel fallen und legte so lässig wie möglich die Beine übereinander. »Was soll das alles?« fragte er.

»Ich habe das Gefühl, daß du allmählich den größten Ärger bekommst.«

»Ich habe das Gefühl, nicht zu wissen, wovon du redest.«

Thurgood-Smythe richtete einen Finger wie eine Waffe auf seinen Schwager.

»Versuch mit mir keine Spielchen zu spielen, Jan«, sagte er grimmig. »Es hat schon wieder einen dummen Zufall gegeben. Kurz nach deinem Eintreffen in Station 12 verschwand ein Besatzungsmitglied aus einem der Raumer.«

»Ach? Und du glaubst, ich habe irgendwie damit zu tun?«

»Normalerweise würde ich nichts davon wissen, und es wäre mir auch egal. Aber der Mann gehörte zu uns.«

»Ein Sicherheitsbeamter? Ich begreife nicht, wieso du damit zu tun hast.«

»Wirklich nicht? Ich sorge mich nicht um den Mann, sondern um *dich.*« Langsam zählte er an den Fingern ab. »Du hast Zugang zu einem Terminal, über das eine illegale Informationsanforderung läuft. Dann warst du zufällig in Schottland, als es dort in einem Land Ärger gab. Und jetzt bist du gerade in dem Moment zur Stelle, als ein Mann verschwindet. Das alles gefällt mir nicht, Jan!«

»Zufall. Du hast es selbst gesagt.«

»Nein. Ich glaube nicht an Zufälle. Du bist irgendwie in Gesetzesübertretungen verwickelt ...«

»Hör zu, Smitty – du kannst mich nicht einfach so beschuldigen, ohne Beweise ...«

»Ich brauche keine Beweise. Wo käme ich da hin?« In Thurgood-Smythes Stimme lag eisige Kälte. »Wärst du nicht der Bruder meiner Frau, hätte ich dich sofort verhaften lassen. Du wärst fortgebracht und verhört worden, um anschließend in ein Lager zu kommen – wenn du noch gelebt hättest. Für den Rest deines Lebens. Was den Rest der Welt betrifft, wärst du einfach verschwunden. Dein Name würde aus den öffentlichen Registern gelöscht, dein Bankkonto würde plötzlich nicht mehr existieren, deine Wohnung wäre leer. So einfach ist das.«

»Du würdest das – tun?«

»Ich habe es schon mehr als einmal getan«, lautete die tonlose, überwältigende Antwort.

»Das glaube ich einfach nicht – es ist unvorstellbar, abscheulich! Allein auf dein Wort hin – wo bleibt die Gerechtigkeit ...«

»Jan. Du bist ein Dummkopf. In der Welt gibt es nur soviel Gerechtigkeit, wie jene, die die Welt lenken, zulassen, damit die Dinge glatt laufen. In diesem Gebäude gibt es keine Gerechtigkeit. Überhaupt keine. Begreifst du, was ich dir damit sage?«

»Ich verstehe dich schon, aber ich glaube einfach nicht, daß es stimmt. Du behauptest, das Leben, wie ich es kenne, existiert gar nicht als Realität ...«

»Nein. Und ich erwarte auch nicht, daß du mir glaubst. Worte sind nur Worte. Deshalb habe ich eine klare Demonstration für dich vorbereitet. Etwas, das du nicht abstreiten kannst.«

Thurgood-Smythe drückte während des Sprechens auf einen Knopf an seinem Tisch. Eine Tür ging auf. Ein uniformierter Polizist führte einen Mann in grauer Gefängniskleidung herein, ließ ihn vor dem Schreibtisch stehen und zog sich zurück. Der Mann verharrte reglos, blicklos ins Leere starrend. Sein Gesicht wirkte schlaff und ausdruckslos.

»Wegen Verstoß gegen das Rauschgiftgesetz zum Tode verurteilt«, sagte Thurgood-Smythe. »Eine solche Kreatur bringt für die Gesellschaft keinen Nutzen mehr.«

»Er ist ein Mensch, keine Kreatur.«

»Doch, jetzt ist er eine. Kortikale Löschung vor der Hinrichtung. Er hat kein Bewußtsein mehr, kein Gedächtnis, keine Persönlichkeit. Ein Stück lebendes Fleisch, weiter nichts. Jetzt beseitigen wir auch noch das Fleisch.«

Jan packte die Armlehnen seines Stuhls. Er brachte kein Wort heraus, während sein Schwager einen Metallkasten aus der Schreibtisch-Schublade nahm. Das Gebilde war mit einem isolierten Griff versehen und wies an der Vorderseite zwei Stahlruten auf. Thurgood-Smythe stellte sich vor den Gefangenen, preßte dem Mann die Ruten an die Stirn und drückte den Hebel im Griff.

Die Glieder des Mannes zuckten in abrupter schmerzhafter Kontraktion. Er bäumte sich auf, dann stürzte er zu Boden.

»Dreißigtausend Volt«, sagte Thurgood-Smythe und wandte sich zu Jan um. Seine Stimme war völlig ausdruckslos. Er kam quer durch das Zimmer auf Jan zu und hielt ihm das elektrische Gerät hin. »Es hätte genausogut um dich gehen können – es könnte um dich gehen – jetzt und in diesem Augenblick. Verstehst du, was ich damit sagen will?«

In entsetzter Faszination starrte Jan auf die Metallspitzen dicht vor seinem Gesicht; sie waren geschwärzt und rauh, verklebt mit bräunlichen Resten verschmorter Haut. Sie kamen näher, und er wich unwillkürlich davor zurück. In diesem Augenblick empfand er zum erstenmal große Angst um sich selbst. Und um die Welt, in der er lebte. Bis jetzt war er lediglich in ein kompliziertes Spiel verwickelt gewesen. Andere konnten dabei Schaden nehmen, niemals aber er. Nun kam ihm zu Bewußtsein, daß die Regeln, nach denen er sich gerichtet hatte, gar nicht existierten. Er spielte nicht mehr. Alles war blutiger Ernst. Das Spiel war vorbei.

»Ja«, sagte er, und seine Stimme klang heiser. »Ja, Mr. Thurgood-Smythe, ich begreife, was Sie mir sagen wollen.« Er sprach leise, er flüsterte beinahe. »Wir führen hier kein Streitgespräch, keine Diskussion.« Er blickte auf den verkrümmten Leichnam zu seinen Füßen. »Du willst mir etwas mitteilen, nicht wahr? Etwas, das ich tun soll – das ich tun werde.«

»Richtig.«

Thurgood-Smythe kehrte zu seinem Tisch zurück und verstaute das Gerät. Die Tür ging auf; der Polizist kehrte zurück und schleifte die Leiche hinaus; er hatte die Beine gepackt und ließ den Kopf in schrecklicher Weise über den Boden hüpfen. Jan wandte den Blick ab und schaute wieder seinen Schwager an.

»Wegen Elizabeth«, sagte Thurgood-Smythe, »und das ist mein einziger Grund – wegen Elizabeth werde ich dich nicht fragen, wie tief du im Widerstand steckst, ich weiß allerdings, daß du damit zu tun hast. Du hast meinen Rat mißachtet, jetzt wirst du dich nach meinen Anweisungen richten. Du wirst dieses Haus verlassen und jeden Kontakt aufgeben, jede Tätigkeit für diese Leute einstellen. Für immer. Wenn du wieder in Verdacht kommst, wenn du in irgendeiner Weise mit illegalen Vorgängen in Verbindung gebracht wirst – von dem Augenblick an werde ich nichts mehr tun, um dich zu schützen. Man wird dich auf der Stelle verhaften, hierherbringen, verhören und lebenslang einsperren. Ist das klar?«

»Klar.«

»Lauter! Ich habe dich nicht verstanden!«

»*Klar.* Ja, klar. Ich verstehe alles!«

Während noch die Worte über seine Lippen kamen, spürte Jan eine schreckliche Wut in sich aufsteigen, die seine Angst vertrieb. In diesem Moment absoluter Erniedrigung erkannte er, wie abscheulich die Machthaber in Wirklichkeit waren, wie unmöglich es nach dieser Entdeckung für ihn sein würde, weiter in Frieden mit ihnen zusammenzuleben. Er wollte nicht sterben – doch andererseits konnte er nicht in einer Welt leben, die von Thurgood-Smythes gelenkt wurde. Er ließ die Schultern hängen und senkte den Kopf. Nicht kapitulierend, sondern damit sein Schwager den Zorn nicht mitbekam, der ihn erfüllte.

Tief hatte er die Hände in den Jackentaschen vergraben.

Er drückte den Knopf am Feuerzeug.

Der kleine, aber starke Sender darin strahlte das Kommandosignal ab. Der Impuls aktivierte das Gerät in dem Stift, der deutlich sichtbar in der Tasche des Sicherheitsbeamten steckte. Nach Eingang dieses Signals wurde der Speicher geleert und der Inhalt auf den Gedächtnisspeicher im Feuerzeug übertragen. Dieser Vorgang nahm nur wenige Mikrosekunden in Anspruch. Jan ließ den Kopf los und stand auf.

»Ist sonst noch etwas – oder kann ich jetzt gehen?«

»Es ist zu deinem eigenen Besten, Jan. Ich habe davon keinen Vorteil.«

»Smitty, ich bitte dich! Du kannst alles sein, was du willst – nur kein Heuchler.« Jan konnte nicht anders; seine Wut brach sich Bahn. Thurgood-Smythe schien damit gerechnet zu haben, denn er nickte lediglich ausdruckslos. Plötzlich kam Jan ein Gedanke.

»Und du haßt mich, nicht wahr?« sagte er. »Und das schon seit immer.«

»Damit hast du völlig recht.«

»Na – dann weiß ich ja Bescheid. Jedenfalls beruhen unsere Gefühle durchaus auf Gegenseitigkeit.«

Jan wagte nicht mehr zu sagen; er fürchtete zu weit zu gehen, wenn er das Gespräch nicht beendete. Du Ungeheuer, dachte er immer wieder, du widerwärtiges, entsetzliches Ungeheuer! Arme Liz. Weiß sie, daß er kaltblütig Menschen ermordet in seinem Büro, indem er ihnen dreißigtausend Volt durch den Schädel jagt?

Er verließ das Büro seines Schwagers und hatte keine Mühe damit, aus dem Gebäude gelassen zu werden. Erst als er die Rampe hinauffuhr, ging ihm auf, was das in Wirklichkeit bedeutete.

Er war damit durchgekommen! In seiner Tasche ruhte eine Aufzeichnung aller supergeheimen Gespräche seines Schwagers aus den letzten Wochen.

Er hatte das Gefühl, eine Bombe bei sich zu tragen, die ihn jederzeit vernichten konnte. Was sollte er damit anfangen? Den Speicher löschen, das Feuerzeug in die Themse werfen und sofort vergessen, was er getan hatte. Automatisch lenkte er den Wagen in Richtung Fluß. Etwas anderes zu tun, wäre der absolute Wahnsinn gewesen, ein selbst unterschriebenes Todesurteil.

Die Gedanken wirbelten durch seinen Kopf, doch er kam zu keiner klaren Schlußfolgerung. Beinahe hätte er eine rote Ampel überfahren, die er nicht wahrnahm; aber der Computer des Wagens bemerkte seine Unaufmerksamkeit und setzte die Bremsen ein.

Jan erkannte, daß er sich wieder einmal am Scheideweg befand. Jetzt, in diesem Augenblick, mußte er darüber entscheiden, wie der Rest seines Lebens aussehen würde.

Er lenkte den Wagen in die Savoy Street und bremste; seine

Überlegungen lenkten ihn zu sehr vom Fahren ab. Er konnte auch nicht mehr stillsitzen. Er stieg aus, schloß den Wagen ab und ging zum Fluß hinab. Dann blieb er stehen. Nein, er hatte seine Entscheidung noch nicht getroffen, das war das schlimmste. Er wußte noch nicht, was er tun sollte. Er öffnete den Kofferraum und wühlte in seinem Werkzeugkasten herum, bis er einen kleinen Kopfhörer fand; den stopfte er sich in die Tasche und ging zum Fluß.

Ein böiger kalter Wind war aufgekommen, und der Schneematsch erhärtete sich wieder. Bis auf einige ferne dahineilende Gestalten hatte er das Victoria Embankment für sich allein. Er stand an der Steinbalustrade und starrte blicklos ins graue Wasser, auf dem Eisschollen dem Meer entgegenstrebten. Das Feuerzeug ruhte in seiner Hand. Er brauchte es nur herauszuziehen und in hohem Bogen fortwerfen – und schon war es mit der Unentschlossenheit vorbei. Er nahm das Gebilde heraus und betrachtete es. So klein, winzig wie ein Menschenleben.

Mit der anderen Hand stöpselte er den Kopfhörer in die Öffnung in der Standfläche.

Noch immer konnte er das Ding fortwerfen. Doch er mußte hören, was Thurgood-Smythe in der Sicherheit seines Büros zu sagen hatte, wenn er sich mit seinesgleichen unterhielt. Wenigstens das mußte er wissen.

Die dünnen Stimmen ertönten in der Abgeschiedenheit seines Hörkanals. Zumeist unverständliche Gespräche über Dinge und Namen, die er nicht kannte, komplizierte Vorgänge, die nüchtern und sachlich diskutiert wurden. Fachleute hätten sicher sehr viel damit anfangen können, sie hätten all die Bezüge entziffert und mit Sinngehalt gefüllt. Jan jedenfalls begriff kaum etwas. Er schaltete zum Ende vor und hörte sich einen Teil des Gesprächs an, das sie vorhin geführt hatten. Dann spulte er wieder zurück – auf die Zeit vor seinem Eintreffen in Thurgood-Smythes Büro. Im Grunde nichts Interessantes. Dann erstarrte er. Klare Worte waren zu hören:

»Ja, genau richtig, das israelische Mädchen. Sie hat uns wirklich schon genug Ärger gemacht, und wir bringen es heute abend zu Ende. Wir war-

ten ab, bis die Zusammenkunft im Kanalboot im Gange ist, dann greifen wir zu ...«

Sara - in Gefahr!

Jan traf die Entscheidung - und merkte nicht sofort, daß er sich für eine bestimmte Seite entschied. Er eilte los, ohne zu rennen, denn das hätte man bemerkt, und kehrte in der zunehmenden Dämmerung zu seinem Wagen zurück. Heute abend - in Kürze! Schaffte er es noch?

Er fuhr nüchtern und vorsichtig, aber so schnell wie möglich. Das Kanalboot. Es mußte das Boot auf dem Regent's Canal sein, auf dem sie sich zuletzt getroffen hatten. Wieviel wußten die Sicherheitsbehörden? Und woher? Wie lange hatten sie Sara schon beobachtet, wie lange spielten sie mit ihr Katz und Maus? Egal. Er mußte Sara retten. Er mußte sie retten, selbst wenn er dabei umkam. Sie kam zuerst. Der Himmel wurde immer dunkler, und der Wagen schaltete die Scheinwerfer ein.

Er mußte einen Plan schmieden. Er mußte nachdenken, ehe er handelte. Das Innere des Autos wurde vermutlich abgehört - es war besser, wenn er davon ausging. Fuhr er direkt nach Little Venice, würde sofort Alarm gegeben werden. Folglich mußte er einen Teil des Weges zu Fuß zurücklegen. An der Maida Vale gab es ein Einkaufszentrum, das für seine Zwecke geeignet war. Er fuhr hinein, parkte und suchte den größten Laden auf. Hindurch, durch die Tür auf der anderen Seite, mit schnellen Schritten.

Als er den Kanal erreichte, war es bereits dunkel. Am Treidelpfad brannte Licht, und ein Pärchen kam langsam auf ihn zu. Er zog sich in den schützenden Schatten der Bäume zurück und ließ die beiden passieren. Erst als sie außer Sichtweite waren, eilte er zum Kanalboot. Es war noch an der selben Stelle festgezurrt, dunkel und stumm. Als er an Bord stieg, tauchte ein Mann aus den Schatten auf.

»An Ihrer Stelle würde ich dort nicht hineingehen.«

»Fryer - ich muß! Es ist ein Notfall.«

»Unmöglich, alter Knabe. Da ist eine sehr geheime Sitzung im Gange ...«

Jan schlug Fryers Hand von seiner Schulter fort und stieß den anderen so heftig zurück, daß er stolperte und auf das Deck fiel. Im nächsten Augenblick hatte Jan die Tür aufgerissen und sprang in die Kabine hinab.

Sara hob den Kopf und riß überrascht die Augen auf.

Ähnlich reagierte Sonja Amariglio, die Leiterin der Satellitenlaboratorien, die ihr auf der anderen Seite des Tisches gegenübersaß.

20

Ehe Jan reagieren konnte, wurde er von hinten gepackt – so fest, daß ihm die Luft aus den Lungen gepreßt wurde.

»Bringen Sie ihn rein, Fryer!« sagte Sara, und er wurde losgelassen und von hinten angestoßen. »Schließen Sie die Tür, schnell!«

»Sie dürften nicht hier sein«, sagte Sonja. »Es ist ein gefährlicher Fehler ...«

»Hören Sie, wir haben keine Zeit mehr!« unterbrach sie Jan. »Thurgood-Smythe weiß über dich Bescheid, Sara, und hat auch von dieser Zusammenkunft erfahren. Die Polizei ist bereits unterwegs. Ihr müßt von hier verschwinden, schleunigst!«

Die beiden starrten ihn wie gelähmt an. Fryer unterbrach das Schweigen.

»Der Transport ist erst in einer Stunde hier oder später. Aber ich kann mich um die Dame kümmern.« Er deutete auf Sonja. »Das Kanaleis ist noch tragfähig. Ich kenne da einen guten Fluchtweg. Aber nur für mich.«

»Dann los!« befahl Jan. Er blickte Sara an. »Komm mit mir! Wenn wir es zu meinem Wagen schaffen, können wir losfahren und der Meute vielleicht entkommen.«

Das Licht war aus, und die Tür stand offen. Im Vorbeigehen strich Sonja kurz über Jans Gesicht. »Endlich kann ich Ihnen sagen, wie großartig die Arbeit ist, die Sie für uns alle geleistet haben. Vielen Dank, Jan.« Gleich darauf war sie verschwunden, und sie stiegen hinter ihr die Treppe hinauf. Der Treidelpfad war noch leer, und Jan und Sara liefen am Kanal entlang.

»Ich sehe keinen«, sagte sie.

»Ich hoffe, daß du recht hast.«

Sie liefen über die rutschige Oberfläche bis zur Kanalbrücke. Als sie sie eben betreten wollten, jagte ein Wagen um die nächste Straßenecke und kam in hohem Tempo auf sie zu.

»Zwischen die Bäume!« rief Jan und zerrte Sara mit. »Vielleicht haben sie uns nicht gesehen.«

Sie liefen durch den Baumbewuchs und zwängten sich zwischen unsichtbaren Ästen hindurch, während das Motorengeräusch hinter ihnen immer lauter wurde. Das Fahrzeug erreichte die geneigte Brücke, die Federung quietschte hörbar, dann raste es herüber, und die Scheinwerfer schwangen in die Richtung der Fliehenden. Jan ließ sich mit dem Gesicht voran zu Boden fallen und zerrta Sara neben sich nieder.

Die Lichter zuckten vorbei und waren verschwunden. Mit metallischem Krachen bog der Wagen auf den Treidelpfad ein und walzte dabei das Schild nieder, das dort die Durchfahrt versperrte.

»Weiter!« keuchte Jan und zerrte Sara hoch. »Sobald sie das Boot leer finden, fangen sie zu suchen an.«

Um ihr Leben laufend bogen sie in die erste Nebenstraße ein. An der nächsten Kreuzung waren Fußgänger unterwegs, und sie mußten langsamer gehen. Die Zahl der Passanten erhöhte sich – doch von einer Verfolgung war noch nichts zu bemerken. Sie gingen im Schritt, um allmählich wieder zu Atem zu kommen.

»Kannst du mir sagen, was du herausgefunden hast?« fragte Sara.

»Wahrscheinlich bin ich verwanzt – was immer wir sagen, wird aufgezeichnet.«

»Deine Kleidung werden wir vernichten. Aber ich muß sofort wissen, was geschehen ist.«

»Ich habe meinem geliebten Schwager ein Abhörgerät angehängt, das ist alles. Der Gebissene hat zurückgebissen. Ich habe hier in der Tasche eine Aufzeichnung aller seiner Gespräche aus der jüngsten Zeit. Das meiste habe ich nicht verstanden – der letzte Teil aber war ganz klar. Heute aufgenommen. Man hatte vor, die Zusammenkunft an Bord des Kanalbootes platzen zu lassen. So ungefähr hat er sich ausgedrückt. Und er bezog sich dabei auf ›das israelische Mädchen‹.«

Sara stockte der Atem; ihre Finger krampften sich in seinen Arm. »Wieviel können sie wissen?«

»Sehr viel.«

»Dann muß ich aus London fort. Ich muß sofort das Land verlassen. Und deine Aufzeichnung muß von unseren Leuten analysiert werden. Wir müssen sie warnen.«

»Kannst du das veranlassen?«

»Ich glaube schon. Und was ist mit dir?«

»Wenn die Polizei nicht weiß, daß ich heute abend hiergewesen bin, kann mir nicht viel passieren.« Es hatte keinen Sinn, ihr von der ernsten Warnung zu erzählen, die er erhalten hatte. Ihr Überleben war wichtiger. Wenn dafür gesorgt war, konnte er sich über das eigene Schicksal Gedanken machen. »Ich habe meinen Wagen auf optische Wanzen überprüft – da dürfte es keine Probleme geben. Sag mir jetzt, wohin du willst. Nach dem Einsteigen darfst du kein Wort mehr sagen.«

»Die Sicherheitsbarriere für Fahrzeuge befindet sich in der Liverpool Road. Such dir eine ruhige Straße diesseits davon und laß mich aussteigen. Ich fahre in Richtung Islington weiter.«

»Na gut.« Schweigend gingen sie nebeneinander her. Sie verließen die Nebenstraßen und erreichten Maida Vale. »Die Frau im Boot?« fragte Jan. »Was ist mit ihr?«

»Kannst du vergessen, daß du Sonja gesehen hast?«

»Es wird mir nicht leicht fallen. Ist sie wichtig?«

»Aus dem höchsten Glied unserer Londoner Organisation. Eine der besten Helferinnen, die wir haben.«

»Das glaube ich gern. Da sind wir. Kein Wort mehr!«

Jan schloß den Wagen auf und stieg ein. Er schaltete Motor und Radio ein, dann brummte er vor sich hin. Wieder aussteigend ging er um den Wagen herum, öffnete den Kofferraum und klapperte mit dem Werkzeugkasten herum. Gleichzeitig forderte er Sara mit einer Armbewegung auf, vorn einzusteigen. Als sie Platz genommen hatte, stieg er ebenfalls ein und fuhr langsam los.

Über Marylebone wäre der direkteste Weg gewesen, doch Jan hatte keine Lust, an der Sicherheitszentrale vorbeizufahren. Statt dessen wandte er sich in Richtung St. John's Wood und fuhr am Regent's Park vorbei durch stille Wohnstraßen. Nach einiger Zeit erstarb die Musik im Radio, und eine Männerstimme meldete sich aus dem Lautsprecher.

»Jan Kulozik – Sie sind verhaftet! Versuchen Sie das Fahrzeug nicht zu verlassen. Warten Sie auf das Eintreffen der Polizei!«

Als die Worte aus dem Lautsprecher dröhnten, ging der Motor aus, und der Wagen stoppte langsam.

Jans Angst spiegelte sich in Saras entsetztem Blick. Die Sicherheitsbehörden wußten genau, wo er war, sie hatten ihn verfolgt, wollten ihn jetzt abholen. Und würden sie bei ihm finden.

Jan zerrte am Türgriff, der sich jedoch nicht bewegte. Verschlossen. Sie saßen in der Falle.

»So leicht ist das nicht, ihr dreckigen Schweinehunde!« brüllte Jan, drückte den Zigarettenanzünder und suchte im Handschuhfach nach einer Straßenkarte. Er zog die Karte heraus und riß ein großes Stück ab, als der Anzünder heraussprang. Das glühende Element an den Rand des Papiers haltend, blies er die Flamme an. Sie loderte hoch, und er zündete damit den Rest der Karte an.

Das brennende Gebilde stieß Jan von unten gegen das Armaturenbrett, zwischen die zahlreichen Instrumente und Schaltungen.

Augenblicklich ertönte der Feueralarm, und sämtliche Türen sprangen auf.

»Lauf!« sagte er, und sie verließen den Wagen.

Wieder waren sie auf der Flucht. Sie wußten nicht, wieviel Zeit sie hatten, bis die Polizei eintraf. Sie liefen um ihr Leben. In die dunklen Seitenstraßen, dahinhastend, um zwischen sich und den Wagen eine möglichst große Distanz zu bringen. Sie rannten, bis Sara nicht mehr weiter konnte, dann gingen sie langsamer, doch so zügig es noch irgend ging. Von Verfolgern keine Spur. Sie schritten aus, marschierten, bis sie die Sicherheit der bevölkerten Straßen von Camden Town erreicht hatten.

»Ich begleite dich«, sagte Jan. »Man weiß alles über mich, über meine Verbindung zum Widerstand. Man hat mich gewarnt. Kannst du mich aus dem Land schaffen?«

»Es tut mir leid, daß ich dich darin verwickelt habe, Jan.«

»Ich freue mich darüber.«

»Zwei Leute hinauszuschmuggeln dürfte nicht schwieriger sein als einen. Unser Ziel ist Irland. Aber wenn du das tust, ist dir hoffentlich klar, daß du dann ein Mann ohne Heimat bist. Du wirst nie wieder nach Hause zurückkehren können.«

»Ich bin längst heimatlos. Wenn man mich erwischt, bin ich tot. Vielleicht kann ich auf diese Weise bei dir bleiben. Das würde mir gefallen. Denn ich liebe dich.«

»Jan, bitte ...«

»Was ist daran nicht richtig? Ich wußte es selbst nicht, bis es mir eben über die Lippen kam. Tut mir leid, daß ich nicht romantischer um dich werben kann. Das Liebeslied des Technikers, könnte man sagen. Und was ist mit dir?«

»Wir können jetzt nicht darüber sprechen, es ist nicht der richtige Zeitpunkt ...«

Jan packte Sara an den Schultern und zwang sie stehenzubleiben. Er drückte sie gegen ein Schaufenster. Er blickte sie intensiv an und hielt sie sanft am Kinn fest, als sie den Kopf zur Seite drehen wollte.

»Es gibt gar keinen besseren Zeitpunkt«, sagte er. »Ich habe dir eben meine unsterbliche Liebe erklärt. Und was antwortest du darauf?«

Sara lächelte. Nur ganz leicht, aber sie lächelte und küßte ihm die Finger.

»Du weißt, daß ich dich sehr, sehr gern mag. Und mehr sage ich im Augenblick nicht. Wir müssen weiter.«

Jan machte sich klar, daß er damit zunächst zufrieden sein mußte. Er fragte sich, welcher verquere innere Zug ihn seine Liebe gerade jetzt hatte entdecken lassen, an diesem Ort, und auf diese Weise – laut hinausgeplatzt! Nun ja, es stimmte jedenfalls, auch wenn er selbst eben erst darauf gekommen war. Er liebte das Mädchen – und war froh darüber.

Lange bevor sie ihr Ziel erreichten, waren sie beide erschöpft, doch sie wagten nicht innezuhalten. Jan legte Sara den Arm um die Hüfte und stützte sie, so gut er konnte.

»Es ist ... nicht mehr ... weit«, sagte sie.

Die Oakley Road war eine Straße voller heruntergekommener Reihenhäuser, die meisten mit Brettern zugenagelt. Sara führte ihn eine ausgetretene Treppe hinab zum Kellereingang eines solchen Hauses und schloß die Tür auf. Sorgfältig riegelte sie hinter sich wieder zu. Es war pechschwarz im Flur, der aber aufgeräumt zu sein schien, und sie tasteten sich an der Wand entlang zum Heizungsraum im hinteren Teil des Hauses. Erst als auch diese Tür geschlossen war, machte Sara das Licht an. An der Wand zogen sich Spinde hin, es verbreitete sich die willkommene Wärme eines elektrischen Heizgeräts. Im Hintergrund entdeckte Jan den unbenutzten Heizkessel des Hauses. Sie fand Decken und reichte ihm eine.

»Alle deine Sachen, Schuhe, alles in den Ofen. Wir müssen das Zeug sofort verbrennen. Dann suche ich dir neue Kleidung zusammen.«

»Vorher solltest du das hier nehmen«, sagte Jan und reichte ihr das Feuerzeug. »Leite es schleunigst an deine Elektronikfachleute weiter. Thurgood-Smythe ist drinnen gespeichert.«

»Sehr wichtig. Vielen Dank, Jan.«

Sie hatten wenig Zeit zum Ausruhen. Wenige Minuten später klopfte es an der Tür, und Sara ging in den Flur hinaus, um mit dem Neuankömmling zu sprechen. Anschließend mußten sie sich wieder beeilen.

»Wir müssen nach Hammersmith, ehe die Busse den Betrieb einstellen. Alte Sachen für uns beide. Ich habe Kennkarten – die eignen sich aber nur für eine recht oberflächliche Überprüfung, aber ganz ohne geht es nicht. Ist alles verbrannt?«

»Ja, alles fort.« Jan stocherte mit dem Schürhaken in der rotglühenden Asche herum und drehte dabei die glimmende Masse seiner Brieftasche. Kennkarte, Papiere, Identifikation, seine Identität. Er selbst. Das Undenkbare war geschehen. Das Leben, das er bisher geführt hatte, war vorbei, die Welt, die ihm vertraut vorgekommen war, gab es nicht mehr. Die Zukunft war ein nicht zu überschauendes Rätsel.

»Wir müssen los«, drängte Sara.

»Natürlich. Ich komme.« Er knöpfte seinen zerlumpten, aber dicken Mantel zu und kämpfte die Verzweiflung nieder, die in ihm aufsteigen wollte. Als sie sich wieder durch den dunklen Flur tasteten, nahm er ihre Hand und ließ sie erst wieder los, als sie draußen auf der Straße waren.

21

Zum erstenmal in seinem Leben fuhr Jan mit einem Londoner Omnibus. Oft genug war er an diesen Fahrzeugen vorbeigekommen, ohne einen Gedanken an sie zu verschwenden. Groß, mit Obergeschoß und lautlos – bewegt von der Energie, die in dem riesigen Schwungrad unter dem Boden steckte. In der Nacht war der Bus mit dicken Kabeln an das elektrische Netz angeschlossen, und der starke Motor brachte das Schwungrad auf Touren. Am Tage wurde der Motor zum schwungradgetriebenen Generator, der die elektrischen Antriebsmotoren mit Strom versorgte. Verläßliche Energie, ungiftig, billig, praktisch. Das alles war ihm bekannt – theoretisch, doch er hatte keine Ahnung, wie kalt es in den ungeheizten Fahrzeugen sein konnte, wie verschmutzt der Boden war, wie sehr es nach den ungewaschenen Fahrgästen roch. Er hielt seinen Fahrscheinabschnitt in der Hand und blickte zu den Wagen hinaus, die den Bus passierten und weiter vorn auf der Straße verschwanden. Der Bus hielt an einer Ampel, und zwei Sicherheitsbeamte stiegen ein.

Jan starrte geradeaus, so wie es die anderen Leute im Bus taten; er starrte in das reglose Gesicht Saras, die ihm gegenüber saß. Einer der Männer blieb am Ausstieg stehen, während der andere durch den Bus stapfte und sich alle Fahrgäste genau ansah. Niemand schaute in seine Richtung oder schien ihn überhaupt wahrzunehmen.

An der nächsten Haltestelle stiegen die beiden wieder aus. Jan war einige Sekunden lang erleichtert, dann kehrte die Angst zurück. Würde sie ihn je wieder verlassen?

Sie stiegen an der Endhaltestelle aus: Hammersmith Terminal. Sara ging voraus, und er folgte ihr in einigem Abstand, wie man es ihm aufgetragen hatte. Die wenigen anderen Fahrgäste zerstreuten sich, und bald waren sie allein. Auf der aufgeständerten Hochstraße M4 summte ein Wagen vorbei. Sara ging auf die Dunkelheit der Stützbögen dieser Straße zu. Ein kleiner Mann mit hängenden Schultern kam ihr entgegen. Sara bedeutete Jan mit einer Handbewegung, näherzukommen.

»Hallo, hallo, ihr netten Leute. Der alte Jemmy wird euch den Weg zeigen.« Der faltige Hals des Mannes schien für den mächtig gerundeten Kopf zu dünn zu sein. Seine Augen waren rund und schienen zu stieren, das starre Lächeln legte keine Zähne frei. Er war ein Idiot – oder ein guter Schauspieler. Sara nahm Jan am Arm, während sie dem alten Jemmy durch die völlig dunklen und leeren Straßen folgten, die von zerstörten Häusern gesäumt waren.

»Wohin gehen wir?» fragte Jan.

»Wir machen einen kleinen Spaziergang«, sagte Sara. »Nur ein paar Meilen, heißt es. Wir müssen die Londoner Sicherheitsbarriere passieren, ehe wir wieder ein Transportmittel bekommen.«

»Die freundlichen Polizeibeamten, die mich immer grüßten, wenn ich vorbeifuhr?«

»Genau die.«

»Was ist mit den Häusern hier? Warum sind sie kaputt?«

»London war vor Jahrhunderten viel größer. Es hatte viel mehr Einwohner. Die genauen Zahlen kenne ich nicht. Aber im Verlauf des Jahrhunderts wurde die Einwohnerzahl auf eine kleinere Auffüllungszahl zurückgenommen. Teils durch Krankheiten und Hunger, teils von oben herab.«

»Sag mir bitte nicht, wie man das gemacht hat. Heute abend will ich das nicht hören.«

Sie waren im Grunde zu müde, um noch weite Strecken zu Fuß

zurückzulegen. Langsam schlurften sie hinter dem alten Jemmy her, der sich zielsicher seinen Weg durch die Dunkelheit suchte. Als weiter vorn Lichter auftauchten, ging er womöglich noch langsamer.

»Nicht mehr reden«, flüsterte er. »Überall Mikrofone. Bleiben Sie dicht hinter mir in den Schatten. Keinen Lärm machen, sonst sind wir geliefert.«

Zwischen zwei zerstörten Häusern hindurch sahen sie kurz ein geräumtes Gebiet, das sich weiter vorn erstreckte, darin hell erleuchtet ein hoher Drahtzaun. Sie waren schon dicht an diese Zone herangekommen, als der Führer sie in eines der Gebäude geleitete, ein altes Lagerhaus. Außer Sicht von der Straße zog er eine kleine Taschenlampe heraus und schaltete sie ein; stolpernd folgten sie dem dahinhüpfenden Lichtkreis, tief zwischen die Ruinen, hinab in die Kellergewölbe unter der Erde. Der Mann schob Geröll und verrostete Bleche zur Seite und legte eine Tür frei.

»Hinein mit uns!« sagte er. »Ich komme als letzter und schließe den Durchgang.«

Es war ein Tunnel, feucht, nach Erde riechend. Jan vermochte sich nicht ganz aufzurichten und mußte vorgebeugt weitergehen, was ihn sehr ermüdete. Der Gang war lang und gerade und führte zweifellos unter der Sicherheitsbarriere hindurch. Verschmutztes Eis zog sich am Boden hin, und sie rutschten über ziemlich große zugefrorene Pfützen. Der alte Jemmy holte sie ein, überholte sie und ließ wieder seine Lampe leuchten. Jans gekrümmter Rükken brannte wie Feuer, als sie endlich die andere Seite erreichten.

»Ein Weilchen müssen wir still sein, wie auf der anderen Seite«, sagte der Alte warnend, als sie in die kalte Nacht hinaustraten. »Noch ein Stück zu Fuß, dann sind wir am Ziel.«

Das Stück zog sich noch gut eine Stunde lang hin, und Sara glaubte schon, daß sie es nicht schaffen würde. Der alte Jemmy aber war weitaus kräftiger, als er aussah, und so nahmen er und Jan das Mädchen in die Mitte und stützten sie so gut sie konnten. Ihr Weg führte nun parallel zur Schnellstraße. Deutlich waren die in beiden Richtungen dahinrasenden Scheinwerferpaare auszumachen. Eine Lichtinsel erschien in der Dunkelheit weiter vorn, und sie gingen darauf zu.

»Raststätte Heston«, sagte der alte Jemmy. »Dorthin wollen wir. In diesem Haus hier finden Sie Schutz; Sie können aus dem Fenster Ausschau halten.«

Er war verschwunden, ehe sie ihm danken konnten. Sara setzte sich nieder, den Rücken an die Wand gestützt, den Kopf auf die Knie gelegt, während Jan das Fenster suchte. Die Tankstelle war knapp hundert Meter entfernt und von gelben Laternen taghell erleuchtet. Einige Privatwagen tankten auf, bei den meisten Fahrzeugen handelte es sich jedoch um Fernlaster.

»Wir warten auf einen Lkw der Londoner Ziegelwerke«, sagte Sara. »Ist er schon da?«

»Soweit ich sehen kann, nicht.«

»Er kann jederzeit kommen. Er wird an der letzten Wasserstoffpumpe halten. Sobald der Wagen hält, laufen wir los. An den Gebäuden vorbei zur Ausfahrt, außerhalb der Lichter. Der Fahrer wird dort anhalten und die Tür aufmachen. Das ist unsere Chance.«

»Ich passe auf. Du kannst ein bißchen schlafen.«

»Zu etwas anderem bin ich auch gar nicht fähig.«

Die Kälte kroch bereits durch ihre dicke Kleidung, als der lange Umriß des Sattelschleppers langsam ins Licht fuhr.

»Er ist da«, sagte Jan.

Das Licht der Raststätte reichte aus, um ihnen im Bauschutt einen Weg zu weisen. Sie stiegen um alle Hindernisse herum und kletterten über den niedrigen Zaun. Es folgte die Warterei in der Kälte hinter einem dunklen Schuppen, bis der Lkw grollend neben ihnen hielt. Die Tür ging auf.

»Lauf!« sagte Sara und stolperte los.

Kaum waren sie eingestiegen, als die Tür zuknallte, und das riesige Fahrzeug grollend beschleunigte. Im Fahrerhaus war es angenehm warm. Der Fahrer war ein großer Mann, der in der Dunkelheit kaum zu erkennen war.

»Ich habe Tee in der Thermosflasche«, sagte er. »Auch belegte Brote. Schlafen Sie, wenn Sie wollen. Erster Halt in Swansea gegen fünf Uhr früh. Ich setze Sie vor der Sicherheitskontrolle ab. Wissen Sie von dort aus weiter?«

»Ja«, sagte Sara. »Und vielen Dank.«

»Keine Ursache.«

Jan meinte, er würde nicht schlafen können, doch die Wärme und die gleichförmige Vibration des Fahrerhauses ließen ihn bald einschlummern. Als er wieder zu sich kam, hörte er das Fauchen von Luftdruckbremsen. Der Fahrer stoppte den Lkw. Es war noch immer dunkel, wenn auch die Sterne hell und klar am Himmel standen. Sara hatte sich an ihn gelehnt und schlief, und er fuhr ihr übers Haar und weckte sie behutsam.

»Wir sind da«, sagte der Fahrer.

Sie war sofort wach und öffnete die Tür, als der Wagen hielt.

»Viel Glück«, sagte der Fahrer. Dann wurde die Tür zugeschlagen, und sie waren allein. Erschaudernd drehten sie sich um; es war die kälteste Zeit vor dem Sonnenaufgang.

»Der Marsch wird uns aufwärmen«, sagte Sara und ging voran.

»Wo sind wir?« fragte Jan.

»Kurz vor Swansea. Unser Ziel ist der Hafen. Wenn alle Vorbereitungen getroffen sind, fahren wir mit einem Fischerboot hinaus. Auf hoher See steigen wir auf einen irischen Trawler um. Diese Route benutzen wir nicht zum erstenmal mit Erfolg.«

»Und dann?«

»Nach Irland.«

»Natürlich. Ich meine die Zukunft. Was wird aus mir?«

Schweigend ging sie weiter; ihre Schritte hallten laut durch die dunkle Stille. »Wir mußten so schnell abhauen, daß ich darüber noch nicht nachgedacht habe. Vielleicht hat man dafür gesorgt, daß du unter anderem Namen in Irland bleiben kannst, obwohl du dich dann sehr zurückhalten müßtest. Es gibt dort viele britische Spione.«

»Was ist mit Israel? Du kehrst doch dorthin zurück, nicht wahr?«

»Natürlich. Dein technisches Wissen würde man zu schätzen wissen.«

Jan lächelte vor sich hin. »Genug davon. Wie steht's mit der

Liebe? Damit meine ich dich. Ich habe dich vorhin schon gefragt.«

»Der Zeitpunkt für ein Gespräch darüber ist noch immer nicht sehr günstig. Wenn wir hier raus sind, dann ...«

»Wenn wir in Sicherheit sind, meinst du. Werden wir das jemals sein? Ist es dir verboten, dich bei der Arbeit zu verlieben? Oder kannst du nur verliebt tun, um jemanden zur Mitarbeit zu bewegen ...«

»Jan, bitte! Du kränkst mich – und dich ebenso –, wenn du so redest. Ich habe dich nie belogen. Ich brauche dich nicht ins Bett zu ziehen, um dich zur Mitarbeit zu bewegen. Ich habe diesen Schritt aus denselben Gründen getan wie du. Ich wollte es tun. Jetzt wollen wir wenigstens für kurze Zeit nicht so miteinander reden. Das gefährlichste Stück liegt erst noch vor uns.«

Es war eine klare, kalte Morgendämmerung. Sie gingen durch die leeren Straßen der Stadt. Es waren noch einige andere Frühaufsteher unterwegs; ihr Atem dampfte. Polizei ließ sich nicht blicken. Die Abschirmung war hier nicht so total wie in London. Sie kamen um eine Ecke und weiter unten erstreckte sich der Hafen am Ende einer eisglatten Straße. Sie sahen das Heck eines Fischtrawlers.

»Wohin?« fragte Jan.

»In die Tür dort, dahinter liegt das Büro. Drinnen weiß man Bescheid.«

Als sie näherkamen, ging die Tür auf, und ein Mann kam heraus und wandte sich in ihre Richtung.

Es war Thurgood-Smythe.

Einen kurzen, entsetzten Augenblick lang standen sie erstarrt da und blickten sich an. Thurgood-Smythe hatte ein schwaches, freudloses Lächeln aufgesetzt.

»Das wär's dann«, sagte er.

Sara gab Jan einen energischen Stoß; er rutschte auf dem Eis aus und fiel auf die Knie. Gleichzeitig zog sie eine Pistole und gab zwei schnelle Schüsse auf Thurgood-Smythe ab. Er wirbelte herum und ging zu Boden. Jan versuchte wieder auf die Füße zu kommen, als sie kehrtmachte und die Straße zurücklief.

Aber sie wurde bereits von Sicherheitsbeamten erwartet, die ihr mit erhobenen Waffen den Weg versperrten.

Sara gab im Laufen mehrere Schüsse ab.

Die Beamten erwiderten das Feuer, und sie zuckte zusammen und stürzte.

Jan lief zu ihr, ohne sich um die auf ihn gerichteten Waffen zu kümmern. Er hob sie hoch und hielt sie in den Armen. Ihre Wange war schmutz- und blutverschmiert, und er fuhr mit dem Finger darüber. Sie hatte die Augen geschlossen und atmete nicht mehr.

»Ich werde es nie erfahren«, flüsterte Jan. »Niemals.«

Er preßte ihren reglosen Körper an sich, hielt sie fest, ohne die Tränen zu spüren, die ihm über die Wangen liefen. Ohne auf den Ring der Beamten zu achten. Ohne Thurgood-Smythe wahrzunehmen, der ebenfalls wieder auf den Beinen war; Blut tropfte ihm zwischen den Fingern hindurch, die er fest um seinen Arm gelegt hatte.

22

Der Raum war weiß – Wände, Decken und Boden. Fleckenlos und freudlos. Der Stuhl war ebenfalls weiß, wie auch der Tisch, der davor stand. Steril und abweisend, auf eine Weise krankenhausähnlich, doch im Grunde nicht wie ein Krankenhaus. Ganz und gar nicht.

Jan saß auf dem Stuhl und hatte die Arme auf den Tisch gestützt. Seine Kleidung war weiß; weiße Sandalen bedeckten seine Füße. Seine Haut war sehr bleich, als versuchte sie, sich der allesdurchdringenden Weiße anzupassen. Die roten Ringe um seine Augen bildeten einen auffallenden Kontrast zur Helligkeit ringsum.

Irgend jemand hatte ihm einen Becher Kaffee gegeben, der auf dem Tisch stand, gehalten von seinen Fingern. Er hatte keinen Schluck getrunken, und die Flüssigkeit war kalt geworden. Die

rotgeränderten Augen starrten blicklos in die Ferne. Es gab keine Ferne, denn der Raum war fensterlos. Die Tür ging auf, und ein weißgekleideter Pfleger trat ein. Er hielt eine Injektionspistole in einer Hand, und Jan leistete keinen Widerstand, er merkte es nicht einmal, daß sein Arm angehoben und die Injektion durch die Haut vorgenommen wurde.

Der Pfleger ging wieder, ließ die Tür aber geöffnet. Nach kurzer Zeit kehrte er mit einem identischen weißen Stuhl zurück, den er auf die andere Seite des Tisches stellte. Diesmal machte er beim Gehen die Tür zu.

Einige Minuten vergingen, bis Jan sich rührte und umsah und auf seine Hand hinabblickte, als merke er zum erstenmal, daß er den Becher hielt. Er hob ihn und trank einen Schluck, dann verzog er das Gesicht wegen des kalten Kaffees. Als er den Becher von sich schob, trat Thurgood-Smythe ein und nahm ihm gegenüber Platz.

»Kannst du mich verstehen?« fragte er.

Jan runzelte kurz die Stirn und nickte.

»Gut. Du hast eine Spritze erhalten, die dich ein bißchen klarer im Kopf machen müßte. Du bist eine Zeitlang weggetreten gewesen.«

Jan wollte etwas sagen, erlitt aber statt dessen einen Hustenanfall. Sein Schwager wartete geduldig ab. Jan versuchte es noch einmal. Seine Stimme klang heiser und stockend.

»Was für ein Datum haben wir heute? Kannst du mir sagen, welchen Tag wir haben?«

»Das ist unwichtig«, antwortete Thurgood-Smythe und tat die Vorstellung mit einer Handbewegung ab. »Welchen Tag wir haben, wo du bist – dies alles ist ohne Belang. Wir haben andere Dinge zu besprechen.«

»Ich sage dir nichts. Überhaupt nichts.«

Diese Worte veranlaßten Thurgood-Smythe in ein dröhnendes Lachen auszubrechen. Begeistert schlug er sich auf die Knie.

»Das ist wirklich sehr komisch«, sagte er. »Du bist seit Tagen, Wochen, Monaten hier, die wirkliche Zeit ist unwichtig, wie ich eben schon gesagt habe. Wichtig ist vielmehr, daß du uns schon längst alles gesagt hast, was du weißt. Begreifst du das? Jede Kleinigkeit, die wir wissen wollten! Wir unterhalten hier einen ziemlich ausgebufften Laden, und unsere Erfahrungen mit solchen Dingen reichen Jahrzehnte zurück. Du hast doch sicher gerüchteweise von Folterkammern gehört – aber das sind Gerüchte, die wir selbst in Umlauf setzen. Die Wirklichkeit ist schlicht und einfach der Umstand, daß wir tüchtig sind. Mit Rauschgiften, Training, elektronischen Techniken – mit all diesen Hilfsmitteln haben wir dich mühelos auf unsere Seite gezogen. Du warst begierig, uns alles zu erzählen. Was du dann auch getan hast.«

Zorn regte sich in Jan, riß ihn aus der Trägheit, die ihn umfangen hielt.

»Ich glaube dir nicht, Smitty. Du lügst. Dieses Gespräch dient dazu, mich weichzumachen, weiter nichts.«

»Ach? Du mußt mir glauben, wenn ich dir sage, daß alles ausgestanden ist. Du wüßtest nichts mehr, an dem ich interessiert wäre. Du hast uns bereits von Sara und eurer Begegnung an Bord des israelischen U-Boots erzählt, von deinem kleinen Abenteuer im Hochland und in der Raumstation. Ich habe *alles* gesagt, und das meinte ich auch. Die Leute, die wir verhaften wollten, einschließlich Sonja Amariglio, eine widerliche Person namens Fryer und andere – sie sind alle aufgegriffen und durch die Mangel gedreht worden. Ein paar sind noch auf freiem Fuß und bilden sich ein, in Freiheit zu sein. Genau wie ihr. Ich war sehr zufrieden, als man dich anwarb, und das nicht nur aus persönlichen Gründen. Wir haben ziemlich viele kleine Fische im Auge zu behalten. Die sind aber ohne Belang. Du hast uns in höhere Kreise eingeführt, die uns sehr wichtig waren. Und die haben wir geknackt. Unsere Politik ist einfach: wir gestatten es den kleinen Gruppen, ihre Plänchen zu schmieden und durchzuführen, wir erlauben sogar einigen feindlichen Agenten die Flucht. Jedenfalls manchmal. Um so größer ist dann später unser Fang, wenn wir zugreifen. Wir wissen stets, was passiert. Wir verlieren niemals.«

»Du bist krank, Smitty. Das ist mir in diesem Augenblick aufgegangen. Krank und verdorben wie alle anderen Leute deines Schlages. Und du lügst zuviel. Ich glaube dir nicht.«

»Unwichtig, ob du mir glaubst oder nicht. Hör mir nur zu. Eure pathetische Rebellion wird niemals gelingen. Die israelischen Behörden halten uns über ihre jungen Rebellen auf dem laufenden, die die Welt verändern wollen ...«

»Ich glaube dir nicht!«

»Bitte! Wir verfolgen jede Verschwörung, verhelfen ihr zur Blüte, ermutigen die Unzufriedenen, sich anzuschließen. Dann greifen wir zu. Hier, auf den Satelliten, ja, auch auf den Planeten. Die rebellischen Elemente dort oben versuchen es immer wieder, aber sie können nie zum Ziel kommen. Sie sind so töricht, daß sie nicht einmal bemerken, daß sie sich nicht selbst erhalten können. Wenn wir die Versorgung abdrehen, sterben die Satelliten. Und dasselbe gilt für die Planeten. Es geht auf mehr als ökonomische Überlegungen zurück, daß ein Planet Bergbau betreibt, der andere die Verarbeitung und ein dritter im großen Stil die Landwirtschaft. Jeder braucht den anderen, um zu überleben. Und wir steuern diese Beziehungen. Fängst du endlich an zu begreifen?«

Jan legte die Hände vor das Gesicht und spürte, wie sie zitterten. Als er auf den Handrücken blickte, sah er, daß die Haut bleich war, daß er viel an Gewicht verloren hatte. Und er begann zu glauben, er begann endlich zu glauben, daß Thurgood-Smythe ihm die Wahrheit sagte.

»Na schön, Smitty, du hast gewonnen«, sagte er in äußerster Resignation. »Du hast mir meine Erinnerungen, Überzeugungen, meine Welt und die Frau genommen, die ich liebte. Und sie brauchte nicht einmal zu sterben, um ihr Geheimnis zu bewahren. Sie war längst von ihren eigenen Leuten verraten worden. Du hast mir also alles genommen – bis auf mein Leben. Das kannst du jetzt auch noch haben. Mach der Sache ein Ende!«

»Nein«, sagte Thurgood-Smythe. »In dieser Beziehung habe ich dich ebenfalls belogen.«

»Soll das heißen, du willst mich wegen meiner Schwester am Leben lassen?«

»Nein. Was sie dachte, war zu keiner Zeit wichtig; das hat meine Entscheidung in keiner Weise beeinflußt. Es war nur nützlich, wenn du das annahmst. Jetzt will ich dir die Wahrheit sagen. Du wirst am Leben bleiben, weil du über nützliche Fähigkeiten verfügst. Seltene Talente werden von uns nicht in den schottischen Lagern verschlissen. Du wirst die Erde verlassen, du wirst auf einen fernen Planeten gebracht, wo du arbeiten sollst, bis du eines fernen Tages stirbst. Eins mußt du dir klar machen: du bist in unseren Augen nichts weiter als ein ersetzbarer Maschinenteil. Hier unten hast du deinen Zweck erfüllt. Jetzt wirst du ausgebaut und an einem anderen Ort neu angeschlossen ...«

»Ich kann mich weigern«, sagte Jan zornig.

»Ich glaube nicht. So wichtig bist du als kleines Rädchen im großen Ganzen auch wieder nicht. Wenn du nicht arbeitest, wirst du vernichtet. Nimm meinen Rat an. Tu deine Arbeit voller Resignation. Bringe ein glückliches und produktives Leben hinter dich.« Thurgood-Smythe stand auf. Jan blickte zu ihm auf.

»Kann ich Liz sprechen – oder sonst jemand ...«

»Offiziell bist du tot. Unfall. Sie hat bei deiner Beerdigung sehr geweint, wie auch etliche andere Freunde. Der Sarg war natürlich geschlossen. Leb wohl, Jan. Wir werden uns nicht wiedersehen.«

Er ging auf die Tür zu, und Jan erhob die Stimme.

»Du bist ein Ungeheuer, ein Ungeheuer!«

Thurgood-Smythe drehte sich um und blickte spöttisch auf ihn herab.

»Was für eine kleinkarierte Beleidigung. Bringst du nicht mehr zustande? Keine anderen letzten Worte?«

»O ja, ich weiß, was ich dir sagen kann, Mr. Thurgood-Smythe«, sagte Jan mit leiser Stimme. »Aber soll ich mir die Mühe machen? Soll ich dir sagen, wie unbeständig das Leben ist, das du führst? Du glaubst, es wird ewig währen. Das ist nicht der Fall. Du wirst eines Tages von deinem Thron gefegt werden, und ich hoffe, daß ich das noch erlebe. Und ich werde weiter dafür arbeiten. Du solltest mich also lieber umbringen lassen, denn was ich für dich und deinesgleichen empfinde, wird sich nicht ändern. Und ehe du gehst – ich möchte dir danken. Dafür, daß du mir gezeigt hast, wie diese Welt wirklich ist, daß du mir die Möglichkeit gegeben hast, mich dagegen zu erheben. Jetzt kannst du gehen.«

Jan drehte sich um, blickte fort, der Gefangene, der seinen Wächter fortschickt.

Seine Worte hatten eine Wirkung wie nichts, was er zuvor gesagt hatte. Röte stieg langsam in Thurgood-Smythes Gesicht, und er setzte zum Sprechen an. Aber kein Wort kam über seine Lippen. Wutentbrannt spuckte er aus, knallte die Tür zu und war fort.

Schließlich war es Jan, der lächelte.

DER ZWEITE ROMAN

Radwelt

RADWELT
erschien ursprünglich als HEYNE-BUCH Nr. 06/3911
Titel der amerikanischen Originalausgabe
WHEELWORLD

Deutsche Übersetzung:
Thomas Schlück

1

Die Sonne war vor vier Jahren untergegangen und hatte sich seither nicht blicken lassen.

Bald aber sollte der Augenblick kommen, da sie sich wieder über den Horizont schob. In wenigen kurzen Monaten würde sie die Oberfläche des Planeten wieder mit ihren blauweißen Strahlen verbrennen. Bis dahin jedoch würde das endlose Dämmerlicht vorherrschen, in dem die großen Ährenmuscheln des mutierten Getreides zur Fülle wuchsen. Eine einzige Ernte, ein gelbgrünes Meer, das sich bis zum Horizont erstreckte – in allen Richtungen bis auf eine. Hier endete das Feld, begrenzt durch einen hohen Metallzaun, und hinter dem Zaun begann die Wüste. Ein Ödland aus Sand und Kies, eine schattenlose, weite Ebene, die unter dem Dämmerungshimmel in unbestimmter Ferne verschwand. Hier fiel kein Regen, hier wuchs nichts – in scharfem Gegensatz zum fruchtbaren Ackerland hinter dem Zaun. Dennoch gab es Leben auf der öden Ebene, dort lebte ein Wesen, das seine Bedürfnisse aus dem sterilen Sand befriedigte.

Der abgeflachte Berg aus faltigem grauen Fleisch mußte mindestens sechs Tonnen wiegen. An der Oberfläche schien es keine Öffnungen oder Organe zu geben, wenngleich eine nähere Untersuchung ergeben hätte, daß jeder Knoten in der dicken Haut ein Silikonfenster enthielt, das darauf eingerichtet war, Himmelsstrahlungen aufzunehmen. Unter den durchsichtigen Stellen lagen Pflanzenzellen, die zu den komplizierten symbiotischen Beziehungen des Klumpers gehörten und die Energie in Zucker umwandelten. Langsam und schwerfällig drang der Zucker durch Osmose in die unteren Regionen des Geschöpfs vor, wo er zu Alkohol umgeformt und in Vakuolen gelagert wurde. In diesen unteren Regionen fanden gleichzeitig mehrere andere chemische Prozesse statt.

Der Klumper lag im Augenblick über einer besonders ergiebigen Schicht von Kupfersalzen. Spezialisierte Zellen hatten Säure abgesondert, die die Salze auflöste. Diese waren absorbiert worden. Dieser Vorgang hatte sich über nicht meßbare Zeiträume hingezogen, denn das Wesen hatte kein Gehirn im eigentlichen Sinne und auch keine Organe, die zur Zeitmessung herangezogen werden konnten. Es existierte. Es lag hier und fraß, es erntete die Mineralien, so wie eine Kuh sich an Gras gütlich tat. Bis wie auf einer Weide der verfügbare Nahrungsmittelvorrat erschöpft war. Es war Zeit weiterzuziehen. Wurde Nahrung knapp, gaben Chemorezeptoren diese Nachricht weiter, und die vielen tausend Beinmuskeln in der gerillten Unterseite des Klumpers begannen sich einzuziehen. Befeuert durch den sorgfältig gelagerten Alkohol, wurden die Muskeln zu einem einzelnen orgiastischen Zusammenzucken gebracht, das die sechs Tonnen schwere teppichähnliche Masse dreißig Meter weit durch die Luft schleuderte.

Das Gebilde flog über den Zaun, der das Ackerland umschloß, und landete mit dröhnend-bebendem Aufprall im zwei Meter hohen Gamma-Getreide, drückte es platt und verschwand hinter dem Schirm grüner Blätter und armlanger, goldener Ährenmuscheln. An seiner höchsten Stelle war der Klumper nur etwa einen Meter dick, so daß es von jenem anderen Geschöpf, das darauf zubrummte, nicht gesehen werden konnte.

Keines der beiden Geschöpfe hatte ein Gehirn. Das sechs Tonnen schwere organische Wesen stand ausschließlich unter Kontrolle der Reflexbögen, mit denen es vor mehreren Jahrhunderten geboren worden war. Die metallische Kreatur wog siebenundzwanzig Tonnen und wurde von einem programmierten Computer gesteuert, der bei seinem Bau installiert worden war. Beide besaßen Sinne – aber keine Intelligenz. Beide hatten von der Existenz des anderen keine Ahnung – bis sie zusammentrafen.

Dieser Zusammenstoß war dramatisch. Die riesige Gestalt des Mähers näherte sich, eifrig klappernd und surrend. Die Maschine schnitt eine dreißig Meter breite Bahn durch die gleichförmig verlaufenden Getreidereihen, die sich bis zum Horizont erstreckten. In einem einzigen Arbeitsgang schnitt die Maschine das Korn, trennte die Ähren von den Stengeln, zerschnitt die Stengel in kleine Stücke und verbrannte die Überreste in einem brausenden Ofen. Der Wasserdampf dieser augenblicklichen Verbrennung

stieg in weißen Wolken aus einem hohen Schornstein, die Asche wogte als schwarze Wolke zwischen den klirrenden Laufwerken hervor und senkte sich auf den Boden. Was ihre spezifische Aufgabe anging, war die Maschine sehr tüchtig. Doch sie war nicht darauf eingerichtet, Klumper aufzuspüren, die sich im Kornfeld versteckten. Die Maschine prallte gegen den Klumper und trennte gut zweihundert Kilo Fleisch ab, ehe der Alarm den Antrieb stoppen ließ.

So primitiv sein Nervensystem auch sein mochte – eine so drastische Einwirkung auf seinen Lebensbereich bekam der Klumper mit. Chemische Impulse wurden gegeben, die die Springfüße aktivierten, und innerhalb von Minuten, was für einen Klumper unglaublich schnell ist, zogen sich die Muskeln zusammen, und das Wesen sprang ein zweitesmal. Es wurde kein besonders guter Sprung, da der Alkohol weitgehend aufgebraucht war. Er genügte aber, um den Klumper einige Meter in die Luft zu heben und oben auf dem Mähdrescher landen zu lassen. Metall verbog sich und brach, und neue Alarmsignale gingen hinaus neben denen, die von der Anwesenheit der Kreatur ausgelöst worden waren.

Wo immer die Goldplattierung der Erntemaschine aufgerissen oder weggekratzt worden war, fand der Klumper leckeren Stahl. Er drapierte sich noch ein wenig fester um die riesige Maschine und begann sie gelassen zu verzehren.

»Seid doch nicht blöd!« brüllte Lee Ciou und versuchte sich im Stimmengewirr bemerkbar zu machen. »Stellt euch doch die stellaren Entfernungen vor, ehe ihr von Funksignalen anfangt! Klar, ich könnte einen großen Sender bauen, das wäre kein Problem. Ich könnte ein Signal ausstrahlen, das man sogar auf der Erde empfangen würde – eines Tages. Es wäre aber siebenundzwanzig Jahre unterwegs, ehe es den nächsten bewohnten Planeten erreichte. Und dort würde man uns vielleicht nicht einmal zuhören ...«

»Ruhe! Ruhe! Ruhe!« rief Iwan Semenow und schlug im Takt seiner Worte mit dem Hammer auf den Tisch. »Wir müssen die Sache geordnet ablaufen lassen. Jeder soll sprechen, aber nur, wenn er dazu aufgefordert worden ist. Mit solchem Durcheinander kommen wir nicht weit.«

»Wir kommen sowieso nicht weiter!« rief jemand. »Die ganze Sache ist Zeitverschwendung.«

Diese Äußerung löste laute Pfiffe und Buh-Rufe aus und neues Gehämmer am Tisch. Das Telefonlicht neben Semenow blinkte in schneller Folge, und er griff nach dem Hörer, während sein Hammer noch in Bewegung war. Er lauschte, äußerte ein kurzes Wort der Bejahung und legte auf. Er setzte seinen Hammer nicht weiter ein, sondern rief statt dessen mit lauter Stimme: *»Notfall!«*

Sofort trat Stille ein, und er nickte. »Jan Kulozik – sind Sie hier?«

Jan saß im hinteren Teil der Kuppel und hatte an der Diskussion nicht teilgenommen. Er war in Gedanken versunken und hatte von den brüllenden Männern und der plötzlichen Stille kaum Notiz genommen. Jetzt fuhr er empor, als er seinen Namen hörte. Hastig stand er auf. Er war groß und drahtig und hätte vielleicht als dünn gegolten, wenn er nicht harte Muskeln besessen hätte, die das Ergebnis jahrelanger anstrengender körperlicher Arbeit waren. Sein Overall war fettverschmiert, und auch seine Haut wies Arbeitsspuren auf; trotzdem war er offensichtlich mehr als nur Mechaniker. Die Art, wie er sich gab, wachsam, doch zurückhaltend, und der Blick, den er dem Vorsitzenden zuwarf, sprachen eine ebenso deutliche Sprache wie das goldene Zahnradsymbol an seinem Kragen.

»Auf Taekeng 4 gibt's Ärger im Feld«, sagte Semenow. »Anscheinend ist ein Klumper mit einer Erntemaschine aneinandergeraten und hat sie ausgeschaltet. Man will Sie schleunigst dort sehen.«

»Warten Sie auf mich, warten Sie!« rief ein kleiner Mann und drängte sich durch die Menge. Es war Chun Taekeng, der Vorstand der Taekeng-Familie. Er war so jähzornig wie alt und faltig und kahlköpfig. Einem Mann, der nicht schnell genug den Weg freimachte, versetzte er einen Hieb in den Magen und trat anderen gegen die Schienbeine, damit sie ihm Platz machten. Da Jan seine Schritte nicht verlangsamte, mußte Chun keuchend hinter ihm herlaufen, um ihn einzuholen.

Der Wartungs-Kopter stand vor der Werkstatt, und Jan hatte bereits die Turbinen laufen und die Rotoren in Bewegung, als Chun Taekeng umständlich in die Kabine stieg.

»Man müßte die Klumper ausrotten, mit Stumpf und Stil«, sagte er keuchend und ließ sich neben Jan in den Sitz fallen. Jan antwortete nicht. Selbst wenn es nötig gewesen wäre, was nicht der Fall war, hätte ein Auslöschen der hiesigen Spezies zu viele Schwierigkeiten gemacht. Er ignorierte Chun, der zornig vor sich hin brummte, und gab Gas, sobald sie die nötige Höhe hatten. Er mußte schleunigst ans Ziel. Wenn man sie nicht richtig behandelte, konnten Klumper gefährlich werden. Die meisten Bauern wußten wenig über sie – und scherten sich nicht im geringsten darum.

Die Landschaft zog wie eine gewellte gelb-grün gefleckte Decke unter der Maschine dahin. Die Ernte ging in die letzte Phase, so daß sich die Kornfelder nicht länger glatt in alle Richtungen erstreckten, sondern von den Erntemaschinen mit riesigen Bissen angeknabbert worden waren. Hohe Rauchwolken kennzeichneten die Stellen, an denen die Maschinen arbeiteten. Nur der Himmel veränderte sich nicht, eine bodenlose Schale ewigen Graus, die sich von einem Horizont zum anderen erstreckte. Vier Jahre war es her, seit er die Sonne gesehen hatte, überlegte Jan, vier endlose, wenig wechselhafte Jahre. Die Menschen hier schienen es nicht zu merken, doch zuweilen war das unveränderliche Zwielicht mehr, als er ertragen konnte, und dann griff er nach der kleinen grünen Tablettenflasche.

»Dort, dort unten!« rief Chun Taekeng mit schriller Stimme und streckte einen klauenhaften Finger aus. »Landen Sie dort, genau dort!«

Jan beachtete ihn nicht. Unter der Maschine lag die goldschimmernde Masse des Mähdreschers, zur Hälfte vom draufliegenden Körper des Klumpers bedeckt. Ein großer Brocken, mindestens sechs oder sieben Tonnen. Normalerweise schlugen sich nur die kleineren Exemplare auf die Anbauflächen durch. Lastwagen und Kettenfahrzeuge waren ringsum geparkt; eine Staubwolke zeigte an, daß ein weiteres Fahrzeug unterwegs war. Jan beschrieb vorsichtig einen Bogen, wobei er Chuns Befehl, sofort zu landen, bewußt mißachtete. Er nahm sich Zeit, über Funk den großen Kran zu bestellen. Als er die Maschine dann doch aufsetzte, gut hundert Meter von dem Mähdrescher entfernt, hatte der kleinwüchsige Mann praktisch Schaum vor dem Mund. Doch Jan gab sich völlig unbeteiligt; den Nachteil würden die Mitglieder der Taekeng-Familie haben.

Eine kleine Gruppe hatte sich um die beschädigte Erntemaschine versammelt; man wies hierhin und dorthin und unterhielt sich aufgeregt. Einige Frauen hatten gekühltes Bier in Eimern mitgebracht und gaben Gläser aus. Es herrschte eine Art Jahrmarktatmosphäre, eine willkommene Unterbrechung der Monotonie und Last des täglichen Lebens. Ein Kreis von Leuten bewunderte, wie ein junger Mann die Flamme eines Schweißapparats vorsichtig an den braunen Fleischlappen hielt, der seitlich an der Maschine herabhing. Der Klumper kräuselte die Haut, als die Flamme ihn berührte, schwarz-fettige Rauchwolken stiegen auf und rochen unangenehm.

»Dreht das Schweißgerät aus und verschwindet von hier!« sagte Jan.

Der Mann blickte mit offenem Mund zu Jan empor, machte aber keine Anstalten, den Schweißbrenner zuzudrehen. Zwischen seinem Haaransatz und den Augenbrauen gab es kaum freie Fläche; er wirkte geistig etwas zurückgeblieben. Die Taekeng-Familie war sehr klein und hatte oft in den eigenen Kreisen geheiratet.

»Chun!« rief Jan dem Familienvorstand zu, der schweratmend herbeieilte. »Schaffen Sie das Schweißgerät fort, ehe es Ärger gibt.«

Chun kreischte wütend und unterstrich seine Worte mit einem energischen Tritt. Der junge Mann hastete mit dem Schweißbrenner davon. Jan trug ein paar dicke Handschuhe im Gürtel und zog sie jetzt über. »Ich brauche Hilfe«, sagte er. »Holt Schaufeln und helft mir, die Kante hochzuheben. Nicht unten berühren. Das Ding sondert Säure ab, die euch im Nu Löcher in die Haut frißt.«

Mühsam wurde der Rand des Klumpers hochgehoben, und Jan beugte sich vor und schaute darunter. Das Fleisch war weiß und hart und feucht von Säure. Er fand eines der zahlreichen Sprungbeine, das etwa die Größe und Form eines Menschenbeins hatte. Es war in eine Vertiefung im Fleisch eingefaltet und leistete Widerstand, als er daran zerrte. Doch einem ständigen Zug konnte es nicht widerstehen, so daß er es weit genug herausbiegen konnte um zu sehen, in welcher Richtung das knubbelige Knie zeigte. Als er das Bein losließ, zog es sich langsam in die Ausgangsstellung zurück.

»In Ordnung. Laßt los!« Jan trat einige Schritte zurück und kratzte ein Zeichen in den Boden, dann drehte er sich um und blickte daran entlang. »Bringt die Lkws fort!« befahl er. »Fahrt sie nach links und rechts, mindestens so weit weig wie den Kopter. Wenn das Ding noch einmal springt, landet es glatt darauf. Nach der Kokelei bringt es so etwas glatt fertig!«

Die Leute schienen nicht recht zu begreifen, was er wollte, doch Chun schaffte mit einigen hinausgebrüllten Worten Klarheit. Seine Familie handelte schnell. Jan fuhr sich mit den Handschuhen über die Bartstoppeln und erkletterte den Mähdrescher. Ein lautes Rattern kündigte die Ankunft des großen Kran-Kopters an. Die riesige Maschine, das größte Fluggerät auf dem Planeten, grollte herbei und schwebte über der Szene. Jan zog das Funkgerät aus dem Gürtel und gab Befehle. An der Unterseite erschien eine quadratische Öffnung, und am Ende einer starken Trosse wurde ein Hebebalken herabgelassen. Der Abwind der Rotoren zerrte an Jan, während er vorsichtig den Balken in Position brachte und dann die großen Haken einen nach dem anderen unter den Körperrand des Klumpers schob. Wenn das Wesen den scharfen Stahl in seinem Fleisch spürte, ließ es sich nichts anmerken. Als die Haken zu Jans Zufriedenheit angebracht waren, ließ er die Hand über seinem Kopf keisen. Der große Kran begann langsam anzuheben.

Jans Anweisungen folgend, spannte der Pilot die Trosse und holte sie langsam ein. Die Haken bohrten sich tief ein, und der Klumper begann zu beben. Jetzt kam der kritische Moment. Wenn das Wesen sprang, konnte es den Kopter vernichten. Aber die Kante kam immer höher, bis sich die feucht-weiße Unterseite zwei Meter hoch in der Luft befand. Jan machte eine schneidende Bewegung mit der Hand, und der große Kran-Kopter entfernte sich langsam, die Kante des Wesens waagerecht zum Boden hinter sich her ziehend. Es war, als nehme man eine Decke an der Kante und drehe sie um. Mühelos fließend rollte der Klumper, bis er rücklings auf dem Feld lag, seine Unterseite eine große Fläche schimmernden weißen Fleisches.

Dieses Bild veränderte sich sofort, denn plötzlich schossen die vielen tausend Beine abrupt in die Luft, ein emporschießender Wald bleicher Gliedmaßen. Sekundenlang standen sie aufrecht, dann kehrten sie langsam in die Ruheposition zurück.

»Das Ding ist jetzt harmlos«, sagte Jan. »Es kann sich nicht umdrehen.«

»Jetzt bringen sie es um!« rief Chun Taekeng begeistert.

Jan versuchte seine Stimme nicht angewidert klingen zu lassen. »Nein, darum geht es uns nicht. Ich kann mir nicht vorstellen, daß Sie sieben Tonnen verfaulenden Fleisches in einem Ihrer Felder liegen haben wollen. Wir lassen das Wesen zunächst in Ruhe. Der Mähdrescher ist wichtiger.« Er gab dem großen Kran-Kopter Anweisung zu landen, dann löste er den Klumper von der Hebestange.

Im Kopter befand sich ein Sack Pottasche, die bei solchen Vorfällen wertvolle Hilfe leistete. Es gab ja immer wieder Ärger mit den Klumpern. Jan stieg wieder auf die gestrandete Erntemaschine und schleuderte die Asche über die Säurestellen, die sich abzeichneten. Die Flüssigkeit schien sich noch nicht tief eingefressen zu haben, doch mochte es drinnen Ärger geben, wenn die Säure in die Maschine getropft war. Er mußte sofort die Verkleidungen abnehmen. Einige Abdeckungen waren verformt und mehrere Leiträder verbogen, so daß sich eine Raupenkette gelöst hatte. Viel Arbeit.

Auf einer Fahrkette und geschleppt von vier Lkws, gelang es ihm, den Mähdrescher gut zweihundert Meter rückwärts vom Klumper fortzubringen. Unter den kritischen Augen und den noch kritischeren Bemerkungen Chun Taekengs ließ er den Klumper vom großen Kran-Kopter wieder umdrehen.

»Laßt das häßliche Ding liegen! Tötet es, begrabt es! Jetzt liegt es wieder richtig und wird erneut springen und uns alle umbringen.«

»Nein«, widersprach Jan. »Es kann sich nur in eine Richtung bewegen; Sie haben ja die Beinstellung gesehen. Wenn der Klumper springt, dann wieder in Richtung Ödland.«

»Das können Sie nicht genau wissen ...«

»Aber ziemlich genau. Ich kann das Ding nicht wie eine Waffe auf ein Ziel ausrichten, wenn Sie das meinen. Aber wenn der Klumper springt, dann weg von hier.«

Wie auf ein Stichwort hin vollführte der Klumper den Sprung.

Das Wesen besaß keine logische Vernunft und kannte keine Gefühle, doch es besaß komplizierte chemische Auslöser. Sie alle mußten von der rauhen Behandlung aktiviert worden sein, von der scheinbaren Umkehr der Schwerkraft, der Begegnung mit der Flamme und der schmerzhaften Kollision mit dem Mähdrescher. Der Boden erdröhnte dumpf, als die Beine gleichzeitig zutraten. Einige Frauen schrien auf, und selbst Chun Taekeng schnappte hörbar nach Luft und wich einige Schritte zurück.

Der riesige Körper wurde hoch durch die Luft geschleudert. Er verließ das Feld, durchquerte die Sensorenstrahlen und prallte heftig in den Sand außerhalb. Auf allen Seiten rollte eine dichte Staubwolke hervor.

Jan nahm den Werkzeugkasten aus dem Kopter und machte sich an die Reparatur der Erntemaschine, froh, sich in seinen Gedanken verlieren zu können. Immer wenn er dies tat, wenn er allein gelassen wurde, kehrten seine Gedanken sofort zu den Schiffen zurück. Er war es leid, über sie nachzudenken und zu sprechen, doch er konnte sie nicht vergessen. Niemand konnte sie vergessen.

2

»Ich möchte nicht über die Schiffe sprechen«, sagte Alzbeta Mahrowa. »Zur Zeit scheinen sie das einzige Gesprächsthema zu sein.«

Sie saß dicht neben Jan auf der Bank und hatte ihren Oberschenkel gegen seinen gepreßt. Er spürte die Wärme ihres Körpers durch den dünnen Kleiderstoff und das Tuch seines Overalls. Er rang heftig die Hände, bis die Sehnen an seinen Handgelenken wie Seile hervorstanden. So dicht konnte er an sie herankommen, so dicht und niemals weiter, hier auf diesem Planeten. Er musterte sie aus den Augenwinkeln; die glatte, gebräunte Haut ihrer Arme, das schulterlange schwarze Haar, die großen und ebenfalls dunklen Augen, ihre festen Brüste ...

»Die Schiffe sind wichtig«, sagte er und riß mühsam den Blick von ihr los, um ohne Interesse auf das dickwandige Lagerhaus zu blicken, das auf der anderen Seite der mit Lava geschotterten

Straße aufragte. »Heute sind sie schon sechs Wochen überfällig, und unsere Abfahrt hätte vor vier Wochen sein müssen. Jetzt muß eine Entscheidung fallen. Hast du die Hradil noch einmal wegen unserer Heirat gefragt?«

»Ja«, antwortete Alzbeta, drehte sich zu ihm um und ergriff seine Hand, obwohl jeder Passant es sehen konnte. Ihr Blick war bekümmert. »Sie wollte mich nicht zu Ende anhören. Ich muß einen Mann aus der Semenow-Familie heiraten oder überhaupt nicht. Das sagt das Gesetz.«

»Gesetz!« Er sagte das Wort zähneknirschend wie einen Fluch. Gleichzeitig entzog er ihr die Hände und rückte auf der Bank von ihr ab. Ihre Berührung quälte ihn auf eine Weise, von der sie keine Ahnung hatte. »Es ist kein Gesetz, sondern eine Sitte, ein dummer Brauch und ein bäuerlicher Aberglaube. Auf dieser Bauernwelt, die um einen blauweißen Zwergstern kreist, der von der Erde nicht einmal zu sehen ist. Auf der Erde könnten wir heiraten und eine Familie gründen.«

»Aber du bist nicht auf der Erde.« Sie sprach so leise, daß er ihre Worte kaum verstand.

Der Zorn wich und ließ ihn erschöpft zurück. Ja, er war nicht auf der Erde und würde niemals dorthin zurückkehren. Er mußte hier seinen Lebensweg machen – und einen Weg finden um die Regeln, die hier galten. Durchbrechen konnte er sie nicht.

Sein Chronometer zeigte zwanzig Uhr an, obgleich das endlose Dämmerlicht keine Änderung erkennen ließ. Obwohl das Dämmerlicht vier Jahre dauerte, maßen die Menschen die Zeit mit ihren alten irdischen Zeitmessern. In ihnen steckte der Lebensrhythmus eines Planeten, der Lichtjahre entfernt war.

»Die Zusammenkunft dauert jetzt schon über zwei Stunden, und man redet doch nur immer wieder dasselbe. Langsam müßte man die Sache doch leid sein.« Er stand auf.

»Was hast du vor?«

»Ich muß tun, was getan werden muß. Die Entscheidung darf nicht länger hinausgeschoben werden.«

Mit einer kurzen Geste umfaßte sie seine Hände und ließ sie schnell wieder los, als begriffe sie, was ihre Berührung für ihn bedeutete. »Viel Glück.«

»Nicht ich brauche das Glück. Mein Glück war vorbei, als ich auf Lebenskontrakt von der Erde verbannt wurde.«

Sie durfte ihn nicht begleiten, denn es handelte sich um eine Zusammenkunft der Familienvorstände und der technischen Offiziere. Als Wartungs-Captain hatte er dort Sitz und Stimme. Die Innentür der Druckkuppel war verschlossen, und er mußte laut anklopfen, ehe das Schloß sich klappernd öffnete. Proktor-Captain Ritterspach musterte ihn mißtrauisch aus eng zusammenstehenden Augen.

»Sie kommen spät.«

»Halten Sie den Mund, Hein, und machen Sie mir auf.« Jan hatte wenig Respekt vor dem Proktor-Captain, der die ihm Unterstellten piesackte und nach oben hin katzbuckelte.

Die Demoralisierung war so groß, wie er befürchtet hatte. Chun Taekeng hatte als ältester Familienvorstand die Leitung inne, und sein ewiges Gehämmer und Geschrei, wenn sich niemand um ihn kümmerte, trug nicht gerade zur Beruhigung bei. Es wurde zornig argumentiert und bitter denunziert, doch positive Vorschläge fehlten. Die Argumente, die schon seit einem Monat umliefen, wurden immer wieder vorgetragen und brachten die Diskussion nicht weiter. Es war Zeit.

Jan trat vor und hielt Aufmerksamkeit heischend die Hand hoch. Chun beachtete ihn jedoch nicht. Er ging weiter, bis er dicht vor dem kleinen Mann stand und ihn hoch überragte. Chun winkte zornig, er solle zur Seite treten und versuchte an ihm vorbeizuschauen, doch Jan bewegte sich nicht.

»Verschwinden Sie von hier, auf Ihren Platz! Das ist ein Befehl!«

»Ich werde jetzt sprechen. Bringen Sie die Leute zur Ruhe!«

Plötzlich wurde man auf ihn aufmerksam, und das Stimmengewirr verstummte. Chun hämmerte auf den Tisch, und diesmal gab es Ruhe.

»Das Wort hat der Wartungs-Captain!« rief er, dann warf er angewidert den Hammer aus der Hand. Jan wandte sich zu den anderen um.

»Ich werde Ihnen einige Tatsachen auftischen, Tatsachen, die nicht wegzuleugnen sind. Erstens – die Schiffe haben sich verspätet. Um sechs Wochen. In all den Jahren, in denen die Schiffe fällig waren, haben sie sich noch nie um eine solche Zeit verspätet. In der ganzen Zeit haben sie nur einmal länger als vier Tage auf sich warten lassen. Die Schiffe sind noch nicht da, und wir haben die Zeit mit Warten vergeudet. Wenn wir hierbleiben, werden wir verbrennen. Morgen früh müssen wir die Arbeit einstellen und die Vorbereitungen für die Fahrt beginnen.«

»Das letzte Korn auf den Feldern ...!« rief jemand.

»Wird verbrennen. Wir lassen es hier. Wir sind bereits verdammt spät dran. Ich frage unseren Zugmeister Iwan Semenow, ob das nicht richtig ist.«

»Was ist mit dem Korn in den Silos?« meldete sich eine Stimme, doch Jan ging über die Frage zunächst hinweg. Einen Schritt nach dem anderen.

Widerstrebend nickte der grauhaarige Semenow. »Ja, wir müssen losfahren. Wir müssen losfahren, um im Zeitplan zu bleiben.«

»Da haben Sie es. Die Schiffe haben sich verspätet, und wenn wir noch länger bleiben, werden wir über dem Warten sterben. Wir müssen die Fahrt in den Süden antreten und hoffen, daß sie uns erwarten, wenn wir Südland erreichen. Etwas anderes bleibt uns nicht übrig. Wir müssen sofort aufbrechen – und das Korn mitnehmen.«

Entsetztes Schweigen trat ein. Jemand lachte auf, nahm sich aber sofort zusammen. Dieser Vorschlag war neu – und neue Ideen stifteten in diesem Kreis nur Verwirrung.

»Unmöglich!« sagte die Hradil schließlich, und viele andere nickten zustimmend. Jan starrte in das eckige Gesicht und auf die dünnen Lippen des Vorstands von Alzbetas Familie und ließ seine Stimme tonlos klingen, damit sein Haß auf diese Frau nicht deutlich wurde.

»Es ist möglich. Sie sind eine alte Frau, die von diesen Dingen nichts versteht. Ich bin Captain im Dienste der Wissenschaft und sage Ihnen, es geht. Ich habe die Zahlen hier. Wenn wir unterwegs unseren Bewegungsraum einschränken, können wir beinahe ein Fünftel des Korns mitnehmen. Dann können wir die Züge leermachen und zurückkehren. Wenn wir schnell machen, ist es zu schaffen. Die leeren Züge können zwei Fünftel des Getreides befördern. Der Rest wird verbrennen, aber damit hätten wir fast zwei Drittel der Ernte gerettet. Wenn die Schiffe kommen, *brauchen* sie die Nahrung. Sonst werden Menschen verhungern. Wir haben das Getreide dann parat.«

Die anderen fanden ihre Stimme wieder und brüllten ihm und anderen Fragen zu, und von allen Seiten brandeten Spott und Zorn auf, während der kleine Hammer unentwegt auf den Tisch knallte, ohne daß sich jemand darum kümmerte. Jan drehte der Menge den Rücken zu und achtete nicht darauf. Sie mußten das Problem ausdiskutieren, mußten die neue Idee durchkneten und durchkauen. Dann mochte ihnen klar werden, daß es so ging. Es waren reaktionäre, sture Bauern, die jede Neuerung haßten. Wenn sie sich beruhigten, würde er seine Ansprache fortsetzen, doch für den Augenblick drehte er ihnen den Rücken zu und ignorierte sie. Er betrachtete die große Karte des Planeten, die von der Kuppel herabhing, der einzige Schmuck in dem riesigen Saal.

Halvmörk, so hatte das erste Entdeckungsteam den Planeten genannt. Dämmerlicht, die Dämmerlicht-Welt. Der offizielle Name in den Sternenkatalogen war Beta Aurigae III, der dritte Planet und der einzige bewohnbare der sechs Welten, die den heißen blauweißen Zwerg umkreisten. Allerdings nur bedingt bewohnbar. Denn der Planet war eine ungewöhnliche Welt, von großem Interesse für die Astronomen, die sich damit beschäftigt und die Tatsachen in ihre Unterlagen eingetragen hatten. Es war die große Achsneigung der Welt, die die Wissenschaftler so faszinierte und die es den Bewohnern eben erlaubte, den Planeten zu ertragen. Die Neigung der Achse betrug neunundvierzig Grad, und die Umlaufbahn hatte die Form einer langen, flachen Ellipse – und dies rief eine einzigartige Situation hervor. Die Erdachse war nur um 23,5 Grad geneigt, und das genügte schon, um die großen Veränderungen der Jahreszeiten hervorzurufen. Die Achse ist die gedachte Linie, um die sich ein Planet dreht; die Achsneigung die Zahl der Grade, um die diese Achse von der Vertikalen zur Umlaufbahn um das Gestirn abweicht. Einundvierzig Grad sind eine sehr hohe Abweichung und führten zusammen mit einer gestreckten Ellipsenform der Umlaufbahn zu ungewöhnlichen Erscheinungen.

Winter und Sommer waren jeweils vier Erdenjahre lang. Vier lange Jahre hindurch herrschte am Winterpol Dunkelheit – an dem Pol, der von der Sonne abgewandt war. Sobald diese Periode abrupt und extrem zu Ende ging – in der Zeit, in der der Planet die enge Kurve am kurzen Ende der Ellipsenbahn sein Periastron durchwanderte –, kam der Sommer zum Winterpol. Der Klima-Unterschied war brutal und dramatisch, denn der Winterpol wurde zum Zentrum des Sommers und war vier Jahre lang der Sonne ausgesetzt, so wie er zuvor in die Dunkelheit des Winters gewiesen hatte.

Unterdessen herrschte zwischen den Polen, von vierzig Grad Nord bis vierzig Grad Süd der endlose brennende Sommer. Am Äquator stiegen die Temperaturen über zweihundert Grad. Am Winterpol sanken die Temperaturen auf Werte um den Gefrierpunkt, und es gab gelegentlich sogar Frost. Zwischen diesen Temperaturextremen gab es nur einen Ort, an dem die Menschen angenehm leben konnten – die Dämmerzone. Der einzig bewohnbare Ort auf Halvmörk war diese Zone um den Winterpol. Hier schwankten die Temperaturen nur geringfügig, zwischen fünfzehn und dreißig Grad, und die Menschen konnten hier siedeln. Getreide konnte hier wachsen. Wunderbares, gezielt mutiertes Getreide, ausreichend, um ein halbes Dutzend überbevölkerter Planeten zu ernähren. Nuklearbetriebene Entsalzungswerke lieferten das Wasser und wandelten die Mineralien aus dem reichhaltigen Meer in Düngemittel um. Die terrestrischen Fabriken hatten keine Feinde, weil das hiesige Leben nicht auf Kohlenstoff, sondern auf Kupfer basierte. Das Fleisch des einen war für den anderen giftig. Ebensowenig konnte sich das auf Kupfer basierende Pflanzenleben gegen die schneller wachsenden und energischeren Kohlenstoff-Lebensformen durchsetzen, wenn es um die räumliche Ausdehnung ging. Die Flora wurde verdrängt und ausgelöscht – und die Ernten gediehen. Das Getreide paßte sich dem ewigen gedämpften Licht und der gleichbleibenden Temperatur an. Es wuchs und wuchs.

Vier Jahre lang, bis der Sommer kam und die brennende Sonne über den Horizont stieg und das Leben wieder unmöglich machte. Aber wenn auf einer Hemisphäre der Sommer begann, wurde es auf der anderen Winter, und es gab wieder eine bewohnbare Dämmerlichtzone am anderen Ende. Nun war es möglich, vier Jahre lang auf der anderen Hemisphäre anzubauen, bis die Jahreszeiten wieder umschlugen.

Wenn Wasser und Dünger zur Verfügung standen, war der Planet sehr fruchtbar. Die vorhandene Vegetation machte keine Schwierigkeiten. Die Wirtschaft der Erde war so gestaltet, daß der Nachschub an Siedlern auch keine Probleme ergab. Der Überlichtantrieb machte die Transportkosten erschwinglich. Nachdem man alles sorgfältig durchgerechnet und überprüft hatte, lag offen auf der Hand, daß man auf Halvmörk zu guten Konditionen Getreide produzieren und billig auf die nächsten bewohnten Welten transportieren konnte, wobei noch ein guter Gewinn verblieb. Es war zu schaffen. Auch die Schwerkraft war der irdischen sehr nahe; Halvmörk war zwar größer als die Erde, doch nicht annähernd so dicht. Alles war möglich. Es gab sogar zwei große Landmassen um die Pole, die in den benötigten Dämmerungszonen lagen. Man konnte sie abwechselnd bebauen, im Rhythmus von vier Jahren. Es war zu schaffen.

Nur blieb die Frage, wie man die Landleute und die Geräte alle vier Jahre von einer Zone in die andere schaffte. Die Strecke betrug immerhin fast siebenundzwanzigtausend Kilometer.

Was für Vorschläge und Pläne im einzelnen erörtert worden waren, hatte längst in vergessenen Archiven Staub angesetzt. Es blieben jedoch nur wenige Möglichkeiten. Am einfachsten – und auch am teuersten – wäre es gewesen, zwei verschiedene Arbeitsgruppen zu bilden. Während eine Verdoppelung der Gebäude und der Maschinen nicht übermäßig teuer war, blieb der Gedanke, daß ein Arbeitstrupp von neun Jahren fünf in klimatisierten Gebäuden untätig verbringen würde, völlig unannehmbar. Unvorstellbar für Arbeitgeber, die ihren lebenslang verpflichteten Sklaven jedes Jota Arbeitskraft abfordern wollten. Sicher hatte man auch über den Transport über das Meer nachgedacht. Halvmörk bestand vorwiegend aus Ozeanen – mit Ausnahme der beiden Polkontinente und einige Inselketten. Dies hätte aber zur Folge gehabt, daß alles über Land zum Meer gebracht werden mußte, um dort in große und teure Schiffe verladen zu werden, die mit den heftigen Tropenstürmen fertigwurden. Schiffe, die sorgfältig gewartet und gepflegt werden mußten, nur um etwa alle viereinhalb Jahre benutzt zu werden. Das kam auch nicht in Frage. Gab es also überhaupt eine Lösung?

O ja. Die Terraform-Ingenieure hatten große Erfahrung darin, Planeten auf Bedürfnisse des Menschen zuzuschneidern. Sie konnten giftige Atmosphären reinigen, Eiskappen abschmelzen und kühle Klimazonen aufwärmen, sie konnten Wüsten kultivieren und Dschungel verschwinden lassen. Sie konnten sogar an jeder beliebigen Stelle Landmassen aufsteigen lassen und dafür andere, die nicht gebraucht wurden, versenken. Solche schwerwiegenden Veränderungen wurden mit Hilfe von gravitronischen Bomben bewirkt. Jeder dieser Sprengkörper war so groß wie ein kleines Haus und mußte tief im Boden in einer speziell gegrabenen Kammer placiert werden. Wie diese Sprengsätze funktionierten, war ein von der Herstellerfirma sorgfältig gehütetes Geheimnis – doch ihre Auswirkungen waren alles andere als geheim. Nach dem Auslösen führten die gravitronischen Bomben zu einem Aufwallen gezielter seismischer Tätigkeit. Die Planetenkruste wurde aufgerissen, das darunter brodelnde Magma freigegeben, das nun seinerseits natürliche Erdbeben erzeugte. Natürlich ließ sich dies nur bewirken, wo Kontinentalplatten aneinander lagen, trotzdem war die Auswahl an möglichen Ansatzpunkten immer ziemlich groß.

Die gravitronischen Bomben hatten aus den Meerestiefen Halvmörks eine Kette lodernder Vulkane aufsteigen lassen – ihre Krater spuckten Lava aus, die sich abkühlte und zu Stein wurde und eine Inselkette bildete. Ehe die Vulkantätigkeit nachließ, wurden die Inseln zu einer Landbrücke, die die beiden Kontinente miteinander verband. Nach dieser Aktion war der Rest – relativ gesehen – eine Kleinigkeit: die höheren Berge waren mit Wasserstoffbomben abzusprengen und schließlich das grobe Land mit Fusionskanonen einzuebnen. Diese Kanonen glätteten die Oberfläche zu einer festen Stein-Straße von Kontinent zu Kontinent, eine Straße, die siebenundzwanzigtausend Kilometer weit beinahe von Pol zu Pol reichte.

Diese Umformung mußte viel gekostet haben. Aber die großen

Firmen waren allmächtig und kontrollierten den Reichtum der Erde absolut. Da machte es keine Mühe, ein entsprechendes Konsortium zu bilden, denn die Erträge versprachen gut zu werden und würden endlos fließen.

Die Zwangs-Siedler auf Halvmörk waren nomadisierende Bauern. Vier Jahre lang plagten sie sich ab und ließen ihre Ernte wachsen und lagerten sie für den Tag, an dem die Schiffe kamen. Dies war der langerwartete, aufregende, wichtigste Tag im Zyklus ihres Lebens. Wenn die Schiffe ihr Eintreffen ankündigten, war die Arbeit zu Ende. Das Getreide, das noch auf den Feldern stand, blieb ungeerntet, und die Feier begann, denn die Schiffe brachten zugleich alles, was das Leben auf dieser grundsätzlich feindlichen Welt ermöglichte. Frisches Saatgut, wo nötig, denn die mutierten Getreidearten waren instabil und die Bauern waren keine Biologen, die darüber wachen konnten. Kleidung und Ersatzteile, neue Nuklearbrennstäbe für die Atommotoren, all die unzähligen Ersatzteile und Geräte, die auf diesem nicht selbst industrialisierten Planeten eine auf der Maschine basierende Kultur am Leben erhielten. Die Schiffe blieben gerade lange genug, um den Nachschub zu löschen und ihre Laderäume mit Korn zu füllen. Dann starteten sie wieder, und die Feier endete. Ehen wurden geschlossen, denn dies war der einzige Zeitpunkt, da das Heiraten gestattet war – und dann war alles vorbei, der Alkohol ausgetrunken.

Und die Fahrt begann.

Die Menschen zogen herum wie die Zigeuner. Die einzigen dauerhaften Bauwerke waren die Unterstände für die Maschinen und Kornsilos mit den dicken Wänden. Nachdem die Zwischenwände herausgenommen und die großen Türen aufgehebelt worden waren, wurden die Lkws und Kopter, die schweren Erntemaschinen, Sämaschinen und anderen Feldgeräte ins Innere geschoben. Die beweglichen Teile wurden versiegelt, die Maschinenteile mit Silikonfett eingeschmiert – und so würden sie die Hitze des Sommers überdauern, bis die Bauern im kommenden Herbst zurückkehrten.

Alles andere machte die Reise mit. Der Versammlungssaal und die anderen Druck-Kuppel-Bauten wurden zusammengelegt und

Zwischendurch: [redacted] Die Zwangs-Siedler von Halvmörk ernähren die Erde mit speziell veränderten Getreidearten – doch ihr eigenes Leben ist mehr als karg. Nur wenn die Raumschiffe kommen, ist die Zeit des Rastens. [redacted] Wir Irdischen von heute können uns mehr Entspannung gönnen – und wir haben auch immer Zeit für eine kleine leckere Mahlzeit zwischendurch. Denn mit etwas Warmem im Magen entspannt es sich ja nochmal so gut. Deshalb sollte man sie auch immer im Hause haben, die... [redacted]

eingepackt. Die Abstützungen wurden hochgedreht, und all die anderen langen und schmalen Gebäude senkten sich auf ihre Federungen und Räder. Die Frauen hatten bereits seit Monaten Nahrung in Dosen eingekocht oder sonstwie haltbar gemacht, das Abschlachten der Schafe und Rinder hatte die Gefrierschränke mit Fleisch gefüllt. Nur einige wenige Lämmer und Kälber wurden mitgenommen; neue Herden entstanden aus der Spermabank.

Wenn alles verstaut war, schleppten die Lkws und Traktoren die Einheiten zu langen Trecks zusammen, ehe sie dann selbst eingemottet und luftdicht in den dauerhaften Gebäuden und Silos verstaut wurden. Die Maschinen, die Antriebseinheiten, lösten sich dann von ihren Standorten, wo sie vier Jahre lang als Kraftwerke gewirkt hatten, und rollten schwerfällig als Zugmaschinen an die Spitze jedes Trecks. War erst alles angekuppelt und durch Ketten und Trossen verbunden, erwachte der Zug zu vollem Leben. Alle Fenster wurden versiegelt, und die Klimaanlage wurde angeworfen. Sie würde die Arbeit erst beenden, wenn die Dämmerungszone der südlichen Hemisphäre erreicht und die Temperatur wieder erträglich war. Am Äquator mochte die Temperatur den Siedepunkt des Wassers erreichen. Bei Nacht sank sie allenfalls auf 55 Grad, und es gab keine Erleichterung, denn Halvmörk hatte eine Rotationsdauer von achtzehn Stunden, und die Nächte waren zu kurz, als daß sich die Temperatur spürbar hätte senken können.

»Jan Kulozik, wir haben eine Frage an Sie. Passen Sie auf, Kulozik, das ist ein Befehl!« Nachdem er schon den ganzen Abend herumgebrüllt hatte, klang Chun Taekengs Stimme ziemlich brüchig.

Jan wandte sich von der Landkarte ab und schaute in die Gesichter. Es wurden zahlreiche Fragen gebrüllt, doch er ignorierte sie, bis wieder Stille einkehrte.

»Hören Sie mich an!« sagte Jan. »Ich habe im Detail ausgearbeitet, was geschehen muß, und ich nenne Ihnen die Zahlen. Aber die Entscheidung muß fallen, ehe ich das tue. Nehmen wir das Getreide mit oder nicht? So einfach ist das. Abfahren müssen wir, dagegen ist nichts zu sagen. Und ehe Sie sich wegen des Korns entscheiden, sollten Sie zweierlei bedenken. Falls und wenn die Schiffe kommen, brauchen sie das Getreide, weil Menschen hungern. Tausende, vielleicht sogar Millionen würden sterben, wenn sie es nicht bekämen. Wenn wir das Getreide dann nicht bei uns haben, wäre ihr Tod unsere Schuld.

Wenn die Schiffe nicht kommen, dann sterben wir auch. Unsere Vorräte sind erschöpft, Ersatzteile kommen nicht nach, zwei Zugmaschinen haben bereits verminderte Leistung, und wir brauchen nach dieser Fahrt frische Brennstäbe. Ein paar Jahre würden wir durchhalten, doch irgendwann käme das Ende. Denken Sie darüber nach, dann entscheiden Sie.

Vorsitzender, ich bitte um Abstimmung.«

Als die Hradil sich erhob und die Aufmerksamkeit auf sich zog, erkannte Jan, daß es eine lange Auseinandersetzung werden würde. Diese alte Frau, die Anführerin der Mahrowa-Familie, repräsentierte die Kraft der Reaktion, des Einflusses, der sich gegen jede Veränderung wandte. Sie war klug, doch sie besaß den Verstand eines Bauern. Was alt war, war gut, alles Neue mußte vom Bösen sein. Jede Veränderung machte die Dinge schlimmer, das Leben mußte in unveränderlichen Bahnen verlaufen. Die anderen Anführer lauschten ihren Worten mit Respekt, denn sie formulierte ihre unüberlegten und ewig wiedergekäuten Argumente am besten. Wenn sie aufstand, setzten sie sich bequemer hin, bereit, den beruhigenden Balsam der Dummheit über sich ausgießen zu lassen, bereit, die uralten, engstirnigen Ansichten dieser Frau als Gesetz anzuerkennen.

»Ich habe mir die Worte dieses jungen Mannes angehört. Ich schätze seine Meinung, obwohl er kein Familienvorstand ist und nicht einmal einer unserer Familien angehört.« Schön gesagt, überlegte Jan. Mit den Eröffnungsworten wurde ihm bereits Glaubwürdigkeit genommen, Vorläufer für das Anrennen gegen all seine Argumente.

»Trotzdem«, fuhr sie fort, »müssen wir uns seine Vorschläge anhören und sie nach ihren Verdiensten bewerten. Er hat recht. Was er aufgezeigt hat, ist die einzige Möglichkeit. Wir müssen das Getreide mitnehmen. Dies ist unsere Aufgabe seit alters her, der Grund für unsere Existenz. Ich bitte um negative Abstimmung, damit niemand sich hinterher beschweren kann, wenn die Dinge nicht richtig laufen. Ich fordere Sie alle auf, damit einverstanden zu sein, daß wir sofort abfahren und das Getreide mitnehmen. Wer nicht dieser Ansicht ist, soll jetzt aufstehen.«

Es hätte schon stärkere Persönlichkeiten erfordert, um unter dem kalten Blick dieser Frau aufzustehen. Außerdem waren die Leute verwirrt. Erstens wurde ihnen da ein neuer Gedanke aufgetischt, etwas, von dem sie wenig hielten, und überdies zu einem Zeitpunkt, da von der Entscheidung Leben oder Tod abhängen konnte. Und nun wurde dieser Vorschlag von der Hradil unterstützt, einer Frau, die in beinahe jeder Beziehung ihren Willen verkörperte. Es war beunruhigend. Sie mußten darüber nachdenken, und als sie ein bißchen gegrübelt hatten, war es zu spät aufzustehen und der Frau Widerstand zu leisten, und so wurde die Entscheidung mit gereiztem Gemurmel und düsteren Blicken einstimmig beschlossen.

Jan gefiel diese Wahl auch nicht, doch er konnte schlecht Einwände gegen seinen eigenen Vorschlag erheben. Trotzdem war er mißtrauisch. Er wußte, die Hradil haßte ihn so intensiv, wie er sie verabscheute. Trotzdem hatte sie sich hinter seine Idee gestellt und die anderen zwangsweise dazu bekehrt. Irgendwann würde er dafür bezahlen müssen, auf eine Weise, die er sich heute noch nicht vorstellen konnte. Zum Teufel damit! Wenigstens hatte die Versammlung seinem Vorschlag zugestimmt. Was wollte er mehr?

»Was tun wir nun?« fragte die Hradil und wandte sich in seine Richtung, ohne ihn allerdings offen anzusehen. Sie gedachte ihn zu benutzen, akzeptierte ihn aber nicht.

»Wir stellen die Züge zusammen wie immer. Doch ehe dies geschieht, müssen die Familienvorstände Listen nicht-wesentlicher Dinge machen, die wir zurücklassen können. Diese Listen gehen wir gemeinsam durch. Die Dinge lassen wir dann bei den Maschinen zurück. Einiges wird durch die Hitze vernichtet werden, aber wir haben keine andere Wahl. In jedem Treck werden zwei Wagen als Wohnung eingerichtet. Das bedeutet eine qualvolle Enge, das weiß ich, aber es muß sein. Alle anderen Wagen werden mit Getreide gefüllt. Ich habe das Gewicht berechnet, die Wagen halten das aus. Die Zugmaschinen kommen langsamer voran, doch wenn wir gut Vorsorge treffen, bekommen sie die Züge über die Strecke.«

»Den Leuten wird das nicht gefallen«, sagte die Hradil, und zahlreiche Köpfe nickten.

»Das weiß ich, aber Sie sind die Familienvorstände. Sie müssen den Gehorsam erzwingen. Sie haben in jeder anderen Beziehung Autorität, beispielsweise in der Frage der Eheschließung.« Betont blickte er die Hradil an, doch sie wich seinem Blick ebenso deutlich aus. »Lassen Sie sich also auf nichts ein. Schließlich sind Sie keine gewählten Volksvertreter, die jederzeit ersetzt werden können. Ihre Herrschaft ist absolut. Setzen Sie Ihre Macht ein. Die Fahrt wird nicht so gemächlich und mühelos ablaufen wie früher. Es wird eine schnelle, anstrengende Fahrt. Und das Leben in Südstadt wird sich ungemütlich anlassen, bis die Züge mit der zweiten Ladung ankommen. Sagen Sie das den Leuten. Legen Sie jetzt die Karten offen auf den Tisch, damit sich später niemand beschweren kann. Sagen Sie den Leuten, daß wir nicht wie früher nur fünf Stunden am Tag fahren, sondern mindestens achtzehn Stunden. Wir werden langsamer vorankommen und sind bereits spät dran. Und die Züge müssen ein zweitesmal fahren. Wir haben also sehr wenig Zeit. – Und da ist noch etwas ...«

Jetzt kam die zweite Entscheidung, die heute fallen mußte, eine Entscheidung, die für ihn persönlich noch wichtiger war. Er hoffte, daß Lee Ciou sein Wort halten würde. Der Piloten-Captain war im Grunde kein Menschenfreund und mochte auch die Politik nicht, so daß es Mühe gemacht hatte, ihn zu einer Teilnahme zu bewegen.

»Dies alles ist neu«, sagte Jan. »Es muß einen Koordinator für die Veränderungen geben, für die erste Fahrt und einen Kommandanten für die zweite Fahrt. Jemand muß das Kommando führen. Wen schlagen Sie vor?«

Eine neue Entscheidung. Wie verhaßt ihnen das war! Alle sahen sich um und murmelten durcheinander. Lee Ciou stand auf, wartete einen kurzen Augenblick lang und zwang sich dann zum Sprechen.

»Jan Kulozik muß es tun. Er ist der einzige, der genau weiß, was zu tun ist.« Er setzte sich sofort wieder.

Das Schweigen zog sich in die Länge, während die Anwesenden den Gedanken immer wieder in ihrem Geiste bewegten, entsetzt über diese Abkehr von der Tradition, über den plötzlichen Wandel, der sich hier abzeichnete.

»Nein!« kreischte Chun Taekeng, und sein rotes Gesicht reflektierte einen Zorn, der größer war als normal. Achtlos schlug er mit dem kleinen Hammer zu und schien es selbst nicht einmal zu merken. »Iwan Semenow wird die Fahrt organisieren. Iwan Semenow macht das immer. Er ist der Zugmeister. So ist es immer gemacht worden, so wird es weiter geschehen!« Speichel flog von seinen Lippen, so heftig stieß er die Worte hervor. Die Leute in der ersten Reihe neigten sich zurück und wischten sich unauffällig die Gesichter – während sie gleichzeitig zustimmend nickten. Diese Forderung konnten sie verstehen, etwas, das keinen Fortschritt oder Rückschritt bedeutete, sondern ein Festhalten am Bewährten.

»Hören Sie auf zu hämmern, Taekeng, ehe der Stiel abbricht«, sagte die Hradil mit fauchender Stimme. Der Vorsitzende riß den Mund auf; er war es gewohnt, Befehle zu geben, und wurde normalerweise nicht so angefahren. So etwas hatte es noch nicht gegeben. Er zögerte, und der Hammer verweilte in der Luft, und ehe er seine Gedanken sammeln konnte, sprach die Hradil weiter.

»So ist es besser, viel besser. Wir müssen uns etwas überlegen, das in dieser Situation das Richtige ist – es muß nicht unbedingt etwas sein, das sich früher bewährt hat. Wir unternehmen hier etwas Neues, vielleicht brauchen wir also einen neuen Organisator. Ich behaupte nicht, daß es unbedingt so sein soll. Vielleicht. Warum fragen wir nicht Iwan Semenow nach seiner Meinung? Was halten Sie davon, Iwan?«

Langsam stand der großgewachsene Mann auf. Er zupfte an seinem Bart, schaute sich im Kreis der technischen Offiziere und Familienvorstände um und versuchte ihnen die Reaktion von den Gesichtern abzulesen. Aber dort fand er keine Hilfe. Zorn las er dort, gewiß, und große Verwirrung – doch keine klare Entscheidung.

»Vielleicht sollte man Jan in Betracht ziehen, als Planer, wenn Sie verstehen, was ich meine. Neuerungen, die müssen durchdacht sein, und dann zwei Fahrten ... Ich weiß im Grunde nicht recht ...«

»Wenn Sie sich nicht auskennen, sollten Sie den Mund halten!« rief Chun Taekeng und knallte einmal mit dem Hammer. Aber er brüllte und hämmerte schon den ganzen Abend und wurde nicht weiter beachtet. Iwan redete weiter.

»Wenn ich mich mit den Neuerungen nicht auskenne, brauche ich Hilfe. Jan Kulozik weiß Bescheid, denn es ist sein Plan. Er weiß, was zu tun ist. Ich werde den Treck organisieren, wie immer, aber er kann die nötigen Veränderungen anordnen. Ich muß zustimmen, ja, ich muß gefragt werden, doch er könnte die Neuerungen organisieren.«

Jan wandte sich ab, damit man sein Gesicht nicht sah und seine Gefühle darauf ablas. Er gab sich größte Mühe, doch er haßte diese Menschen! Mit dem Handrücken rieb er sich über die Lippen, um etwas von dem bitteren Geschmack fortzureiben, der ihm zu schaffen machte. Niemand merkte etwas; aller Augen waren auf die Hradil gerichtet, die jetzt wieder das Wort ergriff.

»Gut. Ein guter Plan. Ein Familienvorstand muß bei der Fahrt das Kommando führen. So muß es geschehen. Das ist der richtige Weg. Der technische Offizier wird ihm beratend zur Seite stehen. Ich finde, das ist eine gute Idee, ich bin dafür. Wer anderer Ansicht ist, sollte den Arm heben, und zwar schnell. Na bitte, alle dafür.«

Er führte also das Kommando – andererseits auch wieder nicht. Jan verspürte den Drang, nicht nachzugeben und auf der uneingeschränkten Kontrolle zu bestehen, aber damit erreichte er nichts. Diese Leute hatten nachgegeben, also mußte er auch ein wenig flexibel sein. Der Transport des Korns war wesentlich, und das kam an erster Stelle.

»In Ordnung«, sagte er. »Wir machen es also. Aber es darf keine Auseinandersetzungen mehr geben, darüber müssen wir uns einig sein. Die Ernte wird sofort beendet. Alle unwichtigen Dinge werden aus den Wagen herausgeholt. Alles muß halbiert werden, da wir weniger als die Hälfte Platz zur Verfügung haben werden als sonst. Sie müssen Ihren Leuten Bescheid sagen, für die Vorbereitungen hätten Sie einen Tag Zeit. Wenn Sie es so sagen, sind wir vielleicht in zwei Tagen soweit. Die ersten Wagen sollen in zwei Tagen leer sein, damit wir mit der Verladung des Korns beginnen können. Gibt's noch Fragen?«

Fragen? Es kam nur Schweigen. Fragt man einen Hurrikan, der einen in die Luft schleudert, wie schnell er gerade weht?

3

»Ich finde, wir fahren zu früh. Das Ganze ist ein Fehler.«

Hein Ritterspach fummelte am Schloß der Fusionskanone herum und brachte es nicht fertig, Jan ins Auge zu blicken. Jan knallte das Inspektionsluk für das Reduktionsgetriebe zu und schraubte es fest. Im Fahrerabteil des gepanzerten Fahrzeugs war es eng und muffig, und er roch den beißenden Schweiß des anderen.

»Nicht zu früh, Hein, eher zu spät.« Er sprach tonlos, erschöpft, weil er dieselben Dinge immer wieder sagen mußte. »Die Züge werden gar nicht so weit hinter Ihnen sein, denn wir fahren schneller. Wir holen Sie eher ein, als Sie annehmen. Deshalb bekommen Sie auch eine doppelte Mannschaft mit, damit Sie sechzehn Stunden am Tag arbeiten können. Ich will nur hoffen, daß das genügt. Ihr Job ist besonders wichtig, Hein. Sie von der Wartung müssen in diesen Panzerfahrzeugen die Straße absuchen, ob sie für die Züge auch in Ordnung ist. Sie wissen ja, was Ihnen bevorsteht, Sie tun diese Arbeit nicht zum erstenmal. Diesmal müssen Sie sich nur mehr anstrengen.«

»So schnell kommen wir nicht voran. Die Männer werden nicht mitmachen.«

»Sie werden sie dazu anhalten.«

»Ich kann doch nicht bitten ...«

»Sie bitten nicht, Sie geben *Befehle!*« Die tagelange Arbeit, die frustrierend war und kein Ende nehmen wollte, hatte bei Jan ihre Spuren hinterlassen. Seine Augen waren rotgerändert, und er bekam die Müdigkeit nicht mehr aus dem Körper. Er war es leid, zu überreden, anzuschieben, zu stoßen, diese Menschen einmal in ihrem Leben zu etwas Neuem zu zwingen. Seine Geduld war wirklich nicht mehr die beste, und der Anblick dieses rundlichen Waschlappens ließ das Faß überlaufen. Er fuhr herum und bohrte dem Mann einen Finger in den wabbeligen Bauch.

»Sie sind ein Jammersack, Hein, wissen Sie das? Niemand hier braucht einen Proktor-Captain, es haben alle zuviel zu tun und sind zu müde, um Schwierigkeiten zu machen. Sie faulenzen also nur herum. Erst wenn wir die Züge in Gang haben, werden Sie richtig arbeiten. Dann müssen Sie uns vorausfahren und die Straße räumen – und mehr nicht. Hören Sie auf, nach Vorwänden zu suchen! Fangen Sie endlich an zu arbeiten!«

»So können Sie mit mir nicht reden!«

»Ich hab's doch eben getan. Ihre Panzer und Männer sind abfahrbereit. Ich habe die Ausrüstung persönlich überprüft, und es ist alles in Ordnung. Diesen Kommandopanzer habe ich jetzt das drittemal durchgesehen, und es ist *nichts* defekt. Also fahren wir los!«

»Sie, Sie ...«

Dem großen Mann versagte vor Wut die Stimme, und er hob eine große Faust über den Kopf. Jan trat dicht vor ihn hin und ballte eine harte, zerkratzte Technikerfaust. Lächelnd wartete er ab.

»Ja, nun schlagen Sie mich doch schon! Warum tun Sie's nicht?«

Er mußte zwischen den Zähnen hindurchsprechen, so fest hatte er die Wangenmuskeln angespannt, und sein Arm bebte vor unterdrückter Wut. Hein konnte seinem Blick nicht standhalten. Er ließ die Faust sinken, wandte sich ab und kletterte ungeschickt durch das Luk. Draußen klapperten seine Stiefel auf den Sprossen.

»Das ist Ihr Ende, Kulozik!« brüllte er, und sein rotes Gesicht wurde durch das Luk gerahmt. »Ich gehe zu Semenow, zu Chun Taekeng. Sie werden rausgeworfen! Sie sind zu weit gegangen ...«

Jan machte einen müden Schritt vorwärts und hob die Faust. Das Gesicht verschwand sofort. Ja, er war zu weit gegangen. Er hatte den Großsprecher als Feigling dastehen lassen. Das würde ihm Hein niemals verzeihen. Zumal es bei der Szene einen Zeugen gegeben hatte, Lajos Nagy saß stumm auf dem Sitz des Beifahrers. Er wußte sehr wohl, was hier geschehen war.

»Lassen Sie die Motoren an«, befahl Jan. »Sie glauben, ich habe ihn zu hart angefaßt, Lajos?«

»Wenn man eine Weile mit ihm gearbeitet hat, ist er ganz in Ordnung.«

»Ich wette, es wird immer schlimmer mit ihm, je länger man mit ihm zusammen ist.«

Eine grollende Vibration ließ den Boden erzittern, als das Getriebe einrastete. Jan legte lauschend den Kopf auf die Seite. Der Panzer war in guter Verfassung. »Geben Sie den anderen Bescheid – Motoren anlassen!« befahl er. Er verriegelte das Luk, während gleichzeitig die Klimaanlage ansprang, dann ließ er sich auf den Fahrersitz gleiten, die Füße auf die Bremsen gestemmt, die Hände leicht auf das Rad gelegt, das die Kettengeschwindigkeit mit dem Umlauf der Kupplung in Übereinstimmung brachte. Zwanzig Tonnen Stahl vibrierten gespannt und warteten auf sein Kommando.

»Geben Sie Bescheid, die anderen sollen in jeweils hundert Metern Abstand hinter mir bleiben. Wir fahren los.«

Lajos zögerte einen kurzen Augenblick, dann schaltete er sein Mikrofon ein und gab den Befehl. Er war ein guter Mann; wenn sie nicht gerade die große Fahrt machten, gehörte er zu Jans Technikern.

Jan schob das Rad nach vorn und neigte es gleichzeitig. Das Jaulen des Getriebes steigerte sich, und als die Kupplung faßte, fuhr der Panzer ruckhaft an. Die schweren Fahrketten schlugen klirrend auf das kompakte Gestein der Straße. Als Jan auf die Heckkamera schaltete, sah er, daß auch die anderen Panzer zum Leben erwacht waren und sich hinter ihm einreihten. Sie waren unterwegs. Die breite Hauptstraße der Stadt glitt vorbei, die hoch aufragenden Mauern der Lagergebäude, dahinter das erste Ackerland. Er ließ die Kontrollen auf Handbedienung, bis die letzten Gebäude verschwunden waren und die Straße sich verschmälerte. Dann schaltete er auf Automatik, und der Panzer begann schneller zu fahren. Ein in die erstarrte Lavamasse der Straße eingelassener Draht diente als Führung. Die Kolonne der Panzer röhrte an den Bauernhöfen vorbei auf die Wüste zu.

Als die erwartete Nachricht durchkam, waren sie bereits in der sandigen Öde, in der die schnurgerade Straße das einzige Anzeichen für die Existenz des Menschen auf dieser Welt war.

»Ich habe Ärger mit dem Funkgerät«, sagte Jan, »und melde mich gleich wieder.« Er schaltete das Mikrofon ab. Die anderen Panzer hatten auf UKW-Kommandowelle geschaltet und hatten die Nachricht vermutlich nicht aufgefangen. Er hatte diese Sache in Gang gebracht und wollte sie auf seine Weise zu Ende bringen.

Als sie auf das erste Problem stießen, waren sie gut dreihundert Kilometer von der Siedlung entfernt. Sand war über die Straße getrieben worden und bildete eine bis zu zwei Meter hohe Barriere. Jan ließ die Kolonne halten, während sein Panzer die Schräge erklomm. Es sah nicht besonders schlimm aus.

»Welche Maschinen haben die größten Räumschieber?«

»Siebzehn und neun«, antwortete Lajos.

»Lassen Sie sie nach vorn holen, sie sollen das Stück freiräumen. Holen Sie einen zweiten Fahrer aus dem Hauswagen, er soll bei Ihnen bleiben, bis Hein Ritterspach eintrifft. Er wird sich ein paar Tage ziemlich mies anstellen, aber versuchen Sie, ihn zu überhören. Ich fordere ihn jetzt über Funk auf, mit einem Kopter herzukommen, falls er nicht schon unterwegs ist, und fliege gleich mit der Maschine zurück.«

»Ich hoffe, es gibt keinen Ärger.«

Jan lächelte, müde, aber froh, daß er etwas getan hatte. »Natürlich gibt es Ärger. Etwas anderes war nicht zu erwarten. Aber die Kolonne kommt gut voran. Ritterspach wird es nicht wagen umzukehren. Er kann nur weitermachen.«

Jan gab den Funkspruch durch, dann trat er das Luk auf und stieg in den Sand hinab. War es bereits wärmer – oder bildete er sich das nur ein? Und war es am südlichen Horizont nicht heller geworden? Durchaus möglich, denn die Morgendämmerung würde bald einsetzen. Er hielt sich abseits, während die Panzer die Schräge heraufklapperten und an ihm vorbeifuhren. Das letzte Fahrzeug schleppte den Hauswagen und hielt eben lange genug, daß der Ersatzfahrer aussteigen konnte. Die Erdbewegungspanzer nahmen eben den Sand in Angriff, als sich über dem Klirren ihrer Fahrketten das Rattern eines Hubschraubers bemerkbar machte. Die Maschine mußte gestartet sein, ehe seine Botschaft in der Siedlung eintraf. Die Maschine beschrieb einen Kreis und landete dann auf der Straße. Jan ging hinüber.

Drei Männer stiegen aus, und Jan wußte, daß der Ärger noch nicht ausgestanden war, sondern vielleicht erst richtig begann. Er redete sofort los, in der Hoffnung, die anderen in die Defensive zu drängen.

»Iwan, was machen Sie denn hier, zum Teufel? Wer kümmert sich um die Züge, wenn wir hier beide auf der Straße sind?«

Iwan Semenow zwirbelte unruhig seinen Bart und verzog bedrückt das Gesicht, nach Worten suchend. Hein Ritterspach, begleitet von einem Proktor-Assistenten, meldete sich als erster.

»Ich nehme Sie mit zurück, Kulozik, unter Arrest. Man wird Sie unter Anklage stellen wegen ...«

»Semenow, walten Sie Ihres Amtes!« fuhr Jan ihm dazwischen und wandte den beiden Proktoren den Rücken zu. Dabei vergaß er die Handfeuerwaffen der beiden Männer durchaus nicht; sie hielten die Hände in der Nähe der Griffe. Er spürte ein seltsames Ziehen zwischen den Schulterblättern, das er zu ignorieren versuchte. »Sie sind Zugmeister. Es handelt sich um einen Notfall. Die Panzer räumen die Straße. Hein muß sich darum kümmern. Er führt das Kommando. Über seine kleinen Probleme können wir reden, wenn wir in Südstadt eingetroffen sind.«

»Die Panzer können warten. Diese Sache ist wichtiger! Sie haben mich angegriffen!«

Hein bebte vor Zorn und hatte zur Hälfte seine Waffe gezogen. Jan drehte sich so weit zur Seite, daß er beide Proktoren im Auge behalten konnte. Schließlich faßte sich Semenow ein Herz.

»Eine schlimme Sache. Vielleicht sollten wir alle in die Stadt zurückkehren und in Ruhe darüber sprechen.«

»Wir haben keine Zeit für Gespräche – geschweige denn Ruhe!« Jan brüllte die Worte hinaus und spielte den Verärgerten, um den Zorn des anderen anzustacheln. »Dieser dickleibige Idiot steht unter meinem Kommando. Ich habe ihn nicht angefaßt. Er lügt! Folglich handelt es sich um Meuterei. Wenn er sich nicht *sofort* zu den Panzern begibt, werde ich ihn entwaffnen und festsetzen.«

Diese schneidenden Worte waren für Hein natürlich zuviel. Er griff nach seinem Waffenhalfter, packte seine Pistole und zog sie. Als der Lauf im Freien war, griff Jan zu – noch ehe die Mündung auf ihn wies.

Er fuhr herum und packte Heins Handgelenk mit seiner rechten Hand, während er mit der Linken dem anderen oberhalb des Ellenbogens energisch gegen den Arm hieb. Sich weiter drehend, nutzte er Geschwindigkeit und Gewicht und hebelte Ritterspach den Arm auf dem Rücken hoch, so fest, daß Hein vor Schmerzen aufschrie. Der große Mann konnte nicht anders, seine Finger erschlafften, und die Waffe begann ihm zu entgleiten – doch Jan drückte weiter. Es war grausam, doch er mußte es tun. Der Arm brach mit lautem Knacken, und Heins Körper erschauderte – erst jetzt ließ Jan den anderen los. Die Waffe fiel klappernd auf die Steinfläche der Straße, und Hein glitt langsam zu Boden. Jan wandte sich an den anderen Bewaffneten.

»Ich führe hier das Kommando, Proktor. Ich gebe Ihnen den Befehl, diesem Verwundeten zu helfen und ihn zum Kopter zu bringen. Zugmeister Semenow ist mit dieser Anordnung einverstanden.«

Der junge Proktor blickte in qualvoller Unentschlossenheit von einem zum anderen. In seiner Verwirrung sagte Semenow nichts, und sein Schweigen half dem Mann nicht weiter. Hein stöhnte laut vor Schmerzen und wand sich auf der harten Straßenoberfläche. Dies brachte den Proktor zu sich; er ließ die halb gezogene Waffe wieder in den Halfter rutschen und kniete neben seinem verwundeten Befehlshaber nieder.

»Das hätten Sie nicht tun dürfen, Jan.« Semenow schüttelte betrübt den Kopf. »Es erschwert die Lage.«

Jan zog ihn am Arm zur Seite. »Die Lage hätte ohnehin nicht schwieriger sein können. Sie müssen mir glauben, daß ich Hein nicht angegriffen habe. Ich habe dafür auch einen Zeugen, falls Sie Zweifel hegen sollten. Trotzdem machte er Ärger und heizte die Situation soweit auf, daß einer von uns gehen mußte. Auf ihn können wir verzichten. Sein Stellvertreter Lajos kann das Kommando übernehmen. Hein wird mit dem Zug fahren, und sein Arm wird heilen, und er wird in Südstadt sicher weitere Probleme machen, *aber nicht gerade jetzt.* Wir müssen abfahren wie vorgesehen.«

Was sollte Semenow darauf antworten? Die Entscheidung war ihm abgenommen worden, und er bedauerte sie nicht. Er holte die Erstehilfe-Tasche aus dem Kopter und machte sich daran, den gebrochenen Arm mit einer Luftbeutel-Schiene zu versorgen. Das war aber erst möglich, nachdem der jammernde Hein mit einer Injektion beruhigt worden war. Der Rückflug verlief schweigend.

4

Jan lag auf seiner Koje, und seine Muskeln waren zu verkrampft, als daß er Entspannung finden konnte. Zum wiederholten Male ging er seine Listen durch. Bis zur Abfahrt waren es nur noch wenige Stunden. Das letzte Getreide wurde eben verladen. In dem Maße, wie die Silos geleert wurden, entfernte man die Zwischenwände, um die schweren Erntemaschinen hineinschieben zu können. Eingefettet mit Silikonschmiere und in Plastikfäden eingesponnen, würden sie die 100 Grad Hitze des vier Jahre langen Sommers überstehen. Sie alle, Lkws, Kopter, Erntemaschinen, gab es ebenfalls in Südstadt, sie mußten also auf die große Reise nicht mitgenommen werden. Die Menschen hatten Vorräte an gefrorenen Nahrungsmitteln verladen, außerdem die Hühner, Lämmer und Kälber, mit denen die Herden neu begonnen werden sollten, dazu persönliche Dinge – auf schmerzhafte Weise beschränkt, denn das Getreide füllte beinahe alle Wagen. Die Wassertanks waren voll: Jan schrieb das Wort *Wasser* hin und unterstrich es. Gleich morgen früh mußte er sich in das Computer-Relais einschalten und die Entsalzungsanlage am Nordpunkt auf Halt schalten. Die Sekundärfunktionen waren bereits beendet worden und arbeiteten im Augenblick nur noch mit dem Minimum, um den 1300 Kilometer langen Kanal- und Tunnelkomplex voller Wasser zu halten. Das konnte er nun ebenfalls abschalten; für diesmal war die landwirtschaftliche Saison beendet. Es klopfte an der Tür, zuerst so leise, daß er sich zu täuschen glaubte. Dann wurde es wiederholt.

»Einen Augenblick.«

Jan schob die Papiere zu einem unordentlichen Haufen zusammen und warf sie auf den Tisch. Mit steifen Beinen und nackten Füßen schlurfte er dann über den Plastikboden und öffnete die Tür. Vor ihm stand Lee Ciou, der Funktechniker.

»Störe ich, Jan?« Er schien sich Sorgen zu machen.

»Nein, eigentlich nicht. Ich habe nur Unterlagen studiert, während ich lieber schlafen sollte.«

»Vielleicht ein andermal ...«

»Na, jetzt sind Sie ja da, kommen Sie rein! Trinken Sie einen Tee mit mir, anschließend können wir beide vielleicht noch eine Runde schlafen.«

Lee bückte sich und brachte einen Kasten herein, der außerhalb des Blickfelds gestanden hatte. Jan beschäftigte sich damit, dem Küchenhahn kochendes Wasser abzuzapfen, um den Topf vorzuheizen, dann fügte er Teeblätter hinzu. Er wollte Lee als ersten reden lassen. Lee war ein ruhiger Mann mit einem Verstand, der einer seiner gedruckten Schaltungen glich. Die Gedanken wurden hin und her entwickelt und traten erst nach einer gewissen Zeit zutage, dann aber vollständig und endgültig.

»Sie sind von der Erde«, sagte er schließlich.

»Ich glaube, diese Tatsache ist allgemein bekannt. Milch?«

»Vielen Dank. Wie man hört, gibt es auf der Erde in einer Gesellschaft viele Schichten – nicht nur eine einzige Bevölkerung, wie wir sie hier haben?«

»So könnte man sagen. Es ist eine vielseitige Gesellschaft. Sie haben davon sicher einiges auf den Programmen von der Erde gesehen. Die Leute haben unterschiedliche Aufgaben, leben in verschiedenen Ländern. Es gibt viel Abwechslung.«

Auf Lees Stirn stand eine dünne Schweißschicht. Er war beunruhigt und fühlte sich unbehaglich. Jan schüttelte bedächtig den Kopf und überlegte, wohin das Gespräch führen sollte.

»Gibt es dort auch Verbrecher?« fragte Lee, und Jan war plötzlich hellwach.

Vorsicht! sagte sich Jan. Jetzt mußt du sehr vorsichtig sein. Sag nicht zuviel, leg dich nicht fest.

»Anzunehmen, daß es welche gibt. Schließlich gibt es ja auch eine Polizei. Warum fragen Sie?«

»Haben Sie schon mal einen Verbrecher gekannt, oder jemanden, der das Gesetz übertreten hat?«

Jan konnte nicht ruhig bleiben. Dazu war er zu müde, dazu waren seine Nerven zu angespannt.

»Sind Sie ein Spitzel der Erde? Ist das Ihre Aufgabe hier?« Seine

Stimme klang emotionslos kühl. Lee hob die Augenbrauen, doch sein Gesichtsausdruck veränderte sich nicht.

»Ich? Natürlich nicht. Warum sollte ich der Polizei auf einer anderen Welt über Dinge berichten, die sich auf Halvmörk abspielen?«

Jetzt hast du dich verraten, mein Junge, dachte Jan. Als er weitersprach, war er so zurückhaltend wie der andere.

»Wenn Sie kein Spitzel sind – woher wissen Sie dann, was das Wort bedeutet? Ein Wort aus der irdischen Umgangssprache, das keinen guten Ruf genießt. Es verspottet die Autorität. Ich habe es noch nie auf einem 3V-Band gesehen oder in einem Buch gelesen, das für den Gebrauch auf dieser Welt genehmigt ist.«

Lee rang unbehaglich die Hände. Seinen Tee hatte er vergessen. Er äußerte sich stockend, doch als er dann in Fahrt kam, sprudelten die Worte nur so hervor.

»Sie merken das natürlich, Sie wissen über diese Dinge Bescheid. Sie wissen, wie es auf der Erde und auf anderen Welten ist. Ich habe mir schon lange gewünscht, mal mit Ihnen darüber zu sprechen, hielt das aber für eine Kränkung. Sie haben nie von sich aus davon angefangen, dafür gibt es sicher gute Gründe. Deshalb bin ich heute abend hier. Bitte hören Sie mich an! Verlangen Sie nicht, daß ich schon gehen soll! Ich will Sie nicht beleidigen. Aber – Ihre Gegenwart hier, die Tatsache, daß Sie all die Jahre hiergeblieben sind, bedeutet vielleicht, daß Sie nicht fort dürfen. Dennoch weiß ich, Sie sind ein ehrlicher Mann und wollen das Beste. Ich halte Sie nicht für einen Spitzel. So etwas würden Sie nicht tun. Wenn Sie das nicht sind ... Sie sind kein Verbrecher, nein, aber Sie ... naja, vielleicht gibt's da ...«

Seine Stimme erstarb; über solche Dinge sprach man hier nicht weniger zögernd als auf der Erde.

»Sie wollen sagen – selbst wenn ich kein Verbrecher bin, muß es doch für meinen Aufenthalt auf diesem Planeten einen Grund geben?« Lee nickte hastig. »Gibt es einen Grund, warum ich mich mit Ihnen darüber unterhalten sollte? Im Grunde geht Sie das nichts an.«

»Das weiß ich«, sagte Lee verzweifelt. »Ich dürfte Sie nicht danach fragen. Es tut mir leid. Aber es ist für mich sehr wichtig ...«

»Für mich auch. Wenn ich mit Ihnen spreche, könnte ich Ärger bekommen – und Sie in Schwierigkeiten bringen. Was ich Ihnen sage, darf also nicht weitergetragen werden ...«

»Das passiert auf keinen Fall – ich verspreche es Ihnen!«

»Dann kann ich Ihnen sagen, daß ich Probleme mit den Behörden hatte. Ich wurde zur Strafe hierhergeschickt. Und ich kann hier so leben, wie ich es tue, solange ich keinen neuen Ärger mache. Etwa indem ich Ihnen solche Sachen erzähle.«

»Ich wollte eigentlich nicht fragen – aber ich mußte es wissen. Es gibt da etwas, was ich Ihnen anvertrauen muß. Ich gehe damit ein Risiko ein, aber ich glaube, die Chancen stehen gut. Ich muß es Ihnen sagen oder alles aufgeben – und das könnte ich nicht ertragen.« Lee richtete sich auf und hob das Gesicht, als erwarte er, geschlagen zu werden. »Ich habe das Gesetz übertreten.«

»Na, schön für Sie. Wahrscheinlich sind Sie auf diesem primitiven Planeten der einzige, der dazu den Nerv hatte.«

Lee stockte der Atem. »Es macht Ihnen nichts aus?«

»Nicht im geringsten. Eher bewundere ich Sie deswegen. Was liegt Ihnen denn so auf der Seele?«

Lee hob die Klappe seiner Jackentasche, nahm einen kleinen schwarzen Gegenstand heraus und reichte ihn Jan. Das Ding war dünn und rechteckig und hatte an einem Rand eine Reihe kleiner Vorsprünge. »Drücken Sie auf den zweiten«, sagte Lee.

Jan kam der Aufforderung nach, woraufhin leise Musik ertönte.

»Ich habe das Ding selbst gemacht, nach eigenen Entwürfen, aber mit Bauteilen aus dem Ersatzteillager. Dazu brauche ich nicht so viele, daß jemand mal etwas merken würde. Anstelle des Bandes verwende ich einen digitalen Gedächtnisspeicher auf Molekularbasis, deshalb kann der Apparat so klein sein. Speichern lassen sich Musik, Bücher, einfach alles. Die Kapazität umfaßt gut tausend Stunden.«

»Sehr gut, aber nicht gerade ein Verbrechen. Seit der erste Mensch die erste Maschine machte, hat es wohl immer wieder Techniker gegeben, die diese und jene Stücke für eigene Zwecke verwendeten. Die verarbeiteten Teile wird wohl niemand vermissen oder sich darüber aufregen, und das Design kann man nur bewundern. Ich glaube nicht, daß man das eine Gesetzesübertretung nennen kann.«

»Aber damit fängt es doch erst an!« Lee nahm den Kasten vom Boden auf und stellte ihn auf den Tisch. Er bestand aus einer hellen Legierung, maschinengeschliffen und von Reihen winziger Nieten zusammengehalten – dem Kästchen sah man an, daß es liebevoll zusammengebaut worden war. Lee betätigte die Kombination und öffnete den Deckel. Dann neigte er das Innere Jan entgegen. Es war angefüllt mit vielen Reihen von Bandkassetten.

»Die stammen von den Männern an Bord der Versorgungsschiffe«, sagte er. »Ich habe meine Recorder dagegen eingetauscht. Sie sind sehr beliebt, und ich bekomme jedesmal mehr dafür. Es gibt da einen Mann, der besorgt mir alles, was ich gebrauchen kann. Ich glaube, das ist illegal.«

Jan lehnte sich zurück und nickte. »Das ist in der Tat gegen das Gesetz, sogar gegen mehr Vorschriften, als Sie sich vorstellen können. Sie sollten zu niemandem darüber sprechen, und wenn man mich jemals danach fragt, weiß ich von nichts. Wenn man das entdeckt, wäre wohl die einfachste Strafe der sofortige Tod.«

»So schlimm steht es!« Lee war noch bleicher geworden. Stocksteif saß er da.

»Ja. Warum erzählen Sie mir das alles?«

»Ich hatte da eine Idee. Aber die ist jetzt unwichtig.« Er stand auf und nahm den Kasten in die Hand. »Ich sollte jetzt lieber gehen.«

»Moment.« Als Jan darüber nachzudenken begann, wußte er sofort, warum der Funktechniker zu ihm gekommen war. »Sie haben Angst, die Bänder zu verlieren, nicht wahr? Wenn Sie sie hierlassen, wird die Hitze sie zerstören. Außerdem überprüfen die Familienvorstände das persönliche Gepäck, was bisher noch nie geschehen ist, und würden wissen wollen, was Sie in dem Kasten haben. Wie soll ich Ihnen aber helfen?«

Lee reagierte nicht, denn die Antwort lag auf der Hand.

»Sie wollten mich bitten, die Bänder für Sie bei meinen Sachen zu verstecken? Ich soll den Tod riskieren wegen dieser illegalen Bänder?«

»Ich wußte ja nicht ...«

»Das dürfte wohl stimmen. Na, setzen Sie sich, wenn Sie so herumstehen, machen Sie mich ganz nervös. Gießen Sie den Tee in den Ausguß, ich gebe Ihnen etwas Besseres zu trinken. Ebenso illegal wie die Bänder, allerdings nicht ganz so strafbar.«

Jan öffnete ein Schränkchen und nahm eine Plastikflasche heraus, in der eine giftig wirkende, durchsichtige Flüssigkeit schwappte. Er füllte zwei Gläser und reichte eines davon Lee.

»Trinken Sie aus – es wird Ihnen gefallen.« Er hob sein Glas und leerte es zur Hälfte. Lee roch mißtrauisch, dann trank er achselzuckend einen großen Schluck. Ruckartig riß er die Augen auf, schaffte es aber, die Flüssigkeit ohne Husten zu schlucken.

»So ... so etwas habe ich noch nie getrunken! Sind Sie sicher, daß das Zeug genießbar ist?«

»Und ob. Sie wissen doch von den Äpfeln, die ich hinter der Werkstatt ziehe? Die kleinen Früchte, die etwa nur daumengroß werden? Sehr süß sind die, und ihr Saft gärt, wenn man die richtige Hefe beigibt. Ich erzeuge daraus einen Apfelwein, der etwa zwölf Prozent Alkohol enthält. Dann stecke ich das Zeug zum Tiefgefrieren und werfe das Eis weg.«

»Raffiniert!«

»Ich muß zugeben, daß die Idee nicht von mir stammt.«

»Aber es ist eine einfache Methode, den Alkohol zu konzentrieren! Wenn man erst mal davon getrunken hat, schmeckt's mit jedem Schluck besser.«

»Das ist auch keine neue Entdeckung. Hier, ich fülle Ihnen nach. Dann können Sie mir ein paar von Ihren Bändern zeigen.«

Lee runzelte die Stirn. »Und wie ist das mit der Todesstrafe?«

»Na, man könnte sagen, mein erster Schrecken ist vorbei. Es war ein Reflex, nichts weiter. Wo die Schiffe spät dran sind – und vielleicht kommen sie ja überhaupt nicht mehr –, warum sollte ich mir da über den Groll der Erde Sorgen machen, die Lichtjahre von hier entfernt ist?« Er ging die Bänder durch und sah sich stirnrunzelnd einige Titel an. »Eigentlich ganz unverfängliche Sachen, für diesen Planeten heiße Ware, aber im Grunde nicht politisch.«

»Was soll das heißen – nicht politisch?«

Jan schenkte wieder nach und starrte in sein Glas. »Sie sind ein Rube«, sagte er. »Ein Hick. Dabei wissen Sie nicht einmal, was diese

Worte bedeuten. Haben Sie mich schon einmal von der Erde erzählen hören?«

»Nein. Aber ich habe mir keine Gedanken darüber gemacht. Außerdem sehen wir ja die aufgezeichneten Shows von der Erde, und ...«

»Hier auf Halvmörk wissen die Leute überhaupt nichts von der Erde. Halvmörk ist ein Sackgassen-Planet, ein planetengroßes Konzentrationslager im Nirgendwo, das keine Entwicklung kennt, kein Ziel. Zwangsweise besiedelt, vermutlich mit politischen Gefangenen. Egal, es steht irgendwo in den Unterlagen. Eine landwirtschaftliche Produktionsmaschine, besetzt mit dummen Bauern, darauf angelegt, bei geringstem Einsatz einen Maximalgewinn zu erwirtschaften, indem Nahrung für die anderen Planeten geliefert wird. Die Erde – die sieht ganz anders aus. Die Elite ist oben, die Prols sind unten, und alle dazwischen stehenden Leute haben ihren Platz wie Stecker an einem Kontrollbrett. Niemand ist mit der Situation wirklich zufrieden, außer vielleicht die Leute an der Spitze –, aber sie verfügen über die Macht und lassen die Dinge einfach weiterlaufen – ewig. Eine Falle ist das. Ein Morast. Ohne Ausweg. Ich bin da rausgekommen, weil ich nur eine Wahl hatte: Halvmörk – oder der Tod. Und mehr werde ich Ihnen darüber nicht sagen. Lassen Sie mir die Bänder hier. Ich kümmere mich für Sie darum. Und warum sollten wir uns um etwas so Triviales wie Aufzeichnungen Sorgen machen, zum Teufel?« In plötzlichem Zorn knallte er das Glas auf den Tisch.

»Irgend etwas geht da draußen vor – und ich weiß nicht, was es ist. Die Schiffe waren bisher immer pünktlich. Diesmal aber nicht. Vielleicht kommen sie überhaupt nicht. Aber wenn sie auftauchen, werden wir das Getreide haben, das sie so dringend brauchen ... Und wir kriegen dafür die Dinge, die wir dringend brauchen.«

Müdigkeit und Alkohol machten ihm zu schaffen. Er leerte sein Glas und winkte Lee zur Tür. Ehe er sie aufmachte, drehte sich Lee noch einmal zu ihm um.

»Sie haben mir heute abend nichts gesagt«, meinte er.

»Und ich habe keine Bänder gesehen. Gute Nacht.«

Jan wußte, daß volle drei Stunden vergangen waren; trotzdem hatte er das Gefühl, als wecke ihn der Summer wenige Sekunden, nachdem er den Kopf aufs Kissen gelegt hatte. Er wischte sich die verkrusteten Augen aus und spürte einen unangenehm sauren Geschmack im Mund. Es würde ein langer Tag werden. Während das Teewasser kochte, schüttelte er zwei Stims aus dem Fläschchen, betrachtete sie und fügte eine dritte hinzu. Ein sehr langer Tag.

Ehe er den Tee ausgetrunken hatte, klopfte es energisch an die Tür. Sie flog auf, bevor er selbst öffnen konnte. Einer der Chuns – er hatte den Namen vergessen – steckte den Kopf durch den Spalt.

»Das Getreide ist verladen. Bis auf diesen Wagen. Wie Sie gesagt haben.« Schweißfurchen zogen sich durch den Schmutz auf seinem Gesicht, und er sah so müde aus, wie Jan zumute war.

»In Ordnung. Geben Sie mir zehn Minuten. Sie können schon mit dem Ausschweißen der Luken beginnen.«

Lees ungesetzliche Bänder waren bereits bei den Werkzeugen und sicher versiegelt. Kleidung und persönliche Dinge, die er brauchte, hatte Jan in einen Beutel getan. Während er das Teegeschirr abwusch und in seinen Schranknischen rutschfest unterbrachte, strömte plötzlich rötliches Licht von der Decke herab. Der Punkt wurde zu einer Linie und begann einen Kreis ins Metall zu schneiden. Als er Bett, Tisch und Stühle zur Vordertür hinausschob, war der Kreis komplett, und die Metallscheibe stürzte laut hallend herab und grub eine tiefe Furche in den Plastikboden. Jan warf sich den Rucksack über die Schulter und verließ das Gebäude. Sorgfältig verschloß er die Tür.

Sein Werkzeugwagen wurde als letzter umgeladen. Es sah aus, als geschähe alles gleichzeitig. Eine dicke Röhre schlängelte sich vom nächsten Silo herbei und wurde an der Flanke des Wagens hochgehievt. Der Mann auf dem Dach rief etwas und winkte, und der Schlauch begann zu zucken, als der Strom sich zu ergießen begann. Das Gebilde bäumte sich in der Hand des Mannes auf, und goldener Regen prasselte auf Jan herab, ehe sich der Mann dagegenstemmte und den Strom durch das frisch geschnittene Loch in den Wagen richtete. Jan klaubte sich ein Korn von der Schulter – lang wie sein Mittelfinger und schrumpelig von der Vakuum-

Dehydrierung. Ein wundersames Nahrungsmittel mit verblüffenden Eigenschaften, Produkt der Laboratorien, reich an Protein, Vitaminen, Nährwerten. Dieses Korn ließ sich zu Kindergerichten verarbeiten wie auch zur Nahrung für ausgewachsene, normale Erwachsene und zu Brei für Greise – und stets enthielt es die Nährfaktoren, die ein Mensch brauchte. Das vollkommene Getreide. Für wirtschaftlich arbeitende Sklaven. Jan steckte das Ding in den Mund und kaute auf dem harten Gebilde herum. Der einzige Nachteil bestand darin, daß das Korn kaum einen Geschmack hatte.

Metall ächzte, als die Eckheber den Wagen aus dem Betonfundament lösten. Schon krochen Männer in die darunterliegende schwarze Grube und stolperten fluchend in der Dunkelheit herum. Sie ließen die Räder herab und rasteten sie in der richtigen Stellung ein. Viele Dinge geschahen gleichzeitig. Sie kletterten gerade die Rampe am Ende hervor, als der Zugpanzer rückwärts herangefahren wurde. Während die Verbindung geschlossen wurde, ließ der Kornverlader auf dem Dach die Pumpe stoppen. Die Arbeit war so gut koordiniert, daß die Männer, die die frisch geschnittenen Öffnungen mit Plastikabdeckungen versahen, schon von der anfahrenden Maschine mitgenommen wurden, wogegen sie laut protestierten, während das Fahrzeug langsam über die Rampe aus seiner Position gezogen wurde. Als es auf Straßenhöhe stand, wurden die Bremsen angezogen, und die Techniker krochen unter dem riesigen Fahrzeug herum, um die Reifen zu überprüfen, die vier Jahre lang unsichtbar gewesen waren.

Während Jan schlief, wurden die Züge zusammengestellt. Er erlebte diese Völkerwanderung erst zum drittenmal mit und war davon beeindruckt wie am ersten Tag. Die eingeborenen Halvmörker sahen darin nichts Ungewöhnliches mehr, wenngleich sie auf die Veränderung ihres Tagesablaufs mit Aufregung reagierten. Der große Treck war für Jan ebenso aufregend, vielleicht sogar noch mehr, da er die Vielfalt und neuen Eindrücke zahlreicher Reisen auf der Erde gekannt hatte. Hier war jede Abwendung von der Langeweile und Wiederholung des Tagesablaufs eine Erleichterung. Besonders angesichts der überraschenden Veränderungen in der physikalischen Welt, die er seit seinem Eintreffen allmählich akzeptierte. Vor wenigen Tagen hatte hier noch eine lebenspralle Stadt gestanden, umgeben von Ackerland, das sich bis zum Horizont und weiter erstreckte. Jetzt war alles anders. Die zahlreichen Transportmittel und Maschinen waren in den riesigen Silos eingeschlossen, deren Tore versiegelt waren. Aus den Kuppelgebäuden war die Luft gepumpt worden, die Planen hatte man gut verstaut. Die anderen Gebäude, die fahrbaren Bauten hatten sich völlig verändert. Sie waren nicht mehr bodenverbunden, sondern hatten sich auf Reihen massiver Räder erhoben und waren zu gleich langen Kolonnen zusammengestellt worden, zusammen mit den Bauerngebäuden, die man aus dem Umland hereingeschleppt hatte. Wo sich die Stadt erstreckt hatte, standen nur noch Fundamente, als sei der Ort von einer unglaublichen Explosion ausgelöscht worden.

Auf dem breiten Mittelweg stand eine Doppelreihe von Schleppzügen. Die Gebäude, die als Unterkünfte und Läden so unterschiedlich ausgesehen hatte, erweitert durch Vorzelte und Treppen und Blumen, erwiesen sich jetzt alle als Kästen von gleicher Form und Größe. Als Wagen in einem langen Zug, einheitlich aussehend und aneinandergekoppelt. Zwölf Wagen pro Zug, jeder Zug von einem Schlepper gezogen, einer unglaublichen Maschine.

Groß. Zuweilen zweifelte Jan auch heute noch daran, daß ein Kraftwerk dieser Größe sich tatsächlich bewegen konnte. Und es handelte sich wirklich um Kraftwerke in der Zeit, in der sie nicht auf der Straße waren. Aufgebockt und unverrückbar, erzeugten ihre Atomgeneratoren die Elektrizität, die die Stadt und die Höfe brauchten, und warteten geduldig auf die Rückverwandlung in die Zugmaschinen, die sie im Grunde waren.

Groß. Zehnmal größer als der größte Lkw, den Jan vor seinem Eintreffen auf diesem Planeten gesehen hatte. Im Vorbeigehen schlug er einer Maschine gegen den Reifen, fest und hart, die Oberkante so hoch über seinem Kopf, daß er nicht hinauflangen konnte. Schraubenköpfe so groß wie Suppenteller. Zwei bewegliche Räder vorn, vier Antriebsräder hinten. Hinter den Vorderrädern die Sprossenleiter, die in die Fahrerkabine hinaufführte. Fünfzehn Sprossen auf dem golden schimmernden Metall der kompakt vernieteten Außenhaut des riesigen Monstrums. Vorn die Batterie der Scheinwerfer, hell genug, um einen Menschen zu blenden, der so dumm war, den Blick darauf zu richten. Die Fahrerkabine funkelte gläsern. Von unten nicht zu sehen, befanden sich ganz oben die Reihen der Röhren und Flossen, mit deren Hilfe der Nuklearantrieb gekühlt wurde. Maschinen, die groß genug waren, um eine kleine Stadt mit Strom zu versorgen. Jan konnte nicht anders, er mußte im Vorbeigehen die Faust gegen das harte Metall dröhnen lassen. Es war schon ein tolles Gefühl, einen solchen Schlepper zu lenken.

Iwan Semenow erwartete ihn am vorderen Zug.

»Fahren Sie Maschine eins?« fragte er.

»Das ist Ihre Aufgabe, Iwan, die verantwortungsvollste Position. Dieser Sitz gehört dem Zugmeister.«

Iwans Lächeln wirkte ein wenig gequält. »Wie immer die Titel lauten, Jan, ich glaube, wir alle wissen, wer auf dieser Fahrt der Zugmeister ist. Die Leute reden schon. Nachdem die Arbeit nun getan ist, meinen viele, daß Sie recht hatten. Sie wissen, wer hier das Kommando führt. Und Hein hat nur wenige Freunde. Er liegt im Bett, kratzt sich unter dem Verband und will mit niemandem sprechen. Die Leute gehen an seinem Wagen vorbei und lachen.«

»Tut mir leid, daß ich so reagiert habe. Aber ich bin noch immer überzeugt, daß es die einzige Möglichkeit war.«

»Vielleicht haben Sie recht. Jedenfalls wissen alle, wer die Oberleitung hat. Sie übernehmen also Maschine eins.«

Er machte auf dem Absatz kehrt und maschierte davon, ehe Jan etwas sagen konnte.

Maschine eins. Die Verantwortung war nicht zu groß für Jan. Trotzdem fühlte er Erregung. Nicht nur, weil er eine dieser mächtigen Maschinen steuern durfte – sondern weil er den ersten Zug anführen würde. Unwillkürlich lächelte Jan vor sich hin, als er an den Zügen entlang zum ersten Gespann vorging. Zur ersten Maschine.

Die dicke Tür zum Maschinenraum stand offen, und er sah, wie sich der Techniker über die Schmierkontrollen beugte. »Verstauen Sie das«, sagte er und warf seinen Beutel durch das Luk. Ohne Antwort abzuwarten, packte er die Sprossenleiter und zog sich zur ersten Sprosse hoch. Nach links erstreckte sich die leere

Straße, umgeben vom öden Ackerland, und je höher er stieg, desto weiter konnte er das Band der Straße überschauen. Hinter ihm die wartende Doppelreihe der Züge. Er zog sich durch das Luk in die Fahrerkabine. Der Beifahrer saß auf seinem Sitz und ging die Checkliste durch. In der anschließenden Kabine saß der Kommunikationsoffizier vor seinen Wandgeräten.

Nach vorn das breite Fenster mit Panzerglas, darüber eine Reihe Fernsehschirme. Unterhalb endlose Reihen von Instrumenten und Anzeigen, die Informationen über die Maschine und den von ihr geschleppten Zug vermittelten, und über die nachfolgenden Züge.

Vor den Kontrollen der leere Stuhl, Stahlrohrgerüst mit Sitzpolster und Rücken- und Kopflehne. Davor das Steuerrad und die Kontrollen. Jan ließ sich langsam hineingleiten und spürte die Kraft an seinem Rücken. Leicht stellte er die Füße auf die Pedale, hob die Hände und umfaßte das kühle Rund des Rades.

»Checkliste Anfang«, sagte er. »Alles bereit zum Start.«

5

Eine frustrierende Stunde nach der anderen verging. Obwohl die Züge verkoppelt waren und bereit zu sein schienen, die Fahrt anzutreten, gab es noch Hunderte von kleinen Problemen, die aus der Welt geräumt werden mußten, ehe das Startsignal gegeben werden konnte. Jans Laune sank, und seine Stimme wurde heiser, so oft mußte er ins Funkmikrofon brüllen, bis er schließlich den Kopfhörer wieder in die Halterung knallte und losmarschierte, um sich einen unmittelbaren Eindruck von dem aufgetretenen Problem zu verschaffen. In einer Vertiefung hinten an der Maschine war ein Motorrad mit breiten Rädern angebracht. Er löste es aus den Klampen und unterbrach die Verbindung zur Batterie – dann mußte er feststellen, daß beide Reifen platt waren. Verfluchte Sauerei! Wer immer hier hätte aufpassen sollen, hatte geschlafen! Es gab eine neue Verzögerung, während Eino, der Techniker, einen Zylinder mit Preßluft anschleppte und die Reifen füllte. Als Jan endlich in den Sattel stieg, hatte er das Vergnügen, den Volthebel auf voll zu drehen und die Reifen auf der Straßenfläche kreischen zu hören.

Als Wartungs-Captain war es Jans Aufgabe, alle Maschinen in gutem Zustand zu erhalten, bereit für diesen Tag. Physisch war das eine Aufgabe, die er allein nicht erledigen konnte, und so mußte er sich darauf verlassen, daß andere seine Befehle richtig ausführten. Oft war das nicht geschehen. Die zahlreichen Verbindungsstecker an den dicken Kabeln, die die Wagen aneinanderschlossen, hätten ausnahmslos mit wasserdichten Deckeln versiegelt sein müssen. Bei vielen war das übersehen worden, so daß viele Kontakte nicht blank, sondern mit einer Korrosionsschicht überzogen waren und gut die Hälfte aller Schaltungen ohne Strom blieb. Nachdem er persönlich unter zahlreiche Wagen gekrochen war, gab er allen Zügen den Befehl, sämtliche Verbindungen wieder zu lösen und mit Hand-Sandstrahlgebläsen zu reinigen. Dies verzögerte die Abfahrt um eine weitere Stunde.

Es gab Probleme mit der Steuerung. Die Führungsräder jedes Wagens ließen sich drehen; sie wurden durch Servo-Elektromotoren angetrieben. Diese Räder wurden in jedem Zug von einem Computer gesteuert, so daß jeder nachfolgende Wagen genauso drehte wie die Zugmaschine, eine präzise Bewegung, als befände sich die ganze Kolonne auf Schienen. In der Theorie war das sehr gut, die Praxis aber sah mit verbrauchten Bürsten und blockierenden Getrieben anders aus. Wertvolle Zeit verging.

Es gab darüber hinaus persönliche Schwierigkeiten. Immerhin mußte jeder mit einem Bruchteil des Platzes auskommen, der auf diesen Fahrten normalerweise zur Verfügung stand. Jan hörte sich die Beschwerden mit einem Ohr an, nickte und verwies alle Probleme an die Familienvorstände. Die sollten zur Abwechslung auch einmal nützliche Arbeit verrichten. Die Problemstellen spürte er eine nach der anderen auf und sorgte dafür, daß sie beseitigt wurden. Das letzte Hindernis war ein verlorengegangenes Kind, das er selbst entdeckte: er sah eine Bewegung in einem nahen Kornfeld. Er raste mit dem Motorrad hinein und brachte das fröhliche Kind, das vor ihm auf der Maschine saß, der weinenden Mutter zurück.

Erschöpft, doch mit einem Gefühl der Zufriedenheit, fuhr er schließlich zwischen der Doppelreihe der Züge nach vorn. Die Türen waren bereits versiegelt, und als einziges waren noch die

Gesichter einiger Neugieriger hinter den Fenstern zu sehen. Sein Techniker Eino hielt sich bereit, das Motorrad zu verstauen, während er wieder in die Fahrerkabine hinaufkletterte.

»Checklist für Abfahrt erledigt«, meldete der Beifahrer. Otakar war so tüchtig wie die Maschine, über die er gebot. »Verfügbare Antriebsenergie voll da, alle Systeme einwandfrei.«

»Schön. Besorgen Sie die Bereitschaftsmeldungen der anderen Züge.«

Während Jan den Schalter umlegte und seine Fahrer-Checkliste durchging, hörte er die Berichte der anderen Züge im Kopfhörer mit. Es gab ein Problem bei Dreizehn, ein rotes Licht auf den Sicherheitsschaltungen, das sich als Instrumentenfehler erwies. Leicht zu beheben. Einer nach dem anderen meldeten die Züge sich startbereit.

»Alle Züge fertig, alle Fahrer bereit«, sagte Otakar.

»Gut. Kommunikation – geben Sie mir eine Verbindung zu allen Fahrern.«

»Durch«, meldete Hyzo, der Kommunikationsoffizier.

»An alle Fahrer.« Bei diesen Worten durchlief Jan ein Gefühl, das stärker war als alles vorher Erlebte. Bergsteigen, Segeln, die Liebe – dies alles hatte ihm Augenblicke reiner Freude gebracht, Emotionen, die wunderbar und unbeschreiblich zugleich waren. Nur Rauschgift hatte ihn bisher so empfinden lassen, Mittel, die er nicht mehr einnahm, weil sie ein leichter Genuß waren, etwas, das jeder kaufen und mit ihm teilen konnte. Dies aber konnte niemand mit ihm teilen, denn er war allein. Herrscher über alles. Ganz oben. Seine Macht war größer als je zuvor auf der Erde. Er hatte schon Verantwortung getragen, mehr als genug Verantwortung – doch niemals soviel. Ganz vorn, in der ersten Maschine, und die Bevölkerung einer ganzen Welt wartete auf seine Entscheidungen.

Er führte das Kommando.

Der mächtige Leib der Maschine ringsum summte leise unter der gebändigten Kraft des nuklearen Antriebs. Schwere Kupplungen und ein Gewirr von Kabeln verband sie mit dem nachfolgenden Wagen und den anderen, die den Zug bildeten. Dann kamen die anderen Zugmaschinen und ihre Züge, angefüllt mit den Produkten dieser Planeten und allen seinen Bewohnern. Abgesehen von den Wartungsmannschaften und den Voraustruppen in den Räumpanzern wartete jeder auf sein Kommando. Er spürte die plötzliche Feuchtigkeit in seinen Handflächen und legte die Hände energisch um das harte Steuerrad. Der Augenblick verging, und er hatte sich wieder in der Gewalt.

»An alle Fahrer.« Jans Stimme klang ruhig und sachlich wie immer. Seine Gefühle gingen nur ihn etwas an. »Wir fahren an. Stellen Sie Entfernungs-Radar auf einen Kilometer. Keine Abweichungen über 1100 Meter oder unter 900 Meter statthaft. Stellen Sie die automatischen Bremskontrollen auf 950 Meter ein. Wenn – aus welchem Grund auch immer – ein Zug weniger als 900 Meter, und damit meine ich 899 und weniger, zum Vordermann aufrückt wird der Fahrer ausgewechselt. Ausnahmen gibt es nicht. Minimumbeschleunigung beim Start – beobachten Sie die Belastungsanzeigen der Kupplungen. Wir führen mindestens zweimal soviel Gewicht wie normal und hätten keine Mühe, die Kupplungen wie faule Zähne herauszuziehen, wenn wir nicht aufpassen. Wir werden ein neues Manöver anwenden, und das soll für jeden kommenden Start gelten. Beifahrer tragen dies bitte in die Checklisten ein. Fertig zum Mitschreiben:

Erstens: Alle Wagenbremsen lösen.

Zweitens: Bremsen des letzten Wagens anziehen.

Drittens: Rückwärtsgang einlegen.

Viertens: Rückwärtsfahrt Minimumgeschwindigkeit für fünf Sekunden.«

Es handelte sich dabei um einen Trick, den er in seiner Kadettenzeit gelernt hatte, als er die Einschienenfrachter unter der Stadt warten mußte. Das Zusammenschieben des Zuges nahm das Spiel aus den Kupplungen. Wenn dann der Zug anfuhr, mußte nicht das gesamte Gewicht des Zuges auf einmal in Bewegung gesetzt werden, sondern nur Stück um Stück, wie sich die Kupplungen wieder dehnten. Auf diese Weise half die Trägheit beim Anfahren und behinderte nicht, da das Gewicht der bereits fahrenden Wagen benutzt wurde, um die noch ruhenden Zugteile in Gang zu bringen.

Mit der Handkante stellte Jan das Getriebe auf rückwärts und den Geschwindigkeitsregler in die erste Kerbe. Alle Zugbremsen waren offen, nur das rote Licht von Wagen zwölf leuchtete. Als er mit dem linken Fuß das Gaspedal drückte, spürte er die Beschleunigung im Getriebe und ein mächtiges Beben durch den Boden der Kabine. Die Belastungsanzeige für die Kupplungen fiel auf Null und dann ins Negative. Wagen zwölf meldete blinkend ›Rutsch‹, bis er bei der Digitalanzeige *fünf* den Antrieb stoppte.

»Fertigmachen zum Anfahren«, sagte er und zog den Ganghebel auf Low. »Zweite Zugreihe hält Position, bis der letzte Zug der ersten Kolonne vorbei ist. Dann Position dahinter einnehmen. Alle Kontrollen auf Handbedienung, bis anderweitiger Befehl kommt. Erster Halt in neunzehn Stunden. Letzter Halt in Südstadt. Wir sehen uns dort wieder!«

Fest nahm er das Rad in beide Hände und stemmte den Fuß auf das Antriebspedal. »Anfahrt!«

Langsam drückte er zu, und die Maschine drehte an. Als die richtige Geschwindigkeit erreicht war, rastete das hydraulische Getriebe ein, und die Drehung übertrug sich auf die Antriebsräder. Sie begannen sich zu regen, und die Maschine setzte sich in Fahrt, und Wagen um Wagen wurde hinter ihr in Gang gebracht, bis der ganze riesige Zug angerollt war. Die erste Maschine der zweiten Kolonne blieb links zurück, so daß sich vor Jan nur die Leere der Straße erstreckte. Die Rückkamera, die auf dem Dach der Zugmaschine angebracht war, zeigte den folgenden Zug. Der Schirm daneben, mit der Kamera auf dem letzten Wagen verbunden, zeigte, daß Maschine zwei sich im vorgeschriebenen Abstand einreihte. Die Belastungsanzeigen lagen gut im Grün. Maschinen- und Straßengeschwindigkeit wurden langsam zur Obergrenze des unteren Bereichs gefahren und dann in die mittlere Zone gewechselt.

»Alles grün«, meldete Oskar. Er hatte die Anzeigen vom Platz des Beifahrers aus im Auge behalten. Jan nickte und drehte das Steuer nach links, dann richtete er es wieder auf die Mitte aus, um die Drehung zu halten. Im Gegensatz zu den kleineren Bodenwagen wurde die motorengetriebene Steuerung durch eine Verschiebung des Steuerrads ausgelöst und durch Rücknahme in die Mittelposition arretiert. Anschließend drehte Jan das Steuerrad nach rechts, um die Räder wieder auszurichten, genau über der

Festino -82-

Kontrolleitung unter der Fahrbahn. Die nachfolgenden Zugwagen wendeten auf gleiche Weise an derselben Stelle, wie ein Einschienen-Zug auf einer Weiche.

Jan beließ die Geschwindigkeit im oberen mittleren Bereich, bis alle Züge in Fahrt waren, jeweils einen Kilometer voneinander entfernt. Die Stadtfundamente und das Ackerland waren hinter ihnen verschwunden, ehe der letzte Zug angefahren war. Erst jetzt beschleunigte Jan auf die höchste Straßengeschwindigkeit. Die Reifen summten, die Straße raste auf ihn zu, die eintönige Sandwüste huschte auf beiden Seiten vorbei. Er lenkte die Maschine, den Zug, alle Züge, die Straße entlang, nach Süden, dem anderen Kontinent entgegen, Südstadt, das noch 27 000 Kilometer entfernt war.

Eine der wenigen auffälligen Landmarken in diesem Teil der Wüste tauchte als Punkt am Horizont auf und wuchs langsam an. Eine schwarze Felsnadel, die wie ein dunkler Finger zum Himmel zeigte. Das Gebilde ragte von einem massigen Felsrücken auf, um den die Straße in weitem Bogen herumführte. Beim Vorbeifahren ließ sich Jan eine Verbindung zu allen Fahrern schalten.

»Der Nadelfelsen erscheint links. Darauf achten. Beim Vorbeifahren können Sie auf Autopilot gehen.«

Im Sprechen stellte er die Kontrollen ein. Er gab mit der linken Hand Maximal- und Minimum-Geschwindigkeiten ein, ebenso die Höchst- und Niedrigstwerte für die Beschleunigung und Bremsung. Der gegliederte Schirm am Autopiloten zeigte ihm an, daß er genau über dem Leitkabel fuhr. Er betätigte den Aktivierungsschalter und lehnte sich zurück. Er merkte, daß er verspannt war von der Anstrengung, und knetete seine Finger.

»Ein guter Start«, sagte Otakar, ohne den Blick von seinen Instrumenten zu nehmen. »Das verheißt eine gute Fahrt.«

»Hoffentlich haben Sie recht. Übernehmen Sie mal, während ich mir die Beine vertrete.«

Otakar nickte und glitt auf den Fahrersitz, als Jan aufgestanden war. Seine Gelenke knackten, als er die Arme bewegte und zur hinteren Kabine ging, um dem Kommunikationsoffizier über die Schulter zu blicken.

»Hyzo«, sagte er, »ich hätte gern einen ...«

»Ich habe hier ein Rot!« meldete Otakar plötzlich.

Jan fuhr herum und hastete zu seinem Beifahrer zurück. Ein rotes Licht blinkte inmitten der grünen Reihen, gleich darauf folgten ein zweites und ein drittes.

»Bremstrommeltemperatur an Wagen sieben und acht. Was soll das heißen, zum Teufel? Alle Bremsen sind offen!« Jan murmelte aufgebracht vor sich hin. Die Dinge waren zu gut gelaufen. Er beugte sich vor, um den Readout-Knopf zu drücken. Ziffern erschienen auf dem Bildschirm. An beiden Wagen zwanzig Grad Überhitzung – und die Temperatur stieg weiter.

Er dachte hastig nach. Anhalten und nachschauen? Nein, das bedeutete, daß die gesamte Zugkette stoppen und wieder anfahren mußte. Sie mußten noch mindestens dreihundert Kilometer Wüstenstraße zurücklegen, ehe sie die ersten Berge erreichten, und bis dahin brauchten sie keine Bremsen.

»Die Bremskreise beider Wagen ausschalten. Mal sehen, was passiert«, sagte er.

Otakar betätigte die Hebel, als Jan noch gar nicht zu Ende gesprochen hatte. Jetzt hatten die beiden Wagen keine funktionsfähigen Bremsen mehr, doch mit der Ausschaltung hätten die Sicherheitsschaltungen desaktiviert sein müssen. Und das traf zu. Die Temperatur in den Bremstrommeln fiel langsam, bis die roten Lichter nacheinander erloschen.

»Bleiben Sie am Ruder«, sagte Jan. »Ich will mal sehen, ob ich herausbekomme, was da eigentlich vorgeht.« Er ging nach hinten und öffnete das Luk, das in den Maschinenraum hinabführte. »Eino!« rief er durch die Öffnung.« Geben Sie mir die Zeichnungen und Handbücher für die Bremsschaltungen der Wagen herauf. Wir haben da ein Problem.«

Jan hatte selbst schon Wartungsarbeiten an den Bremssystemen durchgeführt, wie schon an allen Maschinenteilen, doch bisher hatte er eine solche Anlage noch nicht auseinandernehmen und wieder reparieren müssen. Wie alle Maschinen, die auf Halvmörk im Einsatz waren, hatte man die Bremsen für die Ewigkeit entworfen – oder jedenfalls für einen Zeitraum, der diesem Ideal möglichst nahe kam. Wo Ersatzteillieferungen sehr ungewiß waren, war ein robustes Design erforderlich. Alle Bauteile waren simpel gehalten und solide gefertigt. Die Schmierung erfolgte automatisch. Die Anlagen waren so angelegt, daß sie bei normalem Betrieb nicht versagen konnten und es in der Praxis auch selten taten.

»Sind das die richtigen?« fragte Eino und erschien in der Öffnung wie ein Tier, das seinen Käfig verlassen will. Er hielt Rißzeichnungen und ein Bedienungshandbuch hoch.

»Breiten Sie sie auf dem Tisch aus, wir schauen uns das einmal an«, sagte Jan.

Die Diagramme zeigten jedes Detail. Die Wagen besaßen zwei getrennte Bremssysteme, und jedes hatte eine eigene Sicherheitsschaltung. Im Normalfall wurde das Bremsen durch den Computer elektronisch gesteuert. Wenn der Fahrer die Bremse betätigte, zogen die Bremsen aller Wagen gleichzeitig und im gleichen Maße an. Die Bremsen selbst waren hydraulisch, der Druck stammte aus Reservoirs, gespeist von Pumpen, die von der Achsdrehung der Wagen betätigt wurden. Durch starke Federn wurden sie normalerweise in der *Offen*-Position gehalten. Die elektronischen Kontrollen öffneten die Druckventile, die die Bremsen nach Bedarf andrückten. Das war Alpha, das aktive Bremssystem. Beta, der passive Bremskreis, war nur für Notfälle gedacht. Diese völlig getrennten Bremsen wurden von den Federn in der Bremsposition gehalten, bis die elektrische Spannung eingegeben wurde. Wenn dies geschah, zogen kräftige Magnete die Bremsbacken auf. Jede Unterbrechung in den Stromkreisen, beispielsweise durch ein versehentliches Entkuppeln der Wagen, brachte diese Bremsen sofort in Aktion.

»Jan, zwei andere Züge bitten um Rat«, meldete Hyzo. »Hört sich nach denselben Schwierigkeiten an, Temperaturanstieg in den Bremsen.«

»Sagen Sie den Leuten, sie sollen tun, was wir getan haben. Unterbrechung der Stromzuführung zum Alpha-System. Ich melde mich, sobald ich den Fehler aufgespürt habe.« Mit dem Finger folgte er den auf dem Plan eingezeichneten Leitungen. »Es *muß* am Alpha-Bremssystem liegen. Die Notbremsen sind weder voll ein- noch voll ausgeschaltet – und wenn sie angezogen wären, wüßten wir das.«

»Elektronik oder Hydraulik?« fragte der Techniker.

»Mein Gefühl sagt mir, daß es die Elektronik nicht sein kann. Der Computer überwacht diese Schaltungen lückenlos. Wenn es dort irgendwo ein unerlaubtes Bremse-zu-Signal gäbe, würde die Steuerung dagegen angehen, und wenn es nicht unterbrochen werden könnte, würde der Computer auf jeden Fall Meldung machen. Versuchen wir es zunächst mit der Hydraulik. Wir haben hier Druck in unseren Bremszylindern. Und den bekommen wir nur, wenn dieses Ventil leicht geöffnet ist ...«

»Oder wenn es von irgend etwas blockiert wird, so daß es sich nicht voll schließen kann.«

»Eino, Sie sind ja Gedankenleser! Und die Blockade könnte auf gewöhnlichen Dreck zurückzuführen sein. Der Filter in dieser Leitung muß nach jeder Fahrt gereinigt werden. Ein unangenehmer Job, für den man unter den Wagen herumkriechen muß. Eine Arbeit, die ich einem gewissen Techniker namens Decio übertragen habe – das ist jetzt einige Jahre her. Der Mann war aber so unfähig, daß ich ihn schließlich auf die Farm zurückversetzen mußte. Wenn wir halten, nehmen wir einen Filter heraus und schauen uns die Sache an.«

Eino rieb sich mit schwieliger Hand das Kinn. »Wenn der Ärger da zu suchen ist, müssen wir jedes defekte Bremssystem leeren, um die Ventile zum Reinigen herauszuholen.«

»Das wird nicht nötig sein. Wenn die Leitung unterbrochen wird« – er deutete auf die Zeichnung –, »schließen sich hier und hier Notventile. Wir verlieren also nicht viel Flüssigkeit. Wir haben Kontrollventile im Ersatzteillager. Wir ersetzen die ersten Ventile durch neue, lassen die alten unterdessen schon reinigen und wechseln sie so reihum aus. Am ersten Tag haben wir noch keine großen Steigungen zu bewältigen, da können wir an den paar Waagen ohne weiteres die Bremsen desaktivieren.«

»Jan!« rief der Beifahrer. »Die Berge sind in Sicht. Bald muß der Tunnel kommen. Sie wollen sicher wieder übernehmen.«

»Richtig so. Lassen Sie die Pläne liegen, Eino, und kümmern Sie sich wieder um Ihre Maschine. Wir kommen bald in die Berge.«

Jan kehrte auf den Fahrersitz zurück und machte weiter vorn die Kette der spitzen Berggipfel aus, die sich zu beiden Seiten ohne

Lücke erstreckte. Es war das Gebirge, das den inneren Teil des Kontinents zur Wüste machte, das Stürme und Niederschläge abblockte. Wenn sie die Berge hinter sich hatten, würde sich das Wetter lebhafter gestalten. Am Fuß der Vorberge begann die Straße anzusteigen. Jan beschränkte den Autopiloten auf das Steuern und nahm die anderen Funktionen auf manuell. Als die Straße steiler wurde, zog er den Geschwindigkeitshebel zurück und stellte das Getriebe in den mittleren Bereich. Deutlich stieg die Straße nun an – einer dunklen Tunnelöffnung entgegen. Er schaltete das Mikrofon ein: »An alle Fahrer. In wenigen Minuten sind wir am Tunnel. Scheinwerfer ein, sobald die Einfahrt in Sicht ist.«

Im gleichen Augenblick schaltete er das Licht ein, und weiter vorn zeichnete sich die Straße in greller Klarheit ab.

Die Techniker, die die Straße vor Jahrhunderten gebaut hatten, konnten mit beinahe unbeschränkter Energie arbeiten. Sie waren in der Lage, Inseln aus dem Meer steigen zu lassen – oder sie unter die Wasseroberfläche zu drücken, sie konnten Berge einebnen und kompaktes Gestein zusammenschmelzen. Für sie war es am einfachsten gewesen, die Bergkette einfach zu durchbohren. Auf diese Leistung waren sie stolz, dokumentiert durch das einzige Ornament oder nicht-funktionelle Element der gesamten Straßenanlage, das sich über dem Tunneleingang befand. Jans Blick fiel auf das Symbol, das über der schwarz-gähnenden Öffnung ins Gestein geschnitten war. Ein hundert Meter hoher Schild. Die Scheinwerfer richteten sich darauf, als die Straße auf der letzten Strecke vor dem Tunnel gerade wurde. Ein Schild mit einem Zeichen darauf, das so alt sein mußte wie die Menschheit: eine Hand, die einen kurzen, gedrungenen Hammer hielt. Ein ganz klares Zeichen, das immer größer wurde, bis es nach oben verschwand und sie im Inneren des Tunnels waren.

Rauhe Steinwände zuckten vorbei, grau und leer. Der Tunnel war eintönig bis auf einen gelegentlichen Wasserlauf, der die Straße überquerte. Jan beobachtete die Geschwindigkeitsanzeiger und überließ dem Autopiloten die Steuerung. Fast eine halbe Stunde verging, ehe weiter vorn ein winziges Licht erschien und zu einer Scheibe anwuchs, dann zu einem riesigen, brennenden Tor.

Sie waren nun schon tief genug in den Süden gefahren und hoch genug gestiegen, um auf der Tagseite zu sein.

Die mächtige Maschine raste aus dem Tunnel in blendendes Sonnenlicht. Automatisch dunkelte sich die Windschutzscheibe ab. Beta Auriga war blauweiß und grell, obwohl der Zug sich noch im hohen Norden befand. Im nächsten Augenblick erschienen Wolken vor der Helligkeit, und schon prasselte heftiger Regen auf den Zug herab. Jan aktivierte die Scheibenwischer und schaltete den Frontradar ein. Die Straße war frei. Das Unwetter war so schnell vorüber, wie es begonnen hatte, und während die Straße sich von den Bergen herabwand, vermochte er zum erstenmal den hellgrünen Dschungel auszumachen und dahinter das Blau des Ozeans.

»Ein prächtiger Anblick«, sagte Jan und merkte erst danach, daß er die Worte laut geäußert hatte.

»Er bringt uns nur Ärger. Mir ist die Fahrerei im Binnenland lieber«, sagte sein Kopilot.

»Sie sind eine Maschine ohne Seele, Otakar. Macht Ihnen die dämmerige Monotonie nicht zuweilen zu schaffen?«

»Nein.«

»Nachricht von der Straßenmannschaft«, rief Hyzo. »Die Männer haben da ein Problem.«

Otakar nickte düster. »Ich hab's doch gesagt – es gibt Ärger.«

6

»Was ist los?« fragte Jan ins Mikrofon.

»Hier Lajos. Bis jetzt hat's keine großen Probleme beim Räumen gegeben. Aber hier muß ein Erdbeben stattgefunden haben, mindestens vor zwei Jahren. Etwa hundert Meter Straße fehlen.«

»Können Sie das Loch nicht auffüllen?«

»Nein. Wir sehen nicht mal Grund.«

»Wie steht's mit Umfahren?«

»Das versuchen wir ja. Aber es bedeutet, daß wir eine neue Straße aus den Felsen brennen müssen. Dauert mindestens einen halben Tag.«

Jan fluchte lautlos vor sich hin; wenn es so weiterging, würde die Fahrt nicht planmäßig verlaufen. »Wo sind Sie?« fragte er.

»Etwa sechs Stunden Fahrt vom Tunnel entfernt.«

»Wir schließen auf. Arbeiten Sie weiter! Ende.«

Sechs Stunden. Das bedeutete einen kürzeren Tag, als er sich vorgenommen hatte. Aber es gab Arbeit an den Bremsen. Und sicher kamen mit dem Beginn der Fahrt noch andere Probleme auf. Die Bremsen mußten repariert werden, dann galt es, das eingebrochene Straßenstück zu umgehen. Vielleicht konnten sie morgen weiterfahren. Jeder brauchte eine Mütze Schlaf.

Die Straße senkte sich von den Berghöhen in die Küstenebene hinab; gleichzeitig machte die Landschaft eine totale Veränderung durch. Verschwunden waren die Felswände und die vereinzelten Büsche hoch an den Hängen. Ringsum erstreckte sich der Dschungel, ein hoher, dichter Dschungel, der den Blick auf den Ozean verstellte und vom Himmel nur einen schmalen Streifen offenließ. Es gab zahlreiche Hinweise, daß der Dschungel sich bemühte, die Straße zurückzuerobern. Verbrannte Bäume und sonstige Pflanzen lagen links und rechts an der Straße, dorthin geschoben von den Panzern, die den Weg bahnten. Es gab natürlich auch tierisches Leben, dunkle Gestalten, die in den Schatten beiderseits der Straße nur undeutlich sichtbar wurden. Einmal war eine Schar grüner Flugwesen langsam aus dem Dschungel gekommen und quer über die Straße geschwebt. Zwei Geschöpfe waren gegen die Windschutzscheibe geprallt, langsam abrutschend und blaue Blutspuren hinterlassend. Jan wusch die Spuren fort, indem er auf einen Knopf drückte. Die Maschine fuhr nun wieder auf Autopilot, und es gab wenig zu tun, außer den sich öffnenden Tunnel der Straße zu beobachten.

»Müde, Otakar?« fragte Jan.

»Ein wenig. Eine gute Runde Schlaf würde mir über den Berg helfen.«

»Aber morgen wird ein langer Tag, wie auch jeder Tag danach. Selbst wenn wir uns am Rad ablösen, wird es anstrengend, denn wir können nicht ausruhen, wir können nicht einfach zwischen Fahrer und Beifahrer wechseln.« In Jan reifte ein Plan, den er angestrengt überdachte. »Wir brauchen mehr Beifahrer. Für diese Maschine und für die anderen. Auf diese Weise könnten wir jederzeit einen erfahrenen Fahrer am Rad haben, und der andere, der nicht gerade Dienst hat, kann schlafen.«

»Aber es gibt keine Fahrer mehr.«

»Das weiß ich, aber wir könnten unterwegs neue ausbilden.«

Otakar brummte kopfschüttelnd vor sich hin. »Unmöglich. Wer von den Männern überhaupt einen Hauch von technischen Fähigkeiten gezeigt hat, ist längst dabei. Oder wie Ihr Ex-Mechaniker Decio wieder in der Landwirtschaft tätig, wo er hingehört. Ich möchte hier in der Fahrerkabine keine Bauern haben.«

»Sie haben recht – aber nur halb recht. Wie wär's, wenn wir ein paar Frauen als Fahrer ausbilden würden?« Jan lächelte, als Otakars Mund aufklaffte.

»Aber ... Frauen fahren nicht. Frauen sind doch nur Frauen.«

»Unsinn. Nur in diesem Vorposten zur Hölle, mein Junge. Selbst auf der Erde sind alle Prüfungen nur auf Leistung abgestimmt, und jeder Arbeiter kann so weit kommen, wie es sein Können erlaubt – unabhängig vom Geschlecht. Wirtschaftlich gesehen ist das nur vernünftig. Ich wüßte nicht, warum so etwas bei uns nicht auch möglich sein sollte. Wir sollten die geeigneten Mädchen finden und sie in der Praxis ausbilden.«

»Der Hradil – und den anderen Familienvorständen – wird das nicht gefallen.«

»Natürlich nicht – aber was macht das schon? Wir befinden uns in einer Notsituation – auf die wir mit Notmaßnahmen reagieren müssen.« Bei der Erwähnung der Hradil mußte Jan an ein anderes Mitglied dieser Familie denken, mit dem ihn süßere Erinnerungen verbanden. Er lächelte vor sich hin. »Haben Sie schon mal die Stickereien bemerkt, die Alzbeta Mahrowa macht?«

»Ich besitze ein Stück, das ich von der Familie eingetauscht habe.«

»Also, das erfordert Geduld, Geschicklichkeit, Konzentration ...«

»Alle Talente eines erfolgreichen Fahrers!« Otakar lächelte jetzt ebenfalls. »Mit dieser verrückten Idee könnten wir womöglich richtig liegen! Auf jeden Fall wäre die Fahrt erheblich abwechslungsreicher.«

»Ich bin auch dafür!« meldete sich Hyzos Stimme aus dem Lautsprecher. Er hatte auf dem Interkom mitgehört. »Soll ich nicht auch noch ein paar Funkerinnen ausbilden?«

»Warum nicht? Vielleicht später. Zunächst wollen wir aber eine

Liste der Frauen zusammenstellen, von denen wir annehmen, daß sie in dieser Hinsicht talentiert sind. Aber kein Wort darüber außerhalb dieser Kabine. Ich möchte die Vorstände später damit überfallen, wenn sie müde und verwirrt sind.«

Die Nacht brach herein, ehe sie die Lücke in der Straße erreichten. Es ging wieder aufwärts, und rechts ragte eine Felswand auf, während die Straße zur Linken in Schwärze endete. Jan nahm die Geschwindigkeit stufenweise zurück, sobald der Punkt auf dem Frontradar erschien. Als er weiter vorn auf der Straße ein metallisches Blinken bemerkte, löschte er die großen Scheinwerfer und gab das Stopsignal.

»Bremsbeginn jetzt!«

Während der Zug langsamer wurde, nahmen auch die anderen Züge, die sich weit durch die Nacht erstreckten, in gleichem Maße die Geschwindigkeit zurück. Zum Stillstand gekommen, wurde die Maschine von Otakar auf Leerlauf gestellt; anschließend tippte er die Zeit ins Log ein. Jan stand auf und streckte sich. Er war müde – dabei sollte die Arbeit dieser Nacht erst beginnen.

»987 Kilometer haben wir heute geschafft«, sagte Otakar und gab die Zahl ein.

»Schön.« Jan massierte seine müden Beinmuskeln. »Damit hätten wir nur noch etwa 26000 vor uns.«

»Auch die längste Reise beginnt mit einer einzigen Umdrehung des Rades«, sagte Eino, der im Luk zum Maschinenraum auftauchte.

»Behalten Sie Ihre Volksphilosophien für sich. Schalten Sie die Maschine auf Minimalfunktion und alle Systeme auf Bereitschaft, und dann bauen Sie auf Wagen sieben das Bremsventil aus. Wenn Sie damit fertig sind, habe ich das Ersatzteil für Sie bereit. Und überprüfen Sie auch den Filter.«

Jan öffnete das Ausgangsluk. Eine Woge heißer, feuchter Luft schwemmte herein. Maschinen und Wagen waren klimatisiert, und er hatte vergessen, wie weit sie schon in den Süden vorgedrungen waren. Schweiß bildete sich auf seiner Haut, während er noch die Sprossen hinabstieg. In Kürze würden sie beim Verlassen der Züge klimatisierte Anzüge tragen müssen. Er legte die hundert Meter zurück, die ihn vom zerklüfteten Ende der Straße trennten. Grelle Scheinwerfer kennzeichneten den Arbeitsbereich. Das Brausen und Knirschen der Tanks hallte von der Felswand wider, unterstrichen durch die ständigen Explosionen der Fusionskanonen. Die lodernden Mündungen der auf den Panzern angebrachten Einheiten hatten bereits eine Nische in die Felswand geschnitten, in der das fehlende Stück Straße umgangen werden sollte. Im Augenblick ging es darum, diese Nische zu vertiefen, damit die Züge hindurchpaßten. Jan mischte sich nicht ein; die Männer leisteten gute Arbeit. Außerdem hatte er ein Anliegen an die Familienvorstände.

Sie versammelten sich im vorderen Wagen der Taekeng-Familie, im größten Abteil, das zur Verfügung stand. Diese Familie gehörte zu den konservativsten und zu denen mit der meisten Inzucht. Sie bewahrte sogar noch Sitten und Gebräuche von der fernen Erde. Seidenvorhänge schmückten die Wände, Wasserszenen mit Vögeln und anderem seltsamen Getier, wie auch Sätze in einem Alphabet, das niemand entziffern konnte. Die Taekengs waren zugleich die gruppensozialste Familie auf dem Planeten und hatten die Wohnquartiere nicht in zahlreiche kleine Abteile aufgespalten, wie sie bei den anderen beliebt waren. Die üblichen Bewohner dieses Raumes waren vorübergehend ausquartiert worden, wogegen sie aber nichts zu haben schienen. Sie waren draußen auf der Straße versammelt und bestaunten die Arbeit an der Straße, die Sterne am Himmel und die seltsamen Gerüche, die von dem tieferliegenden Dschungel aufstiegen. Kinder liefen herum und wurden aufgeregt zurückgerufen, wenn sie sich zu nahe an den Abgrund heranwagten. Ein Kleinkind weinte in der Dunkelheit und schmatzte zufrieden, als ihm die Brust gegeben wurde. Jan schob sich zwischen den Leuten hindurch und betrat den Wagen.

Obwohl er die Sitzung einberufen hatte, hatte man ohne ihn angefangen, das war sofort erkennbar. Hein Ritterspach stand vor den Familienvorständen, klappte aber den Mund zu, als er Jan entdeckte. Er warf ihm einen haßerfüllten Blick zu und zeigte ihm die kalte Schulter. Den bandagierten Arm hielt er dabei vor sich wie einen Schild. Jan ließ seinen Blick über die versteinerten Gesichter der Anwesenden wandern und erkannte, was Hein im Schilde führte. Aber es würde nicht klappen. Langsam ging er zu einem leeren Stuhl und ließ sich darauf fallen.

»Sobald Ritterspach verschwunden ist, kann die Sitzung beginnen«, sagte er.

»Nein!« widersprach Chun Taekeng. »Er hat ernsthafte Anschuldigungen vorzubringen, die wir uns anhören müssen. Er hat gesagt ...«

»Mir ist egal, was er gesagt hat. Wenn Sie eine Konferenz der Familienvorstände abhalten wollen, um seine Anschuldigungen zu hören, können Sie das jederzeit tun. Meinetwegen auch heute abend. Nachdem unsere Angelegenheit erledigt ist. Ich habe diese Sitzung als Zugmeister einberufen, und wir haben dringende Probleme zu besprechen.«

»Sie können mich nicht rauswerfen!« brüllte Hein. »Als Proktor-Captain habe ich ein Recht ...«

Jan sprang auf und schob sein Gesicht dicht vor das gerötete Gesicht des anderen. »Sie haben das Recht zu gehen, sonst nichts! Das ist ein Befehl!«

»Sie können *mir* keine Befehle geben. Sie haben mich angegriffen, Sie stehen unter Anklage ...«

»Sie haben die Waffe gegen mich gezogen, Hein, und ich habe mich verteidigt. Dafür gibt es Zeugen. Ich stelle mich einer Anklage, wenn wir Südstadt erreichen. Wenn Sie darauf bestehen, mich weiter zu belästigen, lasse ich Sie auf der Stelle verhaften, weil Sie die Sicherheit des Zuges in Frage stellen. Sie werden dann unter Arrest stehen. Jetzt verschwinden Sie!«

Hein ließ seinen Blick durch den Raum wandern und suchte offensichtlich Hilfe. Chun öffnete den Mund – und schloß ihn wieder. Die Hradil saß starr und reglos da wie ein Eidechse. Es herrschte Schweigen. Hein stieß einen unterdrückten Laut aus und ging schwankend zur Tür. Mit der linken Hand fummelte er am Knauf herum. Dann verschwand er in der Nacht.

»In Südstadt soll Gerechtigkeit gesprochen werden«, sagte die Hradil.

»Einverstanden«, antwortete Jan, und seine Stimme klang so emotionslos wie die ihre. »Nach der Fahrt. Also zur Sache. Gibt es irgendwelche Probleme, über die ich Bescheid wissen müßte?«

»Es hat Klagen gegeben«, meldete Iwan Semenow.

»Die will ich nicht hören. Moral, Beschwerden, Vorräte, persönliche Probleme – all dies betrifft die Familienvorstände. Ich meine technische Probleme, Luftversorgung, Energie und dergleichen?«

Er schaute von einem Gesicht zum anderen, doch es kam keine Reaktion. So mußte es sein. Er durfte die Leute nicht zur Ruhe kommen lassen, sie durften sich an den neuen Lebensrhythmus nicht zu schnell gewöhnen.

»Gut. Ich wußte doch, daß Sie die technische Mannschaft nach besten Kräften unterstützen würden. Es gibt aber noch andere Möglichkeiten der Hilfe. Wie Sie wissen, werden wir täglich die doppelte Zeit fahren als normal. Heute haben wir erst den ersten Tag, da macht sich die Müdigkeit noch nicht so bemerkbar. Aber sie wird kommen. Die Fahrer arbeiten die doppelte Zeit und werden mit der Zeit doppelt so erschöpft sein. Es mag zu Unfällen kommen, die wir uns nicht leisten können. Es sei denn, wir bilden unterwegs noch mehr Fahrer aus.«

»Warum belästigen Sie *uns* damit?« fragte Chun Taekeng barsch. »Es handelt sich dabei um eine rein technische Frage, und auf dem Gebiet geben Sie ja vor, große Fähigkeiten zu besitzen. Da wir keine landwirtschaftlichen Arbeiten zu verrichten haben, gibt's genügend Männer – suchen Sie sich aus, wen Sie wollen.«

»Verzeihung, verstehen Sie mich richtig, aber ich würde meine Maschinen Ihren knorrigen Feldarbeitern nicht anvertrauen wollen. Jeder, der technisches Können oder Talent besitzt, ist bereits an der Arbeit oder in der Ausbildung.«

»Wenn Sie die Männer schon alle haben, warum kommen Sie dann zu uns?« fragte die Hradil.

»Ja, Sie sprechen von Männern. Meine Fahrer haben mir gesagt, sie kennten viele Frauen, die die benötigten Kenntnisse und Reflexe haben. Man könnte sie ausbilden ...«

»Auf keinen Fall!« rief die Hradil explosiv, und ihre Augen waren in dem Netz uralter Hautfalten zu Schlitzen geworden. Jan wandte sich zu ihr um, dicht vor ihr wie nie zuvor, und erkannte, daß die Kappe schneeweißen Haars in Wirklichkeit eine Perücke war. Sie war also eitel. Vielleicht ließ sich diese Information nutzbringend einsetzen.

»Warum nicht?« fragte er leise.

»Warum? Sie wagen es, diese Frage zu stellen? Weil eine Frau ihren Platz in der Familie hat! Bei ihren Kindern, bei der Familie. So ist es immer gewesen.«

»Nun, so wird es aber künftig nicht mehr sein. Die Schiffe kommen immer. Sie sind nicht gekommen. Die Schiffe transportieren das Getreide ab. Wir aber bringen das Korn in den Süden. Die Schiffe bringen das Saatgut und die Dinge, die wir brauchen. Wir haben kein Saatgut und keine Vorräte. Frauen verrichten keine technischen Arbeiten. Aber ab jetzt tun sie es. Mein Beifahrer sagt mir, Alzbeta Mahrowa, die aus Ihrer Familie stammt, verstehe sich vorzüglich auf das Sticken. Er meint, eine Frau mit solchen Talenten ließe sich zur Pilotin ausbilden. Mit der Folge, daß er mich als Fahrer ablösen könnte. Sie können gleich nach ihr schicken lassen.«

»Nein!«

Stille trat ein. War er zu weit gegangen? Vielleicht, aber er mußte die anderen immer wieder unter Druck setzen – während er stets wußte, wo er stand. Er durfte das Kommando nicht aus der Hand geben. Die Stille zog sich in die Länge – und wurde plötzlich unterbrochen.

»Sie haben sich da nur eine ausgeguckt«, sagte Bruno Becker auf seine langsame, feierliche Art. »Die Mädchen aus der Becker-Familie können mindestens ebensogut sticken wie die Mahrowas. Manche meinen sogar, sie sind besser. Meine Schwiegertochter Arma ist für die Feinheit ihrer Arbeiten bekannt.«

»Das weiß ich«, sagte Jan und drehte der Hradil bewußt den Rücken zu. Lächelnd nickte er. »Außerdem ist sie ein sehr kluges Mädchen. Moment mal, ist ihr Bruder nicht Fahrer von Zug neun? Dachte ich's mir doch! Er soll sie holen. Ihr eigener Bruder wird sie beurteilen und uns sagen können, ob sie in der Lage ist, zur Pilotin ausgebildet zu werden.«

»Ihre Stickereien sehen aus wie Hühnerscheiße im Sand«, fauchte die Hradil.

»Ich bin sicher, daß beide Mädchen vorzüglich arbeiten«, sagte Jan gelassen. »Aber darum geht es hier nicht. Vielmehr müssen wir die Frage klären, ob sie zu Kopiloten der Zugmaschine gemacht werden können. Otakar kann Alzbeta sicher so problemlos ausbilden wie Armas Bruder seine Schwester.«

»Unmöglich. Allein, nur mit Männern zusammen!«

»Ein Problem, das sich einfach lösen läßt. Sehr gut, daß Sie mich daran erinnern. Wenn Alzbeta morgens in die Maschine kommt, sorgen Sie bitte dafür, daß eine verheiratete Frau sie begleitet. Damit haben Sie ein mögliches Problem sofort entschärft. Hradil, dafür danke ich Ihnen. Jetzt wollen wir eine Liste der Frauen aufstellen, die für die Arbeit geeignet sein könnten.«

Es schien keinen Ärger mehr zu geben. Die Familienvorstände schlugen Namen vor, stellten Listen zusammen, die dann mit Jan abgestimmt wurden. Schließlich notierte er die Frauen, die alle für am besten geeignet hielten. Nur die Hradil blieb stumm. Jan warf einen Blick in ihr ausdrucksloses Gesicht und erkannte, daß ihr Fühlen sich auf die Augen konzentrierte, die brennende Abgründe des Hasses waren. Sie wußte, was er getan hatte, und war angefüllt mit einer geradezu arktischen Kälte des Abscheus, die sie von innen heraus erstarren ließ. Wenn sie ihn bisher nur nicht gemocht hatte, so haßte sie ihn jetzt mit abgrundtiefer Intensität. Jan wandte sich ab und versuchte sie zu ignorieren, denn er wußte, daß er nichts dagegen tun konnte.

7

»Mindestens noch eine Stunde«, meldete Lajos Nagy. »Wir müssen noch mehr in der Höhe wegnehmen, sonst kommen die Zugmaschinen nicht durch. Außerdem möchte ich die Außenkante statisch prüfen. Mir gefällt die Beschaffenheit des Gesteins an einigen Stellen nicht.« Er war schon einen Tag und eine Nacht auf den Beinen und hatte durchgearbeitet. Seine Haut war bleich, und dunkle, rußig wirkende Flecken lagen unter seinen Augen.

»Wie viele Panzer sind dazu erforderlich?« fragte Jan.

»Zwei. Die Maschinen mit den übergroßen Fusionskanonen.«

»Lassen Sie die beiden zurück, fahren Sie mit den anderen Panzern weiter. Sie müssen Abstand von uns haben.«

»Ich folge mit diesen ...«

»O nein. Sie sehen aus wie eine aufgewärmte Leiche, wissen Sie das? Sie schlafen, wenn die Panzer fahren. Wir haben noch eine lange Reise vor uns und sicher noch mehr Ärger. Keine Widerrede, sonst lasse ich Hein wieder ans Ruder!«

»Sie haben mich überredet. Wo Sie's erwähnen, ist mir auch, als möchte ich mich gern mal hinlegen.«

Jan schritt langsam über die neu geformte Straße zu den wartenden Zügen. Sein Blick wanderte zum grellen Blau des Himmels empor, und er kniff die Augen zusammen. Die Sonne stand noch hinter den Bergen, würde aber bald aufgehen. Außerhalb des scharfen Klippenrandes erstreckten sich Wolken, die den tieferliegenden Dschungel verhüllten. Es würde ein heißer Tag werden. Er wandte sich zu seiner Maschine um und erblickte Eino, der an der goldenen Metallwandung lehnte und eine kalte Pfeife im Mund hatte. Hände, Arme und Gesicht waren ölverschmiert.

»Alles fertig«, meldete er Jan. »Dauerte fast die ganze Nacht, war aber lohnend. Ich lege mich im Maschinenraum ein bißchen aufs Ohr. Habe die neuen Bremsventile nicht eingebaut, war nicht nötig. Die alten waren nur verklebt. Ausspülen und wieder reintun. Klappt bestens. Die Filter in den Leitungen habe ich auch ausgetauscht. Völlig verdreckt. Diesen Decio würde ich gern die Fresse polieren. Der hat sich kein einziges Bremssystem vorgenommen.«

»Vielleicht dürfen Sie sich Ihren Wunsch erfüllen. Nach der Reise.«

Die wenigen Stunden Schlaf hatten Jan erfrischt, und es machte ihm Spaß, die Sprossen an der Flanke der Maschine zu erklimmen. Im gleichen Augenblick stieg die Sonne über den Bergen auf und strahlte auf das Metall, so daß er sich durch halb geschlossene Lider im Mittelpunkt eines goldenen Scheins wähnte. Halb geblendet schob er sich durch das Luk und knallte es hinter sich zu. Die Luft drin war kühl und trocken.

»Getriebetemperatur, Reifentemperatur, Bremstrommeltemperatur, Wellenlagertemperatur.«

Nicht Otakar sprach diese Worte, sondern eine weitaus angenehmere, vertraute Stimme. Daß er das vergessen hatte! Alzbeta saß im Stuhl des Kopiloten, und Otakar ragte hinter ihr auf und nickte zufrieden. Keine zwei Fuß entfernt hockte eine stämmige grauhaarige Frau und strickte mit grimmig verzogenem Gesicht.

Die Tochter der Hradil, Wachhund und Jungfrauenbehüterin. Jan lächelte vor sich hin, als er in den Fahrersitz glitt. Alzbeta bemerkte die Bewegung, und ihre Stimme verstummte.

»Sie macht sich vorzüglich«, sagte Otakar. »Sie ist etwa zehnmal so intelligent wie der letzte Furchenkratzer, dem ich diese Arbeit beibringen wollte. Wenn sich die anderen Mädchen auch so geschickt anstellen, ist unser Fahrerproblem gelöst.«

»Ich bin davon überzeugt«, sagte Jan, doch sein Blick ließ Alzbeta nicht los. Sie war ihm so nahe, daß er sie beinahe berühren konnte. Die dunklen Augen versenkten sich tief in seinen Blick.

»Mir gefällt die Arbeit auch«, sagte sie. Sehr ernst, von den anderen abgewendet. Nur Jan sah, daß ihr Blick langsam an seinem Körper auf- und niederwanderte, gefolgt von einem langsamen Blinzeln.

»Zum Wohle des Trecks«, sagte er nicht minder ernsthaft. »Ich bin froh, daß der Plan funktioniert. Finden Sie das nicht auch, Tantchen?«

Die Tochter warf ihm einen boshaften Blick zu und setzte grimmig schweigend ihre Arbeit fort. Ihre Mutter hatte sie gut vorbereitet. Ihre Gegenwart ließ sich ertragen. Kein zu hoher Preis, wenn er dafür Alzbeta in der Nähe haben konnte. Jans nächste Worte galten Otakar, doch er schaute dabei das Mädchen an.

»Was meinen Sie – wann wird sie Sie als Beifahrer ablösen können?«

»Verglichen mit einigen Klotzköpfen im Zug, würde ich sagen, sie ist dazu bereit. Aber mindestens einen Tag sollte sie als Beobachterin dabei sein, dann kann sie morgen vielleicht eine Proberunde vom Sitz aus machen, während ich danebenstehe.«

»Das klingt gut. Was meinst du, Alzbeta?«

»Ich ... weiß nicht recht. Die Verantwortung!«

»Die Verantwortung lastet nicht auf dir, sondern auf dem Fahrer. Ich oder Otakar, einer von uns beiden wird in diesem Stuhl sitzen. Hier werden die Entscheidungen getroffen, von hier wird der Zug gesteuert. Es wird deine Aufgabe sein, dem Mann zu helfen, die Dinge im Auge zu behalten, die Instrumente zu beobachten, Anordnungen auszuführen. Und das schaffst du auf jeden Fall, wenn du die Ruhe nicht verlierst. Traust du dir das zu?«

Sie hatte die Zähne zusammengebissen, und so schön sie auch war, hatte sie doch ein wenig von der Hradil an sich, als sie antwortete: »Ja, ich traue es mir zu. Ich *weiß,* daß ich es schaffe.«

»Sehr gut. Dann sind wir uns also einig.«

Als die Fusionskanonen mit der neuen Straße fertig waren, beging Jan persönlich jeden Meter der neuen Strecke, begleitet von einem erschöpften Panzerfahrer. Sie marschierten an der Kante entlang, einen Meter von dem Abgrund zum Dschungel entfernt. Trotz des Windes war es in der Aushöhlung heiß wie in einem Ofen, das Gestein fühlte sich unter den Füßen noch warm an. Jan kniete nieder und klopfte mit einem schweren Rundhammer auf die Felskante. Ein Stück Stein brach ab und stürzte klappernd in die Tiefe.

»Das Gestein gefällt mir stellenweise nicht – ganz und gar nicht«, sagte er. Der Panzerführer nickte.

»Ganz Ihrer Meinung. Wenn wir noch mehr Zeit hätten, würde ich den Einschnitt noch vertiefen. Wir haben mit Schmelzverdichtung unser Möglichstes getan. Hoffentlich dringt die Lava von der Oberfläche durch und hält alles zusammen.«

»Mit dieser Hoffnung sind Sie nicht allein. Also gut, Sie haben getan, was Sie konnten. Bringen Sie die Panzer durch, ich fahre dann den ersten Zug hinüber.« Er wollte sich schon abwenden, kam aber noch einmal zurück. »Sie haben den Führungsdraht wie vorgesehen verlegt?«

»Absolute Minimalhöhe. Läge das Ding noch einen Zentimeter weiter rechts, würde das Oberteil der Maschine anstoßen.«

»Gut.« Jan hatte sich mit dem Problem beschäftigt und wußte, was zu tun war. Es würde Einwände dagegen geben, doch man würde seine Befehle ausführen. Natürlich leistete seine Mannschaft als erste Widerstand.

»Sie brauchen einen Techniker«, sagte Eino. »Ich verspreche Ihnen, ich werde nicht schlafen.«

»Ich brauche keinen. Die Maschine wird die ganze Zeit über Minimumtempo fahren und kann ein paar Minuten auch ohne Ihre Pflege auskommen. Ich brauche für die kurze Zeit auch keinen Beifahrer oder Kommunikationsoffizier. Räumt die Kanzel. Wenn wir hier durch sind, sollst du die Arbeit richtig kennenlernen, Alzbeta.« Er legte ihr die Hand um den Ellbogen und schob sie zum Luk, ohne sich um das entsetzte Schnaufen und die erhobenen Stricknadeln der Anstandsdame zu kümmern. »Und mach dir keine Sorgen.«

Weitere Proteste kamen von den Passagieren, die den Zug verlassen mußten, doch nach wenigen Minuten war Jan im Zug allein. Wenn etwas geschah, würde er als einziger darunter leiden. Sie durften hier nicht mehr Zeit verlieren; die Fahrt mußte weitergehen.

»Alles klar!« meldete Otakar durch das offene Luk. »Ich kann doch mitkommen.«

»Nein. Wir sehen uns auf der anderen Seite wieder. Zug räumen! Ich fahre jetzt an.«

Er trat leicht auf den Beschleuniger. Die Maschine setzte sich mit geringster Geschwindigkeit in Bewegung. Kaum war der Zug in Fahrt, als Jan den Autopiloten einschaltete und die Hände vom Steuer nahm. Nun hatte er sich festgelegt. Die Maschine würde sich ohne seine Hilfe viel besser über die gefährliche Stelle bringen, als er es manuell vermocht hätte. Der Zug kroch weiter, und er trat an das offene Luk und behielt den Rand der Straße im Auge. Wenn es Probleme gab, dann auf dieser Seite. Zentimeterweise krochen sie über die in die Felswand gebrannte neue Straße, langsam näherte sich der Zug dem anderen Ende.

Es gab ein knirschendes Grollen, das durch das Dröhnen der Zugmaschine deutlich zu hören war, gleichzeitig erschienen Risse in der harten Gesteinsfläche. Jan machte Anstalten, sich zu den Kontrollen umzudrehen, ehe er erkannte, daß er doch nichts unternehmen konnte. So blieb er stehen, und seine Finger krampften sich um den Rand des Luks, als ein großes Stück Straße herausbrach und donnernd in die Tiefe stürzte. Risse breiteten sich über die Straßenfläche aus wie tödliche Finger, die nach dem Zug zu greifen versuchten.

Sie hielten inne.

Eine große Lücke klaffte am Rand, eine Einkerbung, die aus dem Gestein der Straße herausgebissen worden war. Sie endete allerdings dicht vor der Maschine. Die mächtige Zugmaschine rollte an der Öffnung vorbei, und Jan sprang an die Kontrollen und schaltete hastig von einer Kamera zur anderen, um den günstigsten Blickwinkel auf den nachfolgenden Wagen zu bekommen. Die Maschine war durch, hatte die Lücke passiert.

Die angekoppelten Wagen waren allerdings fast dreimal so breit.

Sein Fuß schwebte den Bruchteil eines Zentimeters über dem Bremspedal, sein Finger auf der Kontrolle des Autopiloten, sein Blick ließ den Bildschirm nicht los.

Die Räder des ersten Wagens krochen auf die Lücke zu, das äußere Doppelrad schien geradewegs ins Leere zu laufen. Es würde nie vorbeikommen. Jan wollte schon auf die Bremse treten, als er es sich anders überlegte. Vielleicht klappte es doch.

Das Rad rollte zum Rand der Einkerbung und senkte sich in die Leere.

Aber nur der äußere Reifen der beiden. Langsam drehte er sich in der Luft, blauer Himmel war darunter sichtbar. Das gesamte Gewicht des überladenen Wagens ruhte auf dem inneren Rad.

Der Reifen drückte sich unter dem Gewicht zusammen, verflachte zu einem Oval. Dann stieß der zweite Reifen gegen die andere Kante des Einschnitts, und der Wagen war sicher herüber. Das Funkgerät piepte, und Jan schaltete ein.

»Haben Sie *das* gesehen?« fragte Otakar mit schwacher Stimme.

»O ja. Bleiben Sie in der Nähe und machen Sie mir Meldung über die Bruchstelle. Ich fahre jetzt auch den Rest des Zuges hinüber. Wenn die Lage so bleibt, ist alles in Ordnung. Aber geben Sie mir *sofort* Bescheid, wenn es neue Einbrüche gibt.«

»Darauf können Sie sich verlassen.«

Im Kriechtempo folgten die Wagen, einer nach dem anderen, bis der gesamte Zug sicher auf der anderen Seite war. Kaum war ihm der letzte Wagen als klar gemeldet worden, schaltete Jan den Antrieb auf Leerlauf, zog die Bremsen an – und seufzte tief. Er hatte das Gefühl, als sei jeder Muskel seines Körpers mit einem Vorschlaghammer bearbeitet worden. Um die Spannung abzubauen, rannte er im Dauerlauf zum neuen Straßenabschnitt, wo Otakar ihn erwartete.

»Keine Einbrüche mehr, nichts«, meldete der Kopilot.

»Dann müßten wir auch die anderen Züge durchbekommen.« Die Passagiere überquerten die problematische Zone bereits zu Fuß und musterten erschrocken den Klippenrand und den breiten Einschnitt. »Übernehmen Sie die erste Maschine, Otakar, fahren Sie los! Halbe Geschwindigkeit, bis alle Züge hinüber sind. Es dürfte keine Probleme mehr geben. Wenn alle durch sind, komme ich mit dem Motorrad nach vorn. Noch Fragen?«

»Nichts, was ich mit Worten ausdrücken könnte. Dies ist Ihre Show, Jan. Viel Glück!«

Es dauerte Stunden, bis der letzte Zug durch war, doch alle schafften es ohne Unfälle. Der Einschnitt in der Straße verbreiterte sich nicht weiter. Als Jan neben den langsam fahrenden Zügen nach vorn raste, fragte er sich, wie das nächste Problem dieser Reise aussehen würde.

Zum Glück ließ es eine Weile auf sich warten. Die Straße überquerte die Küstengebirge und führte dann über die angeschwemmte Küstenebene, die den Kontinent rahmte. Es handelte sich um einen nahezu flachen, eintönigen Sumpf, die ehemaligen Küstengewässer, die die Terraformer angehoben hatten. Die Straße verlief zumeist auf einer Art Deich, der schnurgerade durch das Schilf und die baumbestandene Grasebene führte. Die Straßenpanzer hatten hier nicht viel zu tun gehabt: sie mußten störende Vegetation fortbrennen und ab und zu einen Riß reparieren, der auf unterirdische Senkungen zurückzuführen war. Die Vorauskolonne kam schneller voran als die schwerbeladenen Züge und vergrößerte ihren Vorsprung immer mehr. Sie machte den größten Teil der verlorenen Zwei-Tages-Führung wieder wett. Die Nächte waren immer kürzer geworden, bis schließlich der Tag heraufzog, an dem die Sonne gar nicht mehr unterging. Sie senkte sich dem südlichen Horizont entgegen, ein lodernder weißblauer Feuerball, nur um gleich darauf wieder in den Himmel zu steigen. Sie stieg immer höher und nahm an Intensität zu, je tiefer die Karawane in den Süden vorstieß. Die Außentemperaturen waren ständig angestiegen und betrugen nun schon gut sechzig Grad. Als es noch Nächte gab, waren in der Dunkelheit viele Leute aus den beengten Wohnquartieren ins Freie gekommen, um sich trotz der atemberaubenden Hitze auf der Straße etwas die Beine zu vertreten. Nachdem die Sonne nun ständig am Himmel stand, war so etwas nicht mehr möglich, so daß die Stimmung sehr gereizt wurde. Noch mußten 18 000 Kilometer zurückgelegt werden.

Jeden Tag waren die Züge ganze neunzehn Stunden unterwegs, und die neuen Beifahrerinnen zeigten, was in ihnen steckte. Die Männer hatten zuerst gemurrt, daß die Frauen eigentlich an ihren angestammten Platz gehörten, aber das hatte in dem Maße aufgehört, wie die Müdigkeit um sich griff. Die zusätzliche Hilfe wurde dringend benötigt. Einige Frauen hatten die Anforderungen nicht bewältigt, ihnen fehlte die Auffassungsgabe oder die Kraft, doch es gab mehr als genug Freiwillige, die an ihre Posten rückten.

Jan war seit vielen Jahren nicht mehr so glücklich gewesen. Der dicken Aufpasserin war der Aufstieg in das Fahrerabteil zu anstrengend geworden. Als die Hitze zunahm, hatte man außerdem keinen Kälteanzug finden können, der groß genug für sie war. Einen Tag lang hatte eine verheiratete Kusine die Rolle des Wachhunds übernommen, sagte dann aber, daß sie sich langweile und auf ihre Kinder aufpassen müsse. Sie war nicht wiedergekommen. Ihre Abwesenheit war der Hradil nicht sofort gemeldet worden, und als sie schließlich davon erfuhr, war der Schaden – wenn man es so bezeichnen wollte – bereits angerichtet. Alzbeta hatte einen Tag mit drei Männern ohne sichtlichen Schaden überstanden. In unausgesprochener Übereinstimmung wurde die Institution der Aufseherin abgeschafft.

Alzbeta saß auf dem Beifahrersitz, während Jan den Zug steuerte. Otakar schlief auf der Koje im Maschinenraum oder spielte mit Eino Karten. Hyzo erhielt nach Belieben Erlaubnis, sich an dem Spiel zu beteiligen, denn Jan übernahm bereitwillig seine Funkwache, und obwohl das Luk hinter ihnen offenstand, waren Jan und Alzbeta zum erstenmal seit ihrem Kennenlernen allein.

Zuerst war die Lage ein wenig peinlich. Nicht für Jan. Alzbeta errötete immer wieder und senkte den Kopf, wenn er das Wort an sie richtete, und vergaß dabei ihre Pflichten als Beifahrerin. Ihre lebenslange Erziehung wehrte sich gegen ihre Intelligenz. Jan ignorierte dies eine Schicht lang und verzichtete auf jede leichte Plauderei, in der Hoffnung, daß sie ihre Schüchternheit am nächsten Tag überwunden hätte. Als sich das als Irrtum herausstellte, verlor er die Beherrschung.

»Ich habe dich jetzt zweimal um die Werte gebeten. Das ist zuviel. Du bist hier, um mir zu helfen, nicht um meine Arbeit zu erschweren.«

»T-tut mir leid. Ich werde mich zusammennehmen.«

Sie senkte den Kopf und errötete noch mehr, und Jan fühlte sich wie ein Schweinehund. Dinge, die über Jahre hin gelernt worden waren, ließen sich nicht im Handumdrehen aus der Welt schaffen. Die Straße war frei und schnurgerade, das Bugradar zeigte nichts. Die Züge bewegten sich mit stetigen hundertundzehn Kilometern in der Stunde, und die Steuerung konnte einen Augenblick lang auf sich selbst aufpassen. Er stand auf, ging zu Alzbeta und stellte sich hinter sie. Leicht legte er die Hände auf ihre Schultern. Ihr Körper bebte unter seiner Berührung wie der eines erschrockenen Tiers.

»Ich müßte mich eigentlich bei dir entschuldigen«, sagte er. »Ich hole Hyzo von seinem Pokerspiel, es wird sowieso Zeit für eine Fahrerüberprüfung.«

»Nein, noch nicht. Nicht daß ich nicht gern mit dir allein wäre, im Gegenteil. Ich weiß schon lange, daß ich dich liebe, aber ich erfahre erst jetzt, was das wirklich bedeutet.«

Sie hob die Hand an die Schultern und legte sie über seine Finger, dann wandte sie den Kopf und blickte zu ihm empor. Als er sich vorbeugte, um sie zu küssen, kamen ihre Lippen den seinen entgegen. Als seine Hände hinabglitten, um ihre Brüste zu umfassen, hielten ihre Hände ihn dort fest, drückten ihn fest an sich. Schließlich war er es, der den Kontakt unterbrach, denn er wußte, daß dies weder der richtige Zeitpunkt noch der geeignete Ort war.

»Siehst du, die Hradil hatte doch recht«, sagte er und versuchte einen scherzhaften Ton anzuschlagen.

»Nein! Sie hat sich in jeder Beziehung geirrt. Sie kann uns nicht voneinander trennen. Ich werde dich heiraten. Sie kann nicht verhindern ...«

Das rote Licht an der Funkkonsole und das hektische Piepen ließen ihn zum Fahrersitz eilen. Gleichzeitig schaltete er das Funkgerät ein. Hinter ihm schoß Hyzo aus dem Maschinenraum, wie von einer Kanone abgefeuert.

»Hier Zugmeister.«

»Jan, Lajos von den Panzern. Wir sind hier auf etwas gestoßen, mit dem wir nicht fertigwerden. Sieht aus, als hätten wir einen Panzer verloren, allerdings hat es keine Verwundeten gegeben.«

»Worum geht es?«

»Wasser, einfach nur Wasser. Die Straße ist verschwunden. Ich kann's nicht beschreiben, Sie müssen sich das selbst ansehen.«

Es gab Beschwerden, doch Jan ließ die Züge rollen, bis sie die Straßenpanzer eingeholt hatten. Er schlief gerade, als das Bugradar den ersten Piepston von sich gab. Sofort wachte er auf und nahm den Fahrersitz ein, der von Otakar geräumt worden war.

Wie schon seit Tagen führte die Straße durch die Küstenmarsch. Immer wieder anders, doch auch stets gleichförmig aussehend, hatten sich die dunstverhüllten Ödgebiete voller Schilf und Wasser unmerklich verändert. Der Anteil des offenen Wassers im Watt steigerte sich, bis zu beiden Seiten des Dammes keine Sandbänke mehr auszumachen waren, sondern nur noch Wasser. Jan verlangsamte die Fahrt des Zuges, und die anderen machten es ihm automatisch nach. Zuerst zeigte das Radar die Punkte der einzelnen Fahrzeuge, dann nahmen auch seine Augen das Bild wahr.

Es war ein bestürzender Anblick. Die Straße senkte sich immer tiefer dem Wasser entgegen, bis sie ein Stück vor den Panzern völlig im Wasser verschwand. Dahinter erstreckte sich nur Wasser, von der Straße keine Spur mehr. Ein ruhiger Ozean, der in allen Richtungen sich endlos zu erstrecken schien.

Jan brüllte Otakar zu, er solle das Abschalten der Maschinen überwachen, und als die Bremsen gegriffen hatten, war er bereits am Ausgangsluk und zog einen Kälteanzug über. Als er auf die Straße sprang, erwartete ihn Lajos.

»Wir haben keine Ahnung, wie weit das reicht«, sagte er. »Ich wollte mit einem Panzer durchfahren, Sie sehen den Turm etwa zwei Kilometer weiter. Es wird dort tiefer, plötzlich überflutete mich das Wasser. Ich hatte eben noch Zeit, die Bremsen anzuziehen und zu verschwinden. Der nächste Panzer warf mir ein Seil zu und zog mich raus.«

»Was ist hier passiert?«

»Ich kann es nur vermuten. Sieht aus, als hätte es eine größere Absenkung gegeben. Da hier alles mal unter Wasser gelegen hat, wollen die Naturkräfte vermutlich den alten Zustand wiederherstellen.«

»Haben Sie eine Vorstellung, wie breit die Senke ist?«

»Nein. Mit dem Radar fanden wir nichts, und die Teleskope zeigen nur Nebel. Mag sein, daß die Straße in wenigen Kilometern wieder hochkommt – oder sie endet auf dem Meeresboden.«

»Das klingt ja wirklich optimistisch.«

»Ich war unten im Wasser – das verflucht heiß ist. Außerdem kann ich nicht schwimmen.«

»Tut mir leid. Ich seh's mir mal an.«

»Das Führungskabel funktioniert noch. Sehen kann man nichts, aber die Instrumente halten Kontakt.«

Jan stapfte zum Heck der Maschine, eingezwängt in den dicken Kälteanzug, der seine Bewegung behinderte. Der Anzug war mit einem Rohrnetz ausgekleidet, durch das kaltes Wasser gepumpt wurde. Ein kompaktes Kühlaggregat summte fleißig an seinem Gürtel und blies die erhitzte Abluft nach hinten weg. Gleichzeitig wurde ihm unter dem durchsichtigen Helm gekühlte Luft ins Gesicht geblasen. Der Anzug war ermüdend, wenn man ihn mehrere Stunden lang getragen hatte – doch er ermöglichte den Aufenthalt im Freien. Die Lufttemperatur betrug nun beinahe achtzig Grad. Jan schaltete den Interkom ein.

»Otakar, hören Sie mich?«

»*Grün.*«

»Stellen Sie die Bremsen und Kupplungen der Wagen fest, dann öffnen Sie die Maschinenkupplung. Ich löse hier hinten die Kabel.«

»*Machen wir einen Ausflug?*«

»Könnte man sagen.«

Sirrend und klappernd öffneten sich die Metallbacken der Kupplung. Jan schob die schwere Zunge zur Seite und löste alle Kabelverbindungen. Unter den nachfolgenden Wagen dröhnte es laut, als die Sicherheitsbremsen des Beta-Systems aktiviert wurden. Die Kabel zogen sich wie Schlangen in eine Öffnung zurück, und er kletterte in die Fahrerkabine empor.

»Ich brauche drei Freiwillige«, sagte er zu den wartenden Besatzungsmitgliedern und zog seinen Kälteanzug aus. »Sie, Sie und Sie. Alzbeta, du ziehst den Anzug an und gehst zum Zug hinüber. Was wir vorhaben, kann ein Weilchen dauern.«

Sie protestierte nicht, doch ihr Blick war auf ihn gerichtet, während sie den Anzug anlegte, dann stieg sie aus der Fahrerkabine. Otakar verriegelte das Luk hinter ihr. Jan betrachtete die schimmernde Wasserfläche vor der Maschine. »Eino«, fragte er, »wie wasserdicht sind wir?«

Der Techniker antwortete nicht sofort. Er kratzte sich nachdenklich am Ohr, während er langsam den Blick herumwandern ließ, ein Blick, der auf die Stahlwände und den Boden gerichtet war und alle Verbindungen, Versiegelungen und Luken mit Technikeraugen musterte.

»Nicht übel«, sagte er schließlich. »Auf eine gewisse Wassermenge sind wir eingerichtet, Getriebe und Lager, Wartungsabdeckungen und Luken haben ausnahmslos Gummidichtungen. Weiter oben sieht es auch nicht schlecht aus, jedenfalls ein Stück weit. Ich glaube, wir könnten bis zum Dach unter Wasser gehen, ohne Probleme zu bekommen. Kommt das Wasser aber höher, könnte es in den Kühlöffnungen Kurzschlüsse geben. Bis dorthin, würde ich sagen, sind wir wasserdicht.«

»Dann sollten wir lieber gleich losfahren, ehe wir es uns anders überlegen.« Jan setzte sich ans Steuerrad. »Gehen Sie zur Maschine – vielleicht brauche ich viel Energie! Hyzo, sie halten Funkkontakt und geben laufend Meldung an die anderen! Wenn es Probleme gibt, sollen sie wissen, was geschehen ist. Otakar, halten Sie sich bereit, falls ich Sie brauche!«

»Mal ein bißchen schwimmen?« fragte der Beifahrer gelassen und betätigte einige Schalter.

»Ich hoffe nicht. Aber wir müssen feststellen, ob die Straße noch vorhanden ist. Wir können weder umkehren noch hierbleiben. Und eine andere Straße haben wir nicht. Unsere Maschine ist fast doppelt so hoch wie der Panzer. Jetzt hängt alles von der Wassertiefe ab. Energie?«

»Voll da!«

Die Panzer wichen zur Seite aus, als sich die mächtige Maschine mahlend in Bewegung setzte. Direkt auf das Wasser zu, bis die Vorderräder die ersten Wellen warfen. Dann hinein.

»Als ob wir in einem Schiff säßen ...«, sagte Otakar beinahe flüsternd. *Mit dem kleinen Unterschied,* dachte Jan, *daß unsere Maschine nicht schwimmen kann.* Er sprach den Gedanken nicht laut aus.

Ringsum erstreckte sich Wasser von unbestimmter Tiefe. Sie wußten, daß sie noch auf der Straße fuhren, denn das Wasser hatte die Naben der großen Räder noch nicht erreicht. Und das optische Signal des Leitkabels, dem das Fahrzeug automatisch folgte, war noch deutlich sichtbar und in der Mitte. Aber schon erzeugte die vorrückende Maschine eine Bugwelle, und auf den ersten Blick hätten sie auch ein Schiff sein können, so wenig erkennbare Verbindung hatten sie mit dem Land – oder dem zurückbleibenden sichtbaren Teil der Straße.

Der Panzerturm weiter vorn war ein solider Bezugspunkt, dem sie sich vorsichtig näherten. Je näher sie der Stelle kamen, desto höher stieg das Wasser. Jan hielt gut zwanzig Meter vor dem untergetauchten Fahrzeug.

»Das Wasser bedeckt unsere Räder noch nicht ganz. Wir haben noch viel Spielraum«, meldete Otakar, der aus dem Seitenfenster blickte. Er versuchte ruhig zu sprechen; trotzdem klang seine Stimme gepreßt.

»Was meinen Sie, wie breit ist die Straße hier?« fragte Jan.

»Hundert Meter, wie der Rest der Straße.«

»Ach wirklich? Sie glauben nicht, daß das Wasser sie unterspült hat?«

»Daran habe ich allerdings nicht gedacht ...«

»Aber ich. Wir fahren um den Panzer herum, so dicht es irgend geht. Hoffentlich ist die Straße dafür noch fest genug.«

Jan schaltete den Autopiloten aus und drehte das Steuer, während sie langsam vorwärtskrochen. Der hohe weiße Punkt des Führungskabels glitt über den Schirm und verschwand. Einen anderen Anhalt hatte er nicht. Immer höher stieg das Wasser.

»Ich hoffe, Sie bleiben dicht am Panzer!« rief Hyzo. Die Bemerkung war wohl scherzhaft gemeint, klang aber nicht so.

Jan versuchte sich daran zu erinnern, wie breit der untergegangene Tank war. Er wollte so dicht wie möglich beim Hindernis bleiben, ohne damit zu kollidieren. Wollte in einem möglichst engen Bogen darum herumfahren. Auf allen Seiten Wasser, nichts als Wasser, und das einzige Geräusch war das Grollen des Antriebs und das heisere Atmen der Männer.

»Ich sehe es nicht mehr!« rief Jan plötzlich. »Die Kameras sind ausgefallen. Otakar!«

Der Beifahrer war bereits ans Heckfenster gesprungen.

»Langsam weiter, beinahe vorbei, liegt schon leicht zurück. Sie können scharf einschlagen – jetzt!«

Jan gehorchte blindlings. Etwas anderes blieb ihm nicht übrig. Er befand sich mitten auf hoher See und bediente ein Steuerrad, ohne jeden Bezugspunkt. Nicht zuviel, geradeaus, er müßte daran vorbei sein. Oder fuhr er in die falsche Richtung? Bald mußte er über den Rand der Straße kippen. Er spürte nichts von dem Schweiß, der sein Gesicht bedeckte und die Handflächen glitschig machte.

Ein winziger Schimmer am Rande des Bildschirms.

»Ich habe das Kabel wieder!«

Er richtete das Steuer wieder auf Mitte und drehte es allmählich, während der Punkt langsam über den Schirm wanderte, um wieder auf Normallage zu kommen. Als es soweit war, schaltete er den Autopiloten ein und lehnte sich zurück.

»Soviel dazu. Jetzt wollen wir sehen, wie weit diese Überflutung reicht.«

Er behielt die Geschwindigkeitskontrolle auf manuell, überließ es aber dem Autopiloten, dem Führungskabel auf der Spur zu bleiben. Es erschien unmöglich – aber die Straße war noch unter der Maschine. Die Männer sahen zu, wie eine Regenfront heranbrodelte und die Maschine überschüttete. Die Sicht in alle Richtungen war gleich Null. Jan schaltete die Scheibenwischer und die Scheinwerfer ein. Relais klapperten im Maschinenraum.

»Sie haben eben die Hälfte der Scheinwerfer verloren!« meldete Eino. »Kurzschlüsse. Sicherungen rausgeflogen.«

»Bringt das Ärger? Was ist mit den anderen Lampen?«

»Die müßten in Ordnung sein. Die Zuführungen sind isoliert.«

Die Fahrt ging weiter. Auf allen Seiten Regen und vor der Maschine die pockennarbige Wasserfläche. Wasser, das langsam und beständig immer höher stieg. Aus dem Maschinenraum tönte ein sich steigerndes Jaulen; das Gefährt vibrierte und rutschte ruckartig zur Seite.

»Was ist?« fragte Hyzo mit einem Anflug von Panik in der Stimme.

»Radumdrehung beschleunigt sich«, sagte Jan, umklammerte das Steuer und drehte es in dem Bemühen, dem aus dem Schirm abwandernden Punkt zu folgen. »Effektive Geschwindigkeit ist aber gesunken. Wir rutschen seitwärts.«

»Sand oder Schlamm auf der Straße!« rief Otakar. »Wir rutschen!«

»Und verlieren das Kabel.« Jan schlug das Steuer noch stärker ein. »Dieses Ding schwimmt schon fast, die Räder finden keinen Halt mehr. Aber wir kommen durch!«

Energisch trat er auf den Gashebel, und aus der Tiefe dröhnten die Getriebe. Die Antriebsräder drehten sich im Schlamm, wirbelten ihn auf, gruben sich hinein, belebten die Oberfläche des Wassers ringsum. Die Seitwärtsbewegung ging weiter – der Kabelpunkt war vom Schirm verschwunden.

»Wir kippen über den Rand!« brüllte Hyzo.

»Noch nicht.« Jans Zähne gruben sich tief in die Unterlippe, doch er merkte nichts davon.

Als die Räder die Oberfläche der Straße berührten, gab es einen Ruck, dann einen zweiten. Als die Reifen wieder Halt fanden, reduzierte Jan den Antrieb – die Kriechfahrt ging weiter. Endlose Sekunden Schweigen. Dann tauchte der Kabelpunkt wieder auf. Jan brachte ihn in die Mitte und sah sich den Kompaß an, um sicher zu gehen, daß sie nicht in die falsche Richtung fuhren. Die Maschine kroch weiter. Es hörte auf zu regnen, und er schaltete die Scheinwerfer aus.

»Ich weiß nicht recht, aber ich glaube, das Wasser steht jetzt nicht mehr so hoch«, sagte Otakar mit heiserer Stimme. »Ja, es muß so sein, die Sprosse da war eben noch unter Wasser!«

»Ich kann Ihnen noch was Besseres anbieten«, sagte Jan, schaltete auf Automatik und ließ sich schwer in den Stuhl fallen. »Wenn Sie weit nach vorn schauen, sehen Sie die Straße wieder aus dem Wasser kommen.«

Der Wasserspiegel sank, bis die Räder wieder im Freien waren und nach allen Seiten Tropfen davonstieben ließen; gleich darauf waren sie wieder auf festem Grund, und Jan schaltete den Antrieb aus und zog die Bremsen fest.

»Wir sind durch. Die Straße ist noch vorhanden.«

»Aber – schaffen es die Züge?« fragte Otakar.

»Sie müssen es schaffen, oder?«

Darauf gab es keine Antwort.

8

Ehe man überhaupt daran denken konnte, die Züge über das überflutete Straßenstück zu manövrieren, galt es das Hindernis des verlassenen Tanks zu beseitigen. Jan steuerte die Maschine zurück und hatte diesmal keine Mühe mit der verschlammten Stelle. Wenige Meter vor dem Panzer hielt er an.

»Irgendwelche Vorschläge?« fragte er.

»Bekommen wir das Ding wieder in Gang?« fragte Otakar.

»Nein. Inzwischen dürfte der Meiler feucht sein, die elektrische Anlage ist erledigt. Aber ehe wir weiter nach Lösungen suchen, müssen wir eine Frage klären.« Er ließ sich mit Lajos verbinden, der den Panzer ins Wasser gefahren hatte. Die Antwort war nicht erfreulich. »Die Kupplung ist eingelegt. Uns bleibt nichts anderes übrig, als den Panzer aus dem Weg zu räumen. Und das geht nur, wenn die Ketten frei rollen. So ein Gewicht rutschen zu lassen, ist unmöglich.«

»Sie sind der Wartungs-Captain«, sagte Otakar. »Sie können solche Fragen am besten beantworten.«

»Ich kenne die Antwort. Ohne Antrieb müssen wir den manuellen Öffnungshebel benutzen. Das Problem liegt darin, daß das Ding hinten an der Innenwand angeklemmt ist. Man muß es aus der Halterung nehmen, an Ort und Stelle bringen und etwa ein Dutzendmal drehen. Und das alles unter – wieviel? – drei Metern Wasser? Können Sie schwimmen, Otakar?«

»Wo hätte ich das wohl lernen sollen?«

»Eine gute Frage. Im Kanal schwimmt zuviel Dünger, um ihn

zum Schwimmen zu benutzen, dabei ist er das einzige Gewässer nahe der Stadt. Man hätte annehmen können, daß jemand in einer solchen Siedlung ein Schwimmbecken vorsieht. Viel Aufwand hätte das nicht gekostet. Na, da bin ich wohl der einzige Schwimmer auf Halvmörk. Ein widerstrebender Freiwilliger. Aber ich brauche Hilfe.«

Es gab keine Möglichkeit, ohne großen Aufwand eine Tauchermaske anzufertigen, doch eine der Druckflaschen mit Preßluft zu füllen, war kein Problem. Jan stellte das Ventil so ein, daß es einen ständigen Luftstrom abgab, der zwar nach Öl und Maschinenfett schmeckte, ihn aber am Leben erhalten würde, ohne gleich zu großen Druck zu liefern. Eino formte eine Schlinge, mit der er das Ding an der Hüfte befestigen konnte, und eine Plastikleitung zum Mund. Das und eine wasserdichte Taschenlampe waren seine Ausrüstung.

»Fahren Sie uns so dicht heran, wie es geht«, befahl er Otakar und zog seine Sachen aus. Die Stiefel behielt er an. Das Metall war sicher heiß. Er brauchte auch Handschuhe. Als die beiden Maschinen sich Bug an Bug berührten, öffnete er das Dachluk. Eine Woge brennendheißer Luft wallte herein. Wortlos stieg er zum Luk und schob es auf.

Es war, als stiege er in einen heißen Backofen. Die kühle Luft des Maschineninneren blieb hinter ihm zurück, als er in den grellen, brennenden Sonnenschein hinauskletterte. Er deckte die Augen mit dem Arm ab und schlurfte auf dem Dach der Maschine nach hinten, wobei er sich vorsichtig zwischen den Kühlöffnungen bewegte. Er versuchte in der heißen Luft nicht zu atmen, sondern zwang sich dazu, die kühlere Luft aus dem Schlauch zu saugen. Die Sohlen seiner Stiefel waren zwar dick, doch schon machte sich die Hitze des Metalls bemerkbar. Als er den Bug erreichte, zögerte er nicht, sondern ließ sich über die Seite ins Wasser gleiten.

Er glaubte in kochendem Wasser zu schwimmen, das ihm die Energie aus Armen und Beinen zog. Mit drei Schwimmzügen erreichte er das offene Luk des Panzers. Er gestattete sich kein Zögern, sondern sank sofort unter die Wasseroberfläche. Dort war es dunkel, zu dunkel – ehe er sich an die Lampe erinnerte. Die

Hitze des Wassers war überall, sie zerrte an seinem Willen, raubte ihm die Energie. Jetzt der Hebel. Er mußte ihn in die Hand bekommen.

Alles bewegte sich langsam wie in einem Traum, und wenn ihm die Brust nicht wehgetan hätte, wäre er vielleicht dem Wahn verfallen, einschlafen zu müssen. Er bekam Luft aus der Flasche, aber nicht genug. Der Hebel. Er ließ sich mühelos lösen, doch ihn dann zu kippen, schien ungeheuer schwierig zu sein. Als das Ding schließlich über den Stutzen klickte, verlor er kostbare Sekunden bei dem Versuch, sich zu erinnern, in welche Richtung er drehen mußte. Dann die Drehungen, immer weiter, bis es nicht mehr ging.

Zeit. Es war höchste Zeit, zu verschwinden. Hebel und Lampe fielen ihm aus den Fingern, und er versuchte emporzuschwimmen. Doch er schaffte es nicht. Das offene Luk zeichnete sich in klarer Helligkeit über ihm ab, doch er hatte nicht mehr die Kraft hinaufzuschwimmen. Mit einem letzten Aufbäumen seiner schwindenden Kräfte zerrte er die Masse der Preßluftflasche los und spuckte den Schlauch aus. Dann zog er die Knie an. Ein letzter Versuch. Emporstoßend, hinaufschwimmend, kräftiger, mühsamer.

Seine Hände verließen das Wasser und umklammerten den Rand des Luks. Im nächsten Augenblick war er mit dem Kopf im Freien und atmete in großen, keuchenden Zügen die heiße, brennende Luft. Sie schmerzte in seinen Lungen, doch plötzlich konnte er wieder klar denken. Als er dazu in der Lage war, zerrte er sich hoch und torkelte über das Dach des Tankturms in die Richtung seiner Maschine.

Und erkannte, daß er es nicht schaffen würde, daß er keinen Meter mehr schwimmen konnte.

Neben seinem Kopf klatschte ein Tau ins Wasser, und er griff im Reflex danach. So wurde er zur Flanke der Maschine gezogen. Otakar langte herab, umfaßte seine Handgelenke und zerrte ihn wie einen halbtoten Fisch aus dem Wasser. Jan merkte kaum noch etwas davon, sein Bewußtsein drohte in rotem Dunst unterzugehen. Er schreckte erst zusammen, als er mit dem Bein das Metall des Dachs der Maschine berührte und sich daran verbrannte. Der plötzliche Schmerz entriß ihm einen lauten Schrei, und er öffnete die Augen und merkte, daß Otakar ihm half. Otakar ohne Kälteanzug, ebenfalls vor Erschöpfung keuchend.

Sie stützten sich aufeinander, während sie vorsichtig über das Dach der Zugmaschine stiegen. Jan ließ sich als erster in die Kabine sinken, unterstützt durch den Beifahrer, der ihm folgte. Die Luft im Inneren fühlte sich eisig an. Eine lange Zeit hindurch waren sie zu nichts anderem fähig, als leblos dort liegenzubleiben, wo sie in ihrer Erschöpfung niedergesunken waren. Sie versuchten wieder zu Kräften zu kommen.

»Das sollten wir nicht noch einmal machen, wenn es irgend anders geht«, sagte Jan schließlich. Otakar brachte nur ein schlaffes Nicken zustande.

Hyzo salbte Jans Bein und wickelte die Stelle in Gaze ein. Die Wunde schmerzte, doch eine Tablette ließ den Schmerz bald verschwinden. Wie auch die Müdigkeit. Wieder angekleidet, setzte er sich in den Fahrersitz und überprüfte die Kontrollen.

»Haben wir schon irgendwelche Lecks festgestellt?« fragte er den Techniker.

»Nichts. Das Monstrum ist dicht.«

»Gut. Jetzt geben Sie mir bitte ordentlich Saft. Ich werde den Tank von der Straße schieben. Was könnte kaputtgehen, wenn ich das Ding Bug an Bug wegdränge?«

»Ein paar Scheinwerfer, nichts Wichtiges. Wir haben ansonsten vier Zentimeter dicken Stahl. Wenn man ordentlich was ziehen will, braucht man Gewicht. Einfach schieben.«

Jan kam der Aufforderung nach. Mit niedrigster Umdrehung vorwärts, bis Metall gegen Metall knirschte und die ganze Maschine erbebte. Im unteren Getriebebereich bleibend, trat er langsam auf das Gaspedal. Das Getriebe knurrte, und die Maschine stemmte sich vibrierend gegen das Gewicht des Panzers. Irgend jemand mußte nachgeben.

Der Panzer bewegte sich. Als er erst einmal rückwärts rollte, blieb Jan auf gleichmäßiger Geschwindigkeit und drehte leicht das Steuer, das er sofort wieder auf Mitte nahm, um die Drehung der vorderen Räder zu halten. So drehten sich allmählich die beiden Maschinen zur Seite, bis sie das Führungskabel hinter sich ließen und der Panzer im rechten Winkel zur Straße stand. Jan stellte das Rad auf Mitte und schob weiter. Immer weiter von der Mitte weg. Immer näher zum Rand.

Plötzlich bäumte sich der Panzer auf, und Jan trat auf die Bremse. Die andere Maschine stürzte augenblicklich über den Rand. Nach dem Winkel zu urteilen, befand sich auch die Zugmaschine dicht am Abgrund. Langsam und vorsichtig schaltete Jan auf Rückwärtsgang und zog sich von der Gefahrenstelle zurück. Erst als sie wieder auf die Mitte der Straße ausgerichtet waren, atmete er laut seufzend aus.

»Ganz recht«, sagte Otakar. »Hoffentlich war das hier das letzte Stück Ärger.«

Es war kein Kinderspiel, doch es gab keine wesentlichen Probleme, als es nun daran ging, die Züge über das überschwemmte Straßenstück zu manövrieren. Es kostete nur Zeit. Zeit, die sie für andere Dinge besser hätten nutzen können. Die Wagen, die viel leichter waren als die massigen Maschinen, neigten im Wasser zum Schwimmen. Mehr als zwei konnten nicht gleichzeitig hinübergeschleppt werden und dann auch nur, wenn an beiden Enden je eine schwere Maschine angekoppelt war. Das Hin und Her setzte sich ohne Pause fort, bis alle Wagen drüben waren. Erst als die Züge auf der anderen Seite wieder zusammengestellt waren, erlaubte sich Jan einen Augenblick der Entspannung. Er legte sich zum erstenmal für längere Zeit schlafen. Er hatte eine achtstündige Ruheperiode angeordnet; erst dann sollte die Reise weitergehen. Jeder brauchte die Erholung, die Maschinenbesatzungen waren erschöpft, und es hätte wenig Sinn gehabt, mit Fahrern zu arbeiten, die in einem solchen Zustand waren. Sie konnten sich ausruhen, er aber nicht. Während die Züge durch das Wasser geschleppt wurden, hatte er sich mit einem Problem beschäftigt, das nicht aus der Welt geschafft werden konnte. Ein auf der Hand liegendes Problem, das ihm offen ins Auge starrte, als er nun über die überschwemmte Strecke zur Schwadron der Panzer zurückkehrte. Er stoppte die tropfende Zugmaschine neben den Panzern, zog einen Kälteanzug über und stieg in den Führungstank um.

»Ich dachte schon, Sie hätten uns vergessen«, sagte Lajos Nagy.

»Ganz im Gegenteil. Seit Tagen denke ich an nichts anderes.«

»Sie wollen die Panzer hier zurücklassen?«

»Nein – dazu brauchen wir sie zu dringend.«

»Aber wir können aus eigener Kraft nicht hinüber.«

»Das erwarte ich auch gar nicht. Schauen Sie sich das an.«

Jan entrollte eine Zeichnung mit der Seitenansicht eines Panzers. Mit einem breiten Rotstift hatte er reichlich darauf herumgemalt. Er klopfte auf die eingezeichneten Linien.

»Das sind die Problemzonen«, sagte er. »Wir werden sie alle mit Plastik-Gallerte einsprühen, wie wir sie zum Einmotten verwenden. Das müßte die Maschinen so lange wasserdicht machen, daß wir sie durchs Wasser und drüben wieder herausbringen können.«

»Moment mal«, sagte Lajos und deutete auf die Zeichnung. »Da sind ja alle Ausgangsluken verschlossen. Wie kommt der Fahrer ins Freie, wenn ein Notfall eintritt?«

»Die Sache läuft ohne Fahrer. Wir kuppeln die Fahrketten aus, machen die Panzer wasserdicht und schleppen sie hinüber. Für jeden müßte eine Trosse genügen. Ich habe es versucht – es klappt.«

»Hoffentlich«, sagte Lajos zweifelnd. »Aber ich säße ungern in der Schleppmaschine, wenn ein Panzer über den Straßenrand kippte. Der würde die Maschine glatt mitreißen.«

»Durchaus möglich. Deshalb werden wir eine Ausklinkvorrichtung einbauen, die von der Schleppmaschine aus betätigt werden kann. Wenn der Panzer abzurutschen beginnt, geben wir ihn frei.«

Lajos schüttelte den Kopf. »Ist wohl die einzige Möglichkeit. Versuchen wir's zunächst mit Panzer sechs. Dessen Getriebe ist so gut wie hin – vielleicht müssen wir ihn sowieso liegenlassen.«

Es gab ein allgemeines Aufatmen, als der Plan funktionierte. Der herübergeschleppte Tank verschwand unter der Wasseroberfläche und wurde erst wieder sichtbar, als er am Ende des versunkenen Straßenstücks emporkam. Das Dichtungsmittel war schnell wieder abgekratzt. Bis auf einige Pfützen, die auf ein kleines Leck zurückzuführen waren, war das Fahrzeug in bester Verfassung. Nun begann das Herüberschleppen der anderen Räumungspanzer.

Als die Fahrt fortgesetzt werden konnte, übernahmen die Beifahrer Dienst in den Zugmaschinen. Alzbeta brachte ein Bündel mit, das sie auf den Boden legte, bevor sie den Kühlanzug abstreifte.

»Etwas Besonderes«, sagte sie. »Ich hab's selbst gemacht. Ein Familienrezept für besondere Anlässe. Ich glaube, jetzt haben wir einen besonderen Anlaß. Beef Stroganoff.«

Es schmeckte köstlich. Die Besatzung genoß die erste richtige Mahlzeit seit Beginn der großen Fahrt. Zum Fleisch gab es frisch gebackenes Brot, literweise Bier und frische grüne Zwiebeln. Zum Nachtisch wurde sogar Käse gereicht, obwohl kaum einer noch Platz dafür hatte. Aber sie ächzten heroisch und schufen den Platz.

»Vielen Dank«, sagte Jan und griff nach ihrer Hand, obwohl die anderen dabeisaßen. Niemand sagte etwas, vielleicht achtete auch niemand darauf. Alzbeta war als Besatzungsmitglied voll akzeptiert. Ein Mitglied, das eine echte Verbesserung bedeutete, denn bei den Männern beschränkten sich die Kochkünste auf das Aufwärmen tiefgefrorener Konzentrate. Plötzlich hatte Jan eine Idee.

»Wir fahren in einer halben Stunde ab. Das genügt, um dich mal im Fahrersitz auf die Probe zu stellen, Alzbeta. Du willst doch nicht dein ganzes Leben Beifahrerin bleiben.«

»Guter Gedanke«, sagte Otakar.

»O nein, das schaffe ich nicht! Es geht nicht ...«

»Das ist ein Befehl – nun gehorche auch!« Sein Lächeln strafte die harten Worte Lügen, und schon begannen alle zu lachen. Hyzo holte einen Lappen und polierte den Sitz. Otakar führte sie hin und stellte den Kontursessel so ein, damit sie mühelos an die Pedale kam. Bei abgeschalteter Energie trat sie versuchsweise auf Beschleunigungspedal und Bremse und bewegte das Steuerrad. Die Funktionen der Instrumente kannte sie bereits.

»Sieh doch, wie einfach das ist«, sagte Jan. »Jetzt geh auf Rückwärtsfahrt und setze zwei Meter zurück.«

Sie erbleichte.

»Das ist etwas anderes. Das könnte ich nicht.«

»Warum nicht?«

»Du verstehst das nicht, es ist deine Arbeit.«

»Du meinst, Arbeit für Männer?«

»Ja, vielleicht.«

»Dann versuch es wenigstens. Du hast schon die ganze letzte

Woche Arbeiten verrichtet, die eigentlich nur für Männer gedacht waren – du und die anderen Mädchen, und die Welt ist nicht zusammengebrochen.«

»Gut – ich tu's!«

Sie sagte es trotzig – und sprach im Ernst. Die Dinge veränderten sich, und ihr gefielen die Neuerungen. Ohne weiteren Befehl schaltete sie die Maschine ein, schaltete den Autopiloten ab und nahm alle anderen Schaltungen vor, die den Zug fahrbereit machten. Dann legte sie vorsichtig den Rückwärtsgang ein und setzte die Maschine ein Stück zurück. Als sie alle Funktionen wieder stillgelegt hatte, brachten die Männer ein Hoch auf sie aus.

Bei Fahrbeginn waren alle bei bester Stimmung, zufrieden und ausgeschlafen. Und das war nur gut so, denn der schlimmste Abschnitt der Fahrt lag noch vor ihnen. Die Techniker, die die Straße gebaut hatten, waren bemüht gewesen, den natürlichen Gefahren des Planeten auszuweichen. So duckte sich die Straße so weit wie möglich hinter die Küstengebirge der beiden Kontinente, die sie untertunnelt hatten. Die Küsten wurden im wesentlichen gemieden, indem die Straße vor dem Land auf Dämme gehoben worden war. Auf der Kette der aus dem Ozean hochgestemmten Inseln, auf dem Isthmus, der die beiden Kontinente miteinander verband, verlief die Straße hoch oben auf dem Rücken der Inseln, auf den Kämmen der höheren Berge.

Es gab allerdings ein Risiko, das sich nicht vermeiden ließ. Irgendwann mußte die Straße die tropische Dschungelbarriere durchstoßen. Im südlichsten Teil des Kontinents herrschte ewiger heißer Sommer. Die Temperatur stieg zuweilen fast auf den Siedepunkt des Wassers, und der Dschungel war die Hölle.

Die Straße führte ein Stück ins Binnenland und durchstieß dabei eine Bergkette. Die Panzer standen dreißig Stunden vor den Schleppzügen und machten die Straße frei; Jan wußte also, wie es weiter vorn aussah. Aber wie immer übertraf die Wirklichkeit jede Beschreibung. Der Tunnel führte im steilen Winkel abwärts, und die Scheinwerfer ließen Gestein und Straßenfläche grell hervortreten. Buchstaben standen hier, für alle Ewigkeit in die Fahrbahn eingegraben: LANGSAM stand dort, immer wieder LANGSAM! Die Reifen grummelten, wenn sie das Gewirr der Buchstaben überfuhren. Als die grelle Tunnelöffnung auftauchte, bewegten sich die Züge mit gemächlichen fünfzig Stundenkilometern.

Bäume, Ranken, Pflanzen, Blätter, der Dschungel war auf allen Seiten, oben und noch prall von Leben, links, rechts oben und sogar auf der Straße. An dieser Stelle war die Fahrbahn gut zweihundert Meter breit, doppelt so breit wie normal; trotzdem hatte sich der Dschungel darüber hergemacht, die sprießende Vegetation hatte in ihrem Kampf um das Sonnenlicht die freie Fläche mit Beschlag belegt. In den vier Jahren seit der letzten Fahrt hatten die Bäume lange Äste ins Licht geschickt. Oft waren diese Auswüchse so groß geworden, daß sie ein Übergewicht geschaffen und die Mutterbäume auf die Straße gekippt hatten. Einige waren dabei gestorben und dienten nun als Nährboden für andere Pflanzen und Ranken, während andere den Wurzelkontakt nicht verloren hatten und in der neuen Position kräftig weitergewachsen waren. Wo die Straße nicht von Bäumen eingeengt war, schlängelten sich Rankengewächse und Schlingpflanzen, deren Streben bis zu einem Meter dick und dicker waren, auf die sonnige Fläche hinaus.

Die Panzer hatten sich zum Kampf gegen die Bäume zusammengetan; die schwarzen Überreste ihres Sieges säumten zu beiden Seiten den Straßenrand. Die Fusionskanonen hatten an vorderster Front ihre Flammenzungen lodern lassen und jedes Hindernis verbrannt. Anschließend hatten die Räumschieber einen Weg geschaffen, der gerade breit genug war für die Fahrketten; die nachfolgenden Tanks hatten diesen Weg erweitert und die verkohlten Überreste noch weiter nach draußen geschoben. Jetzt fuhren die Züge langsam zwischen Wänden verkohlter Vegetationsreste, die stellenweise noch qualmten. Es war ein alptraumhafter Anblick.

»Schrecklich!« sagte Alzbeta. »Ein schrecklicher Anblick!«

»Ich möchte ja keine düsteren Prognosen stellen«, antwortete Jan, »aber das ist erst der Anfang. Das Schlimmste kommt noch. Natürlich ist es immer gefährlich dort draußen, selbst wenn die Fahrt zur üblichen Zeit erfolgt. Dieses Jahr sind wir aber spät dran, sehr spät.«

»Macht das einen Unterschied?« fragte sie.

»Ich weiß nicht – aber wenn es einen Unterschied gibt, dann bestimmt nicht zum Besseren. Wenn man nur bessere Aufzeichnungen geführt hätte! Die frühen Planetenerkundungen sagen mir nichts mehr. Alle Speicherbänke sind gelöscht worden. Natürlich gibt es Logbücher aller Fahrten, aber die helfen uns nicht weiter. Meistens nur technische Anmerkungen und Tagesstrecken. Aber keine persönlichen Berichte. Wenn alle vier Jahre alles zusammengepackt und an einen anderen Ort geschafft werden muß, gehen nebensächlich scheinende Dinge wohl leicht über Bord. Ich habe also keine konkreten Tatsachen – nur so ein Gefühl. Der Frühling macht mir zu schaffen.«

»Das Wort kenne ich nicht.«

»Das gibt es in unserer Sprache auch nicht. Es gibt keine Entsprechung dafür. Auf ausgeglichenen Planeten gibt es in den gemäßigten Zonen vier Jahreszeiten. Der Winter ist die kalte Zeit, der Sommer bringt die Hitze. Die Zeit dazwischen, wenn sich alles aufwärmt, das ist der Frühling.«

Alzbeta schüttelte lächelnd den Kopf. »Das ist nicht leicht zu verstehen.«

»Es gibt auch auf diesem Planeten etwas, das dem Frühling nahekommt. Am Rand der Dämmerungszone gibt es Lebensformen, die sich der kühleren Umwelt angepaßt haben. Sie haben dort ihre ökologische Nische gefunden und kommen gut zurecht, bis der Sommer zurückkehrt. Und dann dürfte das blühende Leben der heißen Sonne vordringen und den ans kühlere Wetter gewöhnten Lebensformen den Garaus machen. Dort draußen heißt es fressen und gefressen werden – und jede neue Nahrungsquelle dürfte heiß umkämpft sein.«

»Aber du weiß doch nicht genau ...«

»Ich weiß es nicht genau – und ich hoffe auch, daß ich mich irre. Wir wollen nur die Daumen drücken und hoffen, daß unser Glück anhält.«

Aber das war zuviel erhofft. Zuerst war die Veränderung nicht weiter auffällig, einige Verkehrsopfer, die keine große Bedeutung hatten. Nur Alzbeta schien davon betroffen.

»Die Tiere, sie wissen nichts über Maschinen. Sie kommen einfach auf die Straße und werden überfahren.«

»Wir können nichts dagegen tun. Wenn es dir etwas ausmacht, solltest du nicht hinschauen.«

»Aber ich muß hinschauen. Das gehört zu meiner Arbeit. Aber da kommen so viele kleine Kreaturen aus dem Dschungel, zum Beispiel die grünen mit den orangeroten Streifen.«

Jetzt nahm auch Jan sie wahr, zuerst vereinzelte Geschöpfe, dann Herden, die sich immer mehr vergrößerten. Die Wesen sahen aus wie obszöne Karikaturen irdischer Frösche, die zu Katzengröße angewachsen waren. Wogen schienen durch ihre Masse zu laufen, wenn sie sich mit ruckhaften Sprüngen vorwärtsbewegten.

»Eine Art Wanderung«, sagte er. »Vielleicht sind sie vor etwas auf der Flucht. Eine unangenehme Sache – aber sie können uns nicht schaden.«

Oder doch? Noch während er die Worte aussprach, wurde Jan von Unruhe befallen. Vom vagen Schimmer einer Erinnerung. Worum ging es? Was war es? Doch jeder Zweifel erforderte größte Vorsicht. Er schaltete die Geschwindigkeitskontrollen aus und nahm den Beschleuniger zurück, dann wandte er sich zum Mikrofon.

»Anführer an alle Züge. Zurücknahme Geschwindigkeit um zwanzig Kilometer, sofort!«

»Was ist los?« fragte Alzbeta.

Die Straße verschwand nun beinahe völlig unter der Masse der Geschöpfe, die darüber hinströmte, ohne sich um die heranrollenden tödlichen Räder zu kümmern.

»Natürlich!« brüllte Jan ins Mikrofon. »Alle Fahrer, halt, sofort *halt!* Aber ohne Bremsen. Langsam den Antrieb zurücknehmen, bis auf Null, aber die Belastungsanzeigen für die Kupplungen im Auge behalten, sonst laufen die Wagen im Zickzack aus der Spur. Ich wiederhole. Fahrt verlangsamen ohne Bremsen, Kupplungsdruck beobachten, Bugradar im Auge behalten, damit niemand auffährt.«

»Was ist los? Was stimmt nicht?« meldete sich Eino aus dem Maschinenraum.

»Die Straße ist von Tieren bedeckt, viele tausend, wir überfahren und zerquetschen sie ...«

Jan stockte, als die Maschine zur Seite zu rutschen begann. Sein Arm zuckte vor, seine Finger unterbrachen die Automatiksteuerung und umfaßten das Steuerrad.

»Es ist, als führen wir auf Eis ... keine Bodenhaftung mehr ... die Räder fangen an, auf den toten Tieren zu rutschen!«

Und die Wagen gingen ebenfalls aus der Spur. Auf den Monitorschirmen sah Jan, daß der ganze Zug sich wie eine Schlange zu winden begann: die Wagen rutschten, und der Steuercomputer versuchte sie in einer Reihe zu halten.

»Nehmt den Computer aus den Steuerschaltungen!« wies Jan die anderen Fahrer an und legte gleichzeitig den Schalter um. Er gab Gas, und die beschleunigende Maschine machte dem Schlängeln zunächst ein Ende. Wieder begann er langsam, langsam die Geschwindigkeit zu drosseln, wobei der Zug nun durch ein lückenloses Meer hüpfender Tiere fuhr.

»Jan, paß auf!«

Alzbetas Schrei ließ ihn zusammenfahren, und er sah, daß die Straße, die bisher schnurgerade gewesen war, weiter vorn zu einer weiten Kurve ansetzte. Kein Problem – normalerweise. Aber was war jetzt, wo die Straßenoberfläche ölglatt war?

Die Geschwindigkeit ging herunter – aber nicht schnell genug. Sie lagen schon bei fünfzig, und die Zeiger fielen weiter. Und die Biegung begann.

Jan hatte die Steuerung noch auf Handbetrieb, doch er mußte den Computer wieder einschalten, damit die Wagen seines Zuges die Steuermanöver exakt nachvollzogen. Eine kurze Verlagerung des Lenkrades, dann zurück in die Mitte. Die denkbar weiteste Kurve, an der Innenseite der Kurve beginnend und langsam nach außen treibend. Halb hindurch, beinahe schon am Straßenrand. Geschwindigkeit auf vierzig ... fünfunddreißig. Ein wenig mehr Gegensteuerung. In Ordnung, wenn er es halten konnte.

Ein schneller Blick auf die Schirme verriet ihm, daß die Wagen etwas schlängelten, ihm aber folgten. Beinahe war er durch. Es dröhnte, als sie über verkohlte Baumreste fuhren. Gut. Das erhöhte die Haftung der Reifen. Gleich am Straßenrand begann der Dschungel – eine steile Böschung und weiter unten Wasser oder ein Sumpf.

»Die Geschöpfe auf der Straße – es scheinen weniger zu werden«, meldete Alzbeta. »Sie kommen nur noch in kleineren Gruppen.«

»Hoffentlich hast du recht.« Zum erstenmal spürte Jan die Verkrampfung seiner Hände, die mit dem Lenkrad kämpften.

»Zehn Kilometer, Wagen halten Spur.«

»Ich kann's nicht halten!«

Die Worte brachen aus dem Lautsprecher hervor, ein Schrei der Verzweiflung.

»Wer sind Sie? Identifikation!« brüllte Jan ins Mikrofon.

»Zug zwei ... Wagen schieben sich zusammen, habe Bremsen voll an, gleiten weiter ... die Böschung!«

Automatisch brachte Jan seinen Zug zum Halten, als der Schmerzensschrei gellte. Krachen und Bersten. Dann Stille.

»Alle Züge halt!« befahl Jan. »Meldungen nur, wenn es Probleme gibt. Berichte.«

Der Lautsprecher gab ein statisches Zischen von sich, sonst war nichts zu hören.

»Zug zwei – können Sie mich hören? Bitte antworten Sie – machen Sie Meldung.« Schweigen. Nichts. »Zug drei – haben Sie angehalten?« Diesmal gab es eine Reaktion.

»Hier drei. Einwandfrei gehalten. Keine Probleme. Die Biester schwemmen immer noch über die Straße. Vor uns eine breite Spur zerquetschter, blutiger Leiber ...«

»Das genügt, drei. Fahren Sie an, Minimumgeschwindigkeit. Geben Sie mir Lagebericht, sobald Sie Zug zwei in Sicht haben.« Jan schaltete auf interne Verbindung. »Hyzo, bekommen Sie Zug zwei überhaupt nicht mehr rein?«

»Ich versuche es«, meldete sich der Kommunikationsoffizier. *»Kein Signal von der Maschine. Chun Taekeng hat ein eigenes Funkgerät im Zug, aber er meldet sich ebenfalls nicht.«*

»Versuchen Sie es weiter ...«

»Moment. Eben kommt ein Signal, ich stelle durch ...«

Die Stimme klang erstickt, verängstigt: *»... was passiert ist. Leute wurden verletzt, als wir anhielten. Schickt den Arzt ...«*

»Hier spricht der Zugmeister. Wer ist da?«

»Jan? Hier Lee Ciou. Wir hatten eine Notbremsung, und es gibt Verletzte ...«

»Zuerst etwas anderes, Lee. Seid ihr noch luftdicht – und funktioniert die Klimaanlage?«

»Soweit ich weiß, ja. Und ich hoffe, daß wir dicht sind, denn der Boden draußen ist mit irgendwelchen Viechern bedeckt. Die kriechen über die Wagen, über alle Fenster.«

»Die können Ihnen nichts anhaben, solange sie nicht in die Wagen kommen. Verschaffen Sie sich eine Zustandsmeldung aus den anderen Wagen und geben Sie mir möglichst schnell Bescheid. Ende.«

Jan saß reglos und konzentriert vor seinen Kontrollen und starrte durch die Windschutzscheibe. Mit der Faust hieb er auf das Steuerrad. Der Zug hatte sich zusammengeschoben – aber Energie gab es noch. Der Generator der Zugmaschine funktionierte also weiter. Wenn das so war – warum meldete sich dann die Besatzung nicht? Was hatte das Funkgerät außer Betrieb gesetzt? Er konnte sich nicht vorstellen, was geschehen war – doch etwas lag auf der Hand, er brauchte bei diesem Problem Hilfe. Und er hatte bereits kostbare Minuten verschwendet.

»Hyzo«, rief er ins Interkom. »Setzen Sie sich mit den Panzern in Verbindung. Sofort. Sagen Sie Bescheid, daß wir Schwierigkeiten mit einem Zug haben und vermutlich ein paar Kraftpakete brauchen, um da wieder herauszukommen. Die beiden größten Panzer sollen mit reichlich Trossen versehen zurückfahren. Abmarsch sofort und mit Höchstgeschwindigkeit.«

»In Ordnung. Ich habe Zug drei in der Leitung.«

»Stellen Sie durch.«

»Ich sehe jetzt Zug zwei. Die Wagen kreuz und quer auf der Straße, einige sind sogar in den Dschungel gedrückt worden. Ich habe gestoppt, dicht hinter dem letzten Wagen.«

»Sehen Sie die Maschine?«

»Negativ.«

»Gibt's eine Möglichkeit, mit Ihrem Zug vorbeizukommen?«

»Unmöglich. Ein totales Durcheinander. Ich habe so etwas noch nicht ...«

»Ende.«

Als Jan abschaltete, meldete sich Hyzo als Kommunikationsoffizier.

»Ich habe Lee Ciou aus Zug zwei. Hier ist er.«

»Jan, können Sie mich hören? Jan ...«

»Was haben Sie festgestellt, Lee?«

»Ich habe mit dem anderen Wagen gesprochen. Es wird dort laut herumgebrüllt, und man versteht nicht viel, aber ich glaube nicht, daß es Tote gegeben hat. Noch nicht. Einige Fenster sind eingedrückt, aber Chun Taekeng evakuiert in unseren Wagen. Und was noch wichtiger ist, ich bin auf der Innenschaltung zum Maschinentechniker durchgekommen.«

»Hat er Ihnen gesagt, was schiefgegangen ist?«

»Es sieht sehr schlimm aus. Ich kann Sie durchstellen.«

»Schön, Vilho, sind Sie da? Vilho Heikki, melden Sie sich.«

Es knisterte und knatterte im Lautsprecher, dann meldete sich eine ferne Stimme durch die Störungen.

»Jan ... es hat 'nen Unfall gegeben. Ich war im Maschinenraum, als wir zu rutschen anfingen. Ich hörte, wie Turtu etwas brüllte – dann prallten wir auf. Gegen etwas Kompaktes. Dann das Wasser, und Arma ...«

»Vilho, Sie werden immer leiser. Können Sie nicht lauter sprechen?«

»Ziemlich schlimmer Bruch. Ich wollte eben die Leiter hoch als ich das Wasser sah. Es kam durchs Luk. Vielleicht hätte ich sie rausschaffen sollen. Aber sie meldeten sich nicht. Und das Wasser kam rein. Ich habe also das Luk zugemacht und verriegelt ...«

»Das war genau das Richtige. Sie mußten an den Rest des Zuges denken.«

»Ja, ich weiß ... aber Arma Nevalainen ... sie war Beifahrerin ...«

Jan hatte keine Zeit, darüber nachzudenken. Daß sein Plan, Frauen zu Beifahrern zu machen, eben einer Frau das Leben gekostet hatte. Er mußte an die anderen denken, die an Bord des Zuges noch in Gefahr waren.

»Können Sie die Energie halten, Vilho?«

»Bis jetzt läuft alles im Grün. Die Maschine steht ziemlich schräg auf dem Kopf. Wir müssen mit dem Bug in den Sumpf gefahren sein. Die Fahrerkontrollen, die Funkanlage, alles zerstört. Der Generator dreht sich aber noch, die Kühlanlage muß noch aus dem Wasser ragen, und ich kann dem Zug von hier aus Energie liefern. Zumindest noch einige Zeit ...«

»Was soll das heißen?«

»Die Klimatisierung klappt nicht mehr. Die Temperatur steigt ziemlich schnell.«

»Halten Sie noch durch! Ich hole Sie raus, so schnell ich nur kann.«

»Was hast du vor?« rief Alzbeta hinter Jan her.

»Es gibt nur eine Möglichkeit. Du hast das Kommando, bis ich zurück bin. Wenn es Probleme gibt, wird Hyzo dir helfen. Wenn die Panzer kommen, leite sie direkt zur Maschine von Zug zwei, ich bin dort.«

Während Jan in einen Kühlanzug stieg, bündelte Eino einen zweiten Anzug zusammen.

»Eigentlich müßte ich gehen, Jan«, sagte er.

»Nein. Sie kümmern sich um die Energie. Ich muß mich darum kümmern.«

Er stieg eilig durch das hintere Luk des Maschinenraums ins Freie und hörte, wie Eino vor der brennend heißen Luft hastig die Öffnung verschloß. Ohne Eile – doch auch ohne überflüssige Bewegungen, löste Jan das Motorrad aus der Halterung, schnallte den zweiten Kühlanzug darauf fest und senkte das Zweirad auf die Straße. Erst dann wurde ihm die ekelerregende Schicht bewußt, die die Straßenoberfläche bedeckte.

Hinter der Maschine begann die Hölle. Die Geschöpfe waren zerquetscht, zermalmt und verschmiert worden. Einige verletzte Überlebende, von ihrem seltsamen Drang besessen, mühten sich verzweifelt ab, in den Dschungel zu kommen. Das schwammige blaue Fleisch und Blut der anderen bedeckte die Straße. Dicht hinter der Zugmaschine war es noch einigermaßen erträglich, doch als er sich auf das Motorrad schwang und an den Wagen entlang nach hinten fuhr, wurde es immer schlimmer. Die breiten Räder des Zugs hatten eine scheußliche Szene geschaffen. An den Stellen, wo die Wagen ins Rutschen gekommen waren, war die Schicht der zermalmten Körper besonders breit. Jan mußte schließlich auf die Innenseite der Straßenbiegung hinüberfahren, dicht an der verbrannten Vegetation entlang, um überhaupt noch Halt für die Reifen zu finden. Es war ein gefährlicher Kurs, doch anders kam er nicht voran. In langsamer Fahrt passierte er seinen Zug und fuhr weiter in die Kurve.

Plötzlich sprang etwas Großes, Klauenbewehrtes auf ihn zu, ein tödlich wirkendes Wesen.

Jan erhaschte nur einen kurzen Blick auf das Geschöpf, das sich hoch aufrichtete, er drehte auf volle Kraft, und das Motorrad raste los, beschleunigte, trug ihn von dem Ungeheuer fort, dabei heftig zur Seite ausbrechend. Jan versuchte gegenzusteuern, ließ seine Stiefel durch die glitschige Schicht gleiten und riskierte dabei einen hastigen Blick über die Schulter. Sofort verlangsamte er die Fahrt wieder. Das Monstrum schien ihn vergessen zu haben; ruhig fraß es von den zerdrückten Tierkadavern.

Vor ihm ragte Zug zwei auf; ein erschreckender Anblick. Im Zickzack standen die Wagen auf der ganzen Breite der Straße und zu beiden Seiten im Dschungel. Die Zugmaschine war über den Rand gefahren und hing mit dem Bug nach unten im Sumpf.

Jan vergaß die Beschaffenheit der Straße, während er sich vorsichtig der Maschine näherte. Die Ursache des Unglücks wurde sofort augenscheinlich. Ein großer Baum war verbrannt und von der Straße geschoben worden. Er lag quer vor der Zugmaschine; beim Absturz war ein dicker Aststumpf durch das Panzerglas der Fahrerkabine gedrückt worden. Ein schneller Tod für die Fahrer.

Es würde keine Kleinigkeit sein, die ungeheure Masse aus dem Sumpf zu ziehen. Aber das kam später. Zuerst mußte Vilho in Sicherheit gebracht werden. Jan stoppte hinter der Zugmaschine und stieg dann vorsichtig an den Trossen empor, den zweiten Kühlanzug unterm Arm. Er spürte die Hitze des Metalls trotz der dicken Handschuhe und fragte sich, ob der Techniker drinnen überhaupt noch am Leben war. Höchste Zeit, dies festzustellen. Er öffnete die Abdeckung des Sprechgeräts neben dem Heckeingang und brüllte hinein.

»Vilho, hören Sie mich? Vilho, bitte melden!«

Er mußte seine Worte zweimal wiederholen, ehe knisternd eine schwache Stimme ertönte.

»Heiß ... Brennen ... kann nicht atmen.«

»Es wird gleich noch viel heißer, wenn Sie nicht tun, was ich Ihnen sage. Ich kann die Tür nicht allein öffnen; Sie müssen sie von innen verriegelt haben. Vilho, Sie müssen den Riegel öffnen. Die

Tür liegt außerhalb des Wassers. Geben Sie Bescheid, wenn Sie sie entriegelt haben!«

Von drinnen ertönte ein langsames Kratzen, und es schien eine Ewigkeit zu vergehen, bis sich der eingeschlossene Techniker wieder meldete.

»Es ist offen ... Jan.«

»Dann sind Sie beinahe schon durch. Treten Sie so weit wie möglich von der Tür zurück. Ich muß schnell hinein und hinter mir zumachen. Ich habe einen Kühlanzug für Sie. Sobald Sie den angezogen haben, ist alles in Ordnung. Ich zähle bis fünf, dann komme ich.«

Bei *fünf* trat Jan die Tür auf und ließ sich hindurchfallen, dabei hielt er den Kühlanzug vor sich. Wegen der Schräglage der Maschine fiel es ihm schwer, die Metalltür wieder zu schließen, doch es gelang ihm, die Füße gegen das Maschinenfundament zu stemmen und mit den Schultern zu drücken. Mit dumpfem Laut schloß sich das Luk. Vilho kauerte reglos an der gegenüberliegenden Wand. Als Jan an ihm zu zerren begann, öffnete er die Augen und versuchte ihm mit schwachen Bewegungen zu helfen, während Jan ihm den Kühlanzug über die Beine zog, Arme hinein, Helm aufgesetzt, vorn zugezogen, volle Kühlleistung. Als die kalte Luft sich bemerkbar machte, lächelte der Techniker ihn durch die Sichtscheibe an und hob zitternd einen Daumen.

»Ich dachte schon, ich wäre weichgekocht. Vielen Dank ...«

»Dank Ihres Einsatzes sind alle Leute im Zug noch am Leben. Kann die Maschine sie weiter mit Strom versorgen?«

»Das ist kein Problem. Ich habe alles überprüft und auf Automatik gestellt, ehe die Hitze mich fertigmachte. Ein robustes Monstrum.«

»Dann kommen wir aus dieser Sache vielleicht mit einem blauen Auge heraus. Die Panzer sind bereits unterwegs. Jetzt wollen wir den Wagen suchen, in dem sich Lee Ciou befindet, und nachschauen, was da läuft. Er hat Funkkontakt zu meiner Maschine.«

»Das wäre Nummer sechs hier am Zug.«

Die beiden Männer marschierten am Zug entlang und stiegen dabei über die in der Hitze schnell verwesenden Kadaver der Tiere, die den Unfall ausgelöst hatten. Die Wagen standen zwar kreuz und quer und nahmen die gesamte Breite der Straße ein, die Kupplungen und sonstigen Verbindungen schienen aber noch intakt zu sein, ein Zeichen für die gute Arbeit der längst verstorbenen Ingenieure, die hier am Werk gewesen waren. Die Menschen drinnen winkten aufgeregt beim Anblick der beiden Gestalten, und sie lächelten und erwiderten das Winken. Das zornige Gesicht Chun Taekengs erschien an einem der Fenster, und die Lippen bewegten sich mit Flüchen, die draußen nicht zu hören waren. Er schüttelte drohend die Faust und regte sich noch mehr auf, als Jan zurückwinkte und breit lächelte.

Vilho schaltete das Außentelefon ein, als sie die Tür erreichten, und sie brüllten eine Weile hinein, bis jemand Lee Ciou holen ging.

»Hier Jan. Können Sie mich hören, Lee?«

»Ist das Vilho da neben Ihnen? Dann sind die Fahrer ...?«

»Tot. Wahrscheinlich sofort umgekommen. Wie geht es den Leuten im Zug?«

»Besser, als wir zuerst angenommen hatten. Außer ein paar Knochenbrüchen ist nichts passiert. Der beschädigte Wagen ist evakuiert und versiegelt worden. Chun Taekeng hat einige schwerwiegende Beschuldigungen auf dem Herzen ...«

»Das kann ich mir vorstellen. Er hat uns eben zugewinkt, als wir vorbeikamen, und zwar nicht gerade leutselig. Wie steht's mit den Panzern?«

»Die müßten jeden Augenblick hier sein.«

Dann schaffen wir's vielleicht, sagte sich Jan. Dann bekommen wir die Leute vielleicht lebendig hier heraus. Aber leicht würde es nicht werden. Zwei Tote. Die Fahrer mußten ersetzt werden. Wie ließ sich die Windschutzscheibe reparieren? Es gab so viel zu tun. Und jetzt schon drohte ihn die Müdigkeit zu überwältigen.

9

Als die beiden Tanks herbeirasselten, hatte Jan seinen Rettungsplan bereit und auch schon die Vorbereitungen eingeleitet. Er winkte die beiden Kolosse zur Seite, lehnte sein beinahe abgefahrenes Motorrad gegen die zerkratzten Fahrketten des ersten Panzers und stieg erschöpft in die Fahrerkabine hinauf. Zum erstenmal seit Stunden öffnete er den Helm seines Kühlanzuges und atmete tief die kühle Luft.

»Totales Chaos«, sagte Lajos und betrachtete den gestrandeten Zug.

»Kaltes Wasser, einen ganzen Eimer«, sagte Jan und redete erst wieder, als er einen ganzen Liter der lebensspendenden Flüssigkeit getrunken hatte. »Zwei Tote sind zwar schlimm genug, aber es hätte viel schlimmer kommen können. Jetzt wollen wir alles tun, daß die Lebendigen am Leben bleiben. Geben Sie mir den Block da. Ich zeichne Ihnen auf, was wir tun werden.«

Mit schnellen Strichen zeichnete er die Umrisse der auf dem Bug stehenden Maschine und der ersten Wagen des Zuges, dann klopfte er mit dem Stift auf den Wagen.

»Hier müssen wir die Stromverbindungen lösen, darum kümmern sich die Leute in diesem Augenblick. Die Maschine von Zug drei ist dicht an den letzten Wagen dieses Zuges herangefahren, und ich lasse da hinten einige Notverbindungen nach vorn schalten. Die geleistete Energie reicht gut für beide Züge. In diesem Augenblick ist Vilho dort unten und löst die Energie- und Kommunikationsschaltungen, allerdings ohne die Kupplung zu öffnen. So schräg wie die Maschine steht, gehe ich davon aus, daß sie nur noch vom Gewicht des Zuges davon abgehalten wird, ganz in den Sumpf zu stürzen. Sie werden jetzt zwei 500-Tonnen-Trossen von diesem Panzer zur Maschine spannen und sie hier und hier festmachen. Dann so weit zurückfahren, daß sich die Trossen wirklich spannen, anschließend die Fahrketten sperren. Wenn das passiert ist, können wir den Zug abkoppeln, und der andere Panzer kann die Wagen weit genug wegziehen, daß wir an die havarierte Maschine herankommen. Dann bringen wir zwei weitere Trossen an, beide Panzer ziehen los, und auf Signal schleppen wir den Brocken heraus.«

Lajos schüttelte besorgt den Kopf. »Hoffentlich haben Sie recht. Aber wir haben da 'ne Menge Gewicht zu bedenken. Kann denn die Zugmaschine nicht mithelfen? Die Räder ein bißchen rückwärts drehen oder so?«

»Unmöglich. Vom Maschinenraum aus ist eine Steuerung der

Räder nicht möglich. Vilho kann allerdings die Bremsen öffnen und schließen, auf unser Kommando, er hat dafür Hilfskontrollen geschaffen, aber mehr können wir nicht erwarten.«

»Dann hat es keinen Sinn, länger zu zögern«, meinte Lajos. »Wir sind bereit.«

»Noch einen Schluck Wasser, dann legen wir los.«

Es war eine unangenehme und anstrengende Arbeit, die durch die sengende Hitze noch zusätzlich erschwert wurde. Mit den dicken Handschuhen der Kühlanzüge ließen sich die Trossen nur schwer bedienen. Die Männer arbeiteten ohne Pause, bis schließlich alles erledigt war. Als die Trossen festgemacht waren, wurde der Zug abgekuppelt; die Trossen zum Panzer knackten, als sie die Last übernahmen. Aber sie hielten. Der andere Panzer hatte bereits eine Verbindung zur Vorderachse des Wagens und schleppte ihn aus dem Weg. Infolge des Winkels mußte dieser erste Wagen seitwärts geschleppt werden, bis er um die Maschine herum war. Normalerweise ein unmögliches Unterfangen, jetzt aber erleichtert wegen der grünen Kadaver, die zu dem Unglück geführt hatten. Ächzend und schwankend bewegte sich der Wagen schwerfällig über die Straße und kam frei. Kaum reichte der Platz aus, als der Panzer die Trosse freigab und am Rand der Straße in Position rollte.

»Alle Trossen fest.« Endlich kam das Signal. Jan saß in der Fahrerkabine des zweiten Panzers und steuerte die langsame, aber doch schwierige Unternehmung.

»In Ordnung, ich rolle jetzt zurück, um meine Trossen zu straffen. Na bitte. Eins, ist bei euch noch alles gespannt?«

»Ja.«

»Gut. Wenn ich *›los!‹* sage, ziehen Sie an. Habe ich Kontakt mit Vilho an den Bremsen?«

»Ich höre Sie, Jan.«

»Behalten Sie die Hand am Hebel. Wir nehmen Ihr Gewicht jetzt an die Trossen. Wenn die Belastungsanzeigen 300 melden, rufe ich *›Bremsen‹*, und dann öffnen Sie die Bremsen. Verstanden?«

»Kein Problem. Schleppen Sie mich nur hier raus. Mir ist nicht nach einem Bad zumute.«

Ein Bad. Wenn eine Trosse brach oder sie die Maschine nicht

halten konnten, würde sie tiefer ins Wasser rutschen. Dann hatte Vilho keine Chance mehr, ins Freie zu klettern. Man durfte nicht daran denken. Jan wischte sich mit dem Unterarm den Schweiß aus dem Gesicht – wie konnte es im klimatisierten Panzer heiß geworden sein? – und gab den Befehl.

»Jetzt geht es los. Das Signal heißt, eins, zwei, drei – *los!*«

Maschine und Getriebe mahlten, als Kraft auf die Fahrketten gegeben wurde. Langsam bewegten sie sich rückwärts, um ein Glied weiterklickend, als die Trosse sich unter der Last streckte. Jan beobachtete die Belastungsanzeige, auf der die Ziffern vorüberblitzten. Als 299 zu verschwinden begann, brüllte er ins Mikrofon.

»*Bremsen!* Jetzt! Zieht weiter, weitermachen!«

Die Maschine bewegte sich, verlagerte sich etwas zur Seite – und kam wieder zur Ruhe. Die Belastung nahm weiter zu und näherte sich den kritischen Werten für die Trossen. Natürlich gab es einen Sicherheitsfaktor, das Schleppen konnte weitergehen. Jan sah sich die Anzeige nicht an, als er den Antrieb noch mehr verstärkte. Die Trossen vibrierten vor Anspannung – und die Maschine kam in Bewegung. Rollte langsam rückwärts.

»Richtig so! Weitermachen! Behaltet die Vorderräder im Auge, wenn sie über die Kante kommen, dann müssen Sie schleunigst runterschalten. Gleich ist es soweit ... *jetzt!*«

Es war geschafft. Jan leistete sich einen tiefen Atemzug, ehe er das nächste Problem in Angriff nahm. Die zerstörte Fahrerkabine und die darin liegenden toten Piloten. Er war erschöpfter, als er sich eingestehen wollte, als er langsam seinen Kühlanzug anlegte.

Es gab ein Begräbnis, eine kurze Feier, aber immerhin ein Begräbnis, begleitet von den wenigen Männern, die Kühlanzüge zur Verfügung hatten. Dann sofort wieder an die Arbeit. Die Fahrerkabine wurde ausgepumpt und gesäubert, und Jan sah sich den Schaden an. Notkontrollen konnten eingerichtet und später verbessert werden. Er überwachte die Arbeiten persönlich, obwohl er sich vor Müdigkeit kaum noch auf den Beinen halten konnte. In der Mitte einer schweren Stahlplatte wurde ein kleines Ersatzfenster angebracht, und das Ganze notdürftig, aber luftdicht über das zerschmetterte Frontfenster geschweißt. Der Fahrer würde nicht viel sehen können, aber wenigstens konnte er etwas sehen. Die Klimaanlage begann wieder zu arbeiten, und die Fahrerkabine kühlte ab und begann zu trocknen. Ersatz-Kontrollgeräte wurden geholt und angeschlossen. Während dies geschah, richteten die Panzer behutsam den verrutschten Zug wieder aus; anschließend wurden alle Kupplungen überprüft. Anscheinend hatte es keine weiteren Schäden gegeben. Es durften keine weiteren Probleme auftreten.

Viele Stunden später setzten die Züge sich wieder in Bewegung. Mit erheblich reduzierter Geschwindigkeit, bis die Reparaturen endgültig vorgenommen werden konnten. Jedenfalls waren sie wieder unterwegs. Jan merkte davon nichts. Er war auf der Koje im Maschinenraum zusammengebrochen; er schlief schon, ehe sein Kopf das Kissen berührte.

Als er Stunden später erwachte, war es dunkel. Mit schmerzenden Gliedern kletterte er in die Fahrerkabine hoch. Otakar saß am Steuer, das Gesicht grau vor Erschöpfung.

»Otakar, gehen Sie nach unten und schlafen Sie!« befahl Jan.

»Mir geht es gut ...«

»Ganz und gar nicht«, sagte Alzbeta nachdrücklich. »Er hat veranlaßt, daß wir übrigen uns hinlegten, aber selbst hat er noch nicht geschlafen.«

»Sie hören, was die Dame gesagt hat«, sagte Jan. »Ab mit Ihnen!«

Otakar war zu müde, um sich zu streiten. Er nickte und kam der Aufforderung nach. Jan ließ sich in den leeren Sitz gleiten und überprüfte die Kontrollen und das automatische Logbuch.

»Wir kommen allmählich zum schlimmsten Teil der Reise«, sagte er düster.

»Wir kommen erst hin!« Alzbeta sah ihn entsetzt an. »Wie würdest du das bezeichnen, was wir eben durchgemacht haben?«

»Normalerweise wäre dies ein leichtes Wegstück gewesen. Die Lebensformen, auf die wir hier stoßen, machen gewöhnlich keinen Ärger. Aber wir sind fast zwei Monate später dran diesmal. Das Stück, das vor uns liegt, ist im Grunde das schlimmste. Dort finden wir die Bewohner des ewigen Sommers. Genug Energie von der grellheißen Sonne dort oben, überreichlich Nahrung in Form anderer Lebewesen ringsum. Töten und getötet werden – ein endloser Zyklus.«

Alzbeta warf einen Blick auf den Dschungel jenseits der verbrannten Zonen links und rechts der Straße und erschauderte. »So habe ich das noch nie gesehen«, sagte sie mit leiser Stimme. »Von hier oben in der Maschine sieht alles ganz schrecklich aus – das Unbekannte scheint auf uns zuzurasen. Wenn man das aus einem Seitenfenster betrachtet, wirkt es ganz anders.«

Jan nickte. »Es bekümmert mich, wenn ich dich weiter belasten muß – aber es gibt dort draußen schlimmere Dinge, als wir sehen können. Tierformen, die noch niemand untersucht oder gar katalogisiert hat. Das letztemal stellte ich in dieser Zone für einige Stunden Netze aus und erwischte damit mindestens tausend verschiedene Insektenarten. Es muß viele weitere zehn- oder hunderttausend Insektenarten geben. Die Tiere bekommt man nicht so leicht zu Gesicht – aber sie sind da. Allesfressende Wesen, die angreifen, was sich ihnen in den Weg stellt. Deshalb machen wir hier nie Rast, sondern warten damit bis wir draußen auf den Inseln sind.«

»Die Insekten – warum wolltest du sie fangen? Sind sie zu etwas nütze?«

Jan lachte nicht über ihre naive Frage, er lächelte nicht einmal. Was sollte sie schon wissen, die auf dieser abgestorbenen Welt aufgewachsen war? »Die Antwort ist ja und nein. Nein, die Insekten sind nicht in dem Sinne zu etwas nütze, wie wir den Begriff normalerweise sehen. Wir können sie nicht essen oder sonstwie einsetzen. Andererseits ja, denn das Streben nach Wissen ist etwas Eigenständiges. Wir leben hier auf diesem Planeten infolge des Strebens nach Erkenntnis und den daraus folgenden Entdeckungen. Obwohl das vielleicht nicht das beste Beispiel ist, das man anführen könnte. Du mußt es dir so vorstellen ...«

»Defektmeldung von Zug acht!« rief Hyzo von der Kommunikationsanlage herüber. »Ich stelle Sie durch.«

»Meldung!« sagte Jan.

»Bei uns scheinen sich Luftfilter verstopft zu haben.«

»Sie kennen die Anweisungen. Zumachen und die Luft aus dem Kreislauf nehmen.«

»Das haben wir mit einem Wagen getan, aber es gibt Beschwerden, daß die Luft kaum zu atmen sei.«

»Solche Klagen kommen doch immer. Die Wagen sind nicht luftdicht. Es kommt genug Sauerstoff herein. Egal wie übel die Luft riecht, es kann nichts passieren. Sie dürfen auf keinen Fall, ich wiederhole: auf *keinen* Fall zulassen, daß Fenster geöffnet werden.« Jan unterbrach die Verbindung und wandte sich an Hyzo: »Können Sie mir eine Verbindung zu Lajos in den Panzern herstellen?«

Der Kontakt kam sofort zustande: Lajos schien erschöpft zu sein.

»Die Bäume hier sind bis zu zehn Metern dick – das Durchbrennen kostet Zeit.«

»Dann machen Sie die Fahrbahn schmaler. Wir sind kaum noch fünf Stunden hinter Ihnen.«

»Die Vorschriften ...«

»Zum Teufel mit den Vorschriften! Wir haben es eilig. Wir kommen ziemlich bald zurück, dann können wir die Fahrbahn verbreitern.«

Während des Sprechens stellte Jan den Autopiloten neu ein und steigerte dabei das Tempo um zehn Stundenkilometer. Otakar warf einen Blick auf das Tachometer, sagte aber nichts.

»Ich weiß«, meinte Jan, »wir fahren schneller als ratsam ist. Aber da hinten leben Leute auf engstem Raum zusammen, sie sitzen sich dichter im Nacken als jemals zuvor. Bald wird es dort stinken wie in einem Zoo ...«

Das Bugradar piepte warnend, als sie um eine Biegung kamen. Jan schaltete die Automatik aus. Etwas Großes befand sich auf der Straße, es war aber nicht groß genug, um die Maschine aufhalten zu können. Das Geschöpf bäumte sich in Angriffsstellung auf, während das Fahrzeug mit unvermindertem Tempo weiterfuhr. Alzbeta japste. Ein kurzer Blick auf einen Körper, flaschengrün, mit viel zu vielen Beinen, Klauen und langen Zähnen – dann prallte die Maschine auf.

Es gab ein Dröhnen, dann ein Ruckeln, als der Körper unter den Rädern zermalmt wurde, dann war es vorbei. Jan schaltete den Autopiloten wieder ein. »Wir dürfen nicht anhalten. Auf keinen Fall.«

Es waren noch keine drei Stunden vergangen, als der Alarm kam. Wieder meldete sich Zug acht. Irgend jemand brüllte so laut, daß die Worte kaum zu verstehen waren.

»Wiederholen Sie!« überschrie Jan die heisere Stimme des anderen. »Sprechen Sie langsam, wiederholen Sie, wir verstehen Sie nicht!«

». . . sie gebissen . . . jetzt bewußtlos, alles angeschwollen. Wir halten an, holen den Arzt aus Nummer vierzehn.«

»Sie halten *nicht* an! Das ist ein Befehl. Der nächste Halt auf den Inseln.«

»Wir müssen, die Kinder . . .«

»Ich setze persönlich jeden Fahrer an der Straße ab, der in diesem Streckenabschnitt hält! Was ist mit den Kindern?«

»Irgendein Insekt hat sie gebissen, große Dinger, wir haben sie getötet.«

»Wie sind die in den Wagen gekommen?«

»Das Fenster . . .«

»Ich habe den Befehl gegeben, daß die Fenster auf keinen Fall geöffnet werden dürfen!« Jan umklammerte das Lenkrad so kräftig, daß seine Knöchel weiß hervortraten. Er machte einen tiefen Atemzug. »Offene Schaltung. An alle Wagenkommandanten. Überprüfen Sie sofort, ob alle Fenster geschlossen sind. *Alle* müssen geschlossen sein. Zug acht. In jedem Wagen gibt es ein Schutzmittel gegen Insektenbisse. Wenden Sie das sofort an.«

»Haben wir längst getan, aber es scheint bei den Kindern nicht zu wirken. Wir brauchen den Arzt!«

»Den kriegen Sie nicht. Wir halten nicht. Er kann ohnehin nichts anderes tun, als das Mittel zu geben. Lassen Sie sich zu ihm durchschalten, beschreiben Sie die Symptome. Er hilft Ihnen so gut er kann. Aber wir halten nicht an.«

Jan schaltete das Funkgerät ab. »Wir können nicht anhalten«, sagte er leise vor sich hin. »Begreifen die das nicht? Wir können nicht anhalten.«

Nach Einbruch der Dunkelheit regte sich noch mehr Leben auf der Straße, Geschöpfe, die reglos in die Scheinwerfer starrten, bis sie unter den breiten Rädern verschwanden. Gebilde, die urplötzlich aus der Dunkelheit auftauchten und an der Windschutzscheibe zerschellten. Die Züge fuhren weiter. Erst bei Beginn der

Dämmerung erreichten sie die Berge und den Tunnel, in dessen dunkle Öffnung sie sich stürzten, als würden sie darin Schutz suchen. Durch den Tunnel führte die Straße bergauf, und als sie wieder ins Freie kamen, befanden sie sich auf einem öden Hochplateau, einer Gesteinsebene, die früher eine Bergspitze gewesen war. Zu beiden Seiten der Straße standen die Panzer, deren erschöpfte Fahrer sich schlafen gelegt hatten. Jan verlangsamte die Fahrt, bis der letzte Zug aus dem Tunnel gekommen war, dann gab er das Zeichen zum Halten. Als die Bremsen angezogen und die Motoren abgeschaltet waren, meldete sich summend das Funkgerät.

»Hier Zug acht. Wir hätten jetzt gern den Arzt.« Kalte Verbitterung lag in der Stimme. *»Wir haben sieben Kranke. Und drei Kinder sind tot.«*

Jan blickte in die Morgendämmerung hinaus, damit er Alzbetas Gesicht nicht sehen mußte.

10

Zu zweit aßen sie an einem Klapptisch hinten in der Maschine. Die Straße verlief gerade und flach, und Otakar saß allein am Steuer. Wenn sie sich leise unterhielten, konnte er nichts verstehen. Hyzo befand sich unten bei Eino, und die gelegentlichen Rufe und das Klatschen von Karten ließ erkennen, was sie da machten. Jan hatte keinen Appetit; trotzdem aß er, denn er wußte, daß er seine Kräfte brauchte. Alzbeta aß langsam, als merke sie gar nicht, was sie da tat.

»Ich mußte es tun«, sagte Jan und flüsterte beinahe. Sie antwortete nicht. »Verstehst du das nicht? Du hast seither kein Wort zu mir gesagt. Zwei Tage ist das jetzt her.« Sie starrte auf ihren Teller. »Jetzt antwortest du mir, oder du kehrst mit den anderen in den Wagen deiner Familie zurück.«

»Ich möchte nicht mit dir sprechen. Es war nicht nötig, daß die Kinder starben. Du hast sie umgebracht, mit deiner Sturheit.«

»Ich wußte es doch – das ist es! Ich habe es nicht getan. Sie haben ihren Tod selbst verschuldet.«

»Was wissen schon Kinder?«

»Dumme Kinder, die jetzt tot sind. Warum haben die Eltern nicht auf sie aufgepaßt? Wo war die Aufsicht? Die Familien scheinen sich auf die Vererbung von Dummheit zu konzentrieren. Alle wissen, was für eine Fauna hier im Dschungel zu finden ist. Hier wird niemals angehalten. Was hätte der Arzt erreichen können?«

»Das wissen wir nicht.«

»O doch, das wissen wir. Die Kinder wären auf jeden Fall gestorben, und vielleicht der Arzt und andere auch noch. Verstehst du nicht, daß ich keine andere Wahl hatte? Ich mußte an die anderen denken!«

Alzbeta betrachtete die Hände, die sie krampfhaft verschränkt hatte. »Ich fühle nur, daß es absolut nicht richtig war.«

»Ich weiß, ich weiß – und es ist mir auch nicht leichtgefallen. Glaubst du, ich habe seit ihrem Tod ein Auge zugemacht? Wenn es dich erleichtert, kann ich dir sagen, daß mein Gewissen aufgewühlt ist. Aber wie wäre mir zumute, wenn ich angehalten hätte und es jetzt noch mehr Tote zu beklagen gäbe? Die Kinder wären auf jeden Fall gestorben, ehe der Arzt an sie herankam. Anzuhalten hätte die Situation nur noch verschlimmert.«

»Vielleicht hast du recht. Ich weiß es nicht.«

»Und vielleicht habe ich mich geirrt. Aber falsch oder richtig – ich mußte tun, was ich getan habe. Es gab keine Alternative.«

Sie ließen das Thema auf sich beruhen; es gab keine simple Antwort. Die Fahrt ging weiter, jetzt über die Inselkette, über die eingeebneten Vulkane. Zuweilen sahen sie zu beiden Seiten den Ozean, der aus dieser Entfernung beinahe anziehend wirkte. Das brodelnde Dschungelleben war nicht auszumachen, nur die weißen Gischtreihen der Brandungswellen. Nach kurzer Zeit wuchs sich eine blaue Stelle am Horizont zu einer langen Bergkette aus. Ehe sie den südlichen Kontinent erreichten, ordnete Jan eine volle Achtstunden-Pause an. Alle beweglichen Teile, Bremsen, Reifen, Räder wurden inspiziert, die Luftfilter nochmals gereinigt, obwohl diese Maßnahme jetzt überflüssig war. Ein zweiter Dschungel lag voraus, und auch hier würde es keinen Halt geben. Dieser Dschungel war nicht so groß wie der im Norden der Inselkette, doch nicht minder lebendig.

Es war die letzte Barriere, das letzte große Risiko dieser Fahrt. Sie durchfuhren die Zone in drei Tagen, ohne anzuhalten, und gelangten in den anschließenden Tunnel. Als der letzte Zug ein gutes Stück im Tunnel war, machten sie endlich Rast und fuhren wenige Stunden später weiter. Es war der längste Tunnel auf der Strecke, der die gesamte Bergkette durchstieß. Als sie wieder ins Sonnenlicht hinauskamen, waren sie von Wüste umgeben, und Sand und Gestein funkelten im Licht der Scheinwerfer. Jan überprüfte die Außentemperatur.

»Fünfunddreißig Grad. Wir haben es geschafft! Wir sind durch! Hyzo, setzen Sie sich mit allen Fahrern in Verbindung. Wir machen eine Stunde Pause. Sie können die Türen aufmachen. Wer hinaus will, soll das tun. Aber sie sollen kein Metall berühren, das könnte noch heiß sein.«

Es war wie ein Urlaub, die Freilassung nach langer Gefangenschaft. Erregung machte sich breit. Überall an den langen Zügen knallten Türen auf, und der Exodus begann. Leitern senkten sich klappernd zur harten Oberfläche der Straße, und die Menschen riefen sich beim Hinabsteigen gegenseitig etwas zu. Es war heiß und ungemütlich – doch nach der langen, qualvollen Enge in den Wagen war es die paradiesische Freiheit. Sie stiegen alle aus, Männer, Frauen und Kinder. Sie wanderten im Widerschein der Fenster und Scheinwerfer auf und ab. Einige Kinder liefen zum Straßenrand, um im Sand zu buddeln, und Jan mußte Befehl geben, sie zurückzurufen. Abgesehen von den Klumpern gab es in der unfruchtbaren Wüste kaum Gefahren, aber er wollte keine weiteren Unfälle riskieren. Er ließ eine Stunde verstreichen; diese Zeit genügte, um die meisten erschöpft und schweißüberströmt zu den klimatisierten Wagen zurückzuholen. Nach der Ruheperiode ging die Fahrt weiter.

Der kurze Herbst des Halvmörk-Jahres war beinahe vorüber: je tiefer sie in den Süden kamen, desto kürzer wurden die Tage. Bald würde die Sonne überhaupt nicht mehr aufgehen, bald würde auf der südlichen Hemisphäre der Winter beginnen – vier lange Erdenjahre des Dämmerlichts. Die Anbau-Periode.

Die Wüste raste an den Fenstern der Wagen vorbei, und die Passagiere vergaßen die Unbequemlichkeit und schlugen vor, daß am Tag doch noch länger gefahren werden könnte. Bald würden sie zu Hause sein, und das machte dann den Mühen ein Ende.

Jan, der die erste Maschine steuerte, sah die Pfosten als erster. Die Sonne hockte auf dem Horizont, die Schatten waren lang. Seit Tagen schon waren sie von der eintönigen Sand- und Steinfläche der Wüste umgeben. Der Wechsel kam abrupt. Eine Reihe Zaunpfosten huschte vorbei, die Grenzkennzeichnungen für ein verbranntes, rissiges Feld. Zuerst kam eines in Sicht, dann ein weiteres, die umliegenden Anbauhöfe. Überall in den Zügen wurde gejubelt.

»Die große Erleichterung!« sagte Otakar. »Endlich wieder einmal am Ziel. Ich hatte langsam genug.«

Jan jubelte nicht mit; er lächelte nicht einmal. »Sie werden noch viel müder sein, ehe alles wirklich vorbei ist. Wir müssen das Korn ausladen und die Züge zurückfahren.«

»Erinnern Sie mich nicht daran! Darum wird es noch Diskussionen geben.«

»Sollen die Leute ruhig murren. Wenn dieser Planet überhaupt noch eine Zukunft hat, dann nur, weil wir das Getreide hier haben werden, wenn die Schiffe eintreffen.«

»Falls«, sagte Alzbeta.

»Ja, diese Möglichkeit dürfen wir nicht außer acht lassen. Aber wir müssen davon ausgehen, daß es geschieht. Denn wenn die Schiffe überhaupt nicht kommen, ist alles aus. Aber darüber können wir uns später Gedanken machen. Ich will euch nicht die Feier verderben. Wir wollen die Züge auf der Zentralstraße stoppen, die Bremsen anziehen und uns mal umhorchen, ob wir nicht heute abend eine Party veranstalten können. Ich glaube, dazu ist jeder in der Stimmung. Wenn wir uns alle gründlich ausgeschlafen haben, können wir das Getreide immer noch ausladen.«

Die Party war angebracht: niemand sprach sich dagegen aus. Die Lufttemperatur bewegte sich um die dreißig Grad, und so konnte im Freien gefeiert werden, wo jeder genug Bewegungsraum hatte. Als die Züge zwischen den Reihen kahler Fundamente zum letztenmal anhielten, sprangen die Türen auf. Jan sah zu, wie die Gestalten ins Dämmerlicht hinausschwärmten, dann kletterte er langsam die Sprossen der Maschine hinab.

Noch gab es Arbeit. Schon wurden die ersten Stühle herausgeholt und die ersten Tische aufgestellt. Jan begab sich zur Hinterseite des Hauptsilos. Nach dem vierjährigen heißen Sommer strahlten die dicken Mauern noch immer Hitze ab. Hoch lag der Staub vor der schweren Metalltür an der Rückwand, und er trat sich mit den Stiefeln den Weg frei. Die Tür hatte zwei getrennte mechanische Schlösser und ein elektronisches. Er setzte seine Schlüssel ein, öffnete alle drei, und drückte gegen die Tür. Sie öffnete sich mühelos, und kühle Luft umgab ihn. Von innen verriegelte er die Tür und betrachtete die vertraute Umgebung. Diese Wasserkontroll-Zentrale war identisch mit der, die er vor der Abfahrt in Nordstadt stillgelegt hatte. Diese beiden Kontrollräume waren die einzigen, die ständig klimatisiert waren. Sie ermöglichten das menschliche Leben auf dem Planeten.

Ehe er das Programm in Gang brachte, setzte sich Jan vor die Konsole und aktivierte nacheinander die Kameras in der Wasserstation, die sich gut 1500 Kilometer entfernt in den Bergen über der Küste befand. Die erste Kamera war mit kompaktem Stahl und Beton verkleidet. Sie befand sich oben auf der Station und lieferte einen Panoramablick. Das kreisende Bild zeigte nichts Ungewöhnliches. Es war alles, wie es sein sollte, das wußte er auch schon von dem Computerausdruck, der ihn längst alarmiert hätte, wenn irgendwelche Schwierigkeiten aufgetreten wären. Aber eine innere Stimme sagte ihm, daß er erst Gewißheit haben konnte, wenn er sich selbst umschaute. Natürlich ein irrationales Verhalten. Man muß Maschinen mögen, um gut mit ihnen zurechtzukommen.

Kompakt und mächtig, eine Festung der Technologie. Ein ungebrochenes, ödes Betonbauwerk, dessen Mauern mehr als drei Meter dick waren. Einige Flug-Echsen saßen auf einem Gebäudevorsprung; als sich die Linse der Kamera in ihre Richtung bewegte, flatterten sie träge davon. Tief unten lag das Meer, dessen Wogen gegen das feste Gestein anrannten. Die Kamera drehte sich, und die Wannen kamen in Sicht, halb gefüllt mit Schätzen, die dem Meer abgerungen worden waren, ein Nebenprodukt des Entsalzungsprozesses. In einer solchen Wanne gab es mindestens eine Tonne Gold. Auf der Erde war das ein Vermögen wert, doch der Wert auf Halvmörk beschränkte sich auf die guten Eigenschaften als Verkleidung für die Antriebsmaschinen und landwirtschaftlichen Geräte. Bei der langsamen Drehung kam der tiefe Kanal als letztes in Sicht, eine Linie, die sich den Berg hinab zur schwarzen Mündung des ersten Tunnels erstreckte, zwei Kilometer tiefer.

Innenkameras offenbarten die Kahlheit und Widerstandsfähigkeit des großen Maschinenkomplexes, der ganz auf Haltbarkeit ausgelegt war. Die Techniker hatten so gute Arbeit geleistet, daß Jan in all seinen Jahren auf dem Planeten erst einmal dort oben gewesen war. Natürlich gab es ständige Inspektionen und Wartungsarbeiten, die aber automatisch vorgenommen wurden. Die Anlage war eine widerhallende Kathedrale der Wissenschaft, ständig in Bereitschaft, doch nur selten besucht. Vier Jahre lang war die Maschinerie im Leerlauf gefahren; der Fusionsgenerator hatte eben genug Energie geliefert, damit die Wartungsprogramme laufen konnten. Jetzt würde alles wieder zum Leben erwachen. Das Startprogramm war lang und kompliziert, mit jedem Schritt zur Selbstregulierung führend, entworfen von Erbauern, die seit Jahrhunderten nicht mehr lebten. Sie hatten gute Arbeit geleistet. Jan schaltete den Computer-Terminal ein, empfing das Erkennungssignal und gab den Befehl für das Anlaufen ein.

Zunächst würde sich nichts tun, denn als erstes kamen die zahlreichen Überprüfungen aller Elemente. Wenn sich die Maschine überzeugt hatte, daß alles in Ordnung war, steigerte sie langsam die Leistung des Fusionsgenerators. Anschließend würden die in das solide Gestein unter dem Meer eingebauten Pumpen die Arbeit aufnehmen. Stumm, ohne bewegliche Teile, würden sie das Meerwasser durch die großen Rohre zur Station oben auf den Klippen drücken. Dazu wurde eine Variation derselben magnetischen Flasche angewendet, die auch die Verschmelzungsreaktion einschnürte, so abgewandelt, daß sie das Wasser ergreifen und fortstoßen konnte. Immer höher wurde das Wasser gepumpt, bis es in die Schnelldestillation überlief. Hier wurde es augenblicklich in Wasserdampf verwandelt, wobei der größte Teil des Dampfes zum Kondensator gezogen wurde. Dann griff die Schwerkraft zu.

Jan hatte in der letzten Zeit so viele Menschen um sich gehabt und mit ihnen gesprochen, daß ihm das Alleinsein jetzt sehr guttat. Reglos saß er da und beobachtete stundenlang die Schirme und die optischen Darstellungen, bis die ersten Wasserströme aus den Öffnungen quollen und gleich darauf zu brausenden Strömen wurden. Hinab rauschten die Massen, Sand und anderes Treibgut mitreißend, und verschwanden im Tunnel. Es würde Tage dauern, bis die ersten schmutzigen Tropfen durch die Tunnel und Kanäle zur Stadt vorgedrungen waren.

Ein zweiter behäbiger Schlammstrom bewegte sich in einem Kanal, der in die Flanke des Berges geschnitten worden war und zurück ins Meer führte. Es würde mindestens eine Woche dauern, bis Jan die Extraktoren aktivierte, die verwertbare Elemente und Chemikalien aus dem Meerwasser holten. Im Augenblick brauchte er ein großes Volumen an Wasser, das die Kanäle füllte und reinwusch. Es war alles, wie es sein sollte, und er war müde. Die Party – er hatte sie ganz vergessen. Vermutlich war sie längst im Gang. Gut, vielleicht kam er darum herum. Er war müde und brauchte Schlaf. Er nahm ein Monitorgerät vom Regal, das die Wassermaschinen ständig unter Aufsicht hatte, und hakte es sich in den Gürtel.

Die Nacht draußen war warm, doch ein leichter Wind ließ die Luft ganz angenehm erscheinen. Nach den Geräuschen zu urteilen, war die Feier schon fortgeschritten; das Essen war beendet, und die Getränke flossen reichlich. Die Leute hatten es verdient. Auch ohne die Mühen der Fahrt war das Leben dieser Menschen monoton genug. Wenn erst der Getreideanbau wieder begann, würde es jahrelang keine Mußestunden mehr geben.

»Jan, ich wollte Sie eben abholen«, sagte Otakar, der um die Ecke des Gebäudes bog. »Es findet eine Versammlung der Familienvorstände statt, und man will Sie sprechen.«

»Hat das nicht Zeit, bis alle ausgeschlafen haben?«

»Anscheinend ist es dringend. Man hat mich von einem sehr kühlen Bier fortgeschleppt, zu dem ich jetzt sofort zurückkehre. Man will die Kuppel aufblasen, dort soll die Sitzung stattfinden. Bis morgen dann.«

»Gute Nacht.«

Jan wäre am liebsten nicht hingegangen, aber die Kuppel war

nicht weit. Jetzt am Schluß der Reise würde das kleinkrämerische Jammern und Streiten wieder die Oberhand gewinnen. Er mußte mit den Leuten reden, ob es ihm gefiel oder nicht. Sollten sie es sich ruhig von Herzen reden, damit sie dann morgen alle die Entladung des Korns in Angriff nehmen konnten. Ein Proktor, ausgerüstet mit Handfeuerwaffe, stand vor der Tür. Als er sich näherte, klopfte er an und ließ ihn eintreten.

Alle waren versammelt, die Familienvorstände und die Technik-Offiziere. Sie warteten stumm, bis er sich gesetzt hatte. Schließlich ergriff die Hradil das Wort. Er hätte es sich denken können.

»Es sind ernsthafte Anschuldigungen vorgebracht worden, Jan Kulozik.«

»Wer steckt denn nun wieder in der Klemme? Und hätte das nicht bis morgen Zeit gehabt?«

»Nein. Es ist eine Notlage. Es muß Recht gesprochen werden. Sie werden beschuldigt, Proktor-Captain Hein Ritterspach tätlich angegriffen und den Tod dreier Kinder verschuldet zu haben. Das ist eine ernste Sache. Bis zur Verhandlung werden Sie unter Arrest gestellt.«

Jans Müdigkeit war verflogen, als er aufsprang. »Sie können doch nicht ...!«

Kräftige Hände packten ihn und zerrten ihn herum. Zwei Proktoren hielten ihn fest, und sein Blick fiel auf Hein, der grinsend die Waffe auf ihn richtete.

»Versuchen Sie keine Tricks, Kulozik, sonst schieße ich! Sie sind ein gefährlicher Verbrecher und kommen endlich hinter Gitter.«

»Was soll das, ihr Dummköpfe? Wir haben keine Zeit für solchen Unsinn. Wir müssen die Züge wenden und den Rest des Getreides holen. Danach können Sie ihre Spielchen spielen, wenn Sie unbedingt darauf bestehen.«

»Nein«, sagte die Hradil und setzte ein kaltes Siegeslächeln auf, dem jede menschliche Wärme fehlte. »Wir haben im übrigen beschlossen, daß wir genug Getreide haben. Eine zweite Fahrt wäre zu gefährlich. Die Dinge werden hier weiterlaufen wie immer. Ohne daß Sie dabei Unruhe stiften können. Sie haben uns lange genug nach Ihrer Pfeife tanzen lassen. Jetzt ist Schluß!«

11

Die Hradil hatte alles von Anfang an geplant. Der Gedanke war bitter, und Jan spürte den Geschmack des Hasses auf der Zunge, der immer wieder in ihm emporschoß. Geplant und ausgeführt durch das Gehirn hinter diesen kalten Schlangenaugen. Wäre sie ein Mann gewesen, hätte er sie vielleicht vor den Augen der anderen getötet, selbst wenn das sein Ende bedeutet hätte.

Der Steinboden unter ihm fühlte sich warm an; die Hitze des vergangenen Sommers wurde noch immer abgestrahlt. Er hatte das Hemd ausgezogen und sich als Kissen unter den Kopf gelegt; trotzdem war er feucht von Schweiß. In dem kleinen Lagerraum mußte eine Temperatur von beinahe vierzig Grad herrschen. Offenbar hatte man dieses Gefängnis vorbereitet, ehe die Versammlung einberufen wurde, in deren Verlauf man ihn anklagen wollte; er sah noch die Spuren der Ersatzteile, die hier gelagert gewesen waren, ehe man sie fortschleppte. Ein Fenster gab es nicht. Das Licht, das hoch unter der Decke leuchtete, wurde nicht ausgeschaltet. Die Metalltür war von draußen verschlossen. Zwischen Tür und Gestein klaffte eine Lücke, durch die kühle Luft hereinströmte. Jan schob das Gesicht dicht heran und fragte sich, wie lange er schon hier war, und ob man ihm Wasser bringen würde.

Irgend jemand mußte sich doch um ihn Gedanken machen – doch bis jetzt war niemand aufgetaucht. Es wollte ihm unmöglich erscheinen, daß er eben noch Zugmeister sein konnte, Herr über alle Menschen und alle Ressourcen des Planeten – und am nächsten Tag ein vergessener Gefangener.

Die Hradil. Die Leute taten, was sie befahl. Daß er die Züge in den Süden hatte bringen wollen, hatte ihr vorübergehend in den Kram gepaßt. Sie wußte, daß er es schaffen konnte. Sie wußte auch, daß sie ihn erniedrigen und seine Selbstachtung beschneiden mußte, sobald die Fahrt vorbei war. Zu sehr trat er für Veränderungen und Entscheidungsfreiheit ein, und das duldete sie nicht. Ebensowenig wie die anderen. Sie mußten nicht erst dazu überredet werden, seinen Untergang zu beschließen.

Nein!

Zuviel hatte sich bereits verändert, zuviel war in Veränderung begriffen, als daß er sie jetzt siegen lassen durfte. Wenn es nach ihrem Willen ging, würde man das mitgebrachte Saatgut in den Boden bringen und den Rest des Getreides lagern bis zu dem Augenblick, da die Schiffe kamen. Mit einer gedankenlosen Rückkehr zu den alten Gewohnheiten, den Dingen, wie sie immer gewesen waren.

Nein! Langsam rappelte Jan sich auf. So sollte es nicht werden. Wenn die Schiffe nicht wieder auftauchten, würden sie alle bald tot sein, und nichts würde Bedeutung haben. Doch wenn sie kamen, gab es keine Rückkehr zu der alten Zeit. Er trat immer wieder gegen die Metalltür, bis sie sich im Rahmen zu lockern begann.

»Ruhe da!« rief endlich eine Stimme.

»Nein! Ich möchte Wasser! Machen Sie sofort auf!«

Er trat immer weiter, bis die Anstrengung seine Sinne zu verwirren begann. Schließlich rasselten die Riegel. Als die Tür aufging, stand Hein mit gezogener Waffe vor ihm, den anderen Proktor neben sich. Er trug den Arm noch immer in der Schlinge. Er streckte ihn Jan entgegen.

»Sie haben mir das angetan und dachten, Sie kämen damit durch! Na, so soll es nicht sein. Man hat Sie verurteilt ...«

»Ohne Prozeß?«

»Sie haben einen Prozeß gehabt, es ist sehr fair zugegangen. Ich war dabei.« Er kicherte. »Die Beweise waren stichhaltig. Man hat Sie dazu verurteilt, für Ihre Verbrechen zu sterben. Warum sollten wir also gutes Wasser an Sie verschwenden?«

»Das können Sie doch nicht tun ...« Jan wurde schwindlig; er lehnte sich schwankend an die Türfüllung.

»Es ist aus, Kulozik. Warum kriechen Sie nicht ein bißchen vor mir im Staub herum und flehen mich an, Ihnen zu helfen? Vielleicht tu ich's sogar.«

Er fuchtelte Jan mit der Waffe vor dem Gesicht herum. Jan wich schaudernd zurück, zu schwach zum Stehen. Langsam glitt er zu Boden ...

Und packte Heins Fußgelenke und zerrte sie unter dem schweren Mann hervor, der heftig gegen den anderen Proktor knallte. Jan hatte solche Nahkampftricks von seinem Karatelehrer gelernt, der daraus ein Hobby gemacht hatte; diese Männer wußten nichts von den unangenehmeren Begleiterscheinungen des regellosen Kampfes Mann gegen Mann. Die Waffe in Heins Hand behinderte ihn eher, und Jan schlug sie zur Seite, als er den Abzug bediente. Er gab nur einen Schuß ab, dann schrie Hein auf, von Jans Knie in den Unterleib getroffen. Dem anderen Proktor erging es nicht besser. Eine Faust landete in seinen Rippen und trieb ihm die Luft aus den Lungen. Er hatte die Waffe noch im Halfter, als er mit einem heftigen Hieb gegen das Genick bewußtlos geschlagen wurde.

Hein war nicht bewußtlos, sondern rollte sich mit glasigem Blick herum, sein Mund ein rundes O des Schmerzes. Jan nahm auch ihm die Waffe ab und versetzte ihm einen energischen Fußtritt gegen die Schläfe.

»Ihr beide werdet eine Weile das Maul halten«, murmelte er, zerrte die reglosen Gestalten in den Lagerraum und schloß sie ein.

Was jetzt? Zunächst war er frei – doch es gab keinen Ort, an den er fliehen konnte. Außerdem ging es ihm um mehr als Freiheit. Die Menschen brauchten das Getreide, die Züge mußten die zweite Fahrt machen. Die Familienvorstände hatten sich aber dagegen ausgesprochen. An sie konnte er appellieren, aber das würde nichts bringen. Sie hatten ihn in seiner Abwesenheit zum Tode verurteilt und würden ihn bestimmt nicht anhören. Ohne die Hradil mochte er sie überzeugen – nein, im Grunde machte das keinen Unterschied. Wenn er sie tötete, würde ihn das nicht weiterbringen.

Die Chance, die sein Leben und vermutlich auch das Leben und die Zukunft aller Bewohner dieses Planeten retten konnte, lag einzig und allein in einer grundlegenden Veränderung der Situation. Aber welche Veränderung konnte das sein – und wie sollte er sie herbeiführen? Aus dem Handgelenk fiel ihm keine Antwort ein. Zuerst das Wichtigste – ein Schluck Wasser. In der Ecke stand ein wassergefüllter Eimer, in dem die Proktoren ihr Bier gekühlt hatten. Jan nahm die letzten Flaschen heraus, hob den Eimer an die Lippen und trank, bis er nicht mehr konnte. Den Rest schüttete er sich über den Kopf und keuchte unter dem Schock der Abkühlung. Erst dann öffnete er eine Bierflasche und trank daraus. Erste Umrisse eines Planes formten sich in seinem Kopf. Doch allein kam er nicht weiter. Wer aber würde ihm helfen? Was er erreichen wollte, würde sich gegen die Familienvorstände richten. Oder hatten sie sich diesmal zu weit vorgewagt? Wenn Prozeß und Urteil gegen ihn in aller Heimlichkeit erwirkt worden waren, mochte er Hilfe finden. Ehe er weiterkam, brauchte er Informationen.

Die Waffen der Proktoren schob er in einen leeren Saatgut-Sack, dabei legte er eine Pistole so, daß er jederzeit schnell zugreifen konnte. In der Zelle herrschte Stille; es würde eine Weile dauern, ehe es aus dieser Richtung Ärger gab. Also – was war draußen im Gange?

Jan öffnete die Außentür einen Spalt breit und schaute hinaus. Nichts. Eine leere Straße, staubig-öde unter dem dämmerigen Himmel. Er öffnete die Tür ganz, trat hinaus und schritt gelassen auf die stummen Züge zu.

Und blieb stehen. Hatte es ein Massaker gegeben? Überall lagen Körper herum. Dann belächelte er seine düsteren Gedanken. Natürlich schliefen die Leute nur. Der Züge ledig, sicher am Ziel eingetroffen, hatte man nun die Ruhe nach dem Sturm eintreten lassen; alle hatten überreichlich gegessen und getrunken, bis es zuviel für sie wurde. Und anstatt in die engen, unbehaglichen Wagen zurückzukehren, hatten sie sich an Ort und Stelle zum Schlafen ausgestreckt. Wunderbar: besser hätte er es selbst nicht planen können. Die Familienvorstände schliefen bestimmt auch, und nur von ihrer Seite drohte ihm im Augenblick eine echte Gefahr. Schnell und leise schlich er an den Zügen entlang, bis er die Ciou-Familie erreichte. Wie immer war hier alles gut organisiert; die Schlafmatten lagen in säuberlichen Reihen da, auf einer Seite Frauen und Kinder. An ihnen vorbei ging er zu den schlafenden Gestalten der Männer, bis er Lee Ciou fand. Das Gesicht des Mannes war im Schlaf entspannt, die Sorgenfalte zwischen seinen Augen war verschwunden. Jan kniete nieder und schüttelte Lee leicht an der Schulter. Dunkle Augen öffneten sich langsam, und die Falte zwischen ihnen erschien sofort, als Jan mahnend einen Finger an die Lippen legte. Lee folgte der pantomimischen Anweisung, stand leise auf und folgte Jan die Sprossenleiter in die nächste Maschine hinauf. Besorgt sah er zu, wie Jan das Luk verschloß.

»Was ist? Was wollen Sie?«

»Ich habe Ihre Bänder, Lee. Die illegalen Bänder.«

»Ich hätte sie vernichten sollen – ich wußte es doch gleich!« Die Worte waren ein Jammerschrei.

»Machen Sie sich deswegen keine Sorgen. Ich bin zu Ihnen gekommen, weil Sie auf diesem Planeten in meinem Bekanntenkreis die einzige Person sind, die den Mut hat, das Gesetz zu übertreten. Ich brauche Ihre Hilfe.«

»Ich möchte da nicht hineingezogen werden. Ich hätte niemals ...«

»Hören Sie zu! Sie wissen ja noch nicht mal, was ich will. Wissen Sie über den Prozeß gegen mich Bescheid?«

»Prozeß ...?«

»Oder daß ich zum Tode verurteilt worden bin?«

»Wovon reden Sie da, Jan? Sind Sie übermüdet? Seit unserer Ankunft ist nichts weiter passiert, als daß wir zuviel gegessen und getrunken haben und eingeschlafen sind. Eine großartige Feier!«

»Wissen Sie von der Zusammenkunft der Familienvorstände?«

»Die halten ja ewig Sitzungen ab. Ich weiß, daß sie die Druckkuppel aufblasen ließen, ehe sie das Bier herausrückten. Vermutlich waren sie alle dort drin. Die Party ist ohne sie auch viel besser gelaufen. Hätten Sie mal einen Schluck Wasser?«

»An der Tür ist ein Spender.«

Der Prozeß war also geheim abgelaufen! Der Gedanke reizte Jan zum Lächeln. Dies war der Hebel. Der Fehler der anderen. Hätten sie ihn sofort umgebracht, wäre es vielleicht zu einigem Murren gekommen, aber mehr wäre nicht passiert. Na, dazu war es zu spät. Als Lee zu Jan zurückkehrte, schien er schon etwas munterer zu sein.

»Hier ist eine Liste von Namen«, sagte Jan und kritzelte hastig auf einem Bestellformular herum. »Die Männer meiner Maschinenmannschaft – gute Leute. Und Lajos – als der von Hein das Kommando der Panzer übernahm, ist er sehr selbständig geworden. Das müßte reichen.« Er gab Lee die Liste. »Ich möchte nicht riskieren, gesehen zu werden. Würden Sie die Liste nehmen, die Männer aufsuchen und ihnen sagen, daß sie hier mit mir zusammentreffen sollen? Sie sollen schnell und leise kommen – es ginge um eine Sache von größter Wichtigkeit ...«

»Worum denn?«

»Vertrauen Sie mir, Lee. Bitte! Was geschehen ist, berichte ich Ihnen dann allen zusammen. Es ist *wirklich* wichtig. Und alle müssen schleunigst verständigt werden.«

Lee atmete tief ein, als wollte er Widerspruch einlegen, dann ließ er die Luft langsam wieder aus den Lungen. »Nur weil Sie es sind, Jan. Nur weil Sie es sind«, sagte er, machte kehrt und ging.

Einer nach dem anderen trafen die Männer ein, und Jan bezwang seine Ungeduld und die Neugier der anderen, bis Lee zurückgekehrt war und das Luk wieder hinter sich verschlossen hatte.

»Regen sich schon Leute?« fragte er.

»Eigentlich nicht«, sagte Otakar. »Ein paar stolpern herum, um sich zu erleichtern, aber die schlafen gleich wieder ein. Ein gehöriges Besäufnis. Na – und was soll das hier?«

»Ich sag's Ihnen gleich. Aber vorher möchte ich einige Dinge klarstellen. Vor der Fahrt hatte ich einen erregten Wortwechsel mit Hein Ritterspach. Er behauptet, ich hätte ihn dabei geschlagen. Das ist gelogen. Für alles gibt es einen Zeugen. Lajos Nagy.«

Alle wandten sich um, und Lajos versuchte den Blicken auszuweichen. Doch es gab kein Entrinnen.

»Na, Lajos?« fragte Jan.

»Ja ... ich war dabei. Ich habe aber nicht alles gehört, was gesagt wurde ...«

»Danach habe ich nicht gefragt. Habe ich Hein geschlagen? Das ist die Frage, die Sie uns beantworten können.«

Lajos wollte mit der Sache nichts zu tun haben – aber er steckte schon mitten drin. Schließlich schüttelte er den Kopf. »Nein, Sie haben ihn nicht geschlagen. Eine Weile hatte ich das Gefühl, daß es zu Schlägen kommen würde, denn beide waren sehr erzürnt. Aber Sie haben ihn jedenfalls nicht geschlagen.«

»Vielen Dank. Jetzt gibt's da ein zweites Problem, das nicht ganz so einfach liegt. Einige Kinder sind an Insektenstichen gestorben, während wir durch den Urwald fuhren. Sie alle wissen das. Ich mußte eine schwere Entscheidung treffen. Ich ließ die Züge nicht anhalten, und der Arzt konnte sich nicht um die Erkrankten kümmern. Vielleicht war das falsch. Vielleicht hätte ein Halt die Kinder retten können. Aber ich habe die Sicherheit aller über die einiger weniger gestellt. Die Folge dieser Entscheidung lastet mir auf dem Gewissen. Wenn wir angehalten hätten, wäre der Arzt vielleicht in der Lage gewesen ...«

»Nein!« sagte Otakar laut. »Der hätte nichts tun können. Hat er nämlich selbst gesagt. Der alte Becker ließ ihn kommen und brüllte ihn an. Er ist aber ein Rosbagh, und die Leute aus dieser Familie werden immer ganz stur, wenn man sie anbrüllt. Er dröhnte zurück, daß er zur Rettung der Kinder nichts anderes hätte tun können, als das vorhandene Mittel zu verabreichen, was ja ohnehin geschehen war. Er sah die Schuld bei den Leuten, die es zugelassen hatten, daß die Fenster geöffnet wurden, sogar bei Becker selbst.«

»Das hätte ich gern gehört!« sagte Eino.

»Und ich erst!« sagte Hyzo begeistert.

»Vielen Dank. Es bedeutet mir viel, das zu wissen«, sagte Jan. »Aus verschiedenen Gründen. Sie kennen nun die Einzelheiten der beiden Dinge, die mir zur Last gelegt werden. Ich finde, daß es sich um falsche Anschuldigungen handelt. Aber wenn die Familienvorstände wollen, daß ich deswegen in einem Prozeß zur Rechenschaft gezogen werde, bin ich damit einverstanden.«

»Warum ein Prozeß?« fragte Otakar. »Eine Ermittlung mag es wohl geben, doch ein Verfahren sicher nur, wenn die Anklage erhärtet worden ist. Etwas anderes wäre nicht fair.«

Die Männer nickten zustimmend, und Jan wartete, bis ihr Gemurmel verstummt war. »Ich bin froh, daß wir uns darin einig sind«, sagte er. »Deshalb kann ich Ihnen nun auch sagen, was geschehen ist. Während Sie alle gefeiert haben, sind die Familienvorstände zu einer Geheimsitzung zusammengekommen. Sie ließen mich festsetzen und hinter Gitter bringen. Dann wurde mir zu den genannten Anklagen der Prozeß gemacht – *ohne* daß ich dabei war – mit einem Schuldspruch. Wäre ich nicht entkommen, könnte ich jetzt schon tot sein – denn das war das Urteil der Familienvorstände.«

Die Männer reagierten ungläubig auf diese Worte. Ihr Schock ging in Zorn über, als sie erkannten, daß Jan die Wahrheit sprach.

»Sie brauchen sich nicht allein auf meine Worte zu verlassen«, sagte Jan. »Dazu ist die Lage zu ernst. Hein und der andere Proktor sind eingeschlossen und werden Ihnen sagen ...«

»Ich will nicht hören, was Hein zu sagen hat!« brüllte Otakar. »Er lügt ja wie gedruckt. Ihnen glaube ich, Jan, wir alle glauben Ihnen.« Die Männer nickten zustimmend. »Sie brauchen uns nur zu sagen, was wir machen sollen. Die anderen müssen dies erfahren. Damit dürfen die hohen Herrschaften nicht durchkommen.«

»Aber das werden sie, wenn wir ihnen nicht Einhalt gebieten«, meinte Jan. »Es genügt nicht, die anderen einfach zu informieren. Können Sie sich einen Taekeng vorstellen, der sich dem Chef entgegenstellt? Nein, das dachte ich auch. Ich bin gern bereit, mich zu verantworten, ich *bestehe* sogar darauf. Aber genau nach den Gesetzen. In der Öffentlichkeit, unter Vorlage aller Beweise. Die Sache soll frei besprochen werden. Die Familienvorstände werden das bestimmt verhindern wollen. Wir müssen sie dazu zwingen.«

»Aber wie?«

Schweigen herrschte, denn die Männer waren begierig zu helfen und warteten auf seinen Rat. Aber würden sie weit genug gehen wollen? Instinktiv erkannte Jan, daß sie nicht mitziehen würden, wenn sie jetzt zu genau über die Dinge nachdachten, die getan werden mußten. Wenn sie aber alle zusammen und im Zorn losschlugen, schafften sie es vielleicht. Und war es erst einmal geschehen, gab es kein Zurück mehr. Hier wurden revolutionäre Gedanken geschmiedet – und jetzt ging es darum, sie auch in die Tat umzusetzen. Sorgfältig überlegte er sich seine Worte.

»Ohne Energie rührt sich nichts. Eino, wie könnten wir die Zugmaschinen am einfachsten vorübergehend außer Betrieb setzen? Indem wir die Computerprogramme blockieren?«

»Das macht zuviel Aufwand«, antwortete der Ingenieur, im Banne des technischen Problems stehend, ohne Gedanken an die Ungeheuerlichkeit des Verbrechens, das hier besprochen wurde. »Mein Vorschlag wäre, den Verteilerstöpsel für die Kontrollen herauszunehmen, am besten entfernt man den Stöpsel an beiden Enden und zieht das ganze Kabel heraus. Das ist eine Arbeit von wenigen Sekunden.«

»Schön. Genau das tun wir. Auch in den Panzern. Bringt alles zu Panzer sechs, das ist der größte. Anschließend wecken wir jedermann und berichten, was geschehen ist. Wir zwingen sie, den Prozeß sofort zu führen. Wenn alles vorbei ist, bringen wir die Kabel wieder an und setzen die Arbeit fort. Was meinen Sie?«

Er legte keine besondere Betonung in die letzte Frage, obwohl sie die wichtigste Entscheidung von allen betraf. Der Moment der unwiderruflichen Entscheidung war gekommen – wurde diese Schwelle überschritten, gab es kein Zurück mehr. Wäre den Männern bewußt geworden, daß sie die Macht auf dieser Welt in die eigenen Hände nehmen wollten, hätten sie es sich vielleicht überlegt. Wenn sie auch nur einen Moment zögerten, war seine Sache verloren.

Diese Männer waren Techniker, Mechaniker – und sahen die Dinge nicht so. Sie wollten nur eine Ungerechtigkeit geraderücken, weiter nichts.

Es gab zustimmende Rufe, und schon war man dabei, die verschiedenen Aufgaben zu verteilen. Das Projekt lief an. Nur Hyzo Santos ließ sich von der allgemeinen Erregung nicht mitreißen, sondern beobachtete Jan mit großen, intelligenten Augen. Jan gab ihm keinen Auftrag und war nach kurzer Zeit mit dem stummen Kommunikationsoffizier allein. Er ergriff erst wieder das Wort, als die anderen gegangen waren.

»Sie wissen doch, was Sie da tun, Jan?«

»Ja. Und Sie auch. Ich überschreite alle Regeln und schaffe neue.«

»Es ist mehr als das. Sind die Regeln erst einmal gebrochen worden, werden sie nie wieder die alte Wirkung haben. Die Familienvorstände werden damit nicht einverstanden sein ...«

»Wir werden sie zwingen.«

»Ich weiß. Und ich weiß auch eine Bezeichnung dafür, auch wenn Sie das Wort eben nicht ausgesprochen haben. Eine Revolution, nicht wahr?«

Nach langem Schweigen antwortete Jan, und sein Blick ruhte auf dem ernsten Gesicht des Mannes. »Ja. Stößt der Gedanke Sie ab?«

Langsam erschien ein breites Lächeln auf Hyzos Gesicht. »Ob er mich abstößt? Genau das ist dringend nötig, genau das steht in *Klasse und Arbeit, der Ewige Kampf*.«

»Den Titel habe ich noch nie gehört.«

»Den kennen wohl nur wenige. Ich habe ihn von einem Mann von den Schiffsbesatzungen. Er sagte, es sei ein Buch, aber es ist nirgendwo verzeichnet. Es gebe jedoch einige Exemplare, von denen Duplikate gezogen worden sind.«

»Sie bewegen sich da auf gefährlichem Boden ...«

»Ich weiß. Er sagte, er würde welche mitbringen – aber ich habe ihn nie wiedergesehen.«

»Man kann sich vorstellen, was aus ihm geworden ist. Sie machen also mit? Die Sache wird größer, als Sie sich im Augenblick vorstellen können.«

Hyzo ergriff Jans Finger mit beiden Händen. »Ich mache mit bis zum Ende. Uneingeschränkt!«

»Gut. Dann können Sie mir bei einer Sache helfen. Kommen Sie mit ins Lagerhaus, wo ich Hein und den anderen Proktor eingeschlossen habe. Die beiden waren bereit, das Todesurteil zu vollstrecken, sie wußten also von dem Geheimprozeß. Sie sind unsere Zeugen.«

Einige Frühaufsteher regten sich bereits, als sie zum Lagergebäude hinübergingen. Die Tür zur Straße stand offen, wie Jan sie hinterlassen hatte.

Doch die Tür zur Zelle war ebenfalls geöffnet, und die beiden Proktoren waren verschwunden.

12

Hastig sah Jan sich um; der Rest des Lagerhauses war so leer wie die improvisierte Zelle.

»Wo stecken sie?« fragte Hyzo.

»Egal. Wir müssen uns auf Ärger gefaßt machen. Wir sollten unseren Schachzug also machen, ehe die Gegenseite mobil macht. Wir müssen sie überraschen, soweit das noch möglich ist. Kommen Sie!«

Die beiden eilten los, ohne sich um die überraschten Blicke zu kümmern. Mit schnellen Schritten liefen sie durch den Staub zu der Reihe der Räumungspanzer. Niemand hielt sie auf. Jan fiel in Schritt.

»Wir haben noch einen Vorsprung«, sagte er schweratmend. »Wir legen los wie geplant.«

Sie stiegen in Panzer sechs und starteten den Motor. Es würde das einzige Fahrzeug sein, das nicht lahmgelegt wurde. Jan steuerte den Panzer langsam den Mittelweg entlang und stoppte vor der Druckkuppel.

Überall kamen die Leute in Bewegung, doch die Arbeit an den Panzern und Zugmaschinen ging ungestört weiter. Zuerst waren die Verschwörer verstohlen vorgegangen, bemüht, nicht aufzufallen. Aber dann wurde ihnen bewußt, daß niemand im geringsten auf sie achtete. Sie waren eben Techniker, die ihren rätselhaften Aufgaben nachgingen. Als ihnen das klar geworden war, trugen sie die Kabel offen mit sich herum und riefen sich in heimlicher Freude gegenseitig zu. Es war für sie aufregend.

Nicht aber für Jan. Er saß an den Panzerkontrollen und beobachtete die Schirme. Er sah, wie der erste Mann mit einem kompletten Kabel näherkam; verstohlen klopfte er an die Panzerwand. Dann ein zweiter Techniker und ein dritter. Hyzo saß im offenen Dachluk und reichte Jan die Kabel ins Innere.

»Das wären alle«, sagte er schließlich. »Was sollen wir jetzt tun?«

»Sie und die anderen können in der Menge bleiben. Ich finde, das ist das Beste. Ich möchte in diesem frühen Stadium keine Konfrontationen oder Verschwörungsbeschuldigungen hören.«

»Für die anderen ist das sicher richtig. Aber Sie brauchen jemanden, der Ihnen hier den Rücken stärkt.«

»Sie müssen das nicht tun, Hyzo ...«

»Weiß ich, deshalb melde ich mich freiwillig. Was jetzt?«

»Einfach. Wir holen die Leute zusammen.«

Im gleichen Augenblick drückte er auf den Sirenenknopf und ließ nicht wieder los. Das schrille Geräusch steigerte sein Volumen in höchste Höhen und jaulte auf und nieder. Niemand konnte dieses Signal überhören. Menschen, die eben noch geschlafen hatten, waren plötzlich hellwach; wer schon arbeitete, hielt inne und eilte auf den Panzer zu. Als sich der Mittelweg zu füllen begann, schaltete Jan die Sirene aus und zog den Handverstärker aus seiner Wandhalterung. Hyzo wartete schon auf dem Panzerdach, gelassen gegen die Fusionskanone gelehnt.

»Da hätten Sie Ihr Publikum«, sagte er. »Alles hört auf Ihr Kommando.«

»Hierher!« sagte Jan in die Flüstertüte, und seine verstärkten Worte hallten von allen Seiten wider. »Alle hierher. Es gibt eine wichtige Ankündigung.« Er sah Taekeng in der Tür seines Wagens erscheinen und die Faust schütteln. »Familienvorstände ebenfalls. Alle hierher!« Taekeng bewegte noch einmal die Faust und machte kehrt, als ein Mann herbeieilte und etwas zu ihm sagte. Er fuhr herum, warf Jan einen schockierten Blick zu und folgte dem Boten in Richtung Druckkuppel.

»Hierher, alle dicht heran!« sagte Jan und schaltete das Mikrofon aus. »Noch ist kein Familienvorstand hier«, sagte er zu Hyzo. »Die Leute planen etwas. Was machen wir?«

»Nichts. Damit läßt sich kein Ärger anfangen. Geben Sie Befehle zum Entladen des Getreides für die zweite Fahrt.«

»Aber die Familienvorstände haben diesen Plan geändert. Sie werden uns nicht zurückfahren lassen.«

»Um so besser – darüber haben sie nämlich auch noch nichts verlauten lassen. Dann sollen *sie* doch den Ärger anfangen – hier vor allen Leuten.«

»Sie haben recht.« Jan schaltete den Lautsprecher wieder ein. »Tut mir leid, Sie womöglich im Schlaf gestört zu haben, aber die Feier ist vorbei. Wir müssen wieder an die Arbeit. Die Züge müssen sich auf den Rückweg machen, um das übrige Getreide zu holen.«

Ein Ächzen lief durch die Menge, und einige Leute am hinteren Ende machten Anstalten, sich zu entfernen. Über die Köpfe der Versammlung sah Jan Hein aus der Druckkuppel kommen und sich nach vorn durch die Menge drängen. Er brüllte etwas, und sein Gesicht war vor Anstrengung gerötet. In seinem Halfter steckte eine neue Waffe. Den Mann durfte er nicht einfach ignorieren.

»Was wollen Sie, Hein?« fragte Jan.

»Sie ... kommen mit ... Kuppel ... sofort ... Konferenz.«

Die meisten Worte gingen im Lärmen der Versammelten unter. Der Proktor drängte sich zornig weiter und schwenkte jetzt die Waffe, um seine Autorität herauszustreichen. Plötzlich kam Jan eine Idee; er beugte sich vor und wandte sich an Hyzo.

»Das Schwein soll hier oben reden. Jeder soll sich anhören, was er zu sagen hat. Sorgen Sie dafür, daß die anderen Ihnen helfen.«

»Es ist gefährlich ...«

Jan lachte. »Das Ganze ist Wahnsinn. Los, machen Sie schon!« Hyzo nickte und verschwand; Jan wandte sich wieder dem Handlautsprecher zu. »Da sehe ich den Proktor-Captain. Laßt ihn bitte durch, er hat etwas zu sagen!«

Hein wurde weitergeholfen, vielleicht mehr, als ihm lieb war. Er wollte unten stehenbleiben und zu Jan emporbrüllen, wurde aber weitergeschoben, und ehe er wußte, wie ihm geschah, stand er neben Jan, die Waffe noch immer in der Hand. Er wollte leise etwas zu Jan sagen – der ihm das Mikrofon vor die Lippen hielt.

»Sie sollen mitkommen! Nehmen Sie das Ding weg!« Er schlug danach, doch Jan hielt es so dicht heran, daß die Stimmen dröhnend über die Menge hallten.

»Warum soll ich mitkommen?«

»Sie wissen schon, warum!« Hein stotterte vor Wut. Jan antwortete mit einem freundlichen Lächeln – und blinzelte dem Erzürnten zu.

»Aber ich weiß es nicht«, sagte er unschuldig.

»Sie wissen schon. Man hat Sie angeklagt und für schuldig befunden. Jetzt kommen Sie mit!« Er hob die Waffe; Jan versuchte zu übersehen, wie weiß die Fingerknöchel des Mannes waren.

»Von welcher Anklage reden Sie?« Absichtlich drehte er Hein den Rücken zu und wandte sich an die Menge. »Weiß hier jemand etwas darüber, daß eine Anklage gegen mich verhandelt worden ist?«

Einige schüttelten den Kopf, und alle lauschten gespannt. Jan fuhr herum und schob Hein die Flüstertüte vor den Mund. Gleichzeitig behielt er die Waffe im Auge und machte sich darauf gefaßt zuzuschlagen, sollte Hein den Abzug betätigen wollen. Er hoffte, daß er vorher noch sich und die Familienvorstände ins Verderben reißen würde. Hein begann zu brüllen – wurde jedoch sofort von einer anderen Stimme übertönt.

»Das genügt, Hein! Stecken Sie die Waffe fort und kommen Sie von dem Panzer herunter.«

Es war die Hradil. Sie stand in der Tür der Kuppel und benutzte das öffentliche Lautsprechersystem. Sie mußte im Kreis der Familienvorstände als einzige erkannt haben, daß Hein im Begriff war, das geheime Spiel zu verraten – die einzige mit der nötigen Intelligenz, um schnell zu handeln.

Hein sank in sich zusammen wie ein geplatzter Ballon. Die Farbe wich aus seinem Gesicht. Hastig steckte er die Waffe in seinen Halfter, und Jan ließ ihn gehen, denn er wußte, daß er aus dieser Richtung keine unabsichtliche Hilfe mehr erwarten konnte. Er mußte sich der Hradil stellen, was keine Kleinigkeit war.

»Von welchem Prozeß hat er eben gesprochen, Hradil? Was meint er, als er sagte, ich wäre angeklagt und für schuldig befunden worden?«

Seine Lautsprecherworte wogten über die Köpfe der stummen Menge zu ihr. Ihre Stimme antwortete auf dem gleichen Wege.

»Nichts hat er gemeint. Er ist krank, sein Arm hat sich entzündet, und er fiebert. Der Arzt ist unterwegs.«

»Das ist gut. Armer Kerl. Dann hat es also kein Verfahren gegeben – ich bin also nicht schuldig gesprochen worden?«

Das Schweigen zog sich in die Länge, und trotz der Entfernung konnte er deutlich sehen, daß sie sich seinen Tod wünschte, wie nichts zuvor in ihrem langen Leben. Er bewegte sich nicht, sondern wartete wie versteinert auf ihre Antwort. Endlich öffnete sie den Mund.

»Kein ... kein Prozeß.« Die Worte entrangen sich ihr stockend.

»Das ist sehr gut. Sie haben recht. Hein muß krank sein. Da es keinen Prozeß gegeben hat und ich folglich für schuldig befunden worden bin.« Er hatte ihr die Daumenschrauben angelegt – sie hatte sich in der Öffentlichkeit festlegen lassen. »Also gut. Sie haben alle gehört, was die Hradil gesagt hat. Jetzt wollen wir uns an die Arbeit machen. Die Züge machen sich so schnell wie möglich auf den Rückweg.«

»NEIN!« Ihre verstärkte Lautsprecherstimme übertönte die seine. »Ich warne Sie, Jan Kulozik. Sie sind zu weit gegangen! Sie werden jetzt den Mund halten und gehorchen! Es wird keine zweite Fahrt geben, das ist entschieden worden. Sie werden ...«

»Ich werde *nicht*, Gnädigste. Zu unserem eigenen Besten wurde beschlossen, das Getreide zu holen. Und das werden wir tun.«

»Ich habe Ihnen einen Befehl gegeben.«

Sie bebte vor Zorn, aufgebracht wie er, und die lauten Stimmen dröhnten gottgleich über die staunende Menge. Jeder Versuch, noch an Gesetz und oder Logik zu appellieren, war zwecklos geworden, jeder Versuch, die Zuschauer einzubeziehen, mußte nutzlos sein. Man konnte sie nicht mehr drängen, man mußte Befehle geben. Jan griff in den Turm des Panzers und zog ein Kabel hervor und schüttelte es in Richtung Hradil.

»Ich akzeptiere Ihre Befehle nicht. Alle Panzer und Zugmaschinen sind funktionsunfähig – und werden erst wieder fahren, wenn *ich* es zulasse. Wir holen das Getreide, und Sie können uns nicht aufhalten.«

»Ergreift ihn, er hat den Verstand verloren! Tötet ihn! Ich befehle es!«

Einige Leute traten widerstrebend vor und wichen zurück, als Jan in das Luk griff und die Kontrollen der Fusionskanone aktivierte. Die schwarze verkratzte Glockenmündung der Kanone richtete sich nach oben und erwachte brausend zum Leben, als eine Flammensäule in die Luft schoß. In der Menge gab es Geschrei.

Die Hitze der Fusion sprach lauter, als es Jan je vermocht hätte. Die Hradil beugte sich mit klauengleich erhobenen Fingern vor und machte kehrt. Hein stand ihr im Weg; sie stieß ihn zur Seite und verschwand durch die Kuppeltür. Das Feuertosen erstarb, als Jan die Waffe ausschaltete.

»Diese Runde haben Sie gewonnen«, sagte Hyzo, doch seine Stimme klang nicht siegesbewußt. »Sie müssen sich aber vor der Frau in acht nehmen. Es läuft letztlich darauf hinaus, daß einer von Ihnen beiden auf der Strecke bleibt.«

»Ich möchte sie nicht bekämpfen – ich will nur die Neuerungen durchsetzen ...«

»Jede Neuerung ist für sie eine Niederlage, das dürfen Sie nicht vergessen. Aber jetzt gibt es kein Zurück mehr; Sie können nur noch weitermachen.«

Jan fühlte sich plötzlich erschöpft. »Laden wir das Korn aus. Die Leute müssen zu tun haben, damit sie nicht lange überlegen können.«

»Hyzo!« rief eine Stimme. »Hyzo, ich bin's!« Ein hagerer Junge von etwa vierzehn Jahren kletterte die Fahrkette des Panzers herauf. »Der alte Ledon möchte Sie sehen. Sie sollen sofort kommen, unverzüglich. Es ist sehr wichtig.«

»Mein Familienvorstand«, sagte Hyzo.

»Es fängt schon an.« Jan dachte an die möglichen Konsequenzen. »Hören Sie sich an, was er will. Aber was es auch sei – kommen Sie sofort zu mir und sagen Sie es mir. Er weiß, daß Sie auf meiner Seite stehen. Es muß damit zu tun haben.«

Hyzo sprang hinab und folgte dem Jungen – doch schon nahm der Techniker Eino seinen Platz ein. »Ich wollte die Kabel holen«, sagte er. »Wir müssen zuerst die Wagen der Familien abkuppeln ...«

»Nein«, sagte Jan im Reflex, beinahe ohne nachzudenken. Die Kabel, die stilliegenden Zugmaschinen waren seine einzige Waffe. Er hatte das Gefühl, daß bereits Kräfte gegen ihn am Wirken waren. Er brachte es nicht fertig, seine Waffe schon jetzt aus der Hand zu geben. »Warten Sie noch ein bißchen. Geben Sie den anderen Bescheid, daß wir uns hier in ... sagen wir, drei Stunden treffen werden. Um die Entladepläne durchzusprechen.«

»Wie Sie meinen.«

Das Warten zog sich in die Länge, und Jan fühlte sich sehr einsam. Durch die Windschutzscheibe sah er, daß die Leute sich bewegten, das war nichts Ungewöhnliches. Ihm kam diese Szene jedoch verdächtig vor. Er hatte die Familienvorstände aufgescheucht, hatte sie in Bedrängnis gebracht, hatte einen Sieg gegen sie errungen. Jedenfalls für den Moment. Aber konnte er das Erreichte festhalten? Es war sinnlos, sich jetzt darüber Gedanken zu machen. Er mußte seine Ungeduld bezwingen; er mußte durchhalten und abwarten, wie der nächste Zug der Gegenseite aussehen würde.

»Es hat keinen Sinn«, sagte Hyzo, der durch das Luk hereinstieg.

»Was soll das heißen?«

»Der alte Ledon hat mir verboten, die Züge auf der zweiten Fahrt zu begleiten. Einfach so.«

»Er kann Sie doch nicht daran hindern.«

»Das stimmt schon – *mich* nicht. Aber ich bin nur eine Person. Ich weiß, warum ich bei dieser Sache mitmache und was sie bedeutet. Ich habe nicht geantwortet, sondern bin einfach abgehauen. Aber wie viele werden das noch fertigbringen? In diesen Minuten rufen die Führer alle Techniker und Mechaniker zu sich. Sie werden den Leuten befehlen, was zu tun ist – und die werden gehorchen. Übrig bleibt eine Zwei-Mann-Revolution und kein Schlupfloch.«

»Noch sind wir nicht tot. Bleiben Sie hier, setzen Sie sich auf die Kabel, verriegeln Sie das Luk, machen Sie erst auf, wenn ich zurück bin. Ohne sie sind wir verloren.«

»Und wenn jemand sie mit Gewalt holen wollte? Einer von unseren eigenen Leuten?«

»Lassen Sie niemanden an die Kabel heran! Selbst wenn ...«

»Selbst wenn ich darum kämpfen müßte? Sie töten müßte?«

»Nein, so weit gehen wir nicht.«

»Warum nicht?« Hyzo sprach im Ernst. »Das Ziel rechtfertigt die Mittel.«

»Nein, das meine ich nicht. Tun Sie Ihr Bestes – ohne jemanden zu verletzen.«

Das Luk fiel dröhnend hinter Jan zu, und er hörte, wie die Riegel vorgedreht wurden. Er sprang von den Fahrketten und ging langsam auf die Kuppel zu. Der größte Teil der Menge war verschwunden, aber einige Leute waren noch in der Nähe. Sie musterten ihn neugierig, wandten sich aber ab, als er ihre Blicke erwiderte. Sie waren passiv, gewöhnt, Befehle auszuführen, sie würden keine Probleme machen. Es waren die Familienvorstände, gegen die er sich durchsetzen mußte.

Am Eingang standen keine Proktoren, was er dankbar vermerkte; er wollte keinen Ärger mit diesen Leuten. Jan schob leise die Tür auf und blieb hinter der Schwelle stehen. Dort waren sie, alle Familienvorstände, zu sehr damit beschäftigt, sich gegenseitig anzuschreien, um ihn zu bemerken. Er hörte zu.

»Wir müssen sie alle töten, das ist die einzige Antwort!« Taekengs Stimme klang brüchig; er schien sich wieder einmal heiser geschrien zu haben.

»Sie sind ein Dummkopf«, sagte die Hradil. »Wir brauchen die ausgebildeten Männer für die Maschinen. Wir müssen ihnen befehlen, uns zu gehorchen, und das tun sie dann auch. Das genügt für den Moment. Wenn er tot ist, werden wir sie einzeln bestrafen. Wir werden keinen vergessen.«

»Niemand wird bestraft!« sagte Jan und trat vor; er wirkte äußerlich so ruhig, wie die anderen erregt waren. »Ihr dummen Leute wollt einfach nicht erkennen, in welcher Klemme wir stecken. Wenn die Schiffe nicht kommen, erhalten wir keine Ersatzteile und keinen Treibstoff mehr. Unsere Panzer und Maschinen werden eine nach der anderen defekt sein, und kurze Zeit später werden wir alle sterben. Sollten die Schiffe aber doch kommen, brauchen sie soviel Korn, wie wir nur irgendwie zusammentragen können. Sie brauchen es für hungernde Menschen – und wir brauchen das Getreide als unser einziges Mittel ...«

Die Hradil spuckte ihm ins Gesicht; die Spucke traf ihn an der Wange und lief zu seinem Mundwinkel hinab. Er wischte die Feuchtigkeit mit dem Handrücken ab und bezwang seine Wut; es fiel ihm nicht leicht.

»Sie werden tun, was Ihnen befohlen wird!« sagte sie. »Sie werden keine Widerrede mehr erheben oder eigene Befehle geben! Wir sind die Familienvorstände, unser Wort gilt. Eine zweite Fahrt gibt es nicht. Sie werden ...«

»Sie verblödete alte Vettel, begreifen Sie nicht, was ich eben gesagt habe? Sind sie zu verkalkt, um zu begreifen, daß sich hier nichts mehr rührt, bis ich es zulasse? Ich habe wichtige Teile aller Maschinen, die sich erst wieder rühren, wenn alles wieder eingebaut ist. Ich würde diese Teile auf der Stelle vernichten, und wir alle sterben dann ein wenig früher. Ich tue das sofort, wenn Sie die zweite Getreidefahrt nicht zulassen. Wenn Sie das tun, verspreche ich Ihnen, daß ich keine weiteren Forderungen erhebe. Wenn wir zurückkehren, führen Sie von mir aus wie früher das Kommando. Sie geben die Befehle, und alle gehorchen. Geht das in Ordnung?«

»Nein! Sie werden uns keine Vorschriften machen!« Die Hradil konnte keine Kompromisse eingehen.

»Ich mache Ihnen keine Vorschriften. Ich bitte Sie um Ihr Einverständnis.«

»So schlecht ist der Plan gar nicht«, sagte Iwan Semenow. »Wir verlieren nichts, wenn sie zurückfahren, um das Getreide zu holen. Und wir haben versprochen ...«

»Bitten Sie um Abstimmung, Iwan«, sagte Jan. »Oder habt ihr alle Angst vor diesem gehässigen Scheusal?«

Urplötzlich strahlte die Hradil eine große Ruhe aus. Der Haß loderte nach wie vor in ihren Augen, doch ihre Stimme klang gelassen. »Gut, wir wollen uns nicht mehr streiten. Die Züge fahren baldmöglichst ab. Sie sind sicher alle einverstanden.«

Die Männer waren verwirrt. Sie verstanden nicht, was den plötzlichen Sinneswandel ausgelöst hatte. Jan aber wußte Bescheid. Sie war zur Konfrontation noch nicht bereit. Im Grunde war es ihr gleichgültig, ob die Züge abfuhren oder nicht. Ihr Anliegen war sein Tod, vorzugsweise ein langgezogener, schmerzhafter Tod. Von nun an mußte er mit dieser Gefahr leben – und er akzeptierte das.

»Ich weiß, Sie werden Iwan und der Hradil zustimmen«, sagte Jan. »Wir fahren ab, sobald das Korn gelöscht ist. Wir brauchen alle neuen Fahrer ...«

»Nein«, sagte die Hradil. »Es fahren nur Männer mit! Die Mädchen dürfen nicht mit so vielen Männern allein sein. Kein Mädchen darf mit! Alzbeta wird nicht mitfahren!«

Die letzten Worte warf sie herausfordernd hinterher, und beinahe wäre Jan darauf eingegangen. Dann wurde ihm klar, daß er alles aufs Spiel setzte, wenn er sich jetzt unnachgiebig zeigte. Er paßte sich ihrer kalten Ruhe an.

»Also gut, nur die Männer als Fahrer. Und jetzt gehen Sie bitte hinaus und geben Sie Befehl, daß mich alle bei der Arbeit unterstützen sollen. Machen Sie den Leuten klar, was hier vorgeht. Keine weiteren Lügen.«

»Das sollten Sie nicht sagen ...« meinte Iwan mit schwacher Stimme.

»Warum nicht? Es stimmt doch, oder? Geheime Zusammenkünfte, verstohlene Verurteilungen, heimliche Hinrichtungspläne, neue Lügen, damit dieser Ritterspach als der Dumme dasteht. Keinem von Ihnen traue ich über den Weg. Gehen Sie zu Ihren Familien! Sagen Sie Bescheid, was hier beschlossen wurde! Erst wenn allen klar ist, was geschehen soll, nehmen wir die Zugmaschinen wieder in Betrieb ...«

»Ergreift ihn und tötet ihn!« kreischte Taekeng.

»Bitte sehr – aber dann vernichtet ein anderer die Kabel.«

»Hyzo«, sagte Ledon. »Er hat sich so störrisch angestellt wie dieser Mann.«

»Wir geben die Befehle«, sagte die Hradil. »Geht hinaus und leitet alles in die Wege!«

13

Die Züge waren seit beinahe zwei Stunden startbereit; stumm standen sie in der Dunkelheit. Die Fahrer waren an Ort und Stelle und warteten auf Befehle. Nahrungsmittel und Vorräte für die Fahrt befanden sich im Hauswagen, wie auch der bekümmerte Arztanwärter Savas Tsiturides. Dr. Rosbagh sagte, sein Assistent sei mit seiner Ausbildung noch nicht fertig, er könne noch nicht selbständig arbeiten. Tsiturides hatte dies eifrig bestätigt. Trotzdem hatte er mitkommen müssen. Jan durfte seine Männer nicht auf die gefahrvolle Reise führen, ohne zumindest ein Minimum von medizinischer Betreuung sicherzustellen. Die letzten Einzelheiten waren geklärt, die dienstfreien Fahrer schliefen bereits, und er konnte keine anderen Vorwände vorbringen.

»In fünf Minuten bin ich wieder da«, sagte er, ohne sich um die fragenden Blicke seiner Besatzung zu kümmern. Er stieg von Panzer sechs hinab – auf der Rückfahrt wollte er die Panzer kommandieren – und ging an den Zügen entlang zurück. Dies war die Stelle – aber niemand war da. Es war ein Risiko gewesen, die erste Botschaft auszuschicken – und verrückt, eine zweite nachfolgen zu lassen. Aber er hatte es tun müssen. Der Mittelweg lag ruhig da, die Schlafperiode war erst zur Hälfte vorbei.

»Jan, bist du das?«

Er fuhr herum, und da stand sie, dicht neben dem Lager. Er eilte zu ihr.

»Ich wußte nicht, ob du kommen würdest.«

»Die Botschaft hat mich erreicht, aber ich konnte erst jetzt weg, wo alle schlafen. Sie läßt mich beobachten.«

»Komm mit!«

Eigentlich hatte er seine Argumente logisch und vernünftig vortragen wollen; er wollte ihr erklären, wie wichtig es war, daß sie sich das Stückchen Unabhängigkeit bewahrte, das sie schon erreicht hatte. Um ihre technischen Fähigkeiten zu vervollkommnen. Es waren gute Argumente. Daß er sie liebte und brauchte, hatte er gar nicht erwähnen wollen. Doch bei ihrem Anblick hatte er alles vergessen, und die Worte kamen ihm über die Lippen. Alzbeta fuhr entsetzt zurück.

»Das darf ich nicht. Es sind nur Männer in den Zügen.«

»Wir sind keine Tiere. Es wird dir nichts geschehen, niemand wird dich anfassen. Es ist wichtig für dich, für uns beide.«

»Die Hradil würde es niemals zulassen.«

»Natürlich. Deshalb mußt du ja ohne Erlaubnis mitkommen. Alles verändert sich, und wir müssen bewirken, daß dieser Wechsel schneller eintritt. Wenn die Schiffe nicht kommen, haben wir alle nur noch wenige Jahre zu leben. Wenn der Sommer kommt und wir die Fahrt nicht antreten können, werden wir verbrennen. Ich möchte diese wenigen Jahre mit dir verbringen, ich kann den Gedanken nicht ertragen, auch nur einen Tag zu versäumen.«

»Natürlich – das weiß ich doch.«

Sie lag in seinen Armen, und er preßte sie an sich, und sie leistete keinen Widerstand, sie versuchte sich nicht von ihm zu lösen. Über ihre Schulter erblickte Jan Ritterspach, der mit zwei Proktoren auf ihn zulief. Die Männer trugen Knüppel in den Händen.

Eine Falle – deshalb hatte sich Alzbeta verspätet! Man hatte seinen Brief abgefangen und sich vorgenommen, sie zusammen zu erwischen. Die Hradil mußte das alles arrangiert haben und freute sich jetzt sicher über ihren Erfolg.

»Nein!« rief Jan und schob Alzbeta beiseite. Kampfbereit duckte er sich nieder und streckte die Hände aus. Die Knüppel sollten ihn nicht töten, sondern lediglich peinigen – die Hradil wollte ihr Recht über ihn sprechen. »Nein!« rief er noch lauter und duckte den Knüppelhieb des ersten Proktors ab.

Der Hieb ging ins Leere, und Jan schlug energisch nach dem Proktor. Dem Mann stieß röchelnd die Luft aus, als er ihm einen Schlag gegen die Kehle versetzte, um sich den beiden anderen zuzuwenden.

Ein Knüppel traf ihn an der Schläfe, prallte hart auf seine Schulter. Schmerzerfüllt brüllte Jan auf, packte den Mann, nahm ihn in den Schwitzkasten und zog ihn als Schild zwischen sich und Ritterspach herum. Zum Glück war der große Mann noch immer feige genug, um zu zögern, so daß bisher die anderen beiden die Prügel hatten einstecken müssen. Aber jetzt konnte er nicht länger warten. Aus Angst, sich zu nahe heranzuwagen, hieb er zu früh los – und traf den Proktor, den Jan festhielt. Der Mann schrie auf. Ritterspach holte erneut aus.

»Nicht, hören Sie auf!« rief Alzbeta und versuchte die Kämpfer zu trennen. Der erste Proktor stieß sie grob zur Seite und wich zur Seite aus, um Jan von hinten anzugreifen. Schluchzend stürzte Alzbeta vor und lief genau in den wilden Hieb, den Ritterspach angesetzt hatte.

Jan hörte das dumpfe Geräusch, als das Holz sie an der Schläfe traf. Lautlos sank sie zu Boden.

Er wollte ihr helfen, doch zunächst mußte er sich um seine Gegner kümmern. Sein Zorn brach sich nun ungehemmt Bahn. Er zog energisch den Arm an, bis der Mann, den er an sich preßte, zu strampeln begann und schließlich erschlaffte. Jan packte seinen Knüppel und ließ den Körper des Mannes herumwirbeln, ohne sich um die Knüppelhiebe zu kümmern, die ihn trafen. Er warf den Bewußtlosen einem der Angreifer entgegen und setzte mit seiner Waffe nach, um sich hauend, bis beide sich nicht mehr rührten, dann fuhr er herum und nahm sich Ritterspach vor.

»Nicht ...«, sagte Ritterspach und hieb in panischem Entsetzen um sich. Jan antwortete nicht. Er ließ den Knüppel für sich sprechen, der den anderen am Arm traf, daß die Finger taub wurden und der Knüppel zu Boden fiel. Ein zweiter Schlag traf den Hinterkopf des Proktor-Captains, als dieser sich zur Flucht wandte.

»Was ist?« rief eine Stimme. Einer der Mechaniker lief am Zug entlang.

»Die Kerle haben mich angegriffen und Alzbeta niedergeschlagen. Holen Sie den Arzt, Assistent Tsiturides! Schnell!«

Jan bückte sich und hob vorsichtig Alzbeta in die Höhe. Angstvoll hielt er sein Gesicht vor das ihre. Ihre helle Haut war von dunklem Blut verschmiert. Sie atmete leise, aber regelmäßig.

Vorsichtig trug er sie zum nächsten Wagen, hob sie ins Innere und legte sie sanft auf den schmutzigen Teppichboden.

»Wo sind Sie?« rief eine Stimme. »Was ist passiert?«

Es war Tsiturides, der sich über die Männer am Boden beugte. Entsetzt richtete er sich auf, nachdem er Ritterspach untersucht hatte. »Der andere ist bewußtlos. Dieser aber – tot.«

»Nun, dann können Sie nichts für ihn tun. Alzbeta liegt hier, Sie wurde von dem Schwein niedergeschlagen. Kümmern Sie sich um Sie!«

Der Arzt drängte sich an ihm vorbei, und Jan sah zu, wie er neben ihr seine Tasche öffnete. Hastige Schritte waren zu hören, Jan schloß die Tür und betrachtete sie. Dann nahm er die Schlüssel aus der Tasche und sperrte ab.

»Der Spaß ist vorbei«, sagte er zu den Männern, die herbeigelaufen kamen. »Die Kerle haben mich überfallen, und ich habe einen erledigt. Jetzt wollen wir die Züge in Gang bringen, ehe es weitere Schwierigkeiten gibt.«

Es war ein dummer Impuls, doch so geschah es. Er hatte es nach dem Gesetz tun wollen, indem er die Hradil fragte, nur um spöttisch abgewiesen zu werden. Jetzt würde er es auf seine Weise tun. Auch dieser Schritt würde unwiderruflich sein.

Puffer klapperten gegeneinander, die Wagen bewegten sich zuerst nur langsam, dann immer schneller. Jan machte kehrt und eilte auf seinen Panzer zu, ungeduldig wartend, bis der Zug vorbeigerollt war, dann hastete er dicht vor den Reifen der nächsten Zugmaschine über den Weg.

»Fahren wir«, sagte er und schloß das Luk hinter sich. »Fahren Sie mich vor die Züge!«

»Wird auch Zeit«, sagte Otakar und gab Gas.

Jan entspannte sich erst, als der Mittelweg der Siedlung in die Felsfahrbahn der Straße überging, als die Lagerhäuser geschrumpft und hinter den letzten Wagen des letzten Zuges verschwunden waren. Später verschwanden auch die Zaunpfähle und das letzte Ackerland, und noch immer behielt er die Bildschirme im Auge. Niemand konnte sie verfolgen – weshalb schaute er dann so gebannt zurück? Die eine Zugmaschine, die zurückgeblieben war, stand als Kraftwerk reglos an ihrem Fleck. Vor wem floh er?

14

Jan kam zu dem Schluß, daß sie mindestens vier Stunden lang fahren mußten, ehe sie anhalten konnten. Doch er brachte es nicht fertig, so lange zu warten. Schon drei Stunden waren zuviel; er mußte wissen, wie es Alzbeta ging. Der Schlag schien nicht allzu kräftig ausgefallen zu sein, doch als er sie verließ, war sie ohnmächtig gewesen – oder tot. Dieser Gedanke war unerträglich; er mußte Gewißheit haben. Als die zweite Stunde verstrichen war, gab er klein bei.

»Alle Einheiten«, befahl er. »Kurze Rast! Fahrerwechsel, wenn Sie wollen. Bremsbeginn jetzt!«

Noch während er den Befehl sprach, steuerte er den Panzer aus der Kolonne, ließ ihn auf den Ketten um hundertachtzig Grad drehen und donnerte an der Kolonne der bremsenden Züge entlang zurück. Er fand den Wagen, in dem er Alzbeta und den Arzt zurückgelassen hatte, machte wieder kehrt, fuhr langsamer werdend neben dem haltenden Wagen her und sprang ab, kaum daß der Zug zum Stillstand gekommen war. Den passenden Schlüssel hielt er in der Hand, und er riß die Tür auf. Ein zorniger Dr. Tsiturides fuhr zu ihm herum.

»Was für eine Beleidigung, mich hier einzuschließen ...«

»Wie geht es ihr?«

»Dieser Wagen ist staubig, ungesäubert und läßt jede vernünftige Einrichtung vermissen.«

»Ich habe gefragt, wie es ihr geht!«

Der kalte Zorn in seiner Stimme nahm den Beschwerden des Arztes ihren Schwung, und er trat einen Schritt zurück. »Es geht ihr so gut, wie unter den Umständen erwartet werden kann. Sie schläft. Eine leichte Gehirnerschütterung; ich bin sicher, mehr ist es nicht. Man kann sie getrost allein lassen, und das werde ich jetzt tun.«

Er griff nach seiner Tasche und lief davon. Jan wollte in den Wagen schauen, fürchtete aber, sie zu wecken. Im nächsten Augenblick ertönte Alzbetas Stimme.

»Jan? Bist du da?«

»Ja, ich komme zu dir hinein.«

Sie ruhte auf einem Lager aus Decken, das der Arzt zusammengerichtet hatte. Eine weiße Binde schützte ihren Kopf. Durch das gardinenlose Fenster drang genug Licht herein, um ihr Gesicht zu zeigen, das beinahe so bleich war wie der Stoff.

»Jan, was ist passiert? Ich weiß noch, daß wir uns unterhalten haben, aber dann?«

»Die Hradil hat mir eine Falle gestellt – und du warst der Köder. Ritterspach und zwei seiner Männer sind gekommen. Sie wollten mich verhaften oder töten, ich weiß es nicht. Aber der schöne Plan ging fehl, als du ihnen in den Weg gerietest. Ich fürchte, ich ... habe die Beherrschung verloren.«

»Ist das denn etwas Schlimmes?«

»Ja, für mich schon. Ich wollte nicht, daß es so endete – aber Ritterspach ist tot.«

Ihr stockte der Atem; Gewalt war sie nicht gewöhnt. Jan spürte, wie sie ihm die Hand entzog.

»Tut mir leid«, sagte er. »Es tut mir leid, daß jemand sterben mußte.«

»Du wolltest es bestimmt nicht tun.« Sie sprach die Worte, aber sie hörten sich nicht sehr überzeugt an.

»Nein – ich wollte es tun. Ich würde wieder so handeln, wenn ich müßte. Genau so. Ich will mich nicht entschuldigen, sondern dir nur eine Erklärung geben. Er traf dich mit dem Knüppel, und du brachst zusammen und hättest auch tot sein können. Die Männer hatten die Knüppel, drei gegen einen, und ich habe mich gewehrt. Und so sieht das Ergebnis aus.«

»Ich verstehe dich schon, aber ein gewaltsamer Tod – das ist mir fremd.«

»Hoffentlich bleibt es so. Ich kann dich nicht zwingen, mich zu verstehen oder so zu fühlen wie ich. Soll ich jetzt gehen?«

»Nein!« Das Wort entrang sich ihr. »Ich sagte, es fiele mir schwer, so etwas zu verstehen. Aber es heißt nicht, daß sich meine Gefühle für dich verändert hätten. Ich liebe dich.«

»Mein Handeln war unvernünftig, vielleicht sogar dumm. Daß ich aus Liebe zu dir so reagiert habe, ist keine Entschuldigung.« Ihre Hände fühlten sich zwischen den seinen sehr kalt an. »Ich verstehe durchaus, wenn du mir an den Ereignissen die Schuld gibst.

Dich in diesen Zug zu stecken und zu entführen. Wir sprachen gerade darüber, als wir angegriffen wurden. Deine Antwort habe ich nicht gehört.«

»Nein!« Zum erstenmal lächelte sie. »Es gibt nur eine Antwort. Ich werde der Hradil immer gehorchen. Aber da sie nicht mehr hier ist und Befehle geben kann, geht es nicht mehr ums Gehorchen oder Nichtgehorchen. Ich kann dich lieben, wie ich es immer gewollt habe, ich kann immer bei dir sein.«

»Jan!« meldete sich eine Stimme von außen. Zweimal wurde der Ruf wiederholt, bis er etwas merkte. Auf seinem Gesicht stand ein törichtes Lächeln, und er umfaßte sie sanft anstelle der Worte, die ihm nicht einfallen wollten. Dann stand er auf.

»Ich muß gehen. Ich kann dir nicht sagen, wie ich fühle ...«

»Ich weiß. Ich werde jetzt schlafen. Es geht mir schon viel besser.«

»Möchtest du etwas zu essen, zu trinken?«

»Nichts. Nur dich. Komm zurück, so bald du kannst.«

Der Beifahrer des Panzers lehnte aus dem Luk. »Jan, eine Nachricht«, sagte er. »Semenow wollte den Grund für die Rast wissen und fragt, wann wir weiterfahren.«

»Ihn wollte ich gerade sprechen. Sagen Sie ihm, wir fahren weiter, sobald ich zu ihm in die Maschine gestiegen bin. Fahren wir!«

Iwan Semenow war noch immer Zugmeister. Nachdem die Familien und ihre Probleme zurückgeblieben waren, hatte Jan das Kommando der ersten Zugmaschine an ihn abgetreten. Probleme, die es jetzt noch gab, würden vermutlich von der Straße ausgehen – Probleme, die er am besten vom ersten Panzer aus in Angriff nahm. Jan erstieg die Leiter zur Fahrerkabine, und Iwan ließ die Züge anfahren, kaum daß er das Luk geschlossen hatte.

»Was soll die Verzögerung?« erkundigte sich Semenow. »Jede Stunde ist kostbar, wie Sie selbst immer wieder gesagt haben.«

»Kommen Sie mit in den Maschinenraum, dann sag ich's Ihnen.« Jan hielt den Mund, bis der Techniker sich zurückgezogen hatte und das Luk verschlossen war. »Ich möchte gern heiraten.«

»Ich weiß, aber das ist eine Sache zwischen Ihnen und der Hradil. Wenn Sie wollen, kann ich mit ihr sprechen. Das Gesetz äußert sich nicht klar über die Familien, in die das Mädchen nicht hineinheiraten könnte. Es ließe sich eine Entscheidung herbeiführen. Aber es liegt bei der Hradil ...«

»Sie verstehen mich falsch. Sie sind ein Familienvorstand. Und das heißt, daß Sie Ehen schließen können. Und darum bitte ich Sie. Alzbeta ist hier, bei uns in einem Zug.«

»Unmöglich!«

»O doch. Was werden Sie tun?«

»Die Hradil würde das nie zulassen.«

»Die Hradil kann es nicht verhindern. Sie sollten also allein zu einem Entschluß kommen, dieses eine Mal wenigstens. Kommen Sie zu einem Schluß! Wenn es geschehen ist, gibt es kein Zurück mehr. Und die böse alte Frau kann Ihnen nichts anhaben.«

»Darum geht es nicht. Wir müssen das Gesetz bedenken ...«

Angewidert spuckte Jan auf den Boden und verrieb die Spucke mit der Schuhsohle auf dem Stahlboden. »Soviel zu Ihrem Gesetz. Das Ganze ist eine künstliche Erfindung, wußten Sie das? Auf der Erde gibt es so etwas wie Familien und Familienvorstände nicht, geschweige denn Tabus über Ehen zwischen ausgewählten Gruppen. Ihre sogenannten Gesetze sind willkürliche Erfindungen, zusammengeschrieben von Anthropologen, die dafür bezahlt wurden. Sie haben in den Textbüchern herumgekratzt und Fragmente untergegangener Kulturen zusammengefischt, um eine Verfassung zusammenzukochen, die die Bevölkerung einer Welt einschüchtert und gefügig macht – und bei der Arbeit hält. Im ewigen Zustand der Dummheit.«

Semenow wußte nicht, ob er entsetzt oder empört reagieren sollte; ungläubig schüttelte er den Kopf wie ein Physiker, dem man einredet, daß grundlegende Naturgesetze nicht mehr gelten sollten.

»Warum sagen Sie solche Dinge? Sie können das unmöglich ernst meinen. So haben Sie doch noch nie gesprochen!«

»Natürlich nicht. Das wäre ja auch Selbstmord gewesen. Ritterspach war Polizeispitzel – neben allem anderen, was ihn so liebenswert machte. Er hätte jedes meiner Worte gemeldet, sobald die Schiffe da waren, und ich wäre bei der nächsten Gelegenheit tot aufgefunden worden. Aber da die Schiffe nicht kommen, ist es egal. Alles ist anders geworden. Jetzt kann ich Ihnen einiges über die gute alte Erde erzählen ...«

»Ich will keine weiteren Lügen hören.«

»Wahrheiten, Semenow, zum erstenmal in Ihrem Leben *Wahrheiten!* Lassen Sie mich einige Worte über Kulturen verlieren. Die Menschheit hat sie geschaffen. Sie sind künstliche Gebilde, ebenso erfunden wie das Rad oder die Dampfturbine. Viele verschiedene Kulturen, die auf die eine oder andere Weise auch funktionieren mußten, wenn sie überleben wollten. Aber das ist alles nur Geschichte, denn auf der Erde gibt es nur noch zwei Klassen – die Herrscher und die Beherrschten. Und einen schnellen Tod für jeden, der an dieser Situation etwas ändern möchte. Und diese höchste und monolithische Gesellschaftsform ist sogar zu den Sternen exportiert worden. Auf all die dicken, reichen Welten, die die Menschheit entdeckt hat. Doch nicht auf alle Planeten – nur auf die gemütlichen. Wenn es darum geht, einen sehr ungemütlichen Planeten zu besiedeln – einen Planeten wie diesen –, dann werden die besoldeten Professoren gerufen und erhalten ihren Auftrag. Liefern sie uns eine stabile, unterwürfige Kultur, denn jedes Problem würde die billige Nahrungsmittelproduktion verlangsamen, wo doch dringend billige Nahrung gebraucht wird, und zwar in Massen. Eine angenehm ahnungslose Kultur, denn Bauern können ja ruhig dumm sein und leisten trotzdem gute Arbeit. Natürlich werden auch technische Fähigkeiten gebraucht, dafür muß also Vorsorge getroffen werden. Also ein bißchen hier, ein bißchen da, und auswählen, bestimmen und ins Gleichgewicht bringen, dann alles zusammenrühren, und schon hat man Beta Aurigae III. Diesen Planeten. Geduldige Fabrikarbeiter, die sich in einem Zustand der Dummheit abplagen ...«

»Hören Sie auf, solche Lügen möchte ich nicht hören!« Semenow war entsetzt.

»Weshalb sollte ich noch lügen? Wenn die Schiffe nicht kommen, sind wir sowieso alle tot. Aber bis das soweit ist, möchte ich wieder wie ein Mensch leben, nicht wie ein stummer Sklave wie ihr übrigen. Wenigstens haben Sie eine gute Entschuldigung, Sie sind durch Dummheit versklavt, durch einen Mangel an Wissen. Meine Sklavenfessel ist die Angst. Man beobachtet mich, davon bin ich überzeugt. Solange ich mich konform verhalte und keinen Ärger mache, wird mir nichts geschehen. Und so ist es jahrelang gelaufen. Die Bewacher haben es gern, daß ich hier bin. Ein Planet als Gefängnis – und gleichzeitig nützen ihnen meine Kenntnisse. Aber sie *brauchen* mich nicht. Wenn ich Ärger mache, sterbe ich. Unterdessen sind all die Beträge, die in meine Ausbildung investiert wurden, nicht verloren. Man hat mich hierhergeschickt, damit ich diese Fähigkeiten nutze. Mit dem strengen Hinweis, daß ich hier mein Leben friedlich zu Ende bringen könnte, ohne daß man mich weiter belästigen würde. Wenn ich aber nur ein Wort darüber verlöre, wie das Leben außerhalb des Planeten aussieht, würde ich sterben müssen. Ich bin also tot, Semenow, ist Ihnen das klar? Wenn die Schiffe nicht kommen, bin ich tot. Wenn sie kommen und sie sind von denselben Leuten wie früher ausgeschickt, nun, dann verlieren Sie ein Wörtchen über meine Äußerungen – und ich bin ebenfalls tot. Ich liefere mich Ihnen also aus – und das aus dem besten Grund von allen – aus Liebe. Verheiraten Sie uns, Semenow, mehr brauchen Sie nicht zu tun.«

Semenow rang die Hände. Er wußte nicht mehr, was er denken sollte. »Sie sagen da höchst beunruhigende Sachen, Jan. Wenn ich allein bin, stelle ich mir zuweilen auch so manche Frage, doch bisher hat niemand sie auszusprechen gewagt. Allerdings sind die Geschichtsbücher sehr präzise ...«

»Die Geschichtsbücher sind alle gefälscht, die reinsten Romane – und sehr langweilig dazu.«

»Jan«, meldete sich die Stimme aus dem Lautsprecher im Maschinenraum. »Ein Anruf für Sie.«

»Stellen Sie durch!« Es gab ein statisches Knistern, dann war Lee Cious Stimme zu hören.

»Jan. Es gibt Schwierigkeiten. Einer der Panzer ist aus der Fahrkette gesprungen. Er ist an den Straßenrand gefahren, die Leute arbeiten dran. Ihr müßtet ihn in wenigen Minuten erreicht haben.«

»Danke. Ich kümmere mich darum.«

Als Jan den Maschinenraum verließ, saß Semenow gedankenversunken da und merkte gar nicht, daß er alleingelassen wurde. Die Zugmaschine bremste ab, als die beiden stehenden Panzer in Sicht kamen. Jan schätzte die Entfernung ab.

»Gehen Sie im Vorbeifahren auf zehn Kilometer herunter. Ich springe ab.«

Er öffnete die Tür, und feuchtschwüle Luft wogte herein. Wenn er den Zug das nächstemal verließ, mußte er vermutlich wieder einen Kühlanzug anlegen. Er kletterte zur untersten Sprosse hinab und verweilte einen Augenblick, dann sprang er in Fahrtrichtung ab und winkte zur Maschine hinauf, die sofort wieder beschleunigte. Lee Ciou und zwei Mechaniker hatten die zerrissene Laufkette auf die Steinfläche der Straße gelegt und hämmerten die Verbindungsstücke zum zerrissenen Glied heraus.

»Ein gebrochenes Glied«, sagte Lee Ciou. »Unmöglich zu reparieren. Ein Materialfehler, ein Haarriß – das sieht man hier an der kristallinen Beschaffenheit der Bruchstelle.«

»Großartig«, sagte Jan und kratzte mit dem Fingernagel an der Bruchstelle herum. »Legen Sie eine Ersatzkette auf.«

»Wir haben keine. Die sind alle aufgebraucht. Aber wir könnten eine vom anderen Panzer nehmen ...«

»Nein. Das tun wir nicht.« Jan blickte zum Himmel empor. Es geht schon los, überlegte er. Die Schiffe kommen nicht, das Material ermüdet und kann nicht ersetzt werden. So wird es mit uns zu Ende gehen. »Lassen Sie den Panzer stehen, wir wollen wieder aufschließen.«

»Aber wir können ihn doch nicht einfach stehenlassen!«

»Warum nicht? Wenn wir uns jetzt schon Ersatzteile zusammensuchen, was soll dann passieren, wenn es den nächsten Defekt gibt? Wir lassen den Panzer stehen und fahren weiter. Schließen Sie ab, und wenn die Schiffe kommen, holen wir ihn.«

Es dauerte nur wenige Minuten, die wenigen persönlichen Habseligkeiten der Besatzung herauszuholen und das Luk zu verriegeln. Stumm stiegen die Männer in den anderen Panzer und legten Tempo vor, um die inzwischen vorbeigefahrenen Züge wieder einzuholen. Etwa um diese Zeit meldete sich Semenow über Funk.

»Ich habe seit unserem Gespräch viel nachgedacht.«

»Das hoffe ich, Iwan.«

Ich möchte, daß Sie mit – Sie wissen schon – sprechen, ehe ich eine Entscheidung treffe. Sie verstehen?«

»Anders soll es auch gar nicht sein.«

»Dann möchte ich Sie sprechen. Ich habe da einige Fragen. Ich kann nicht

behaupten, daß ich Ihrer Meinung bin, nicht in allen Einzelheiten. Doch ich glaube, ich werde tun, um was Sie mich bitten.«

Jans sieghafter Aufschrei ließ den Panzerfahrer zusammenfahren; seine Hand zuckte an den Kontrollen, und das Fahrzeug beschleunigte ruckartig.

15

Den Ingenieuren, die die Straße gebaut hatten, mußte es große Freude bereitet haben, die Natur auf die denkbar dramatischste Weise zu besiegen. Die hohe Bergkette, die auf der Straßenkarte die Kennzeichen 32-BL trug, hätte auf verschiedene Weise überwunden werden können. Ein einfacher langer Tunnel hätte den Zweck ohne weiteres erfüllt, ein direkter Weg zu den vorgelagerten niedrigeren Küstenbergen, wo die Straße mühelos hätte weitergeführt werden können. Die Planer hatten diese einfache Lösung aber verschmäht. Statt dessen stieg die Straße in weiten und leicht zu bewältigenden Biegungen beinahe bis zur Spitze der Bergkette auf und führte dabei über die eingeebneten Gipfel einiger kleinerer Berge. Und dort oben blieb sie. Sie durchstieß einen hohen Berg nach dem anderen mit schurgerade verlaufenden Tunneln. Das Geröll aus den Tunneln war zum Auffüllen der dazwischenliegenden Täler verwendet und dann zu festem Gestein verschmolzen worden. Dabei war reichlich Energie zum Einsatz gekommen, aber nicht umsonst. Die Straße war vorhanden – als Denkmal für die Geschicklichkeit und das Können dieser Männer.

Am Eingang des Tunnels durch den größten Berg erstreckte sich eine riesige eingeebnete Fläche. Zweifellos hatten die Erbauer der Straße diese Fläche zum Abstellen ihrer großen Maschinen benutzt. Wie riesig diese gewesen waren, ließ sich an der Tatsache ablesen, daß alle Züge hier nebeneinander aufgefahren werden konnten. Hier machten die Familien gern Rast, hier wurden Reparatur- oder Wartungsarbeiten an den Zügen durchgeführt, hier bot sich Gelegenheit, nach endlosen Tagen in den engen Wagen wieder einmal zusammenzukommen. Auch jetzt hielten die Züge an.

Ein großer Vorteil war die Höhe – und die Tatsache, daß sich

Flachpunkt, wie die Stelle genannt wurde, auf der Schattenseite des Berges befand. So war es zwar heiß, aber doch so erträglich, daß sich die Besatzungen ohne Kühlanzüge bewegen konnten. Die Männer schritten langsam auf und ab, reckten sich lachend, froh über die Unterbrechung der eintönigen Fahrt, auch wenn sie den Grund nicht kannten. Eine Zusammenkunft um 21.30 Uhr, an der Maschine vor Zug eins. Eine angenehme Abwechslung.

Iwan Semenow wartete, bis alle da waren, dann stieg er auf die notdürftig aus Schmierölfässern zusammengestellte Plattform, die mit einer dicken Plastikplane abgedeckt war. Er sprach ins Mikrofon, und seine Lautsprecherstimme rollte über die Männer dahin und forderte ihre Aufmerksamkeit.

»Ich möchte Ihren Rat einholen«, sagte er. Seine Worte lösten ein schnell unterdrücktes Murmeln unter den Männern aus. Familienvorstände fragten niemals um Rat, sie gaben Befehle. »Das mag Ihnen seltsam erscheinen, aber wir leben auch neuerdings unter ungewöhnlichen Umständen. Der Rhythmus unseres Lebens, unserer Existenz ist unterbrochen worden und kehrt vielleicht nie zurück. Die Schiffe sind zum vorgesehenen Zeitpunkt nicht gekommen – und tauchen vielleicht nie wieder auf. Wenn das geschieht, können wir nicht weiterleben; darüber brauchen wir kein Wort mehr zu verlieren. Weil sie nicht gekommen sind, haben wir soviel Getreide wie möglich nach Südland gebracht und fahren jetzt zurück, um noch eine volle Ladung zu holen. Um das zu erreichen, habt Ihr Männer euch gegen die Herrschaft der Familienvorstände aufgelehnt. Streiten Sie es nicht ab – sehen Sie der Wahrheit ins Auge. Sie haben Widerstand geleistet und gesiegt. Wenn Sie es wissen wollen – ich war unter den Familienvorständen der einzige, der Ihren Standpunkt vertreten hat. Vielleicht liegt das daran, daß ich wie Sie mit Maschinen arbeite und irgendwie anders bin als die Landleute. Ich weiß es nicht. Aber ich weiß, daß ein Prozeß der Veränderung eingesetzt hat und nicht wieder aufgehalten werden kann. Aus diesem Grund will ich Ihnen jetzt von einer anderen Veränderung erzählen. Sie alle haben schon die Gerüchte gehört – da will ich jetzt die Tatsachen auf den Tisch legen. Dies ist keine reine Männerexpedition. Wir haben eine Frau bei uns.«

Diesmal ging seine Stimme im Gemurmel unter, und die Männer rückten näher heran in dem Versuch, sich die Plattform genauer anzusehen. Semenow hob die Hände, und allmählich kehrte die Stille zurück.

»Es ist Alzbeta Mahrowa, die Sie alle kennen. Sie ist aus eigenem Entschluß hier. Ferner hat sie beschlossen, Jan Kulozik zu heiraten, und er ist dazu bereit.«

Jetzt mußte er brüllen, um sich verständlich zu machen; mehrmals bat er um Ruhe. Schließlich drehte er den Lautsprecher so weit auf, daß seine Stimme von den Felswänden donnernd widerhallte. Als man ihn wieder verstehen konnte, fuhr er fort:

»Ruhe bitte, hören Sie sich an, was ich zu sagen habe! Ich sagte, ich wollte einen Rat von Ihnen, und das stimmt. Als Familienvorstand habe ich die Vollmacht, dieses Paar zu verheiraten. Der Vorstand von Alzbetas Familie hat aber die Verbindung untersagt. Ich glaube, ich weiß, was ich tun sollte, aber was meinen Sie, wie die Entscheidung aussehen sollte ...?«

Es gab keinen Zweifel. Das Jubelgeschrei brauste lauter als eben die brüllend verstärkte Stimme Semenows. Wenn es Widersprüche gab, so gingen sie im Lärmen der überwiegenden Mehrheit unter. Als Jan und Alzbeta aus dem Zug stiegen, wurde das Gebrüll noch lauter. Die Männer nahmen ihn lachend auf die Schultern und trugen ihn herum – während die Gesetze andererseits noch so stark wirkten, daß sie das Mädchen nicht anrührten.

Die Feier war kurz, aber fröhlich, anders als jede andere Hochzeit, der man bisher beigewohnt hatte, weil das Publikum nur aus Männern bestand. Die Fragen wurden gestellt, die Antworten wurden ausgesprochen, die Hände wurden zusammengeführt und damit auch ihr Leben, im Zeichen der Ringe. Alle Anwesenden prosteten sich zu, und es war vorbei. Es gab nur ein Getränk, da die Zeit drängte. Die Flitterwochen würden im rollenden Zug stattfinden.

Durch die Bergkette ging es, und in die ewige brennende Hitze der tropischen Sonne. Sie kamen schneller voran als auf der ersten Fahrt, denn die Straße war freigeräumt, und die Züge fuhren unbeladen. Die Panzermannschaften hielten einen großen Vorsprung, und die einzige Schwierigkeit war das überflutete Stra-

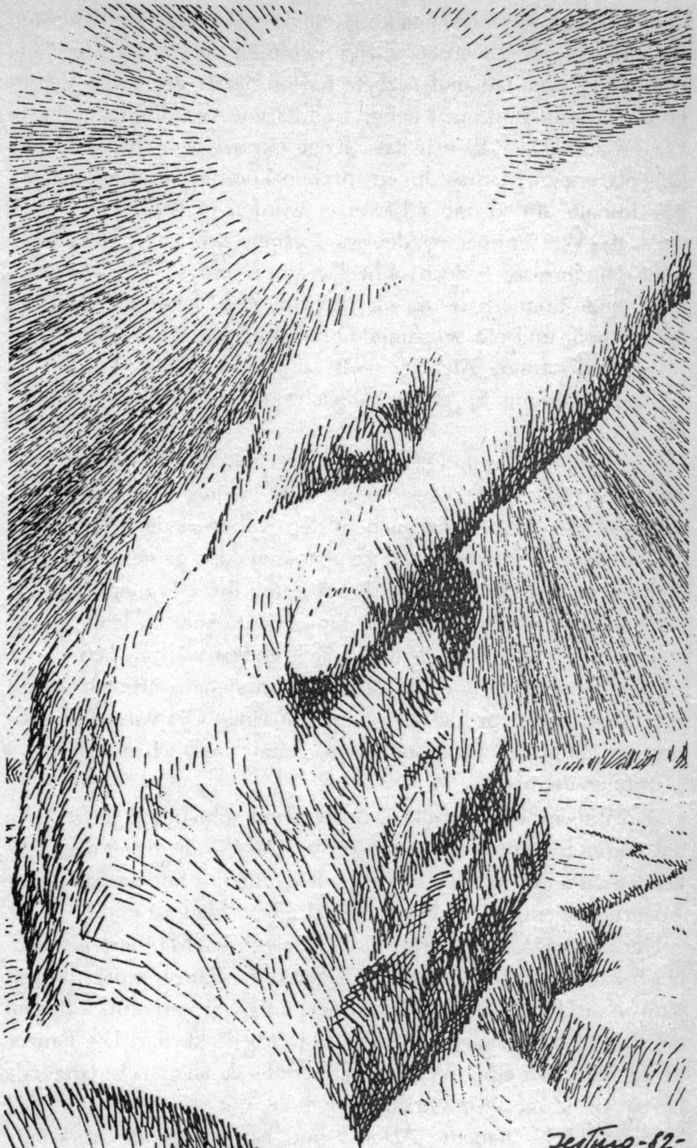

ßenstück. Die leeren Wagen gerieten ins Schwimmen und mußten einzeln übergeholt werden, vorn und hinten mit je einer Maschine beschwert. Nur Jan und Alzbeta hatten nichts gegen die Verzögerung; sie durften nicht helfen und hatten Anordnung, in ihrem Wagen zu bleiben. Es war das einzige Hochzeitsgeschenk, das die sich plagenden Männer ihnen machen konnten – ein Geschenk, das deshalb um so höher bewertet werden mußte.

Als das Wasser überwunden war, öffnete sich die Straße wieder ohne Hindernisse – doch ohne Gefahren war sie nie. Die ewig scheinende Sonne hatte inzwischen eine Art Messingfärbung angenommen, und ein seltsamer Dunst lag in der Luft.

»Was ist?« fragte Alzbeta. »Was stimmt nicht?«

»Keine Ahnung. So etwas habe ich noch nie gesehen«, antwortete Jan.

Sie waren wieder im Dienst, als Fahrer und Beifahrer einer Zugmaschine. Auf diese Weise konnten sie ständig zusammen sein, während der Arbeit wie auch in den Ruheperioden. Sie hatten nichts dagegen, im Gegenteil, sie genossen diese gemeinsame Zeit. Alzbeta fand darin die letzte Bestätigung ihrer Fraulichkeit. Für Jan bedeutete dies das Ende der Einsamkeit. Aber sie lebten nicht in einer Welt, die Frieden und Glück endlos währen ließ.

»Staub« sagte Jan und starrte mit zusammengekniffenen Augen zum Himmel empor. »Ich kann mir nur einen Ort vorstellen, woher der stammt. Ich nehme es an, genau weiß ich es nicht.«

»Woher denn?«

»Ein Vulkan. Wenn Vulkane ausbrechen, schleudern sie Staub in die oberen Schichten der Atmosphäre. Der Wind verteilt die Partikel dann überall auf dem Planeten. Ich kann nur hoffen, daß dieser Ausbruch nicht in der Nähe der Straße erfolgt ist.«

Der Ort des Geschehens lag näher, als es den Männern lieb war. Nach kaum zwanzig Stunden meldeten die Panzer einen aktiven Vulkan am Horizont. Der Dschungel dort war verkohlt, während die Straße mit Lavabrocken und Staub bedeckt war. Die Panzer versuchten sich einen Weg zu bahnen. Es dauerte nicht lange, da hatten die Züge ihre Vorhut eingeholt.

»Schrecklich!« hauchte Alzbeta und betrachtete die verkohlte Landschaft und die dahinwirbelnden Wolken aus Rauch und Staub.

»Wenn es nicht schlimmer wird, kommen wir durch«, sagte Jan.

Die Fahrzeuge krochen mit Minimalgeschwindigkeit, als sie den Vulkan passierten, denn die Straße konnte nicht völlig geräumt werden. Sie bewegten sich in einem Schauer herabstürzender Brocken. Der Vulkan erhob sich kaum zehn Kilometer von der Straße entfernt, noch immer aktiv, eingehüllt in Rauch- und Dampfwolken, die von roten Blitzen durchzuckt und von glühenden Lavaströmen angestrahlt wurden.

»Auf eine Weise bin ich ein wenig überrascht, daß wir auf ein solches Problem erst jetzt stoßen«, sagte Jan. »Beim Bau der Straße muß man doch zahlreiche künstliche Erdbeben ausgelöst haben. Das steht eindeutig in den Unterlagen. Und um einen Vulkanausbruch in Gang zu bringen, braucht man nur einen Bruchteil der Energie, die dann freigesetzt wird. Die Erbauer kannten ihr Geschäft und verließen den Planeten erst, als der seismische Druck überall hinreichend abgebaut war. Aber natürlich gibt es keine Garantie, daß er überall vorbei war. Wie wir dort drüben bemerken können.« Düster starrte er auf den Vulkan, der allmählich hinter den Zügen zurückblieb.

»Aber es ist doch vorbei«, sagte sie. »Wir sind durch.«

Jan wollte ihr fröhliches Lächeln nicht verscheuchen, indem er sie daran erinnerte, daß sie die Rückfahrt ja auch noch schaffen mußten. Sie sollte sich das Glück der Stunde bewahren.

Dann erreichten sie die verbrannten Ackerflächen und die riesigen Silos, die unter den erbarmungslosen Sonnenstrahlen lagen. Die Verladung des Getreides begann, ein langsamer Vorgang, weil die Zahl der Kühlanzüge beschränkt war. Doch die Arbeit lief ohne Pause ab; wenn ein Mann Schluß machte, nahm ein anderer seinen Platz ein, indem er eine frisch aufgeladene Batterie in den Kühlanzug steckte und sich vorsah, das brennendheiße Metall der Außenseite nicht zu berühren. Hinaus in die Hitze, um den Verladeschlauch in die Öffnung der Wagendächer zu halten, um die Laderäume bis zum Rand zu füllen. Der Wagen wurde vorgezogen, das Loch wurde geschlossen, das nächste Fahrzeug erschien. Die Straße war knietief von Getreide überschwemmt, denn die Männer gaben sich keine Mühe mehr, vorsichtig zu arbeiten; Tempo war wichtiger als Getreideverluste. Es würde mehr

Getreide zum Verbrennen zurückbleiben, als sie auf dieser Fahrt mitnehmen konnten. Als der letzte Zug verladen wurde, setzte sich Jan mit Semenow in Verbindung.

»Ich fahre jetzt mit den Panzern los. Am meisten Sorgen macht mir der Straßenabschnitt am Vulkan.«

»Den können Sie doch leicht räumen.«

»Das liegt mir nicht im Magen. Der Vulkan scheint sich allmählich zu beruhigen. Aber vor einigen Tagen hat es doch dieses schwere Erdbeben gegeben. Wenn wir das sogar hier mitbekommen haben, wie stark hat es sich dann am Vulkan ausgewirkt? Vielleicht ist die Straße beschädigt. Ich brauche einen ordentlichen Vorsprung.«

Widerstrebend nickte Semenow. »Ich will nur hoffen, daß Sie sich irren.«

»Ich auch. Ich melde mich, sobald ich dort bin.«

Die Panzer fuhren mit Höchstgeschwindigkeit und brachten die Strecke ohne Halt hinter sich. Jan schlief gerade, als sie die Vulkangegend erreichten, und Otakar, der im ersten Panzer sein Beifahrer war, kam zu ihm herab und schüttelte ihn wach.

»Schwere Verwehungen auf der Straße, aber ansonsten sieht es nicht übel aus.«

»Ich komme sofort rauf.«

Sie überließen es den Panzern mit Räumschaufeln, die Straße freizumachen und mahlten über die hügeligen Staubberge voran. Die Luft war klar, und gleich darauf kam der Vulkankegel in Sicht. Endlich verstummt; über dem Krater stand nur noch eine schwache Rauchwolke.

»Da bin ich aber wirklich erleichtert«, sagte Otakar.

»Das kann man wohl sagen.«

Sie fuhren weiter, bis der Panzer auf eine gewaltige Staub- und Gesteinsbarriere stieß, die die Straße völlig versperrte. Ihnen blieb nichts anderes übrig, als auf die Seite zu fahren und auf die Räumpanzer zu warten. Die kamen bald, denn im ersten Durchgang schoben sie nur einen Weg frei, der gerade breit genug für sie selbst war. Später würden sie zurückkehren und die Durchfahrt für die Züge erweitern.

Der Fahrer des Räumpanzers winkte, als er sich der riesigen

Masse annahm, und war bald dahinter verschwunden. *»Es wird schon wieder flacher«*, meldete er über Funk. *»Die Barriere ist auf dieser Seite nicht tief ...«* Er brach ab und japste.

»Was ist?« fragte Jan. »Bitte melden Sie sich! Können Sie mich hören?«

»Das sollten Sie sich selber ansehen«, antwortete der Fahrer. *»Aber kommen Sie langsam.«*

Jan ließ seinen Panzer durch die Lücke rollen. Vor sich sah er die Kettenspuren des anderen Fahrzeugs, sah, daß der Panzer rückwärts zur Seite gewichen war, damit er die Straße weiter vorn einsehen konnte.

Nun war klar, warum der Fahrer nicht weitergesprochen hatte. Es gab dort vorn keine Straße mehr. Sie endete am Rand eines Abgrunds, eines kleinen Tals, das mindestens einen Kilometer breit zu sein schien.

Der Boden hatte sich aufgetan und die Straße verschluckt. An ihrer Stelle tat sich eine unüberbrückbare Leere auf.

16

»Sie ist fort – die Straße ist weg!« sagte Otakar mit gepreßter Stimme.

»Unsinn!« Jan war aufgebracht. Er gedachte sich nicht aufhalten zu lassen. »Dieser Riß kann ja nicht endlos sein. Wir folgen ihm weg vom Vulkan, fort von der Zone seismischer Aktivität.«

»Hoffentlich haben Sie recht.«

»Na, etwas anderes bleibt uns doch wohl kaum übrig – oder?« In dem Lächeln, das diese Worte begleitete, lag keine Wärme.

Es war eine langsame und gefährliche Arbeit, sobald sie die harte Oberfläche der Straße verlassen hatten. Der verbrannte Dschungel war eine Barriere voller Baumstümpfe, dazwischen Gruben, die mit Asche und Staub gefüllt waren und die einem Panzer zum Verhängnis werden konnten. Auf die eine oder andere Weise kam jeder Panzer mal an die Reihe; dann stiegen erschöpfte Fahrer in Kühlanzügen ins Freie und brachten Trossen an, mit denen das festsitzende Gefährt freigeschleppt wurde. Staub und Asche klebten an den Anzügen und wurden in die Panzer geschleppt, bis alles schmutzig verschmiert war. Nach endlosen mühseligen Stunden waren die Männer dem Zusammenbruch nahe. Jan traf die einzig richtige Entscheidung und rief eine Rast aus.

»Wir machen Pause. Machen uns ein bißchen sauber. Gelegenheit zum Essen und Trinken.«

»Ich habe das Gefühl, als würde ich nie wieder sauber werden«, bemerkte Otakar und verzog das Gesicht, als das Essen zwischen seinen Zähnen knirschte. Das Funkgerät erheischte Aufmerksamkeit, und Jan schaltete es ein.

»Hier Semenow. Wie geht es voran?«

»Langsam. Ich mache einen großen Bogen in der Hoffnung, die Erdspalte umgehen zu können. Ich möchte keinen zweiten Weg durch den Dschungel brechen müssen. Sind Sie mit dem Beladen fertig?«

»Der letzte Zug ist voll und verschlossen. Ich habe die Züge zwei Kilometer auf der Straße vorgerückt. Das verschüttete Korn fängt allmählich Feuer, und das schien mir doch zu gefährlich zu sein.«

»Ja, bleiben Sie auf Abstand. Die Silos sind als nächstes dran. Vermutlich explodieren sie unter dem Innendruck. Ich unterrichte Sie weiter, wie wir vorankommen.«

Sie brachten zwei weitere Schlafperioden hinter sich, eingeschlossen in die verdreckten Tanks, dann erst stießen sie wieder auf die vulkanische Schlucht. Jan sah sie plötzlich auftauchen, als ein verkohlter Baumstamm, den er zur Seite schob, in die Tiefe kippte. Er zog beide Bremsen an und wischte die Innenseite der Windschutzscheibe blank, während sich draußen die aufgewirbelte Asche wieder legte.

»Die Schlucht ist noch immer da«, sagte Otakar und konnte nicht verhindern, daß seine Stimme verzweifelt klang.

»Ja – aber sie ist hier nicht mehr als hundert Meter breit. Wenn sie auch nicht tiefer ist, füllen wir sie auf und brauchen nicht weiter zu suchen.«

Es schien eben weiterzugehen. Als die Panzer den neu geschaffenen Weg einzuebnen und zu verbreitern begannen, wurden die Überreste in den Abgrund geschoben. Fusionskanonen verbrannten und verdichteten dieses Material, während immer mehr Geröll auf den wachsenden Haufen gekippt wurde. Es kam der Augenblick, da die Schlucht aufgefüllt war und der erste Panzer vorsichtig auf den neuen Damm fuhr. Er hielt dem Gewicht stand.

»Wir brauchen noch mehr Füllmaterial«, befahl Jan. »Die Fusionskanonen sollen für Härte sorgen. Die Zugmaschinen und Züge sind erheblich schwerer als unsere Tanks. Wir spalten uns in zwei Gruppen auf. Die eine sichert den Übergang, die andere baut auf der anderen Seite den Weg zurück zur Straße. Ich lasse die Züge hinter uns aufschließen, zur Abfahrt bereit, sobald wir fertig sind.«

Es war eine anstrengende Arbeit, das Ergebnis eine Notlösung, aber das beste, was unter den Umständen zu erreichen war. Die Männer schufteten gut hundert Stunden lang, ehe Jan mit allem zufrieden war.

»Ich fahre den ersten Zug herüber. Ihr übrigen haltet euch bereit.«

Seit dem Antritt der Rückfahrt war er nicht mehr aus den Kleidern gekommen; seine Haut war schwarz verschmiert, seine Augen rotgerändert und wund. Alzbeta stockte der Atem, als sie ihn erblickte – und er schaute in den Spiegel und mußte lächeln.

»Mach mir einen Kaffee, dann wasche ich mich und ziehe mich um. So eine Arbeit möchte ich nicht noch einmal tun müssen.«

»Es ist alles geschafft?«

»Wir müssen nur noch die Züge hinüberfahren. Ich habe alle aus dem ersten Zug aussteigen lassen, und sobald ich hier fertig bin, lenke ich ihn hinüber.«

»Kann das nicht ein anderer machen? Warum willst du es tun?«

Stumm trank Jan seinen Kaffee, dann stellte er die leere Tasse hin und stand auf. »Du kennst den Grund. Nimm den zweiten Zug, dann sehen wir uns drüben auf der anderen Seite.«

In den Armen, die ihn umklammerten, kam Angst zum Ausdruck, doch sie sagte nichts mehr, sondern küßte ihn und blickte ihm nach. Sie hätte ihn auf dieser Fahrt am liebsten begleitet, doch sie wußte auch so, was er ihr geantwortet hätte. Er wollte allein sein dabei.

Das automatische Leitsystem war ausgeschaltet, als sich der Zug von der Mitte der Straße der rauhen Bahn zuwandte, die durch den verbrannten Dschungel geschlagen worden war. Die Maschine verließ die glatte Fläche der Straße und bewegte sich im Weiterfahren auf und nieder. Gehorsam bogen die Wagen dahinter ebenfalls ab und folgten in den tief eingegrabenen Radfurchen.

»Bis jetzt keine Probleme«, sagte Jan ins Mikrofon. »Holprig, aber nicht übel. Ich bleibe bei fünf Kilometer, bis ich drüben wieder auf der Straße bin. Die anderen Fahrer sollen es ebenso machen.«

Als er die aufgefüllte Schlucht erreichte, hielt er nicht inne, sondern fuhr in gleichmäßigem Tempo weiter auf den schmalen Damm. Unter dem Gewicht der Maschine brachen Steine und Kiesbrocken vom Rand des Dammes und polterten in die Tiefe. Von beiden Seiten schauten die Panzerfahrer in gespanntem Schweigen zu. Jan blickte von der Höhe der Maschine herab und sah die gegenüberliegende Kante langsam näherkommen; zu beiden Seiten war Leere. Starr richtete er den Blick auf den Rand und steuerte die Maschine genau über die Mitte des Dammes.

»Er ist drüben!« rief Otakar in sein Funkgerät. »Alle Wagen halten prächtig die Spur. Ein Einsinken ist nicht festzustellen.«

Die Rückkehr zur Straße war eine Kleinigkeit, nachdem die Spannung der Überquerung hinter ihm lag. Jan steuerte den Zug auf die andere Seite und fuhr weiter, bis alle Wagen auf der Straße waren. Erst dann legte er seinen Kühlanzug an und stieg in den Panzer um, der ihm gefolgt war.

»Zurück zur Schlucht«, befahl er und wandte sich zum Funkgerät um. »Wir holen die Züge einzeln herüber, langsam. Auf den neuen Abschnitten darf sich nur jeweils ein Zug aufhalten, damit wir bei Schwierigkeiten leicht heran können. Also gut. Der zweite Zug soll anfahren.«

Er wartete bereits am Ende des Abgrunds, als der Zug auftauchte, umwogt von Staub- und Rauchwolken. Der Fahrer richtete sich nach den Reifenspuren von Jans Zug, kam ohne Probleme herüber und fuhr weiter. Der nächste und übernächste Zug kamen, und leiteten einen gleichmäßigen Strom von Fahrzeugen ein.

Erst der dreizehnte Zug geriet in Schwierigkeiten.

»Glückliche Dreizehn«, sagte Jan vor sich hin, als die Maschine drüben auftauchte. Er rieb sich die schmerzenden Augen und

gähnte. Der Zug rückte vor und war halb herüber als die Maschine sich plötzlich zu neigen begann. Jan griff nach dem Mikrofon, doch ehe er etwas sagen konnte, brach ein Teil des Dammes zur Seite weg, und der Zug kippte unaufhaltsam und immer schneller zur Seite.

Und plötzlich war die Maschine fort. Über die Kante, in die Tiefe, die Wagen mitreißend, eine Kette des Todes, landete sie in einer riesig hervorbrechenden Wolke von Trümmerstücken. Ein Wagen nach dem anderen zerschellte in der Tiefe.

Diesen Absturz hatte niemand überlebt. Jan gehörte zu den ersten, die am Ende eines Seils hinabgelassen wurden, um zwischen den entsetzlich verbogenen Metallteilen nach Opfern zu suchen. Andere folgten ihm und suchten stumm im endlosen Schein der Sonne. Doch sie fanden nichts. Schließlich gab man die Suche auf und ließ die Toten in den Ruinen des Schleppzugs zurück. Die Böschung wurde repariert, verstärkt, verdichtet. Die anderen Züge kamen ohne Probleme herüber und setzten die Rückfahrt fort, sobald alle wieder auf der Straße versammelt waren.

Die Stimmung war bedrückt. Niemand sprach den Gedanken laut aus, doch jeder beschäftigte sich damit. Hatte es sich gelohnt, das Getreide von einem Pol des Planeten zum anderen zu schaffen? Der Tod der Männer durfte nicht umsonst sein. Die Schiffe mußten kommen. Sie waren spät dran – aber sie *mußten* kommen.

Die Männer kannten die Straße inzwischen zur Genüge. Die überschwemmte Stelle wurde bewältigt, und die Kilometer rollten endlos vorbei, die Sonne verbreitete ihre ewige Hitze, und die Fahrt ging weiter. Es gab Verzögerungen, Defekte, und zwei Wagen mußten wegen dringend benötigter Ersatzteile ausgeschlachtet und zurückgelassen werden. Ebenso ein weiterer Panzer. Die Leistung der Maschinen ließ beständig nach, so daß die Kolonne schließlich langsamer vorankam als normal.

So war es kein freudiges Ereignis, als sie den Sonnenschein verließen und in die Dämmerungszone kamen – der Augenblick markierte das Ende einer großen Müdigkeit. Der Wunsch, Rast zu machen, war übermächtig. Sie waren nur noch zehn Stunden von ihrem Ziel, als Jan eine Rast ausrief.

»Essen und trinken«, sagte er. »Wir müssen feiern.«

Die Männer waren einverstanden, doch es wurde eine ziemlich ruhige Stunde. Alzbeta saß neben Jan, und obwohl niemand sie beneidete, freuten sich doch die Männer auf den nächsten Tag und auf ihre wartenden Frauen. Man hatte sich bereits über Funk in Südstadt gemeldet. Man wußte dort von den sieben Toten, die es gegeben hatte; ihre Namen waren bekannt.

»Dies ist eine Feier, und kein Begräbnis«, sagte Otakar. »Trinkt euer Bier aus, ich schenke nach!«

Jan gehorchte und hielt dem anderen sein leeres Glas hin. »Ich denke an die Ankunft«, sagte er.

»Das tun wir alle – aber wir beide ganz besonders«, sagte Alzbeta und rückte näher an Jan heran. »Sie kann dich mir nicht wegnehmen.«

Sie brauchte nicht mit Namen bezeichnet zu werden. Die Hradil, die lange Zeit nicht bei ihnen gewesen war, ragte wieder drohend über ihnen auf, ein übler Einfluß auf ihr Leben.

»Wir stehen alle für euch ein«, sagte Otakar. »Wir alle waren bei eurer Hochzeit dabei, wir haben alle mitgemacht. Es mag sein, daß die Familienvorstände protestieren, aber sie können nichts unternehmen. Nicht zum erstenmal haben wir ihnen Vernunft eingebläut – wir schaffen es bestimmt wieder. Semenow wird uns unterstützen.«

»Dies ist mein Kampf«, sagte Jan.

»Der unsere. So war es, seit wir die Maschinen übernahmen und die Vorstände zwangen, uns die zweite Fahrt zu gestatten. Wenn wir müssen, können wir das wieder tun.«

»Nein, Otakar, ich glaube nicht.« Jan blickte an der schnurgeraden Linie der Straße entlang, die am Horizont verschwand. »Damals hatten wir etwas, für das wir kämpfen konnten. Etwas Physisches, das uns alle betraf. Die Hradil wird uns Ärger machen wollen, aber Alzbeta und ich werden uns allein darum kümmern.«

»Und ich«, sagte Semenow. »Ich werde meine Handlungsweise erklären, mich dafür rechtfertigen müssen. Es ist gegen das Gesetz ...«

»Das Gesetz, wie es hier niedergelegt ist«, sagte Jan, »ist eine hübsche Fiktion, die die Eingeborenen brav bei der Stange halten soll.«

»Werden Sie das alles offen aussprechen, die Dinge, die Sie mir erzählt haben?«

»Auf jeden Fall. Ich werde es den Familienvorständen offenbaren – und allen anderen. Irgendwann muß die Wahrheit ja mal ans Licht. Wahrscheinlich wird man mir nicht glauben, aber anhören muß man mich.«

Nachdem sie geschlafen hatten, ging die Fahrt weiter. Jan und Alzbeta fanden kaum Ruhe. Sie fühlten sich enger verbunden als je zuvor, und in ihrem Liebesspiel lag eine fast verzweifelte Leidenschaft. Keiner der beiden sprach es aus – doch sie fürchteten für ihre Zukunft.

Aus gutem Grund. Es gab keinen Empfang. Keine Menschenmenge hieß die Züge willkommen. Die Männer verstanden das. Sie redeten ein wenig, verabschiedeten sich und kehrten zu ihren Familien zurück. Jan und Alzbeta blieben im Zug und behielten die Tür im Auge. Sie brauchten nicht lange auf ein energisches Klopfen zu warten. Vier bewaffnete Proktoren standen draußen.

»Jan Kulozik, Sie sind verhaftet ...«

»Auf wessen Befehl? Aus welchem Grund?«

»Sie werden beschuldigt, Proktor-Captain Ritterspach ermordet zu haben.«

»Das läßt sich erklären. Es gibt Zeugen ...«

»Sie begleiten uns jetzt in Haft. Das sind unsere Befehle. Diese Frau ist sofort zu ihrer Familie zurückzubringen.«

»Nein!«

Alzbetas Entsetzensschrei brachte Jan schließlich auf die Beine. Er versuchte zu ihr zu gelangen, um sie zu schützen, wurde jedoch sofort beschossen. Eine schwache Ladung, die Minimumeinstellung der Energiewaffe, doch ausreichend, um ihn zu lähmen.

Er lag auf dem Boden, bei Bewußtsein, doch unfähig, sich zu bewegen. Er konnte nur zusehen, wie seine Frau fortgeschleppt wurde.

17

Jan war klar, daß dieser Empfang mit viel Umsicht und sadistischer Präzision geplant worden war. Natürlich steckte die Hradil dahinter. Schon einmal hatte sie ihn verhaften lassen, damals aber war der Schachzug fehlgeschlagen. Das sollte ihr nicht noch einmal passieren. Sie war selbst nicht in Erscheinung getreten, doch ihre Handschrift machte sich überall bemerkbar. Kein großer Empfang für die Zurückkehrenden, keine Menschenmengen. Keine Gelegenheit, seine Männer und die anderen zusammenzuführen. Teile und herrsche – höchst geschickt eingeleitet. Eine Mordanklage, das war gut, ein Mann war getötet worden, so daß eine Anklage auf jeden Fall angebracht war. Und er hatte ihr in die Hand gespielt, indem er sich der Verhaftung widersetzt hatte – genau das hatte sie zweifellos angestrebt. Sie hatte ihn in die Ecke getrieben und gesiegt. Sie saß dort irgendwo in diesem Ort und knüpfte das Netz um ihn immer enger, während er in der sorgfältig vorbereiteten Zelle saß. Diesmal handelte es sich nicht um einen primitiven Lagerraum, sondern um ein richtiges Quartier in einem der permanenten Gebäude, das mit dicken Mauern versehen war. Ein schmales vergittertes Fenster nach draußen, ein Waschbecken und sanitäre Einrichtungen, eine bequeme Koje, Lesestoff, Fernsehen – und eine kompakte Stahltür mit einem Schloß, das von draußen zu bedienen war. Jan lag auf dem Bett und starrte zur Decke empor. Er suchte nach einem Ausweg. Er spürte den Blick des Proktors auf sich, der ihn durch das Beobachtungsfenster in der Wand im Auge behielt, und rollte sich auf die andere Seite.

Es würde einen Prozeß geben. Wenn alles fair ablief, mußte sein Argument der Notwehr akzeptiert werden. Fünf Familienvorstände würden über ihn richten, so stand es im Gesetz, und der Schuldspruch mußte einstimmig erfolgen. Sicher saß auch Semenow, einer der ältesten Familienvorstände, auf der Richterbank. Gewisse Chancen konnte Jan sich ausrechnen.

»Sie haben einen Besucher«, sagte der Wächter; seine Stimme krächzte aus dem Lautsprecher unter dem Fenster. Er trat zur Seite, und Alzbeta stand an seiner Stelle.

So sehr Jan sich freute, sie zu sehen, bereitete es ihm doch große

Qualen, die Hände gegen die kalte Plastahl-Fläche zu drücken und ihre Finger einen Zentimeter unter den seinen zu sehen, ohne sie berühren zu können.

»Ich habe um diesen Besuch gebeten«, sagte sie. »Ich dachte schon, man würde ablehnen, aber es gab keine Probleme.«

»Natürlich. Diesmal gibt's keinen Lynch-Mob. Sie lernt aus ihren Fehlern. Diesmal geht's genau nach dem Buchstaben des Gesetzes. Natürlich sind Besucher zugelassen. Und das Urteil wird selbstverständlich auf schuldig lauten.«

»Es muß doch eine Chance geben! Du wirst dich wehren?«

»Tue ich das nicht immer?« Er zwang sich zu einem Lächeln um ihretwillen, und erhielt als Antwort den Hauch eines Lächelns. »Im Grunde steht der Fall auf tönernen Füßen. Du warst Zeuge bei dem Angriff, bist sogar selbst niedergeschlagen worden, und die anderen Proktoren werden unter Eid zustimmen müssen. Sie waren mit Knüppeln bewaffnet, und ich schlug erst zurück, als du am Boden lagst. Ritterspachs Tod war ein Unfall – das müssen sie zugeben. Ich habe in Notwehr gehandelt – aber es gibt da eine Sache, in der du mir helfen könntest.«

»Ich tue alles, wenn es dir hilft!«

»Verschaff mir eine Kopie der juristischen Bänder, die ich hier auf dem Fernseher abspielen kann. Ich möchte meine Kenntnisse über das Buch der Gesetze vertiefen. Mir eine gute Verteidigung zurechtlegen.«

»Ich bringe sie, so bald ich kann. Man hat mir gesagt, ich könnte dir etwas zu essen machen. Ich koche dir etwas Besonderes. Und noch etwas ...« Sie blickte zur Seite, ohne den Kopf zu drehen, und senkte die Stimme. »Du hast Freunde. Sie wollen dir helfen. Wenn du nicht hier festsäßest ...«

»*Nein!* Sage ihnen so nachdrücklich du kannst, daß das nicht in Frage kommt. Ich will nicht fliehen. Die Ruhe tut mir gut. Es gäbe auf diesem Planeten kein Versteck. Außerdem möchte ich diese Sache auf die richtige Weise durchstehen. Ich möchte diese Frau mit dem Gesetz schlagen. Es ist die einzige Möglichkeit.«

Er sagte Alzbeta nicht, daß jedes Wort, das sie durch die Lautsprecheranlage sprachen, zweifellos aufgezeichnet wurde. Er wollte nicht, daß jemand seinetwegen Schwierigkeiten bekam.

Außerdem war seine Antwort im Grunde richtig. Er mußte diesen Prozeß auf dem Wege des Gesetzes durchstehen. Wenn er Nachrichten ausschicken wollte, gab es sicher Möglichkeiten. Die Zelle war sauber; sichtbare Abhörgeräte gab es nicht. Sie konnte einen Zettel ablesen, wenn er ihn vor das Fensterchen hielt. Dieser Weg mochte im Notfall gangbar sein.

Sie sprachen noch eine Zeitlang weiter, doch es gab wenig zu sagen. Die Pein, ihr nahe zu sein, ohne sie berühren zu können, wurde allmählich unerträglich, und er war eher erleichtert, als der Wächter sich einschaltete und sagte, es sei Zeit zu gehen.

Der zweite Besucher war Hyzo Santos. Offensichtlich wußte der Kommunikationsoffizier, daß das Gespräch mitgehört werden würde, und äußerte sich nur auf unverfängliche Weise.

»Alzbeta hat mir gesagt, daß Sie die Ruhepause genießen, Jan.«

»Bleibt mir wohl kaum etwas anderes übrig, oder?«

»Machen Sie das Beste aus der Ruhe. Sie sind bald wieder in Aktion. Ich habe Ihnen eine Kopie des Gesetzbuches gebracht, nach der Sie verlangt haben. Ich nehme an, der Wächter wird es Ihnen geben.«

»Vielen Dank. Ich möchte mich eingehend damit beschäftigen.«

»Sehr eingehend, würde ich Ihnen raten«, sagte Hyzo und runzelte die Stirn noch mehr. »Es hat etliche Zusammenkünfte der Familienvorstände gegeben. Natürlich laufen viele Gerüchte um, doch heute früh hat es eine offizielle Ankündigung gegeben, die die Gerüchte bestätigte. Iwan Semenow ist nicht mehr Vorstand seiner Familie.«

»Das geht doch nicht!«

»Und ob das geht – man hat es so beschlossen. Sie werden den Vorgang im Gesetzbuch beschrieben finden. Als er die Trauung Alzbetas mit Ihnen durchführte, ohne die Erlaubnis der Hradil zu haben, übertrat er das Gesetz. Der arme Semenow ist Rang und Titel los. Ab heute arbeitet er als Handlanger.«

»Die Ehe ist aber trotzdem gültig, oder?« fragte Jan besorgt.

»Absolut. Daran kann niemand rütteln. Eine Segnung zur Ehe ist unauflöslich, das wissen Sie. Inzwischen sind aber die Richter für den Prozeß bestimmt worden ...«

Plötzlich ging Jan ein Licht auf. »Natürlich! Er ist kein Familienvorstand mehr, also wird Semenow nicht dabei sein. Die Hradil und vier Gleichgesinnte werden über mich richten.«

»Ich fürchte, das sehen Sie ganz richtig. Aber es wird so aussehen, als würde Recht gesprochen. So voreingenommen die Leute auch sein mögen, sie können in einer solchen öffentlichen Verhandlung nicht gegen das Gesetz verstoßen. Viele Leute werden jedenfalls auf Ihrer Seite stehen.«

»Und wesentlich mehr werden sich darauf freuen, daß mir der Hals umgedreht wird.«

»Ganz recht. Man kann die Menschen nicht über Nacht ändern. Selbst wenn Veränderungen eintreten – die Leute mögen das nicht. Wir leben in einer konservativen Welt mit Menschen, die durch Neuerungen eher beunruhigt werden. Das liegt jetzt bei Ihnen. Der Prozeß wird fair geführt werden, und Sie müssen sehen, was Sie daraus machen.«

»Ich wünschte, ich könnte Ihre Begeisterung teilen.«

»Das werden Sie sicher tun, sobald Sie den Hühner- und Enteneintopf gegessen haben, den Alzbeta mit dem Band schickt. Das heißt, wenn die Wächter noch etwas davon übriglassen, nachdem sie die Töpfe auf Waffen untersucht haben.«

Alles nach den Vorschriften. Kein Zweifel. Warum aber machte er sich solche Sorgen? Bis zum Prozeß waren es keine sieben Tage mehr, und Jan konzentrierte sich auf das Gesetzbuch, mit dem er sich zugegebenermaßen bisher nicht sonderlich beschäftigt hatte. Der Text erwies sich als eine vereinfachte Fassung des Erd-Commonwealth-Gesetzes. Viele Teile waren herausgenommen worden – so wäre es sicher überflüssig gewesen, sich mit den Details ungesetzlicher Geldfälscherei zu befassen, wo es auf dieser Welt gar kein Geld gab. Oder Raum-Piraterie. Dafür waren klare Zusätze eingefügt worden, die den Familienvorständen die absolute Herrschaft zuschrieben. Die geringen Ansätze persönlicher Freiheit, die im Original zu finden waren, fehlten in dieser Version.

Am Tag des Prozesses rasierte sich Jan sorgsam, dann legte er die sauberen Sachen an, die man ihm gebracht hatte. Er steckte sein Rangabzeichen an. Er war Wartungs-Captain, daran sollten alle erinnert sein. Als die Wächter ihn abholten, erwartete er sie bereits und war beinahe begierig, die Sache hinter sich zu bringen. Als man ihm die Handschellen hinhielt, wich er jedoch zurück.

»Die sind doch wohl überflüssig«, sagte er. »Ich werde keinen Fluchtversuch machen.«

»Wir haben Befehl«, sagte der Proktor – Scheer, der Mann, den Jan mit dem Knüppel niedergeschlagen hatte. Er blieb mit erhobener Waffe außer Reichweite. Widerstand war sinnlos. Achselzuckend streckte Jan die Arme aus.

Es war mehr ein Festtag als ein Prozeß – und auf den ersten Blick sah es so aus, als hätte sich die gesamte Bevölkerung entschlossen, die Gelegenheit zum Feiern zu benutzen. Es gab wenig Arbeit, da die Saat noch nicht ausgesät war. So kamen sie denn alle und füllten die Straße von einer Seite zur anderen. Familiengruppen hatten Essen und Trinken mitgebracht und richteten sich auf ein langes Schauspiel ein. Kinder aber waren nicht anwesend; Jugendliche unter sechzehn Jahren durften nicht an Prozessen teilnehmen, weil dort verbotene Dinge zur Sprache kommen konnten. Die älteren Kinder paßten also auf die jüngeren auf, was beiden natürlich gar nicht gefiel.

Da kein Gebäude für diese Zuschauermassen ausgereicht hätte, mußte der Prozeß im Freien stattfinden, unter dem eintönig dämmrigen Himmel. Eine Plattform war errichtet worden, darauf standen Stühle für Richter und Angeklagten. Ein Lautsprechersystem war vorbereitet worden, damit jeder alles verstehen konnte. Es lag Karnevalsstimmung in der Luft, ein kostenloses Schauspiel, das die persönlichen Sorgen für eine Zeitlang vergessen ließ – und die Schiffe, die nicht kamen.

Jan erstieg die Treppe und setzte sich in den Anklagestand. Dann musterte er die Richter. Natürlich die Hradil. Ihre Gegenwart an diesem Ort war so selbstverständlich wie das Gravitationsgesetz. Und Chun Taekeng, ältester Familienvorstand, sein Sitz in diesem Gericht war ebenfalls garantiert. Dann ein unerwartetes Gesicht, der alte Krelschew. Natürlich – der hatte nach Semenows Absetzung die Führung seiner Familie übernommen. Ein Mann ohne Intelligenz und ohne Nerven. Ein Werkzeug wie die beiden anderen, die neben ihm saßen. Die Hradil war die einzige, die heute von Bedeutung war. Sie beugte sich zu den anderen hinüber und gab ihnen zweifellos Anweisungen, dann richtete sie sich auf und blickte Jan an. Das faltige Gesicht abweisend wie immer, die Augen gefühllose Gletscher. Aber als sie ihn anblickte, lächelte sie, ein ganz schwaches Lächeln, das augenblicklich wieder verschwand. Ein Siegeslächeln, so sicher war sie ihrer Sache. Jan zwang sich dazu, keine Reaktion zu zeigen, starr und ausdruckslos dazusitzen und nichts zu sagen. Was er bei diesem Prozeß an Gefühlen zur Schau stellte, konnte ihm nur schaden. Er fragte sich aber, worüber sie lächelte. Es sollte nicht lange dauern, bis er Antwort auf diese Frage erhielt.

»Ruhe, Ruhe im Gericht!« rief die Hradil, und ihre Lautsprecherstimme hallte die Straße entlang, wurde von den Gebäuden zu beiden Seiten zurückgeworfen. Sie brauchte die Worte nur einmal zu sprechen, die Anordnung wurde sofort befolgt. Es war ein ernster Augenblick.

»Wir sind heute hier versammelt, um über einen Mann aus unseren Reihen zu Gericht zu sitzen«, sagte sie. »Jan Kulozik, den Wartungs-Captain. Gewichtige Anklagen sind gegen ihn vorgebracht worden, und das Gericht ist jetzt zusammengetreten. Ich frage den Techniker, ob das Aufzeichnungsgerät einwandfrei funktioniert?«

»Ja.«

»Dann soll alles Weitere ordnungsgemäß festgehalten werden. Geben wir ins Protokoll, daß Kulozik von Proktor Scheer beschuldigt wurde, Proktor-Captain Hein Ritterspach ermordet zu haben. Dies ist eine schlimme Anschuldigung, und die Familienvorstände haben in der Sache ermittelt. Dabei wurde festgestellt, daß Zeugen des angeblichen Mordes andere Aussagen machten als Proktor Scheer. Anscheinend starb Ritterspach, als Kulozik sich gegen einen unprovozierten Angriff zur Wehr setzte. Notwehr ist kein Verbrechen. Daraus wurde geschlossen, daß der Tod ein Unfall war. Die Mordanklage ist daher fallengelassen worden. Proktor Scheer ist wegen seiner übereifrigen Dienstauffassung getadelt worden.«

Was hatte das zu bedeuten? Die Zuschauer waren ebenso verwirrt wie Jan, und ein Murmeln ging durch die Reihen. Es wurde sofort wieder still, als die Hradil eine Hand hob. Jan gefiel diese

Festino -82-

Entwicklung nicht. Er wußte nur, daß er trotz der zurückgenommenen Anklage noch in Handschellen dasaß. Und Dummkopf Scheer hatte die Frechheit, ihn anzugrinsen. Getadelt war er worden, und er grinste! Hier war mehr im Spiel, als auf der Hand lag, und Jan war entschlossen, als erster in den Angriff überzugehen. Er stand auf und beugte sich zum Mikrofon hinüber.

»Es freut mich, daß die Wahrheit ans Tageslicht gekommen ist. Aus diesem Grunde bitte ich darum, daß mir die Handschellen abgenommen werden …«

»Der Gefangene setzt sich!« sagte die Hradil. Die beiden Proktoren drückten Jan gewaltsam wieder auf seinen Stuhl. Es war noch nicht vorbei.

»Weitaus schwerwiegendere Anschuldigungen sind gegen den Angeklagten erhoben worden. Es wird ihm zur Last gelegt, einen Aufstand angezettelt und selbst untreu gehandelt zu haben. Man beschuldigt ihn der feindseligen Propaganda und des gemeinsten Verbrechens von allen: des Verrats.

All diese Verbrechen sind schlimm, das letzte von der übelsten Sorte, das nur mit dem Tode zu ahnden ist. Jan Kulozik ist aller dieser Verbrechen schuldig, was heute bewiesen werden wird. Seine Hinrichtung wird innerhalb eines Tages nach dem Urteil stattfinden, denn so will es das Gesetz.«

18

Es gab Gebrüll in der riesigen Menge, Fragen wurden gestellt, Männer drängten sich vor, Jans Freunde, hielten aber inne, als sich alle zwölf Proktoren vor der Plattform in einer Kette aufstellten und die Waffen schußbereit erhoben.

»Bleibt auf Distanz!« rief Proktor Scheer. »Alles zurück! Die Waffen sind auf Maximalladung gestellt!«

Die Männer riefen durcheinander, näherten sich den schußbereiten Waffen aber nicht. Die Lautsprecherstimme der Hradil dröhnte über sie dahin.

»Unbotmäßigkeiten werden nicht geduldet. Proktor-Captain

Scheer hat Anweisung, im Notfall zu schießen. Es kann sein, daß es in der Menge Dissidenten gibt, die dem Gefangenen helfen wollen. Dazu wird es nicht kommen!«

Jan saß reglos auf seiner Anklagebank. Allmählich wurde ihm bewußt, was hier gespielt wurde. Eben noch getadelt, war Scheer plötzlich zum Proktor-Captain avanciert; Scheer hatte auf das richtige Pferd gesetzt. Die Hradil hatte ihn fest in der Hand. Und Jan ebenso. Er hatte seine Abwehr nicht optimal aufgebaut, er hatte sich mit der Mordanklage beschäftigt, ohne zu erkennen, daß dies nur ein Vorwand für die eigentliche Anschuldigung war. Einen Ausweg gab es nicht mehr; der Prozeß mußte weitergehen. Als die Hradil innehielt, sprach er ins Mikrofon.

»Ich verlange, daß dieser Farce ein Ende gemacht wird und ich auf freien Fuß gesetzt werde. Wenn hier überhaupt Verrat geübt wurde, dann durch diese alte Frau dort, die uns alle dem Tod ausliefern will ...«

Er hörte auf zu reden, als sein Mikrofon abgestellt wurde. Es gab kein Ausweichen mehr. Er konnte nur hoffen, diese starrsinnige alte Frau dazu zu bringen, daß sie die Beherrschung verlor. Zorn erfüllte sie, das war an dem Fauchen ihrer Stimme zu erkennen – doch sie beherrschte sich gut.

»Ja, wir wollen den Rat des Gefangenen befolgen. Ich habe mich mit den anderen Richtern abgesprochen, und sie sind alle meiner Meinung. Wir lassen alle Anklagen fallen – alle bis auf die einzig wichtige: Verrat. Wir haben genug von diesem Mann und seinem Gehabe legitimer Autorität! Wir sind großzügig gewesen, weil wir in gefährlichen Zeiten leben und ein gewisser Freiraum gestattet werden muß, damit die Entwicklung weitergeht. Vielleicht haben wir alle falsch gehandelt, als wir dem Gefangenen zu viele Freiheiten zugestanden, die er ausnutzte, sich gegen die gewohnten Dinge zu erheben. Dieser Irrtum muß nun korrigiert werden. Ich bitte den Aufzeichner, aus dem Gesetzbuch vorzulesen. Die Dritte Eintragung mit der Überschrift ›Verrat‹ unter den Strafvorschriften.«

Der Techniker ließ die Finger über die Tasten seines Computers gleiten, fand den richtigen Abschnitt und holte ihn auf den Schirm vor sich. Kaum hatte er den richtigen Absatz, aktivierte er den

Audio-Output. In befehlendem Ton dröhnte das Gesetz über den Platz.

»Verrat. Wer immer die Geheimnisse des Staates anderen offenbart, ist des Verrates schuldig. Wer die Details der Unternehmungen der Behörden offenbart, ist des Verrates schuldig. Wer die Majestät der Behörden untergräbt und andere dazu verleitet, gegen die Macht des Staates vorzugehen, ist des Verrates schuldig. Die Strafe für Verrat ist der Tod, und die Strafe soll vierundzwanzig Stunden nach der Verurteilung vollstreckt werden.«

Entsetztes Schweigen trat ein, als die Stimme verhallte. Dann meldete sich die Hradil wieder zu Wort.

»Sie haben eine Beschreibung des Verbrechens und seiner Strafe gehört. Jetzt sollen die Beweise vorgetragen werden. Ich werde sie selbst liefern. Vor den Familien und vor den Familienvorständen widersetzte sich der Angeklagte der Macht der Familienvorstände, den legitimen Machthabern auf diesem Planeten. Als ihm befohlen wurde, seine Unloyalität aufzugeben und zu gehorchen, widersetzte er sich weiter. Er gab Befehl, die Maschinen durch eine ihm bekannte technische Maßnahme lahmzulegen, so lange, bis ihm gestattet werde, eine zweite Fahrt zu machen, um Getreide zu holen. Diese Fahrt fand statt, und dabei sind viele Männer gestorben. Indem er so handelte und andere dazu brachte, sich auf diese Weise der Autorität des Staates zu widersetzen, hat er sich des Verrats schuldig gemacht. Dies sind die Beweise. Die Richter werden jetzt ihren Schuldspruch fällen.«

»Ich verlange gehört zu werden!« brüllte Jan. »Wie können Sie mich verurteilen, ohne daß ich dazu Stellung nehmen kann?«

Obwohl sein Mikrofon abgeschaltet war, konnten die Zuschauer in der Nähe der Plattform seine Worte hören. Es gab Rufe von seinen Freunden, von anderen, die forderten, ihm solle das Wort erteilt werden. Natürlich gab es auch Rufe, die das Gegenteil verlangten. Die Hradil hörte sich das Durcheinander stumm an und besprach sich dann mit den anderen Richtern. Schließlich verkündete Chun Taekeng als ältester Familienvorstand das Ergebnis.

»Wir sind gnädig, und der Prozeß muß nach den gesetzlichen Vorschriften ablaufen. Der Gefangene darf sich äußern, ehe das

Urteil gegen ihn ergeht. Doch ich warne ihn – wenn er sich erneut verräterisch äußert, wird ihm sofort das Wort entzogen.«

Jan schaute zu den Richtern hinüber, dann stand er auf und wandte sich zur Zuschauermenge um. Was konnte er sagen, das nicht sofort als Verrat eingestuft wurde? Wenn er nur ein Wort über die anderen Planeten oder die Erde verlor, würde man ihm das Mikrofon abschalten. Er mußte sich nach den Regeln der anderen richten. Die Hoffnung schien nur gering zu sein – doch er mußte es versuchen.

»Menschen von Halvmörk. Ich stehe heute vor Gericht, weil ich alles in meiner Macht Stehende getan habe, um euer Leben zu retten – und das Getreide, das von den Schiffen bestimmt dringend benötigt wird, wenn sie kommen. Mehr habe ich nicht getan. Einige sind darin nicht meiner Ansicht gewesen und es wird sich erweisen, daß sie eine falsche Entscheidung getroffen hatten. Mein Verbrechen – das gar kein Verbrechen ist – bestand einzig und allein darin, auf die neue und gefährliche Situation hinzuweisen und Wege aufzuzeigen, wie man damit fertigwerden könnte: Dinge, die wir nie vorher getan haben – was aber nicht bedeutet, daß sie falsch sind, sondern sie sind lediglich neu. Die alten Regeln waren auf die neuen Umstände nicht anzuwenden. Ich mußte so energisch wie möglich handeln, sonst wären die neuen Dinge nicht verwirklicht worden. Mein Handeln war kein Verrat, es wurde vom gesunden Menschenverstand diktiert. Dafür kann man mich nicht verurteilen ...«

»Das genügt«, unterbrach ihn die Hradil. Sein Mikrofon hatte keinen Strom mehr. »Die Argumente des Gefangenen werden mit berücksichtigt. Die Richter beraten sich jetzt.«

Sie war arrogant in ihrer Macht. Es gab keine Beratung. Sie schrieb einfach etwas auf ein Stück Papier und reichte es dem nächsten Richter weiter. Der schrieb ebenfalls einen Vermerk und gab das Blatt weiter. Alle schrieben schnell; kein Zweifel, wie das Wort aussah. Das Blatt landete zum Schluß bei Chun Taekeng, der nur kurz darauf blickte.

»Schuldig. Der Gefangene wird schuldig gesprochen. Er wird in vierundzwanzig Stunden durch die Garrotte sterben.«

Auf diesem Planeten hatte es bisher noch keine Hinrichtung gegeben, jedenfalls nicht, soweit die Lebenden zurückdenken konnten. Viele hörten heute zum erstenmal das Wort, das die vorgesehene Todesart bezeichnete. Sie riefen einander Worte des Staunens zu, belagerten die Richter mit Fragen. Hyzo Santos schob sich durch die Menge bis zum vordersten Rand, und seine Stimme erhob sich über die der anderen.

»Was Jan getan hat, war kein Verrat! Er ist hier der einzige vernünftige Mensch. Wenn sein Tun Verrat war, sind wir anderen ebenso schuldig ...«

Proktor-Captain Scheer hob seine Waffe und schoß. Flammen hüllten Hyzos Körper ein, verkohlten ihn in Sekundenschnelle, verwandelten das Entsetzen auf seinem Gesicht in eine rauchende schwarze Maske. Er war tot, bevor er zu Boden sank.

Entsetzensschreie ertönten, als die Nebenstehenden zurückwichen. Wer etwas von der heißen Woge abbekommen hatte, stöhnte vor Schmerzen. Die Hradil dröhnte:

»Ein Mann ist hingerichtet worden. Er hat selbst gesagt, er sei des Verrats schuldig. Gibt es noch weitere, die ein solches Geständnis machen wollen? Sie mögen vortreten und offen sprechen, man wird Sie anhören.«

Sie schnurrte die Worte herunter und hoffte sichtlich auf Antwort. Die vordersten Reihen der Zuschauer wichen zurück, der Panik nahe. Niemand meldete sich. Jan betrachtete die verkohlte Leiche seines Freundes und spürte eine seltsame Taubheit in sich aufsteigen. Tot. Seinetwegen getötet. Vielleicht stimmte die Anklage doch, vielleicht brachte er wirklich Chaos und Tod in diese Welt. Als Scheer hinter ihn trat und ihn an den Armen packte, fuhr er zusammen. Er konnte sich nicht mehr bewegen. Den Grund für diese Maßnahme begriff er, als er die Hradil langsam auf sich zukommen sah.

»Begreifen Sie, wohin die Dummheit Sie geführt hat, Kulozik?« fragte sie. »Ich habe Sie gewarnt, mir nicht zu trotzen, aber Sie wollten ja nicht hören. Sie lernen es nicht, sich unterzuordnen. Sie mußten unbedingt Verrat predigen. Ihretwegen sind Männer gestorben, der letzte erst vor wenigen Sekunden. Aber damit hat es nun ein Ende, weil Sie am Ende sind. Bald sind wir mit Ihnen fertig ... Alzbeta wird mit Ihnen fertig sein ...«

»Beschmutzen Sie Alzbetas Namen nicht, indem Sie ihn mit ihren verrotteten Lippen aussprechen!«

Jan hatte sich beherrschen wollen, doch sie reizte ihn zum Äußersten.

»Alzbeta wird nicht mehr mit Ihnen verheiratet sein, wenn Sie tot sind, nicht wahr? Nur so läßt sich eine Ehe auflösen, und diese Ehe wird zu Ende gehen. Und Ihr Kind wird von einem anderen Mann großgezogen werden, wird einen anderen Mann Vater heißen.«

»Wovon reden Sie da, Sie verblödete alte Schachtel?«

»Ach, hat Sie Ihnen nichts davon gesagt?« fragte sie voller Hohn. »Vielleicht hat sie's vergessen. Vielleicht meinte sie, Sie würden die Vorstellung abstoßend finden, daß sie mit einem anderen verheiratet ist. Sie wird ein Kind bekommen, Ihr Kind ...«

Sie unterbrach sich mit offenem Mund, als Jan laut zu lachen begann. Das Lachen schüttelte ihn in Scheers hartem Griff.

»Lachen Sie nicht, es stimmt!« rief sie.

»Bringen Sie mich weg von hier, bringen Sie mich in meine Zelle!« rief Jan und wandte sich lachend ab. Ihre Offenbarung hatte genau die entgegengesetzte Wirkung von der, die sie sich erhofft hatte. Es war eine gute Nachricht. So äußerte er sich auch gegenüber Alzbeta, als sie ihn später besuchte.

»Du hättest es mir sagen sollen«, sagte er. »Du hättest besser wissen müssen, wie ich reagieren würde – besser als die miese alte Schnepfe.«

»Ich war mir meiner Sache nicht sicher. Es war eine so schöne Neuigkeit, die sich erst vor kurzem ergeben hat. Der Arzt muß es ihr gesagt haben. Ich hatte keine Ahnung, daß sie Bescheid wußte. Ich wollte dich damit nicht belasten.«

»Belasten? Eine gute Nachricht dieser Art wirkt in solchen bitteren Zeiten viel. Hier zählt allein das Kind. Man kann mich jetzt jederzeit töten – aber du wirst unser Kind zur Welt bringen. Für mich ist das wichtig und nichts anderes. Du hättest das Gesicht des Scheusals sehen sollen, als ich zu lachen begann. Erst später ging mir auf, daß ich besser gar nicht hätte reagieren können. Sie ist so aufgebracht, daß sie gar nicht akzeptiert, andere könnten auch nützliche oder anständige Gedanken haben.«

Alzbeta nickte. »Früher kränkte es mich immer, wenn du so über sie sprachst, es tat mir richtig weh. Immerhin ist sie die Hradil. Aber du hast recht. Sie ist genau das, was du gesagt hast, und weitaus mehr ...«

»Red nicht so, nicht hier!«

»Wegen der Aufzeichnung unseres Gesprächs? Darüber weiß ich inzwischen Bescheid, einer unserer Freunde hat es mir gesagt. Aber sie soll es ruhig hören, ich würde ihr diese Dinge ins Gesicht sagen. Sie hat sich solche Mühe gegeben, uns zu trennen!«

Und es wird ihr gelingen, sagte sich Jan düster. Sie hat gesiegt. Alzbetas Anblick, so dicht und doch so unberührbar, war im Augenblick zuviel.

»Geh jetzt bitte«, sagte er zu ihr. »Aber später kommst du wieder, versprichst du mir das?«

»Natürlich!«

Er ließ sich auf die Pritsche fallen, das Gesicht zum Kontrollfenster gewandt, denn er wollte nicht sehen, wie sie ging. Dann war alles vorbei. Hyzo war der einzige, der vielleicht etwas zu seiner Rettung unternommen hätte. Aber Hyzo war tot, von ihr aufgestachelt, wie sie es sicher geplant hatte. Getötet von ihr, ein Tod, der sicher genauso sorgsam geplant worden war wie der ganze Prozeß. Kein anderer konnte in der kurzen verbleibenden Zeit Hilfe organisieren. Er hatte Freunde, viele Freunde, doch sie waren hilflos. Und natürlich auch Feinde, all jene, die Neuerungen haßten und ihm an allem die Schuld gaben. Vermutlich eine Mehrheit der Menschen auf dieser Welt. Nun ja, er hatte für sie getan, was er konnte. Es war nicht viel gewesen. Immerhin, wenn die Schiffe kamen, wartete das Getreide auf sie. Nicht daß die Menschen hier den Vorteil nützen würden. Sie würden sich eben wie Bauern verhalten, die sie waren, und dienstbar-unterwürfig auf die Felder zurückkehren und sich ihr Leben lang plagen, ohne Belohnung, ohne Zukunft. Für nichts. Er hatte die kurze Zeit mit Alzbeta gehabt; das war ihm viel wert. Da war es besser, wenigstens etwas gehabt zu haben, als gar nichts. Und sie würde ihren Sohn gebären, vielleicht einen Sohn. Oder besser eine Tochter? Ein Sohn mochte zu viele Eigenschaften seines Vaters geerbt haben. Eine Tochter wäre besser. Hier würden nicht die Schwachen das Himmelreich erben – aber vielleicht konnten sie ein wenig glücklicher und ein wenig länger leben. Was freilich ziemlich aussichtslos war, wenn die Schiffe für immer ausblieben. Schon jetzt fehlten Ersatzteile. Vielleicht schaffte man es, mit den Fahrzeugen noch einmal den größten Teil der Leute in den Norden zu bringen. Vielleicht nicht einmal das, wenn er nicht mehr da war, um die Dinge in die Hand zu nehmen.

Und er würde nicht dabei sein, denn in wenigen kurzen Stunden würde er sterben. Jan hängte sich schwer an die Stangen des winzigen Fensters und starrte zum ewigen Grau des Himmels empor. Die Garrotte. Kaum einer wußte, was das war. Von den Erdenherrschern wiederentdeckt als Strafe für die schlimmsten Verbrecher. Einmal hatte er an einer solchen Hinrichtung teilnehmen müssen. Der Gefangene saß auf dem speziell gebauten Stuhl mit der hohen Lehne, hinter seinem Hals befand sich ein Loch. Die Schlinge der dicken Schnur wurde ihm um den Hals gelegt, die Enden führten durch das Loch. Der Knebel an der Schnur, der gedreht wurde und die Schlinge langsam verkleinerte, bis der Gefangene qualvoll erwürgt war. Es erforderte schon einen Sadisten, um die Schnur festzuziehen. Aber daran herrschte kein Mangel. Bestimmt würde sich Scheer für die Aufgabe begeistern.

»Besuch für Sie!« rief der Wächter.

»Keine Besucher mehr. Außer Alzbeta möchte ich niemanden mehr sehen. Respektieren Sie die letzten Wünsche eines Verurteilten! Und besorgen Sie mir etwas zu essen und Bier. Viel Bier.«

Er trank, doch er hatte keine Appetit. Alzbeta kehrte noch einmal zu ihm zurück, und sie unterhielten sich leise und über sehr persönliche Dinge, waren so dicht beisammen, wie es das Gitter erlaubte, bis die Proktoren ihn holen kamen und sie fortschickten.

»Es überrascht mich nicht, Sie hier zu sehen, Scheer«, sagte Jan. »Ist man nett zu Ihnen und läßt Sie den Knebel drehen?«

Der Mann wurde bleich und antwortete nicht, und Jan erkannte, daß er richtig geraten hatte. »Aber vielleicht bringe ich Sie vorher noch um«, sagte er und hob die Faust.

Scheer wich zurück und griff hastig nach seiner Waffe – er war ein Feigling. Jan lächelte nicht über das Schauspiel. Es ekelte ihn an. Was waren das für Menschen? Er hatte genug von diesen Leuten, genug von allen, er war dieser dummen Bauernwelt überdrüssig, beinahe bereit, seiner Vernichtung ins Auge zu sehen.

19

Es war dieselbe Plattform, die schon dem Prozeß gedient hatte, auch die Lautsprecher standen noch. Nichts wurde verschwendet, alles war sorgfältig durchgeplant. Die Stühle und Tische, die man für den Prozeß aufgestellt hatte, waren allerdings verschwunden. Dafür stand nur noch ein Ding dort oben. Der hochlehnige Stuhl. Sorgfältig gezimmert, wie Jan nüchtern feststellte; der Stuhl war nicht an einem Tag gefertigt worden. Die Vorbereitungen ließen nichts zu wünschen übrig. Beim Anblick des Stuhls war er unbewußt stehengeblieben, und die Proktoren hatten ihn gewähren lassen.

Es war ein Augenblick ohne jedes Zeitgefühl, als wisse niemand genau, was nun zu geschehen habe. Die fünf Richter, stumme Zeugen für ihre Entscheidung, standen auf der Plattform. Die Menschenmenge schaute zu. Männer, Frauen, Kinder, jeder Bewohner des Planeten, der einigermaßen gesund war, schien gekommen zu sein. Dichtgedrängt standen sie auf der Straße. Stumm wie der Tod. Auf den Tod wartend. Der dicht bewölkte Himmel drückte herab wie ein Bahrtuch.

Das Schweigen wurde durch Chun Taekeng gebrochen, der niemals Geduld hatte, der stets vom Zorn bewegt wurde, immun gegenüber den Gefühlen, die andere heimsuchten.

»Schafft ihn her! Steht da nicht rum! Bringen wir die Sache hinter uns!«

Der kurze Bann ging vorüber. Die Proktoren stießen Jan so plötzlich weiter, daß er über die unterste Stufe stolperte und beinahe gestürzt wäre. Er regte sich darüber auf; er wollte in einem solchen Augenblick nicht für einen Feigling gehalten werden. Er wehrte sich energisch, warf sich gegen sie, schüttelte ihre Hände von seinen Armen ab. Kurze Zeit frei, marschierte er allein die Stufen hinauf, so daß seine Wächter hinter ihm hereilen mußten. Die Menge bemerkte den Zwischenfall, und reagierte mit einem leisen Murmeln, das sich beinahe wie ein Seufzen anhörte.

»Treten Sie vor! Setzen Sie sich!« befahl Chun Taekeng.

»Darf ich keine letzten Worte sprechen?«

»Was? Natürlich nicht! Dazu besteht kein Anlaß. Das wäre gegen die Vorschriften. Setzen Sie sich!«

Jan ging auf die Garrotte zu, wieder fest im Griff der Proktoren. Er sah nur Chun Taekeng, die Hradil, die anderen Richter – und ein heftiges Gefühl des Abscheus wallte in ihm auf, zwang ihm die Worte über die Lippen.

»Wie sehr ich euch alle hasse, mit euren kleinen dummen, kalten Gehirnen! Die Art und Weise, wie Sie Menschenleben vernichten, sie verschwenden, sie unterdrücken. Nicht ich sollte hier sterben, sondern Sie ...«

»Tötet ihn!« rief die Hradil, und ihr Gesicht zeigte zum erstenmal den Haß, den sie empfand. »Tötet ihn auf der Stelle! Ich will ihn sterben sehen!«

Die Proktoren zerrten an ihm, schoben ihn zur Garrotte, während er sich wehrte, während er sich auf die Richter zu stürzen versuchte, um sich noch irgendwie an ihnen zu rächen. Die Zuschauer verfolgten den stummen Kampf.

Niemand bemerkte den Mann in der dunklen Uniform, der sich durch die Menge drängte. Man machte ihm Platz, schloß die Reihen hinter ihm und nahm dabei den Blick nicht von der Plattform. Er drängte sich durch die dichtstehenden vorderen Gruppen und erstieg die Treppe, bis er auf der Plattform stand.

»Lassen Sie den Mann los!« sagte er. »Dieses Spiel ist ausgespielt.«

Entschlossenen Schritts ging er über die Plattform, nahm Chun Taekeng das Mikrofon aus den schlaffen Fingern und wiederholte die Worte, damit jeder sie hören konnte.

Niemand rührte sich. Es herrschte absolutes Schweigen.

Der Mann war ein Fremder. Sie hatten ihn nie zuvor gesehen.

So etwas war unmöglich! Auf einem Planeten, auf dem niemand eintraf, den niemand verließ, war jede Person bekannt, von Angesicht, wenn nicht bei Namen. Fremde *konnte* es nicht geben. Dieser Mann aber war allen fremd!

Niemand wußte, ob er schießen würde oder nicht – doch Proktor Scheer wollte seine Waffe heben. Der Neuankömmling sah die

Bewegung und wandte sich zu ihm um. In seiner Hand ruhte eine kleine, unheimlich aussehende Waffe.

»Wenn Sie Ihre Laserpistole nicht sofort fallen lassen, töte ich Sie!« sagte er. Kalte Entschlossenheit lag in seiner Stimme, und Scheers Finger öffneten sich und ließen die Waffe fallen. »Das gilt für die anderen auch. Legen sie die Waffen nieder!« Die Proktoren gehorchten. Erst als die Waffen außer Reichweite der Leute waren, hob der Mann wieder das Mikrofon.

»Die anderen Proktoren dort draußen. Ich möchte Ihnen mitteilen, daß auf allen Seiten Männer postiert sind, die Sie im Fadenkreuz haben. Sollten Sie Widerstand leisten, werden Sie auf der Stelle getötet. Drehen Sie sich um, überzeugen Sie sich doch selbst!«

Sie taten es, wie auch jeder andere in der Menge. Ihr Blick fiel auf die Bewaffneten, die stumm auf den Dächern der Gebäude erschienen. Sie hielten lange und tödlich aussehende Waffen mit Zielfernrohren, die Mündungen wiesen in die Menge. Es konnte keinen Zweifel geben, daß sie sie wirkungsvoll und schnell einzusetzen verstanden.

»Proktoren, bringen Sie Ihre Waffen hier herauf!« befahl die widerhallende Stimme.

Jan trat vor und sah sich den Mann an, wie auch die beiden anderen bewaffneten Fremden, die jetzt auf die Plattform kamen. Eine ungeheure Erleichterung überschwemmte ihn. Aber das Freudengefühl hielt nicht lange an. Vielleicht war seine Hinrichtung nur aufgeschoben.

»Sie kommen von den Schiffen?« fragte er hoffnungsvoll.

Der Fremde legte das Mikrofon aus der Hand und drehte sich zu ihm um. Ein grauhaariger Mann mit dunkler Haut und brennenden blauen Augen.

»Ja, wir kommen von den Schiffen. Ich heiße Debhu. Geben Sie Kulozik auf der Stelle frei!« befahl er den Proktoren, die sich beeilten, Jan die Handschellen abzunehmen. »Wir sind vor etwa zwanzig Stunden auf der Straße gelandet. Tut mir leid, daß wir mit unserem Auftritt so lange gezögert haben, doch wir wollten abwarten, bis alle an einem Ort beisammen waren. Hätte man von unserer Ankunft gewußt, hätte man Sie wohl kurzerhand getötet.

Es wäre vielleicht zu Kämpfen und weiteren Verlusten gekommen. Es tut mir leid, daß Sie das alles durchmachen mußten, mit dem Todesurteil im Nacken.«

»Sie kommen von den Schiffen – aber Sie gehören nicht zum Erd-Commonwealth!«

Die Worte fuhren Jan in einer jähen Explosion der Hoffnung über die Lippen. Etwas Ungeheures, Unglaubliches war geschehen. Langam nickte Debhu.

»Richtig. Es hat ... Veränderungen gegeben ...«

»Was machen Sie hier? Räumen Sie die Plattform!« Chun Taekengs Zorn überwand endlich die Lähmung, die alle ergriffen hatte. »Geben Sie mir das Mikrofon und verschwinden Sie! Ihr Verhalten ist unzulässig ...«

»Wächter. Drängen Sie die Richter zurück. Behalten Sie sie gut im Auge.«

Stämmig gebaute Männer mit schußbereiten Waffen kamen Debhus Befehl nach. Sie drängten die entsetzten Familienvorstände zu einer Gruppe zusammen und hielten sie mit den Waffen in Schach. Debhu nickte anerkennend und hob wieder das Mikrofon.

»Menschen von Halvmörk – bitte hören Sie mich an. Die Schiffe sind spät gekommen, weil es in etlichen planetarischen Regierungen Veränderungen gegeben hat. Darüber werden wir Ihnen später mehr erzählen. Im Augenblick möge der Hinweis genügen, daß die absolutistische Macht der irdischen Behörden, die sich das Erd-Commonwealth nannte, gebrochen ist. Sie sind ein freies Volk. Was das für Sie bedeutet, wird Ihnen noch erklärt werden. Im Augenblick genügt es zu wissen, daß ein Krieg im Gange ist und die Menschen großen Hunger gelitten haben. Jede Handvoll Korn, die Sie geerntet haben, wird benötigt, und wir sind dankbar dafür. Jetzt gehen Sie bitte nach Hause und warten Sie, bis Sie über weitere Details unterrichtet werden. Vielen Dank.«

Die Stimmen erhoben sich zu einem lauten Gewirr, als die Zuschauer kehrtmachten und auseinandergingen und dabei eifrig miteinander sprachen. Einige wollten bleiben, Techniker, Freunde Jans, doch sie wurden von den Männern mit den Gewehren weitergeschoben, von denen immer mehr auf dem Platz erschienen.

Jan wartete schweigend ab; er mußte mehr wissen, ehe er sich in das Gespräch einschaltete.

»Sie wissen über den Prozeß und das Urteil Bescheid?« fragte Jan. Debhu nickte. »Woher?«

»Wir haben einen Agenten auf diesem Planeten.«

»Ich weiß. Ritterspach. Aber der ist tot.«

»Ritterspach war nur ein Werkzeug. Er hat nur Befehle entgegengenommen. Nein, der wirkliche Agent ist gut ausgebildet und arbeitet schon seit Jahren. Die Meldungen kamen über Verzerrer von einem Sender auf der Frequenz der Sicherheitspolizei. Wir konnten entsprechende Geräte erbeuten und hörten die Nachrichten, als wir den Sprungraum verließen. Deshalb haben wir unser Eintreffen auch nicht angekündigt.«

Die schnelle Entwicklung der Ereignisse übertraf Jans Begriffsvermögen. So schnell konnte er sich auf die neuen Informationen nicht einstellen. »Ein aktiver Agent hier? Aber wer ...?« Noch während er die Frage stellte, kam ihm die Antwort in den Sinn. Er fuhr herum und zeigte mit dem Finger auf die Richter. »Da haben Sie Ihren Agenten, genau dort!«

»Ja, das ist sie«, sagte Debhu.

Die Hradil stieß einen schrillen Schrei aus und wollte sich mit erhobenen Händen und klauenhaft gekrümmten Fingern auf ihn stürzen. Jan wartete die Attacke ab. Er trat vor, ihr entgegen, packte ihre Handgelenke und ließ sie nicht wieder los. Gelassen starrte er in ihr haßverzerrtes Gesicht, das wenige Zentimeter vor dem seinen verharrte.

»Natürlich. Mein großer Feind. Die klügste und böseste Person auf diesem Planeten. Zu intelligent, um von der niedrigen Rasse der anderen abzustammen. Ein Geschöpf der Erde. Bereit, auf diesem elenden Planeten ins Exil zu gehen, als Gegenleistung für die Macht, die absolute Macht über andere zu herrschen, wie es ihr gefiel, und zu vernichten, wen sie nicht mochte. Die Person, die heimlich den Schiffen Meldung machte, damit ihre Herren auf der Erde wußten, wie tüchtig sie hier wirkte. Die dafür sorgte, daß jeder starb, der sich ihr in den Weg stellte ...«

»Keine Probleme, bis Sie kamen!« kreischte sie, und Speicheltropfen flogen ihr von den Lippen. »Man machte mich darauf aufmerksam, daß er ein potentieller Unruhestifter ist. Ich habe ihn gut im Auge behalten und genug Beweise für seine schmutzige Tätigkeit gesammelt.«

Sie schwankte, als er sie langsam hin und her schüttelte, vorsichtig, damit er ihr die alten Knochen nicht brach. Seine Stimme klang leise, aber triumphierend.

»Man hat Sie belogen, ist Ihnen das klar? Man wußte alles über mich. Man verurteilte mich und schickte mich hierher. Für mich war es das Todesurteil – die Verbannung auf diese Gefängniswelt. Sie waren nur mein Aufpasser, der Berichte an die Erde schickte. Aber nicht mehr. Begreifen Sie das nicht? Wir haben gesiegt, Sie haben verloren. Freut Sie das nicht besonders?«

Jan fühlte Ekel. Die Berührung ihrer Haut widerte ihn an. Er ließ sie los, stieß sie den Wächtern entgegen, die sie auffingen, ehe sie fallen konnte. Angeekelt von der leichenhaften Kälte ihrer Haut, wandte er sich ab.

»Noch haben wir nicht überall gesiegt«, sagte Debhu. »Aber wenigstens können wir hier die Oberhand behalten. Wenn wir starten, nehme ich diese Frau mit. Und den Proktor, der Ihren jungen Freund ermordete. Diese Art gewalttätiger Herrschaft muß ein Ende haben. Wir werden Prozesse durchführen, öffentliche Prozesse, die auf jeden bewohnten Planeten übertragen werden. Es soll Recht gesprochen werden – doch anders als bei der Charade, die hier ablief. Wir hoffen, daß die Prozesse Frieden bringen, Prozesse, die all jene bestrafen, welche als schuldig gelten müssen. Wir müssen die alten Haßgefühle überwinden. Es gibt viele Scherben zu kitten, wenn diese Dinge ausgestanden sind. Aber das Ende ist nahe. Wir siegen an allen Fronten – mit einer Ausnahme. Die Planeten gehören uns – das war das leichteste. Niemandem hat die Herrschaft durch die Erde geschmeckt. Die Raumflotte war über weite Bereiche auseinandergezogen und ihre Einheiten konnten von einzelnen Planeten aus angegriffen werden. Dabei hatten wir die Überraschung auf unserer Seite. Ohne die Stützpunkte und den Nachschub konnte sich die Erdenflotte nur zurückziehen – aber aus den Kämpfen sind sie relativ heil hervorgegangen. Angeschlagen, aber nicht verwundet. Die restlichen Einheiten sind inzwischen zur Erde zurückgekehrt, um die Heimwelt mit einem undurchdringlichen Abwehrring zu schützen. Das ist eine Nuß, die wir noch nicht knacken konnten.

Doch andererseits ist die Erde außerstande, die Planeten anzugreifen – kein Raumer kann hoffen, eine gut verteidigte Planetenbasis zu erobern.«

»Mag sein – aber wir haben das Problem, daß wir dringend Ersatzteile von der Erde brauchen. Im Augenblick steht es also unentschieden. Die Erde hat wahrscheinlich Reserven an Nahrungsmitteln und Mineralien.«

»Das ist richtig, doch auf lange Sicht kann ihre Wirtschaft, so wie sie im Augenblick aussieht, ohne die Planeten nicht fortbestehen.«

»Wir können aber auch nicht ohne die Erde leben.«

»Das stimmt. Die Erde hat Reserven – doch auf dem Gebiet der Nahrungsmittel wird sich das bald ändern. Ich glaube nicht, daß man dort die Bevölkerung lang ausreichend versorgen kann, selbst wenn man synthetische Speisen hinzuzieht. Die Zukunft steht also noch offen. Wir haben die ersten Schlachten, nicht aber den Krieg gewonnen. Und unsere Not auf dem Nahrungsmittelsektor ist noch größer als die der Erde, denn wir haben überhaupt keine Reserven. Das war stets die erklärte Politik der Erde, um alle Planeten in Abhängigkeit zu halten: keine Reserven, weder an Nahrungsmitteln noch an Industriegütern, weder an Kernbrennstoff noch an Arzneimitteln. Der Hunger steht überall vor der Tür – und das ist der Grund, warum wir dringend das Korn brauchen. Sofort. Die Frachtschiffe sind bereits im Orbit, die ersten schon im Landeanflug. Die Landung wurde in dem Augenblick eingeleitet, als ich das grüne Licht dazu gab. Wir danken Ihnen, daß Sie trotz der vielen Probleme das Getreide gerettet haben. Wir beginnen sofort mit dem Verladen.«

»Nein«, sagte Jan ernst. »So wird das nicht ablaufen. Das Getreide wird erst verladen, wenn ich dazu den Befehl gebe.«

Debhu trat erstaunt zurück, und im Reflex fuhr seine Waffe hoch.

»Töten Sie mich, wenn Sie wollen! Töten Sie uns alle! Aber das Getreide gehört uns.«

Debhus Augen waren zornige Schlitze in seinem dunklen Gesicht. »Worauf wollen Sie hinaus, Kulozik? Wir stehen im Krieg und brauchen die Vorräte – wir *müssen* das Korn mitnehmen! Niemand wird uns daran hindern. Ich kann Ihnen so leicht das Leben nehmen, wie ich es vorhin gerettet habe.«

»Drohen Sie mir nicht – und brüsten Sie sich nicht mit Ihrem Krieg. Auch wir haben im Krieg gestanden, gegen diese fremde Welt. Und wir haben das Getreide gerettet. Es ist nicht von allein hergekommen. Hätten wir es zurückgelassen, wäre es längst zu Asche verbrannt. Diese Menschen sind arm genug, doch das Wenige, das sie besaßen, haben sie dafür geopfert. Kleidung, Möbel, persönliche Dinge mußten zurückbleiben, um Platz für das Getreide zu machen, das Sie sich jetzt aneignen wollen, als hätten Sie ein Recht darauf. Es gehört *uns* – begreifen Sie? Männer, Frauen und Kinder sind dafür gestorben, und ich möchte nicht feststellen müssen, daß ihr Opfer umsonst gewesen ist. Sie bekommen das Getreide, aber wir knüpfen daran gewisse Bedingungen. Sie werden sich die Bedingungen anhören – oder Sie müssen uns erschießen. Sie bekommen das Getreide, doch es wäre dann das letzte. Die Entscheidung liegt bei Ihnen.«

Debhu starrte Jan eindringlich an, er sah seine verkrampften Muskeln und seine geballten Fäuste. Sekundenlang standen sie sich gegenüber, stumm, angespannt. Dann wich der Zorn aus Debhus Gesicht und machte einem schwachen Lächeln Platz. Er brummte vor sich hin, und die Waffe verschwand.

»Sie sind ein harter Mann, Kulozik, das merkt man gleich«, sagte er. »Ich muß wohl ausführlich mit Ihnen reden. Sie haben da nicht unrecht. Es war ein anstrengender Vormittag. Sie haben sicher ebensoviel Recht auf die Früchte der Revolution wie jeder andere. Nicht daß wir schon viel zu bieten haben. Jetzt wollen wir aber zunächst Ihre Frau suchen, die Sie bestimmt sehen will, dann trinken wir etwas und besprechen alles in Ruhe.«

»Einverstanden!«

Alzbeta war stumm vor Überraschung; sie konnte kaum glauben, was geschehen war. Sie vergrub ihr Gesicht an seiner Schulter und preßte ihn an sich und weinte, ohne zu wissen, warum.

»Schon gut«, sagte Jan. »Es ist alles vorbei. Die Dinge werden nicht so weiterlaufen wie bisher – es wird Verbesserungen geben. Jetzt mach bitte Tee für unseren Gast, dann sage ich dir, worum es geht.«

Er holte eine Flasche seines Alkoholdestillats hervor und schenkte eine Runde ein, in der Hoffnung, daß der Tee den Geschmack abmildern würde. Debhu riß die Augen auf, als er den ersten Schluck unten hatte.

»Man muß sich erst daran gewöhnen«, sagte Jan. »Wollen wir einen Toast ausbringen? Auf die Vernunft und eine friedliche Zukunft.«

»Ja, darauf trinke ich gern. Aber ich würde auch gern wissen, was Ihre Rebellion zu bedeuten hat.«

»Es ist keine Rebellion«, sagte Jan, leerte seinen Becher und stellte ihn fort. »Nur ein Geben und Nehmen. Gleichberechtigung. Die Menschen hier sind keine ökonomischen Sklaven mehr – damit muß es vorbei sein. Sie werden für ihre Freiheit arbeiten müssen – und damit haben sie bereits begonnen. Sie werden weiter die Nahrung liefern, die Sie brauchen. Aber dafür wollen Sie Gegenleistungen sehen.«

»Wir haben nicht viel zu bieten. Es hat große Zerstörungen gegeben, mehr, als ich in der Öffentlichkeit zugeben wollte. Ein Chaos. Es wird Jahrhunderte dauern, bis alles wieder aufgebaut ist.«

»Wir brauchen nichts weiter als Gleichberechtigung und die sich daraus ergebenden Weiterungen. Die Herrschaft der Familienvorstände muß beendet sein. Nicht sofort, die Leute hier kennen kein anderes System, und ohne Plan funktioniert nichts mehr. Aber es soll aus eigenem Antrieb zusammenbrechen. Wir möchten offenen Kontakt zum gesamten übrigen Commonwealth, zu den übrigen Planeten. Unsere Leute sollen lernen, wie die Demokratie funktioniert, sie sollen sie mit der ökonomischen Sklaverei vergleichen, in der sie bisher gelebt haben. Unsere Kinder sollen auf anderen Planeten studieren. Nicht alle, nur die besten natürlich. Die kehren dann mit geschulter Intelligenz und neuen Ideen zurück, und daraus muß sich alles zum Besseren verändern. Die Familienvorstände werden dem nicht ewig Einhalt gebieten können.«

»Sie verlangen da sehr viel ...«

»Im Grunde eigentlich sehr wenig. Aber es muß sofort begonnen werden. Zuerst nur wenige Kinder, gleich auf diesem Flug. Vermutlich müssen wir sie ihren Eltern entreißen. Aber sie werden sehen, ob es ihnen gefällt oder nicht, und sie werden mit der Zeit begreifen, warum es nicht anders ging. Es wird ihnen und uns allen schwer fallen, denn ich bin sicher, daß Bildung und Information auf den äußeren Planeten so eingeschränkt sind wie auf der Erde. Aber die Tatsachen sind vorhanden. Man muß sie nur aufdecken und begreifen. Wir alle müssen freien Zugang haben zum irdischen Erbe, dem wir alle entstammen und das uns vorenthalten worden ist. Auf dieser Welt wird das über kurz oder lang das Ende der beengenden Kultur zur Folge haben, die den Menschen hier aufgezwungen wurde. Das Getreide, das wir haben, stellt einen gewissen ökonomischen Machtfaktor dar, folglich müssen wir für unsere Mühen Gegenleistungen sehen. Die Zukunft muß anders ablaufen. Die Menschen hier haben ihr Leben wie Marionetten verbracht. Ihnen kam es vielleicht real vor, doch in Wirklichkeit zappelten sie am Ende der Schnüre, die von den Herren auf der Erde bewegt wurden. Die Hradil war das Werkzeug, mit dessen Hilfe sie sicherstellten, daß es keine Abweichung von den leeren Rollen gab, die für jedermann vorgeschrieben waren. Für die Leute von der Erde waren wir absolut ohne Bedeutung, unwichtiger als Maschinen, unpersönlich und ersetzbar wie die Bauteile einer riesigen organischen Maschine, die billige und proteinreiche Nahrung liefern mußte. Aber damit ist es aus. Wir liefern die Nahrung, aber dafür muß man uns *als Menschen* anerkennen.«

Debhu nippte von seinem mit Alkohol angereicherten Tee und nickte.

»Na, warum auch nicht? Ihre Forderungen in materieller Hinsicht sind in der Tat gering, und das zählt vor allem für uns, da wir verflucht wenig zu bieten haben. Aber wir nehmen die Kinder mit und finden Schulen für sie ...«

»Nein. Darum kümmere ich mich. Ich begleite Sie.«

»Das geht nicht!« rief Alzbeta bekümmert. Er ergriff ihre Hände.

»Es wird nicht lange dauern. Ich komme zurück, das verspreche ich dir. Aber bei all dem Durcheinander ist die Gefahr groß, daß unsere Belange wieder in Vergessenheit geraten. Ich muß für alles kämpfen, das uns zusteht. Ich weiß, was dieser Planet braucht, und werde es erringen. Wenn ich auch davon überzeugt bin, daß hier unter hundert höchstens einer zu schätzen weiß, was ich zu erreichen versuche. Ich nehme ihnen die Kinder weg, damit sie eine Bildung bekommen, ich bringe Neuerungen, ich verbreite verräterische Gedanken – dafür wird man mich nicht ins Herz schließen.«

»Du wirst fortfliegen und nie zurückkehren«, sagte sie so leise, daß er die Worte kaum verstand.

»Das darfst du nicht glauben«, sagte Jan. »Mein Leben ist hier an deiner Seite. Auf dieser seltsamen Welt aus Dämmerung und Feuer. Die Erde gehört zu meiner Vergangenheit. Ich liebe dich, ich habe meine Freunde hier, und wenn erst die Veränderungen eingetreten sind, die ich erwarte, kann das Leben selbst hier sehr angenehm sein. Ich fliege aber fort, weil es niemanden sonst gibt, der die Aufgabe erfüllen könnte. Ich will versuchen, wieder bei dir zu sein, wenn unser Sohn geboren wird. Versprechen kann ich es dir aber nicht. Spätestens wenn die Züge wieder abgehen, bin ich wieder zurück, denn ich bringe die Vorräte und Ersatzteile, die das möglich machen.« Er blickte zu Debhu hinüber. »Ich kann mir nicht vorstellen, daß Sie Reaktorbrennstäbe oder andere Dinge mitgebracht haben, die wir dringend brauchen?«

»Nein. Wissen Sie, wir sind aus dem Chaos gestartet. Unsere Nahrungsmittelreserven sind erschöpft. Und die meisten Dinge auf den Ladelisten für diesen Planeten werden auf der Erde hergestellt.«

»Begreifst du nun, was ich meine, Alzbeta? Wir müssen unsere Interessen selbst schützen. Ich werde damit ganz allein beginnen müssen. Aber es wird klappen. Die Menschen müssen immer essen.«

Aus dem Himmel tönte das lauter werdende Tosen von Bremsraketen. Die Schiffe waren da. Alzbeta stand auf und stellte die Teekanne auf das Tablett.

»Ich mache frischen Tee. Es tut mir leid, wenn ich töricht an dir gezweifelt habe. Ich weiß, daß du zurückkommst. Du wolltest ja immer, daß sich unser aller Leben verändert. Und vielleicht kommt es jetzt dazu. Nein, ich bin davon überzeugt. Aber nach den Veränderungen – werden wir dann glücklich sein?«

»Sehr«, sagte er und ihr Lächeln antwortete auf das seine.

Die Teetassen klapperten auf den Untertassen, als das Brausen lauter und immer lauter wurde, bis ein weiteres Gespräch unmöglich war.

Endlich waren die Schiffe eingetroffen.

DER DRITTE ROMAN

Sternwelt

STERNWELT
erschien ursprünglich als HEYNE-BUCH Nr. 06/3912
Titel der amerikanischen Originalausgabe
STARWORLD

Deutsche Übersetzung:
Thomas Schlück

1

Der alte Frachter war seit Passieren der Marskreisbahn auf Fusionsantrieb gelaufen. Der Bug zeigte auf die Erde – auf die Stelle, die die Erde in einigen Stunden einnehmen würde. Die elektronischen Einrichtungen waren entweder abgeschaltet worden oder arbeiteten mit absolut minimaler Leistung und hinter dichten Abschirmungen. Je mehr sich das Schiff der Erde näherte, desto größer war die Gefahr der Entdeckung. Und der sofortigen Vernichtung.

»Wir tragen den Krieg zu ihnen«, sagte der politische Kommandeur. Vor der Revolution war er an einer kleinen Universität auf einem fernen Planeten Professor für Ökonomie gewesen; die Notlage hatte alles verändert.

»Mich brauchen Sie nicht noch zu überzeugen«, antwortete Blakeney. »Ich habe zu dem Komitee gehört, das diesen Angriff befohlen hat. Und ich bin nicht gerade zufrieden mit dem Zielwahlprogramm.«

»Ich will Sie nicht überzeugen. Mir gefällt der Gedanke einfach. Ich hatte Angehörige auf Teoranta ...«

»Die sind untergegangen«, sagte Blakeney. »Der Planet existiert nicht mehr. Sie müssen sie vergessen.«

»Nein. Ich möchte mich an sie erinnern. Soweit es mich betrifft, findet dieser Angriff zu ihrem Gedenken statt. Und im Gedenken aller anderen, die im Laufe der Jahrhunderte durch die Erde ausgebeutet und vernichtet wurden. Endlich wehren wir uns. Endlich tragen wir der Erde den Kampf vor die Haustür.«

»Trotzdem macht mir die Software Kummer.«

»Sie machen sich zu viele Sorgen. Eine einzige Bombe muß über Australien abgeworfen werden. Wie kann man eine so große Insel verfehlen, einen ganzen Kontinent?«

»Das kann ich Ihnen genau sagen. Wenn wir das Kundschafterboot freigeben, wird es unsere Beschleunigung haben und den eigenen Flug von dieser Grundgeschwindigkeit aus aufbauen. Der

Computer darf dabei keinen Fehler machen, denn wir haben nur Zeit für einen einzigen Vorbeiflug, das ist alles. Wissen Sie, wie hoch die Annäherungsgeschwindigkeit sein wird? Ungeheuer!« Er griff nach seinem Rechengerät und begann Zahlen einzugeben. Der Befehlshaber hob die Hand.

»Es reicht. Ich habe keinen Sinn für Mathematik. Ich weiß nur, daß unsere besten Fachleute das Kundschafterboot für den Angriff umgebaut haben. Der DNS-basierende Virus wird sämtliche Getreideernten aufzehren und vernichten. Sie haben persönlich das Steuerprogramm vorbereitet, mit dem das Schiff gesteuert, das Ziel ausfindig gemacht und die Bombe abgeworfen wird. Und danach weiß man auf der Erde, daß der Krieg nun auch zu Hause stattfindet.«

»Und gerade weil ich am Programm gearbeitet habe, bin ich unsicher. Es gibt zu viele Unbekannte. Ich mache unten noch einen Probelauf.«

»Tun Sie das. Ich bin zwar von unserem Erfolg überzeugt, aber wie Sie wollen. Achten Sie aber auf die Zeit. Wir haben nur noch wenige Stunden. Sobald wir in das Ortungsnetz eingedrungen sind, müssen wir uns sputen. Wir haben keine Zeit, uns die Auswirkungen unseres Schlages anzusehen.«

»Dauert nicht lange«, sagte Blakeney, machte kehrt und verließ die Brücke.

Alles ist nur notdürftig vorbereitet, dachte er auf seinem Marsch durch die leeren Schiffskorridore. Selbst die Mannschaft. Ein unbewaffneter Frachter, der einen Angriff auf das Herz des Erd-Commonwealth wagte. Der Plan war allerdings verrückt genug, um zu klappen. Seit Abschalten des Raumantriebs vor der Marsbahn hatten sie ständig an Tempo zugenommen. Das Schiff würde an der Erde vorbeirasen und wieder in Sicherheit sein, ehe die Verteidiger einen Angriff einleiten konnten. Doch wenn sie an dem Planeten vorbeikamen, würde das kleine Kundschafterboot, das sie außenbords mitführten, unter Computerkontrolle abgesprengt werden. Und das machte ihm Sorgen. Alle Schaltungen waren mit primitiven Mitteln vorgenommen worden, ein komplizierter Apparat, der beim ersten Versuch richtig arbeiten mußte. Wenn die

Sache danebenging, war die ganze Mission umsonst gewesen. Er mußte die langwierigen Tests eben noch ein letztesmal durchgehen.

Das winzige Raumfahrzeug, kleiner als ein normales Rettungsboot, war mit Stahlklammern an der Außenhülle festgemacht und sollte durch Sprengbolzen gelöst werden. Eine Kriechröhre war an Ort und Stelle; das Innere des Beibootes hatte also mit dem größeren Schiff die Atmosphäre gemeinsam, was Einbauarbeiten und Wartung sehr erleichterte. Blakeney ließ sich durch die Röhre gleiten und starrte stirnrunzelnd auf die Schaltungen und Apparate, die die Wände der winzigen Kabine bedecken. Er schaltete den Bildschirm ein, holte sich das Inspektionsprogramm darauf und begann die Probeläufe.

Auf der Brücke sirrte heiser ein Alarm, und eine Reihe von Ziffern marschierte über den Bildschirm des Wachhabenden. Der politische Kommandant eilte herbei und schaute dem Mann über die Schulter.

»Was hat das zu bedeuten?« fragte er.

»Wir haben das Ortungsnetz durchquert – wahrscheinlich das äußerste Radarnetz der Erde.«

»Dann weiß man also, daß wir hier sind?«

»Nicht unbedingt. Wir liegen in der Ebene der Ekliptik ...«

»Und das heißt?«

»In der flachen, diskusförmigen Zone, in der sich alle Planeten des Sonnensystems bewegen. Zugleich die Ebene der meisten Planetoiden, zahllosen Sonden und einer Menge Schrott und Schutt. Wir stehen zu weit von der Erde entfernt, als daß sie Strahlung vom Schiff aufgefangen haben könnten. Folglich sind wir für die Beobachter nichts anderes als irgendein Raumbrocken, ein eisenhaltiger Meteor. Zunächst noch. Das Radarnetz hat auf uns aufmerksam gemacht, und weitere Geräte werden bald in unsere Richtung blikken. Laserradar, was immer man zur Verfügung hat. Jedenfalls sollte die Sache so ablaufen. Wir werden es bald genau wissen. Wir zeichnen sämtliche gegnerischen Signale auf. Wenn wir zurückkehren, haben wir dann alles registriert. Nach der Analyse wissen wir wesentlich mehr über die Abwehreinrichtungen hier.«

Wenn, nicht *falls*, registrierte der politische Kommandant zufrieden. An der Moral dieser Besatzung war nichts auszusetzen. Aber die Mission hatte noch eine andere Seite. Der Virusangriff. Er warf einen Blick auf die Zeitanzeige und meldete sich im Kundschafterboot.

»Wir kommen jetzt in die rote Zone. Bis zur Abtrennung ist es keine halbe Stunde mehr. Wie kommen Sie voran?«

»Ich werde gerade fertig. Sobald ich dieses Programm durch habe, komme ich zu Ihnen.«

»Gut. Ich möchte, daß Sie . . .«

»Impulsradar hat uns im Visier!« meldete der Wachhabende. »Man weiß nun von unserer Anwesenheit.« Neben seinem Ellbogen wurde ein Hilfsschirm hell, und er deutete auf die Anzeige.

»Wir haben die Reflektoren abgeschossen. Wo bis eben nur ein Punkt auf den Bildschirmen zu sehen war, ist jetzt ein halbes Dutzend gleich großer Impulse zu registrieren, die sich allerdings mit unterschiedlicher Geschwindigkeit auf verschiedenen Kursen voneinander lösen.«

»Man weiß also nicht, welches Zeichen das richtige Schiff ist?«

»Nicht sofort. Aber die Leute unten wissen, was wir getan haben, und werden sogleich die Kurzvorhersagen analysieren, zeitlich voraus und zurück. Daran können sie den richtigen Kurs bestimmen. Aber wenn die Computer so weit sind, hat unser Rechenwerk schon wieder andere Abwehrmaßnahmen eingeleitet. Ein gutes Programm. Von den besten Physikern und Comptechs geschrieben.«

Die Argumente des Wachhabenden beruhigten den politischen Kommandeur nicht gerade. Der Gedanke, daß sein Leben von der gezielten Verteilung von Magnetladungen und Elektronen dieser Programme abhing, gefiel ihm nicht. Er blickte zu den winzigen Lichtpunkten der Sterne hinaus, betrachtete die wachsende Scheibe der Erde und versuchte sich das Netz der Lichtstrahlen und Funkwellen vorzustellen, in dem das Schiff gefangen war. Es gelang ihm nicht. Er mußte sich darauf verlassen, daß sie sich an diesem Ort befanden und mit Geschwindigkeiten arbeiteten, die sein Begriffsvermögen überstiegen. Ein Mensch konnte keine Schlacht im

Raum durchstehen. Das taten einzig und allein die Maschinen. Die Besatzungen waren nichts anderes als eingeschlossene Zuschauer. Er hatte die Hände fest hinter dem Rücken verkrampft, eine unbewußte Reaktion.

Es gab eine Reihe dumpfer Geräusche, die er mehr spürte als hörte, gefolgt von einer Explosion, die das Deck unter seinen Füßen spürbar erzittern ließ.

»Wir sind getroffen!« rief er aus, ohne nachzudenken.

»Noch nicht.« Der Wachhabende betrachtete seine Bildschirme. »Unsere restlichen Täuschgeschosse und Reflektoren sind abgeschossen worden, dann das Kundschafterboot. Unsere Mission ist erfüllt – jetzt müssen wir schleunigst von hier verschwinden. Fusionsantrieb abschalten ... Raumantrieb zum Start vorbereitet. Sobald es die Schwerkraftfelder zulassen, sind wir unterwegs.«

Dem politischen Kommandeur kam plötzlich ein Gedanke, und er riß die Augen auf. Heftig drehte er sich um.

»Wo ist Blakeney!« rief er. Aber auf der Brücke hatte niemand seine Worte gehört. Die Männer zählten die Sekunden und warteten auf die Raketen, die bestimmt auf sie abgeschossen worden waren.

Der politische Kommandeur war plötzlich von Verzweiflung erfüllt. Er wußte, wo Blakeney steckte.

Er hatte recht gehabt, wieder einmal recht! Die Leute wollten Comtechs sein! Sie konnten kein Waschmaschinenprogramm schreiben! Die Kreisbahnberechnungen waren in Ordnung, einfache Trigonometrie und Geometrie und Differentialrechnung. Ein Kinderspiel! Aber die Orientierung einer Vergleichsebene überstieg offenbar die Fähigkeiten der hohen Herren!

Befriedigt verfolgte Blakeney eine knappe Sekunde lang, wie der Cursor das vergrößerte Bild der Erde absuchte und auf der riesigen Masse eines Sturmtiefs hängenblieb. Er schaltete die Handkontrollen darüber und legte den Finger auf den Schirm, auf das einzige Stück Australien, das nicht von den Wolken eines tropischen Unwetters bedeckt war. Als der schimmernde Punkt des Cursors an diese Stelle sprang, tippte er ein: POSITIVE IDENTIFIKATION und hob den Finger abwartend. Das dumme Ding würde jetzt an dieser Stelle festhalten, darauf konnte man sich wenigstens verlassen.

Und nicht zu früh. Der Ton des Antriebs veränderte sich, als der Kurs Sekunden später geändert wurde. Gut. Er folgte der Darstellung des Programms und öffnete den Starthebel, während er auf die äußeren Schichten der Atmosphäre zuraste, bereit, den Abwurf manuell vorzunehmen, sollten neue Schwierigkeiten auftreten.

Aber die schienen beseitigt zu sein. Als auf dem Schirm die Null erschien, dröhnte die Auswurfmechanik dumpf. Das Schiff bog in weitem Bogen ab, um den äußeren Schichten der Atmosphäre auszuweichen; im gleichen Augenblick raste der schwere Keramikbehälter bereits auf den Planeten zu. Blakeney wußte, was nun geschehen würde; zumindest dies war gut durchdacht worden. Schichtweise würde das isolierende Material fortgebrannt werden, in dem Maße, wie das Gefäß in die dichteren Luftschichten eindrang. Es würde heißer und langsamer werden, während die gefrorenen Viren noch sicher in der cryogenischen Flasche ruhten. Dann würde sich eine Keramikschicht lösen und eine Öffnung freigeben, in die Luft dringen konnte, die zu einem Druckanzeiger geführt wurde.

In genau 10769 Metern Höhe, in der Mitte eines Jetstroms, würde der Sprengsatz hochgehen und den Inhalt der Flasche ausstreuen.

Der Jetstrom, ein starker, in 10000 Metern wehender Wind, würde das Virus über Australien und vielleicht auch Neuseeland verteilen. Ein sorgfältig konstruiertes Virus, das jede Nahrungsmittelpflanze auf der Erde angreifen und vernichten würde.

Blakeney lächelte noch über den Gedanken, als das Geschoß ihn traf.

Es verfügte über einen nuklearen Sprengkopf, so daß die Beobachter von unten den Eindruck hatten, als wäre hinter den Wolken plötzlich eine zweite Sonne aufgegangen.

2

Der TWA-Jet hatte New York einige Stunden nach Dunkelwerden verlassen. Als er Reisehöhe erreichte, war die Maschine in den Überschallbereich gewechselt und zog ihre Bahn über die Vereinigten Staaten hinweg. Etwa über Kansas holte das mit 2,5 Mach dahinrasende Flugzeug die untergehende Sonne wieder ein; es wurde hell am westlichen Himmel. Als die Maschine über Arizona herunterging, stand die Sonne wieder ein gutes Stück über dem Horizont, und die Passagiere, die in New York schon einen Sonnenuntergang gesehen hatten, wurden nun Zeugen eines viel farbenfroheren Schauspiels über der Mojave-Wüste.

Thurgood-Smythe starrte mit zusammengekniffenen Augen in die Helligkeit und stellte sein Fenster dunkel. Er sah die Notizen einer UN-Katastrophensitzung durch, die eilig einberufen worden war; ihm stand nicht der Sinn nach der Pracht des Sonnenuntergangs oder den gewaltigen technischen Anlagen von Raumconcent, das sich vor ihm auftat. Er hielt die Aktentasche auf den Knien und hatte den flachen Bildschirm aus dem Schlitz gezogen. Zahlen, Namen und Daten marschierten mit gleichförmiger Geschwindigkeit darüber hin und blieben nur stehen, wenn er die Tastatur berührte, um Irrtümer zu berichtigen, die der Sprachaufzeichner bei der Niederschrift gemacht hatte. Obwohl das Gerät auf seine Stimme eingestellt war, machte es oft Fehler. Er nahm die Berichtigungen automatisch vor, denn der größte Teil seines Denkens galt den ungeheuren Veränderungen und dem Ernst der Situation. Im Grunde war das alles unglaublich, unmöglich. Doch es war eingetreten.

Es gab einen Ruck, als die Maschine die Piste berührte, dann wurde er nach vorn in die Sicherheitsgurte gepreßt. Der Düsenantrieb war auf Gegenschub geschaltet worden. Bildschirm und Tastatur verschwanden auf Knopfdruck, das dunkle Fenster hellte sich auf, und er blickte zu den weißen Türmen des Raumfahrtzentrums hinaus, bestrahlt vom glühenden Ockerrot der Sonne. Er verließ die Maschine als erster.

Zwei Uniformierte erwarteten ihn; auf ihren zackigen Salut antwortete er mit einem Kopfnicken. Es wurde nichts gesprochen; die beiden baten ihn auch nicht, sich auszuweisen. Sie wußten, wer er war, wußten auch, daß dies ein außerplanmäßiger Flug war, der einzig und allein seinetwegen stattfand. Thurgood-Smythes Hakennase und sein hageres, hartes Gesicht waren in letzter Zeit oft in den Nachrichten zu sehen gewesen. Das kurzgeschnittene weiße Haar wirkte militärisch-streng im Vergleich zur längeren Haarmode, die im Augenblick getragen wurde. Sein Äußeres entsprach dem der Realitäten: er sah aus wie ein Mann, der Verantwortung trägt.

Als Thurgood-Smythe das Büro betrat, stand Auguste Blanc vor dem wandhohen Fenster und wandte ihm den Rücken zu. Als Direktor von Raumconcent kommandierte er natürlich vom obersten Stockwerk des höchsten Verwaltungsgebäudes aus. Der Ausblick war eindrucksvoll, der Sonnenuntergang von unvergleichlicher Schönheit. Die Berge am Horizont schimmerten purpurnschwarz, dunkle Umrisse vor dem roten Himmel. Die Gebäude und hoch aufragenden Raumschiffe schimmerten ebenfalls flammendrot. Blutrot – vielleicht lag hier ein Omen. Unsinn! Ein Hüsteln unterbrach Auguste Blancs Überlegungen, und er wandte sich zu Thurgood-Smythe um.

»Ich hoffe, Sie hatten einen guten Flug«, sagte er und streckte die Hand aus. Eine schmale, zarte Hand, so fein geformt wie sein Gesicht. Er besaß einen Titel, einen vornehmen französischen Titel, den er allerdings selten benutzte. Die Leute, die er beeindrucken mußte, Leute wie Thurgood-Smythe, hatten für solche Dinge nichts übrig. Thurgood-Smythe nickte, sichtlich bemüht, die Formalitäten hinter sich zu bringen.

»Trotzdem ermüdend. Eine kleine Auffrischung? Etwas zu trinken, zum Entspannen?«

»Nein, vielen Dank, Auguste. Nein, Moment, ein Perrier. Wenn ich Sie bitten dürfte.«

»Die trockene Luft im Flugzeug. Keine Luftbefeuchtung, wie wir sie selbstverständlich in den Raumern haben. Da, bitte sehr.« Er reichte das hohe Glas weiter und schenkte sich einen Armagnac ein. Ohne sich umzudrehen, als schäme er sich der Worte, die er äußern mußte, fuhr er fort: »Sieht es schlimm aus? So schlimm, wie ich gehört habe?«

»Ich weiß nicht, was Sie gehört haben.« Thurgood-Smythe trank aus seinem Glas. »Aber ich kann Ihnen unter uns mitteilen ...«

»Dieser Raum ist abgeschirmt.«

»... die Lage ist weitaus schlimmer, als wir alle angenommen haben. Eine Katastrophe.« Er ließ sich in einen Sessel fallen und starrte blicklos in sein Glas. »Wir haben verloren. Überall. Kein Planet ist mehr unter unserer Kontrolle ...«

»Das ist doch nicht möglich!« Jeder Anflug von Vornehmheit war verschwunden, und in Auguste Blancs Stimme schwang nackte Angst. »Unsere Stützpunkte im freien All, wie hätte man die erobern können?«

»Von denen rede ich nicht. Die sind unwichtig. Sie befinden sich auf luftlosen Monden mit niedriger Schwerkraft. Sie können sich nicht selbst versorgen, sondern müssen regelmäßig angeflogen werden. Die sind eher hinderlich. Man kann sie nicht angreifen – aber mühelos aushungern. Wir evakuieren sie alle.«

»Unmöglich! Sie sind unsere Basis, der Ausgangspunkt für unseren Gegenschlag ...«

»Sie sind unsere Achillesferse, wenn Sie unbedingt einen lapidaren Vergleich hören wollen.« In Thurgood-Smythes Worten lag keine Höflichkeit, keine Wärme mehr. »Wir brauchen die Transporter und die Männer. Hier ist ein Befehl. Sorgen Sie dafür, daß das sofort über das Foscolo-Netz verbreitet wird.« Er zog ein Blatt Papier aus der Aktentasche und reichte es dem zitternden Direktor. »Die Debatte hat stattgefunden. Zwei Tage hat man gerungen. Dies ist die gemeinsame Entschließung.«

Auguste Blancs Hände zitterten so sehr, daß er Mühe hatte, den Text zu lesen, der ihm gereicht worden war. Aber ohne den Direktor ging es nicht. Er leistete an seinem Posten gute Arbeit. Und aus diesem Grund, allein aus diesem Grund, äußerte sich Thurgood-Smythe jetzt beherrscht und rücksichtsvoll.

»Diese Entscheidungen zu treffen ist manchmal schwieriger, als sie durchzuführen. Es tut mir leid, Auguste. Man hat uns keinen anderen Ausweg gelassen. Die Planeten gehören der Gegenseite.

Ausnahmslos. Die Rebellen haben nach einem raffinierten Plan gearbeitet. Unsere Leute sind in Gefangenschaft oder tot. Der größte Teil unserer Raumflotte ist intakt, an die Einheiten sind sie nicht herangekommen, wenn auch ein paar sabotiert und sogar verlassen wurden. Wir ziehen uns zurück. Ein strategischer Rückzug. Eine Neuformierung.«

»Rückzug«, sagte Blanc verbittert. »Dann haben wir schon verloren.«

»Nein, absolut nicht. Wir haben die Raumer, und zu denen gehören die einzigen Schiffe, die für eine militärische Verwendung ausgelegt sind. Der Feind hat Frachter, Schlepper, eine Handvoll Deserteure. Viele Welten stehen bereits vor dem Hungertod. Während die Leute sich mit dem Überleben beschäftigen, werden wir unsere Abwehr verstärken. Wenn sie uns dann angreifen, wehren wir sie bestimmt ab. Und dann holen wir uns Schritt für Schritt den verlorenen Boden zurück. Wir beide werden den Ausgang des Kampfes vermutlich nicht mehr erleben, aber die Rebellion wird irgendwann abgefangen und unterdrückt. So wird es sein.«

»Was habe ich zu tun?« fragte Auguste Blanc.

»Geben Sie den Befehl aus. Es ist eine Sicherheitsanweisung an alle Kommandeure, den Kode zu ändern. Ich bin sicher, der alte ist längst geknackt.«

Auguste Blanc betrachtete die wirr scheinende Reihe von Buchstaben und Zahlen und nickte. Verschlüsseln und Entschlüsseln waren Computerfunktionen, und er hatte keine Ahnung wie das funktionierte; es interessierte ihn auch nicht. Er schob das Blatt in den Leseschlitz auf seinem Schreibtisch und tippte einige Anordnungen in die Tastatur. Wenige Sekunden später tönte die Antwort aus den Lautsprechern des Computers.

»Kommando an alle aufgelisteten Empfänger hinausgegangen. Alle aufgelisteten Empfänger haben Bestätigung geschickt. Der Kommunikationskode ist gewechselt.«

Thurgood-Smythe nickte und legte ein zweites Blatt Papier auf Auguste Blancs Tisch.

»Sie werden feststellen, daß die Befehle sehr allgemein gehalten sind. Die Flotte wird sich baldmöglichst auf die Umlaufbahn der

Erde zurückziehen, alle vorgezogenen Stützpunkte sind zu desaktivieren, die Mondstützpunkte zu verstärken. Sobald ausreichend Transporter zur Verfügung stehen, werden sie dazu benutzt, Soldaten auf die Kolonien im Erdorbit zu befördern. Dort werden sich Streitkräfte massieren. Ich habe konkrete Informationen darüber vorliegen, daß die Kolonien nicht mit ihrer Heimwelt, sondern mit den Rebellen sympathisieren. Das gleiche wird in den Satellitenstationen auf den Sonnenumlaufbahnen geschehen. Haben Sie noch Fragen?«

»Werden die Nahrungsmittel knapp werden? Ich habe Gerüchte gehört, daß wir hungern werden. Ich habe meine Frau gebeten, eine große Bestellung aufzugeben, die aber nicht ausgeführt wurde. Was hat das zu bedeuten?«

Der Mann ist ein Feigling – und ein Dummkopf, dachte Thurgood-Smythe. Er macht sich Sorgen, weil ihm das Hamstern nicht gelungen ist! Vermutlich ist das ein neues Wort für ihn. Wie für die meisten Leute. Sie werden schon erkennen, was das bedeutet, wenn wir bei ein paar krassen Fällen mit Erschießungen durchgreifen. Auf Hamstern und Verbreiten defätistischer Gerüchte stand die Todesstrafe.

»Ich will Ihnen die Wahrheit sagen«, bemerkte Thurgood-Smythe laut, »doch zuerst eine Warnung. Wir stehen im Krieg. In Kriegszeiten ist die allgemeine Moral sehr wichtig. Leute, die falsche Gerüchte ausstreuen, die Nahrungsmittel zu hamstern versuchen, wodurch anderen ihr gerechter Anteil geschmälert wird – die Leute helfen dem Feind und werden bestraft. Gefängnis oder Hinrichtung. Drücke ich mich klar genug aus?«

»Ja, ich hatte das nicht richtig begriffen. Es tut mir ehrlich leid, ich wußte ja nicht ...«

Wieder hatte der Mann zu zittern begonnen. Thurgood-Smythe versuchte, sich den Ekel nicht anmerken zu lassen, den er empfand. »Sehr gut. Es wird auf der Erde keine Hungersnot geben – aber zu Engpässen und Rationierungen wird es kommen. Wir haben immer einen gewissen Teil Prol-Nahrung importiert, aber ich kann mir nicht vorstellen, daß sich einer von uns beiden Sorgen machen muß, wenn deren Rationen gekürzt werden. Wichtiger ist die Tatsache, daß eine Pflanzenkrankheit die gesamte australische Ernte dieses Jahres vernichtet hat ...«

»Pflanzenkrankheit? Die gesamte Ernte ... Ich verstehe nicht.«

»Mutierte Viren. Aus dem Weltall mit einer Bombe abgeworfen. Ein Virus, das nach einigen Monaten von allein abstirbt – wir aber müssen mit importiertem Saatgut neu beginnen.«

»Sie müssen sie alle vernichten! Kriminelle Aufständische! Sie versuchen uns auszuhungern!«

»Im Grunde nicht. Der Angriff war nur als Warnung gedacht. Anscheinend haben einige unserer Raum-Kommandeure ihren Rachegelüsten freien Lauf gelassen. Mindestens zwei Rebellenplaneten sind so gut wie ausgelöscht worden. Die Rebellen haben darauf reagiert, indem sie Australien mit Viren bombardierten. Genausogut hätten sie die gesamte Ernte der Welt vernichten können. So handelt es sich nur um eine Nachricht an uns. Natürlich haben wir das angreifende Schiff vernichtet. Aber wir haben eine Antwort ausgeschickt, mit der wir auf die Bedingungen der Rebellen eingegangen sind. Bombardierungen auf Planeten gibt es nur noch, wenn es gegen militärische Ziele geht.«

»Wir müssen sie auslöschen, jeden einzelnen!« sagte Auguste Blanc heiser.

»Das werden wir auch. Unser Plan ist einfach. Alle Streitkräfte werden zur Erde zurückgenommen, um eine Invasion oder Besetzung der Raumkolonien und Satelliten zu verhindern. Dann gezielte Rückeroberung der Planeten, Schritt um Schritt. Sämtliche Raumer werden mit Waffen ausgestattet. Der Feind hat nur wenige Schiffe, die von Rebellen bemannt sind. Die haben wohl die ersten Scharmützel gewonnen, wir aber werden den Krieg gewinnen ...«

»Dringende Meldung«, sagte der Computer. Ein Blatt Papier erschien auf der Tischfläche. Auguste Blanc warf einen Blick darauf und reichte es weiter.

»An Sie adressiert«, sagte er.

Thurgood-Smythe las hastig den Text, dann lächelte er.

»Ich hatte angeordnet, daß alle Bewegungen feindlicher Raumschiffeinheiten überwacht und analysiert werden. Die Gegenseite braucht Nahrungsmittel dringender als wir. Sie hat jetzt einige Schiffe nach Halvmörk geschickt, das ist einer der größten landwirtschaftlichen Planeten. Diese Schiffe sollen ruhig landen und beladen werden. Und dann starten ...«

»Damit wir sie abfangen können!« Auguste Blancs Augen funkelten, seine Ängste waren zunächst vergessen. »Ein genialer Plan, Thurgood-Smythe, dazu möchte ich Ihnen gratulieren! Diese Leute haben sich den Krieg selbst zuzuschreiben, dafür sollen sie zahlen! Wir nehmen ihnen den Proviant ab und schicken ihnen dafür den Hunger.«

»Genau das habe ich mir dabei gedacht, Auguste. Genau das.«

Die beiden Männer lächelten sich in sadistischem Vergnügen zu.

»Die Rebellen sind selbst daran schuld«, fuhr Thurgood-Smythe fort. »Wir haben ihnen Frieden geschenkt, darauf haben sie mit Krieg geantwortet. Jetzt sollen sie erkennen, daß dafür ein hoher Preis zu zahlen ist. Wenn wir mit den Rebellen fertig sind, wird in der Galaxis für immer Frieden herrschen. Die Burschen haben vergessen, daß sie die Kinder der Erde sind, daß wir das Commonwealth der Planeten für sie geschaffen haben. Sie haben vergessen, wie teuer es war, ihre Planeten zu terraformen, damit sie bewohnbar wurden, wie hoch der Preis an Menschenleben und Geld gewesen ist. Sie haben sich gegen unsere sanfte Herrschaft aufgelehnt. Diese Hand werden wir jetzt zur Faust ballen und sie strafen. Sie haben diese Rebellion, diesen Krieg angefangen – aber wir werden ihn beenden.«

3

»Ihr startet jetzt«, sagte Alzbeta. Ihre Stimme klang ruhig, beinahe emotionslos, doch ihre Hände krampften sich heftig um Jans Finger. Sie standen im Schatten eines riesigen Kornfrachters, einer von mehreren schimmernden Metallzylindern, die hinter ihnen zu schwindelnder Höhe emporragten. Er betrachtete Alzbetas liebliches Gesicht und fand keine Worte; er nickte nur. Die Liebe, die in diesem Gesicht zum Ausdruck kam, die Sehnsucht – das alles war zuviel, und er mußte sich abwenden.

Es war die Ironie seines Lebens, daß er jetzt fortfliegen mußte – in einem Augenblick, da er nach langen einsamen Jahren auf diesem Dämmerplaneten verheiratet war, werdender Vater, versehen mit einigen Aussichten auf ein friedliches, glückliches Leben. Aber es gab keine andere Möglichkeit. Er war hier der einzige, der für die Rechte der Menschen dieser landwirtschaftlich orientierten Welt kämpfen konnte, der dafür sorgen konnte, daß eines Tages vielleicht eine umfassende und vernünftige Gesellschaft auf diesem Planeten heranwuchs. Denn er war der einzige auf Halvmörk, der von der Erde stammte und der die Realitäten des Lebens dort und im übrigen Erd-Commonwealth kannte. Halvmörk war im Augenblick eine Welt am Ende einer langen Sackgasse, ihre Bewohner waren Fellachen, die sich abmühten, andere Planeten zu ernähren, und die dafür nichts anderes erhielten als die Mittel zu ihrer nackten Existenz. In der derzeitigen Notlage gingen die Rebellenplaneten natürlich davon aus, daß die Halvmörker weiterarbeiteten wie bisher. Nun ja, Getreide anbauen konnten sie wie zuvor – doch nur, wenn sie ihr Planetengefängnis abschütteln konnten. Wenn sie ein freier Teil der Kultur des Commonwealth werden durften, mit der Möglichkeit, ihre Kinder erziehen und ausbilden zu lassen – und letztlich auch mit der Freiheit, die künstliche, ungleichgewichtige Gesellschaftsform abzuschütteln, die ihnen von der Erde aufgezwungen worden war. Jan wußte, daß man ihn wegen der Arbeit, die er tun mußte, nicht mögen würde, und mit Dank rechnete er schon gar nicht. Trotzdem würde er zugreifen. Er schuldete es den kommenden Generationen. Unter anderem auch seinem eigenen Kind.

»Die Bahnberechnungen sind abgeschlossen. Wir werden bald starten«, sagte er.

Alzbeta blickte in Jan Kuloziks Gesicht, als versuchte sie sich die hageren, angespannten Züge noch mehr einzuprägen. Sie legte die Arme um seinen drahtigen, harten Körper, preßte sich an ihn, so daß das Kind in ihrem Leib zwischen ihnen ruhte, in der geschützten Wärme ihrer Körper. Ihr Griff war so fest, als würde sie ihn nie wieder umarmen können, wenn sie ihn erst einmal losgelassen hatte. Dies war eine Möglichkeit, mit der sie sich nicht näher beschäftigte; doch der Gedanke daran trieb sich ständig im Hintergrund ihres Empfindens herum. Zwischen den fernen Sternen wurde ein Krieg ausgetragen, und er würde sich einmischen. Aber er würde zurückkehren; das war der einzige Gedanke, an dem sie sich festklammerte.

»Komm zurück!« flüsterte sie. Dann trat sie zurück und lief zu ihrem Haus. Sie wollte ihn nicht noch einmal anschauen, besorgt, daß sie weinen und ihn beschämen könnte.

»Zehn Minuten!« rief Debhu vom Fuße der Einstiegsleiter. »Gehen wir an Bord und schnallen wir uns an!«

Jan machte kehrt und erstieg die Leiter. Ein Mann aus der Besatzung wartete in der Luftschleuse und machte das äußere Luk zu, sobald die beiden Männer durchgestiegen waren.

»Ich gehe auf die Brücke«, sagte Debhu. »Da Sie keine Weltraumerfahrung haben, sollten Sie sich anschnallen.«

»Ich habe schon oft im freien Fall gearbeitet«, sagte Jan.

Debhu schien eine Frage stellen zu wollen, doch er hielt sie zurück. Halvmörk war ein Gefängnisplanet. Es war nicht mehr wichtig, warum jemand hierhergeschickt worden war. »Gut«, sagte er schließlich. »Ich kann Sie brauchen. Wir haben viele ausgebildete Männer verloren. Die meisten Besatzungsmitglieder sind noch nicht viel im All gewesen. Begleiten Sie mich auf die Brücke.«

Jan fand die Anlage faszinierend. Zweifellos war er in einem ähnlichen Schiff nach Halvmörk gebracht worden, doch er erinnerte sich nicht daran. Vage hatte er eine fensterlose Gefängniszelle an Bord eines Raumers vor Augen. Und Nahrungsmittel mit Zusätzen, die ihn friedlich stimmten, so daß er sich leicht lenken ließ. Dann Bewußtlosigkeit und nach dem Erwachen die Feststellung, daß die Schiffe fort waren, und er selbst ein Ausgestoßener. Aber das alles lag nun schon zu viele Jahre zurück.

Dies aber war anders. Das Schiff, in dem sie sich befanden, hatte eine Ziffer als Bezeichnung, wie auch alle anderen Schlepper. Es war ein Kraftpaket, einzig und allein zum Schleppen gebaut, darauf eingerichtet, viele tausendmal die eigene Masse zu heben. Im Gegensatz zu den Schleppern blieb das Raumschiff im Weltall, im ständigen freien Fall. Diese Einheiten wurden nur alle vier Erdjahre eingesetzt, wenn auf diesem Dämmerungsplaneten die Jahreszeit wechselte. Ehe die Felder im Sommer verbrannten und die Planetenbewohner in die Winterhemisphäre zogen, landeten die Schiffe, um die Ernte abzuholen. Tiefraumer, spinnengleiche Fahrzeuge, die im All für das All gebaut worden waren und die in keine Planetenatmosphäre eindringen durften. Sie sprangen aus dem Tiefraum und gingen in eine Bahn um den Planeten; dann lösten sie sich von den großen Röhren der Frachtbehälter, die sie mitgebracht hatten. Und dann kam der Augenblick der Schlepper, die im Parkorbit um den Planeten kreisten.

Wenn die Besatzungen umgestiegen waren, erwachten die schlafenden Schiffe zu leuchtendem Leben. Licht und Wärme kamen mit der eingeschalteten Energie, Leben pulsierte mit der frisch erwärmten Luft. Die Schlepper machten an den leeren Frachtbehältern fest und zogen sie mit Gegenbeschleunigung vorsichtig aus der Kreisbahn, bis sie in die Atmosphäre eintauchten. Im Gleitflug landeten sie die Behälter dann auf der Oberfläche.

Die Frachträume waren inzwischen mit Getreide beladen, das die hungernden Rebellenplaneten ernähren sollte. Der kraftvolle Aufstieg lief glatt ab, gesteuert von den Computern. Immer höher emporsteigend, immer schneller durch die Atmosphäre und hinaus in das ewige grelle Sonnenlicht des Weltalls. Das Computerprogramm, das diese Aktion steuerte, war von Comptechs geschrieben worden, die seit Jahrhunderten nicht mehr lebten. Ihre Arbeit hatte sie überlebt. Radar bestimmte die Annäherung, Kreisbahnen wurden angepeilt und erreicht, Bremsdüsen flammten auf, riesige Metallmassen, die viele tausend Tonnen wogen, trieben mit größter Präzision aufeinander zu. Die Distanzen verringerten sich, es kam zur Berührung und Verankerung.

»Alle Verbindungen geschlossen«, meldete der Computer und gab dieselbe Information gleichzeitig auf den Bildschirm. »Bereit zum Abkoppeln und Umsteigen der Mannschaft.«

Debhu brachte die nächste Phase des Programms in Gang. Eine nach der anderen öffneten sich die riesigen Greifeinrichtungen; vibrierende Laute dröhnten durch das Schleppschiff. Losgelöst von der gewaltigen Last, trieb der Schlepper seitlich davon und hielt schließlich auf den Tiefraumer zu, der inzwischen mit der Getreideladung verbunden war. Kontakt wurde hergestellt, dann wurden die beiden Luftschleusen der Schiffe miteinander verbunden. Als dies geschehen war, öffnete sich die Innentür automatisch.

»Gehen wir hinüber«, sagte Debhu und ging voraus. »Normalerweise verweilen wir noch, während die Schlepper allein in die Kreisbahn zurückkehren und sich selbsttätig auf Erwartungsschaltung zurücknehmen. Diesmal aber nicht. Sobald jedes Schiff die Vorbereitungen abgeschlossen hat, wird ihm der Start freigegeben. Jedes hat ein anderes Ziel. Unsere Ladung wird dringend benötigt.«

Ein leises Summen war auf der Brücke zu hören, und eine Anzeige flackerte rot. »Keine große Sache«, sagte Debhu. »Ein Greifverschluß, der nicht ganz geschlossen ist. Vielleicht ein Meldefehler oder eine Verschmutzung im Mechanismus. So etwas kommt vor nach der Landung auf dem Planeten. Möchten Sie sich das mal anschauen?«

»Kein Problem«, sagte Jan. »Solche Arbeiten habe ich immer wieder tun müssen, seit ich auf diese Welt kam. Wo sind die Anzüge?«

Der Werkzeugkasten war in den Anzug eingebaut, wie auch die computergesteuerte Funkanlage, die ihn direkt zum defekten Bauteil leiten würde. Der Anzug raschelte und dehnte sich aus, als die Luft aus der Schleuse gepumpt wurde; im nächsten Augenblick öffnete sich das Außenluk.

Jan hatte keine Zeit, von der Pracht der Sterne Notiz zu nehmen, die sich ihm ungefiltert durch eine Planetenatmosphäre darbot. Der Flug konnte erst beginnen, wenn er seine Arbeit getan hatte. Er aktivierte den Richtungssucher, dann zog er sich an den Handgriffen entlang in die Richtung, die ihm durch den holographischen grünen Pfeil, der scheinbar im All vor ihm schwebte, angezeigt wurde. Abrupt hielt er inne, als seitlich von ihm plötzlich eine Säule Eispartikel aus der Schiffshülle wuchs. Ringsum entstanden weitere Säulen, die sich schnell verlängerten. Er lächelte und setzte seinen Weg fort. Das Schiff ließ die Luft aus der Ladung. Luft und Wasserdampf gefroren augenblicklich zu winzigen Eispartikeln. Das Vakuum des Weltalls würde das Getreide noch mehr dehydrieren und konservieren, dabei die Ladung leichter machen und gleichzeitig verhindern, daß sich Mikroorganismen von einem Planeten zum anderen ausbreiteten.

Die gefrorenen Wolken verschwanden allmählich wieder und trieben davon. Schließlich erreichte er den defekten Greifer. Mit dem Schlüssel öffnete er die Abdeckung des Kontrollkastens und aktivierte die Handschaltung. Motoren sirrten, er spürte die Vibrationen durch die Handfläche. Langsam öffneten sich die massiven Greifarme. Die glatte Oberfläche unterzog er einer genauen Inspektion und entdeckte dabei auf einer Andruckfläche ein Gebilde, das wie ein flachgedrückter Dreckklumpen aussah, jetzt von Eiskristallen überzogen. Er fegte das Gebilde zur Seite und drückte den Knopf am Kontrollkasten. Diesmal schloß sich das Gerät ganz, und ein beruhigendes, grünes Licht tauchte auf. Nicht gerade eine problematische Reparatur, dachte er, als er den Kasten wieder dicht machte.

»Kommen Sie sofort an Bord!« krächzte der Funk ihm ins Ohr, dann war nichts mehr zu hören. Erklärungen wurden nicht geliefert. Jan löste die Sicherheitsleine und begann sich eilig in Richtung Luftschleuse zu ziehen.

Das Luk war verschlossen. Verriegelt. Dicht.

Während er sich noch auf diese unglaubliche Tatsache einzustellen versuchte und vergeblich ins Funkgerät brüllte, kam plötzlich der Grund für diesen Vorgang in Sicht.

Ein zweiter Tiefraumer trieb vor dem Bug vorbei, mit strahlenden Reaktionsdüsen und ausgeschleuderten Magnethaltern, die an ihren Kabeln auf ihn zuschossen. Im grellen Sonnenlicht war auf der Flanke die ihm bekannte blaue Kugel auf weißem Grund zu sehen.

Das Emblem der Erde!

Sekundenlang hing Jan reglos im All und hatte das Pochen seines Herzens im Ohr, während er zu verstehen versuchte, was da vorging. Plötzlich überkam ihn die Erkenntnis – denn die Schleuse des anderen Schiffes begann sich zu öffnen.

Natürlich. Die Erd-Streitkräfte würden nicht so einfach aufgeben. Sie waren hier draußen und behielten die Augen offen. Sie hatten mitbekommen, wie der Nahrungsmittel-Konvoi zusammengestellt wurde, und hatten sich sein Ziel ausrechnen können. Die Erde brauchte überdies die Ladung so dringend wie die Rebellenplaneten. Die Erde brauchte Nahrung – und brauchte die Ladung als Waffe gegen die Rebellen, die durch Hunger in die Knie gezwungen werden konnten. Sie durften sie nicht bekommen!

In Jan wogte unbändiger Zorn, als die erste Gestalt im Raumanzug das Schiff verließ und sich der Schiffshülle neben ihm zu nähern begann. Er mußte sie aufhalten. Er wühlte in seinem Werkzeugkasten herum, nahm den größten motorisierten Schraubenzieher heraus und schaltete ihn auf volle Geschwindigkeit. Jaulend setzte sich das Ding in Bewegung, das integrierte Gegengewicht kreiste, um die Dreheinwirkung auf seinen Körper zu neutralisieren. Diese notdürftige Waffe hielt er vor sich, als er sich den heranschwebenden Raumfahrern entgegenwarf.

Die Überraschung war auf seiner Seite; man hatte ihn im Schatten auf der Außenhülle nicht gesehen. Der Mann drehte sich bei Jans Annäherung halb herum, doch er reagierte zu spät. Jan preßte dem anderen die wirbelnde Klinge in die Flanke; gleichzeitig hielt er ihn fest, damit er nicht fortgetrieben wurde. Er sah zu, wie sich das Metall in den widerstandsfähigen Stoff bohrte – dann schoß ein Strahl gefrorener Luft heraus. Der Mann bäumte sich auf, strampelte, trat um sich und erschlaffte. Jan stieß die Leiche fort, machte kehrt; nutzte den Schwung und schwebte zur Seite, so daß der auf ihn zufliegende Mann harmlos an ihm vorbeisegelte. Er hielt sich bereit, seine Waffe gegen einen Raumfahrer einzusetzen, der dem zweiten dichtauf folgte.

Beim zweitenmal war es nicht so einfach. Der Mann wehrte sich, als Jan seinen Arm packte. Die beiden wirbelten haltlos herum, drehten sich im freien Fall umeinander, bis jemand Jan am Bein packte. Dann kam ein weiterer Angreifer.

Es war ein ungleicher Kampf, den er nicht gewinnen konnte. Die Männer waren bewaffnet, er sah schußbereite Raketenpistolen in ihren Händen, die jedoch weggesteckt wurden, als die Raumsoldaten erkannten, daß er sich nicht mehr befreien konnte. Jan stellte die Gegenwehr ein. Sie würden ihn nicht umbringen – jedenfalls nicht sofort. Offenbar wollten sie Gefangene machen. Düstere

Verzweiflung drohte ihn zu überwältigen, als man ihn zur Seite zog, um weiteren Angreifern Platz zu machen; dann wurde er zum Erd-Schiff geschleppt und in die Luftschleuse geschoben. Sobald der atmosphärische Druck ausreichend war, nahm man ihm den Raumanzug ab und schleuderte ihn zu Boden. Einer der Männer trat vor und versetzte ihm einen heftigen Tritt gegen die Schläfe, ehe er seine Rippen traktierte, bis ihm der Schmerz das Sehvermögen raubte. Diese Männer wollten lebendige Gefangene machen, doch ihnen schien gleichgültig zu sein, in welchem Zustand sie sich befanden. Dies war sein letzter Gedanke, eher der Stiefel ihn erneut am Kopf traf und er in eine schmerzerfüllte, brausende Düsternis stürzte.

4

»Einige wurden umgebracht«, sagte Debhu und hielt Jan das feuchte Tuch an die schmerzende Schläfe. »Doch nur, wenn sie sich zu heftig wehrten und eine Gefangennahme zu gefährlich war. Man wollte Gefangene machen. Wir waren zahlenmäßig unterlegen und wurden niedergeknüppelt. Fühlen Sie sich schon besser?«

»Ich habe das Gefühl, als würde mein Schädel von innen zerbrökkeln.«

»Das sind die Prellungen. Die Schnitte sind vernäht worden. Der Arzt meint, Sie wären ohne gebrochene Rippen davongekommen. Wir sollen wieder in guter Verfassung sein, wenn man uns auf der Erde der Öffentlichkeit vorstellt. Anscheinend hat man bisher nur wenige Gefangene im Weltall gemacht. Der Krieg war nicht danach.« Er zögerte einen Augenblick lang und fuhr leiser fort. »Sind Sie vorbestraft? Ich meine, gibt es einen Grund, warum die Leute gern wüßten, wer Sie sind?«

»Warum wollen Sie das wissen?«

»Ich bin noch nie auf der Erde gewesen und habe auch noch keinen direkten Kontakt mit Erdenleuten gehabt. Vielleicht haben sie eine Akte über mich; ich weiß es nicht genau. Aber sie haben von uns allen Netzhautaufnahmen gemacht. Von Ihnen auch, als Sie noch bewußtlos waren.«

Jan nickte, dann schloß er kurz die Augen, denn die Bewegung hatte einen unangenehmen Schmerz ausgelöst.

»Ich glaube, man wird sehr zufrieden sein, wenn man mich identifiziert«, sagte er. »Ich dagegen wohl weniger.«

Das Muster, das von den kleinen Blutgefäßen im Auge gebildet wird, ist weitaus einzigartiger als jeder Fingerabdruck. Es läßt sich nicht fälschen oder verändern. Von jedem Erdenbewohner wurde dieses Muster bei der Geburt registriert und in regelmäßigen Abständen überprüft. Mit einem Netzhautabdruck konnte der Computer in wenigen Sekunden Milliarden Aufnahmen durchprüfen. Man würde auf Jans Registrierung stoßen – und dann kannte man seine Identität und seine Strafakte. Über diese interessanten Details würde man sich sehr freuen.

»Nicht daß es lohnend wäre, sich deswegen graue Haare wachsen zu lassen«, sagte Debhu und lehnte sich mit dem Rücken an die Metallwand des Gefängnisses. »Wir sind sowieso für die Schlachtbank bestimmt. Vielleicht gibt's vorher noch einen Schauprozeß, damit die Prols ein bißchen Spaß haben. Und dann – wer weiß, was dann kommt? Sicher nichts Gutes. Am schönsten wäre, wenn sie uns eines leichten Todes sterben ließen.«

»O nein«, sagte Jan und ignorierte den Schmerz. Mühsam richtete er sich auf. »Wir müssen fliehen.«

Debhu lächelte ihn mitfühlend an. »Ja, da haben Sie sicher recht.«

»Kommen Sie mir nicht herablassend!« sagte Jan zornig. »Ich weiß, wovon ich spreche. Ich stamme von der Erde – und das kann keiner hier im Raum von sich behaupten. Ich weiß, wie diese Leute denken und arbeiten. Wir sind auf jeden Fall so gut wie tot – also haben wir bei einem Versuch nichts zu verlieren.«

»Wenn wir hier ausbrechen, haben wir keine Möglichkeit, das Schiff in unsere Gewalt zu bekommen. Nicht gegen bewaffnete Männer.«

»Darin liegt schon die Antwort auf unser Problem. Wir unternehmen im Augenblick also nichts. Wir warten, bis wir gelandet sind. Da gibt's natürlich Wächter, aber der Rest der Besatzung wird auf Position sein. Dann müssen wir nicht das Schiff übernehmen, sondern nur sehen, wie wir davon fortkommen.«

»Ganz einfach«, sagte Debhu lächelnd. »Bis jetzt habe ich alles begriffen. Hätten Sie aber einen Vorschlag, wie wir aus dieser verschlossenen Zelle herauskommen?«

»Jede Menge. Bitte verständigen Sie sich unauffällig mit den anderen. Ich möchte alles sehen, was sie noch haben. Uhren, Werkzeuge, Münzen, egal was. Was immer man ihnen noch gelassen hat. Wenn ich alles gesichtet habe, sage ich Ihnen, wie wir hier herauskommen.«

Jan wollte keine näheren Erklärungen geben, um nicht falsche Hoffnung zu wecken. Er ruhte sich aus und trank einen Schluck Wasser; gleichzeitig ließ er den Blick durch den kahlen Metallraum wandern, in dem man die Männer festgesetzt hatte. Etliche dünne Matratzen lagen auf dem harten Plastikboden, an einer Wand waren Waschbecken und eine Toilette festgemacht. Eine einzelne vergitterte Tür war in die gegenüberliegende Wand eingelassen. Überwachungsgeräte konnte er nicht ausmachen, was aber nicht unbedingt hieß, daß es sie nicht gab. Er würde sich eben vorsehen müssen, in der Hoffnung, daß die Wächter ihre Gefangenen mehr beiläufig überwachten.

»Wie will man uns zu essen gehen?« fragte Jan, als Debhu sich neben ihm niederließ.

»Das Essen wird uns durch das Schiebeluk in der Tür hereingegeben. Dünnes Wegwerfgeschirr wie der Becher, den Sie da in der Hand halten. Nichts, was man als Waffe benutzen kann.«

»Daran hatte ich im Moment gar nicht gedacht. Was liegt hinter der Tür?«

»Ein kurzer Flur. Dann eine zweite verschlossene Tür. Die beiden Türen sind nie gleichzeitig offen.«

»Immer besser. Hält sich in dem kurzen Korridor ein Wächter auf?«

»Gesehen habe ich noch keinen. Wäre auch überflüssig. Ich habe da ein paar Sachen von den Männern . . .«

»Zeigen Sie mir noch nichts. Erzählen Sie erst mal.«

»Meistens Abfall. Münzen, Schlüssel, eine kleine Nagelschere, ein kleiner Computer . . .«

»Das ist bisher das beste Stück. Uhren?«

»Nein. Die wurden uns abgenommen. Daß der Computer noch da ist, muß Zufall sein. Eingebaut in einen Schmuckstein, den der Mann um den Hals trug. Können Sie mir sagen, was das alles soll?«

»Es geht um unsere Flucht. Ich glaube, wir haben genug. Mikroelektronische Schaltungen. Das ist mein Spezialgebiet. Jedenfalls war es das, bis man mich verhaftete. Wird hier drinnen jemals das Licht gelöscht?«

»Bis jetzt war es noch nicht aus.«

»Dann müssen wir sehen, wie wir es schaffen. Geben Sie mir alle Dinge, die Sie eingesammelt haben. Was ich nicht gebrauchen kann, gebe ich Ihnen zurück. Wenn man uns zur Erde bringt – wie lange müßte der Flug dann dauern?«

»Etwa zwei Wochen subjektive Zeit. Nach Raumzeit noch einmal halb soviel mehr.«

»Gut. Dann kann ich mir Zeit lassen und gleich richtig arbeiten.«

Die Beleuchtung wurde weder gelöscht noch gedämpft. Jan nahm nicht an, daß die Gefangenen wirklich scharf bewacht wurden – davon mußte er ausgehen, sonst hatte der Fluchtversuch von vornherein keinen Sinn. Er hatte die Gegenstände in seinen Taschen nach Berührung durchgesehen und die Schlüssel herausgenommen. Dann legte er sich nieder und breitete sie im Schutz seines Körpers und hinter einem Mann, der neben ihm lag, auf dem Boden aus. Es handelte sich um kleine Plastikröhren unterschiedlicher Färbung, an einem Ende mit einem Ring versehen. Wenn man damit eine Tür öffnen wollte, brauchte man sie nur in das Loch des Schloßmechanismus' zu stecken. Schlüssel waren so alltäglich und unauffällig, die Menschen waren so sehr daran gewöhnt, daß sie sich über den darin verborgenen Mechanismus keine Gedanken mehr machten. Die meisten Leute wußten vermutlich nicht, daß in dem scheinbar kompakten Plastik etwas enthalten war.

Jan dagegen wußte, daß in den Röhren ein komplizierter Apparat wirkte. Ein Mikrowellenempfänger, ein Mikrochip-Prozessor und eine winzige Batterie. Wurde der Schlüssel ins Schloß geschoben, schickten die Schloß-Stromkreise ein Signal aus, das den verborgenen Schlüsselmechanismus aktivierte. Ein kodiertes Signal wurde nun von dem Schlüssel ausgestrahlt. Wenn es das richtige war, wurde die Tür entriegelt, während gleichzeitig ein kurzes, doch intensives Magnetfeld die Batterie wieder auflud. Wurde jedoch der falsche Schlüssel eingeschoben und ein unzutreffender Kode gefunkt, blieb das Schloß nicht nur zu, sondern es entlud darüber hinaus die Batterie und machte den Schlüssel gänzlich unbrauchbar.

Mit der Klinge der Nagelschere kratzte Jan vorsichtig an dem Plastikmaterial herum. Er war überzeugt, daß er es schaffen konnte. Er hatte Werkzeuge, Schaltungen und eine Energiequelle. Mit Geduld – und Können – müßte er das Benötigte zusammenbasteln können. Die Mikrochip-Technologie war so alltäglich geworden, daß die Leute oft schon vergessen hatten, in wie vielen technischen Hilfsmitteln ihres täglichen Lebens Mikrogeräte arbeiteten. Jan kannte diese Technik, denn er hatte viele Schaltungen dieser Art selbst entworfen. Ihm war auch bekannt, wie er solche Anlagen zu seinem Vorteil ändern konnte.

Einer der Schlüssel wurde allein wegen seiner Batterie auseinandergenommen. Die beiden dünnen Drähte dieses Energieträgers wurden dazu benutzt, die Schaltungen eines anderen Schlüssels zu erkunden. Um die Verbindungen dort zu überbrücken und zu verändern. Der Sender des Schlüssels wurde zum Empfänger, ein Erkundungsgerät für das Geheimnis des Schlosses in der Zellentür. Als Jan mit dem Umbau fertig war, wandte er sich wieder an Debhu.

»Wir sind jetzt zum ersten Schritt bereit. Ich werde versuchen, den Schloß-Kode an dieser Tür zu ermitteln. Mit einem wirklich komplizierten Schloß wäre das unmöglich, ich hoffe also, daß es sich hier nur um eine normale Innentür-Sicherung handelt.«

»Meinen Sie, das funktioniert?«

Jan lächelte. »Sagen wir, ich hoffe es. Und testen kann ich das Ganze nur, indem ich es versuche. Dazu brauche ich aber Ihre Hilfe.«

»Was Sie wollen.«

»Wir müssen die Wächter ein wenig ablenken. Ich weiß nicht genau, wie sorgfältig wir überwacht werden. Aber ich möchte nicht, daß die Aufmerksamkeit mir gilt. Ich werde an der Wand stehen, dicht neben der Tür. Lassen Sie ein paar von Ihren Männern miteinander kämpfen – drüben an der anderen Wand. In den entscheidenden Sekunden muß die Aufmerksamkeit der Wächter abgelenkt sein.«

Debhu schüttelte den Kopf. »Muß es ein Kampf sein? Meine Leute haben von Kämpfen oder Töten keine Ahnung. So etwas gehört nicht zu unserer Kultur.«

Jan zeigte sich überrascht. »Aber all die Pistolen, mit denen Sie herumgefuchtelt haben ...? Die sahen doch ganz realistisch aus!«

»Realistisch – aber nicht geladen. Der Rest war Schauspielerei. Können wir nicht etwas anderes unternehmen? Hainault dort versteht sich auf Akrobatik. Der könnte die Wächter gut ablenken.«

»In Ordnung. Es kommt alles in Frage, solange es nur auffällig genug ist.«

»Ich rede mit ihm. Wann soll er loslegen?«

»Sofort. Sobald ich in Position gegangen bin. Ich reibe mir das Kinn, genau so. Dann bin ich bereit.«

»Ich brauche ein paar Minuten«, sagte Debhu und entfernte sich unauffällig quer durch den Raum.

Hainault war sehr gut und machte das Beste aus der Situation. Zunächst wärmte er sich mit einigen Übungen auf, dann ging er zu Handständen und Rückwärtsbrücken über, und es endete mit einem mächtigen Salto rückwärts.

Ehe die Füße des Akrobaten den Boden wieder berührten, hatte Jan den veränderten Schlüssel in das Loch am Schloß gesteckt und ebenso schnell wieder herausgezogen. Gemächlich entfernte er sich von der Tür, den Schlüssel in der verkrampften, feuchten Hand haltend, die Schultern unbewußt hochgezogen, auf den Alarm gefaßt.

Aber es blieb still. Als gut fünf Minuten verstrichen waren, erkannte er, daß der erste Schritt geklappt hatte.

Der wichtigste Fund unter den Besitztümern der Gefangenen war der Mikrocomputer. Es war ein Spielzeug, zweifellos ein billiges Geschenk. Trotzdem war es ein Computer. Die Wächter hatten das Stück übersehen, weil es äußerlich wie ein Schmuckstück geformt war. Ein rotes Steinherz an goldener Kette, mit der Initiale »J« an der Seite. Doch wurde das Herz auf eine flache Oberfläche gelegt und das »J« gedrückt, wurde zur Seite hin das Hologramm einer Tastatur

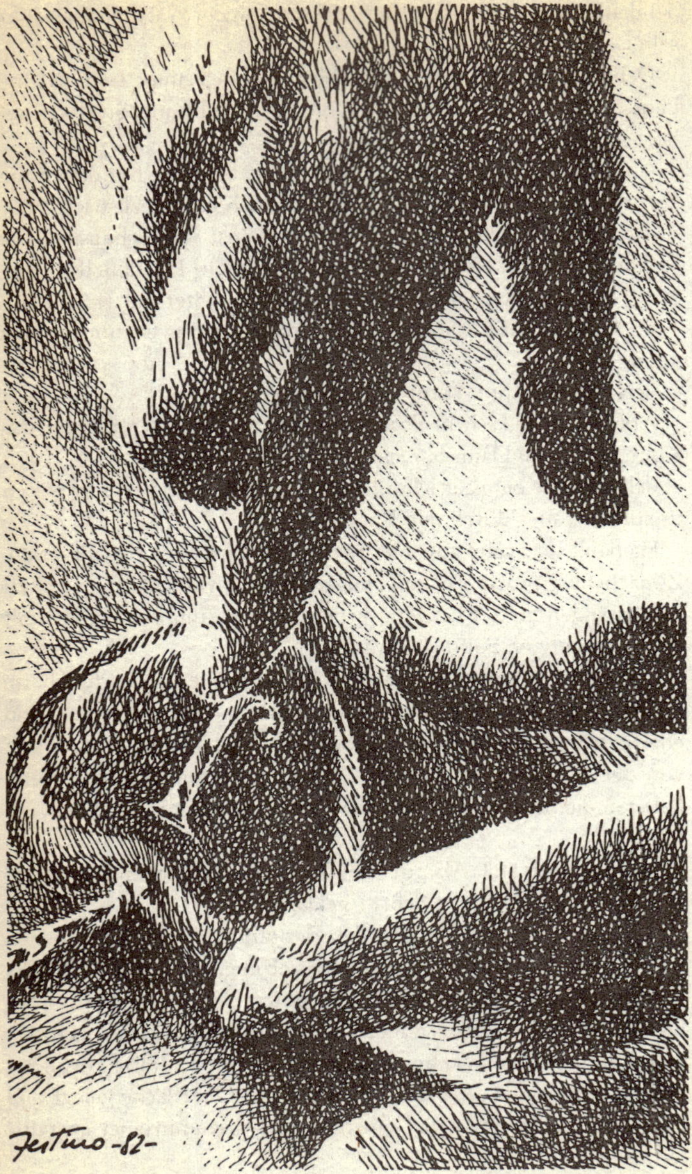

in voller Größe projiziert. Obwohl das Bild keine materielle Festigkeit besaß, ließ sich damit arbeiten. Wurde eine Taste gedrückt, veränderte sich ein dazugehöriges Magnetfeld, und der entsprechende Buchstabe oder die Zahl erschien vor dem Bedienenden, ebenfalls scheinbar in der Luft schwebend. Trotz der Größe hatte das Gerät die Kapazität eines normalen persönlichen Computers, da der Gedächtnisspeicher auf molekularer Basis und nicht nur auf Elektronenbasis funktionierte.

Jan kannte nun den Kode für das Schloß an der Zellentür. Als nächstes würde er einen der anderen Schlüssel ändern müssen, bis er diesen Kode abstrahlte. Ohne Computer hätte er das nicht geschafft. Er benutzte ihn, um alle Speicherungen in den Schaltungen des Schlüssels zu löschen und dann das neue Programm einzugeben. Ein Prozeß, durch den er sich mühsam vortasten mußte und der sich erst beschleunigte, als er ein sich selbst korrigierendes Lernprogramm für den Computer schrieb. Es kostete Zeit – doch es funktionierte, und schließlich hatte er einen Schlüssel, von dem er sicher war, daß er die Zellentür öffnen würde, ohne Alarm auszulösen. Debhu betrachtete zweifelnd den winzigen Plastikzylinder.

»Und Sie sind sicher, daß das funktioniert?« fragte er Jan.

»Ziemlich sicher. Sagen wir zu neunundneunzig Prozent.«

»Die Zahl gefällt mir. Aber was passiert, wenn wir die innere Tür geöffnet haben?«

»Dann benutzen wir denselben Schlüssel für die andere Tür am Ende des Durchgangs. Hier stehen die Chancen nicht ganz so gut, vielleicht fünfzig zu fünfzig, daß beide Schlösser von einem Schlüssel mit derselben Kombination zu bedienen sind. Wenn der Kode identisch ist, sind wir frei. Wenn nicht, haben wir immerhin den Vorteil der Überraschung auf unserer Seite, sobald die Außentür geöffnet wird ...«

»Damit müssen wir uns zufriedengeben«, sagte Debhu. »Wenn dies klappt, stehen wir in Ihrer Schuld und müssen ...«

»Danken Sie mir nicht«, sagte Jan energisch. »Lassen Sie das. Wenn wir nicht alle schon zum Tode verurteilt wären, hätte ich diesen Plan nicht in Betracht gezogen. Haben Sie sich schon überlegt, was passiert, wenn uns der Ausbruch gelingt? Wenn wir die Zelle verlassen können und vielleicht sogar aus dem Schiff herauskommen?«

»Na – wir werden frei sein.«

Jan seufzte. »Auf mancher anderen Welt träfe das vielleicht zu. Aber wir werden uns auf der Erde befinden. Wenn Sie den Raumer verlassen, stecken Sie mitten in einem verwirrenden Raumfahrt-Zentrum. Schwerbewacht, kompliziert, abgeriegelt. Jede Person, die Ihnen über den Weg läuft, gehört zu den Feinden. Die Prols, weil sie nichts tun werden, um Ihnen zu helfen – vielmehr werden sie sofort die Wächter rufen, sollte eine Belohnung auf uns ausgesetzt werden. Die anderen werden bewaffnete Feinde sein. Im Gegensatz zu ihren Leuten kennen die sich im Kämpfen aus und haben Spaß daran. Einige haben sogar Spaß am Töten. Sie tauschen ein sicheres Schicksal gegen ein anderes aus.«

»Das ist unsere Sorge«, antwortete Debhu und legte Jan eine Hand auf die Finger. »Wir haben uns freiwillig gemeldet. Als die Rebellion begann, wußten wir, wie es wahrscheinlich enden würde. Jetzt hat man uns in Gefangenschaft und will uns wie Schafe zur Schlachtbank führen. Retten Sie uns davor, Jan Kulozik, dann stehen wir in Ihrer Schuld, egal was hinterher geschieht.«

Jan fiel keine Antwort ein. In der Gefangenschaft hatte er nur an die Flucht gedacht. Nachdem sich diese Möglichkeit jetzt konkretisiert hatte, begann er sich zum erstenmal mit den möglichen Folgen zu beschäftigen. Die Aussichten waren niederschmetternd. Trotzdem mußte er sich einen Plan zurechtlegen, so schlecht die Erfolgschancen auch standen. In den letzten Tagen des Fluges dachte er eingehend darüber nach und legte sich auch eine oder zwei mögliche Entwicklungen zurecht. Die Männer lagen dicht nebeneinander und flüsterten sich zu – auf diesem Wege erklärte er den anderen, was geschehen sollte.

»Wenn wir die Zelle verlassen, bleiben wir dicht beisammen und laufen schnell. Die Überraschung ist unsere einzige Waffe. Wenn wir die Zelle verlassen haben, müssen wir einen Weg aus diesem Schiff finden. Vielleicht müssen wir uns dazu einen Wächter schnappen, der uns die Richtung weist ...«

»Das wird nicht nötig sein. Darum kann ich mich kümmern«,

sagte Debhu. »So etwas ist meine Arbeit, deshalb habe ich die Getreideschiffe ja befehligt. Ich bin Schiffsbau-Architekt, ich konstruiere diese Fahrzeuge. Das Schiff ist eine Variation des üblichen Bravo-Modells.«

»Sie kennen sich darin aus?«

»Mit verbundenen Augen.«

»Dann hätte ich eine wesentliche Frage: wie umgehen wir die Hauptschleuse? Gibt es einen anderen Weg aus dem Schiff?«

»Sogar mehrere. Schleusen und Luken, da diese Schiffe darauf eingerichtet sind, in einer Atmosphäre wie auch im Weltall zu fliegen. Im Maschinenraum gibt es ein großes Luk für schwere Gerätschaften – nein, das bringt nichts. Es dauert zu lange, das Ding zu öffnen.« Nachdenklich runzelte er die Stirn. »Aber ja, ganz in der Nähe. Ein Luk für die Zuladungen. Das wäre das richtige Schlupfloch. Da kommen wir hinaus. Und was dann?«

Jan lächelte. »Dann stellen wir fest, wo wir sind, und überlegen uns unseren nächsten Schritt. Ich habe keine Ahnung, in welchem Land wir landen. Vermutlich in den Vereinigten Staaten, im Raumconcent in der Mojave-Wüste. Und damit täte sich ein neues Problem auf, das ich mir überlegen muß. Das Raumfahrt-Zentrum liegt in einer ausgedehnten Wüste, zu der nur wenige Straßen- und Eisenbahnverbindungen bestehen. Das ist alles leicht abzusperren.«

Nach der nächsten Mahlzeit drangen die Wächter in großer Zahl in die Zelle ein und hoben die Waffen.

»Alles an die Wand stellen!« befahl der Offizier. »Mit dem Rücken zu uns! Richtig so! Arme hoch, Finger ausgebreitet, damit wir sie sehen können! Du da, der erste in der Reihe! Komm her! Knie nieder! Und nun los!«

Die Wächter hatten einen sonischen Rasierapparat mitgebracht. Die Gefangenen wurden aus der Reihe gezerrt und nacheinander ihres Haars beraubt. Die Ultraschallwellen sorgten für eine außerordentlich saubere Rasur; sie durchtrennten die Gesichtshaare, ohne auf die Haut einzuwirken. Auf den Köpfen wirkte das ebenso – die Männer bekamen eine spiegelnde Glatze. Sie wurden kahlrasiert und erniedrigt; und die Wächter hielten das Ganze für überaus lustig. Bald war der Boden übersät mit dichten Haarbüscheln. Als die Wächter sich zurückzogen, machte der Offizier in der Tür noch einmal kehrt.

»Wenn das Alarmsignal kommt, legen Sie sich alle hin. Wir müssen bei der Landung auf bis zu fünf g gegenbeschleunigen, und Sie sollen sich keine Knochen brechen und uns Ärger machen. Wenn Sie so dumm sind, sich zu verletzten, gibt's keinen Arzt, sondern einen Genickschuß. Das verspreche ich Ihnen.«

Die Metalltür fiel hinter ihm zu, und die Gefangenen musterten sich stumm.

»Abwarten, bis wir unten sind und die Schwerkraft normal ist«, sagte Debhu. »In dem Augenblick ist die Besatzung am intensivsten beschäftigt, das Schiff stillzulegen. Noch wird niemand in den Korridoren unterwegs sein, die Außenluken sind dann noch verschlossen.«

Jan nickte. Im gleichen Augenblick gellte der Alarm.

Vibrationen waren zu spüren, als das Schiff in die Atmosphäre eintrat, dann den Druck der Gegenbeschleunigung und das Grollen ferner Maschinen, das sich in den Metallwänden ringsum fortpflanzte. Ein plötzlicher Ruck, dann waren sie unten. Die Männer lagen reglos da und sahen Jan und Debhu an.

Ein ziehendes Gefühl machte sich bemerkbar, gefolgt von einem Gefühl der Schwere: die leicht stärkere Anziehung der Erde.

»Jetzt!« sagte Debhu.

Jan hatte neben der Tür gelegen. Er sprang auf und schob den Schlüssel ins Schloß; die Tür öffnete sich mühelos. Der kurze Korridor draußen war leer. Er hastete hinab und hörte dabei, daß die anderen ihm dichtauf folgten. Mit vollem Gewicht prallte er gegen die Tür am Ende – dann schob er vorsichtig den Schlüssel ins Loch. Und hielt den Atem an.

Die Tür öffnete sich. Kein hörbarer Alarm. Er nickte Debhu zu, der die Tür ergriff und aufriß.

»Hier entlang!« rief er und rannte den leeren Korridor entlang. Ein Raumfahrer kam um die Biegung, entdeckte die Männer und versuchte zu fliehen. Jan holte ihn ein, riß ihn nieder und schlug ihn bewußtlos.

»Jetzt sind wir bewaffnet«, sagte Debhu und zog die Waffe des

Mannes aus dem Halfter. »Nehmen Sie sie, Jan. Sie wissen besser als wir, wie man damit umgeht.«

Debhu richtete sich auf und folgte Jan. Dieser beachtete den Liftschacht nicht, in dem sie zu langsam vorangekommen wären, sondern eilte statt dessen die Nottreppe hinab, wobei er mit jedem Sprung einen schmerzhaften Sturz riskierte. Als er unten die Tür erreichte, blieb er stehen und ließ die anderen aufrücken.

»Diese Tür führt in den Haupt-Maschinenraum«, erklärte Debhu. »Hier müssen wir mit mindestens vier Mann und einem Offizier rechnen. Wollen wir sie überwältigen, niederschlagen ...«

»Nein«, sagte Jan. »Das ist zu riskant. Vielleicht sind sie bewaffnet. Außerdem könnten sie Alarm geben. Wo müßten wir den Offizier erwarten?«

»An den Hilfskontrollen. Etwa vier Meter links neben der Tür.«

»Schön. Ich gehe als erster. Fächert hinter mir aus, aber kommt nicht zwischen mich und Leute von der Besatzung.«

»Sie meinen ...«, setzte Debhu an.

»Sie wissen genau, was ich meine«, sagte Jan und hob die Waffe. »Tür aufmachen.«

Der Offizier war sehr jung, und sein erschrockener Ruf, gefolgt von einem schmerzhaften Aufschrei, ehe der zweite Schuß ihn verstummen ließ, ließ die flüchtigen Gefangenen erstarren. Nur Jan lief weiter. Die Maschinen waren nicht mehr voll besetzt; er brauchte nur noch zwei weitere Männer zu töten, den zweiten durch einen Schuß in den Rücken.

»Kommen Sie!« brüllte Jan. »Der Weg ist frei!«

Die anderen wandten die Gesichter ab, als sie an den Toten vorbeiliefen und Debhu zum Luk folgten. Er verschwendete keine Zeit, indem er nach den elektrischen Kontrollen suchte; statt dessen packte er das Notrad und begann es zu drehen. Nach zwei Umdrehungen wurde er von Hainault zur Seite geschoben, der seine athletischen Muskeln dazu einsetzte, das Rad um die Achse wirbeln zu lassen, bis die Verriegelungen sich klickend öffneten.

»Und bis jetzt kein Alarm«, sagte Jan. »Machen Sie das Luk auf! Wollen mal sehen, ob uns draußen ein Empfangskomitee erwartet.«

5

Im Landeschacht war es dunkel und still, als einziges war das Knakken von Metall zu hören, das sich abkühlte, begleitet von hohlem Wassertropfen. Die Luft war warm, aber nicht feucht, Schiffshülle und Landeschacht waren nach der Landung bereits durch Wasser gekühlt worden. Jan ging voraus; er trat durch das offene Luk auf die breite Metallgangway, die sich nach der Landung automatisch ausgestreckt hatte. Sie befanden sich mindestens fünfzig Meter über dem Boden des Schachts, an dem noch Dampf wallte. Weiter oben strahlten grelle Lampen. Motorenlärm hallte herunter.

»In der Nähe der Wasserdüsen müßte es Türen geben«, flüsterte Debhu. »Wenn diese Schächte so gestaltet sind wie die Landeanlagen, die ich kenne.«

»Wollen wir es hoffen«, antwortete Jan. »Am besten zeigen Sie uns den Weg.«

Er trat zur Seite, und Debhu führte die anderen vorbei und hielt dabei auf allen Seiten nach Verfolgern Ausschau. Inzwischen mußte man die Flucht bemerkt haben.

In diesem Augenblick gingen die Scheinwerfer an, die in den Rand des Landeschachts eingelassen waren, grell wie die ungefilterte Sonne Halvmörks. Sofort begannen Waffen zu rattern. Raketengetriebene Geschosse prallten kreischend von Beton und Stahl ab und ließen im Wasser Explosionen aufsteigen, fetzten durch das weiche Fleisch menschlicher Körper.

Jan legte die Hand vor die Augen und feuerte blindlings in die Höhe. Als die Munition verbraucht war, warf er die Waffe fort und wich zurück. Wie durch ein Wunder war er noch unverletzt – heisere Schreie lieferten den unangenehmen Beweis, daß die anderen nicht so glücklich dran waren. Mit der Schulter stieß er schmerzhaft gegen eine Metallstrebe, hinter der er Deckung suchte, während er blinzelnd die grellen Lichtflecke loszuwerden versuchte, die ihm vor den Augen tanzten.

Er war erst drei Meter von dem Luk entfernt, mit dem sie aus dem Schiff in die tödliche Falle gestolpert waren. Die Flucht war nicht unbemerkt geblieben; die Wächter hatten sich sofort gerächt.

Im Schacht draußen konnte er nur den Tod erwarten. Er versuchte den Geschoßhagel zu ignorieren, stürmte vor und ließ sich durch das offene Luk stürzen.

Er handelte instinktiv, die Flucht vor dem sicheren Tod im freien Schacht. Einen Augenblick lang lag er auf dem harten Stahl des Schiffsganges, in dem Bewußtsein, daß er noch nicht in Sicherheit war, sondern seine Vernichtung lediglich hinausgeschoben hatte. Aber so durften sie ihn nicht finden, hilflos am Boden liegend, darauf wartend, daß er festgenommen oder erschossen wurde. Er rappelte sich auf und kehrte stolpernd in den Maschinenraum zurück. Dort rührte sich noch nichts; überall lagen Tote. Da öffnete sich die Fahrstuhltür auf der anderen Seite des Raumes ...

Jan warf sich hinter einen Instrumentenschrank, der an der Schiffswand endete, preßte sich energisch in den knappen Raum dahinter, drückte sich heftig in den Winkel, während die heftigen dröhnenden Schritte lauter wurden.

»Moment!« befahl eine Stimme. »So werdet ihr doch nur von unseren eigenen Leuten in Stücke geschossen.«

Das Murmeln der Stimmen wurde durch einen Befehl derselben Stimme unterbrochen. »Ruhe im Glied!« Dann sprach der Mann leiser weiter: »Lauca hier, Kommando, bitte melden. Hören Sie mich, Kommando ...? Ja, Sir. Wir halten uns im Maschinenraum bereit. Ja, das Schießen hört jetzt auf. Gut, wir räumen nach. Keine Überlebenden.« Dann brüllte er laut, während draußen im Schacht die Schießerei verstummte.

»Versucht euch vor Begeisterung nicht gegenseitig zu erschießen – die Rebellen aber müssen dran glauben. Begriffen? Keine Überlebenden. Und sie sollen liegenbleiben, wie sie fallen. Die Kameras kommen gleich. Der Major möchte, daß die Welt sieht, was aus Rebellen und Mördern wird. Jetzt los!«

Zornig rufend eilten die Männer vorbei, die Waffen schußbereit erhoben. Jan blieb nichts anderes übrig, als abzuwarten, ob einer zur Seite blickte und sich anschaute, was hinter dem Instrumentenbrett verborgen sein mochte. Niemand schaute nach. Die Waffen waren bereit für die Rachetat im Schacht. Der Offizier ging als letzter.

Keine Armeslänge von Jan entfernt blieb er stehen und starrte gebannt seinen Soldaten nach, dann sprach er in das Mikrofon an seinem Kragen.

»Nicht mehr vom Schachtrand schießen. Ich wiederhole: nicht mehr schießen. Die Nachräum-Truppen sind jetzt im Schacht.«

Jan schob sich vorwärts – und sein Hemd verfing sich an einem vorstehenden Bolzen, wurde festgehalten und löste sich reißend. Der Offizier hörte das leise Geräusch und drehte den Kopf. Jan schoß vorwärts und packte ihn mit beiden Händen um den Hals.

Es war eine brutale, unüberlegte Methode. Aber sie funktionierte. Der Offizier strampelte und versuchte Jan zu treten, versuchte die Finger von seiner Kehle fortzuzerren. Die beiden Männer stürzten zu Boden, und der Helm des Mannes rollte zur Seite. Der Offizier zupfte an den würgenden Fingern, und seine Fingernägel ritzten blutende Streifen in Jans Haut, sein Mund schnappte nach Luft. Jans Muskeln aber waren durch die anstrengende Arbeit gestählt, seine Finger drückten noch fester zu, beflügelt durch die verzweifelte Angst vor dem Versagen. Einer der beiden durfte weiterleben; der andere mußte sterben. Seine Daumen gruben sich tief in den Hals des Offiziers, und er starrte mitleidlos in die aufgerissenen, hervorquellenden Augen.

Er hielt fest, bis er sicher war, daß der Mann nicht mehr lebte, bis er unter dem Daumen nicht den Hauch eines Pulses mehr feststellen konnte.

Die Vernunft kehrte zurück – und mit ihr die Angst. Hastig sah er sich um. Niemand war zu sehen. Draußen geriet die Schießerei ins Stocken, denn die Soldaten fanden keine Ziele mehr. Bald würden sie zurückkehren, jeden Augenblick mochte jemand aus dem Fahrstuhl kommen ... Jan zerrte an der Kleidung des Offiziers; er riß die Magnethalter auf, zog ihm die Stiefel von den Füßen. In weniger als einer Minute hatte er den Mann entkleidet, seine eigenen Sachen fortgeworfen und die Uniform übergezogen. Hose und Jacke paßten einigermaßen, die Stiefel waren etwas eng. Zum Teufel damit! Er klappte sich den Helm auf den Kopf und schob den erschlafften Körper und die überflüssige Kleidung hinter das Instrumentenpult, das ihm als Deckung gedient hatte, stopfte alles so tief in den Winkel, wie es nur irgend ging. Zeit, Zeit, er hatte nicht genug Zeit. Als er zum Lift eilte, fummelte er noch am Halsgurt des Helms herum. Eben wollte er den Finger auf den Knopf legen, als er die Anzeige bemerkte.

Der Lift kam herunter.

Die Nottreppe, der Weg, auf dem sie gekommen waren! Er eilte durch die Tür und stemmte sich energisch gegen den Mechanismus, damit sie sich schneller schloß. Und jetzt die Treppe hinauf. Nicht zu hastig, er durfte nicht atemlos wirken. Wie weit? Auf welches Deck? Wo würde er einen Ausgang aus dem Schiff finden? Debhu hätte es gewußt. Aber Debhu war tot. Alle waren tot. Jan dachte über seine Schuld an ihrem Tod nach, während er eine Stufe nach der anderen erstieg. Es war gleichgültig. Hier ermordet oder später – es machte keinen Unterschied. Er jedenfalls war noch frei, und ihn zu töten würde nicht so einfach sein wie die Aktion gegen die unbewaffneten, wehrlosen Männer im Schacht. Jan lockerte die Pistole des Offiziers im Halfter. Er konnte kämpfen. Er würde nicht ohne Gegenwehr fallen.

Wie viele Decks hatte er bereits erstiegen? Vier, fünf. Ein Deck war so gut wie das andere. Er legte die Hand an die nächste Tür und atmete tief ein, dann zog er die Uniformjacke herab. Schultern zurück, noch einen Atemzug – dann durch die Tür.

Der Korridor war leer. Er schritt hindurch und hoffte, daß er dabei ein militärisch wirkendes Tempo vorlegte. Weiter vorn tauchte eine Kreuzung auf, und dort stieß er auf ein Mitglied der Schiffsbesatzung. Er nickte Jan zu und wollte vorbeigehen. Jan hob die Hand und hieß ihn stehenbleiben.

»Einen Augenblick, guter Mann!« Der längst vergessene Akzent seiner Schule kam ihm mühelos über die Lippen. »Wo ist der nächste Ausgang?«

Der Mann wollte sich aus Jans Griff lösen, seine Augen weiteten sich. Jan faßte mit entschlossener Stimme nach.

»Nun reden Sie schon! Ich bin aus dem Schacht in dieses Schiff gekommen. Wie komme ich wieder raus, um meine Meldung zu machen?«

»Oh, tut mir leid, Euer Ehren. Das wußte ich nicht. Ein Deck höher, dort drüben ist die Treppe. Dann rechts, und im ersten Gang nochmals rechts.«

Jan nickte und entfernte sich mit steifen Schritten. Bis jetzt war alles gutgegangen. Den Raumfahrer hatte er täuschen können, doch würde der Bluff bei anderen Leuten wirken? Auf diese Frage würde er bald eine Antwort finden. Wie hatte sich der tote Offizier genannt? Er durchforschte seine Erinnerung. Loka? Nein, Lauca, oder etwas, das ähnlich klang. Er warf einen Blick auf den Ring am Uniformärmel. Leutnant Lauca. Jan schob die Tür auf und nahm die Treppe in Angriff.

Erst als er um die Ecke gebogen war, sah er die beiden Wächter am Ausgang des Schiffes. Die Kontrollen der Luftschleuse waren ausgeschaltet worden, und Innen- wie Außenluk standen offen. Von der Außenöffnung führte eine Metallbrücke durch den Schacht in die Sicherheit der Außenwelt.

Die Wächter salutierten; sie ließen die Hacken zuammenknallen und präsentierten die Waffen. Jan blieb nichts anderes übrig, als auf sie zuzugehen, selbst wenn sie ihm in den Weg treten sollten. Mit gleichmäßigen Schritten näherte sich Jan und blieb vor den beiden stehen. Dabei fiel ihm etwas sehr Wichtiges auf.

Die Nummer ihrer Einheit war anders als die, die auf seinem Ärmel stand.

»Ich bin Leutnant Lauca. Nachräum-Abteilung. Mein Funkgerät ist ausgefallen. Wo ist Ihr befehlshabender Offizier?«

Bei seinen Worten nahmen die beiden Haltung an.

»Der Major ist dort unten, Sir. Kommandozentrale im Büro der Kompanie.«

»Danke.«

Jan erwiderte den Gruß, wie es ihm in seiner Kadettenzeit in der Schule eingebläut worden war. Er machte energisch kehrt und stapfte davon.

Als er von der Schleuse aus nicht mehr gesehen werden konnte, machte er kehrt und entfernte sich so schnell wie möglich von der Kommandozentrale. Zwischen Maschinen und strahlenden Laternen hindurch wanderte er in die Nacht hinaus.

Er war aber damit alles andere als in Freiheit. Damit durfte er keinen Augenblick rechnen. Auf der Erde war im Grunde niemand wirklich frei, denn das allgegenwärtige Überwachungsnetz ließ auf dem Globus keine Lücke offen. Irgendwann würde man die Leiche des Leutnants finden, soviel war klar. Bis zu diesem Augenblick konnte ihm die Uniform des Toten weiterhelfen – danach aber war sie eine große Gefahr für ihn. Und er wußte noch nicht einmal, an welchem Ort der Erde er sich befand. Wahrscheinlich im Spacecon-cent in der Mojave-Wüste, aber genau wußte er es nicht. Das Militär mochte genausogut eigene Stützpunkte haben, die der Öffentlichkeit nicht bekannt waren. Aber das war im Augenblick nicht wichtig. Als erstes mußte er raus aus dem Stützpunkt. Links von ihm verlief eine Straße, gut beleuchtet und gelegentlich von Fahrzeugen befahren. Er schlug diese Richtung ein.

Aus der Deckung einiger großer Kisten machte er das hellerleuchtete Tor aus. Hier mußte schon mehr als ein Bluff ins Spiel kommen. Vielleicht sollte er es mit dem Zaun versuchen, obwohl er wußte, daß das nicht ging, ohne mehrfach Alarm auszulösen. Tempo. Was immer er anfing, er mußte schnell handeln.

»Leutnant Lauca, melden Sie sich!«

Jan fuhr zusammen, als die Stimme laut in seinem Schädel dröhnte. Natürlich – die Übertragung durch das mit seinen Schädelknochen verbundene Funkgerät im Helm. Na, wo war der Schalter? Er fummelte an seinem Gürtel herum, fand die Funkkontrollen und versuchte sie in der Dunkelheit zu ertasten.

»Lauca, melden Sie sich!«

War dies der richtige Knopf? Fühlte sich so an. Es gab nur einen Weg, die Wahrheit zu erfahren ... er drückte darauf und sagte: »Ja, Sir.«

»Es reicht jetzt. Wir wollen noch etwas für die Presse übrig haben. Ziehen Sie Ihre Männer zurück!«

Die Stimme des Kommandanten erstarb, der Trägerton verstummte. Die List hatte funktioniert. Er hatte noch ein paar Minuten herausgeholt – aber nicht mehr. Jan schaltete das Gerät auf Breitkanal-Empfang und lauschte den Kommandos, die hin und her gingen. Er mußte etwas unternehmen, und wenn es noch so verzweifelt war. Und zwar schnell.

Jan eilte zur erleuchteten Fahrspur und wartete außerhalb des Sichtbereichs der Torwächter. Ein Wagen kam auf ihn zu, doch neben dem Fahrer saß eine zweite Gestalt, und Jan trat einen Schritt zurück. Dicht hinter dem Wagen folgte ein Motorrad. Dann noch mehr. Sekunden, Minuten vergingen. Der Strom der Fahrzeuge, die in den Stützpunkt rollten, schien nicht abzureißen, doch nach draußen fuhr nichts. Das Funkgerät murmelte ihm zu. Routinebefehle. Noch keine dringenden Anordnungen. Wenn doch nur etwas käme, egal was!

Da! Ein offener Lkw mit schwerer Ladung, die sorgfältig festgezurrt war. Jan vermochte nicht in das hohe Führerhaus zu schauen. Dieses Risiko mußte er eingehen.

Jan trat vor den langsam fahrenden Wagen und hob die Hand. Er rührte sich nicht von der Stelle, bis das Fahrzeug abgebremst und gehalten hatte. Der Fahrer beugte sich aus dem Fenster.

»Kann ich Euer Ehren helfen?«

»Ja. Ist das Fahrzeug durchsucht worden?«

»Nein, Sir.«

»Dann machen Sie auf! Ich steige zu Ihnen hinauf.«

Jan erstieg die Leiter und schwang sich durch die offene Tür. Der Fahrer, stämmig gebaut und im mittleren Alter, einfach gekleidet, eine Stoffmütze auf dem Kopf, war allein. Jan knallte die Tür zu, wandte sich zu dem Mann um und zog seine Pistole.

»Wissen Sie, was das ist?«

»Ja, Euer Ehren. Das weiß ich.«

Der Mann stotterte vor Angst. Mit weit aufgerissenen Augen starrte er auf die Mündung. Jan konnte es sich nicht leisten, Mitleid mit ihm zu empfinden.

»Gut. Dann tun Sie genau, was ich Ihnen sage! Fahren Sie durch das Tor wie immer! Sagen Sie nichts! Ich werde auf dem Boden liegen und Sie umbringen, wenn Sie den Mund aufmachen! Glauben Sie mir das?«

»Ja, das glaube ich! Ganz bestimmt ...«

»Dann fahren Sie los!«

Die Turbine jaulte auf, und der Lkw setzte sich wieder in Bewegung. Die Fahrt dauerte einen Augenblick lang – sie mußten jetzt am Tor sein – da trat der Fahrer wieder auf die Bremse. Jan schob dem Mann die Waffe zwischen die Beine und hoffte, daß die Wächter unten die Angst im Gesicht des Mannes nicht bemerkten. Eine Stimme sagte etwas Undeutliches, und der Fahrer zog einen Stapel Papiere aus einem Behälter an der Tür und reichte sie hinaus. Und wartete. Jan sah den Schweiß, der dem Fahrer über das Gesicht lief und vom Doppelkinn tropfte. Er bewegte die Pistole nicht.

Die Papiere wurden zurückgegeben, und der Fahrer ließ sie zu Boden fallen, während er gleichzeitig den Gang einlegte und den Lastwagen anfahren ließ. Sie waren noch keine Minute unterwegs, als Jan eine laute Stimme in die Ohren gellte und das Gemurmel aller anderen übertönte.

»Notfall! Ein Offizier ist getötet worden, ein Leutnant. Seine Uniform fehlt. Alle Patrouillen, alle Einheiten, setzen Sie sich mit Ihren Kommandeuren in Verbindung. Alle Tore sind sofort dichtzumachen!«

Damit waren sie zu spät dran.

6

Der Lkw war außer Sicht des Tors, doch noch auf der Hauptstraße. Er passierte gerade ein dunkles, ödes Areal mit Lagerhäusern, in dem nur die Straßenlaternen brannten.

»An der nächsten Ecke abbiegen!« befahl Jan. Es bestand die Möglichkeit, daß die Verfolger ihm bereits dicht auf den Fersen waren. »Und dann gleich an der nächsten Ecke noch einmal. Jetzt halt!«

Die Luftdruckbremsen fauchten, und der Lkw stoppte zitternd. Sie standen in einer Nebenstraße, hundert Meter von der nächsten Laterne entfernt. Perfekt.

»Wie spät?« fragte Jan.

Der Fahrer zögerte und blickte auf seine Uhr. »Drei Uhr ... früh ...« Er stotterte.

»Ich werde Ihnen nichts tun. Machen Sie sich keine Sorgen.« Jan versuchte den verängstigten Mann zu beruhigen; doch er senkte die Waffe nicht. »Wann wird es hell?«

»Gegen sechs.«

Also hatte er drei Stunden Dunkelheit zur Verfügung. Das war nicht sehr viel. Aber mehr hatte er nicht. Eine andere und noch wichtigere Frage. »Wo sind wir?«

»Dinkstown. Hier gibt's nur Lagerhäuser, keine Wohngebäude.«

»Das meinte ich nicht. Der Stützpunkt da hinten. Wie heißt er?«

Der Fahrer starrte Jan mit aufgesperrtem Mund an, als habe er den Verstand verloren. Endlich raffte er sich zu einer Antwort auf. »Mojave, Euer Ehren. Das Raumfahrt-Zentrum. In der Mojave-Wüste ...«

»Genug, genug.« Jan hatte sich überlegt, was er als nächstes tun wollte. Es war gefährlich, doch er brauchte ein Fortbewegungsmittel. Überhaupt gab es nichts mehr, das nicht gefährlich war. »Ziehen Sie sich aus.«

»Bitte, nein! Ich möchte nicht sterben ...«

»Hören Sie schon auf! Ich habe eben schon gesagt, Ihnen passiert nichts. Wie heißen Sie?«

»Millard, Euer Ehren, Eddie Millard.«

»Ich sage Ihnen, was ich mache, Eddie. Ich nehme Ihnen die Sachen und den Lkw ab und fessele Sie. Ich werde Ihnen kein Leid zufügen. Wenn man Sie findet oder Sie sich befreien können, müssen Sie alles genau so aussagen, wie es gewesen ist. Sie bekommen dann keinen Ärger ...?«

»Nein? Den Ärger habe ich längst.« In der Stimme des Mannes schwang Verzweiflung, aber auch Zorn. »Ich könnte genausogut tot sein. Meinen Job bin ich los, das ist das Mindeste. Von der Wohlfahrt abhängig. Die Polizei wird mich ausquetschen. Da könnte ich genauso gut gleich tot sein!«

Die letzten Worte brüllte er hysterisch hinaus und versuchte sich an Jan zu klammern. Er war sehr kräftig. Jan blieb nichts anderes übrig. Die Waffe traf den Fahrer an der Stirn, und ein zweitesmal, als er noch immer keine Ruhe gab. Eddie Millard seufzte tief und sank bewußtlos zusammen. Er schätzte die Lage durchaus richtig ein, sagte sich Jan, während er sich abmühte, dem Mann die Kleidung abzunehmen. Ein neues Opfer. Sind wir nicht alle Opfer? Er hatte jetzt keine Zeit, über solche Dinge nachzudenken.

Als er den schweren Mann aus dem Führerhaus schob und sich

dabei bemühte, ihn möglichst vorsichtig zur Straße hinabzulassen, begann Jan zu zittern. Zu viele Dinge hatten sich in den letzten Stunden ereignet, hatten sich geradezu überstürzt. Er hatte zu viele Menschen ermordet. Es war eine brutale Galaxis, und er stand im Begriff, sich in einen brutalen Killer zu verwandeln, wie es viele gab. Nein! Das wollte er nicht akzeptieren. Kein Mittel war durch den Zweck gerechtfertigt – aber er hatte ausschließlich in Notwehr gehandelt. Seit dem Augenblick, da er hier auf der Erde seine gute Position aufgegeben hatte, war er unwiderruflich im Aus gewesen. Als er entdeckte, daß er zu den Nutznießern eines Polizeistaats gehörte, hatte er seine Entscheidung getroffen. Das hatte ihm persönlich große Verluste beschert. Doch es gab andere, die seine Überzeugungen teilten – und die Rebellion, die sich durch die ganze Galaxis ausbreitete, war das Ergebnis. Inzwischen herrschte offener Krieg, und er gehörte zu den Soldaten. Zunächst mußte er diese Sache so einfach sehen und nicht anders. Eine genaue Analyse konnte folgen, wenn der Sieg errungen war. Und die Revolutionäre würden triumphieren, mußten triumphieren! Ein anderes Ergebnis wagte er sich nicht vorzustellen.

Eddie Millards Sachen, die er sich um den Körper gewickelt hatte, stanken nach kaltem Schweiß und waren riesig wie eine Zeltplane. Er mußte sehen, wie er damit zurechtkam. Die Mütze verhüllte den frisch rasierten Schädel. Den Mann in die gestohlene Uniform zu zwängen, kam nicht in Frage. Er mußte mit seinem schmutzigen Unterzeug auskommen. Hinter dem Sitz fand er Isolierdraht und fesselte damit dem Bewußtlosen die Hände. Das würde genügen. Er mußte ohnehin den Lkw in Kürze stehen lassen. Fliehen, etwas anderes blieb ihm nicht übrig, er mußte auf der Flucht bleiben und den Vorsprung vor seinen Verfolgern halten.

Er drehte den Schlüssel, und der Motor erwachte grollend zum Leben. Langsam bewegte sich der Lkw die schmale Straße entlang. Jan trug den Helm des Offiziers, sonst hätte er den Militärfunk nicht weiter abhören können, doch schon nach wenigen Sekunden ging ihm auf, daß das Zeitverschwendung war. Es gab einige ferne Signale, die aber allmählich erstarben. Das Militär wußte, daß er den Funkempfänger hatte, und der Kommunikationscomputer wechselte sämtliche Frequenzen, um ihn von den Funkkommandos abzuschneiden. Jan warf den Helm auf den Boden und trat das Gas durch. Erst an der Kreuzung zur Hauptstraße verlangsamte er wieder die Fahrt. Die computerisierte Verkehrskontrolle ließ die Ampel bei seiner Annäherung auf Grün umspringen, so daß er sich problemlos in den dünnen Verkehr einfädeln konnte. Meistens große Lkws wie das Fahrzeug, in dem er saß. Die Beschilderung wies auf eine Autobahn hin. 395 Meilen bis Los Angeles, doch er fuhr an der Ausfahrt vorbei. Es bestand keine Aussicht, daß er die Polizeisperren am Rande der besiedelten Zone übertölpeln konnte.

Hellere Lichter rückten näher, und ein schwerer Sattelschlepper, der aus der Gegenrichtung kam, bog ab und fuhr quer vor ihm vorbei. Er mußte auf die Bremse treten. Gut. Eine Tankstelle mit Parkfläche und einem durchgehend geöffneten Restaurant. Jan bog in langsamer Fahrt ab und steuerte auf ein dunkles Gebäude im Hintergrund zu – eine Reparaturwerkstatt, die im Augenblick geschlossen war. Aber der Wagen paßte dahinter. So ging es. Wenigstens war er hier eine Zeitlang in Sicherheit; wenn er Glück hatte, dauerte es noch einige Stunden, bevor man den Wagen fand. Was nun?

In Bewegung bleiben. Er hatte Eddie Millards Ausweise, die ihm aber nur bei oberflächlicher Kontrolle weiterhelfen konnten. Und eine Brieftasche mit Geld darin. Banknoten, eine Handvoll Kleingeld. Er stopfte sich das Geld in die Tasche und zupfte an seinen Sachen herum, damit sie nicht zu unförmig wirkten. Wenn die Prols ihren Artgenossen in Britannien nur entfernt ähnlich waren, würde er in seiner Aufmachung bestimmt nicht auffallen. So weit, so gut. Aber was war mit der Uniform des Offiziers? Wertlos. Die allgemeine Suche konzentrierte sich bestimmt darauf. Aber die Waffe und die zusätzlichen Magazine mit Munition? Nein, davon konnte er sich nicht trennen. Er suchte unter dem Sitz herum und fand einen schmutzigen Beutel. Der mußte genügen. Er stopfte Waffe und Munition hinein, dann schob er die Uniform samt Helm hinter den Sitz. Die Waffe unter dem Arm haltend, stieg er aus und verschloß den Wagen. Anschließend warf er den Wagenschlüssel über den Zaun. Ihm blieb keine andere Möglichkeit. Er atmete tief ein und schlenderte durch die warme Nachtluft auf die Lichter des Restaurants zu.

Jan stand zögernd in der schützenden Dunkelheit und wußte nicht recht, was er jetzt tun sollte. Er war müde und durstig – nein, nicht nur müde, sondern total erschöpft. Seit dem Augenblick, da er die Zellentür geöffnet hatte, war er nun schon auf der Flucht, meistens in Todesgefahr. Das Adrenalin hatte ihm Schwung gegeben, hatte die wachsende Müdigkeit überdeckt. Seine Augen befanden sich in Höhe des Fensterbretts, und er vermochte ins Innere zu schauen. Ein großer Raum, Nischen und Tische, ein Tresen, an dem zwei Männer saßen; sonst leer. Sollte er es riskieren und hineingehen? Es war gefährlich, doch hier war alles gefährlich. Etwas zu essen, die Gelegenheit, sich ein paar Minuten hinzusetzen und seine Gedanken zu ordnen. Das brauchte er dringend. Die Müdigkeit ließ ihn fatalistisch denken. Irgendwann würde man ihn erwischen – doch wenigstens wollte er dann einen vollen Magen haben. Er stieß sich von der Wand ab, näherte sich der Eingangstreppe und stieg die Stufen hinauf.

Während seiner anderen Besuche in den Vereinigten Staaten – wie lange war das jetzt her? – hatte er solche Lokale nicht zu Gesicht bekommen. Natürlich war er in den besten Restaurants von New York City und Detroit gewesen und hatte also keine Vergleichsmöglichkeit. Der Boden bestand aus fleckigem altem Beton. Die Männer am Tresen machten sich nicht die Mühe, ihn anzuschauen, als er sich in die Nische setzte, die der Tür am nächsten war. Tisch und Sitze schienen aus Aluminium zu bestehen, verbeult und zerkratzt. Wie bestellte man hier; mußte er zum Tresen gehen? Oder gab es am Tisch einen Wähl- und Bestellautomaten? Die Tischplatte war durchsichtig, ein Effekt, der durch Kratzer aber beinahe aufgehoben wurde, und die Speisekarte befand sich darunter. Bei den GETRÄNKEN war Kaffee aufgeführt, aber kein Tee. Die Überschrift ESSEN führte mehrere unbekannte Bezeichnungen an. Jan versuchte auf das Wort Kaffee zu drücken, aber das schien nichts zu bewirken. Als er sich umsah, bemerkte er in der Wand einen Knopf unter einem Fernsehschirm. Danben stand: BEDIENUNG KLINGELN. Vorsichtig legte er den Finger darauf und drückte.

In der Stille des Raums war zu hören, daß irgendwo hinter dem Tresen ein Summer ertönte. Von den beiden anderen Gästen rührte sich niemand. Doch gleich darauf kam ein Mädchen um den Tresen und auf Jan zu. Sie trug eine Tafel in der Hand. Persönliche Bedienung in einem solchen Lokal! Ihre Uniform war verblaßt und fleckig wie der Boden, und sie war auch nicht so jung, wie sie aus der Entfernung ausgesehen hatte. Das spröde Haar war von grauen Strähnen durchzogen, und sie schien keine Zähne mehr zu haben; eine Empfehlung für das hier servierte Essen war sie nicht.

»Was soll's sein?« fragte sie und blickte Jan völlig desinteressiert an.

»Kaffee.«

»Was zu essen?«

Er blickte wieder auf die Speisekarte und tippte mit dem Finger.

»Hamburger.«

»Mit allem Drum und Dran?«

Er nickte, ohne zu wissen, was sie meinte. Aber sie gab sich damit zufrieden, kritzelte etwas auf ihre Tafel und verschwand hinter dem Tresen. Jan hatte in seinem ganzen Leben noch keinen ›Hamburger‹ gegessen und wußte nicht, worum es sich dabei handelte. Aber irgendwo hatte er das Wort schon einmal gehört – vielleicht in einem alten Film.

Einer der Männer warf Münzen auf den Tresen; das Geräusch ließ Jan den Kopf heben. Der Fremde stand auf und ging zur Tür, dabei warf er Jan einen kurzen Blick zu. Hatte er dabei die Augen aufgerissen? Jan vermochte es nicht zu sagen, weil er ohne zu zögern in die Nacht hinausging. Hatte er Jan erkannt? Wie denn? Oder glaubte er sich schon von allen Seiten verfolgt? Er zog den Sack auf dem Sitz dicht an sich heran und schüttelte ihn oben ein wenig auf, damit er leichter an die Waffe herankam. Anstatt sich über jeden Fremden Gedanken zu machen, sollte er sich lieber Fluchtplänen widmen.

Als einige Minuten später das Essen kam, war ihm noch nichts eingefallen. Nachdem die Kellnerin ihn bedient hatte, warf sie einen nachdrücklichen Blick auf seine Kleidung.

»Das macht genau sechs Dollar.«

So wie er aussah, mußte er bar bezahlen. Jan konnte es ihr nicht verdenken. Er zog die Handvoll grüner Scheine heraus und legte sie auf den Tisch, dann nahm er einen Fünfer und einen Einer heraus und schob ihr das Geld hinüber. Sie stopfte die Scheine in ihre Schürzentasche und ging.

Der Kaffee war heiß und schmeckte köstlich; die Flüssigkeit brannte ihm eine belebende Bahn durch die Kehle. Der Hamburger brachte ganz andere Probleme. Es schien eine Art Pappmasse mit Füllung zu sein. Messer oder Gabel waren nicht zu sehen, und Jan hatte keine Ahnung, wie er das Ding essen sollte. Schließlich überzeugte er sich, daß niemand ihn beobachtete, und biß ab. Der Geschmack unterschied sich von allem, was er bisher erlebt hatte - doch es war nicht uninteressant. Irgendwo in der Mitte befand sich eine Schicht kaum erwärmten Hackfleisches mit etlichen Saucen und Salatstücken darauf. Es schmeckte jedenfalls großartig, und er aß den Hamburger mit der Gier eines Verhungernden. Er brauchte dazu nur wenige Minuten und leerte eben seine Kaffeetasse, als zwei Männer ins Lokal kamen.

Ohne sich umzusehen und ohne zu zögern, schoben sie sich in seine Nische und nahmen ihm gegenüber Platz. Jan stellte langsam die Tasse hin und ergriff mit der anderen Hand den Pistolengriff.

Die beiden sahen ihn nicht an; anscheinend nahmen sie gar keine Notiz von ihm. Einer zog eine Münze aus der Tasche, hob den Arm und schob das Geld in einen Schlitz unter das Fernsehgerät am Tisch. Das Gerät erwachte zum Leben und ließ blecherne Musik erschallen. Jan schaute nicht auf den Schirm; im Schutz des Tisches zog er die Waffe aus dem Beutel. Der dünne Mann, der die Münze in den Schlitz gesteckt hatte, berührte jetzt die Kontrollen und wechselte den Kanal, bis er das richtige Programm hatte, dann lehnte er sich zurück. Es lief eine Sportsendung, berichtet wurde über irgendein Rennen.

Was sollte das? fragte sich Jan. Beide Männer waren im mittleren Alter und ähnlich gekleidet wie er. Sie schienen die Speisekarte anzuschauen, drückten aber nicht auf den Bedienungsknopf. Noch hatte ihn keiner der beiden angesehen. Plötzlich störten die Worte des Fernsehansagers seine Konzentration.

»... weitere Nachrichten über die Greueltaten der Aufständischen, die die *Alpharon* in ihre Gewalt zu bekommen versuchten und auf bestialische Weise Mitglieder der Besatzung töteten. Die Kämpfe sind beendet, und die Mörder haben das Schicksal erlitten, das sie anderen zudachten. Schnelle Gerechtigkeit von den Händen der Kameraden jener mutigen Männer, die ihr Leben für die Heimwelt gegeben haben ...«

Ein Blick auf die verkrümmt daliegenden, blutüberströmten Leichen seiner Freunde genügte. Jan schaute wieder auf die beiden Männer. Die nächsten Worte des Ansagers ließen ihn erstarren.

»Einer der Verbrecher konnte entkommen. Er heißt Jan Kulozik, und die Öffentlichkeit wird hiermit darauf aufmerksam gemacht, daß der Mann äußerst gefährlich ist. Die Behörden möchten ihn gern lebend in ihre Gewalt bekommen, damit sie ihn wegen der Einzelheiten der Meutereipläne verhören können. Wer Informationen liefern kann, die zu seiner Gefangennahme führen, kann mit einer Belohnung von fünfundzwanzigtausend Dollar rechnen. Alle Bürger von Kalifornien und Arizona werden hiermit aufgefordert, nach diesem Mann Ausschau zu halten ...«

Jan leistete sich einen kurzen Blick auf den Schirm. Dort schimmerte sein Gesicht, von vorn und im Profil. Vor Jahren aufgenommen, vor seiner Deportation von der Erde, doch noch immer sehr ähnlich. Als er den Kopf abwandte, mußte er feststellen, daß die beiden Männer ihn jetzt musterten.

Sie hatten die Hände offen auf den Tisch gelegt. Sie waren sich ihrer Sache sehr sicher – oder sie hatten keine Ahnung, mit wem sie sich da einließen.

»Stimmt das – was da eben gesagt wurde?« brach der dünne Mann das Schweigen. Da Jan nicht antwortete, fügte er nach kurzem Zögern hinzu: »Warum ist man hinter Ihnen her, Kulozik?«

Jans Antwort bestand darin, die Waffe über die Tischkante zu heben.

»Dies ist eine reguläre 65er Pistole ohne Lauf. Sie verschießt Raketengeschosse, die einer Kuh ein Loch in den Wanst reißen können. Sie stehen jetzt auf und verlassen das Lokal vor mir! Sofort!«

Die beiden glitten widerspruchslos aus der Nische und drehten ihm den Rücken zu. Dann traten sie durch die Tür ins Freie, dichtauf gefolgt von Jan. Er gewann noch einen vagen Eindruck von der Gestalt, die sich seitlich in der Dunkelheit rührte und mit etwas ausholte. Er machte kehrt und wollte eben die Waffe heben, als der Hieb ihn traf.

7

»Ich kann nur wiederholen, was ich schon mehrmals gesagt habe«, brummte Jan.

»Dann tun Sie's!«

Es war eine andere Stimme – die Fragen aber blieben dieselben. Jan war so fest an den harten Stuhl gebunden, daß ihm Arme und Beine abgestorben waren; vor den Augen trug er eine Binde. Er hatte den Eindruck, hier schon eine Ewigkeit zu sitzen.

»Ich heiße Jan Kulozik. Ich bin an Bord der *Alpharon* zur Erde gekommen. Den Namen des Schiffes habe ich erst durch die Fernsehnachrichten erfahren. Ich gehörte zu einer Gruppe von Gefangenen, die geflohen ist. Dabei bin ich als einziger durchgekommen. Ich tötete einen Offizier ...«

»Sein Name?«

»Lauca, Leutnant Lauca. Und es war kein Mord, sondern Notwehr. Das habe ich Ihnen bereits gesagt. Ich nahm ihm die Uniform und die Waffe ab und brachte einen Lkw in meine Gewalt, der von einem gewissen Eddie Millard gefahren wurde. Ich ließ den Wagen hinter der Reparaturwerkstatt stehen, ehe ich in das Restaurant ging, vor dem Sie mich überfallen haben. Und jetzt sagen Sie mir mal was. Wer sind Sie? Sie gehören doch zur Sicherheitspolizei, nicht wahr?«

»Halten Sie den Mund! Wir stellen hier die Fragen ...«

Der Mann brach ab, als jemand den Raum betrat. Schritte waren zu hören, dann Stimmengemurmel. Sie kamen auf ihn zu – und Jans Gesicht brannte vor Schmerz, als das Klebeband, das vor seinen Augen lag, fortgerissen wurde. Er japste vor Schock und hielt im grellen Licht die Augen geschlossen.

»Wie lautete die Zulassungsnummer des letzten Wagens, der Ihnen in England gehörte?«

»Woher soll ich das wissen, zum Teufel? Es ist lange her.« Jan blinzelte die drei Männer an, die vor ihm standen. Zwei kannte er; es waren die beiden aus dem Lokal. »Wenn Sie von der Sicherheitspolizei sind, wissen Sie doch alles über mich. Wozu also diese Spielchen?«

Der Neuankömmling, ein hagerer Mann mit einem Kopf, der von Natur aus so kahl schimmerte, wie es der Jans nach der Zwangsrasur war, antwortete. »Wir gehören nicht nur Sicherheitspolizei. Es ist aber nicht auszuschließen, daß *Sie* ein Polizeispitzel sind. Jemand, der bei uns eingeschleust werden soll. Um unsere Leute aufzuspüren. Es liegt also in Ihrem Interesse, unsere Fragen exakt zu beantworten. Wir können Ihnen helfen – wenn Sie wirklich der Mann sind, der zu sein Sie vorgeben. Wenn nicht, müssen wir Sie töten.«

Jan musterte die Gesichter der anderen, dann nickte er langsam.

»Ich bin ebenso nervös, was Sie angeht. Sie könnten von der Polizei sein, egal was Sie sagen. Ich erzähle Ihnen also nur, was in meinen Unterlagen steht. Ich werde andere nicht komprimittieren.«

»Einverstanden.« Der Kahlköpfige sah sich einen Computerausdruck an. »Wie lautete Ihre Telefonnummer in London?«

Jan schloß die Augen und versuchte nachzudenken. Diese Frage reichte in eine andere Zeit zurück, in ein völlig anderes Leben. Er versuchte sich die Wohnung vorzustellen, den Pförtner unten im Haus, den Fahrstuhl. Er bildete sich ein, seine Wohnung zu betreten, den Höher abzunehmen …

»Null eins … zwei, drei, sechs … dreimal null, zwei. Ja, das ist die Nummer.«

Es kamen noch zahlreiche ähnliche Fragen. Die Erinnerungen kehrten allmählich zurück, und er konnte schneller antworten. Offensichtlich hatten die Leute seine Sicherheitsakte – aber wie waren sie an die Unterlage gekommen? Nur die Sicherheitspolizei konnte Zugang dazu haben! Spielte man hier mit ihm ein hinterlistiges Spiel?

Festino-82-

»Das reicht«, sagte der Kahlköpfige und schleuderte die zusammengeklappten Endlosbogen zur Seite. »Schneidet ihn los! Wir müssen das Risiko eingehen und hoffen, daß er die Wahrheit sagt.«

Als die Fesseln fielen, mußte man Jan stützen. Bis in seine tauben Gliedmaßen das Gefühl – und der Schmerz – zurückkehrte. Jan rieb sich die wunden Beine. »Na schön«, sagte er. »Sie sind zufrieden. Aber was mich betrifft: Sie können von der Polizei sein.«

»Bei unserer Arbeit tragen wir keine Ausweise«, sagte der Glatzkopf und lächelte zum erstenmal. »Sie müssen sich also darauf verlassen, daß wir in Ordnung sind. Wenn Sie ein Agent sind, der uns von der Polizei untergeschoben wurde, dann darf ich Ihnen wahrheitsgemäß sagen, daß wir im Untergrund niemanden sonst kennen. Deshalb wurden wir ja für diese Arbeit ausgesucht. Jedenfalls muß aus der Brüderschaft jemand bei der Polizei wirken – von ihm kommt der Printout dort. Übrigens werde ich Mondschein genannt.« Er deutete auf den haarlosen Schädel und lächelte. Diesmal erwiderte Jan das Lächeln.

»Ich hoffe, Sie sagen die Wahrheit, Mondschein. Wenn Sie von der Polizei sind, kämen Sie auch ohne dieses Versteckspiel an die Dinge heran, die ich weiß. Das weiß ich ganz besonders, denn ich habe das alles schon einmal durchgemacht.«

»Und Sie sind auf den anderen Welten gewesen?« entfuhr es einem der anderen Männer, der sich nicht mehr zurückhalten konnte. »Die Rebellion! Erzählen Sie uns davon? Wir wissen darüber nicht mehr, als die amtliche Propaganda verlauten läßt.«

»Was wird denn verbreitet?«

»Nichts! Unsinn. Ein paar fehlgeleitete Irre ... die Rebellion sei niedergeschlagen. Saboteure hätten die Ernte vernichtet, so daß eine Rationierung eingeführt werden mußte. Alle Aufständischen seien gefangen oder vernichtet worden ...«

»Unsinn – wie Sie eben selbst sagten. Man wagt Ihnen nicht zu sagen, daß wir gesiegt haben! Wir haben die Erdleute von jeder Welt vertrieben. Sie haben nur noch die Erde.«

Während er sprach, entspannten sich die strengen Gesichter – zuerst lächelten die Männer, dann riefen sie freudig durcheinander.

»Wirklich – Sie sprechen im Ernst?«

»Ich wüßte nicht, warum ich Sie belügen sollte. Die Erde herrscht hier im Sonnensystem – doch an keinem anderen Ort mehr.«

Es war Heiligabend, Urlaub, alle Freuden der Welt zu einem Geschenkpaket verschnürt. Wenn dies Verstellung ist, sagte sich Jan, habe ich hier die besten Schauspieler der Welt vor mir. Er war davon überzeugt, daß er sich in den Händen des Widerstands befand und nicht bei der Polizei. Er sagte den Männern alles, was er wußte, und unterbrach schließlich den Strom der Fragen.

»Jetzt bin ich an der Reihe«, sagte er. »Wie kommt es, daß Sie der Polizei zuvorgekommen sind?«

»Reines Glück«, sagte Mondschein. »Oder vielleicht ist unsere Zahl doch größer, als man allgemein annimmt. Kaum wurde die Suchmeldung über Sie verbreitet, da kam von oben die Anweisung durch, Sie nach Möglichkeit aufzuspüren. Wir haben mehr Sympathisanten als Mitglieder. Einer dieser Leute hat Sie hier gesehen und setzte sich mit uns in Verbindung. Den Rest wissen Sie.«

»Und was jetzt?«

»Sie können bei uns eine wichtige Rolle spielen, Jan. Wenn Sie sich einverstanden erklären, uns zu unterstützen.«

Jan setzte ein schiefes Lächeln auf. »So bin ich überhaupt in diese Lage gekommen. Warum nicht? Wenn ich nicht von irgendeiner Seite Hilfe bekomme, dürfte meine Zukunft sowieso sehr kurz sein und in einer Katastrophe enden.«

»Gut. Dann schaffen wir Sie sofort hier heraus. Ehe die Gegenseite merkt, daß Ihnen geholfen wird. Ich weiß nicht, wie das ablaufen wird – und will es auch gar nicht wissen. Wir haben hier Kleidung für Sie. Ziehen Sie sie an, während ich mal telefonieren gehe.«

Jan zog die dünne Baumwollhose und das Hemd an. Er war froh, die Militärstiefel loszuwerden, die unerträglich eng geworden waren. Die offenen Sandalen waren eine große Erleichterung. Einer der Männer verließ den Raum und brachte ein Käppi mit, an dem in gelben Buchstaben DODGERS stand.

»Setzen Sie das Ding auf«, sagte er. »Verdecken Sie den kahlrasierten Schädel, bis das Haar nachwächst. Wir haben hier ein bißchen selbstgebrannten Bourbon. Würde uns freuen, wenn Sie einen mit uns heben.«

»Das Vergnügen ist ganz auf meiner Seite«, sagte Jan und nahm einen Plastikbecher mit der hellen Flüssigkeit entgegen, die sehr kräftig war. »Auf die Freiheit! Möge die Erde sie eines Tages mit den Sternen teilen!«

»Darauf kann man getrost trinken.«

Jan leerte gerade seinen dritten Bourbon – der jetzt schon besser schmeckte und ihm ein wohliges Gefühl vermittelte –, als Mondschein zurückkehrte.

»Wir müssen uns beeilen«, sagte er. »Es wartet jemand auf Sie. Wir müssen zu Fuß gehen. Sämtliche Fahrzeuge werden durchsucht.«

Es war nicht weit, und die frische Nachtluft setzte Jan den Kopf wieder zurecht. Durch dunkle Nebenstraßen ging es voran. Mondschein blickte immer wieder auf seine Uhr und ließ die Männer das letzte Stück im Trab laufen.

»Müssen zu einer bestimmten Zeit am Ziel sein. Ich lasse Sie vor einer Tür stehen. Sobald ich außer Sicht bin, klopfen Sie an! Man wird Sie einlassen. Viel Glück, Jan! Hier ist es.«

Sie befanden sich an einem kleinen Nebeneingang zu einem sehr großen Gebäude. Die Männer gaben sich schnell die Hand und gingen weiter. Jan klopfte einmal leise, und die Tür ging auf. Drinnen war es dunkel.

»Kommen Sie, schnell!« flüsterte eine Stimme. Als die Tür geschlossen wurde, schien die Dunkelheit noch zuzunehmen.

»Hören Sie«, sagte der Unsichtbare. »Sie gehen durch die Tür und befinden sich in einer Garage. Voller Anhänger für Sattelschlepper. Die fahren heute nacht noch weiter. Alle Wagen sind versiegelt, denn sie stehen unter Zollverschluß. Man wird sie nicht durchsuchen. Der dritte von der Tür ist hinten offen. Gehen Sie hin, steigen Sie ein! Wir haben Plomben, da merkt niemand, daß das Fahrzeug offen war. Steigen Sie ein, ich mache hinter Ihnen zu. Es ist wichtig, daß Sie mein Gesicht nicht sehen. Am anderen Ende werden Sie dann herausgeholt, in Los Angeles. Geben Sie sich ganz natürlich, wenn Sie durch die Garage gehen, vielleicht sind andere Männer unterwegs. Aber niemand wird Sie belästigen, wenn Sie sich ganz normal verhalten. Und lassen Sie sich nicht beobachten, wie Sie hinten einsteigen, sonst sind Sie erledigt. Warten Sie mal einen Moment, ich schaue mich um.«

Eine zweite Tür ging einen Spaltbreit auf, und Jan sah den Umriß eines Kopfes vor dem Licht. Der andere schaute einen Augenblick lang hindurch, dann trat er zur Seite.

»Jetzt schnell!« sagte die Stimme. »Und viel Glück.«

Das Gebäude war riesig; aus der Ferne dröhnte das Wummern eines schweren Motors herüber. Reihen von Lkws, die jeweils mit einem Container beladen waren, erstreckten sich in die Ferne. Jan ging auf das nächste Fahrzeug zu, als gehöre er in die Garage. Das Motorengeräusch erstarb und wurde von einem metallischen Hämmern abgelöst. Als er den dritten Wagen erreichte, sah er sich unauffällig um; niemand war zu sehen. Er zog die schwere Tür auf und stieg hinauf. Als er die Tür hinter sich schloß, gewahrte er kurz die Umrisse zahlreicher Kisten, die hoch aufgestapelt den größten Teil des Containers füllten und ihm nur wenig Platz ließen. Minuten später wurde die Tür von draußen ganz zugemacht und verriegelt.

Es war dunkel, warm und ungelüftet. Zuerst setzte er sich mit dem Rücken gegen die Wand, mußte aber feststellen, daß diese Stellung unbequem war. Mit Hinlegen ging es besser, und er benutzte seinen Arm als Kissen. Ohne es zu merken, schlief er ein und wachte auch nicht auf, als rückwärts eine Zugmaschine herbeifuhr und sich mit dem Ladeschlepper verband. Das große Fahrzeug ruckte an und rollte auf die Straße hinaus; Jan schlief weiter. Er erwachte erst, als der Lkw zitternd und mit zischenden Luftdruckbremsen anhielt. Er blinzelte in die Dunkelheit und verspürte bohrende Angst, bis ihm die Ereignisse der letzten Stunden einfielen und er sich klar machte, wo er war. Angstvoll hielt er den Atem an, als draußen jemand an den Stangen rüttelte, die die Tür verschlossen. Wenn man den Wagen öffnete, hatte man ihn – dann war alles vorbei. Abwartend hockte er in der Dunkelheit und atmete erst auf, als der Sattelschlepper sich wieder in Bewegung setzte. Wenn das die Kontrolle gewesen war, hatten sie es geschafft. Je länger die Fahrt dauerte, desto mehr wich Jans Spannung. Das leichte Rütteln verführte ihn zum Schlafen, und er wehrte sich nicht dagegen.

Jan wälzte sich auf der harten Fläche hin und her, kam aber erst wieder richtig zu sich, als der Wagen das nächstemal hielt. Es gab eine kurze Unterbrechung, dann ging die Fahrt weiter. Eine Polizeisperre vor einer Stadt? So wäre es in Britannien gewesen; man mußte damit rechnen, daß die Sicherheitspolizei hier mit ähnlichen Mitteln arbeitete. Beim nächsten Stop hörte Jan wieder Geklapper an den Türriegeln dicht neben sich und war darauf vorbereitet, als die großen Flügel aufschwangen. Tropisch helles Licht bestürmte seine Augen, die er mit der Hand abschirmte.

»Kommen Sie raus, Meister, Sie sind hier am Ziel!« sagte eine heisere Stimme. Jan ließ sich zu Boden gleiten und blinzelte den uniformierten Polizisten an, der vor ihm stand. Gefangen! Er machte kehrt, um loszulaufen, doch die große Hand des Mannes packte ihn am Arm und zog ihn herum.

»Machen Sie keinen Unsinn! Setzen Sie sich hinten in den Streifenwagen! Legen Sie sich auf den Boden! Man hat mir befohlen, Ihretwegen meine Tarnung aufzugeben, Meister – ich hoffe nur, daß es sich lohnt.« Er zerrte Jan auf einen schwarz-weißen Wagen zu, der mit Lichtern und Sirenen bestückt war und hinter dem Lkw in der schmalen Gasse parkte. Die hintere Tür stand offen; Jan stieg ein und ließ sich zu Boden fallen. Gleich darauf wurde die Tür hinter ihm zugeknallt. Der Polizist stieg vorn ein und fuhr mit hoher Geschwindigkeit rückwärts aus der Gasse. Er bremste mit quietschenden Reifen und fuhr los. Als sie unterwegs waren, entspannte sich der Fahrer sichtlich und warf einen Blick über die Schulter auf Jan.

»Stimmt es wirklich, was Sie den anderen gesagt haben, daß alle Planeten, na, wie nennt man das ...?«

»Frei sind? Ja, sie sind frei. Diesen Aufstand konnte niemand niederschlagen.«

»Na, das ist ja mal eine gute Nachricht. Vielleicht ist das Ganze ansteckend, vielleicht bekommen wir hier auf der guten Mutter Erde auch mal eine Portion davon ab. Die Leute, zu denen Sie kommen, könnten davon einiges gebrauchen. Ich liefere Sie den Spooks aus. Keine Ahnung, wie wohl Sie sich da fühlen werden, aber ein Weilchen werden Sie dort sicher sein.«

Spooks? dacht Jan. Gespenster? Wovon redete der Mann?

»Ich weiß nicht, wen Sie meinen.«

»Sie reden wie ein Engländer. Sind Sie so was?«

»Ja, ich bin in England geboren worden. Aber dort bin ich schon vor längerer Zeit weggegangen.«

»Sie reden genauso, wissen Sie, wie in den Filmen. Na, ich weiß nicht, wie die Dinge dort stehen, wo Sie herkommen, Mr. Brite, aber hier bei uns, na, da dürfte alles anders sein. Wir fahren nach New Watts. Wenn Sie das sehen, wissen Sie gleich, was ich meine. Schauen Sie sich mal um. Ich bleibe stehen, und sie heben kurz die Nase und schauen es sich an.«

Sie fuhren langsam weiter und hielten vorsichtig. »So, jetzt«, sagte der Polizist.

Vorsichtig richtete Jan sich auf und stellte fest, daß sie neben einer Reihe kleiner Häuser parkten. Die Gebäude waren früher einmal anziehend gewesen, jetzt aber verlassen und halb eingestürzt, ohne Fenster und mit eingesunkenen Dächern. Auf der anderen Seite der Straße erstreckte sich ein hoher Drahtzaun, dahinter Ödland, Hügel verbrannter Erde, auf der nur da und dort Grasbüschel und Unkraut gedieh. Gut hundert Meter dahinter ragte ein zweiter, identischer Zaun auf. Dahinter lagen Gebäude, Wohn- und Bürohäuser. Jan vermochte keine Einzelheiten auszumachen, die Bauten sahen aber ziemlich heruntergekommen aus.

»Kopf weg!« befahl der Polizist. »Das ist Ihr Ziel. Sieht von hier aus gar nicht übel aus ...« Er lachte, nicht belustigt, sondern eher ironisch. »Wir fahren jetzt zu einem Kontrollpunkt. Aber die Jungs dort kennen mich und werden mich durchwinken. Ich stelle mal den Jauler an, damit sie glauben, ich bin auf Alarmfahrt.«

Der Wagen schoß los, und die Sirene begann zu winseln. Der Wagen änderte die Fahrtrichtung, wurde schneller, hüpfte über etwas Hartes auf der Straße und setzte die Fahrt fort. Nach einer Weile hörte der Sirenenlärm auf, und der Polizist nahm den Fuß vom Gas.

»Halten Sie sich bereit«, sagte der Fahrer. »Ich werde hübsch langsam rollen, aber nicht halten. Sie werfen sich raus, wenn ich Ihnen das Kommando gebe. Sie finden sich dann dicht bei einer kleinen

Gasse zwischen einigen Höfen. Gehen Sie da hinein, man wird Sie abholen.«

»Vielen Dank für die Hilfe.«

»Danken Sie mir erst, wenn Sie wissen, in was Sie sich einlassen. Jetzt!«

Jan zog am Griff und schob die Tür auf. Er sprang hinaus, und der Griff wurde ihm aus der Hand gerissen, als der Wagen wieder beschleunigte; die abrupte Bewegung ließ die Tür zuknallen. Der Streifenwagen verschwand um die nächste Ecke. Jan betrachtete die wackeligen Holzzäune, die sich zu beiden Seiten eines festgetretenen Lehmweges erstreckten. Er befolgte die erhaltenen Anweisungen und schritt den Weg entlang. Dabei hatte er das Gefühl, beobachtet zu werden, konnte aber niemanden ausmachen. Türen waren in die Zäune eingelassen, und als er an einer vorbeikam, schwang sie auf.

»Hier rein!« rief eine rauhe Stimme.

Jan fuhr herum und betrachtete den Mann und die beiden anderen hinter ihm. Alle drei waren mit Pistolen bewaffnet, die sie auf ihn gerichtet hatten. Alle drei hatten pechschwarze Haut.

8

»Sind Sie der, wo im Raumschiff gekommen sein soll?« fragte der erste. Jan nickte, und der andere schwenkte die Waffe. »Dann komm' Sie rein, damit Sie uns drüber erzählen können!«

Die drei nahmen ihn in die Mitte und schoben ihn in das Haus, einen feuchten Korridor entlang und in einen Innenraum. Jan hörte, wie Riegel hinter ihm verschlossen wurden. Das Zimmer hatte verhängte Fenster und war muffig und leer bis auf einen runden Holztisch und wacklige Stühle. Einer der Männer zerrte ihn am Arm zu einem Stuhl und fuchtelte dann mit der langen und ziemlich abgenutzten Pistole vor Jans Gesicht herum.

»Sie Spion!« sagte er zornig und fauchte die Worte zwischen zusammengekniffenen Zähnen hervor. »Sie verdammter Spion ...«

»Nun laß schon, genug davon«, sagte ein älterer Mann und zupfte den Zornigen vorsichtig an der Schulter. Widerstrebend ließ der von seinem Opfer ab, und der ältere Mann nahm gegenüber Jan Platz.

»Problem is', die Bull'n haben Sie hergebracht, das gefällt ihm nicht. Na, wem gefällt das schon? Ich heiße Willy. Sie wer'n Jan genannt, sah Ihr Bild im Fernseher.«

Jan nickte und versuchte den Dialekt des anderen zu verstehen, der ihm so fremd klang wie der Dialekt von Glasgow.

»Fernseher sagt, Sie komm' von den Sternen. Wenn das stimmt, sagen Sie uns, was draußen so läuft.«

Wieder schildert Jan den Erfolg der Rebellion. Der Mann lauschte konzentriert seinen Worten und beugte sich dabei vor; immer wieder mußte Jan Sätze wiederholen; anscheinend hatten diese Leute mit seinem Dialekt ebenfalls Probleme. Wieder begann die Müdigkeit ihn einzuholen, und die Kehle wurde ihm trocken. Als er um Wasser bat, gab Willy einem Mann ein Zeichen.

»Hab'n Sie auch Hunger?« fragte er. Jan nickte, und Willy rief Befehle durch die offene Tür.

Das Essen war seltsam, aber sättigend. Irgendein gekochtes Gemüse, weiße Bohnen mit schwarzen Flecken darauf und ein Brokken Fleischersatz, der schon ziemlich alt sein mußte. Die Männer schauten zu, während er aß, und unterhielten sich angeregt miteinander.

»Was wir wissen woll'n«, sagte Willy schließlich. »Gibt's Brüder bei den Sternenvölkern?«

»Ich verstehe die Frage nicht.«

»Schwarze. Schwarze Leute wie wir. Oder sind's wieder nur die Weiß'n, die sich da an die Gurgel gehen?«

Es schien eine wichtige Frage zu sein, und es wurde still im Zimmer, während Jan seine Mahlzeit beendete und den Teller zurückschob.

»Vielen Dank. Ich hatte großen Hunger.« Er überlegte einen Augenblick lang. »Zunächst möchte ich mal von mir aus eine Frage stellen. Ist jeder hier in – wie heißt der Ort doch gleich? – New Watts? Sind hier alle Leute schwarz?«

»Und ob!«

»So ist es auf den Planeten nicht. Ich meine, ich habe noch nie erlebt, daß die Menschen nach Ihrer Hautfarbe voneinander getrennt wären. Hier auf der Erde, ja, da gibt es unterschiedliche Hautfarben unter der Eingeborenenbevölkerung von Afrika und Asien, das heißt, es gibt unter geographischen Gesichtspunkten Trennungen nach rassischen Eigenarten. Doch wenn ein Volk erst einmal zu den Planeten gebracht worden ist, brechen diese Barrieren nieder. Sie sind nicht mehr wichtig. Es gibt genügend andere Probleme ...«

»Sie reden da'n bißchen schnell«, sagte Willy. »Woll'n Sie uns einreden, da draußen wär'n alle farbenblind? Alle Hautfarben mengen sich zusamm'?«

»Ja. Selbstverständlich. Wissen Sie, Hautfarbe ist da oben nicht wichtig.«

»Hier dafür um so mehr!« sagte Willy und klatschte sich auf das Knie. Die Männer lachten laut auf. Jan lächelte. Er wußte nicht recht, wo hier der Witz versteckt war.

»Hoffe nur, daß Sie auch die Wahrheit red'n«, sagte Willy, und einer der Männer fügte ein lautes »Amen!« hinzu. »Is' nur schwer vorstellbar, meine ich. Sie sollten's mal mit dem Prediger red'n. Der spricht so Ihre Sprache. Der wird uns sagen, wo's langgeht.«

Jan wurde von den Männern, die noch immer ihre Waffen in den Händen hielten, aus dem Zimmer geführt. Die Pistolen waren alt und oft gebraucht, im Grunde Museumsstücke. Sie erreichten ein anderes Zimmer im Haus, ein Schlafzimmer, in dem farbige Kleinkinder auf bunten Bettdecken saßen. Die Kleinen und eine alte weißhaarige Frau blickten den Männern stumm starrend nach. Es gab hier einen Ausgang, ein primitiv in die Wand geschlagenes Loch. Es führte durch eine Art Tunnel zu einem anderen Haus. Als sie auf diese Weise vier Gebäude passiert hatten, erkannte Jan, daß sämtliche Häuser miteinander verbunden sein mußten und das Ganze folglich ein einziges ausgedehntes Gebäude war. Endlich erreichten sie eine geschlossene Tür, an die Willy vorsichtig klopfte.

»Herein!« rief eine Stimme. Jan wurde durch die Tür in einen weiten Raum geschoben, dessen Wände voller Bücherregale waren. Der Unterschied zu den anderen Unterkünften, die er hier gesehen hatte, war erstaunlich. Es hätte sich um die Bibliothek eines Universitätsprofessors handeln können. Der Schreibtisch war mit Papieren und geöffneten Büchern übersät, gerahmte Grafiken hingen an den Wänden, und in der Ecke stand sogar ein Erdglobus. Weiche Stühle, und hinter dem Tisch der Professor, bequem zurückgelehnt, ein Farbiger, wie alle anderen.

»Vielen Dank, Willy«, sagte er. »Ich rede mit dies'm Jan für mich.«

»Geht das auch in Ordnung ...?«

»Aber klar. Lass'n Sie nur einen Mann vor der Tür stehen, damit ich ruf'n kann, wenn's nötig ist.«

Als die Tür zugefallen war, stand der Mann auf, um Jan die Hand zu geben. Er war von mittlerem Alter und hatte einen Vollbart und langes Haar, beides von grauen Strähnen durchzogen. Seine Kleidung war dunkel und konservativ und paßte zu dem Priesterkragen.

»Ich bin Reverend Montour, Mr. Kulozik. Es ist mir eine große Freude, Sie hier begrüßen zu können.«

Jan erwiderte den Händedruck und konnte zur Antwort lediglich nicken. Die Aussprache des Mannes war plötzlich frei von jedem Dialekt; der Reverend äußerte sich fließend, mit gebildeter Stimme.

»Bitte setzen Sie sich. Darf ich Ihnen ein Glas Sherry anbieten? Er wird aus hiesigem Wein gewonnen. Müßte Ihnen gefallen.«

Jan kostete den Sherry, der wirklich ziemlich gut war, und blickte sich in dem Zimmer um.

»Verzeihen Sie, wenn ich starre«, sagte er. »Aber es ist Jahre her, daß ich in einem solchen Raum gewesen bin. Ich bewundere Ihre Büchersammlung.«

»Vielen Dank. Die meisten Bände sind Jahrhunderte alt und ziemlich selten. Jede Seite ist einzeln präserviert worden.«

»Vernichterbücher, ach, wirklich? Darf ich mal schauen? Vielen Dank.« Er stellte das Glas ab und trat an die Regale. Die Einbände waren abgenutzt und stellenweise sichtlich wieder instandgesetzt worden, viele Titel konnten auf dem Rücken nicht mehr entziffert werden. Er hob den Arm, nahm ein Buch heraus, das ihm noch ziemlich intakt zu sein schien, und schlug vorsichtig die Titelseite auf. ›DAS MITTELALTER 395–1500.‹ Vorsichtig drehte er die Seite und entdeckte dort den Vermerk ›Copyright 1942‹.

Er mußte sich bemühen, seine Stimme nicht ehrfürchtig klingen zu lassen, als er sagte: »Dieses Buch ... ist über fünfhundert Jahre alt! Ich wußte gar nicht, daß es so etwas noch gibt.«

»O ja, das versichere ich Ihnen, und es gibt viele vergleichbare Bände. Aber ich verstehe Ihre Gefühle. Sie sind Brite, nicht wahr?«

Jan nickte.

»Dacht ich's mir. Ihr Akzent, und dann der Begriff ›Vernichter‹. Soviel ich weiß, wird dieses Wort in Ihrem Land allgemein benutzt. Sie müssen sich klarmachen, daß ich diese Bücher wegen der unterschiedlichen Wege besitze, die während der von den Historikern Retrozession genannten Periode eingeschlagen wurden. Damals erlebten die verschiedenen Länder und Regionen der Welt denselben Niedergang, doch sie stellten sich unterschiedlich darauf ein, wobei man im allgemeinen den bestehenden sozialen Unterscheidungen folgte. Großbritannien, eine traditionell klassenorientierte Gesellschaft, benutzte das historische Klassensystem, um die starre Struktur zu festigen, die heute noch existiert. Die herrschende Elite hatte im Grunde niemals etwas übrig gehabt für die Bildung der Massen und war mehr als erleichtert, als die physischen Umstände diese Notwendigkeit beiseitefegten. Aber werden Bildung und Information erst einmal eingeschränkt, gibt es für diesen Prozeß kein Ende. Soviel ich weiß, haben die meisten britischen Bürger heute keine Ahnung, wie die Geschichte wirklich aussieht – ganz zu schweigen von der Welt, in der sie leben. Ist das zutreffend?«

»Sehr sogar. Daß ich zufällig auf diesen Umstand stieß, war der Anfang einer Reihe von Ereignissen, die mich, nun ja, in dieses Zimmer geführt haben.«

»Ich verstehe. Konformität muß in einem System wie dem Ihren intellektuell sehr schwer zu ertragen sein. Hier ging die Geschichte einen gänzlich anderen Weg – es gibt eben viele Pfade zur Tyrannei. Amerika hatte kein Klassensystem, aber schon seit jeher ein System vertikaler Beweglichkeit, das im wesentlichen auf Geld basiert. In gewisser Weise galt bei uns der Spruch, daß nicht die Abstammung, sondern das Bankkonto über den gesellschaftlichen Status bestimmte. Davon waren die physisch sichtbaren Minoritäten allerdings ausgenommen. Iren, Polen, Juden, traditionell isolierte Minderheiten, wurden erst nach einigen Generationen voll integriert, weil ihr rassischer Typus sich mit der allgemeinen Bevölkerung verschmelzen ließ. Anders dagegen die dunkelhäutigen Rassen, die ihren Platz am unteren Ende der Gesellschaft erhielten und dort über wiederholte Zyklen physischer und erzieherischer Auszehrung hindurch bleiben mußten. So sah die Lage aus, als die Retrozession einsetzte, und endete mit dem Land in seiner heutigen Verfassung.«

Er griff nach dem Sherry-Krug. »Ihr Glas ist leer; ich bin leider ein schlechter Gastgeber. Wollen Sie noch etwas?«

»Ja, bitte, aber nicht zuviel. Aber erzählen Sie weiter! Ich bin jahrelang auf einem Planeten gewesen, der der schlimmste kulturelle Hinterhof des Universums war. Ihre Worte, ein solches Gespräch, Sie ahnen ja nicht, wie mir zumute ist ...«

»Ich glaube, ich kann es mir vorstellen. Ich empfand ähnlich, als ich mein erstes Buch aufschlug. Und es war dieser Wissensdurst, der mich in diesen Raum führte, in die Stellung, die ich heute innehabe. Ich möchte genau wissen, warum die Welt so war und nicht anders. Ich hatte gute Gründe, sie zu hassen – doch zugleich wollte ich sie verstehen. Wie gesagt, die Retrozession verstärkte die traditionellen Trennungen noch mehr. Ihr britischer Polizeistaat entstand aus einem zu großen Quantum an Freundlichkeit, aus dem Versuch, dafür zu sorgen, daß jeder zumindest das Existenzminimum erhält, die Nahrung, um am Leben zu bleiben, wenn auch sonst nicht viel. Aber sobald der Staat erst einmal alles steuert, nun, dann haben die Männer, die den Staat kontrollieren, die absolute Macht. Sie selbst haben sicher inzwischen gemerkt, daß diese Männer eine derartige Macht nie mehr so einfach aus der Hand geben wollen. Hier bei uns lief alles ganz anders. Es gehörte zu den amerikanischen Traditionen, die Bedürftigen für faul zu erklären und davon auszugehen, daß ein Arbeitsloser arbeitslos sei, weil er nicht arbeiten wolle. Die Retrozession führte zum absoluten Sieg des *Laissez-Faire* – das heißt, des institutionalisierten Egoismus in Potenz. Verblüffend, welchen Unsinn die Menschen zu glauben bereit sind, wenn sie ihr eigenes Interesse gefördert sehen. Es gab damals tatsächlich Anhänger einer intellektuell verwerflichen Theorie, die Monetarismus genannt wurde, einer Theorie, die die

Reichen noch reicher werden ließ und die Armen noch ärmer, indem anstelle intelligenter Maßnahmen eine völlig unhaltbare Wirtschaftstheorie angewendet wurde.«

Montour seufzte bei diesem Gedanken und trank einen kleinen Schluck Sherry.

»Es kam also, was kommen mußte. Als Nahrungsmittel und Energie knapp wurden, behielten die Reichen zuerst das meiste für sich – dann alles. Schließlich hatte dies schon in den Jahren vor dem Zusammenbruch zur nationalen Politik gehört: Amerika verbrauchte damals den größten Teil des Erdöls der Welt und scherte sich den Teufel um die Bedürfnisse anderer Länder. Wer kann es dem einzelnen also verdenken, wenn er denselben Weg einschlug? Ein Land, das seine Bürger an mangelnder medizinischer Versorgung sterben läßt, nur weil sie es sich nicht leisten können, kommt in moralische Bedrängnis. Es gab Aufstände, Tote, neue Demonstrationen. Überall Waffen – das gilt übrigens auch heute noch. Die Folge war eine geteilte Nation – die Braunen und Schwarzen leben in Ghettos hinter Stacheldraht, so wie Sie es hier erleben. In ihren Enklaven bauen sie einen gewissen Anteil Nahrungsmittel für sich an oder verdienen sich etwas hinzu auf den wenigen primitiven Arbeitsstellen, die noch nicht technisiert worden sind. Sie sterben als Kinder oder haben eine erschreckend niedrige Lebenserwartung. Die Vorteile der technologischen Gesellschaft pflanzen sich nicht bis zu ihnen fort. Im Gegensatz zu Ihrem Land wird kein Versuch unternommen, die Geschichte ihres physischen Status vor den Leuten zu bemänteln. Die Unterdrücker wollen, daß die Unterdrückten genau wissen, was mit ihnen geschehen ist. Damit sie nicht so dumm sind, die ganze Sache eines Tages noch einmal zu versuchen. Sie dürfen sich also nicht wundern, wenn wir uns für die Rebellion der Planeten interessieren. Wir freuen uns auf den Tag, da sie sich auf die Erde ausbreitet.«

Jan konnte nur nicken.

»Bitte entschuldigen Sie die unverschämte Frage – aber ich verstehe nicht, weshalb die herrschenden Mächte zugelassen haben, daß Sie eine Bildung erhielten.«

Montour lächelte. »Das haben sie nicht gestattet. Mein Volk kam ursprünglich als Sklaven in dieses Land. Ohne jede Bildung, ihrer Herkunft und Kultur entrissen. Was wir seither erreicht haben, geschah *trotz* der Stellung, die unsere Herren uns zudachten. Als der Zusammenbruch begann, hatten wir nicht die Absicht, Dinge, die wir mühsam errungen hatten, so einfach aufzugeben. Während wir als Volk noch unterdrückt wurden, machten wir dennoch einen Reifeprozeß durch. Wenn man uns alles nahm außer unserer Intelligenz – nun, dann mußten wir uns eben einzig und allein auf unsere Intelligenz verlassen. Darin fanden wir Gelegenheit, das Beispiel einer anderen unterdrückten Minderheit nachzuleben – der Juden. Seit Jahrhunderten haben sie ihre Kultur und Traditionen durch Religion und Respekt vor dem Wissen am Leben erhalten. Wer religiös war, wer Bildung besaß, wurde auch respektiert. Wir hatten unsere Religion, und auch bei uns gab es Professoren und Lehrer. Unter dem Druck der Umstände verschmolzen die beiden miteinander. Den intelligentesten Jungen wird heute die Ehre zuteil, in den Geistlichenstand zu treten, wenn sie volljährig werden. Meine Jugendjahre verbrachte ich in jenen Straßen. Ich spreche die Ghettosprache, die sich entwickelt hat, seit wir von der Hauptader des Lebens abgeschnitten wurden. Zu meiner Bildung gehört es aber auch, daß ich die Sprache des Unterdrückers beherrsche. Wenn die Rettung nicht in meiner Generation kommt, werde ich mein Wissen an jene weitergeben, die mir nachfolgen. Aber ich weiß – ich glaube –, daß es eines Tages dazu kommt.«

Jan leerte sein Glas und stellte es hin; mit einer Handbewegung gab er dem anderen zu verstehen, daß er nichts mehr trinken wollte. Die schnelle Folge der Ereignisse hatte ihn betäubt; sein Verstand war beinahe ebenso erschöpft wie sein Körper, seine Gedanken drehten sich im Kreis. Was für ein beengtes Leben manche Menschen doch führen mußten! Die Prols in Britannien wurden wenigstens ernährt und geschützt wie eine Viehherde – solange sie diese viehgleiche Rolle hinnahmen. Während die Menschen in den schwarzen Ghettos von Amerika solche Unterstützung nicht erhielten. Dafür wußten sie wenigstens, wer und was sie waren. Doch zu diesem Wissen kam die Tatsache, daß sie in einem Zustand ständiger Rebellion leben mußten.

»Ich weiß wirklich nicht, in welchem System es sich schlechter leben läßt«, sagte Jan, »in Ihrem oder meinem.«

»Man sollte kein System der Unterdrückung akzeptieren. Dabei gibt es in der Welt noch schlimmere Staaten. Das große sozialistische Experiment in der Sowjetunion stand unter dem Unstern des zaristischen Erbes, das obszöne Wahnsinnsmaßnahmen wie interne Pässe und Arbeitslager zuließ. Ob der Staat dort verkümmert wäre, wie es Marx vorhergesagt hat, werden wir nie erfahren. Doch als die Retrozession kam, hatte man drüben die ursprünglich rein bäuerlich ausgerichtete Wirtschaft noch immer nicht ganz industrialisiert. So war die Rückkehr zu einer beinahe feudalen Kultur nicht schwierig. Viele sind dabei gestorben – doch in Rußland hat es immer viele Tote gegeben. Die Kommissare und die hohen Chargen der Partei nahmen die Plätze des Adels ein. Die Titel hören sich heute anders an, doch würde aus der Vergangenheit ein Zar in unsere Zeit versetzt, könnte er sich dort durchaus wohl fühlen.«

»Die Rebellion muß sich über die Erde ausbreiten«, sagte Jan.

»Da bin ich Ihrer Meinung. Und für diesen Tag müssen wir arbeiten ...«

Plötzlich sprang die Tür auf, und Willy stand auf der Schwelle, schweratmend, in jeder Hand eine Waffe.

»Ärger«, sagte er. »Schlimmer Ärger! So dick hab' ich's noch nicht erlebt.«

9

»Was'n los?« fragte Montour und wechselte sofort wieder in den breiten Dialekt seines Volkes.

»Überall sind'se. Mehr Bullen hab' ich noch nie auf'n Haufen gesehen. New Watts ist total umstellt, die Kerle schießen auf alles, was sich bewegt. Mit großen Hitzekanonen brenn'se sich'n Weg rein ...«

Seine Worte gingen im fernen Brausen einer Fusionskanone unter, überlagert vom scharfen Knall der Gewehre. So weit war das Geschehen gar nicht mehr entfernt. Ein Knoten der Angst ballte sich in Jans Magen zusammen, und er hob den Blick und bemerkte, daß beide Männer ihn anschauten.

»Man hat es auf mich abgesehen«, sagte er. Reverend Montour nickte.

»Durchaus möglich. Ich kann mich nicht erinnern, wann sie das letztemal mit solchem Aufwand gegen uns vorgegangen sind.«

»Dann ist eine weitere Flucht sinnlos. Die Fusionswaffen brennen die alten Gebäude mühelos nieder. Ich stelle mich.«

Montour schüttelte den Kopf. »Wir haben Verstecke für Sie. Im Vorrücken löschen die Soldaten ihre Brände. Sie verwenden die Kanonen nur, um sich Zugang zu verschaffen.«

»Tut mir leid. So machen wir es nicht. Ich habe in der letzten Zeit schon zu viele Menschen sterben sehen. Ich möchte mir keine weiteren Opfer auf das Gewissen laden. Ich gehe den Soldaten entgegen. Sie werden mich nicht umstimmen können.«

Montour verweilte einen Augenblick reglos, dann nickte er. »Sie sind ein mutiger Mann. Ich wünschte, wir hätten mehr für Sie tun können.« Er wandte sich an Willy. »Laßt die Knarren hier liegen, und zeig dem Herrn, wo die Bull'n sind!«

Die beiden Waffen polterten zu Boden. Jan ergriff die Hand des Gelehrten. »Ich werde Sie nicht vergessen«, sagte er.

»Ich Sie auch nicht.« Montour zog ein fleckenlos weißes Taschentuch aus der Brusttasche. »Nehmen Sie das mit. Die Leute neigen dazu, erst zu schießen und dann zu verhandeln.«

Willy, der aufgebracht vor sich hin brummte, führte Jan durch das verwirrende System der Gänge zwischen den Häusern. Sie mußten zur Seite treten und zwei Bewaffnete vorbeilassen, die einen dritten schleppten, dessen Kleidung blutdurchtränkt war. Es gab kein Ende, sagte sich Jan, das Kämpfen war niemals vorbei.

»Die verdammten Bullen direkt da draußen«, sagte Willy, deutete auf eine Tür, machte kehrt und eilte in die Richtung, aus der sie gekommen waren.

Jan schüttelte das Taschentuch auseinander und stellte sich seitlich neben der Tür auf, die er aufschob. Gleichzeitig schlug eine Salve von Raketengeschossen durch die Türfüllung und raste kreischend durch den Gang.

»Nicht schießen!« brüllte er und schwenkte das weiße Tuch in die Öffnung. »Ich komme!«

Ein schriller Pfiff ertönte, und allmählich verstummte die Schießerei. Eine Lautsprecherstimme ertönte. »Machen Sie langsam die Tür auf! Kommen Sie einzeln heraus! Hände über dem Kopf. Wenn Sie die Hände nicht über dem Kopf haben und wenn ich mehr als einen Mann auf einmal sehe, werde ich schießen. In Ordnung – jetzt!«

Jan verschränkte die Finger auf dem Kopf und schob mit der Zehenspitze die Tür auf. Dann trat er langsam vor und stellte sich der Reihe der Polizeibeamten, die hinter ihren Masken roboterhaft unpersönlich wirkten; aller Waffen waren auf ihn gerichtet.

»Ich bin allein!« rief er.

»Das ist er!« brüllte jemand.

»Ruhe!« befahl der Sergeant. Er steckte seine Waffe ein und winkte Jan zu sich. »Aber langsam und vorsichtig – so ist's richtig. Emerson, fahren Sie den Wagen nach vorn!«

Er packte mit geübter Bewegung Jan am rechten Arm, zog ihn auf den Rücken und ließ die Handschellen zuklicken, erst an einem Handgelenk, dann am anderen. Als er Jan vorwärts zerrte, gruben sich seine Finger tief in die Haut.

Der geschwärzte Boden war noch warm, als sie durch die Lücken im Draht zum wartenden Streifenwagen gingen. Der Sergeant drückte Jan den Kopf nach unten, als er ihn auf den Rücksitz schob und nach ihm einstieg. Gummi kreischte, als der Wagen heftig anfuhr.

Sie fuhren stumm. Jan war niedergeschlagen. Ihm fielen keine Worte mehr ein. Er wußte, was ihn erwartete. Da er ursprünglich von der Erde stammte, würde die Sicherheitspolizei ihn für einen der Anführer des Aufstands halten. Auf der Suche nach Beweisen würde man seinen Verstand auseinandernehmen. Er wußte, wie Männer aussahen, die diese Behandlung durchgemacht hatten. Der Tod konnte da nur noch eine Erleichterung sein.

Der Wagen hielt vor einem amtlich aussehenden Gebäude, die Tür wurde aufgerissen, und der Sergeant drängte Jan hinaus. Zwei Uniformierte hielten Jan an den Armen fest, während er durch den

Eingang und zu einem wartenden Lift geführt wurde. Er war emotionell viel zu erschöpft, um zu erkennen, wohin sie marschierten; es war ihm auch egal. Es hatte schon zu viele Tote gegeben, er war des Fliehens überdrüssig. Endlich ging alles zu Ende. Man zerrte ihn in einen Raum, drückte ihn energisch auf einen Stuhl. Langsam öffnete sich die gegenüberliegende Tür, und er starrte blicklos-desinteressiert darauf.

Thurgood-Smythe betrat den Raum.

Urplötzlich gingen Müdigkeit und Verzweiflung in einer roten Woge des Hasses unter.

»Du hast uns hübsch an der Nase herumgeführt, Schwager«, sagte Thurgood-Smythe. »Wenn du versprichst, dich zu benehmen, lasse ich dir die Handschellen abnehmen. Wir beide müssen uns endlich mal ernsthaft unterhalten.«

Jan hatte den Kopf gesenkt und blickte zu Boden. Er bebte vor Zorn, doch die Kehle war ihm wie zugeschnürt. Er bekam kein Wort heraus. Er nickte. »Gut«, sagte Thurgood-Smythe, der die Reaktion für Angst hielt. »Ich werde dir nichts tun, darauf kannst du dich verlassen.«

Die Handschellen öffneten sich klickend, und Jan rieb die Stellen an seinen Armen und lauschte auf die Schritte, die sich entfernten. Er konnte aber nicht länger an sich halten, ein knurrender Laut entrang sich seiner Kehle, und er stürzte sich auf den Mann, der ihm unselige Pein bereitet hatte. Die beiden Männer prallten zusammen. Thurgood-Smythe ging rücklings zu Boden. Jan hockte auf ihm und versuchte ihm mit gekrümmten Fingern an die Kehle zu fahren. Aber Thurgood-Smythe hatte die Handgelenke gepackt und hielt ihn im Schach. Jan neigte sich kraftvoll nach vorn, herabdrückend, seine Fingernägel fuhren Thurgood-Smythe durch das Gesicht, die Daumen bohrten sich in die Augenhöhlungen. Thurgood-Smythe schrie heiser auf – im gleichen Augenblick wurde Jan an den Schultern gepackt und zurückgerissen, ein Stiefel traf ihn seitlich am Hals und schleuderte ihn beiseite, weitere harte Stiefeltritte trafen seinen Körper.

»Das genügt«, sagte Thurgood-Smythe. »Setzt ihn auf den Stuhl und geht!« Er tastete hinter sich nach einem Stuhl, fand ihn und setzte sich vorsichtig. In der Hand hielt er eine Waffe, die starr auf Jan gerichtet war. In den nächsten Sekunden war in dem Zimmer nur das heisere Atmen der beiden Männer zu hören. »Das lasse ich nicht noch einmal zu«, sagte Thurgood-Smythe schließlich. »Ich muß dir wichtige Dinge sagen, Dinge, die für uns alle wichtig sind, doch ich werde nicht zögern, dich zu erschießen, wenn du einen Schritt in meine Richtung machst. Hast du mich endlich verstanden?«

»Ich verstehe nur, daß du meine Freunde umgebracht hast. Daß du Sara vor meinen Augen ermordet hast ...«

»Was geschehen ist, ist geschehen. Daß du darüber jammerst oder dich deswegen selbst bemitleidest, ändert nichts daran ...«

»Töte mich und vergiß mich! Dann ist wenigstens alles vorbei. Dein Katz- und Maus-Spiel interessiert mich nicht. Als wir uns das letztemal trennten, gabst du mir den Rat zu arbeiten, sonst würde ich vernichtet werden. Ich habe die Arbeit eingestellt – ganz abgesehen davon, daß ich daran arbeite, dich und Leute wie dich zu stürzen. Bring es endlich hinter uns!«

»Welche Eile, getötet zu werden!« Thurgood-Smythe lächelte zynisch und wischte sich einen Blutfaden aus dem Mundwinkel. Sein Gesicht war zerkratzt und wies dunkle Stellen auf, seine Augen waren blutunterlaufen. Er beachtete den Schmerz nicht; die Waffe blieb unverrückbar auf ihr Ziel gerichtet. »Das sieht dir so gar nicht ähnlich.«

»Ich habe mich eben verändert. Dafür hast du gesorgt.«

»In der Tat, du bist ein anderer Mensch geworden. Und hoffentlich auch reifer. Hoffentlich soweit, daß du dich dazu überwindest, stillzusitzen und dir anzuhören, was ich zu sagen habe. Ich habe seit unserem letzten Zusammentreffen eine lange Entwicklung durchgemacht. Heute sitze ich im Rat der Vereinten Nationen und fungiere als Verbindungsmann zwischen der globalen Sicherheitspolizei und der Raumabwehr. Die UNO selbst ist nichts anderes als ein zahnloser Debattierklub, da die Macht in dieser Welt unteilbar ist – egal was in den Propagandablättern steht. Jedes Land schreibt seine eigenen Gesetze. Allerdings gibt es Komitees, die die internationalen Handelsvereinbarungen handhaben – und das Raumfahrtprogramm. Raumconcent in Kalifornien ist eine wahrhaft internationale und bis vor kurzem sogar interplanetarische Organisation. Wir wissen beide, daß dem Zentrum neuerdings eine etwas reduzierte Bedeutung zukommt. Da es zwischen Raumconcent und den verschiedenen Ländern, die von seinen Unternehmungen profitieren, kaum gegenseitigen Kontakt gibt, ist meine Position sicher und mächtig zugleich. Ein sehr verantwortungsvoller Posten, wie deine Schwester mir immer wieder vor Augen führt. Übrigens geht es ihr sehr gut; ich könnte mir denken, daß dich das interessiert. Meine Arbeit ist sogar so verantwortungsvoll, daß ich in Sicherheitsfragen niemanden mehr über mir habe. Und das bedeutet, daß ich mit dir machen kann, was ich will. Nicht mehr und nicht weniger.«

»Erwartest du, daß ich dich jetzt um Gnade anflehe?«

»Du verstehst mich nicht richtig, Jan. Bitte hör dir an, was ich zu sagen habe. In den letzten Monaten hat sich alles verändert. Du weißt selbst, daß unsere Raumstreitkräfte geschlagen worden sind, vertrieben von jedem Planeten, den die Erde besiedelt hatte. Das sind drastische Veränderungen, die drastische Maßnahmen auslösen. Alle Anschuldigungen gegen dich sind aus der Welt geräumt worden. Du bist ein freier Mann, Jan, mit allen Rechten eines freien Bürgers.«

Jan lachte. »Erwartest du ernsthaft, daß ich das glaube? Gleich wirst du mich noch auffordern, für dich zu arbeiten.«

»Du scheinst hellsehen zu können. In der Tat habe ich so etwas vor. Ich habe eine Aufgabe, die auf einen Mann von deiner Bildung und Erfahrung zugeschnitten ist.« Er zögerte einen Augenblick lang und genoß den dramatischen Augenblick.

»Es ist eine wichtige Aufgabe, auch aus deiner Sicht. Du sollst dich mit etlichen Leuten vom Widerstand hier auf der Erde in Verbindung setzen. Als Kontaktmann für mich.«

Langsam schüttelte Jan den Kopf. »Glaubst du wirklich, ich würde sie dir verraten? Was für einen krankhaften Geist du doch hast!«

»Mein lieber Jan. Ich verstehe deine Einstellung. Unter den gegebenen Umständen kann man das durchaus erwarten. Aber laß mich erst zu Ende reden, bitte. Ich werde dir Dinge über mich offenbaren, von denen du keine Ahnung hast – und die du auch nie für möglich gehalten hättest. Denk daran, wir waren einmal Freunde. Vielleicht kann es wieder dazu kommen, wenn du weißt, was ich auf dem Herzen habe. Wie du begann ich mich als junger Mann für die Welt zu interessieren und dafür, wie sie verwaltet wurde. Da ich außer meinem Ehrgeiz keine anderen Möglichkeiten hatte, wußte ich sehr früh, daß ich mich allein durchbeißen mußte. Wie du widerte es mich an, als ich feststellte, was für eine Art Leben wir in Wahrheit führten. Im Gegensatz zu dir schloß ich mich den Kräften der Unterdrückung an und bekämpfte sie nicht. Gewissermaßen, um von innen heraus zu wirken ...«

»Du verdammter Schweinehund – das nehme ich dir nicht ab! Ich habe dich bei der Arbeit gesehen, ich habe selbst gesehen, welchen Spaß es dir gemacht hat, einen wehrlosen Mann zu töten, indem du ihm Starkstrom durch den Kopf gejagt hast!«

»Ich bin ziemlich gut, nicht wahr? Aber das war alles nur Tarnung. Ich erkannte, daß die Sicherheitspolizei die eigentliche Gewalt in der Welt war – und faßte den Entschluß, eines Tages über die Sicherheitsbehörden zu herrschen. Um dieses Ziel zu erreichen, mußte ich sämtliche Rivalen übertreffen, mußte ich der Beste sein in meinem gewählten Beruf – auch in punkto Grausamkeit. Es war nicht leicht, doch es hat sich gelohnt, und ich schlug zwei Fliegen mit einer Klappe. Indem ich der reaktionärste von allen war, kam ich an die Macht. Niemand hat jemals an mir gezweifelt. Und niemand hat begriffen, daß ich durch meine Handlungsweise die Unterdrükkung ja verstärkte und somit auch die Kräfte des Widerstands. Es ist heute ein stolzer Gedanke für mich zu wissen, daß diese Politik das Klima hervorbrachte, welches die derzeitige Rebellion möglich machte. Da die Planeten frei sind, habe ich mit meiner Arbeit das Ziel erreicht.«

Jan schüttelte den Kopf. »Nein, das kann ich nicht glauben. Für wie blöd hältst du mich?«

»Zufällig ist es die Wahrheit – aber wahr oder nicht, unsere Beziehung wird dadurch nicht beeinflußt. Von diesem Augenblick an bist du ein freier Mann mit allen Privilegien, die dieser Status mit sich bringt. Deine Vorstrafenakte ist aus den Unterlagen gelöscht, deine frühere Registration in den Computer eingespeichert worden. Daß du in den letzten Jahren nicht auf der Erde warst, ist als Einsatz für die Sicherheitsbehörden erklärt worden. Sollte sich jemand mit höchster Sicherheitsstufe dafür interessieren, so wird er erfahren, daß du stets ein hochstehender Offizier der Sicherheitspolizei gewesen bist und daß deine sonstige Arbeit nur eine Tarnung für deine Aktionen war. Hier ist dein Ausweg. Willkommen in Heimwelt, Jan. Wir haben hier eine Bar im Büro, und ich war so vorausschauend, Champagner kaltzustellen.«

Jan wußte, es konnte sich nur um einen sadistischen Trick handeln. An Körper und Hals schmerzten noch die Stellen, wo die Stiefel ihn getroffen hatten, doch er hatte jetzt nicht die Zeit, sich mit dem Schmerz zu beschäftigen, er ignorierte ihn, kämpfte ihn nieder, damit er seine Gedanken ordnen konnte. Er mußte mit Intelligenz arbeiten, nicht nach dem Gefühl. Allerdings bedauerte er den Zorn nicht, der ihn gegen den Schwager getrieben hatte; wie gut ihm das tierisch-wilde Vergnügen getan hatte, dem Mann, den er am meisten haßte, mit bloßen Fingern anzugreifen! Aber was plante der andere jetzt? Es mußte sich um irgendeinen teuflischen Plan handeln. Thurgood-Smythe war zu geradlinigem Handeln nicht fähig. Aber was immer er im Schilde führte – Jan würde es in diesem Augenblick nicht aufdecken können. Sollte er mitmachen? Sollte er so tun, als glaube er ihm? Hatte er eine andere Wahl? Wenn die Ausweise echt waren, mochte eine Chance bestehen, dem Netz der Sicherheitsbehörden zu entgehen. Es kam also nicht darauf an, *was* er sagte, solange er nur lebendig aus diesem Zimmer herauskam. Es machte ihm nichts aus, seinen Schwager anzulügen; er fühlte sich dazu beinahe verpflichtet. Deshalb war auch ohne Belang, was er in diesem Augenblick für Versprechungen machte; es kam einzig und allein auf seine Taten an. Er konnte Thurgood-Smythe alles versprechen und dann sehen, daß er in Sicherheit kam. Das war erheblich besser als der sichere Tod, der ihn erwartete, wenn er sich weigerte. Ungläubig verfolgte Jan, wie Thurgood-Smythe sorgsam den Korken aus der Flasche hebelte und zwei Gläser mit Champagner füllte, ohne einen Tropfen zu vergießen. Er machte kehrt, kam lächelnd durch das Zimmer auf Jan zu und reichte ihm ein Glas. Dieser unterdrückte das Verlangen, das Lächeln zu zerschmettern.

»So ist es schon besser«, sagte Thurgood-Smythe. »Wenn du dem Impuls zur Gewaltanwendung widerstehst, wirst du am Leben bleiben. Du eignest dich eigentlich nicht zum Selbstmörder.«

»In Ordnung. Ich mache mit. Ich tue, was du von mir verlangst. Aber ich werde niemanden verraten und dir auch keine Informationen liefern.«

»Schön. Mehr verlange ich gar nicht. Wir können jetzt also auf die Zukunft trinken und hoffen, daß die für die Menschheit sehr angenehm werden wird.« Prostend hob er sein Glas; beide Männer tranken.

»Was muß ich tun?« fragte Jan.

»Du mußt eine Mission für mich durchführen. Du wirst nach Israel fahren. Begreifst du, wie sehr ich dir traue, indem ich dir diese Dinge offenbare? Wenn du mir nicht glaubst, kannst du überlaufen und einfach dort bleiben – und niemandem wird es schaden.«

»Das glaube ich einfach nicht. Du hast mir bewiesen, daß du Kontakt zur israelischen Regierung hattest, um deren Agenten im Auge zu behalten.«

»Kontakt, ja. Aber über die Dinge, die sich in jenem selbständigen Staat abspielen, habe ich keine Macht. Wie du feststellen wirst, sind die Israelis ziemliche Dickköpfe. Und jetzt werde ich dir ein Geheimnis anvertrauen, das meine Ehrlichkeit in dieser Sache über alle Zweifel klarstellt, denn ich gebe damit mein Leben in deine Hand. Unter der Kodebezeichnung ›Cassius‹ habe ich den Israelis Geheiminformationen aus den Sicherheitsbehörden zugespielt. Dafür sind sie sehr dankbar, da ich keine andere Gegenleistung verlangt habe als die Erkenntnis, daß ich zum Wohle der menschlichen Rasse tätig bin. Die Israelis haben eine hohe Meinung von Cassius, werden dir also trauen, wenn du ihnen offenbarst, daß du Cassius bist. Ich werde dir den Identifikationskode geben, außerdem eine Kopie sämtlicher Informationen, die ich in den letzten Jahren habe durchsickern lassen. Was dann geschieht, liegt an dir. Wenn du diese Information hier an der richtigen Stelle anbrächtest, würdest du feststellen, daß es in den Sicherheitsbehörden jede Menge ehrgeiziger

Leute gibt, die mich gern stürzen möchten, um meinen Platz einzunehmen. Du kannst aber auch nach Israel reisen und weitergeben, was leicht die wichtigste Nachricht sein könnte, die du in deinem ganzen Leben übermittelt hast. Die Entscheidung liegt bei dir, Jan.«

Entscheidung? Jan nahm nicht an, daß er eine Wahl hatte. Jeder Versuch, einem anderen Sicherheitsbeamten hier im Haus eine Information mitzuteilen, konnte nur zu seiner sofortigen Vernichtung führen, davon war Jan überzeugt. Thurgood-Smythe war gar nicht fähig, so etwas zuzulassen. Nein. Er mußte auf den Plan eingehen. Mußte die Nachricht nach Israel bringen. Sollten die Leute dort doch entscheiden, was sein Schwager im Schilde führte. Die Welt stand ohnehin schon Kopf. Thurgood-Smythes Geschichte mochte sogar teilweise wahr sein. Vielleicht verließ er tatsächlich das sinkende Schiff, um nicht mit unterzugehen. Jan jedenfalls hatte das Gefühl, den Boden unter den Füßen verloren zu haben.

»Na schön«, sagte er. »Sag mir, was ich tun muß.«

»Braver Junge. Es soll dir nicht leid tun.«

Thurgood-Smythe ging zu seinem Tisch und nahm einen dicken Plastikumschlag zur Hand. Er reichte ihn Jan.

»Ich lasse dich jetzt an Bord eines Flugzeuges nach New York gehen. In dieser Gegend bist du nicht gerade sicher, weil du überall in Kalifornien und Arizona gesucht wirst. Ich habe den Alarm aber nicht auf die ganze Nation ausgedehnt. Im Waldorf-Astoria ist ein Zimmer für dich reserviert. Ruh dich aus, kauf dir etwas anzuziehen, iß anständig! Wenn dir dann der Sinn danach steht, öffnest du dieses Paket und prägst dir das grundlegende Material darin ein. Es muß nicht Wort für Wort sitzen, du darfst nur nichts Wichtiges übersehen. Der Umschlag enthält die geheimen Informationen, die ich den Israelis zugespielt habe. Sehr belastend für mich; laß die Sachen also nicht unvorsichtig herumliegen. Für das Studium des Textes hast du etwa acht Stunden Zeit, dann löst sich das Papier auf. Ruf mich an, die Nummer steht draußen auf dem Umschlag. Daraufhin leite ich den nächsten Schritt ein. Irgendwelche Fragen?«

»So viele, daß ich gar nicht recht weiß, wo ich anfangen soll. An das alles muß man sich erst gewöhnen.«

»Ist mir klar. Willkommen an Bord, Jan. Ein schönes Gefühl, jemanden zu haben, der einen unterstützt, jemanden, dem man sich nach all den einsamen Jahren anvertrauen kann.« Er streckte Jan die Hand hin.

Dieser betrachtete sie und schüttelte dann nach langem Zögern den Kopf.

»So schnell vergesse ich die alten Dinge nicht. An der Hand klebt mir zuviel Blut, als daß ich sie anfassen möchte.«

»Stellst du dich nicht ein bißchen zu dramatisch an?«

»Mag sein. Ich mache mit, da mir keine andere Wahl bleibt. Das heißt aber nicht, daß es mir gefallen muß – oder daß ich dich mögen muß. Verstanden?«

Thurgood-Smythe kniff leicht die Augen zusammen, doch als er Jan antwortete, lag kein Zorn in seiner Stimme.

»Wie du willst, Jan. Der Erfolg ist wichtiger als unsere Gefühle. Es wird jetzt Zeit, daß du gehst.«

10

Während der Nacht wurde Jan durch das Dröhnen ferner Explosionen geweckt. Er hörte sie deutlich, hier im dreißigsten Stockwerk, trotz der schalldichten Wände und der doppelt verglasten Fenster. Er hatte die Tür geöffnet und war auf den Balkon hinausgetreten. Auf der anderen Seite der Stadt loderte ein Brand. Sirenen und andere Signalhörner erschallten: Polizei und Feuerwehrwagen rasten durch die Straßen tief unten. Das Feuer brannte sehr lange. Außerhalb des klimatisierten Zimmers war es schwül-warm, und er verfolgte die Ereignisse nicht sehr lange. Da er noch immer müde war, schlief er sofort wieder ein.

Heller Sonnenschein fiel durch die Fenster herein, als er den Knopf drückte, der die Gardinen aufzog. Ein scheinbar echtes Rembrandt-Gemälde an der gegenüberliegenden Wand wurde zu einem Bildschirm, als er das Fernsehen einschaltete. Jan ging die Schlagzeilen durch, tippte ORTSNACHRICHTEN ein und entschied sich für EXPLOSION UND FEUER. Die Liste verschwand und wurde durch eine Szene ersetzt, die sich auf eine Parkbank konzentrierte.

Grünes Gras und Bäume waren hinter der Bank zu sehen, während davor einige Tauben auf dem Weg herumpickten. Ein Mann und eine Frau saßen an entgegengesetzten Enden auf der Bank. Beide waren bei strahlender Gesundheit, gut aussehend und braungebrannt – am ganzen Körper, denn beide waren nackt. Sie lächelten Jan mit strahlend weißen Zähnen an. »Guten Morgen«, sagte der Mann. »Ich bin Kevin O'Donnell.«

»Und ich bin Patti Pierce. Möchten Sie die heutigen Nachrichten von Kevin oder mir vorgetragen haben?«

Anschließend warteten die beiden reglos, während sich auch die Tauben nicht mehr rührten und auch die vom Wind bewegten Blätter erstarrt waren. Die Steuereinheit des Computers wartete auf seine Entscheidung.

»Natürlich Patti«, sagte Jan, und die Kamera richtete sich langsam auf das Mädchen aus, das aufstand und in seine Richtung lächelte. Ob sie wirklich vorhanden war oder nur ein Programm aus dem Computer darstellte, war unwichtig. Sie war schön und begehrenswert und machte die Nachrichten auf jeden Fall interessanter. Obwohl er nicht recht begriff, was nackte Ansager mit den Nachrichten zu tun hatten.

»New York hat eine aufregende Nacht hinter sich«, sagte Patti und deutete über die Schulter. Der Park verschwand und machte einem brennenden Gebäude Platz. Flammen loderten vor dem dunklen Himmel. Löschgeräte waren in der Straße vor dem Haus aufgefahren, und Männer mit Schläuchen kämpften gegen den Brand. Patti, die neckisch mit dem Hinterteil wackelte, näherte sich der Szene und stieg in den Fahrersitz eines Leiterwagens.

»In diesem Lagerhaus brach früh am Morgen Feuer aus. Es brannte bis auf die Grundmauern nieder, und wie, Sir! Vier Einheiten der Feuerwehr wurden alarmiert, die bis zum Morgengrauen brauchten, um den Brand unter Kontrolle zu bringen. In dem Gebäude lagerten Farben und Chemikalien, und das machte unseren behelmten Helden wahrhaft das Leben schwer, und wie, Sir! Bisher ist nicht bekannt, wie das Feuer ausgebrochen ist; Brandstiftung kommt offenbar nicht in Frage.«

Einer der behelmten Helden eilte herbei und löste ganz in der

Nähe Pattis ein Gerät aus einer Halterung. Er nahm keine Notiz von ihr. Die Computersimulation war vollkommen; es sah so aus, als wäre sie wirklich am Schauplatz gewesen; in Wirklichkeit wurde alles im Studio gemischt.

Jemand klopfte an die Tür. Jan schaltete das Fernsehen aus und lächelte, weil er sich schuldbewußt fühlte; natürlich sahen sich alle die nackten Ansager an. »Herein!« rief er, und die Tür ging auf.

»Guten Morgen, Sir, ein schöner Morgen«, sagte der Kellner und setzte das Tablett mit Jans Frühstück ab. Er war jung, weiß und wirkte leicht ausgezehrt; ein dünner Schnurrbart kämpfte auf seiner Oberlippe ums Überleben. Er verbeugte sich.

»Das war ja ein ziemlich großer Brand letzte Nacht«, sagte Jan.

»Die Spooks haben das gemacht«, antwortete der Kellner und atmete schwer durch den geöffneten Mund. »Keiner von denen ist heute zur Arbeit in die Küche gekommen, kein einziger. Beweist doch, daß sie's gewesen sind!«

»Sie meinen, die haben das Feuer gelegt? In den Nachrichten wurde gesagt, die Ursache sei unbekannt ...«

»Das behaupten sie immer. Aber es müssen die Spooks gewesen sein! Diesmal sollten sie ganz Harlem bis auf die Grundmauern niederbrennen!«

Im Angesicht dieses nackten Hasses fühlte sich Jan unbehaglich. Er schenkte Kaffee ein; der Kellner verneigte sich noch einmal und ging. Bis zu diesem Augenblick hatte Jan sich nicht klargemacht, wie hoch die Rassenschranken waren, die Amerika zerteilten. Diese Trennung mußte immer vorhanden gewesen sein, unterschwellig. Das Kriegsfieber spülte nun alles an die Oberfläche. Er konnte nichts dagegen tun, nicht das geringste. Er schaltete die Fernsehnachrichten wieder ein und sah zu, wie Patti durch die Szenen stolzierte, während er sich um Rührei mit Speck kümmerte.

Als Jan das Bett verließ, fiel sein Blick auf den versiegelten Umschlag auf dem Schränkchen neben dem Bett. Noch war er nicht bereit, ihn zu öffnen – er wußte nicht einmal genau, ob das überhaupt ratsam war. Denn wenn er es tat, würde er auf Thurgood-Smythes verrückten Plan eingehen müssen. Plötzlich erkannte er, daß seine Gedanken sich verwirrten, daß er Mühe hatte, sich auf die Realität einzustellen. Und das war nicht überraschend. Die Veränderung war zu plötzlich eingetreten. Nach der jahrelangen mühsamen Arbeit auf Halvmörk war nun alles auf den Kopf gestellt. Zuerst hatte er den Planeten an Bord des Raumers verlassen, dann war er gefangengenommen worden, geflohen, erneut in Gefangenschaft geraten – und dann die Enthüllung seines Schwagers, daß sich letztlich doch alles zum Guten wenden würde. Jan begegnete solchen glücklichen Fügungen mit einem gesunden Mißtrauen. Er suchte den marmorn-goldenen Luxus des Badezimmers auf und betrachtete sich im Spiegel. Rot geränderte Augen mit dunklen Schatten darunter, und ein grauer Schimmer in den Bartstoppeln an seinem Kinn. Wozu er sich auch entschloß – er würde behutsam vorgehen. Er wollte sich nicht zu einer überstürzten Entscheidung hinreißen lassen.

Vor ihm erstreckte sich eine runde Badewanne, in der er hätte schwimmen können. Er stellte die Temperatur auf warm und drückte den FÜLLEN-Knopf. Mit leisem Rauschen kam die Automatik der Anordnung nach; der Wasserspiegel stieg sehr schnell. Ganz in der Nähe mußte es ein bereits erhitztes Reservoir geben. Jan trat in die Wanne und mußte daran denken, wie weit entfernt er hier doch von New Watts und von Harlem war, das der Kellner erwähnt hatte. Und er spürte zugleich, wie nahe er diesen Erscheinungen stand. Diese Welt, in der wenige den Luxus genossen und die Mehrzahl am Rande der Verzweiflung dahinvegetierte, war keine sichere Welt. Die Wogen der Revolution von den Sternen erreichten allmählich auch die Erde. Würden sie die Rebellion auch auf diesen Planeten tragen?

»Ich hoffe, das Bad gefällt Ihnen«, sagte das Mädchen und trat in die Mitte des Raums. Sie trug einen kurzen Frotteemantel, den sie langsam abstreifte; darunter war sie nackt. Als der Mantel den Boden berührte, verschwand er – und Jan machte sich klar, daß er eine holographische Projektion vor sich hatte. Der Service war überwältigend!

»Die Leitung des Waldorf-Astoria möchte Ihnen während Ihres Aufenthalts alle Annehmlichkeiten zukommen lassen. Wenn Sie es wünschen, kann ich Ihnen den Rücken massieren, während Sie sich

im Wasser entspannen, ich kann Sie auch einseifen und abschrubben. Dann abtrocknen und eine noch bessere Massage im Bett. Wünschen Sie das, Sir?«

Einen Moment lang war Jan irritiert, dann schüttelte er den Kopf und erkannte, daß das erstarrte Hologrammbild auf eine mündliche Anweisung wartete.

»Nein. Hebe dich hinweg, Satan!« Das Mädchen verschwand. Jans Frau war Lichtjahre entfernt, doch in seinen Gedanken war sie ihm sehr nahe. Er seifte sich ein und beendete sein Bad. Als er die Wanne verließ, verschwand das Wasser hinter ihm mit einem lautlosen Absaugen.

Als er tags zuvor eingetroffen war, hatte niemand wegen seiner zerschlissenen Kleidung oder seines fehlenden Gepäcks eine Bemerkung gemacht. Immerhin hatte man für ihn eine der besten Suiten im Hotel gebucht. Aber jetzt brauchte er neue Kleidung, dieser Einkauf stand ganz oben auf seiner Liste. Er kleidete sich an und fuhr in die Sandalen. Ein Safe war in die Wand des Wohnzimmers eingelassen, und er legte Thurgood-Smythes Umschlag hinein; dann tastete er eine neue Kombination in den Verschluß, so daß nur er an den Safeinhalt herankonnte. Mit der Ausweiskarte in der Hemdtasche hatte er alles, was er brauchte. Er klopfte auf die Karte und verließ den Raum.

Das Foyer des Hotels war mit elegant gekleideten Gästen gefüllt, meistens Frauen; ihr Ziel war ein Saal, in dem eine Modenschau stattfinden sollte. Jan kam sich ziemlich zerlumpt vor, als er durch diese elegante Menge schritt und in die feuchte Hitze des Tages hinaustrat. Bei seiner Ankunft hatte er am Vorabend mehrere Läden an der Lexington Avenue bemerkt. Kleidung, Schuhe, Gepäck – hier gab es alles, was er brauchte.

Zwar fuhren einige Wagen vorbei, doch gab es nur wenige Fußgänger. Überhaupt keine, erkannte er, als er sich umblickte. Im gleichen Augenblick trat ein Polizist aus einer Tür und stoppte ihn, indem er Jan einen Gummiknüppel vor die Brust stieß.

»Na, Sie Dummkopf! Wenn Sie Ärger wollen, haben Sie welchen!«

In Jan wallte der Zorn auf; in den letzten vierundzwanzig Stunden hatte er genug Polizei gesehen.

»Den Ärger bekommen eher Sie, Officer.« Er zog seine Ausweiskarte. »Sie schauen sich das an, und dann entschuldigen Sie sich für Ihr unverschämtes Verhalten.«

Langsam ließ der Beamte den Knüppel sinken. Jans vornehme Aussprache paßte nicht zu seiner Kleidung. Als er das Symbol der Sicherheitspolizei neben der dreistelligen Zahl entdeckte, die Jans Rang kennzeichnete, begann der Mann zu zittern. Er salutierte, und Jan schämte sich, weil er den Beamten mit seiner frisch erworbenen Macht einzuschüchtern versuchte. Im Grunde handelte er nicht anders als die Polizisten, die in New Watts eingefallen waren.

»Ich wußte nicht . . .«, stammelte der Beamte. »Es tut mir leid, aber die Sachen, die Sie da tragen . . .«

»Ich verstehe«, sagte Jan und steckte den Ausweis wieder fort. »Es war ein Notfall. Ich wollte mir neue Kleidung kaufen.«

»Ich zeig's Ihnen, Sir, Sie brauchen mir nur zu folgen. Ich begleite Sie auch zurück, wenn Sie es wünschen. Heute sollten Sie auf der Straße nicht allein sein.«

»Gibt es denn Alarm?«

»Nein. Aber die Leute wissen Bescheid. Die Nachricht verbreitet sich schnell. Wir haben die beiden Burschen erschossen, die die Waffenfabrik in Brand gesteckt haben. Beides Weiße. Was die wohl bewogen haben mag, so etwas zu tun! Hier hinein. Der beste Laden an der Madison Avenue. Ich warte draußen.« Energisch klopfte er mit dem Gummiknüppel gegen die verschlossene Tür, die hastig geöffnet wurde. »Kümmern Sie sich um diesen Herrn!« sagte er zu dem furchtsam blickenden Verkäufer und ließ den Knüppel am Ende des Bandes wirbeln.

Es war ein Herrenausstatter, sehr exklusiv, sehr teuer. Es machte Jan großes Vergnügen, einen großen Batzen des Geldes auszugeben, das ihm aus heiterem Himmel zugefallen war. Hemden, Hosen, Unterwäsche, Anzüge, alles sehr leicht, einfach zu packen und knitterfrei. Wenn es schon in New York heiß war, dann würde in Israel eine Backofenhitze herrschen. Hitze machte ihm nichts aus, doch er wollte entsprechend angezogen sein. Schuhe und Sandalen von hochwertiger Qualität vervollständigten die Ausstattung. Sein Spiegelbild machte sich nun schon wesentlich besser.

»Den Rest schicken Sie ins Waldorf«, sagte er und überreichte die Ausweiskarte. Dann deutete er auf die Kleidung, in der er gekommen war. »Und das lassen Sie verschwinden.«

»Sehr wohl, Sir. Wenn Sie bitte den Verkaufsbeleg unterschreiben würden ...?« Jan winkte den Mann fort; hier gab er nicht das eigene Geld aus. Der Verkäufer ließ Jans Karte in die Maschine gleiten, tippte die zu belastende Summe ein und reichte die Karte zurück. Das Geld war damit von Jans Konto auf das des Ladens übertragen worden.

Der wartende Polizist nickte zustimmend, als er Jan aus dem Laden kommen sah. Für ihn war die Welt wieder in Ordnung. Er führte Jan zu einem Laden, in dem es Koffer gab, und machte schließlich einen Optiker ausfindig, bei dem Jan sich eine Sonnenbrille zulegte; nach den vielen Jahren auf einer Dämmerungswelt war er das grelle Tageslicht nicht gewöhnt. Impulsiv kaufte er eine zweite Brille und schenkte sie beim Verlassen des Ladens dem Polizisten. Der Mann starrte ihn mit offenem Mund an und setzte zögernd die Brille auf. Dann zog er den Bauch ein und betrachtete sein Spiegelbild in einer Schaufensterscheibe.

»Das werde ich Ihnen nicht vergessen, Sir. Sie sind ein patenter Kerl. Hab noch nie 'nen Briten kennengelernt, aber ich finde, Sie sind in Ordnung.«

Inzwischen waren einige Fußgänger unterwegs, die sich der Polizeibeamte genau ansah. Der Gummiknüppel kreiste schneller, als ein Schwarzer in schäbiger Kleidung auf die beiden zukam. Der Mann hielt den Blick gesenkt und berührte im Vorbeigehen ein großes Plastikabzeichen an seinem Hemd; irgendein Erkennungsmal. Plötzlich hatte Jan genug von der Stadt und freute sich, der Straße zu entkommen und die kühle Abgeschiedenheit des Hotels zu betreten. Der Schlüsselpage führte ihn zum Fahrstuhl und öffnete ihm schließlich die Tür zu seiner Suite.

Die Einkäufe waren bereits angeliefert worden und warteten im Aufenthaltsraum auf ihn – eine saubere Reihe von Schachteln. Er blickte von ihnen zur verzierten Safetür. Er konnte den Augenblick nicht länger hinausschieben. Es wurde Zeit festzustellen, worauf er sich da einließ. Als er Thurgood-Smythes Umschlag öffnete, ertönte ein kurzes Fauchen der ins Innere dringenden Luft. Drinnen befand sich ein dünner Papierstapel. Er setzte sich und begann zu lesen.

Vor Jan entfaltete sich eine Chronik des Bösen, die die letzten beiden Jahre umfaßte. Jede Informationslieferung war datiert, jede Äußerung kurz und prägnant. Leute, die verhaftet und festgesetzt worden waren, Menschen, die das Leben verloren hatten. Enttarnte ausländische Agenten und Verzeichnisse ihrer Aktivitäten, Informationen, die durch britische Agenten und Botschaften zur Verfügung gestellt worden waren. Es gab darunter interessante Informationsbrocken, die bestimmt nicht in den Nachrichten verbreitet worden waren. So war offensichtlich der Oberbürgermeister von London, ein prominenter Großhändler, in den Schwarzhandel mit Lebensmitteln verwickelt gewesen. Die Sicherheitspolizei wußte davon, unternahm aber nichts – bis sie feststellte, daß deutsche Agenten dem Tatbestand auf die Spur gekommen waren und den Mann damit erpreßten. Ein Mord, beziehungsweise ein tödlicher Unfall, hatte das Problem aus der Welt geschafft. Und dabei blieb es nicht. Hastig sah Jan die Seiten durch, dann kehrte er zum Anfang zurück und prägte sich Namen und Daten der wichtigsten Ereignisse ein. Es war langweilig, aber wichtig. Nach einigen Stunden ging ihm auf, daß er Hunger hatte. Er ließ sich mit dem Zimmerservice verbinden. Die Speisekarte war ausgedehnt und verhieß weitaus interessantere Dinge, als er in den letzten Jahren gegessen hatte. Er bestellte einen gekochten Hummer und eine Flasche Louis Martini Sauterne und las dabei weiter.

Als er später ein Blatt umdrehte, brach die Ecke in seiner Hand ab. Eilig blätterte er die Unterlagen noch einmal durch, um sich zu vergewissern, daß er die wichtigsten Dinge im Kopf hatte. An seinen Fingern blieben Papierstücke haften, die Tinte färbte ab, und er ging ins Badezimmer, um sich zu säubern. Als er wieder herauskam, hatte sich das Papier in einen Haufen grauen Staubs verwandelt.

Jan nahm den Umschlag und betrachtete die Telefonnummer, die darauf stand. Thurgood-Smythes Nummer. Blieb ihm eine andere Wahl?

Die Antwort war noch immer *nein*. Diese ganze Sache mochte

sich noch als tückische Falle seines Schwagers erweisen – etwas anderes kam eigentlich gar nicht in Frage. Trotzdem konnte er nichts dagegen tun. Wenn er nicht mitmachte, würde ihm der neue Status so schnell fortgenommen, wie er ihn erhalten hatte. Er würde auf den Plan eingehen, er würde das Land verlassen – und wenn er in Sicherheit war, konnte er seine Situation noch einmal überdenken.

Er tippte die Zahl ins Telefon und lehnte sich zurück. Wenige Sekunden später erschien Thurgood-Smythes ernstes Gesicht auf dem Schirm. Er lächelte, als er den Anrufer erkannte.

»Na, Jan, ich hoffe, dir gefällt dein Aufenthalt in New York?«

»Ich habe die Unterlagen gelesen.«

»Sehr gut. Und deine Entscheidung ...?«

»Ich mache bei deinem Plan mit, bis ich auf Gründe stoße, die dagegen sprechen. Aber das wußtest du ja von Anfang an.«

»Selbstverständlich. Willkommen an Bord. Wenn du dir etwa in einer Stunde ein Taxi kommen läßt, kommst du noch zu einem besonderen Charterflug nach Kairo zurecht. Lauter Techniker und Ingenieure für die wieder aktivierten Ölfelder. Seit deiner ersten Abreise von der Erde ist es der thermischen Extraktion zum erstenmal seit Jahrhunderten gelungen, aus den alten Öllagern wieder Öl herauszuholen. Du wirst dich der Mannschaft als Fachmann für elektronische Mikroschaltungen anschließen, was du natürlich auch bist. Flugkarten, ein Paß und eine neue Ausweiskarte erwarten dich am Tresen der Gepäckträger. Deinen jetzigen Ausweis behältst du für den Notfall. Deine neue Identität hat zugleich eine andere Funktion. Deine Registernummer ist auch Cassius' Identifikationskode. Wenn diese Nummer durch den Tag des Monats dividiert wird, sind die Zahlen links von der Dezimalstelle der Kode für den Tag.«

»Ich fliege also nach Kairo. Dann was?«

»Man wird sich mit dir in Verbindung setzen. Genieße die Reise. Und merk dir diese Nummer für später. Über sie kannst du unverzüglich mit mir in Kontakt kommen, wo immer ich mich auch gerade aufhalte. Leb wohl!«

Jan hatte eben Zeit genug, seine Sachen in aller Ruhe zu packen, dann rief er den Portier an. Er fragte sich, wo das alles enden sollte. Ein gewisses Zaudern erfüllte ihn bei dem Gedanken, seinen Fuß auf eine Straße zu setzen, deren Ende ihm nicht bekannt war. Andererseits tat es ihm nicht leid, die Vereinigten Staaten zu verlassen.

11

Sechs volle Tage lang ging Jan in seiner Arbeit auf. Die Ölquellen in der Sinai-Wüste gehörten zu den ersten Anlagen, bei denen die hochkomplizierte Technik der thermischen Extraktion angewandt wurde. Man hatte allerdings das Gefühl, auf dem Friedhof eines vergessenen Zeitalters zu arbeiten, denn das Lager befand sich mitten in den erschöpften Ölfeldern. Uralte Pumpen und Bohrtürme standen stumm und reglos auf allen Seiten, durch die trockene Wüstenluft über Jahrhunderte erhalten. Die moderne Anlage war so neu und strahlend wie eine frisch geprägte Münze und bildete einen auffälligen Gegensatz zur heruntergekommenen Umgebung. Die Gebäude bestanden aus schimmernden Fertigteilen, ebenso die übrigen Gerätschaften. Die Förderungstechnik war neu und originell, doch noch nicht sehr betriebssicher. Karaman, der Ölbohrfachmann, saß im Labor und ließ eine teerschwarze Flüssigkeit in einem Glasbehälter kreisen.

»Gut, sehr gut – aber der Pumpvorgang ist schon wieder unterbrochen, zum drittenmal in drei Tagen«, sagte er. »Warum?«

»Die Feedback-Kontrollen«, sagte Jan. »Sie sind schon länger bei diesem Projekt als ich und kennen daher die Probleme. Da unten im Sand haben wir eine kleine heiße Hölle geschaffen. Erstens wird der Stickstoff hinabgepumpt und mit Hilfe des Fusionsgenerators in ein Plasma verwandelt. Das erhitzt Sand und Gestein. Diese geben ihrerseits einige Gase oder sonstige verdunstenden Stoffe ab, die den Druck erzeugen, der das Öl an die Oberfläche drückt. So läuft es in der Theorie. Aber in der Praxis kann dabei hunderterlei schiefgehen ...«

»Ist bekannt. Die ganze Anlage kann in die Luft gehen oder Feuer fangen, und es mag sogar zur Kernschmelzung kommen wie es uns einmal in Kalifornien passiert ist. Aber ehrlich, Jan, dieses Stadium liegt etliche Jahre zurück.«

»Aber noch immer müssen Sie die Eingabe überwachen. Es gibt noch nicht genug Kontrollstellen, die den Vorgang überwachen. Die Sache gerät in einen zyklischen Ablauf, und die Zyklen bauen sich auf und geraten außer Kontrolle, und dann müssen Sie abschalten und von Anfang an neu beginnen. Wir haben hier aber neue lernende Software, die damit beginnt, die Zyklen vorauszusagen und sie zu unterbrechen, ehe sie sich hochschaukeln. Das müssen wir durchprobieren.«

Karaman ließ mürrisch das Öl herumwirbeln, dann stellte er den Glasbehälter fort, um ans Telefon zu gehen. »Der Direktor«, sagte er. »Möchte Sie schleunigst im Büro sprechen.«

»Gut.«

Als Jan das Büro betrat, hielt der Direktor ihm eine Nachricht hin. »In der Zentrale muß es ein schwerwiegendes Problem geben. Man braucht Sie, heißt es, am besten gestern oder vorgestern. Ich habe keine Ahnung, worum es geht, nur hätte man sich keinen schlechteren Zeitpunkt aussuchen können, Sie hier herauszuholen. Endlich gelingt es uns, die Produktion stabil zu halten und in Fahrt zu bringen. Bitte sagen Sie das den Leuten. Man scheint nicht mehr auf mich zu hören. Stellen Sie die Zentrale zufrieden und kehren Sie mit dem nächsten Flugzeug zurück! Es ist eine Freude, Sie hier vor Ort zu haben, Kulozik! Ein Taxi wartet bereits auf Sie.«

»Ich muß meine Sachen packen und ...«

»Machen Sie sich deswegen keine Sorgen. Ich habe mir die Freiheit herausgenommen, dem Sergeant diese Aufgabe zu übertragen. Sausen Sie los, damit Sie um so schneller hier sind!«

Jan hatte so eine Ahnung, daß er nicht auf dem Weg nach Suez und Kairo war. Der arabische Taxifahrer verstaute Jans Gepäck im Kofferraum und äußerte dann ein feierliches »Salaam«, während er Jan die Tür aufhielt. Im klimatisierten Inneren des Wagens war es angenehm kühl. Als sie von der Anlage wegfuhren, nahm der Fahrer einen flachen Metallkasten vom Sitz und reichte ihn Jan.

»Wenn Sie den Deckel anheben, Sir, finden Sie einen Verschluß mit Tastatur. Sollten Sie die Kombination nicht kennen, probieren

Sie bitte nicht im Wagen daran herum. Jeder Irrtum löst eine Explosion aus.«

»Danke«, sagte Jan und wog den Kasten in der Hand. »Sonst noch etwas?«

»Eine Zusammenkunft. Ich bringe Sie zum vorgesehenen Ort. Dieser Dienst kostet leider achtzig Pfund.«

Jan war überzeugt, daß der Mann im voraus bezahlt worden war und diese zusätzliche Forderung auf seinen Unternehmergeist zurückging. Trotzdem zahlte er den Betrag; sein Bankkonto wies nach wie vor einen unglaublichen Saldo auf. Etwa eine halbe Stunde lang fuhren sie auf der glatten Schnellstraße dahin, dann bogen sie im rechten Winkel auf eine der nicht gekennzeichneten Fahrspuren ab, die in die Wüste hinausführten. Kurz darauf erreichten sie ein uraltes Schlachtfeld, auf dem die Überreste zerstörter Panzer und zerschossener Artilleriekanonen verstreut waren.

»Hier bitte«, sagte der Fahrer und öffnete die Tür. Die Hitze überschwemmte Jan in einer heftigen Woge. Jan stieg aus und sah sich um. Außer der leeren Wüste und den ausgebrannten Wrackteilen war nichts zu sehen. Als er sich wieder umdrehte, sah er, daß sein Gepäck im Sand lag und der Fahrer wieder in den Wagen stieg.

»Moment!« rief Jan. »Was passiert jetzt?«

Der Mann antwortete nicht. Statt dessen ließ er den Motor an, wendete in engem Kreis und raste in Richtung Schnellstraße davon. Der von seinen Rädern aufgewirbelte Staub hüllte Jan ein, der vor sich hin fluchte, während er sich mit dem Handrücken das schwitzende Gesicht wischte.

Als das Motorengeräusch verstummt war, rückten Jan Stille und Einsamkeit auf den Leib. Es war ein friedliches Fleckchen, das ihm aber gleichzeitig Angst machte. Und heiß war es, brennend heiß. Wenn er zur Straße zurücklaufen mußte, ging das nur, wenn er das Gepäck hierließ. Er konnte die Beutel unmöglich mitschleppen, nicht bei dieser Temperatur.

Jan legte den Metallkasten in den Schatten der Rucksäcke und hoffte, daß die darin befindliche Sprengladung nicht hitzeempfindlich war.

»Sie sind Cassius?« fragte die Stimme.

Verblüfft fuhr Jan herum; er hatte im hohen Sand keine Schritte vernommen. Das Mädchen stand dicht neben dem zerstörten Panzer, und die Erinnerung überkam ihn so heftig, daß er ihren Namen beinahe laut ausgesprochen hätte. Nein, Sara war tot, vor Jahren umgekommen! Der erste Blick auf die sonnengebräunte junge Frau in den kurzen Khaki-Shorts und mit dem blonden schulterlangen Haar erinnerte ihn allerdings auf verblüffende Weise an sie. Oder täuschte ihn das Gedächtnis nach all den Jahren? Sie war eine Israelin wie Sara, mehr stand nicht dahinter. Er merkte, daß er sie stumm anstarrte und ihre Frage noch nicht beantwortet hatte.

»Ich komme von Cassius, gewiß. Ich heiße Jan.«

»Dvora«, sagte sie, trat vor und ergriff seine Hand. Ihre Hand fühlte sich fest und warm an. »Wir vermuten schon seit langem, daß Cassius mehr als eine Person ist. Aber darüber können wir uns später unterhalten, wenn wir aus dieser Sonne heraus sind. Kann ich Ihnen mit dem Gepäck helfen?«

»Ich glaube, das schaffe ich schon. Haben wir ein Fortbewegungsmittel?«

»Ja, außer Sicht von der Straße, hinter diesem Wrack.«

Es war ein Fahrzeug, wie es auch im Bohrlager verwendet wurde, ein Wagen mit normalen Reifen vorn und Ketten an den Hinterachsen. Jan warf die Rucksäcke auf die Ladefläche und stieg neben Dvora ins hohe Führerhaus. Türen gab es nicht. Nach allen Seiten war die Kabine geöffnet, um Luft hereinzulassen, während ein solides Metalldach sie vor der Sonne schützte. Dvora legte einen Hebel an der Steuersäule um, und der Wagen setzte sich lautlos in Bewegung. Nur ein leichtes Summen der Räder war zu hören.

»Elektrisch?« fragte Jan.

Sie nickte und deutete nach unten. »Batterien unter dem Wagenboden, etwa vierhundert Kilogramm. Aber hier draußen brauchen diese Wagen beinahe keinen Energiezuschuß. Das Dach ist mit Höchstleistungs-Solarzellen bedeckt, eine Neuentwicklung. Wenn man mit dem Ding tagsüber nicht zu schnell fährt, bleibt die Anlage auf voller Leistung, ohne daß sie ans Ladegerät angeschlossen werden muß.« Sie drehte den Kopf und runzelte leicht die Stirn, als sie feststellen mußte, daß er sie erneut anstarrte.

»Bitte entschuldigen Sie«, sagte Jan. »Ich weiß, es gehört sich nicht, Sie so anzuschauen. Aber Sie erinnern mich an jemanden, den ich vor Jahren gut gekannt habe. Sie war Israelin wie Sie.«

»Dann waren Sie also schon mal in unserem Land?«

»Nein. Dies ist das erstemal. Wir lernten uns hier in der Nähe kennen, später habe ich sie in England wiedergesehen.«

»Da haben Sie ja Glück. Von unseren Leuten dürfen nur wenige reisen.«

»Sie war – wie soll ich mich ausdrücken? – eine sehr talentierte Person. Sie hieß Sara.«

»Sehr üblich – wie alle biblischen Namen.«

»Ja, da haben Sie sicher recht. Ihren Nachnamen habe ich nur einmal gehört. Giladi, Sara Giladi.«

Dvora streckte den Arm aus und schaltete die Radmotoren ab. Der Kettenwagen kam zum Stillstand. Dann drehte sie sich auf dem Sitz halb zu Jan um und sah ihn mit reglosem Gesicht an. Ihre großen dunklen Augen waren starr auf ihn gerichtet.

»Es gibt keine Zufälle auf dieser Welt, Jan. Jetzt weiß ich, warum man mich geschickt hat anstelle eines muskulösen Einsatzagenten. Ich heiße ebenfalls Giladi. Sara war meine Schwester.«

So mußte es sein, sie war ihre Schwester. Die Rundung ihrer Wange, ihre Stimme, dies alles erinnerte ihn beständig an das Mädchen, das er in England gekannt hatte.

»Sara ist tot«, sagte Dvora leise. »Wußten Sie das?«

Sein Lächeln war freudlos. »Ich war dabei. Wir waren beisammen. Wir wollten England verlassen. Und ihr Tod war überflüssig, völlig sinnlos, sie hätte nicht sterben dürfen. Eine schreckliche Verschwendung.«

Die Erinnerung kehrte zurück, die Waffen, der Mord. Und Thurgood-Smythes Anwesenheit. Alles war unter seinem Kommando geschehen. Jan biß heftig die Zähne zusammen, und Dvora bemerkte, wie sich seine kräftigen Finger um den Haltegriff verkrampften.

»Man hat mir nichts gesagt«, bemerkte sie. »Keine Einzelheiten. Nur daß sie in der Ausübung ihres Dienstes gestorben sei. Sie ... Sie haben sie geliebt?«

»Liegt das nicht auf der Hand?«

»Für mich schon. Ich habe sie auch geliebt. Können Sie mir sagen, was geschehen ist?«

»Natürlich. Ganz einfach. Wir wollten das Land verlassen, aber wir hatten keine Chance. Unser Plan war von Anfang an verraten. Sie wußte das aber nicht. Anstatt sich zu ergeben, eröffnete sie das Feuer. Es dauerte nur Sekunden. Sie wollte sterben, damit die Gegenseite nicht in die Hände bekam, was sie wußte. Und das ist das Schrecklichste. Die Sicherheitspolizei hatte von Anfang an alles gewußt.«

»Davon habe ich nichts erfahren. Schrecklich – und noch schrecklicher für Sie, weil Sie noch am Leben sind und sich daran erinnern müssen.«

»O ja, aber inzwischen ist das wohl alles Geschichte. Wir können sie nicht zurückholen.«

Soweit äußerte er sich. Den Rest seiner Gedanken behielt er aber für sich, als das Kettenfahrzeug weiterfuhr. Vielleicht hatten Thurgood-Smythe und die Sicherheitspolizei sie umgebracht, verraten worden war sie aber von ihren eigenen Leuten, von ihrer Organisation hier in Israel. Zumindest hatte Thurgood-Smythe das gesagt. Wo lag die Wahrheit? Er wollte das herausfinden, ehe er noch mehr mit diesen Leuten zu tun bekam.

Es war eine mühsame Fahrt, und Dvora und er waren so in ihre eigenen Gedanken versunken, daß sie wenig miteinander sprachen. Der Sand ging in Gestein über, wechselte wieder zu Sand und dann zu flachen Hügeln. Straßenschilder mit hebräischen Lettern erschienen, und Jan wurde klar, daß sie die Sinai-Halbinsel verlassen und Israel erreicht hatten.

»Ist es noch weit?«

»Eine halbe Stunde, nicht mehr. Wir fahren nach Beersheba. Er erwartet Sie dort.«

»Wer?«

Ihr Schweigen war eine Antwort, und sie setzten die Fahrt in derselben Stille fort. Über eine befestigte Straße, durch kleine staubige Dörfer und zwischen bewässerten Feldern hindurch. Plötzlich war die Wüste verschwunden, und alles war grün. Auf der anderen

Seite eines Tals erschien eine kleine Stadt, doch sie bogen ab, ehe sie die Siedlung erreichten. Eine schmale und gewundene Straße führte hinauf zu einer einsamen Villa, die von Jacarandabäumen umgeben war.

»Lassen Sie das Gepäck im Wagen«, sagte Dvora, stieg aus und reckte sich. »Man kümmert sich darum. Den Metallkasten sollten Sie aber mitnehmen. Er wartet darauf.«

Als sie das Haus betraten, kamen zwei junge Männer ins Freie; sie winkten Dvora zu. Jan folge ihr durch das kühle Haus auf einen Balkon, der zum Tal mit der Stadt hinausführte. Ein alter Mann, grauhaarig und dürr und sicher schon über achtzig, kam ihnen entgegen.

»Shalom, Jan Kulozik«, sagte er mit kräftiger Stimme, deren Klangfülle bei einem Mann seines Alters erstaunlich anmutete. »Ich bin Amri Ben-Haim. Setzen Sie sich bitte.«

»Daß Sie mir Dvora entgegengeschickt haben, war also kein Zufall?«

»Nein, natürlich nicht.«

»Dann sind Erklärungen angebracht«, forderte Jan. Und blieb stehen.

»In der Tat. Und ich kann mir vorstellen, daß Sie diesen Teil der Angelegenheit als erstes besprechen wollen.«

»Und Dvora soll es auch hören.«

»Das versteht sich, deshalb ist sie ja hier. Setzen wir uns.«

Jan gab nach und ließ sich in einen Rohrstuhl fallen. Auf dem Tisch stand ein Krug mit kalter Limonade, und dankbar nahm er ein großes Glas entgegen, das er gierig leerte, woraufhin ihm sofort nachgeschenkt wurde. Angespannt saß er da, den sprengstoffgeschützten Metallbehälter auf dem Schoß. Er würde das Ding aushändigen, doch zuerst wollte er hören, was Ben-Haim zu sagen hatte.

»Kennen Sie Thurgood-Smythe?« fragte Jan.

Amri Ben-Haim nickte. »Der ehemalige Leiter der britischen Sicherheitspolizei. In den letzten Jahren hat er groß Karriere gemacht und dürfte heute der führende Sicherheitsbeamte der Welt sein. Vielleicht ist seine Position sogar noch stärker. Wir wissen, daß er direkten Zugang hat zu den Verbindungsstellen zwischen dem Militär und den Vereinten Nationen.«

»Wußten Sie, daß er mein Schwager ist? Daß er der Mann ist, der mich und Sara in die Falle laufen ließ – und zusah, wie sie erschossen wurde?«

»Ja, diese Dinge sind mir bekannt.«

Und jetzt die wichtige Frage. Vorsichtig stellte Jan das Glas auf den Tisch und versuchte sich zu entspannen. Trotzdem hatten seine nächsten Worte einen scharfen Klang.

»Thurgood-Smythe wußte offenbar von Anfang an von der Widerstandsbewegung in London. Er ließ sie unterwandern und beobachten und verhaftete ihre Mitglieder nach Belieben. Er wußte auch, daß Sara Israelin war, ein Geheimnis, für das sie gestorben ist, weil sie davon überzeugt war, dieses Land würde zu leiden haben, wenn ihre Herkunft bekannt würde. Ihr Opfer war überflüssig, denn er wußte nicht nur genau über sie Bescheid, sondern behauptete auch, mit Ihrer Regierung zusammenzuarbeiten. Er sagte, Sie wiesen ihn auf alle Israelis hin, die auf eigene Faust außerhalb dieses Landes zu arbeiten versuchten. Trifft das zu?«

»Ja und nein«, antwortete Amri Ben-Haim.

»Das ist nicht gerade eine präzise Antwort.«

»Ich will versuchen, es Ihnen zu erklären. Unsere Nation hat sehr wackelige Beziehungen zu den großen Machtblöcken, die unter dem Namen der Vereinten Nationen tätig sind. Während der Retrozession vergaßen diese Mächte den Nahen Osten völlig. Als die Ölquellen versiegten, kehrten sie diesem unruhigen Teil der Welt nicht ungern den Rücken. Ohne Störungen von außen war Israel schließlich in der Lage, der Region den Frieden zu bringen. Als die großen Länder sich zurückgezogen hatten, kam es natürlich zuerst zum Krieg. Tausende von uns starben, doch wir überlebten. Die arabischen Regierungen hatten die importierten Waffen sehr schnell aufgebraucht und erhielten natürlich keinen Nachschub mehr. So wurden sie zurückgeschlagen. Sie unterlagen und kehrten zu alten Traditionen zurück: sie stritten sich untereinander wie zuvor. Vom Iran ging ein Jehad aus, ein heiliger Krieg, eine Auseinandersetzung, die bis an unsere Grenzen reichte. Aber auch diese Krise überstanden wir. Schließlich ersetzte der Hunger das alleserfassende Interesse der Araber in der Religion; die Menschen begannen an Hunger und an Krankheiten zu sterben. Und da griffen wir helfend ein. Im Gegensatz zu den Weltmächten haben wir nie versucht, diesem Teil der Welt eine westlich orientierte, von Maschinen und Konsum abhängige Gesellschaft aufzuzwingen. So etwas paßt nicht in die Lebensverhältnisse. Vielmehr haben wir die uralten landwirtschaftlichen Techniken weiterentwickelt und verbessert, während wir zugleich passende technische Methoden einführten, beispielsweise die Wasserentsalzung, Dinge, die in der Region praktisch angewendet werden können.«

»Weichen Sie meiner Frage nicht ein wenig aus?«

»Bitte hören Sie mich noch ein wenig länger an, Jan Kulozik. Jedes meiner Worte hat Bezug zum Thema. Gewissermaßen bestellten wir den Garten hinter unserem Haus. Wir ermutigten unsere Nachbarn zum landwirtschaftlichen Anbau und zur einfachen industriellen Fertigung, wie sie zu diesem Teil der Welt paßt; wir bekämpften Seuchen und bauten Krankenhäuser und bildeten Ärzte aus. Und wir vergaßen die eigene Verteidigung nicht. Wir schlossen nach allen Seiten Frieden, denn Frieden bietet die beste Sicherheit. Ich glaube, Sie wissen nicht, was das historisch gesehen bedeutet. Die ältesten schriftlichen Überlieferungen, einschließlich des Alten Testaments der Bibel sind Dokumente von Kriegen. Endlosen Kriegen. Damit hat es jetzt ein Ende. Als hier also eine gewisse Stabilität eintrat und andere Länder wieder auf den Nahen Osten schauten, war die Region besiedelt und friedlich und bereit, die anderen das ganze Jahr über mit landwirtschaftlichen Produkten zu beliefern. Ich kann nicht behaupten, daß man uns deswegen vor Glück um den Hals fiel. Genau genommen wurden sogar Schritte eingeleitet, die eine unmittelbarere Kontrolle bewirken sollten. Und damit gewannen unsere Atomraketen, von denen die meisten außerhalb Israels lagern, an Bedeutung. Wir werden niemals einen Atomkrieg beginnen, allein schon nicht aus dem Grund, weil wir klein genug sind, um von einer gut gezielten Wasserstoffbombe ausgelöscht zu werden. Die anderen aber wissen, daß wir zurückschlagen würden, selbst wenn wir schon tot wären. Damit wurde der Preis für einen

Atomkrieg so hoch, daß kein Land der Welt ihn zahlen wollte. In der Folge wurde ein Arrangement gefunden, das zum Glück mehrere hundert Jahre wirksam blieb. Wir behielten die Kontrolle der Region, und die anderen hielten sich zurück. Das bedeutet, daß wir Juden, die früher zu den kosmopolitischsten Völkern der Welt gehörten, zum isoliertesten Volk geworden sind. Um diese sorgsam ausgewogene Beziehung aufrechtzuerhalten, gibt es natürlich auf höherer Ebene Kontakte zwischen den Regierungen. Außerdem stützten wir uns sehr auf die Berichte von Geheimagenten.«

»Spione?«

»Das ist eine andere Bezeichnung dafür. Die anderen Länder haben natürlich auch ihre Agenten. Das wissen wir, weil wir sie regelmäßig verhaften. Leider werden unsere Leute ebenso regelmäßig erwischt. Um auf Ihre Frage zurückzukommen. Als wir erfuhren, daß Saras Tarnung aufgeflogen war, war es schon zu spät, irgend etwas für sie zu tun ...«

»Entschuldigen Sie, wenn ich Sie erneut unterbreche, Mr. Ben-Haim, aber ich finde, Sie reden hier um den Brei herum. Ein Mann Ihres Alters und Ihrer Stellung mag darin eine Kränkung sehen, aber es stimmt. Die Antwort auf meine Frage steht noch aus.«

»Geduld, junger Mann«, sagte Ben-Haim und hob die Hand, wobei er die Hanfläche nach vorn drehte. »Ich bin ja beinahe am Ziel. Thurgood-Smythe teilte uns mit, er werde Sara gefangennehmen, und er wollte sie gegen drei seiner Agenten austauschen, die wir in Gewahrsam hatten. Damit erklärte ich mich natürlich einverstanden. Wir wußten also, daß Sara in Gefahr war, verhaftet zu werden, und ja, ich stand mit Thurgood-Smythe in Verbindung.«

»Er sagte mir, Sie hätten Sara verpfiffen und ihm gleichzeitig alle Ihre jüngeren Agenten in Britannien verraten, die auf eigene Faust arbeiteten.«

»Das ist gelogen. Ein solches Arrangement hatten wir nie. Von unseren Agenten arbeitet keiner auf eigene Faust, egal was Thurgood-Smythe oder die Agenten Ihnen gesagt haben.«

Unzufrieden lehnte sich Jan zurück. »Dann lügt einer von euch«, sagte er.

»Genau. Verstehen Sie jetzt, warum ich Ihnen eben die Probleme unseres Landes aufgezählt habe? Damit Sie in der Lage sind zu beurteilen, wer der Lügner ist. Ich – oder Thurgood-Smythe.«

»Sie könnten beide lügen. Er aus höchst egoistischen Gründen, Sie aus den edelsten Motiven. Ich weiß nur, daß Sara tot ist.«

»Stimmt«, sagte Ben-Haim, und das Wort klang wie ein Seufzen. »Ich hatte keine Ahnung, daß es dazu kommen würde, und hätte alles getan, um es zu verhindern. Alles andere ist eine Lüge, eine schmutzige, niederträchtige Lüge.«

»Und Thurgood-Smythe ist der dreckigste Lügner auf der ganzen Welt. Wir alle zappeln in seinem Netz. Besonders ich. Ich bin als Cassius zu Ihnen gekommen, als der Mann, der Ihnen in den letzten beiden Jahren streng geheime Informationen zugespielt hat.«

»Wir danken Ihnen, Cassius. Ihre Dienste sind uns sehr nützlich.«

»Wenn Sie wollen, kann ich Ihnen alles sagen über die Dossiers, um zu beweisen, daß ich der Richtige bin. Aber diese Dinge habe ich erst vor etwa einer Woche auswendig gelernt. Wüßten Sie gern, wer Cassius wirklich ist?«

Ben-Haim nickte. »Eine positive Bestätigung würde uns weiterhelfen. Uns war von Anfang an klar, daß es sich nur um Thurgood-Smythe handeln konnte. Deshalb waren wir ja so gespannt, als Sie auf der Bildfläche erschienen.«

»Er spielt mit uns«, sagte Jan in plötzlicher Erkenntnis. »Er bezieht uns alle in seine Spielchen ein.«

»Ja«, antwortete Ben-Haim nickend. »Ich bin sicher, daß dies dazu gehört. Aber damit erschöpft sich das Bild nicht. Vielleicht hat er die Cassius-Rolle aus verschiedenen Gründen vorbereitet. Aber als Sie dann zur Erde zurückkehrten, gewissermaßen aus heiterem Himmel, sah er in Ihrem Auftauchen eine Gelegenheit, die er nicht verstreichen lassen durfte. Und wir müssen nun herausfinden, was er im Schilde führt. Ich glaube, Sie haben ein Paket für uns?«

Jan stellte den Metallkasten auf den Tisch.

»Das Ding hat ein Kombinationsschloß«, sagte er, »und einen Sprengsatz, der in die Luft fliegt, wenn man die falschen Zahlen eingibt. Wenigstens hat mir das ein ziemlich windiger Taxifahrer gesagt.«

»Ich bin überzeugt, man hat Sie richtig informiert. Ich habe eine siebenstellige Zahl, die mir am Anfang von Cassius übermittelt wurde. Könnte das die Kombination sein?«

»Keine Ahnung.« Jan betrachtete das Gebilde mit den glatten Außenseiten. »Ich weiß nicht, wie die Kombination lautet.«

»Dann müssen wir meine versuchen.« Ben-Haim griff nach dem Kasten, aber Dvora beugte sich vor und nahm sie zur Hand.

»Ich finde, es ist nicht sehr intelligent, daß wir alle hier sitzen, während wir das Schloß ausprobieren. Wir brauchen einen Freiwilligen. Mich. Dürfte ich bitte die Zahl haben, Amri Ben-Haim?«

»Holen Sie jemand anders!« sagte Jan hastig. »Ich tu's.«

»Wir haben bereits einen Freiwilligen«, sagte Ben-Haim und reichte dem Mädchen ein Stück Papier. Sie nahm es und den Kasten und ging die Stufen in den Garten hinab. Auf der anderen Seite blieb sie stehen und stellte den Kasten auf die Gartenmauer. Sie drehte sich noch einmal um und winkte, dann wandte sie sich ab und beugte sich über den verschlossenen Metallbehälter.

12

Als sie sich aufrichtete und den Kasten über den Kopf hob, spürte Jan, wie die Spannung aus seinem Körper wich.

»Die Gefahr war nur gering«, sagte Ben-Haim. »Sonst hätte ich sie nicht damit losgeschickt – und Sie hätten sie auch nicht gehen lassen.«

Dvora eilte lächelnd und atemlos die Stufen herauf und legte den offenen Kasten auf den Tisch. Ben-Haim griff danach und nahm ein flaches Plastik-Rechteck heraus.

»Ein Hard-Disc-Speicher Mark 14«, sagte Jan. »Wo steht Ihr Terminal?«

»Im Haus. Ich führe Sie hin«, sagte Ben-Haim und ging voraus. Dvora trat zur Seite, um Jan vorbeizulassen. Einem plötzlichen Impuls folgend, ergriff er ihre Hände.

»Das war vorhin sehr töricht von Ihnen ...«

»Nein – und das wissen Sie auch. Außerdem wird es sich in meiner Dienstakte gut machen.«

Sie sprach nur halb im Ernst und begann zu lachen, und Jan fiel in das Lachen ein. Erst dann ging ihm auf, daß er ihre Hände noch nicht losgelassen hatte; er versuchte sich von ihr zu lösen, doch Dvora hielt ihn fest. Nicht minder impulsiv wie er, beugte sie sich vor und küßte ihn. Dabei hatte sie die dunklen Augen geöffnet, und ihre Lippen waren feucht und warm. Er erwiderte den Kuß, und jetzt ließ sie seine Hände los. Sie trat zurück, wandte sich nach einem langen, ausdrucksvollen Blick ab und führte ihn ins Haus. Ben-Haim stand vor dem Computer-Terminal und bediente die Knöpfe.

»Ohne Erfolg«, sagte er. »Das Ding fragt immer wieder nach einem Referenz-Kode, ohne den gibt es das Programm nicht frei. Ich weiß nicht, was das soll.«

Jan beugte sich vor und betrachtete die Zeilen auf dem Bildschirm.

GEBEN SIE RICHTIGEN ZUGRIFFS-KODE EIN
EINGABE EINES UNRICHTIGEN KODES LÖSCHT SPEICHER.

»Und Sie wissen nicht, wie der Kode aussieht?« fragte Jan mehr zu sich. »Wenn Sie ihn nicht haben, muß ich ihn besitzen. Dabei fällt mir nur eine Sache ein.« Er nahm seine neue Ausweiskarte zur Hand und sah sich die Ziffern an. »Thurgood-Smythe hat mir gesagt, diese Nummer sei Cassius' Identifikations-Kode, wenn man sie durch den Monatstag teilte. Sie haben mich aber nicht um eine Identifikation gebeten.«

»Dazu hatten wir keinen Grund – und auch keine Anweisung.«

»Dann muß das die Lösung sein.«

Jan gab die Nummer in sein Rechengerät ein, teilte sie durch 27 und las die zwölf Ziffern ab, die links von der Dezimalstelle erschienen. Er tastete sie in das Terminal ein und drückte RETURN. Thurgood-Smythes Bild erschien auf dem Bildschirm. Er nickte.

»Freut mich zu sehen, daß Sie sicher eingetroffen sind, Jan, und sich jetzt bei meinem alten Kollegen Amri Ben-Haim aufhalten. Ihnen dürfte klar geworden sein, daß diese Aufzeichnung viel zu wichtig ist, als daß sie versehentlich offenbart werden dürfte. Ben-Haim hatte die Hälfte des Schlüssels dazu, Sie, Jan, die andere, wie

Sie jetzt wissen. Aber machen Sie es sich doch bequem, während ich nun erkläre, was ich im Sinn habe.«

Jan drückte den STOP-Knopf, und Thurgood-Smythes Bild erstarrte. »Finden Sie nicht, wir sollten das aufzeichnen?« fragte er. »Die Diskette ist vielleicht darauf programmiert, sich selbst zu löschen, und da wäre eine Kopie angebracht.«

»Natürlich«, sagte Ben-Haim. »Bitte machen Sie ruhig.«

Jan schob eine leere Diskette in eines der Laufwerke und ließ die Aufzeichnung weiterlaufen.

»... ich möchte, daß der augenblickliche Krieg mit den Aufständischen möglichst schnell beendet wird. Ben-Haim, Jan wird Ihnen die persönlichen Gründe schildern, die hinter dieser Entscheidung stehen. Vermutlich werden Sie ebensowenig daran glauben wie er, was schade ist. In dieser Sache meine ich es wirklich ehrlich. Aber das geht an der Hauptsache vorbei. Die Arrangements, die ich vorschlage und die den Krieg beenden sollen, werden Ihnen unter pragmatischen Gesichtspunkten zusagen. Ich rechne damit, daß Ihr Eigeninteresse Sie bewegt, mir zu helfen – nicht die Unterstützung übergeordneter Ziele, die ich verfolgen mag.

Zunächst möchte ich Ihnen meinen Plan in großen Umrissen schildern, damit Sie ihn verstehen und erkennen, daß die Umstände Sie zwingen, mir bei der Durchführung beizustehen. Ich bin sicher, daß wir uns darin einig sind, wenn ich sage, daß der kommende Konflikt mit einem Sieg der menschlichen Rasse enden muß.

Nun die Einzelheiten. Aus geheimen Quellen erfahre ich, daß eine große Streitmacht von Raumschiffen auf dem Weg zur Erde ist. Eine hastig zusammengestellte Flotte aus allen funktionsfähigen Tiefraumern, die die Rebellen in ihre Gewalt bekommen konnten. Die Planeten setzen ihre ganze Zukunft, ihre Existenz auf diesen einzigen Vorstoß. Natürlich bleibt ihnen nichts anderes übrig. Die Politik der Erde war stets darauf gerichtet, die Herstellung sämtlicher industriellen Bauteile wie auch des Raumfahrtzubehörs hier auf der Erde zu belassen. Wenn entscheidende Ausrüstungsgegenstände defekt werden, kommt kein Ersatz. Das gleiche gilt für Treibstoffe und die grundlegenden Schaltungen des Foscolo-Raumantriebs. Nachdem sich sämtliche irdischen Streitkräfte zurückgezogen haben, bleibt den Rebellen nichts anderes als der Angriff. Dazu muß es früher oder später kommen – und hier ist früher besser, ehe der Zahn der Zeit die Maschinen noch anfälliger macht. Ich kenne die Pläne der Rebellen nicht im einzelnen, doch mir ist bewußt, daß sie eins tun müssen, wenn sie sich Hoffnung auf einen Sieg machen. Sie müssen Raumconcent in der Mojavewüste angreifen und erobern. Jedes andere Vorgehen wäre selbstmörderisch. Der gesamte wesentliche Nachschub für die Raumstreitkräfte wird durch dieses Zentrum geschleust. Wenn es erobert oder vernichtet wird, sind die Verteidiger am Ende.

Dieses Ziel läßt sich wie folgt erreichen. Zuerst müssen Angriffe im All erfolgen, um die Abwehrflotte zu spalten und zu schwächen. Dann muß der Komplex in der Mojavewüste erobert werden. Dies muß vom Boden aus geschehen, da die Raketenabwehr für ein Vordringen aus dem All zu stark ist. Nach der Eroberung wird der Sieg durch die Landung der Angreifer besiegelt. Eine Kapitulation kann dann nicht lange auf sich warten lassen.

Jetzt zu den Einzelheiten. Jan, ich werde dafür sorgen, daß du mit der Flotte der Rebellen in Kontakt kommst, um das Unternehmen zu koordinieren. Wenn dies geschieht, greifen die israelischen Streitkräfte an und erobern Raumconcent und werden die Stellung halten, bis Verstärkung kommt. Ehe Sie über die Teilnahme entscheiden, möchte ich Sie an das Kommandounternehmen von Entebbe und den Aufstand im Warschauer Ghetto erinnern. Wieder ist es Zeit, das Ghetto zu verlassen ...«

Jan stoppte die Vorführung und wandte sich an Ben-Haim. »Der Mann muß den Verstand verloren haben. Wovon hat er da eben geredet?«

»Er ist nicht verrückt – er hat nur einen unglaublichen kriminellen Verstand. Er lockt uns mit der Rettung aus unserer Situation und weiß gleichzeitig, daß dies das Ende für uns sein könnte. Und um uns bei der Entscheidung zu helfen, zitiert er aus unserer eigenen Geschichte. Er denkt so verworren wie ein Gelehrter des Talmud.«

»Der Warschauer Aufstand fand im Zweiten Weltkrieg statt«, sagte Dvora. »Die Nazis brachten dort zahlreiche Juden um, die nicht schon vorher an Hunger und Krankheit starben. Sie erhoben sich und kämpften gegen die Angreifer, mit bloßen Händen gegen Waffen, bis alle umgebracht waren. Sie wußten, daß sie sterben würden – doch sie wollten sich nicht mehr unterwerfen.«

»Und was ebenso wichtig ist«, fügte Ben-Haim hinzu, »sie haben gekämpft, um aus dem Ghetto herauszukommen. Heute mag dieses Ghetto ein ganzes Land sein, doch so bequem diese Situation auch ist, am Eingepferchtsein ändert sich nichts. Thurgood-Smythe weiß, daß wir hier heraus wollen.«

»Und Entebbe?« fragte Jan. »Was war das?«

»Ein Kommandounternehmen weit von hier, das im Grunde wenig Erfolgschancen hatte. Aber es klappte. Thurgood-Smythes Versuchungen könnten Satan persönlich beschämen!«

»Ich verstehe diese Versuchungen nicht recht«, sagte Jan. »Niemand droht Ihnen einen Krieg an. Sie könnten im Grunde nur in den Kulissen sitzen und abwarten, was geschieht.«

»Im Grunde haben Sie recht. Doch in einer sehr realen Hinsicht ist unsere Freiheit nichts anderes als eine Illusion der Freiheit. Wir haben die Freiheit, in unserem nationalen Gefängnis zu hocken. In dieser Situation liegt aus unserer Sicht auch eine gewisse ironische Gerechtigkeit. In unserem kleinen freien Gefängnis sind wir von einer Welt wirtschaftlich und physisch versklavter Völker umgeben. Sollten wir denen nicht helfen? Wir, die wir jahretausendelang in Knechtschaft gelebt haben, wissen nur zu gut, was das bedeutet. Sollten wir nicht anderen helfen, etwas zu erreichen, das wir stets für uns erfleht haben? Ich sagte eben schon, das ist eine Preisfrage für Talmud-Gelehrte. Ich bin alt und habe daher vielleicht zu viele Zweifel. Meine Sicherheit gefällt mir. Es gibt aber auch die Stimme des jungen Israel. Dvora, was meinen Sie?«

»Ich meine nichts – ich weiß es!« antwortete sie heftig. »Kämpfen Sie! Einen anderen Weg gibt es nicht.«

»Meine Antwort ist ebenso einfach«, sagte Jan. »Wenn überhaupt eine Chance besteht, daß dieser Plan Erfolg hat, muß ich mitmachen. Thurgood-Smythe sagt, er wird mich mit der angreifenden Flotte zusammenbringen. Das ist sehr gut, denn ich werde den Rebellen natürlich nicht nur seinen Plan schildern, sondern kann ihnen auch die Augen öffnen über unsere Einwände und über die

Schlange, die Thurgood-Smythe in Wirklichkeit ist. Die Verantwortung für die letzte Entscheidung liegt also nicht bei mir. Meine Antwort ist klar. Ich tue, was er sagt.«

»Ja, an Ihrer Stelle würde ich genauso handeln« sagte Ben-Haim. »Sie haben nichts zu verlieren – und könnten die Welt gewinnen. Doch hört sich alles zu gut an. Ich habe das Gefühl, als hätte der Kerl irgendwelche Hintergedanken.«

»Das ist doch gleichgültig«, sagte Dvora. »Sein persönliches Schicksal sollte uns nicht beeinflussen. Wenn dies alles eine Falle ist, müssen die Angreifer gewarnt werden, um die Information zu ihrem Vorteil ausnützen zu können. Wenn es keine Falle ist, muß sich Israel in diesen letzten Kampf einschalten, in diesen Krieg, der einen Schlußstrich unter alle Kriege zieht.«

Ben-Haim seufzte schwer und wiegte sich auf seinem Stuhl hin und her. »Wie oft sind jene Worte schon ausgesprochen worden! Der Krieg, der allen Kriegen ein Ende macht. Sind sie jemals wahr gewesen?«

»Nein. Aber sie könnten es diesmal werden«, beharrte Dvora. »Schalten Sie wieder ein, Jan. Wir wollen den Rest hören.«

Es war alles sehr sinnvoll – oder unsinnig. Jan fühlte sich ebenso in der Klemme wie die Israelis. Im Grunde hätte er Thurgood-Smythe am liebsten den Hals umgedreht. Statt dessen war er nun gezwungen, für ihn zu arbeiten. Staunend schüttelte er den Kopf, hob den Arm und drückte den Knopf.

»... Zeit, das Ghetto zu verlassen. Überlegen Sie sich meine Worte also gut. Wägen Sie die Entscheidung ab. Ziehen Sie die Knesset ins Vertrauen, bitten Sie die Abgeordneten um eine Entscheidung. Mein Vorschlag muß als Ganzes angenommen werden oder überhaupt nicht. Alles oder nichts. Andere Argumente werden Sie von mir nicht zu hören bekommen. Noch ist Zeit für die Entscheidung, aber nicht sehr viel. Die Angreiferflotte wird in etwa zehn Tagen zur Stelle sein. Ihr Angriff wird kurz vor Morgengrauen eines Tages stattfinden, der Ihnen genannt wird. Für Ihre Entscheidung haben Sie vier Tage. Nächsten Freitag wird Ihr Radiosender den üblichen wöchentlichen Gedächtnisgottesdienst zu Ehren der Verstorbenen übertragen. Wenn Sie mitmachen wollen, führen Sie Jan

Kuloziks Namen unter denen der ehrenwerten Toten auf. Er ist nicht abergläubisch und hat sicher nichts dagegen. Doch wenn Sie an der Rettung der Menschheit nicht teilhaben wollen, brauchen Sie nichts zu tun – da Sie ja nichts tun werden. Dann werden Sie auch von mir nichts mehr hören.«

»Was für Schuldgefühle er uns eingibt!« sagte Ben-Haim, als der Bildschirm dunkel wurde. »Sind Sie sicher, daß er keine theologische Vorbildung hat?«

»Was meinen Schwager betrifft, bin ich mir in keiner Hinsicht sicher. Inzwischen glaube ich aber, daß alles, was er über seine Herkunft bisher hat verlauten lassen, frei erfunden war. Vielleicht ist er wirklich der Vater der Lügen, wie Sie vorhin unterstellt haben. Was tun Sie jetzt?«

»Ich gehe vor wie befohlen. Ich lege den Vorschlag der Knesset vor, unserem Parlament. Soll doch ein Teil der Verantwortung und der Schuld ruhig auch auf den Schultern der Abgeordneten ruhen!«

Dvora und Jan verließen das Zimmer, als sich Ben-Haim dem Telefon zuwandte. Wegen der automatischen Beleuchtung war ihnen entgangen, daß es draußen inzwischen dunkel geworden war. Sie traten auf den Balkon hinaus, stumm, jeder in seine Gedanken vertieft. Jan lehnte sich gegen einen Stützpfeiler und blickte zu den Lichterreihen der Stadt hinüber, die sich drüben auf der anderen Seite des Tals den Hang hinaufzog. Es war eine mondlose Nacht, und die Sterne brannten klar und deutlich und füllten den Himmel bis hinab zum dunklen Streifen des Horizonts. Eine friedliche Welt, gemütlich und sicher. Thurgood-Smythe aber wollte, daß diese Menschen ihre Sicherheit aufgaben, daß sie sich wegen eines Ideals in den Krieg stürzten. Jan beneidete sie nicht um die Entscheidung; er selbst hatte sich ziemlich leicht entschließen können. Als er sich umdrehte, sah er, daß Dvora auf der Couch Platz genommen und die Hände im Schoß gefaltet hatte.

»Sie müssen hungrig sein«, sagte sie. »Ich mache Ihnen etwas.«

»Gleich. Was meinen Sie – wie wird die Entscheidung der Knesset aussehen?«

»Man wird reden. Darin sind sie groß. Ein Haufen alter Männer, die lieber reden als handeln. Thurgood-Smythe hätte ihnen eigentlich vier Monate und nicht vier Tage einräumen müssen!«

»Dann glauben Sie also nicht, daß es zu einer Entscheidung kommt.«

»O doch – und zwar gegen den Vorschlag. Den sicheren Weg gehen, sie wollen immer nur den sicheren Weg einschlagen.«

»Vielleicht sind sie deshalb alt geworden.«

»Lachen Sie mich etwa aus? Ich will ihr Gesicht sehen.«

Dvora zog ihn neben sich aufs Sofa und sah, daß er wirklich zu lächeln begonnen hatte. Sie konnte nicht anders, sie mußte ebenfalls lächeln.

»Na schön, ich rege mich wegen nichts auf. Noch ist es ja nicht soweit. Aber es wird so kommen, wie ich gesagt habe. Und dann rege ich mich auf. Aber was werden Sie tun, wenn das geschieht? Wenn sie nein sagen?«

»Über diese Möglichkeit habe ich mir noch keine Gedanken gemacht. Vermutlich fliege ich zurück und setze mich noch einmal mit Thurgood-Smythe in Verbindung. Ich kann nicht einfach hier herumsitzen, wenn sich das Schicksal aller Menschen – auf allen Welten – entscheidet. Vielleicht könnte ich mich trotzdem mit der angreifenden Flotte in Verbindung setzen und ihr Informationen zukommen zu lassen. Solche Entscheidungen kann man nicht treffen, bevor es nötig ist.«

Während des Sprechens merkte Jan, daß sie sich noch immer bei den Händen hielten; keiner versuchte den Kontakt zu lösen. Woran denke ich? fragte sich Jan, dann ging ihm auf, daß er überhaupt nichts mehr dachte, sondern nur noch empfand, nur noch physisch reagierte. Und er wußte, ohne zu fragen, daß es Dvora ebenso ging. Er wollte das Gefühl in Frage stellen, tat es aber nicht, denn er hatte Angst davor. Als er sich zu ihr wandte, blickte sie ihn bereits an. Und ohne daß es dazu einer bewußten Entscheidung bedurft hätte, lagen sie sich in den Armen.

Eine unbestimmte Zeit verging, ehe sie die Lippen von den seinen löste, ohne ihre Umarmung zu lockern.

Sie flüsterte: »Komm in mein Zimmer. Hier ist es nicht einsam genug.«

Er stand auf, versuchte aber energisch den leisen Zweifel zu unterdrücken, der ihn befallen hatte.

»Ich bin verheiratet, Dvora. Meine Frau, viele Lichtjahre von hier ...«

Sie legte ihm einen Finger auf die Lippen.

»Psst. Ich habe auch keine Heiratsabsichten, sondern ganz andere. Du brauchst mir nur zu folgen.«

Und das tat er. Bereitwillig.

13

»Nun haben wir doch nichts zu essen bekommen«, sagte Jan.

»Du bist eine gierige Person«, antwortete Dvora. »Den meisten Männern hätte dies genügt.«

Sie strampelte die Decke fort und streckte ihren gebräunten Körper im morgendlichen Sonnenschein, der durch das Fenster hereindrang. Jan fuhr mit den Fingerspitzen an ihrer Flanke entlang und über die Rundung ihres Bauches. Sie erschauderte.

»Ich bin froh, daß ich lebe«, sagte sie. »Tot zu sein, muß sehr grau und langweilig sein. Das Leben macht viel mehr Spaß.«

Jan lächelte und wollte nach ihr greifen, doch sie wich zurück und stand auf, eine prachtvolle warme Skulptur, die den Rücken straffte und sich mit den Fingern durch das Haar fuhr. Dann griff sie nach einem Morgenmantel.

»Du hast da eben von Essen gesprochen, nicht ich«, sagte sie. »Aber wo du schon mal das Thema angeschnitten hast, geht mir auf, daß ich am Verhungern bin. Komm mit, ich mache uns Frühstück!«

»Ich gehe vorher lieber in mein Zimmer.«

Sie lachte und zog einen Kamm durch das wirre Haar. »Warum? Wir sind keine Kinder. Wir sind erwachsen. Wir kommen und gehen, wie es uns gefällt. Aus was für einer Welt stammst du eigentlich?«

»Aus einer Welt, die nicht so ist. Wenigstens jetzt nicht mehr. Allerdings war ich in London – Himmel, das scheint Jahrhunderte her zu sein! – durchaus mein eigener Herr. Bis ich den Behörden ins Gehege geriet. Seither habe ich einen sozialen Alptraum durchgemacht. Es würde zu lange dauern, dir die Häßlichkeit und die Enge des Lebens auf Halvmörk zu schildern – und ich will es gar nicht erst versuchen. Frühstücken ist ein viel schönerer Gedanke.«

Die Badezimmereinrichtung war nicht so ultra-luxuriös wie im Waldorf-Astoria, sondern funktionell. Jan erkannte, daß ihm das völlig genügte, als die Leitungen zu gurgeln und schnarren begannen und schließlich heißes Wasser hervorbrachten. Es funktionierte, und er war sicher, daß jeder Bürger des Landes mindestens ebenso gut versorgt war. Ein Konzept der Demokratie, mit dem er sich noch nicht beschäftigt hatte. Nicht nur Gleichheit in den Chancen, sondern auch im physischen Komfort. Ein hungriges Magenknurren vertrieb die letzten philosophischen Gedanken; eilig wusch er sich und kleidete sich an. Dann folgte er dem Duft zu einer großen offenen Küche, in der ein junger Mann und eine Frau an einem langen Tisch saßen. Sie nickten ihm zu, und Dvora reichte ihm einen Becher mit dampfendem Kaffee.

»Zuerst das Essen, später das Kennenlernen«, sagte sie. »Wie soll ich dir die Eier servieren?«

»Auf einem Teller.«

»Intelligente Entscheidung. Ich werde dich mit guter, koscherer Küche bekanntmachen, falls du die noch nicht kennen solltest.«

Das junge Paar winkte und verließ den Raum, ohne vorgestellt worden zu sein. Jan machte sich klar, daß hier im Herzen des israelischen Geheimdienstes sicher nicht viele Namen genannt wurden. Dvora legte beide Portionen gleichzeitig vor und setzte sich ihm gegenüber. Sie aß nicht minder heißhungrig als er, während sie über unwichtige Dinge mit ihm plauderte. Sie waren gerade fertig, als das andere Mädchen in den Raum stürzte. Ihr Lächeln war verschwunden.

»Ben-Haim möchte Sie beide auf der Stelle sprechen. Es gibt Ärger, großen Ärger!«

Die düstere Stimmung füllte den ganzen Raum. Ben-Haim saß erschöpft auf seinem Platz, an dem sie ihn gestern nacht verlassen hatten; vielleicht hatte er seinen Stuhl gar nicht verlassen. Er saugte an einer längst erloschenen Pfeife und schien es gar nicht zu merken.

»Es sieht ganz so aus, als wollte uns Thurgood-Smythe unter Druck setzen. Ich hätte gleich wissen müssen, daß er uns nicht einfach um einen Gefallen bitten würde. Das ist eben nicht seine Art.«

»Was ist los?« fragte Dvora.

»Es hat Razzien gegeben. Überall auf der Welt, in allen Ländern. Die Berichte kommen laufend. Schutzhaft, heißt es. Wegen der Notlage. Unsere Leute, ausnahmslos. Geschäftsrepräsentanten, das Personal in den Handelsmissionen, sogar Geheimagenten, von denen wir dachten, daß ihre Tarnung noch in Ordnung wäre. Er hat sie alle verhaften lassen. Zweitausend, vielleicht mehr.«

»Druck« sagte Jan. »Er zieht die Daumenschrauben an. Haben Sie sich überlegt, was ihm noch einfallen mag?«

»Was kann er noch tun? Die paar tausend israelischen Bürger, die er in Gewahrsam genommen hat, sind die einzigen, die sich legal oder illegal außerhalb Israels und der umliegenden Länder aufhalten. Er hat sie alle im Sack.«

»Ich bin sicher, daß er etwas im Schilde führt. Ich weiß inzwischen, wie Thurgood-Smythe arbeitet – dies ist erst der erste Schritt.«

Kaum eine Stunde später stellte sich Jans Prophezeiung leider als zutreffend heraus. Die Fernsehprogramme auf allen hundertundzwölf Kanälen wurden mit der Ankündigung einer wichtigen Durchsage unterbrochen. Die Sendung würde auf allen Kanälen kommen, eine Ansage von Dr. Bal Ram Mahant, dem Präsidenten der Vereinten Nationen. Dabei handelte es sich um einen Ehrenposten, der sich im allgemeinen darin erschöpfte, UN-Sitzungen zu eröffnen und zu schließen. Doch von Zeit zu Zeit machte Dr. Mahant wichtige Entschlüsse bekannt, wie es auch in diesem Fall sein würde. Eine Militärkapelle spielte Marschmusik, während die Welt zuschaute – und wartete. Das Bild der Kapelle verblaßte, und Dr. Mahant erschien. Er nickte dem unsichtbaren Publikum zu und begann mit der vertrauten, schrillen Stimme zu sprechen.

»Bürger der Welt. Wir stehen mitten in einem schrecklichen Krieg, der uns von anarchistischen Elementen unter den getreuen Bürgern der Planeten des großen Erd-Commonwealth aufgezwungen wurde. Aber darüber wollte ich nicht zu Ihnen sprechen, nicht über den großen Kampf, den unsere Bürger-Soldaten führen und für die Freiheit der Menschheit gewinnen. Ich wollte Sie heute mit einer noch größeren Gefahr für unsere Sicherheit bekanntmachen. Gewisse Individuen in der UN-Enklave Israel haben zu ihrem eigenen Vorteil wichtige Nahrungsmittellieferungen zurückgehalten. Diese Leute nutzen schamlos den Krieg aus und verdienen Geld mit dem Hunger der anderen. Man muß ihnen klar machen, wie falsch sie gehandelt haben. Die Gerechtigkeit muß walten, ehe andere ihrem Beispiel zu folgen versuchen.«

Dr. Mahant seufzte; die Verantwortung für die ganze Welt lastete auf seinen Schultern. Aber er fand sich mit dem Gewicht ab und fuhr fort:

»Während diese Worte gesendet werden, dringen unsere Soldaten bereits in Ägypten, Jordanien, Syrien und allen anderen wichtigen landwirtschaftlichen Ländern jener Gegend ein. Keiner von Ihnen wird Hunger leiden, das verspreche ich Ihnen. Die Nahrungsmittellieferungen werden trotz der Einwirkung einer raffgierigen egoistischen Minderheit weitergehen. Der Aufstand wird niedergeschlagen, und wir werden gemeinsam zum Sieg marschieren.«

Das Bild des Präsidenten verblaßte, begeisterter Applaus vom Tonband brandete auf, und die blau-weiße Flagge der Erde erschien und flatterte im Wind. Flott spielte die Kapelle. Ben-Haim schaltete das Gerät aus.

»Ich verstehe das nicht«, sagte Jan.

»Ich verstehe es dafür um so besser«, erwiderte Ben-Haim. »Sie vergessen, daß die übrige Welt nicht weiß, daß es unsere Nation überhaupt gibt. Sie wird nichts dagegen haben, daß die Länder besetzt werden, um ihre Versorgung zu sichern. Es handelt sich um Ländereien, in denen vorwiegend einfache Bauern wohnen, die ihre Ernten durch die Genossenschaften ausliefern lassen. Wir aber sind die Leute, die den Bauern beigebracht haben, wie sie die Wüste bewässern und düngen müssen, damit diese Ernten überhaupt wachsen können, und auf uns geht auch die Errichtung der Genossenschaften zurück. Außerdem hat unser Land sämtliche Lieferungen ins Ausland organisiert – mit unserer Lufttransportflotte. Bis jetzt. Verstehen Sie, was er uns antut? Wir werden verdrängt! Wir werden in unsere Grenzen verwiesen. Sicher folgen noch weitere Drangsalierungen. Hinter allem steht Thurgood-Smythe. Niemand sonst interessiert sich für das Schicksal dieses Winkels der Welt, nicht in solch hektischen Zeiten. Und Sie sehen, wie gut er seine Geschichte kennt! Mit welcher Umsicht läßt er die spöttischen Bemerkungen des zwanzigsten Jahrhunderts zurückkehren, die antisemitischen Äußerungen, die auf jeden Fall ins mittelalterliche Europa zurückreichen müssen. Gewinnsucht, Raffgier, Eindringlinge, reich werden, während andere hungern. Seine Botschaft ist klar.«

Jan nickte. »Er will uns die Entscheidung aufzwingen. Wenn Sie seinem Befehl nicht nachkommen, wird das Land darunter leiden müssen.«

»Wir leiden, egal was wir tun. Wir verlieren – wir können nur verlieren. Solange die großen Weltmächte uns nicht beachteten, konnten wir überleben. Unser winziges Gleichgewicht des Schrekkens, unsere wenigen Atombomben gegen die Myriaden von Atomwaffen der Gegenseite – dies lohnte ein Nachdenken bei den anderen nicht. Solange wir im Nahen Osten Frieden hielten und uns bescheiden auf dieses Gebiet beschränkten – und dafür sorgten, daß die Lieferungen an frischen Orangen und Avocados im Winter nicht abrissen, brauchte man sich um uns keine Sorgen zu machen. Thurgood-Smythe aber zieht die Daumenschrauben an, und der Krieg liefert ihm dazu den willkommenen Vorwand. Die Truppen werden langsam vorrücken, bis zu unseren Grenzen. Wir können sie nicht aufhalten. Sie werden alle unsere außenliegenden Raketenstellungen besetzen. Wenn das geschehen ist, können sie die Bomben werfen oder die Panzer schicken. Es macht keinen Unterschied. Was wir auch tun, wir werden auf der Verliererseite stehen.«

»Und Thurgood-Smythe wird es tun«, sagte Jan zornig. »Nicht um sich zu rächen, weil Sie ihm möglicherweise nicht helfen – damit würde er ja Gefühle zeigen, und an einen Menschen mit Gefühl kann man immer appellieren, man kann ihn bitten sich alles noch einmal zu überlegen. Thurgood-Smythe jedoch wird gelassen weitermachen, selbst wenn alle seine Pläne fehlschlagen. Und das sollten Sie klar erkennen.«

»Sie kennen ihn sehr gut«, sagte Ben-Haim und musterte Jan eingehend. »Ein Zahnrädchen greift ins andere. Ich verstehe jetzt, warum er Sie als seinen Botschafter geschickt hat. Im Grunde war nicht erforderlich, daß Sie die Nachricht persönlich überbrachten. Doch er wollte, daß wir seine Entschlossenheit erkennen, daß wir genau wissen, was für eine Art Mensch er ist. Sie sind also des Teufels Advokat, Gott steh Ihnen bei – ob es Ihnen gefällt oder nicht. Und wieder gilt unsere Aufmerksamkeit dem Vater der Lügen. Wir dürfen auf keinen Fall die Rabbis mit dieser Theorie konfrontieren, sonst versuchen sie uns das noch allen Ernstes einzureden.«

»Was sollen wir tun?« fragte Dvora mit tonloser Stimme.

»Die Knesset muß davon überzeugt werden, daß unsere einzige Chance in der Erfüllung des Plans liegt, den Thurgood-Smythe vorgeschlagen hat. Ich lasse die Radionachricht aussenden, zum Zeichen, daß wir mitmachen – ob die Knesset dann schon positiv entschieden hat oder nicht, ist mir egal. Sie wird sich letztlich dafür aussprechen müssen. Die Abgeordneten haben keine Alternative. Und dann muß es eine zweite Diaspora geben.«

»Warum? Was meinen Sie damit?«

»Zur Diaspora kam es, als die Juden vor vielen tausend Jahren aus dem Land Israel vertrieben wurden. Diesmal werden wir freiwillig gehen. Wenn der Angriff auf den Mojave-Stützpunkt fehlschlägt, wird es sofort zum Schlag gegen uns kommen – zum Atomschlag. Unser winziges Land wird sich in einen radioaktiven Krater verwandeln. Deshalb müssen wir versuchen, die Zahl der Toten möglichst gering zu halten. Natürlich müssen Freiwillige zurückbleiben, um die Grundfunktionen aufrechtzuerhalten und unseren Rückzug zu tarnen. Alle anderen aber werden unauffällig verschwinden; sie werden in den umliegenden arabischen Ländern untertauchen, in denen wir gute Freunde haben. Wenn der Überfall Erfolg hat, können sie hoffentlich wieder nach Hause zurückkehren. Wenn nicht – nun, dann würden wir nicht zum erstenmal unsere Religion und Kultur in fremde Länder tragen. Wir würden es überleben.«

Dvora nickte grimmig, und Jan machte sich zum erstenmal klar, welche Kraft diese Menschen durch die Jahrtausende hindurch gegen jede Verfolgung stark gemacht hatte. Er wußte, daß die Zukunft auch diesem Volk gehörte, so wie es in der Vergangenheit dabeigewesen war.

Ben-Haim schüttelte sich wie jemand, der von einem kühlen Windhauch getroffen wird. Er nahm die kalte Pfeife aus dem Mund und betrachtete sie, als wäre ihm jetzt erst bewußt geworden, daß er sie zwischen den Zähnen gehabt hatte. Vorsichtig legte er sie auf den Tisch, stand auf und verließ langsam den Raum. Dabei ging er zum erstenmal wie ein alter Mann. Dvora blickte ihm nach. Dann drehte sie sich zu Jan herum und drückte ihn an sich, das Gesicht gegen seine Brust gepreßt, als finde sie dort Schutz vor der düsteren Zukunft, die mit Riesenschritten auf sie zueilte.

»Ich möchte wissen, wie alles enden soll«, sagte sie leise.

»Mit einem Frieden für die ganze Menschheit. Du hast das selbst gesagt. Der Krieg, der einen Schlußstrich unter alle Kriege zieht. Ich war an diesem Kampf von Anfang an beteiligt. Jetzt sieht es so aus, als ob euer Volk ebenfalls darin verwickelt würde, ob es ihm gefällt oder nicht. Ich wünsche nur, ich wüßte, was Thurgood-Smythe in Wirklichkeit denkt. Ob er uns mit seinem Plan vernichten – oder einen dauerhaften Frieden herbeiführen will. Ich wünschte, ich wüßte es.«

Es war später Nachmittag und beinahe schon wieder dunkel, als der Hubschrauber eintraf. Dröhnend sank die Maschine aus dem Himmel herab. Jan und Dvora waren im Garten, als Ben-Haim Jan zu sich rufen ließ.

»Sehen Sie sich das an«, sagte Ben-Haim und deutete auf den versiegelten Koffer vor seinem Schreibtisch. »Eine Sonderlieferung für Sie von den Vereinten Nationen in Tel Aviv. Die Leute brachten den Koffer in unser angeblich geheimes Büro nebenan, die Stelle, die den Funkverkehr überwacht. Die Art und Weise der Lieferung identifiziert den Absender. Eine Botschaft an mich, die besagt, daß die Gegenseite mehr über unsere Arbeit weiß, als wir annehmen. Und an Sie – Sie müssen aufmachen und nachschauen.«

»Hat das noch niemand getan?«

»Versiegelt. Verschlossen mit einem Kombinationsschloß. Können wir davon ausgehen, daß wir die richtige Zahl kennen? Diesmal brauchen wir auch Dvora nicht in den Garten zu schicken. Unser Freund hat größere Ziele, als einen alten Mann in die Luft zu sprengen. Darf ich?«

Ohne die Antwort abzuwarten, beugte sich Ben-Haim vor und drückte in schneller Folge die Tasten. Klickend öffnete sich das Schloß. Jan nahm den Koffer hoch und stellte ihn auf den Tisch. Der Deckel ging auf.

Im Koffer lag eine schwarze Uniform, komplett mit schwarzen Stiefeln und einer passenden Stoffmütze mit einem Sternschnuppen-Emblem daran. Oben auf der Kleidung lag ein durchsichtiger Plastikumschlag mit einer Ausweiskarte auf den Namen John Halliday und einem dicken technischen Handbuch, in dessen Umschlag eine Computerdiskette geschoben war. Ein Zettel war in das Buch gesteckt und ragte mit einer Ecke heraus. Jans Name stand darauf. Er zog das Papier heraus und las den Text laut vor.

»John Halliday ist ein UNO-Techniker, der im Kairoer Kommunikationszentrum arbeitet. Gleichzeitig gehört er zur Reserve der Raumstreitkräfte, wo er als Kommunikationstechniker arbeitet. Du wirst dir sein Wissen sehr schnell aneignen können, Jan, dabei soll dir das Handbuch helfen. Du hast zwei ganze Tage Zeit, dich mit der Arbeit vertraut zu machen und nach Kairo zu reisen. Deine Freunde in Israel werden dafür sorgen können, daß man dich unterwegs nicht aufspürt. Wenn du in der Stadt eingetroffen bist, solltest du diese Uniform tragen und sofort den Flughafen aufsuchen. Deine Befehle erwarten dich am Tresen der Sicherheitspolizei. Ich wünsche dir viel Glück. Alles hängt von dir ab.« Jan hob den Kopf. »Mehr steht da nicht. Keine Unterschrift.«

Sie war auch nicht erforderlich. Sie alle wußten, daß Thurgood-Smythes Pläne wieder einen Schritt vorangekommen waren.

14

»Ihre Zeit ist schon ziemlich knapp, Soldat«, sagte der Sicherheitsbeamte und musterte Jan kühl von oben bis unten, als versuche er bei ihm einen offenen Knopf oder eine andere Unzulänglichkeit festzustellen. Aber er fand nichts.

»Ich bin sofort gekommen, als ich die Einberufung erhielt«, sagte Jan.

»Nur weil Sie hier drüben ein Luxusleben genießen dürfen, heißt das noch lange nicht, daß Sie Ihrer Pflichten ledig sind.«

Während die rituelle Abkanzelei weiterging, ließ der Sicherheitsbeamte die Ausweiskarte in seinen Terminal gleiten und nickte Jan zu, der die Fingerspitzen der rechten Hand auf die Identifikationsplatte drückte. Beinahe so präzise wie der Netzhautabdruck und bei normaler Erkennung einfacher anzuwenden. Der Ausweis wurde wieder ausgeworfen und Jan zurückgereicht. Seine Identität war akzeptiert. Thurgood-Smythe mußte auf höchster Ebene Zugang zu den Personenregistern haben – ohne daß seine Eingriffe überwacht werden konnten.

»Also, Sir, sieht so aus, als bekämen Sie einen erstklassigen Transport verpaßt.« Abrupt änderte sich das Verhalten des Beamten, und Jan wußte, daß sein neuer Status weitaus höher war, als der Mann erwartet hatte. »Ein Militärjet ist bereits unterwegs, um Sie abzuholen. Wenn Sie in der Bar warten möchten, lasse ich Sie bei Ankunft der Maschine ausrufen. Sind Sie damit einverstanden? Ich kümmere mich um Ihr Gepäck.«

Jan nickte und nahm Kurs auf die Bar; ihn freute sein hoher Rang weniger als den Sicherheitsbeamten. Er war allein, er mußte ganz allein handeln. Es ist eine Sache, eine solche Situation theoretisch zu sehen, aber eine andere, ihr tatsächlich ausgeliefert zu sein. Ständig ragte hinter ihm die schattenhafte Silhouette Thurgood-Smythes auf, aber das steigerte seine Unsicherheit nur noch mehr. Er war ein Bauer auf einem Schachbrett, und Thurgood-Smythe bewegte sämtliche Figuren. Nicht zum erstenmal fragte er sich, was der Mann im Schilde führen mochte.

Das Bier war geschmacklos, aber kalt, und er beschränkte sich auf eine Flasche. Dies war nicht der passende Tag für einen schweren Schädel. Er war mit dem ägyptischen Barkeeper allein, der stummfeierlich ein Glas nach dem anderen polierte. Offenbar gab es auf dem Kairoer Flughafen nur wenig Verkehr. Auch war keine Spur von den Besatzungstruppen zu sehen, die in Präsident Mahants Rede eine so große Rolle gespielt hatten. War das Ganze nur eine List gewesen? Auf diese Frage konnte er keine Antwort geben. Seine derzeitige Position war aber durchaus real, und er freute sich nicht gerade auf die bevorstehenden Begegnungen. Die Ereignisse rasten an ihm vorbei, überholten ihn sogar, so daß er immer größere Mühe hatte, mit dem gesteigerten Tempo Schritt zu halten. Die langweiligen Jahre auf Halvmörk kamen ihm im Gegensatz dazu beinahe attraktiv vor. Wenn er zurückkehrte – falls er zurückkehrte –, würde er ein ruhiges, befriedigendes Leben führen. Er würde dort oben eine Familie haben, seine Frau, ein Kind, das bereits unterwegs war, weitere Kinder. Die Zukunft des Planeten stand im Vordergrund seiner Sorgen. Alzbeta dagegen war ihm in letzter Zeit kaum noch in den Sinn gekommen; seine Zeit war zu knapp. Jetzt sah er sie vor seinem inneren Auge, lächelnd, die Arme nach ihm ausstreckend. Doch es fiel ihm schwer, das Bild festzuhalten, es schmolz dahin und wich dem stärkeren Bild Dvoras, die nackt neben ihm lag, deren Moschusduft ihm in die Nase stieg ...

Verdammt! Er leerte sein Glas und ließ sich doch eine zweite Flasche kommen. Das Leben war kompliziert. Obwohl es seit seiner Rückkehr auf die Erde auch gefährlich gewesen war, hatte es auch ... was? ... angenehme Momente gegeben? Freude? Nein, so konnte er es nicht nennen. Interessant war es gewesen, und verdammt aufregend, sobald ihm klar wurde, daß er zumindest noch eine Gnadenfrist hatte. Er durfte nicht über die Zukunft nachgrübeln, nicht bevor er genau wußte, daß er eine haben würde. Abwarten, etwas anderes konnte er nicht tun.

»Techniker Halliday!« tönte es aus dem Lautsprecher. »Techniker Halliday zu Tor 3.«

Jan vernahm die Botschaft zweimal, ehe ihm bewußt wurde, daß sie für ihn bestimmt war. Sein neuer Name. Er stellte das Glas fort und machte sich auf den Weg zu Tor 3. Dort erwartete ihn der Sicherheitsbeamte, der ihn vorher schon abgefertigt hatte.

»Wenn Sie bitte mitkommen, Sir. Die Maschine ist aufgetankt und startbereit. Ihr Gepäck befindet sich bereits an Bord.«

Jan nickte und folgte dem Mann in die Hitze des Tages hinaus. Die grellen Sonnenstrahlen wurden von dem weißen Beton zurückgeworfen. Sie erreichten einen zweisitzigen Überschalljäger, der den weißen Stern der US-Air Force trug. Ja, er sollte wirklich stilvoll reisen. Die Mechaniker hielten Jan die Treppe fest, während er an Bord stieg. Einer folgte ihm hinauf, um das Luk zu schließen und zu verriegeln. Der Pilot drehte sich um und schwenkte grüßend die Hand über die Schulter.

»Da hat es wirklich jemand eilig, Sie hier herauszuholen. Mußte sogar ein Pokerspiel unterbrechen, konnte nicht mal ausspielen. Schnallen Sie sich an!«

Die Düsen dröhnten und vibrierten unter den Männern, und sie waren in der Luft, kaum daß sie auf die Startbahn eingebogen waren.

»Wohin fliegen wir?« fragte Jan, sobald das Fahrgestell eingezogen war und sie sich im Steigflug auf die Reisehöhe befanden. »Nach Mojave?«

»Leider nein. Ich wünschte, es ginge dorthin. Ich bin jetzt schon so lange auf einem Wüstenstützpunkt stationiert, daß ich schon Höcker kriege wie ein Kamel. Dabei möchte ich durchaus mal wieder den Rücken krumm machen, so richtig, Sie wissen schon – und das gäb's nur in Mojave. Nein, wir haben direkten Kurs auf Baikonur, sobald ich oberhalb der zivilen Flugrouten bin. Die Russkies können niemanden leiden, nicht mal sich selbst. Die schließen einen in ein kleines Zimmer ein, überall Wächter mit Kanonen. Achttausend Formulare muß man unterschreiben, ehe man den Treibstoff kriegt. Und Flöhe holt man sich von den Möbeln, ich schwör's Ihnen! Ich kannte mal einen alten Knaben, der da Station machte und Flöhe mitbrachte. Er sagte, die springen weiter als Texasflöhe, und die schaffen glatt vierzehn Fuß …«

Es machte keine Mühe, das Gerede des Piloten auszublenden. Anscheinend funktionierte dessen Stimme auf einem anderen

Kanal als der Verstand, denn er steuerte die Maschine mit großer Präzision und ließ keine Instrumenten- und Navigations-Prüfung außer acht. Ohne dabei einen Augenblick lang den Mund zu halten.

Baikonur. Irgendwo in Südrußland, mehr wußte Jan nicht. Kein wichtiger Stützpunkt, zu klein für Schiffe, die mehr als Kreisbahntransporte bewältigen mußten. Wahrscheinlich gab's die Anlage nur, um zu beweisen, daß die Sowjets zum Klub der großen Nationen gehörten. Zweifellos sollte er von dort ins All geschafft werden. Ohne zu wissen, wo sein endgültiges Ziel liegen würde.

Der Krieg hatte den traditionellen russischen Verfolgungswahn noch verstärkt, und der Tower von Baikonur war in ständigem Funkkontakt mit dem Piloten, nachdem das Schwarze Meer erreicht war.

»Dies ist eine Warnung der Sicherheitsbehörden, Air Force vier drei neun, und Sie müssen sich genau danach richten. Jede Abweichung löst automatisch den Abschuß aus. Haben Sie mich verstanden?«

»Ob ich Sie verstanden habe? Um Himmels willen, Baikonur, ich habe Ihnen das schon verdammte siebzehnmal gesagt! Mein Autopilot ist auf Ihre Frequenz eingestellt, ich liege genau auf der vorgegebenen Höhe von zwanzigtausend, ich bin nur Passagier in dieser Kiste, also holen Sie sie runter und reden mit Ihren Maschinen, wenn Sie weitere Befehle geben wollen!«

Ungerührt setzte die tiefe Stimme ihre beharrliche Litanei fort.

»Keine Abweichung ist statthaft. Verstehen Sie mich, Air Force vier drei neun?«

»Ich verstehe Sie, ich verstehe Sie!« sagte der Pilot ergeben, niedergekämpft von diesem slavischen Starrsinn.

Es war acht Uhr, als sie die Sowjetküste überflogen und den Anflug auf den Weltraumbahnhof begannen. Lichter von Dörfern und Städten rasten unter ihnen dahin, während Baikonur wegen der Weltraumkämpfe total verdunkelt war. Es war ein beunruhigender Anblick, wie die Maschine immer tiefer ging, komplett vom Flughafen gesteuert. Es ist zwar gut und schön zu wissen, daß Radar und elektronische Wellen kein Licht brauchen und bei völliger Dunkelheit so gut funktionieren wie bei Tage – aber dann zu erleben, wie sich die Landeklappen in Position schoben und das Fahrgestell ausgefahren wurde, während ringsum Dunkelheit herrschte, war doch etwas ganz anderes. Sämtliche Vorgänge wurden vom Bodencomputer gesteuert – von einem Boden aus, der in der allesumfassenden Finsternis nicht auszumachen war. Die Landescheinwerfer der Maschine blieben aus, wie auch die Befeuerung der Landebahn. Jan hielt unwillkürlich den Atem an, als der Antrieb zurückgenommen wurde und sie rasch an Höhe verloren. Und perfekt auf der noch immer unsichtbaren Rollbahn herunterkamen. Erst als sie am Ende der Strecke zum Stillstand gekommen waren, wurde dem Piloten die Kontrolle zurückgegeben.

»Komme mir vor wie ein gottverdammter Passagier!« brummte der Mann vor sich hin und setzte entschlossen die Infrarotbrille auf. Endlich kam der FOLLOW-ME-Wagen, und sie rollten in einen abgedunkelten Hangar, dessen Beleuchtung erst eingeschaltet wurde, als die Türen geschlossen waren. Jan blinzelte im grellen Schein und löste seine Gurte. Ein Mann in derselben schwarzen Uniform, wie er sie trug, erwartete ihn unten am Ausstieg.

»Techniker Halliday?«

»Jawohl, Sir.«

»Holen Sie ihr Gepäck und kommen Sie! Wir haben ein Versorgungs-Shuttle auf der Startrampe, und in etwa zwanzig Minuten tut sich ein Fenster auf. Wenn wir uns beeilen, schaffen wir es. Gehen wir!«

Ab hier war Jan nur noch Passagier. Die chemisch betriebene Rakete stieg in eine tiefe Kreisbahn, die knapp außerhalb der Erdatmosphäre verlief. Ein Raum-Schlepper mit Fusionsantrieb machte an der Maschine fest, und die Passagiere, ausschließlich Militärs, stiegen um. Jeder einzelne schien mit der Nullschwerkraft vertraut zu sein. Jan war dankbar, daß auch er Weltraumerfahrung besaß, sonst hätte ihn seine Ungeschicklichkeit sofort verraten. Sobald sie in den Sitzen festgeschnallt waren, mußten sie noch warten, bis die Fracht ebenfalls umgeladen war; in dieser Zeit erlebten sie das zweifelhafte Vergnügen eines russischen Fertiggerichts. Es schmeckte seifig und auch ein wenig nach Fisch. Später las Jan die Instruktionen über die Weltraumtoilette, ehe er sie benutzte. Über dieses Gerät gab es so viele Katastrophengeschichten wie über das Gegenstück dieser Toilette in irdischen U-Booten.

Die Spannung wurde bald von Langeweile abgelöst, da es kaum etwas anderes zu tun gab, als sich Aufzeichnungen anzusehen oder zu schlafen. Die Raumkolonie Lagrange 5 befand sich derzeit leider fast auf größter Distanz zur Erde, nahezu 200 000 Meilen, und der Flug dauerte seine Zeit. Jan tat, als ob er schliefe, und hörte dabei schamlos die Gespräche der anderen Reisenden mit. Die Kolonie galt als Basis für die Raumstreitmacht und als Hauptquartier der irdischen Verteidigungsflotte. Die meisten Gespräche schienen aus einer Mischung von Gerüchten und Klatsch zu bestehen, und er merkte sich die besten Brocken, die ihm dabei helfen konnten, seine Tarnung zu vertiefen.

Im Gespräch mit den anderen stellte er bald fest, daß die meisten Reservisten waren, die noch nie in der regulären Raumstreitmacht gedient hatten. Dies war ermutigend, denn mit diesem Umstand ließ sich so mancher Fehler oder Irrtum erklären, der ihm unterlaufen mochte. Wie es sich herausstellte, waren solche vorsorglichen Maßnahmen überflüssig; Thurgood-Smythe hatte seine Zukunft genau vorausgeplant. Als sie schließlich an Lagrange 5 anlegten und ausstiegen, bekam Jan keine Gelegenheit, das Innere der Fabrik-Kolonie zu sehen. Ein Bote erwartete ihn im Vorraum zur Raumschleuse.

»Techniker Halliday!« rief er, als die Männer an ihm vorbeischwebten. »Wer von Ihnen ist Tech Halliday?«

Jan zögerte nur einen Augenblick lang, ehe er sich in die Richtung des Mannes abstieß. Noch konnte man seine Tarnung nicht durchschaut haben; diese Entwicklung mußte zu Thurgood-Smythes kompliziertem Plan gehören. Und das stimmte auch.

»Legen Sie den Raumanzug an und lassen Sie Ihre Sachen hier. Sie werden schon nicht verschwinden. Wir haben ein Kundschafterboot vor dem Start, und an Bord fehlt uns ein Techniker. Sie sind der Glückspilz.« Er warf einen Blick auf den Computerausdruck in seiner Hand. »Kommandant ist Captain Lastrup. Schiff ist die Ida Peter zwei fünf sechs. Gehen wir!«

Sie benutzten einen Jaxter, ein offenes Metallgestell, an dem sechs Sitze befestigt waren. Die übrige Ausstattung bestand aus vier Düsen und einem Steuerpedal. Der Pilot kannte sich mit dem kleinen Fahrzeug aus und manövrierte es geübt aus der Luftschleuse; er warf es dabei einmal ganz herum, so daß es den neuen Kurs eingenommen hatte, noch bevor die Wendung voll ausgeflogen war.

Die Erdflotte bot einen eindrucksvollen Anblick. Um die zwei Kilometer lange Kolonie gruppierten sich Dutzende von Tiefraumern verschiedener Größe – von riesigen Massenfrachtern, bis hinab zu Jaxtern von der Art, die sie im Augenblick benutzten, mit einem vollen Spektrum an Größe, Formen und Funktionen dazwischen. Im Bogen flogen sie über die Flotte hinweg auf die schimmernde Nadel eines Kundschafterschiffs zu. Die Mannschaftsquartiere im Bug waren winzig im Vergleich zu den Triebwerken und den Hilfstanks am Heck. Das Schiff war überladen mit Antennen und Ortungsgeräten aller Art. Im Weltall außerhalb des Netzes der Frühwarnstationen bildeten solche Schiffe die Augen und Ohren der Flotte. Der Jaxter schwebte darauf zu, verlangsamte die Fahrt und stoppte unter heftigem Aufflammen der Bugdüsen. Vorn am Schiff waren die riesigen Identifikationslettern aufgemalt, dicht über der offenen Tür der Raumschleuse – IP-256. Jan löste den Sicherheitsgurt, schwebte aus dem Sitz und stieß sich in Richtung Schiff ab. Sanft schwebte er in die Schleuse, hielt sich an einem Griff fest und winkte dem Jaxterpiloten zu, während er gleichzeitig den Zyklusschalter drückte. Langsam grollte das Außenluk zu.

Als der Druck in der Schleuse dem Innendruck entsprach, öffnete sich das Innenluk automatisch. Jan löste den Helm und schwebte hinein. Der kreisförmige Schiffskörper, der offenbar die Unterkünfte enthielt, maß nicht mehr als drei Meter im Durchmesser und war auch nicht viel länger. Etwa neun Kubikmeter Lebensraum für zwei Männer, schätzte Jan. Wunderbar! Man sparte wirklich an nichts, um es den Jungs im Weltall bequem zu machen.

In einer runden Öffnung am Bug-Ende des Raums erschien ein Männerkopf – so wie Jan stand, kam er von oben. Ein rotes Gesicht mit leicht hervortretenden Augen.

»Sie bringen nicht gerade viel zustande, Tech, wenn Sie einfach so

herumschweben und sich die Gegend ansehen.« Zweifellos handelte es sich um Captain Lastrup. Mit jedem heftig hervorgestoßenen Wort sprühte Speichel in Jans Richtung. »Ziehen Sie endlich den Anzug aus und kommen Sie her, aber schleunigst!«

»Jawohl, Sir«, sagte Jan und gehorchte.

Schon nach zwei Stunden, als sie sich von den Verankerungen gelöst hatten und losgeflogen waren, begann Jan den Kapitän unangenehm zu finden. Als er sich endlich zurückziehen durfte, gut zwanzig Stunden nach seinem Eintreffen, verabscheute er den Mann. Es war schmerzhaft, nach kaum drei Stunden Schlaf wieder geweckt und in den Kontrollraum gerufen zu werden.

»Ich mache jetzt ein bißchen die Augen zu, Tech Halliday, und das bedeutet, daß Sie Wache haben. Fassen Sie nichts an, denn Sie sind nichts anderes als ein ahnungsloser Reservistenamateur. Die Maschinen erledigen all das, wozu Sie nicht fähig sind. Wenn irgendwo ein kleines rotes Licht aufflackert oder ein Alarmsummen ertönt, wecken Sie mich sofort! Begriffen?«

»Jawohl, Sir. Aber ich kann die Anlagen überwachen, denn ich verstehe mich ...«

»Habe ich Sie nach Ihrer Meinung gefragt? Habe ich Ihnen erlaubt zu sprechen? Was Sie zu sagen haben, schert mich einen Dreck, Mister. Verstanden? Und wenn Sie jetzt etwas anderes sagen als Jawohlsir, sehe ich das als Ungehorsam an, und Sie haben ein hübsches Verfahren am Hals. Na, was sagen Sie?«

Jan war erschöpft und regte sich mit jeder Sekunde mehr auf. Er sagte nichts und freute sich an dem roten Schimmer, der sich allmählich auf dem Gesicht des Offiziers ausbreitete.

»Ich befehle Ihnen zu sprechen!«

Langsam zählte Jan bis fünf, dann sagte er: »Jawohl, Sir.«

Es war eine bescheidene Rache für die Schmähungen, denen er ausgesetzt war. Doch für den Augenblick genügte es. Jan nahm eine Wachpille und versuchte sich nicht die schmerzenden Augen zu reiben. Der Kontrollraum wurde nur durch ein schwaches rotes Glühen erleuchtet. Sterne füllten das Sichtfenster vor ihm; flakkernde optische Darstellungen der Ortungsgeräte überwachten das All in allen Richtungen. Sie passierten nun das äußere Netz, und bald würden ihre Berichte in diesem Sektor des Raums die einzigen Warnungen darstellen. Obwohl Jan von Thurgood-Smythe keine Anweisungen erhalten hatte, wußte er genau, was er in dieser Lage tun mußte.

Sie entfernten sich mit voller Beschleunigung von der Erde und hielten ins All hinaus, der angreifenden Flotte entgegen. Die in Umlauf befindlichen Funkteleskope hatten hier draußen Objekte aufgespürt, an der Grenze ihrer Reichweite. Die IP-256 sollte nun diese Erscheinungen auskundschaften, die nur die Rebellenflotte sein konnten. Jan würde seinen Zorn bezwingen und Captain Lastrup nicht noch mehr aufregen. Er bedauerte es bereits, daß er die Beherrschung verloren und sich ungebührlich geäußert hatte, nur um die Sache noch zu verschlimmern, indem er sich unverschämt benahm. Sobald der Kapitän den Dienst wieder antrat, würde er sich bei ihm entschuldigen. Danach wollte sich Jan größte Mühe geben, ein guter Raumfahrer zu sein und genau das machen, was man ihm auftrug. Er war gewillt, sich dabei sehr zusammenzunehmen. Er wollte diesen Vorsatz durchhalten, bis sie die Angreifer ermittelt und sich Klarheit verschafft hatten über Identifizierung und Position.

Und dann gedachte Jan ein Stück elektrische Leitung zu nehmen, das er bereits auf einen Meter zurechtgeschnitten hatte. Damit wollte er sich das befriedigende Vergnügen gönnen, den verdammten Schweinehund zu erwürgen.

15

»Da hätten wir sie, sehen Sie sich doch an, wie groß die Flotte ist – wandert alles in die Aufzeichnung, Tech? Wenn nicht, dann werde ich ...«

»Läuft alles bestens, Sir«, sagte Jan. »In den Diskettenspeicher und zur Sicherheit auch noch auf einen Molekularspeicher. Ich habe beide abgespielt, und die Aufzeichnung ist einwandfrei.«

»Das möchte ich Ihnen auch raten, daß die Aufnahmen gut werden, ist nur in Ihrem Interesse!« knurrte Captain Lastrup vor sich hin. »Ich lege jetzt den Kurs für den Rückflug fest. Sobald die Hauptantenne auf die Erde gerichtet ist, geben Sie die Werte mit Höchstleistung raus. Begriffen?«

»Absolut, Sir. Dies ist der Augenblick, auf den ich gewartet habe.«

Echte Freude lag in Jans Stimme. Während des Sprechens wickelte er sorgfältig die Enden des dicken Drahtes um die Hände. Etwa siebzig Zentimeter blieben; das müßte genügen. Ohne den Draht loszulassen, öffnete er den Gurt an seinem Sitz und ließ sich zum Piloten treiben, wobei er sich in der Luft elegant herumdrehte, um mit dem Kopf voran anzukommen, die Arme vor sich ausgestreckt.

Lastrup gewann aus dem Augenwinkel einen Eindruck von der herbeischwebenden Gestalt. Er drehte sich um und hatte eben noch Zeit, einen Blick entsetzten Erstaunens auf Jan zu werfen, ehe sich der ausgestreckte Draht unter seinem Kinn spannte und durch eine Überkreuzbewegung von Jans Armen um seinen Hals geführt wurde.

Jan hatte sich diese Aktion gründlich überlegt und jeden einzelnen Schritt sorgfältig geplant. Er übte gleichmäßigen Druck aus, den er nicht ruckartig steigerte, womit er dem Mann die Kehle durchgeschnitten hätte. Er wollte ihn nicht töten, sondern nur ausschalten. Es war ein stummer Kampf, der nur von Jans schweren Atemzügen begleitet war. Der Kapitän atmete natürlich nicht mehr. Er wehrte sich ein wenig, konnte aber nichts ausrichten. Seine Augen schlossen sich, und er erschlaffte sehr schnell. Jan lockerte den Draht, bereit, ihn sofort wieder zuzuziehen, sollte der Mann ihn täuschen wollen. Aber er war bewußtlos und atmete heiser, doch regelmäßig und schien einen kräftigen Pulsschlag zu haben. Ausgezeichnet. Jan benutzte den Draht, um dem Offizier die Hände hinter dem Rücken zu fesseln, und legte ihm ein anderes Stück um die Fußgelenke. An den Händen war noch soviel Draht übrig, daß Jan den Bewußtlosen an der hinteren Kabinenwand festbinden konnte, wo er keinen Schaden mehr anrichten würde.

Der erste Schritt war getan. Jan verschwendete keinen Augenblick damit, die Kontrollen des Schiffs zu überprüfen. Während seiner einsamen Wache hatte er sie gründlich studiert und sehr schnell herausbekommen, daß er keine Chance hatte, ein Tiefraumpilot zu werden, indem er sich auf seine Erinnerungen an das Bedienungshandbuch verließ. Die Texte darin gingen von einem zu umfangreichen Grundwissen aus. Deshalb verließ er sich mehr auf die einfache und uralte Feststellung Newtons, daß jedes in Bewegung befindliche Objekt dazu neigt, diese Bewegung beizubehalten, in gerader Linie und mit gleichbleibender Geschwindigkeit. Dieses Objekt war jetzt die IP-256, und die gerade Linie wies ziemlich genau auf die näherkommenden Rebellenschiffe. Entscheidend für seinen plötzlichen Wechsel in die Bewußtlosigkeit war der Entschluß des Piloten gewesen, den Kurs für den Rückflug einzugeben. Der gewünschte Kurswechsel war berechnet und zur Eingabe bereit. Was das Letzte war, das Jan tun wollte. Nachdem der Pilot gesichert und aus dem Weg geräumt war, wandte er sich nun seinen Kontrolltafeln zu.

Es wäre zuviel gewesen, hätte er damit gerechnet, daß die beiden Kurse zusammentreffen und sein Schiff die Angreifer auf direktem Wege finden würde. Aber diese Frage war nebensächlich, wenn es Jan gelang, den Kontakt mit den Rebellen aufzunehmen. Er gab die Energie ein und richtete die größte Tellerantenne auf die Flotte. Eine genaue Ausrichtung war nicht erforderlich, da selbst das engste Richtsignal, das er abstrahlen konnte, breiter sein würde als die gesamte Flotte, wenn es die Entfernung schließlich überwunden hatte. Jan schaltete auf Höchstleistung, stöpselte ein Aufzeichnungsgerät davor und zog sich das tropfenförmige Mikrofon vor den Mund.

»Hier ist Jan Kulozik. Ich rufe von Erde-Kundschafterschiff IP-256, auf Annäherungskurs zu Ihrer derzeitigen Position. Dieses Signal ist ein Richtsignal, das nur für Sie bestimmt ist. Machen Sie bitte keinen, ich wiederhole, keinen Versuch, mir jetzt schon zu antworten. Bitte zeichnen Sie auf. Es folgt eine Nachricht.

Ich war Bewohner Halvmörks und verließ diesen Planeten an Bord eines Getreideschiffes, das von einem gewissen Debhu kommandiert wurde. Wir wurden durch drei Erdschiffe in der Umlaufbahn überrumpelt und gefangengenommen. Später wurden sämtliche Gefangenen getötet; ich bin der einzige Überlebende. Die Einzelheiten schildere ich Ihnen später, aber ich wollte Sie wissen lassen, wer ich bin. Bitte schießen Sie nicht auf dieses Schiff, wenn Sie in Reichweite kommen. Es handelt sich um einen Zwei-Mann-Kundschafter, und ich habe den Kommandanten gefangengenommen. Ich weiß nicht, wie dieses Schiff zu steuern ist, und will es im Augenblick auch nicht lernen. Das Schiff ist nicht bewaffnet. Hier mein Vorschlag zum weiteren Ablauf.

Sobald Sie meinen Kurs und Geschwindigkeit berechnet haben, schicken Sie einen Ihrer Raumer auf Annäherungskurs, damit er sich meiner Geschwindigkeit anpassen kann. Ich werde keine Steuermanöver machen, sondern die Luftschleuse öffnen. Ich weiß, wie ein Raumanzug funktioniert, und werde auf Ihr Schiff umsteigen. Ich schlage vor, daß Sie einen Piloten mitschicken, der dieses Kundschafterschiff übernimmt, da es hochentwickelte Ortungsgeräte enthält.

Sie haben keinen Grund, mir zu glauben, aber auch keinen Grund, das Kundschafterschiff nicht an sich zu bringen. Ich führe außerdem höchst geheime Informationen über irdische Verteidigungseinrichtungen bei mir – wie auch über bevorstehende Aktionen dort.

Ich strahle diese Sendung auf der Notfrequenz ab. Sie wird aufgezeichnet und auf den beiden Hauptverkehrsfrequenzen automatisch wiederholt. Diese Wiederholungen sollen andauern, bis wir zusammengekommen sind. Ende der Nachricht.«

Nun konnte Jan nur noch abwarten. Und sich Sorgen machen. Er ließ die Funkgeräte auf Empfang und fing auch etliche verschlüsselte Nachrichten auf, die vom Kommando der Erdflotte an IP-256 gerichtet waren. Frohgemut überhörte er die Signale. Es war wirklich am besten, wenn die irdischen Schiffe annahmen, das Schiff sei verschwunden. Das konnte nur Bestürzung hervorrufen und hoffentlich auch Verwirrung – vielleicht redete man sich auch ein, die Rebellen hätten eine wirkungsvolle Geheimwaffe entdeckt. Trotzdem machte er sich Sorgen. Sein Plan war gut, er stellte den einzig gangbaren Weg dar, doch er erforderte viel Geduld. Da er von der angreifenden Flotte keine Nachricht empfangen hatte, konnte das bedeuten, daß seine Botschaft empfangen worden war und daß die Anweisungen ausgeführt wurden. Oder daß alles schiefgelaufen war und sie jetzt schon im Schnellflug in den interstellaren Raum hinausrasten. Oder was noch schlimmer gewesen wäre: daß die sich der Erde nähernden Schiffe falsch identifiziert worden waren, daß man meinte, es handele sich um Verteidigungseinheiten und nicht um Angreifer. Sobald er anfing, sich Sorgen zu machen, fand er viele Gründe dafür.

Captain Lastrup machte ihm das Leben auch nicht leichter. Kaum war er wieder zu sich gekommen, als er eine schrille und beständige Beschreibung der Dinge hinauszuheulen begann, die mit Jan geschehen würden, wenn er der Justiz ausgeliefert wurde. Speichel troff ihm vom Kinn, unbeachtet in der Intensität seiner Gefühle, während die Stimme allmählich heiser wurde und er schließlich nur noch krächzen konnte. Jan versuchte den Strom der Worte einzudämmen, indem er dem Kerl androhte, er würde wieder zum Draht greifen, aber das blieb ohne Wirkung. Dann warnte er den Kapitän, er würde ihm einen Knebel verpassen, und als das nichts fruchtete, setzte er die Warnung in die Tat um. Aber der Anblick der hervortretenden Augen und des langsam purpurn anlaufenden Gesichts, während Lastrup sich hin und her schwingen ließ und sich wand und an der Metallwand herumhüpfte, war zuviel für Jan, diese Behandlung war zu unmenschlich. Er nahm dem Mann den Knebel wieder ab und stellte das Radio ein, um das Toben zu übertönen.

So vergingen zwei Tage, in denen der Kapitän zuweilen in seinen Fesseln entschlummerte, nur um wieder zu erwachen und in seinen Tiraden fortzufahren. Er wollte nichts essen; er spuckte die Bissen, die Jan ihm zu geben versuchte, wieder aus. Allerdings nahm er etwas Wasser zu sich. Zweifellos um die Stimme intakt zu halten. Als Jan ihn auf die Toilette ließ, versuchte er zu fliehen, und zuletzt mußte Jan ihn auf dem Gerät fesseln. Es war für beide sehr unbequem. Aus diesem Grunde stellte Jan am dritten Tag voller Erleichterung am Rande des Radarschirms einen schwachen Punkt fest, der sich auf einem Annäherungskurs befand. Jan schaltete die Aufzeichnung ab, die immer wieder gesendet worden war, und gab die Energie auf das denkbar schwächste Signal. Und drückte die Daumen.

»Hier Kulozik von IP-256. Ich habe einen Punkt auf dem Radar. Hören Sie mich?«

Außer dem Rauschen der Sterne auf der Funkfrequenz war nichts zu hören. Er wiederholte die Anfrage und schaltete die Empfangsleistung höher, bis er es hörte, schwach aber vorhanden.

»Ändern Sie den Kurs nicht, IP-256. Versuchen Sie nicht, die Maschinen zu starten, auf keinen Fall. Versuchen Sie keine weiteren Funksprüche abzusetzen. Wenn Sie das tun, schießen wir. Öffnen Sie das Außenluk, aber versuchen Sie das Schiff nicht zu verlassen, sonst schießen wir! Ende!«

Kiegerisch, kein Zweifel, dachte Jan. Aber wäre er auf der anderen Seite gewesen, hätte er vermutlich ähnlich gehandelt. Er schaltete Radar- und Funksender aus, ließ den Empfänger aber weiterlaufen, da er gut abgeschirmt war und keine aufspürbaren Wellen ausstrahlte. Danach konnte er nur noch die Luftschleuse freiräumen und das Außenluk öffnen. Und abwarten.

»Meine Freunde kommen«, sagte er und legte mehr Sicherheit in seine Stimme, als er wirklich empfand. Aber die Wirkung auf seinen Gefangenen blieb gleich Null; Lastrup beschrieb zum tausendstenmal, welche Folterqualen Jan erwarteten, wenn er erwischt wurde. Es war kein sehr angenehmes Zuhören, und eine der Hauptfreuden, die das Ende dieses Fluges bringen würde, war die räumliche Trennung von diesem Mann, die er sich erhoffte.

In der Schleuse klapperte etwas.

Gleich darauf blitzte das Zykluslicht an, und Jan hörte das Wummern der Luftpumpen. Er fuhr zur Schleuse herum, im freien Fall schwebend, begierig darauf wartend, daß das grüne Licht aufblitzte und die Innentür sich öffnete.

»Hände hoch! Keine Bewegung!«

Jan kam der Anordnung nach, und zwei Bewaffnete drängten sich aus der Schleuse. Einer von ihnen ignorierte Jan völlig und bewegte sich an ihm vorbei zum Kapitän, der seine Flüche auf das neue Ziel richtete. Der andere Mann, dessen Gesicht hinter dem Goldschimmer seines Helmvisiers verborgen war, winkte mit der Waffe in Richtung Luftschleuse.

»Ziehen Sie einen Anzug an!« sagte er.

Während Jan den Schutzanzug überstreifte, kehrte der erste aus dem Kontrollraum zurück. »Nur die zwei«, sagte er.

»Und vielleicht eine Bombe, die auf Explosion gestellt ist. Könnte trotz allem eine Falle sein.«

»Na, du hast dich für den Ausflug freiwillig gemeldet.«

»Erinnere mich bloß nicht daran! Du bleibst bei dem Gefesselten, den du nicht anrührst. Ich bringe den anderen hinüber.«

Jan gehorchte gern. Als sie die Schleuse verlassen hatten, erblickte er vor sich die Spinnenform eines mittelgroßen Raumers, der hinter dem Kundschafterboot schwebte. Sein Aufseher, der auf dem Rücken einen Düsenantrieb trug, packte Jan am Arm und schleppte ihn zur offenen Luftschleuse des wartenden Schiffes. Zwei weitere Bewaffnete beobachteten ihn, wie er drinnen die Schleuse verließ und seinen Anzug ablegte. Ein großer Mann in einer schwarzen Uniform musterte ihn eingehend. Sein Haar war blond, in Grau übergehend, das große Kinn war herausfordernd vorgestreckt.

»Ich bin Admiral Skougaard«, sagte er. »Jetzt sagen Sie mir, was das alles soll!«

Jan bekam kein Wort heraus. Tiefste Verzweiflung hatte ihn gepackt.

Denn der Admiral trug dieselbe Flottenuniform wie er.

16

Jan wich zurück, als hätte man ihm einen Schlag versetzt. Die Waffen folgten seiner Bewegung, und der Admiral runzelte die Stirn – dann nickte er verständnisvoll.

»Ach, die Uniform. Meinen Sie das?« Jan konnte nur wortlos nikken. Auf dem eisernen Gesicht erschien ein grimmiges Lächeln. »Vielleicht trage ich die wie Sie – wenn Sie sind, was Sie zu sein vorgeben. Nicht alle Männer von der Erde sind Verräter an der Menschheit. Einige von uns haben geholfen, sonst hätte es auf den Sternen keinen Aufstand gegeben. Jetzt werde ich Sie durchsuchen lassen, Kulozik, und dann erzählen Sie mir Ihre Geschichte so detailliert, wie Sie nur irgend können.«

Der Admiral war kein Dummkopf und ließ sich von Jan die Einzelheiten immer wieder vorbeten, dabei überprüfte er Namen und Daten und viele kleine Details, die er zu kennen schien. Das Gespräch wurde nur einmal unterbrochen, als die Meldung kam, daß man die IP-256 auf Bomben und andere gefährliche Dinge abgesucht und nichts gefunden habe. Ein Pilot würde das Boot zur Flotte steuern. Schließlich hob der Admiral die Hand und unterbrach Jan.

»Niels!« befahl er. »Holen Sie uns Kaffee.« Er wandte sich zu Jan um. »Ich will Ihnen die Geschichte glauben – wenigstens im Augenblick. Ihre Schilderung der Getreide-Expedition stimmt, einschließlich einiger Einzelheiten, von denen ich sicher bin, daß die Erd-Streitkräfte sie nicht wissen können. Ich kenne die Wahrheit, weil ich derjenige war, der die Schiffe zusammengeholt und die Expedition organisiert hat.«

»Sind welche durchgekommen?«

»Mehr als die Hälfte. Nicht so viele, wie wir gehofft hatten, aber genug, um den Hunger noch ein Weilchen abzuwehren. Jetzt kommen wir zum neuen und interessanten Teil Ihrer Geschichte, den ich offen gestanden nicht recht beurteilen kann. Sie kennen diesen Thurgood-Smythe gut?«

»Viel zu gut. Er ist mein Schwager, wie ich Ihnen gesagt habe. Er ist ein Monstrum an Raffinesse.«

»Und Verrat. Dessen können wir sicher sein. Entweder verrät er sein Amt und hilft der Rebellion. Oder er hat eine komplizierte und gefährliche Falle aufgebaut, in der wir uns fangen sollen. Wie man es auch sieht – der Mann begeht einen Verrat.«

Jan trank von dem kräftigen schwarzen Kaffee und nickte.

»Ich weiß. Aber was können wir tun? Wenigstens ist eine Sache gewiß, die Teilnahme der Israelis.«

»Die auch nur ein weiterer tödlicher Aspekt der Falle sein könnte. Um uns in Sicherheit zu wiegen und zu vernichten. Die Israelis könnten auch hilflose Spielfiguren sein, zur Vernichtung bestimmt, damit er ans Ziel kommt.«

»Das ist alles durchaus möglich. Solche Winkelzüge würden meinen Schwager reizen. Auf den Gedanken war ich noch gar nicht gekommen. Aber was ist mit seinem Plan, den Mojave-Stützpunkt zu erobern? Das hört sich durchaus vernünftig an. Damit ließe sich bestimmt der Ausgang des Krieges beeinflussen.«

Der Admiral lachte und blies in seinen Kaffee, um ihn ein wenig abzukühlen. »Nicht nur vernünftig – hier liegt vielmehr für beide Seiten der einzige Weg zum Sieg. Wir wissen das, und Sie wissen es. Wir könnten die Mondstützpunkte, die Satelliten und sogar sämtliche Lagrange-Kolonien erobern – trotzdem würde die Erde durchhalten. Ihre Flotte wäre nicht beeinträchtigt. Und wir würden mit jeder Stunde schwächer werden. Mojave ist der Schlüssel. Die anderen Shuttle-Stützpunkte sind bloße Landebahnen. Wer Mojave beherrscht, steuert sämtliche Bewegungen im All – und gewinnt diesen Krieg.«

»So lebenswichtig ist die Station?«

»Ja.«

»Was haben Sie vor?«

»Ich werde die Sache analysieren und überschlafen, dann unterhalten wir uns weiter. Jedenfalls können wir im Augenblick ohnehin nichts tun, erst wenn wir dichter an der Erde sind. Ich werde Sie ein Weilchen in eine Zelle sperren müssen. Tut mir leid.«

»Sie brauchen sich nicht zu entschuldigen. Nach Captain Lastrups Gesellschaft wird mir das Alleinsein guttun. Wie geht es ihm?«

»Wir haben ihm ein Beruhigungsmittel gespritzt. Er ist geistig nicht mehr gut beisammen und braucht Behandlung.«

»Das tut mir leid.«

»Das müssen Sie nicht. Wir stehen im Krieg. An Ihrer Stelle hätte er Sie zweifellos umgebracht.«

Ein Adjutant unterbrach ihn mit einem Computerausdruck, den der Admiral sorgfältig studierte. Dann blickte er Jan an. Und lächelte und streckte ihm die Hand hin.

»Willkommen an Bord, Jan Kulozik. Hier ist die Bestätigung, auf die ich gewartet habe. Eines unserer Schiffe ist in Umlaufbahn um Halvmörk; nach dem Kampf ist es manövrierunfähig. Die Kommunikationseinrichtung funktioniert aber noch, und man hat sich ins Foscolo-Netz geschaltet. Die Leute haben Ihren Bericht mit den

Halvmörkern abgestimmt. Sie haben uns die Wahrheit gesagt. Hier steht noch eine zusätzliche Botschaft, die uns bestätigt, daß alle persönlichen Informationen aus Ihrer Aussage mit Ihrer Frau besprochen worden sind. Sie schickt Ihnen liebe Grüße.«

Jan ergriff die ausgestreckte Hand des Admirals. »Es ist mir ein Vergnügen, unter Ihnen zu dienen, Sir. Bis jetzt habe ich an der Rebellion keinen Anteil gehabt ...«

»Sie haben mehr getan als die meisten. Sie sind der Mann, der dafür gesorgt hat, daß das Getreide bereitstand, als die Schiffe kamen – wenn Sie sich nicht dafür eingesetzt hätten, wären die Vorräte verbrannt gewesen. Wissen Sie, wie viele Menschenleben dieses Getreide gerettet hat?«

»Ich weiß, mir ist klar, daß das wichtig war. Aber es war eine passive Aktion, die längst abgeschlossen ist. Daß ich überhaupt verhaftet und deportiert wurde, geht auf meine Aktivitäten im Widerstand zurück. Nachdem die Planeten nun frei sind und die letzte große Schlacht bevorsteht, möchte ich natürlich daran teilnehmen, das müssen Sie verstehen.«

»Das sollen Sie auch. Solange Sie unseren Geheimdiensten laufend zur Verfügung stehen können. Man will sich ausführlich mit Ihnen unterhalten. Dann brauchen wir Sie vielleicht als Verbindungsmann zu den Israelis, sobald die Kämpfe begonnen haben. Zufrieden?«

»Ja, natürlich. Ich werde tun, was man von mir verlangt. Von der Ausbildung her bin ich Ingenieur der Elektronik mit dem Fachgebiet Mikroschaltungen. In den letzten Jahren habe ich mehr oder weniger nur einfaches technisches Gerät gewartet.«

»Das ist ja erstklassig – und die Chancen stehen gut, daß Sie genau der Mann sind, den wir brauchen. Sie sollen einen anderen Techniker kennenlernen, Vittorio Curtoni. Ihm untersteht unsere Bewaffnung. Er hat auch unsere Abwehreinrichtungen weitgehend allein entworfen, einschließlich dessen, was allgemein unsere Geheimwaffe genannt wird. Soweit ich gehört habe, gibt's dabei noch einige grundsätzliche Probleme. Vielleicht könnten Sie uns dabei helfen.«

»Das wäre ideal.«

»Gut. Ich sorge für Ihren Umstieg in die *Leonardo*.« Der Admiral hob die Hand, und ein Adjutant eilte herbei.

Eines der Kundschafterschiffe näherte sich dem Flaggschiff, während Jan in seinen Anzug zurückkehrte. Er stieg um und verweilte in der offenen Luftschleuse, um keine Zeit zu verlieren, indem er erst ins Innere des Schiffes umstieg und dann dort wieder in seinen Anzug zurückkehrte. Durch das offene Luk sah er den weiten Bogen der Tiefraumer, der sich zu beiden Seiten erstreckte. Eines der Schiffe rückte langsam näher und wurde immer größer, bis wenige Meter entfernt der Antrieb des Kundschafterbootes aussetzte und die Bewegung mit Gegenbeschleunigung aufgehoben wurde. Jan trat hinaus und ließ sich durch die Leere zum wartend geöffneten Schleusenluk der *Leonardo* treiben.

Ein hagerer schwarzhaariger Mann mit mächtig geschwungenem Schnurrbart erwartete ihn drinnen.

»Sind Sie Kulozik, der Mann, der mir angeblich helfen soll?« fragte er, und seine Stimme klang eher mißtrauisch als begeistert.

»Wenn Sie Vittorio Curtoni sind, dann bin ich der Richtige. Ja, ich hoffe, daß ich Ihnen helfen kann. Ganz bestimmt sogar, wenn Sie die Dienste eines erfahrenen Ingenieurs für Mikroelektronik gebrauchen können.«

Curtoni gab sofort die Zurückhaltung auf. »Ob ich Sie gebrauchen kann? Kann ein Verhungernder ein gegrilltes Schwein gebrauchen? Ich will Ihnen zeigen, was wir bisher gemacht haben.« Er führte Jan ins Innere des Schiffes; dabei redete er unentwegt und ließ sich kaum Zeit zum Luftholen.

»Alles notdürftig zusammengeschustert – am gleichen Tag erfunden, hergestellt und erprobt. Manchmal. Admiral Skougaard – von dem erhalten wir natürlich jede Unterstützung. Hätte er uns nicht alle Konstruktionszeichnungen und Spezifikationsunterlagen der Raumstreitmacht überlassen, hätte es Jahre und nicht nur Monate gedauert. Er hatte die Dokumente seit langer Zeit zusammengetragen, sowohl über die erfolgreichen Waffen als auch über die Vorschläge, die niemals realisiert wurden. Was wissen Sie über den Krieg im All?« Fragend hob er eine Augenbraue und wandte sich in Jans Richtung.

»Ich habe schon an einer Raumschlacht teilgenommen, aber das war eher ein Nahkampf. Was Schlachten zwischen feindlichen Raumflotten angeht – da weiß ich nicht mehr, als was in den Filmen zu sehen ist.«

»Genau. In solchen Filmen könnte ich Sie mir vorstellen.«

Sie betraten eine Werkstatt, doch Curtoni führte Jan von den Maschinen und Instrumenten fort zu einem ganz gewöhnlichen Fernsehgerät mit einer Reihe von Stühlen davor. Curtoni gab einen Kode ein und schaltete das Gerät ein.

»Setzen Sie sich, schauen Sie gut zu«, sagte er. »Dies ist ein uralter Film aus der Urzeit der Geschichte. Ich habe das Stück in den Gedächtnisspeichern vergraben gefunden. Über die Kriegführung zwischen den Sternen, da – sehen sie!«

Musik explodierte aus den Lautsprechern, und auf dem Bildschirm zuckte ein riesiger Raumer vorbei. Die Einheit war mit Türmchen und Fenstern, Geschützstellungen und Energiekanonen reichlich beladen. Dicht dahinter raste der Verfolger, ein noch größeres Raumschiff. Gewaltige Energiestrahlen zuckten von den Schiffen durch die Schwärze, Lichter blitzten, und die Strahlen zischten und fauchten, und über allem dröhnten ständig die Maschinen. Ein kurzer Szenenwechsel auf einen Mann in einem Geschützturm, den er hastig herumdrehte, um seine Strahlen auf das heranrasende Schiff zu richten. Zum Glück wich das kleinere Schiff rechtzeitig zur Seite aus und brachte sich hinter einem nahen Mond in Sicherheit. Im nächsten Augenblick wurde der Bildschirm dunkel, und das Brausen und die Musik erstarben.

»Was halten Sie davon?« fragte Curtoni.

»Sehr wenig. Muß ein ganz amüsanter Film gewesen sein.«

»*Merda!* Amüsant für kleine Kinder, das mag sein. Technisch gesehen ist das aber eine Monstrosität. Nicht ein Faktum – kein einziges – ist wissenschaftlich richtig dargestellt. Im Weltall gibt es keine Geräusche, Schiffe können nicht plötzlich abbremsen oder wenden, bei Manövern und Kämpfen zwischen Raumschiffen sind menschliche Reflexe sinnlos, Strahlenkanonen funktionieren nicht auf diese ...«

»Da haben Sie natürlich recht. Ich habe wohl nicht richtig darüber nachgedacht. Aber tun Sie die Strahlen nicht so leichtfertig ab. Ich habe mit Fusionskanonen gearbeitet. Die können innerhalb von Sekunden festes Gestein in Lava verwandeln.«

»Natürlich!« Curtoni streckte die Hände in die Luft, etwa einen Meter auseinander. »Wenn das Gestein so weit entfernt ist. Aber was ist mit hundert Metern? Würde so ein Strahl da noch ein Stück Papier entflammen können? Oder auf tausend Kilometer, was im Weltraum praktisch einer Berührung gleichkommt, wo ein Schiff nur so groß wie eine Zigarre aussieht, wenn man es überhaupt sehen kann! Die Fortpflanzung von Licht – die Abstrahlung jeglicher Energie ...«

»Schwindet natürlich umgekehrt proportional zum Quadrat der Entfernung. Ich habe mir nicht überlegt, was ich sagte.«

»Genau! Niemand überlegt richtig, bis er dem Problem gegenübersteht. Und das ist der Grund, warum ich jedem vorher meinen kleinen Trainingsfilm zeige. Daran läßt sich etwas beweisen. Der Umstand, daß ein Krieg im Weltall so nahezu unmöglich ist, daß man ihn höchst unwahrscheinlich nennen kann.«

»Aber wir stehen doch im Raumkrieg, oder?«

Curtoni schaltete ein anderes Gerät auf einer langen Werkbank ein und schüttelte den Kopf. »Wir erleben einen Aufstand, wobei Erdschiffe gegen Erdschiffe stehen. Ein wirklicher Krieg mit Schiffen aus unterschiedlichen Zivilisationen von fernen Sternen – das wäre Unsinn, wie die Szene, die wir eben gesehen haben. Die Raumflotte der Erde ist sowieso nie für einen Krieg ausgelegt gewesen. Als die Feindseligkeiten eröffnet wurden, hatten nur wenige Erdschiffe überhaupt Waffen. Eingebaut waren sie, aber selten benutzt, da das Commonwealth im Weltall die absolute Macht hatte und somit sämtliche Raumer unter sich wußte. Man rechnete allenfalls damit, daß irgendwann einmal ein Schiff gekapert werden könnte, und richtete sich mit den Waffen auf einen solchen Fall ein. Und alle Waffen basierten auf demselben einfachen Design. Und wie sieht das wohl aus?«

»Ein Raketensystem, abgeleitet von den Waffensystemen, die für den Gebrauch in der Erdatmosphäre bereits vorhanden waren.«

»Absolut richtig. Und was meinen Sie – wie lange würden wir

brauchen, eigene Raketen zu entwerfen, zu entwickeln und zu erproben?«

»Jahre. Selbst wenn Sie einige Geschosse in die Hand bekommen und nachbauen könnten – die Herstellung der Schaltungen, der Kontrollsysteme, der Düsen ... vermutlich genauso lange.«

»Wieder haben Sie den Nagel auf den Kopf getroffen. Es freut mich, mit einem intelligenten Mann zu sprechen – damit meine ich jemanden, der meiner Meinung ist. Wir gaben den Gedanken an Raketen also schnell wieder auf, obwohl wir natürlich einige Geschosse an Bord jener Erdschiffe haben, die wir auf unsere Seite ziehen konnten. Zunächst war es wichtiger, unsere Abwehr zu entwickeln, und das taten wir, indem wir die Ortungssysteme der Erde kopierten und modifizierten. Wir sehen die Raketen kommen, dann bauen wir elektronische Felder auf, die die Lenksysteme irreleiten sollen. Als Angriffswaffe haben wir auf einfachere Mittel zurückgegriffen. Auf so etwas.«

Er nahm ein kleines Stück Metall von der Werkbank, ein Gebilde, das mit Leitflossen versehen war. Vorsichtig wog er es in der Hand.

»Das ist eine Patrone für eine Raketenpistole«, sagte Jan.

»Richtig. Und im Weltall eine bessere Waffe, als sie es auf einem Planeten je sein kann. Keine Schwerkraft, die das Ding nach unten zieht, keine Luft, die seinen Flug verlangsamt ...«

»Oder die Richtung beeinflußt. Die Flossen sind nutzlos.«

»Wieder haben Sie recht, Jan. Das Geschoß mußte umgestaltet werden, so daß der Schub vor dem Schwerpunkt ansetzte. Sehr einfach. Und noch einfacher war es, eine Anzahl von Abschußrohren in einen Waffenturm einzubauen und das Ganze unter die Kontrolle des Navigationscomputers zu stellen. Wenn man eine ganze Schar dieser Geschosse auf einen Raumer abschießt – bei der Geschwindigkeit, mit der die Dinger auftreffen, gehen die durch Stahl wie durch Butter.«

Jan drehte die winzige Rakete in den Fingern. »Da sehe ich aber Probleme. In ein Ding, das so winzig ist, läßt sich auf geringe Entfernung nicht genug Schub bringen.«

»Aber ja. Diese Dinger sind im wesentlichen zur Verteidigung bestimmt. Für den Angriff haben wir dies.«

Festino-82-

Er drehte sich zur Werkbank um und nahm eine kleine Metallkugel zur Hand. Dann drückte er auf einen Knopf am Kontrollbrett. Jan hörte ein leises Summen, und als Curtoni die Kugel dicht an einen Metallring hielt, der auf der Bank festgemacht war, sprang das Gebilde plötzlich aus seiner Hand und hing frei im Ring. Entlang der Bank waren dicht nebeneinander weitere Ringe festgemacht. Als Curtoni einen zweiten Knopf drückte, ertönte ein Pfeifen, gefolgt von einem Blitz. Die Kugel verschwand. Ein lautes Knallen war von dem anderen Ende der Werkstatt zu hören – dort hatte sich die Kugel in eine dicke Plastikplane gebohrt und rollte zu Boden.

»Ein Linearbeschleuniger«, sagte Jan. »Wie die Anlagen auf dem Mond.«

»Dasselbe System. Die großen Geräte auf dem Mond schleudern erzgefüllte Container geradewegs aus der Mondschwerkraft zu den Lagrange-Satellitenkolonien empor, wo der Rohstoff weiterverarbeitet wird. Wie Sie sehen, wird im ersten Ring ein Magnetfeld erzeugt. Es hält die Eisenkugel fest. Wenn dann die Reihe der Elektromagnete aktiviert wird, wirken sie als Linearmotor und beschleunigen die Kugel, bis sie am anderen Ende herausschießt.« Er drehte sich um und nahm eine größere Kugel zur Hand, die bequem in seine Hand paßte.

»Dies scheint die beste Größe zu sein, wie wir in zahllosen Versuchen festgestellt haben. Das Gewicht beträgt knapp drei Kilogramm. Als ich mich mit dem Projekt beschäftigte, griff ich auf alte ballistische Untersuchungen der klassischen Artillerie zurück, die sich mit Mündungsgeschwindigkeiten und ähnlichen Dingen beschäftigten. Es faszinierte mich festzustellen, daß primitive Seeschlachten tatsächlich mit kompakten Geschossen dieses Gewichts geführt wurden. Die Geschichte kann uns manches lehren.«

»Wie weit sind Sie mit dem Projekt?« fragte Jan.

»Vier Tiefraumer sind in Kanonenboote umgebaut worden. Unser Schiff gehört dazu. Benannt nach einem der ersten Theoretiker der Wissenschaft, der unglaublich exakte Zeichnungen von seinen Waffenkonstruktionen schuf: Leonardo da Vinci. Wir haben die Schiffe mit vielen hunderttausend Kanonenkugeln beladen, die aus Satelittenmetall im All geschmiedet worden sind. Und das ohne

Probleme. Die richtige Menge geschmolzenes Metall wird im freien Fall ausgestoßen, woraufhin die Oberflächenspannung eine perfekte Kugel bildet. Die Geheimwaffen sind an der gesamten Flanke des Schiffes angebracht und schießen auch nach vorn und hinten. Zum Zielen der Kanonen wird das ganze Schiff rotiert, wobei Zielen und Abschuß unter Kontrolle des Navigationscomputers stehen. Funktioniert alles bestens, bis auf ein kleines Problem.«

»Und das wäre?«

»Eine Fehlfunktion in den Kontrollschaltungen. Die Kugeln müssen innerhalb von Mikrosekunden nacheinander abgefeuert werden, um wirksam zu sein. Das haben wir bisher noch nicht geschafft.«

Jan warf die Kanonenkugel auf die Werkbank und lächelte. »Zeigen Sie mir Ihre Unterlagen und Diagramme, dann will ich mir Mühe geben, Ihr Problem aus der Welt zu schaffen.«

»Auf der Stelle! Sie werden diesen Krieg noch für uns gewinnen!«

17

»Die Ernte muß bald eingebracht werden«, sagte der alte Mann. »Je länger wir sie stehenlassen, desto mehr werden wir verlieren.«

»Es gibt wichtigere Dinge, die du verlieren könntest«, sagte seine Tochter. »Zum Beispiel deinen Kopf. Komm, Tata, die anderen warten schon.«

Der alte Mann seufzte ergeben und folgte ihr zum Lkw des Kibbuz hinaus. Er war der letzte, und die anderen rückten auf den Holzbänken zusammen, um ihm Platz zu machen. Der Kessel war schon vor einer Stunde mit harzigen Pinienscheiten angeheizt worden, und der Dampfdruck war gut. Auf das Signal hin öffnete der Fahrer das Ventil, und das Fahrzeug setzte sich in Bewegung. Es passierte die Gebäude, in denen noch anheimelnde Lichter brannten, und fuhr über den gewundenen Weg zwischen den Obsthainen hindurch zur Hauptstraße. Der Wagen hatte keine Beleuchtung, doch im vagen Licht des sternengefüllten Himmels war der glatte Streifen der Straße deutlich zu sehen.

Der Lkw überquerte die syrische Grenze kurz nach Mitternacht, und der eingebaute Sender beantwortete die Anfrage des Sicherungssystems mit seinem Identifikationskode, woraufhin der Computer in Tel Aviv die Grenzüberschreitung registrierte. Kurz vor Erreichen von El Quneitra bog der Wagen in ein tiefes Wadi ab, das von der Straße fortführte. Zwischen den hochaufragenden Wänden war es dunkel, und der Fahrer fuhr sehr vorsichtig und bremste, als weiter vorn ein Licht aufblitzte. Männer mit Kamelen warteten hier. Die aussteigenden Passagiere wurden leise begrüßt. Der Fahrer wartete im Führerhaus, während sie an ihm vorbei nach vorn gingen, wobei einige ihm den Arm tätschelten und einige ihm auch ein paar Worte zuflüsterten. Als sie alle in der Dunkelheit verschwunden waren, legte er den Rückwärtsgang ein und steuerte den Lkw zu den leeren Gebäuden des Kibbuz zurück, den er kurz vor Einbruch der Dämmerung erreichte. Er war der Freiwillige, der im Dorf zurückblieb.

»Wie eine Totenstadt war sie, als ich auf dem Weg hierher durchkam«, sagte der Maler. »Ein erschreckendes Erlebnis für jemanden, der nur ein bißchen Phantasie hat. Straßen ohne Kinder, nur wenige Fahrzeuge unterwegs, ein oder zwei Fußgänger. Es ging auf den Abend zu, und in den Häusern gingen die Lichter an, was ich zuerst als sehr angenehm empfand. Das heißt, bis zu dem Augenblick, wo ich mal in ein Haus hineinschaute und sah, daß es leer war. Die Computer schalteten die Beleuchtung ein, und das stimmte mich noch unbehaglicher. Halten Sie die Ecke der Schablone fest, wenn das nicht zuviel verlangt ist, Heimyonkel.« Er schwenkte die Farbpistole mit geübten Bewegungen hin und her. »Wann fahren Sie?«

»Heute abend. Die Familie ist bereits draußen.«

»Grüßen Sie Ihre Frau herzlich von mir. Sagen Sie ihr, sie soll an einen einsamen Junggesellen denken, der sich in den schattenhaften Hangars des Flughafens Lod auf sein Schicksal vorbereitet.«

»Sie haben sich freiwillig gemeldet.«

»Na und? Das heißt doch nicht, daß ich vor Freude herumtanzen muß, oder? Na gut, nehmen Sie das Ding herunter!«

Der Maler trat einen Schritt zurück und bewunderte seine Arbeit. An beiden ausladenden Flanken und auf den Flügeln der schweren Anan-13-Transportmaschine war der Stern von Israel übermalt worden. An seiner Stelle schimmerte ein schwarzes Kreuz.

»Symbolisch, und keine sehr schöne Sache«, sagte der Maler. »Wenn Sie die Geschichte kennten, was nicht der Fall ist, würden Sie wissen, was das für ein Kreuz ist. Kennen Sie es?«

Heimyonkel zuckte die Achseln und schüttete behutsam Silberfarbe in die Sprühpistole.

»Es ist das deutsche Kreuz, das hier den *Mogen David* Israels auslöscht. Keine schöne Sache – außerdem frage ich mich, was das bedeuten soll. Weiß die Regierung noch, was sie tut? Ich frage Sie, aber Sie wissen es nicht, und genau genommen weiß ich es auch nicht.«

Große Bögen Papier wurden mit Klebeband befestigt, um die neuen Insignien zu verdecken. Nachdem diese Schutzschicht silbern besprüht worden war, ließ sich aus der Ferne nicht erkennen, was mit der Maschine geschehen war.

Amri Ben-Haim machte sich große Sorgen. Zusammengesunken saß er in seinem Lieblingsstuhl und starrte ins Leere, während der Zitronentee vor ihm kalt wurde. Erst als das Rattern eines näherkommenden Hubschraubers ertönte, richtete er sich auf und blickte zur Tür. Er trank einen Schluck Tee und kräuselte angewidert die Lippen. Als er das Glas wieder hinstellte, kam Dvora mit einem Umschlag durch die Tür.

»Noch eine Nachricht, diesmal von einem Sicherheitsbeamten abgeliefert. Mir ist richtig eine Gänsehaut gekommen. Er lächelte nur und gab mir das Ding. Er sagte kein Wort.«

»Sadismus im Reflex«, sagte Ben-Haim und nahm ihr den dicken Umschlag ab. »Er kann nicht wissen, was sich darin befindet. Diese Sorte hat eben nur Spaß daran, andere leiden zu sehen.« Er schüttelte die vertraute Metallkassette heraus und tippte die Kombination ein. Als der Deckel aufgesprungen war, nahm er die Diskette heraus und steckte sie in den Computer. Auf dem Bildschirm erschien Thurgood-Smythes ernstes Gesicht.

»Dies wird unser letzter Kontakt sein, Ben-Haim«, sagte er. »Inzwischen dürften Ihre Soldaten und Flugzeuge bereit sein, das Unternehmen wie angewiesen zu beginnen. Der genaue Zeitpunkt wird Ihnen später mitgeteilt, und Sie haben den Flugplan. Sie werden die ganze Zeit bei Dunkelheit unterwegs sein, das erledigt also das Problem der optischen und Satellitenbeobachtung. Hinsichtlich der Radarnetze haben Sie Ihre Anweisungen erhalten. Vergessen Sie nie, daß es sich um einen koordinierten Angriff handelt, bei dem nur die genaue Einhaltung der Zeit eine Katastrophe verhindern kann.«

Thurgood-Smythe blickte auf etwas, das von der Kamera nicht erfaßt wurde, und lächelte leicht.

»Ich habe hier einige Berichte, aus denen hervorgeht, daß Sie offenbar einen großen Teil Ihrer Bevölkerung nachts aus dem Lande schaffen. Das ist sehr klug gehandelt. Es besteht immer das Risiko, daß diese oder jene Atomrakete hochgeht, selbst wenn alles nach Plan verläuft. Aus Trotz, könnte man sagen. Oder trauen Sie mir etwa nicht? Dazu hätten Sie auch keinen Grund. Jedenfalls handeln Sie genau richtig – und der Sieg wird uns Lohn genug sein.

Ich gedenke mich im Raumconcent in der Mojavewüste aufzuhalten, wenn Sie eintreffen. Und um einen Gefallen möchte ich Sie bitten: Stellen Sie sicher, daß ich nicht von Ihren Truppen erschossen werde, wenn Sie nichts dagegen haben. Leben Sie wohl, Amri Ben-Haim. Beten Sie, daß unsere Pläne Erfolg haben.«

Das Bild verblaßte. Ben-Haim wandte sich kopfschüttelnd vom Bildschirm ab. »Ihn nicht erschießen! Wenn sein Plan irgendwie schiefgeht, lasse ich ihn bei lebendigem Leibe auspeitschen!«

Fryer mühte sich keuchend die Treppe hoch, wobei er sein verletztes Bein hinter sich herzog. Die Waffe trug er über der Schulter, um sich mit einer Hand am Geländer festhalten zu können. Es war ein schwül-heißer Tag, und Schweißtropfen zogen Bahnen durch den Staub auf seinem Gesicht. Hinter ihm schleppte ein Junge eine schwere Kiste voll Granaten.

»Hier hinein!« sagte Fryer, öffnete vorsichtig die Tür und schaute durch den Spalt, um sich zu vergewissern, daß die Gardinen noch geschlossen waren. »Alles in Ordnung, Junge. Stell das Zeug unter das Fenster und verzieh dich! Ich lasse dir zehn Minuten Zeit zu verschwinden. Bleib ruhig und geh allen Kontrollen aus dem Wege. Wenn du nämlich registriert wirst, wird der Londoner Computer erfahren, daß du in dieser Gegend warst, und das wäre dein Ende.«

»Kann ich nicht bei dir bleiben, Fryer? Ich könnte dir helfen bei der Flucht – mit deinem Bein.«

»Mach dir keine Sorgen, mein Junge, die kriegen den alten Fryer nicht. Einmal haben sie mich erwischt, davon hab' ich das kaputte Bein und eine Runde in den Lagern im Hochland. Einmal war mehr als genug, das kann ich dir sagen. Ich geh nicht dorthin zurück. Du aber verschwindest jetzt, und das ist ein Befehl!«

Fryer setzte sich erleichtert keuchend auf die Kiste und lauschte den leiser werdenden Schritten des Jungen nach. Gut. Um den brauchte er sich keine Sorgen mehr zu machen. Er zog einen Joint aus der Tasche, dünn und schwarz und beinahe ganz aus reinem Haschisch bestehend. Nach einigen tiefen Lungenzügen fühlte er sich besser, so daß ihm der Schmerz im Bein nicht weiter auffiel. Er rauchte langsam und wartete, bis ihm der Stummel beinahe die Lippen verbrannte, erst dann spuckte er ihn auf die Holzdielen. Er zog die Gardinen auf und schob vorsichtig das Fenster hoch. Ein leichter Windhauch wehte von Marylebone herein und trug Verkehrsgeräusche heran. Ein Militärkonvoi fuhr vorbei, und er lehnte sich gegen die Wand, bis die Wagen vorbei waren. Als der Lärm nachgelassen hatte, öffnete er die Kiste. Er nahm eine Granate heraus und wog den dicken Zylinder in der Hand. Handgefertigt aus Schrottmetall, geformt und zurechtgefeilt und sorgfältig geladen. Als er den Werfer draußen in der Wüste ausprobiert hatte, war nur ein Schuß von zwanzig fehlgegangen. Und seither waren die Geschosse noch verbessert worden, das hatte man ihm wenigstens gesagt. Er hoffte, daß das stimmte. Er stellte die Waffe mit der Mündung nach oben und ließ die Granate in den röhrenförmigen Lauf rutschen. Mit einem dumpfen Geräusch traf der Zylinder unten auf. Gut. Fryer beugte sich vor und blickte über die Straße auf die grauen Mauern der Sicherheitszentrale.

Kein Fenster unterbrach die abweisende Fassade. Das Hauptquartier der Sicherheitspolizei von Britannien, inzwischen vermutlich von der ganzen Welt. Ein erstklassiges Ziel. Wenn die Berechnungen stimmten, müßte die Treibladung ausreichen, um das Ding auf den ersten Dachvorsprung des Gebäudes zu tragen. Aber um das herauszufinden, gab es nur einen Weg. Fryer legte die Waffe an die Schulter, zielte sorgfältig und drückte ab.

Die Waffe dröhnte, und der Kolben knallte ihm schmerzhaft gegen die Schulter. Er sah den schwarzen Punkt in die Höhe schießen. Perfekt. Eine zweite Granate fiel in den Lauf, und als er zum zweitenmal den Abzug durchzog, sah er, daß sich auf dem Vordach bereits weißer Rauch ausbreitete.

»Gut gemacht, alter Knabe«, sagte er fröhlich, dann zielte er ein Geschoß nach dem anderen auf dieselbe Stelle. Das Thermit in den Granaten würde sich durch alles hindurchbrennen, hatte der Fachmann versichert. Und das stimmte auch.

Alarmglocken schrillten, und unten auf der Straße erschienen bewaffnete Männer. Fryer zog sich vom Fenster zurück, damit sie ihn nicht sahen. Er legte sich flach auf den Boden und setzte den Beschuß fort.

Als er das nächstemal den Abzug bediente, war nur ein zorniges Zischen zu hören.

»Verdammt!« brummte er wütend, rollte sich herum und stellte die Waffe auf, so daß die Mündung zum Boden wies. Die fehlgezündete Granate glitt heraus und fiel qualmend und fauchend zu Boden. Er packte sie, wobei er sich die Hand verbrannte, und schleuderte das Geschoß ins Freie. Von unten war eine Explosion zu hören, gefolgt von Schmerzensschreien.

Geschieht den Schweinehunden recht! dachte er. Sie kommen mir zu nahe. Er kroch zur Tür, ohne sich um die Schmerzen in seiner Hand zu kümmern, und feuerte das nächste Geschoß ins Treppenhaus. Es gab weiteres Gebrüll, und eine Salve von Geschossen prasselte über seinem Kopf in die Wand und die Tür. Daran hatten sie eine Weile zu schlucken.

Er hatte nur noch zwei Granaten, als die Tür eingetreten wurde. Eine feuerte er zwischen die angreifenden Männer und griff gerade zum letzten Geschoß, als die Kugeln ihn durchsiebten. Er starb schnell, auf dem Rücken unter dem Fenster liegend, zu den Rauchwolken aufblickend, die draußen den Himmel verdunkelten.

18

Genosse Admiral Kapustin fühlte sich sicher, sehr sicher. Er pfiff leise vor sich hin, während er die hohen Lederschäfte überstreifte, dann stand er auf und glättete vor dem Spiegel seine Uniform; er zupfte ein wenig daran herum, so daß sie sich über dem breiten Ledergürtel hübsch bauschte. Die Reihen der Orden und sonstigen Auszeichnungen klimperten leise, als er zur Tür schritt und sie aufriß. Es klapperte und stampfte: der Marinesoldat, der draußen Wache hielt, nahm Haltung an. Der Admiral erwiderte den Gruß mit einer lässigen Fingerbewegung an den Mützenschirm. Endlich war der große Tag angebrochen! Seine Absätze knallten noch heftiger als sonst gegen die Decksplatten, und seine Sporen klirrten leise. Wenn irgend jemand etwas Ungewöhnliches darin sah, daß er in einem Raumschiff Stiefel und Sporen trug, 200 000 Meilen vom nächsten Pferd entfernt, so sagte er nichts darüber. Das Schicksal des Soldaten, der es gewagt hätte, in Genosse Admiral Kapustins Richtung auch nur zu lächeln, durfte man sich nicht ausmalen.

Als er den Befehlsraum betrat, war Onjegin, sein Adjutant, wie stets bereit. Er schlug die Hacken zusammen und verneigte sich leicht, als er seinem Vorgesetzten das silberne Tablett hinhielt. Der Admiral stürzte das kleine Glas voll gekühltem Wodka mit einem einzigen Schluck hinunter, dann griff er nach einer Papirossi; der Adjutant zauberte ein brennendes Streichholz hervor.

»Heute ist der große Tag, Onjegin«, sagte der Admiral und verbreitete eine Wolke aromatischen Rauches. »Bald wird die erste Raumschlacht der Geschichte stattfinden, und ich bin der erste Offizier, der darin einen Sieg erringt. Ein sicherer Platz in den Geschichtsbüchern. Haben die anderen irgendwie den Kurs gewechselt?«

»Nein, Genosse Admiral. Sie sehen es selbst.«

Er gab der Bedienung am Tank einen barschen Befehl; das Hologrammfeld wurde aktiviert, um den Kurs der näherkommenden Feindflotte darzustellen. Der Admiral stapfte hinüber und betrachtete die schimmernde Präsentation. Die Anlage nahm fast dreißig Kubikmeter ein und dominierte im Zentrum des Befehlsraums. Die Darstellung war natürlich dreidimensional und ließ sich von allen Seiten auswerten. Eine Gruppe schimmernder Symbole erschien im Tank, in einer punktierten weißen Linie endend, die nach oben aus dem Bild führte.

»Der bisherige Kurs«, sagte Onjegin, »und die Projektion in die Zukunft.« Eine zweite unterbrochene Lichtlinie, diesmal rot, erstreckte sich von der feindlichen Flotte zum Boden hinab.

»Gut«, brummte der Admiral. »Und wohin kommen sie auf diesem Kurs?«

Die kleine blaue Kugel der Erde erschien aus dem Nichts, umgeben von ihren Satellitenkolonien und dem Mond. Die Kurslinie führte an allem vorbei.

»Das ist die Projektion dieses Augenblicks, ohne Berücksichtigung möglicher Kursänderungen«, sagte Onjegin. »Es sind allerdings noch einige Kursänderungen möglich. Etwa so.«

Die rote Linie fächerte sich zu einer Reihe von Bögen aus, von denen jeder bei einem der Objekte im All endete. Wieder brummte der General vor sich hin.

»Erde, Mond, Energiesatelliten, Kolonien – alles ist möglich. Nun ja, deswegen sind wir hier. Onjegin, die Lektion sollten Sie sich hinter die Ohren schreiben. Wir verteidigen die Erde. Die Verbrecher dort müssen an uns vorbei, wenn Sie ihre schändliche Absicht ausführen wollen, und das wird nicht leicht sein. Und mein alter Freund Skougaard kommandiert die Flotte. Was für ein Vergnügen! Ich werde den Verräter persönlich hinrichten, wenn er gefangen ist. Wodka!«

Er leerte ein zweites Glas und setzte sich auf seinen Kommandostuhl, von dem aus er einen guten Ausblick auf den Tank hatte, während das Mikrofon neben seinem Kopf automatisch jeder seiner Bewegungen folgte.

»Die Auseinandersetzungen bisher sind mit ziemlich schmutzigen Tricks geführt worden – gemeine Stiche in den Rücken, Bomben, Minen und Verrat. Diese Leute sind nicht nur Verräter, sondern auch Feiglinge, die vor unserem Zorn geflohen sind und uns dann mit Geschossen von Planetenbasen in die Flucht schlagen konnten. Aber das ist jetzt vorbei. Wir haben Zeit gehabt, unsere Wunden zu lecken und uns neu zu organisieren und zu gruppieren. Jetzt bilden wir einen Verteidigungsring, und sie müssen vorrücken und sich uns stellen. Was für einen Schock sie erleben werden, wenn sie das tun! Zeigt mir mal die neuesten Fotos!«

Die Astronomen des 13 Meter durchmessenden optischen Teleskops, das die Erde umkreiste, hatten protestiert, als sie den Befehl erhielten, die anrückende Flotte zu fotografieren. Der riesige reflektierende Spiegel sei für andere Zwecke entworfen worden, sagten sie. Abgeschirmt von der Sonne, unbehindert von atmosphärischen Turbulenzen, konnte das Teleskop in die Geheimnisse unglaublich ferner Galaxien eindringen, konnte eingehend Sternensysteme untersuchen, die viele Millionen Lichtjahre von der Milchstraße entfernt waren. Wichtige Forschungsprojekte waren im Gange; dies war kein Spielzeug für die Militärs, die Eindringlinge ausspionieren wollten. Die Einstellung der Astronomen hatte sich abrupt geändert, als mit dem nächsten Shuttle von der Erde Sicherheitsbeamte eintrafen. Es wurden Möglichkeiten gefunden, sich die angreifende Flotte anzuschauen.

Jetzt füllten die Rebellenraumer den Tank, verschwommen und grau, doch deutlich zu erkennen, in weitem Bogen auseinandergezogen.

»Das Flaggschiff, die *Dannebrog*«, befahl Admiral Kapustin.

Das Schiff in der Mitte der Angreiferformation schwoll an, bis es einen Meter Durchmesser hatte, verschwommen und undeutlich, in den Umrissen vage auszumachen.

»Geht das nicht besser?« Der Admiral war unzufrieden.

»Wir werden das Bild durch den Computer kontrastverstärken lassen«, sagte Onjegin. Kapustin bemerkte nicht, daß diese Verstärkung im wesentlichen dadurch bewirkt worden war, daß man dem Computer ein Foto des Flaggschiffes zeigte. Das dreidimensionale Bild verschwamm noch mehr, veränderte sich und wurde klarer. Jetzt schwebte ein scheinbar kompaktes Gebilde im Tank.

»Besser«, sagte der Admiral herablassend. Er ging zu der Erscheinung und steckte den Finger hinein. »Dich kriege ich, Skougaard, dich und deine kostbare *Dannebrog!* Du entkommst mir nicht! Jetzt möchte ich mal das Zusammentreffen der Kurse dargestellt haben.«

Wieder veränderte sich das Bild, wobei die Symbole für die Feindflotte auf eine Seite des Tanks rückten, die irdischen Streitkräfte auf die andere. Zuerst führte eine unterbrochene Linie von den Eindringlingen quer durch den Tank, dann ging eine zweite von den Abwehrkräften aus. Wo sich die beiden Linien trafen, erschienen zwei Zifferngruppen, die eine grün, die andere gelb. Die letzten Stellen flackerten und veränderten sich ständig. Grün stellte die Entfernung zum Treffpunkt von der jetzigen Position aus dar, in Kilometern, gelb die Zeit, die bei augenblicklicher Geschwindigkeit bis dahin vergehen würde. Der Admiral sah sich die Zahlen genau an. Noch war es zu weit.

»Stellen Sie mir zehn und neunzig dar.«

Der Computer nahm die komplizierten Berechnungen in Mikrosekunden vor, und zwei Lichtbögen legten sich über den künftigen Kurs, weniger als ein Viertel des Weges zur feindlichen Flotte. Der Bogen, der der Flotte am nächsten stand, repräsentierte die 90, eine Reichweite, bei der man davon ausgehen konnte, daß neunzig Prozent der Geschosse den Feind treffen würden – wenn keine Ausweichmanöver oder sonstigen Abschirmungsmaßnahmen eintraten. Die 10 war weiter draußen und stand für zehn Prozent der Geschosse. Es würden noch Stunden vergehen, bis selbst diese ungeeignete Reichweite verringert war. Der Krieg im All bestand wie der urgeschichtliche Seekrieg aus langen Reisen, die durch kurze Zusammenstöße unterbrochen wurden. Zufrieden saugte der Admiral an seiner Zigarette und wartete. Er hatte Geduld.

Skougaards Flaggschiff, die *Dannebrog*, hatte keinen raffiniert ausgestatteten Befehlsraum wie das Gegenstück bei den Erdstreitkräf-

ten, die *Stalin*. Im Grunde war das Skougaard ganz recht. Die Informationen, die er brauchte, waren von den Schirmen abzulesen, und wenn er ein umfassenderes Bild haben wollte, würde ihm das Projektionsgerät eine Darstellung liefern, die die ganze Wand bedecken konnte. Es waren ausnahmslos Festkörperschaltungen, in denen ein Defekt so gut wie ausgeschlossen war. Eine Macht, die in der Lage war, die Schaltungen lahmzulegen, konnte zweifellos auch das Schiff vernichten. Der Admiral war der Ansicht, daß ein komplizierter Hologramm-Tank mit seinen umfassenden technischen Anlagen eine Verschwendung an Aufwand und Zeit darstellte und die Dinge unnötig komplizierte. Da die Maschinen die ganze Arbeit taten, brauchten sie ihm die Geschehnisse nur ganz einfach darzustellen und dann seinen Befehlen im Nu zu gehorchen. Er sah sich die Darstellung der aufeinander zufliegenden Flotten an und rieb sich nachdenklich das breite Kinn. Schließlich drehte er sich zu Jan um, der stumm an seiner Seite stand.

»Dann sind meine schweren Waffen also in bester Verfassung und jederzeit einsatzbereit? Gut. Ich bin doch einigermaßen beruhigt.«

»Das Problem war nicht zu kompliziert«, sagte Jan. »Wenn Sie die Wahrheit wissen wollen – ich konnte auf Arbeiten zurückgreifen, die ich in Automatikfabriken durchgeführt habe; damals ging es darum, immer wiederkehrende Arbeitsabläufe zu beschleunigen. Dabei muß man mechanisch denken und nicht elektronisch. Feedback-Zyklen sind in solchen Schaltungen gut, denn die verschiedenen Vorgänge laufen so schnell ab, daß sie sich in der Realzeit gleichzeitig zu ereignen scheinen. Aber in der Mechanik geht es darum, körperliche Dinge zu bewegen, die Gewicht und Masse haben. Man kann sie nicht so einfach anhalten und in Bewegung setzen, und wenn man es tut, erfordert das einen meßbaren Zeitaufwand. Ich schrieb das Ladeprogramm für die Kanonenkugeln in separate Einheiten um, so daß jede Kanonenkugel beständig in Bewegung ist und im Programm durch einen eigenen Speicher gesteuert wird. Wenn also ein Mißgeschick eintritt oder es zu einer Verzögerung kommt, wird die betreffende Kugel ausgesondert, und die nächste nimmt ihre Stelle ein. Es gibt also keine Unterbrechung, die einen neuen Start erforderlich machte – so wie es bisher war. Außerdem hat das zur Folge, daß die Kanonenkugeln in viel kürzeren Zeitabständen abgeschossen werden können, womit sich die Zeit zwischen den Schüssen genau festlegen läßt.«

Der Admiral nickte anerkennend. »Wunderbar! Und da in einer Kreisbahn Zeit gleich Entfernung ist, können wir den Abstand der Kugeln genau bestimmen. Wie dicht hintereinander lassen sie sich abfeuern?«

»Als besten Wert schaffen wir eine alle drei Meter.«

»Das ist unglaublich! Es bedeutet, daß ich einem Schiff oder einer ganzen Flotte meine Kugeln entgegenschicken kann, die dann gewissermaßen eine kompakte Mauer bilden.«

»Im Idealfall. Mein Programm vereinfacht die Entfernungsfunktion, das Ziel muß aber nach wie vor gesucht werden.«

»Ich habe da eine hübsche Überraschung für meinen alten Freund Kapustin«, sagte der Admiral und wandte sich von den Bildschirmen ab. »Ich kenne ihn sehr gut, sein taktisches Denken und seine Bewaffnung – und seine Dummheit. Und er hat keine Ahnung, womit ich gegen ihn losschlagen will. Es wird ein interessantes Zusammentreffen werden. Ich glaube, Sie werden das Schauspiel lohnend finden.«

»Ich kann mir nicht vorstellen, daß ich viel Zeit zum Zuschauen haben werde. Ich dachte, ich bleibe solange bei den Kanonieren.«

»Nein. Sie können mir hier mehr nützen. Wenn sich Thurgood-Smythe mit uns in Verbindung setzt oder es zu einer Situation kommt, in der er dabei ist, dann sollten Sie mich unmittelbar beraten können. Er ist der einzige unbekannte Faktor in meinen Berechnungen. Alles andere ist berücksichtigt. Die Werte stehen fest, das Programm ist geschrieben.«

Wie um seine Worte zu belegen, begannen die Zahlen auf dem Kurs-Schirm zu blitzen, und ein Hornsignal ertönte. »Kurswechsel«, verkündete der Computer gleichzeitig mit lauter Stimme. Die Vibrationen der Triebwerke waren durch den Fußboden zu spüren.

»Jetzt wollen wir mal sehen, wie schnell Kapustins Computer ist«, sagte Skougaard. »Auch, wie schnell er selbst reagiert. Eine Maschine kann nur Informationen liefern. Er muß allein entscheiden, was er damit anfängt.«

»Was geht vor?« fragte Jan.

»Ich teile meine Flotte. Aus zwei sehr wichtigen Gründen. Dieses Schiff und die *Sverige* dort drüben sind die beiden einzigen, die programmierte Raketenabwehrgeschosse an Bord haben – aus dem einfachen Grunde, weil sie beide Deserteure aus der Erdflotte sind. Der alte Lundwall, der die *Sverige* befehligt, hätte sich schon vor zehn Jahren pensionieren lassen sollen, aber er ist noch immer der Beste. Er und ich haben dieses Unternehmen ausgearbeitet. Jeder von uns wird eine Flotte von Schiffen anführen, die sich hinter uns exakt zu einer Linie formieren. Auch dafür gibt es einen guten Grund. Ich weiß zwar, daß unsere Leute sich sehr bemüht haben, elektronische Systeme der Raketenabwehr zu erarbeiten, doch würde ich mich zu Anfang lieber auf die bekannte Technik verlassen. Ich bin überzeugt, daß die Systeme funktionieren werden: aber wir werden sie später noch gründlich einsetzen müssen. Wenn ich die Wahl habe, finde ich es doch sehr befriedigend, einen Schirm von Suchgeschossen vor mir zu wissen, der die gegnerischen Raketen aufsaugt, ehe sie unsere Schiffe erreichen können.«

Jan beobachtete die Schirme, die die Positionen der einzelnen Schiffe darstellten. Sie bewegten sich langsam relativ zueinander in einem komplizierten Manöver, das von den Computern gesteuert wurde. Das Flaggschiff hatte die Spitze übernommen, während die Hälfte der Schiffe hinter ihm Position bezog. Die andere Hälfte duckte sich hinter die *Sverige* – während beide Abteilungen sich zugleich voneinander entfernten.

»Das gibt Genosse Kapustin eine kleine Nuß zu knacken«, sagte Skougaard. »Alle unsere Schiffe verschwinden hinter den beiden führenden Schlachtschiffen – eine Linie, die stets auf die feindliche Flotte zeigen wird. Und das heißt aus der Sicht der anderen, daß bis auf die beiden ersten Schiffe die gesamte Flotte verschwunden ist. Nur gut, daß der Genosse keine Geschichtsbücher liest. Haben Sie schon mal von Admiral Nelson gehört, Jan?«

»O ja – wenn das der Bursche ist, der am Trafalgar Square oben auf der Säule steht.«

»Eben der.«

»Ein englischer Held aus dem Mittelalter oder so. Hat er nicht gegen die Chinesen gekämpft?«

»Das ist nicht ganz richtig. Obwohl er daran vermutlich Spaß gehabt hätte. Er muß sich mit jeder anderen Marine eingelassen haben. Seinen größten Sieg, einen Sieg, der ihn das Leben kostete, errang er in der Schlacht von Trafalgar, in der er die Reihen der französischen Schiffe mit eben dieser Methode durchbrach, die ich mir jetzt zu eigen mache. Allerdings hatte er für sein Vorgehen andere Gründe, obwohl das Ergebnis identisch sein wird. Das führende Schiff wird voll in der Schußlinie stehen, bis die feindlichen Linien durchbrochen sind ...«

»Geschosse abgefeuert«, meldete der Computer.

»Sind wir denn nicht noch außer Reichweite?« fragte Jan.

»Und wie. Aber es handelt sich um die Raketenabwehrgeschosse. Ihre Raketen feuern nur kurz und schalten sich dann aus. Das heißt, sie bilden nun einen Schutzschirm vor uns und fangen die feindlichen Projektile ab, wenn sie auf uns zurasen. Außerdem erhalten wir auf diese Weise rechtzeitig Vorwarnung.«

Kurze Zeit später erblühte lautlos ein Feuerball vor ihnen im All. Obwohl sie weit entfernt waren, zeichnete sich die Erscheinung so grell ab, daß die optischen Schirme überladen wurden und Filter vorschalteten.

»Wie ungewöhnlich«, sagte Skougaard. »Kapustin setzt beim ersten Angriff bereits Atomgeschosse ein. Vermutlich eine gute Idee, wenn die Taktik klappt. Sehr verschwenderisch, wenn es nicht hinhaut, denn ich weiß genau, wie viele Atomwaffen er mitführt.«

Admiral Skougaard blickte auf die Uhr, dann wieder auf den Bildschirm, der die beiden jetzt perfekt ausgerichteten Flottenverbände zeigte.

»Ein historischer Augenblick«, sagte er. »Der Beginn der ersten Raumschlacht im ersten Krieg im All. Möge am Ende der Sieg für unsere Streitkräfte stehen! Von dem Ergebnis hängt die Zukunft der Menschen ab.«

19

»Er führt etwas im Schilde«, sagte Kapustin mit besorgter, aber nicht beunruhigter Stimme. Seine Falle stand offen. Skougaard blieb gar nichts anderes übrig, als mitten hineinzutapsen. Im Tank rückten die feindlichen Flotten langsam zusammen – nacheinander erloschen die Lichter, bis scheinbar nur zwei blieben. Wo der Holograph bisher ein dreidimensionales Bild geliefert hatte, konnte er jetzt nur noch mit einer zweidimensionalen Darstellung arbeiten.

»Sie wollen die Sprungtriebwerke benutzen!« brüllte Kapustin. »Sie wollen mir entwischen!«

»Das geht gar nicht, Genosse Admiral Kapustin«, sagte Onjegin und überlegte sich jedes seiner Worte sorgfältig. Die größte Schwierigkeit seines Postens bestand darin, dem Admiral Informationen so zu liefern, daß er sich einbilden konnte, selbst darauf gekommen zu sein. »Sie haben mir doch als erster erklärt, daß der Foscolo-Raumantrieb wegen der sich miteinander verzahnenden Schwerkraftfelder nicht in unmittelbarer Nähe von Planeten eingesetzt werden kann. Da draußen geht etwas viel Einfacheres vor. Die Flotten bilden hinter zwei führenden Schiffen eine Reihe ...«

»Liegt auf der Hand. Jeder Dummkopf kann das sehen. Aber verschwenden Sie nicht meine Zeit, indem Sie mir das Offensichtliche erklären! Ist Ihnen aufgefallen, daß sie auch den Kurs gewechselt haben? Achten Sie gut darauf, Onjegin, dann werden Sie zweierlei lernen.«

Es wäre schwergefallen, die zahlreichen Veränderungen nicht zu bemerken, die von rotierenden und zuckenden Pfeilen angezeigt und durch Positionsveränderungen belegt wurden, wobei sich natürlich auch die eingeblendeten Ziffern dauernd veränderten. Während dies vor sich ging, nahmen sich die Tankprogrammierer die Zeit, zwei Reihen von Schiffen in den Tank zu projizieren. Zu bedeuten hatte diese Maßnahme nichts, aber der Admiral würde sich darüber freuen. Was immer die wichtigste Aufgabe der Besatzung war.

»Ich möchte Vorhersagen, wohin die neuen Kurse führen. Und

feuern Sie einige Geschosse ab, Atomsprengköpfe. Wenn die hochgehen, machen sich die Kerle in die Hosen.«

»Unser Vorrat ist knapp ... doch ziemlich früh, meinen Sie nicht ... vielleicht andere Raketen ...«

»Halten Sie den Mund und führen Sie meinen Befehl aus!«

Die Worte kamen leise und tonlos, und Onjegin schauderte in dem Bewußtsein, sich zu weit vorgewagt zu haben. »Natürlich, auf der Stelle, eine logische Maßnahme«, beeilte er sich zu versichern.

»Und geben Sie mir Anhaltspunkte, wohin die neuen Kurven führen.«

Gekrümmte Lichtkegel erschienen im Tank, von den beiden näherrückenden Flottenverbänden ausgehend. Zuerst erfaßten diese Kegel große Raumgebiete, einschließlich der gesamten Erde und etlicher Satelliten. In dem Maße, wie die Radarabtastungen weitere Informationen ergaben, zogen sich die Kegel zusammen und wurden wieder zu zwei Linien, sobald der Kurswechsel abgeschlossen war.

»Zwei separate Vorstöße«, sagte Kapustin und blickte von einem Flottenverband zum anderen. »Der erste Angriff gilt unseren Mondstützpunkten. Schön. Die dortigen Raketenbatterien werden die Angreifer bei der Annäherung vernichten. Und wohin führt der andere Kurs?«

»Anscheinend in eine geostationäre Kreisbahn. Dort draußen gibt es jede Menge Satelliten. Könnte sich ...«

»Da ist alles möglich. Und es kommt nicht darauf an. Ehe sie dort eintreffen, sind unsere Rebellen tot und zu atomarem Staub zerblasen. Wir teilen unsere Streitkräfte ebenfalls. Beide Formationen sollen abgefangen werde, nehmen Sie Kurs direkt vor die Schiffe. Dann müssen sie durch uns hindurch, wenn sie die Erde angreifen wollen, und das wird keine Kleinigkeit.«

Es war ein Kampf unsichtbarer Kräfte – Elektronen in Computern und Lichtwellen und Funkwellen im Raum. Keine der feindlichen Flotten konnte die anderen bisher optisch wahrnehmen; dies mochte selbst bis zu dem Zeitpunkt so bleiben, da der Kampf begann. Die Schiffe waren noch viele tausend Meilen voneinander entfernt. Die Distanz verringerte sich zwar schnell, doch waren die winzigen schimmernden Schiffshüllen vor den brennenden Sternen unsichtbar, sogar für einen Beobachter im Weltall. Erst die Explosion des Atomgeschosses konnte deutlich sichtbar sein. Die Matrosen der Sternenstraßen waren die wahren Nachfahren der ersten Hochsee-Marineflotten, deren riesige Kanonen über den Horizont reichten, um einen Feind zu vernichten, der noch unsichtbar war.

Immer mehr näherten sich die Formationen, und noch mehr, bis sie nach astronomischen Begriffen zu einem einzigen Punkt verschmolzen waren. Trotzdem konnten sie sich noch nicht sehen. Nur die optischen Teleskope, die elektronisch verstärkt wurden, brachten sichtbare Bilder hervor. Admiral Kapustin betrachtete den vergrößerten Umriß der *Dannebrog*, der inzwischen den Bildschirm füllte, und nickte ernst.

»Der zweite Verband vollzieht meine Manöver nach und schießt, wenn ich schieße. Es wird kein zweites Kommando geben. Und kein Schiff wird den Versuch machen, sich der *Dannebrog* zu nähern, wenn sie zum Wrack zerschossen worden ist. Sie ist meine Beute! Feuert eine Salve ohne Formation. Die wollen wir mal aufrütteln.«

An Bord der *Dannebrog* lächelte Admiral Skougaard und schlug sich auf das Knie.

»Sehen Sie sich an, was der Dummkopf macht!« sagte er zu Jan und deutete auf eine der Darstellungen. »Er schickt seine unersetzlichen Raketen los, als wären sie Kleingeld.« Der Computer zählte sämtliche feindlichen Projektile mit, die vernichtet oder vom Kurs abgebracht wurden. »Im Grunde ist er ein Mann ohne jede Vorstellung von taktischen Notwendigkeiten. Ich glaube, er bildet sich ein, er könne uns mit brutaler Gewalt in die Knie zwingen. Was durchaus möglich wäre, wenn er abwartet, bis wir in seine Nähe kommen, dann könnte er unsere Abwehr durch eine schiere Übermacht von Geschossen eindrücken. Wir haben aber ein paar Überraschungen im Ärmel, so daß diese Taktik auch nichts fruchten wird.«

»Feuer freigegeben auf Hauptgeschütz«, meldete der Computer.

Obwohl die Mittelachse der Schiffsreihe auf den feindlichen Verband ausgerichtet war, neigte sie sich doch der unsichtbaren Linie im All zu, auf der der Feind sich bewegte. Die beiden großen Kanonenschiffe waren auf diesen Kurs gerichtet – und begannen jetzt zu schießen. Zwei ununterbrochene Kaskaden von Eisenkugeln rasten auf den Punkt im All zu, den der Feind in Kürze einnehmen würde. Die Heckdüsen der Kanonenschiffe blitzten auf, um sie in Postion zu halten und dem Rückschlag der Kugeln entgegenzuwirken. Die dahinzuckenden Metallströme wirkten auf dem Radarschirm wie Lichtstifte und bewegten sich so schnell, daß sie bald nicht mehr wahrzunehmen waren. Nur die Signale der Abwehrraketen blieben, vergleichbar einer zweiten und größeren Flotte, die sich vor den Haupteinheiten bewegte. Die Radarreflektoren, Gaussfelder und Hitzequellen waren so angelegt, daß angreifende Geschosse vom Kurs abgebracht wurden.

An Bord der *Stalin* war Kapustins Laune nicht so, wie sie hätte sein müssen.

»Gibt es technische Pannen? Das kann doch nicht stimmen«, sagte er und deutete auf die Ziffern, die ihm mißfielen.

»Irrtümer gibt es immer wieder, Sir«, antwortete Onjegin unbehaglich. »Die könnten aber nur einen kleinen Prozentsatz der angezeigten Zahl ausmachen.«

»Und doch will mir die dumme Maschine einreden, daß es in der feindlichen Flotte keine Treffer gegeben hat. Keinen einzigen! Ich sehe die Explosionen doch mit eigenen Augen!«

»Ja, Admiral. Aber es handelt sich um Abfangraketen, die unser Feuer auf sich lenken sollen. Nach jedem Kontakt sucht unser Raketenüberwachungsradar die Zone der Explosion nach Wrackteilen ab. Von der Masse dieser Überreste läßt sich ableiten, ob ein Schiff vernichtet wurde – oder nur eine andere Rakete. Sie müssen aber daran denken, daß mit jeder Explosion ein feindliches Abwehrgeschoß zerstört wird. Da wir weitaus mehr Raketen haben als sie, müssen wir Sieger bleiben.«

Kapustin war besänftigt, doch noch nicht zufrieden. »Und wo sind seine Geschosse? Will der Feigling denn nicht zurückschießen?«

»Da er viel weniger Munition hat, denke ich mir, daß er wartet, bis die Entfernung die günstigsten Werte für ihn verheißt. Unser Verteidigungsschirm ist uns aber voraus und kann nicht durchdrungen werden.«

Diese Bemerkung kam in einem denkbar ungelegenen Augenblick. Denn kaum waren die Worte über Onjegins Lippen gekommen, als der Alarm gellte. OBJEKTE AUF KOLLISIONSKURS hieß es in blutroten Lettern, gleichzeitig gab der Computer verbale Warnung. Kurz darauf kamen Schadensmeldungen von zahlreichen Schiffen. Entsetzt starrte der Admiral auf den Bildschirm, der ihm zeigte, wie Wrackteile aus seinen Raumschiffen gerissen wurden, ein Schiff loderte auf und explodierte, während er noch hinschaute.

»Was ist? Was geht da vor?« brüllte er.

»Ein Meteoritenfeld ...«, sagte Onjegin, wußte aber, daß das nicht stimmen konnte.

Die Katastrophe schien den Admiral förmlich zu lähmen; mit aufgerissenem Mund saß er in seinem Stuhl. Onjegin ließ sich darstellen, was den Schaden angerichtet hatte. Obwohl der Zusammenstoß in weniger als einer Sekunde vorbei gewesen war, gab es im Computer eine vollständige Aufzeichnung, die jetzt in Zeitlupe vorgeführt wurde. Das erste Anzeichen des heraufziehenden Ärgers war eine Mauer oder Stange, die quer zum Kurs der Flotte aus dem All heranraste. Die Erscheinung war mindestens zwei Kilometer lang und bewegte sich mit großer Geschwindigkeit auf Kollisionskurs. Dann das Auftreffen. Es mußte eine Aktion des Feindes sein. Als ein Ausschnitt vergrößert wurde, konnte Onjegin ausmachen, daß die scheinbar kompakte Säule aus einzelnen Materieeinheiten bestand. Lücken erschienen darin, als Abwehrraketen explodierten, doch die gesamte Formation wurde dadurch kaum geschwächt. Dann das Auftreffen.

»Es scheint eine Geheimwaffe zu sein«, sagte Onjegin.

»Und wie sieht die aus?«

Das ist doch das Geheime, an einer Geheimwaffe, daß man nicht weiß, wie sie aussieht, hätte Onjegin am liebsten gesagt, doch er widerstand der Versuchung, denn sein Leben war ihm lieb. »Träge Materie, die gegen uns abgeschossen worden ist. Was für ein Ele-

ment das ist und wie es auf den Weg gebracht wurde, ist noch unbekannt.«

»Kommt noch so ein Schlag?«

»Ich würde es annehmen, obwohl wir das natürlich nicht genau voraussagen können. Vielleicht hat die Gegenseite sich mit diesem Angriff verausgabt ...«

»Weitere Abwehrraketen abfeuern!«

»Die haben schon beim erstenmal wenig ausgerichtet, Admiral. Wenn wir sie jetzt abfeuern, haben wir später, wenn wir sie dringend brauchen ...«

Kapustin schlug mit der offenen Hand zu. Der Schlag riß seinen Adjutanten von den Beinen. »Wollen Sie meine Befehle mißachten? Mischen Sie sich in mein Kommando ein?«

»Auf keinen Fall! Entschuldigen Sie ... nur ein Ratschlag ...« Onjegin rappelte sich auf; ein Blutfaden sickerte ihm aus dem Mundwinkel. »Schicken Sie einen Schirm von Abwehrgeschossen aus ...«

»Alle! Wir müssen diese Waffe bremsen.«

Noch während das Kommando gegeben wurde, rasten die Projektile los. Onjegin fuhr sich mit dem Ärmel über den Mund und verschmierte seine Uniformjacke mit Blut, doch er bemerkte es nicht. Was sollten sie sonst tun? Sie mußten irgend etwas tun können, der törichte Admiral hatte keine Ahnung, die Offiziere und Männer hatten viel zuviel Angst, um Vorschläge zu machen, die seine Aufmerksamkeit auf sie hätten lenken können.

»Dürfte ich ein Ausweichmanöver vorschlagen, Admiral? Das wäre wirksamer als die Abwehrraketen. Wie immer die Waffe der Rebellen auch aussieht, sie hat keinen eigenen Antrieb, vor dem Auftreffen konnten wir keinerlei Strahlung feststellen. Also werden die Geschosse direkt und mechanisch auf den Weg gebracht. Wenn wir die Geschwindigkeit verändern, hätten wir eine gute Chance, der Waffe zu entgehen.«

»Was – wir sollen langsamer fliegen? Halten Sie mich für einen Feigling?«

»Nein, Sir. Natürlich nicht. Beschleunigen hätte dieselbe Wirkung.«

»Mag sein. Geben Sie den Befehl! Schaden kann es nicht.«

»Geschütze – Feuer einstellen«, sagte Admiral Skougaard. »Die Flotte hat Tempo aufgenommen, das letzte Bombardement wird also danebengehen, hinter ihnen vorbei. Aber wir haben den Kerlen gehörig eingeheizt. Sehen Sie sich den Schirm an! Wir scheinen mehr als ein Viertel erwischt zu haben. Die nächste Salve gibt ihnen den Rest. Sind wir schon in Reichweite der kleinen Kanonen?«

»In zweiunddreißig Sekunden, Sir«, sagte der Feuerleitoffizier.

»Dann schießen Sie nach Belieben. Errichten Sie eine Mauer aus Eisen, an der die sich die Köpfe einrennen.«

Die spinnennetzartigen Geschütztürme waren in beständiger, präziser Bewegung und richteten ihre Mündungen auf den anvisierten Punkt im All. Sie bestanden aus einer einfachen Anordnung von Verstrebungen, auf denen die Schußröhren der Raketenkanonen angebracht waren. Biegsame Plastikleitungen führten vom Schloß jeder Waffe zum Schiff, in denen beständig Nachschub an kleinen Stahlraketen nachrückte. Es war ein primitives und schnelles – aber tödliches Waffensystem.

Als der anvisierte Punkt erreicht war, wurden die Zündschaltungen aktiviert. Die elektronische Zündung schickte jedes Geschoß los, das in den Schlössern saß. Sobald ein Geschoß hinaus war, rückte das nächste nach, gefolgt von einem weiteren. Da das Schloß nicht geöffnet und verriegelt werden mußte, da keine Geschoßhülsen auszuwerfen waren, wurde eine unglaubliche Feuergeschwindigkeit erzielt, die ihre Grenze nur in der Mechanik des Lademagazins fand. Von jeder Kanone wurden pro Sekunde durchschnittlich 60 Raketen abgefeuert, 480 von jedem Turm. In der fieberhaften Hektik vor dem Start der Flotte waren insgesamt 197 Geschütztürme errichtet und installiert worden, wobei man viele noch unterwegs erst angeschlossen hatte. Diese Anstrengung hatte sich gelohnt.

Jede Sekunde rasten 94 560 Raketengeschosse aus den Kanonen. Zweikommadrei Tonnen Stahl. Als der Beschuß nach einer Minute beendet wurde, waren gut 141 Tonnen fliegendes Metall in Richtung Erdflotte unterwegs. Während des Schießens war das Ziel beständig neu anvisiert worden, einschließlich einer zusätzlichen

Streubreite, die ein gewisses Ausmaß an Ausweichmanövern berücksichtigte.

Immer weiter raste die unsichtbare Masse, ein funkelnder Nebel auf den Radarschirmen, der schnell verschwand. Derselbe Computer, der die Geschosse gezielt hatte, führte jetzt den Countdown zum Augenblick des Aufpralls. Erst die Minuten, dann die Sekunden, hastig der Null zueilend. *Jetzt!*

»Mein Gott ...!« japste Jan, als der optische Schirm von zahlreichen Explosionen erglühte. Sämtliche gegnerischen Abwehrraketen waren von der Stahlmasse etwa zur gleichen Zeit aktiviert worden. Das Weltall brannte von nuklearen und chemischen Explosionen, Flammenwolken, die sich ausbreiteten und miteinander verschmolzen als wollten sie die tragische Zerstörung abschirmen, die dahinter stattfand.

Nachdem die Angreifer durch die noch immer anwachsende Wolke gerast waren, wurde der Blick frei auf die feindliche Flotte. Admiral Skougaard hatte seine Kanonen ausgerichtet, und seine Geschosse waren feuerbereit. Nach einem Blick ließ er die Gefechtsbereitschaft aufheben. Stumm wandte er sich von dem Bildschirm ab; die meisten der Männer, die dort draußen gestorben waren, hatte er gekannt. Sie waren einmal seine Kameraden gewesen.

Wo es eben noch eine Raumflotte gegeben hatte, erstreckte sich ein Meer zerfetzter Metallteile. Irgendwo dazwischen das zerfetzte Fleisch von Admiral Kapustin und jedes einzelnen Mannes, der unter seinem Kommando gestanden hatte. Die Abwehrflotte hatte zu existieren aufgehört, beide Abwehrformationen waren auf dieselbe Weise vernichtet worden, wenige Sekunden nacheinander.

Die Angreifer ließen die beiden Wolken aus Wrackteilen hinter sich zurück.

Vor ihnen lag die Erde.

20

»Ich muß zu meiner Maschine«, sagte Dvora. »Die anderen sind schon an Bord.«

Sie war es müde geworden, im Wagen zu sitzen, und stand, an die Karosserie gelehnt, daneben. Die Nacht war warm, die Sterne funkelten hell in der aufsteigenden warmen Luft. Obwohl der Flughafen verdunkelt war, zeichneten sich die düsteren Silhouetten der Transportmaschinen vor der Startbahn ab. Munitionstasche, Maschinenpistole und Helm hatte sie neben sich. Amri Ben-Haim stand vor ihr, und der glühende Tabak in seiner Pfeife war ein mattroter Lichtfleck in der Dunkelheit.

»Es hat keine Eile, Dvora«, sagte er. »Mindestens noch dreißig Minuten bis zum Start. Ihre Soldaten sind erwachsene Männer, denen braucht man nicht die Händchen zu halten.«

»Erwachsene Männer!« sagte sie verächtlich. »Bauern und Universitätsprofessoren. Wie werden die sich verhalten, wenn echte Kugeln zu fliegen beginnen?«

»Sehr gut, davon bin ich überzeugt. Sie haben die beste Ausbildung gehabt. Wie die Ihre. Sie haben nur schon praktische Erfahrungen hinter sich, die den anderen noch fehlt. Sie können sich auf die Leute verlassen.«

»Es kommt eine Meldung durch«, sagte der Fahrer, der am Funkgerät saß.

»Nehmen Sie sie mit meinem Identifikationskode an«, sagte Ben-Haim.

Es entwickelte sich ein leises Gespräch. Dann beugte sich der Fahrer aus dem Fenster. »Eine Nachricht aus zwei Worten: *Beth doar.*«

»Postamt!« sagte Ben-Haim. »Sie haben es geschafft. Die Station Khartum ist gefallen. Sagen Sie Blonstein, daß die Sache auf Grün steht, wie er immer sagt. Dann suchen Sie Ihr Flugzeug auf. Sie sollten sich nicht hier draußen herumtreiben.«

Dvora hatte den Helm aufgesetzt, das Funkgerät eingeschaltet und die Botschaft weitergegeben. »Ja ... jawohl, General. Das tue ich.« Sie wandte sich an Ben-Haim. »Eine Nachricht für Sie von General Blonstein. Er sagt, Sie sollen für ihn auf Israel aufpassen. Er möchte es gern noch vorfinden, wenn er zurückkommt.«

»Ich auch. Wenn Sie ihn das nächstemal sprechen, sagen Sie ihm, ich hätte erwidert, das läge an ihm, nicht an mir. Ich werde mich auf meine Veranda setzen und auf das Ergebnis warten. Das heißt, solange ich noch eine Veranda habe, auf die ich mich setzen kann.« Dvora küßte ihn flüchtig auf die Wange und lief davon. Ihre Schritte verhallten in der Dunkelheit.

Ben-Haim beobachtete stumm, wie die Triebwerke der riesigen Maschinen nacheinander grollend zum Leben erwachten. Sie spuckten lange Flammenzungen und Rauchwolken, die sich schnell verzogen, sobald die Maschinen auf Touren kamen. Der erste Transporter rollte bereits mit hoher Geschwindigkeit, schneller und immer schneller werdend, bis er sich in die Luft erhob. Die anderen folgten in Sekundenabständen. Beide Startbahnen wurden benutzt; ein gleichmäßiger Strom dunkler Umrisse, der dann plötzlich zu Ende war. Das Dröhnen der Jets erstarb; Stille kehrte zurück. Ben-Haims Pfeife war ausgegangen; er klopfte sie an seinem Absatz aus. Er fühlte weder Bedauern noch Freude; ihn erfüllte Müdigkeit nach den langen Tagen der Vorbereitung und Anspannung. Es war eingeleitet, die Würfel waren gefallen. Nun gab es nichts mehr zu ändern. Er wandte sich zum Wagen.

»In Ordnung. Wir können nach Hause fahren.«

Der Flugzeugverband gewann langsam an Höhe und hielt in großem Bogen auf den Ozean hinaus; der Luftraum über Israel war für ein solches Manöver zu klein. Sorge um Radarortungen brauchte man sich hier nicht zu machen, doch in den Nachbarländern gab es Siedlungen und Städte, in denen Menschen den Düsenlärm hören und sich fragen mochten, was all die Flugzeuge am nächtlichen Himmel zu suchen hatten. Als die Maschinen Israel erneut überquerten, flogen sie in sechs Meilen Höhe, und die Triebwerke waren am Boden nicht mehr zu hören. In der Form zweier abgewinkelter V flogen sie nach Südosten am Roten Meer entlang.

Grigor blickte aus dem Fenster seiner Maschine und schnalzte unzufrieden mit der Zunge.

»Dvora«, sagte er. »Was ich da sehe, ist nicht gerade koscher.«

»Ein Taubenschwarm?«

»Den könnte ich aus dieser Höhe nicht mal mit meinen guten Augen sehen.« Grigor war Mathematiker, ziemlich geistesabwesend, wahrscheinlich der schlechteste Soldat in Dvoras Abteilung. Aber er war ein Scharfschütze, der nie sein Ziel verfehlte, wie groß der Druck auch sein mochte; ein Mann, auf den man sich verlassen konnte. »Es geht um unseren Kurs. Angeblich wollen wir Raumconcent angreifen, das im Westen der Vereinigten Staaten liegt – ich weiß, regen Sie sich nicht auf. Ein großes Geheimnis, obwohl überall der Name von den Landkarten genommen wurde. Ein Kind könnte das erraten. Jedenfalls war der Nordstern deutlich dort hinten zu sehen, als wir den Bogen beschrieben. Aber jetzt fliegen wir nach Süden, und da sage ich mir, daß hier etwas nicht koscher sein kann. Oder haben die Maschinen soviel Treibstoff dabei, daß sie über den Südpol nach Amerika fliegen können?«

»Wir nehmen nicht den direkten Kurs.«

»Das können Sie zweimal sagen, Dvorkila«, sagte Wasil, der schwergewichtige Waffenmeister.

Die Männer beugten sich von vorn und hinten aus ihren Sitzen und warteten gespannt auf ihre Antwort.

»Keine Geheimnisse mehr«, sagte ein anderer Soldat. »Mit wem sollten wir noch darüber reden?«

»Über diesen Teil unseres Kurses kann ich Ihnen Bescheid geben«, sagte sie. »Aber nichts weiter, bis wir wieder aufgetankt haben. Wir fliegen zunächst nach Süden und bleiben dabei über dem Meer – dann drehen wir nach Westen ab und fliegen über die Nubische Wüste. Die Funkstation von Khartum ist ausgeschaltet worden. Die einzige, die uns Sorgen machte, da es in Richtung Westen sonst keine weitere gibt, erst wieder, wenn wir Marokko erreichen ...« Ihre Stimme erstarb.

»Und dann?« drängte Grigor. »Hat das womöglich mit dem großen schwarzen Kreuz zu tun, das ich an der Außenseite des Flugzeugs entdecken mußte, als ich vorhin das Papier mit abreißen half? Oho! Wir segeln unter falscher Flagge wie Piraten?«

»Die Aktion ist streng geheim ...«

»Dvora, ich bitte Sie!«

»Natürlich haben Sie recht. Es kann nichts mehr schaden. Wir haben in hoher Position bei der UN-Regierung Leute sitzen, die man Agenten nennen könnte.« Oder vielleicht haben die uns, dachte sie. Aber Zweifel durfte sie sich nicht mehr erlauben. Selbst wenn sie in eine Falle flogen, mußten sie weitermachen – bis zum bitteren Ende. »Wir wissen daher, daß nordafrikanische, europäische und vor allem deutsche UN-Truppen eingesetzt werden, um das Raumfahrtzentrum in der Mojavewüste zu verteidigen. Sie starten von einer Basis in Algerien aus und zwar mit deutschen Transportmaschinen. Wir haben ihre Identifikationen und Nationalitätskennzeichen an unseren angebracht. Wir gedenken ihren Platz einzunehmen.«

»Das geht nicht so einfach«, sagte Grigor. »Vermutlich gibt es da einige andere Dinge, über die Sie nicht offen reden ...«

»Ja. Aber ich kann noch etwas hinzufügen. Wir fliegen knapp eine Stunde vor dem deutschen Verband über den Atlantik. Deshalb gab's beim Start die Verzögerung. Die genaue zeitliche Abstimmung ist entscheidend, da wir nach dem Start keinen Kontakt mehr mit den Bodenstellen haben. Von jetzt an geschieht alles nach Zeitplan. Sie sollten sich also ausruhen, solange das noch möglich ist.«

Die dunkle Landmasse Afrikas bewegte sich langsam und gleichmäßig unter ihnen. Die meisten Männer schliefen in den verdunkelten Maschinen, nur die Piloten waren hellwach und beobachteten ihre Instrumente und überwachten die Autopiloten. General Blonstein, der selbst ein erfahrener Pilot war, saß am Steuerknüppel der ersten Maschine. Aus dieser Höhe konnte er deutlich die Dunkelheit des Atlantiks ausmachen, der jenseits der bleichen Wüsten Marokkos auftauchte.

»*Rabat Tower an Luftwaffe-Flug vier sieben fünf. Hören Sie mich?*«

»Luftwaffe-Flug vier sieben fünf. Ich verstehe Sie, Rabat Tower.«

Dieser Funkkontakt war nichts anderes als eine Formalität. Die Bodenstation hatte bereits den Identifikationssender jeder Maschine automatisch angesprochen, der sämtliche registrierte Daten abgestrahlt hatte, einschließlich Identifikation, Kurs und Bestimmungsort.

»*Wir geben Ihnen Kurs frei nach den Azoren, Luftwaffe-Flug.*« Stimmengemurmel war zu hören. *»Wir haben hier eine Anmerkung auf dem Flugplan, daß Sie Ihrer vorgesehenen Zeit um neunundfünfzig Minuten, ich wiederhole fünfneun Minuten, voraus sind.«*

»Wir haben starken Rückenwind«, sagte Blonstein gelassen.

»Verstanden, Luftwaffe-Flug. Ende.«

Andere Ohren horchten die Towerfrequenz des Flughafens ab. Ein Mann im Burnus, der sich nahe einer Küstenschnellstraße in einem Hain versteckt hatte. Parallel zur Straße verliefen die Masten einer Hochspannungsleitung. Der Mann hatte sich das Gespräch genau angehört, stirnrunzelnd bemüht, die Worte durch das statische Knistern seines billigen Geräts zu verstehen. Er wartete noch einige Sekunden lang, um sicherzugehen, daß das Gespräch beendet war. Nichts folgte. Er nickte, bückte sich und drückte auf den roten Knopf in dem Kasten zu seinen Füßen.

Eine grellweiße Flamme stach in den Nachthimmel; wenige Sekunden später erreichte ihn das Krachen der Explosion. Einer der Masten der 20000-Volt-Leitung neigte sich, schneller, immer schneller, und prallte auf dem Boden auf. Grelle bunte Blitze zuckten auf, aber das Schauspiel war schnell zu Ende.

Ebenso die Stromversorgung von halb Rabat. Nicht zufällig gehörte auch die Funkstation des Flughafens zu den betroffenen Stromverbrauchern.

Die Diensthabenden auf dem Flughafen Cruz del Luz auf der Insel Santa Maria schliefen selig. In letzter Zeit waren nur selten Flugzeuge auf den Azoren zum Tanken zwischengelandet, und so hatte sich auch die Nachtschicht schnell daran gewöhnt, am Tage wach zu sein. Gewiß, jemand hatte den Alarmsummer eingestellt, aber der war eigentlich überflüssig. Das Funkgerät würde die Männer schon wecken.

Und das stimmte. Captain Sarmiento wurde aus tiefem, traumlosem Schlaf gerissen, als eine Stimme sich aus dem Wandlautsprecher meldete. Er wälzte sich von der Couch und stieß sich am Funktisch schmerzhaft das Schienbein an, ehe er den Lichtschalter fand.

»Hier Cruz del Luz, melden Sie sich.« Seine Stimme klang heiser vor Schlaf, und er hustete und spuckte in den Papierkorb, während er die Computerausdrucke auf seinem Tisch durchwühlte. *»Hier Luftwaffe-Flug vier sieben fünf, erbitte Landeerlaubnis.«*

Sarmientos suchende Finger fanden den richtigen Ausdruck, ehe die Stimme geendet hatte; ja, der Flug war richtig. »Sie haben Landeerlaubnis auf Landebahn eins. Ich habe hier einen Vermerk, daß Sie auf Landekontrolle geschaltet sind.« Blinzelnd betrachtete er eine Zahl auf dem Blatt, dann blickte er zur Uhr empor. »Luftwaffe-Flug, Ihre Ankunft ungefähr eine Stunde vor vorgesehener Zeit . . .«

»Rückenwind«, lautete die lakonische Antwort.

Sarmiento ließ sich erschöpft in seinen Stuhl fallen und sah verächtlich seiner schläfrigen und zerzausten Mannschaft entgegen, die ins Büro geschlendert kam. Er verlor die Beherrschung.

»Los, los, ihr Kanaken! Ein großes Auftanken, das erste seit sechs Monaten, ein denkbar wichtiges Ereignis im Krieg, und ihr liegt herum wie im Schweinestall!«

So tobte sich Sarmiento noch eine Weile aus, während seine Männer mit hochgezogenen Schultern ihren Pflichten nachkamen. Es war ein guter Posten. Die Arbeit auf dem Flughafen war gut; sie wollten ihre Stellung nicht aufs Spiel setzen.

Die Befeuerung der Landebahnen flammte auf, während Feuerwehrwagen auf ihnen entlangrasten, um am Ende Position zu beziehen. In der Dunkelheit tauchten Landescheinwerfer auf, und die erste anfliegende Maschine dröhnte über den Tower und landete auf der Betonfläche. Ein Flugzeug nach dem anderen landete und wurde sofort automatisch zu den Tankpositionen geleitet. Die Aktion stand in jeder Phase unter Kontrolle des Computers. Die Triebwerke wurden ausgeschaltet, die Bremsen zogen an der richtigen Stelle an. Eine Fernsehkamera stieg aus jedem Tankschacht und suchte die Unterseite des Flügels ab, um den Tankstutzen ausfindig zu machen. Sobald der gefunden war, konnte der glatte Vielgelenkarm die Abdeckung öffnen und die Leitung anschließen, woraufhin der Pumpvorgang begonnen wurde. In jedem Tank sorgten Sensoren dafür, daß kein Tropfen überfließen konnte. Während die fleißigen Roboter am Werk waren, blieben die großen Maschinen dunkel und still, die Zugangsluken öffneten sich nicht. Mit Ausnahme der Leitmaschine. Hier öffnete sich eine Tür, die

Gangway senkte sich schnurrend und berührte den Boden. Ein Uniformierter eilte herab und ging entschlossen an der Reihe der Tankstationen entlang. Etwas lenkte seine Aufmerksamkeit auf eine Zapfstelle, er bückte sich und sah sich das Problem aus der Nähe an. Dabei hatte er dem Tower den Rücken zugewendet, und der untere Teil seines Körpers lag im Schatten. Das Päckchen, das er in der Jacke trug, glitt unbemerkt in die Vertiefung. Er richtete sich wieder auf, zog seine Uniform glatt und setzte den Weg zum erleuchteten Tower fort.

Sarmiento schaute blinzelnd zu dem Offizier empor und kam sich etwas schmuddelig vor. Die schwarze Unifrom des Mannes wirkte schmuck und war frisch gebügelt, Knöpfe und Goldlitzen schimmerten im Licht. Ein Malteserkreuz hing ihm um den Hals, auf der Brust waren Auszeichnungen zu sehen, ein Monokel blitzte vorm Auge. Sarmiento stand beeindruckt auf.

»*Sprechen Sie deutsch?*« fragte der Mann.

»Tut mir leid, Sir, aber ich verstehe nicht, was Sie sagen.« Der Offizier runzelte die Stirn, dann fuhr er in schlechtem Portugiesisch fort.

»Ich bin gekommen, um die Empfangsquittung zu unterschreiben«, sagte er.

»Ja, natürlich Exzellenz.« Sarmiento deutete auf die Computerbatterien. »Das geht aber erst, wenn das Tanken abgeschlossen ist.«

Der Offizier nickte knapp, dann marschierte er im Büro hin und her, während Sarmiento etwas Wichtiges zu erledigen fand. Beide drehten sich um, als die Glocke ertönte und das ausgedruckte Formular ausgespuckt wurde.

»Bitte sehr, hier und hier«, sagte Sarmiento und deutete auf die richtigen Stellen, ohne einen Blick auf die Papiere zu werfen. »Vielen Dank.« Er riß die untere Kopie ab und reichte sie dem anderen, froh, daß der Mann sich abwandte und auf die wartenden Maschinen zumarschierte. Erst als er wieder an Bord gestiegen war, nahm Sarmiento die Papiere zur Hand, um sie abzulegen. Komische Namen hatten diese Deutschen. Die eckige Schrift war kaum zu entziffern. Sah aus wie Schickelgruber ... Adolf Schickelgruber.

Eilige Hände zerrten den Offizier durch das Luk, schlossen es dicht hinter ihm.

»Wieviel Zeit?« fragte er drängend.

»Noch etwa achtundzwanzig Minuten. Wir müssen in der Luft sein, ehe sie Funkverbindung aufnehmen.«

»Vielleicht sind sie spät dran ...«

»Aber vielleicht fliegen sie schneller, wenn der Rückenwind, den wir erfunden haben, wirklich existiert. Wir dürfen kein Risiko eingehen.«

Die ersten Maschinen hatten bereits abgehoben und verschwanden in der Nacht. Das Leitflugzeug startete als letztes und folgte den anderen in die Dunkelheit. Doch anstatt auf Höhe zu gehen, beschrieb es über dem Ozean eine weite Kurve und kehrte zum Flughafen zurück. Mit gebremstem Schub flog es noch einmal über die Piste.

»Dort ist der Löschzug, schon wieder in die Garage zurückgekehrt«, sagte jemand.

»Und die anderen Männer sind noch im Gebäude, nein, dort steht einer in der Tür und winkt«, sagte General Blonstein. »Blinken wir zum Abschied mal mit den Scheinwerfern.« Diesmal hielten sie in westlicher Richtung auf das Meer hinaus. Blonstein setzte sich Kopfhörer auf und lauschte. Er betete darum, daß sie genug Zeit haben würden. Noch rührte sich nichts, andere Funkmeldungen waren nicht zu hören. »Es reicht«, sagte er schließlich, öffnete eine rote Schutzhaube und drückte den Knopf, der sich darunter befand.

Sarmiento hörte das seltsame Dröhnen und blickte zum Fenster empor; gleichzeitig raste die Flammensäule hoch in die Luft. Das Flugbenzin brannte lichterloh. Alarmglocken schrillten auf allen Seiten, die Drucker klapperten, das Funkgerät erwachte zum Leben und strahlte automatische Notrufe ab.

Die deutschen Truppentransporter hatten eben die afrikanische Küste verlassen, als die Nachricht durchkam.

»Neuer Kurs«, befahl der Kommandant und holte sich eine Karte auf den Bildschirm. »Da muß ein Unfall passiert sein, Einzelheiten wurden nicht genannt. Na, jedenfalls haben wir jetzt Landeerlaubnis für Madrid.«

Der Kommandant machte sich Gedanken über den neuen Kurs und die Treibstoffvorräte in den Tanks. Er kam nicht auf den Gedanken, sich beim Flughafen Cruz del Luz zu erkundigen; das ging ihn nichts an. So blieb dem besorgten, verängstigten und eingeschüchterten Captain Sarmiento ein Problem erspart neben all denen, die ihm schon zu schaffen machten. Er brauchte sich keine Gedanken darüber zu machen, warum in dieser Nacht zwei Flüge mit derselben Flugnummer und identischen Beschreibungen vorgesehen waren.

21

»Damit wäre die erste Hälfte der Arbeit getan«, sagte Admiral Skougaard befriedigt, als die Wrackteile der feindlichen Flotten hinter den Schiffen zurückblieben. »Es ist weitaus besser gelaufen, als ich gehofft hatte. So gut wie für Nelson bei Kap Trafalgar, sogar besser, wenn man berücksichtigt, daß ich noch lebe. Und wir haben keine Verluste erlitten – wenn man von dem Mann mit dem zerschmetterten Fuß absieht, der sich eine Kanonenkugel darauf hat fallen lassen. Kurskorrekturen?«

»Berechnet, Sir«, sagte der Operator. »Antrieb zündet in etwa vier Minuten.«

»Ausgezeichnet. Sobald wir auf neuem Kurs sind, sollen die Freiwachen wegtreten und etwas essen.« Er wandte sich an Jan. »Das ist der Vorteil meines Postens; ich gehe gleich zum Essen. Kommen Sie mit?«

An leibliche Genüsse hatte Jan bis zu diesem Augenblick wirklich nicht gedacht. Doch als nun die Spannung der jüngsten Stunden verflog, ging ihm auf, daß die letzte Mahlzeit lange zurücklag. »Ich komme gern mit, Admiral.«

Als sie das Privatquartier des Admirals betraten, war der Tisch bereits gedeckt, und der Koch stellte persönlich die Speisen auf den Tisch. Der Admiral und der Koch wechselten Bemerkungen in einer gutturalen, unverständlichen Sprache und lachten kehlig.

»Smorgasbrod«, sagte Jan und riß die Augen auf. »So etwas habe ich seit ... ach, ich weiß nicht mehr, wie lange es her ist.«

»Stor kolt bord«, berichtigte ihn Admiral Skougaard. »In der Öffentlichkeit hat sich inzwischen der schwedische Begriff durchgesetzt, aber es ist nicht dasselbe. Wir Dänen essen gern. Vor dem Start sorge ich stets dafür, daß die Speisekammer gut gefüllt ist. Langsam werden die Vorräte schon wieder knapp«, seufzte er. »Wir müssen den Krieg schnell gewinnen. Auf den Sieg!«

Die beiden prosteten sich mit winzigen Gläsern eisgekühlten Aquavits zu, den sie mit einem Schluck hinunterstürzten. Der Koch füllte sofort aus der Flasche nach, die in einem Eisblock eingefroren war. Roggenbrot, das dick mit Butter bestrichen war, wurde mit Hering in allen Variationen belegt. Kalter Braten mit geschabtem Meerrettich, Kaviar mit rohem Ei, immer neue Zusammenstellungen – und das alles wurde mit kaltem dänischen Bier hinuntergespült. Das war der Appetit des Siegers – und des Überlebens. Durch den Sieg über den Feind hatten sie die eigene Existenz ein wenig weiter in die Zukunft hinein gesichert. Essen und trinken: der morgige Tag würde früh genug anbrechen.

Während sie beim Kaffee gerade noch die Energie aufbrachten, ein paar Bissen Käse zu genießen, kehrten die Gedanken bereits zur Schlußphase der großen Schlacht zurück.

»Können Sie sich vorstellen, daß ich den Computer längst auf mindestens zwei Dutzend künftige Pläne programmiert hatte, die auf das Ergebnis des Kampfes abgestellt waren?« fragte Skougaard. »Und von allen Programmen ist mir das beste natürlich klar: Nummer eins. Mein nächstes Problem besteht also darin, wie ich diesen Plan vor den Reserven des Gegners geheimhalte. Ich will es Ihnen zeigen.«

Er rückte Salzstreuer, Senftopf, Messer und Gabeln auf dem Tisch zurecht. »Hier sind wir, unser Flottenverband ist das Messer hier. Daneben liegt die Gabel, der zweite Verband. Hier drüben befindet sich die Erde, und das ist die Richtung, in die sie sich bewegt. Die verbleibenden Feindschiffe gruppieren sich hier und dort. Sie dürften inzwischen auf Abfangkursen liegen, kommen aber sicher zu spät, um den nächsten Schritt noch zu verhindern. Ehe sie diesen

Punkt erreichen können, werden unsere Schiffe diese Löffel hier erobern und besetzen, die Energiesatelliten. Wie Sie wissen, verwandeln diese großen Spiegel die Sonnenenergie in Elektrizität und strahlen sie in Form von Mikrowellen zur Erde ab. Diese Energie speist die Stromversorgung in Europa und Nordamerika – mit anderen Worten – man dürfte dort unten recht bekümmert reagieren, wenn wir diesen Hahn zudrehen. Sämtliche Satelliten, genau im gleichen Moment. Wenn wir Glück haben, löst das eine Kettenreaktion von Blackouts aus. Aber im Grunde sind das nur kleine Störungen. Die Erde verfügt über genügend andere Energiequellen, auf die sie zurückgreifen kann, langfristig kommt es darauf also nicht an. Zunächst interessiert uns aber die Gegenwart. Hoffentlich wird man versuchen, unsere Männer zu vertreiben. Dies wird im Nahkampf geschehen müssen, weil man keine Raketen abzufeuern wagt, aus Angst, die eigenen Satelliten zu zerstören. Wir dagegen brauchen beim Beschuß der Schiffe keine Rücksicht zu nehmen. Es wird ein schwieriger Kampf werden, dabei völlig unwichtig. Ein Ablenkungsmanöver, weiter nichts. Hier ...« – er deutete auf das Messer –. »Auf diesen Flottenteil sollten unsere Gegner achten.«

Das Messer bewegte sich im Bogen um einen Teller und auf einen zweiten zu, der mit kleinen Sahnetörtchen gefüllt war. »Der Mond«, sagte Skougaard und berührte den ersten Teller. »Und die Erde.« Er deutete auf den zweiten Teller und nahm ein Törtchen zur Hand. »Wir hoffen, die Ablenkung wird einen Großteil der gegnerischen Abwehrkräfte binden. Der zweite Teil unseres Plans müßte in die Überreste ein großes Loch reißen können.«

»Dieser zweite Teil. Ist das der Vorstoß, den wir mit dem Angriff auf Raumconcent in der Mojavewüste koordinieren?«

Skougaard leckte sich Sahne von den Fingerspitzen. »Genau. Ich hoffe, daß man nach der Vernichtung der Hauptflotte, nach dem Angriff auf die Satelliten und den Stromausfällen die Station Mojave vorübergehend vergißt. Wenn Ihr Freund – hoffentlich auch unser Freund – Thurgood-Smythe die Wahrheit sagt, nun, dann wird er seinen Teil dazu beitragen, die Verwirrung zu steigern. Ob wir nun gewinnen oder verlieren – wir müssen auf jeden

Fall das große Ziel anvisieren.« Er legte ein zweites Messer neben das erste und führte beide um den Teller auf die Rückseite des Mondes.

»Hier werde ich meine Streitkräfte erneut teilen. Dabei sind wir hinter dem Mond außer Sicht und außer Reichweite der Erd-Orter. Und wenn wir diese Stelle hier passieren, sind wir über dem Horizont und an der letzten Ortungsstation vorbei. Dort zünden wir die Triebwerke zu einem Kurswechsel. Ein kleiner Wechsel für den Hauptteil des Flottenverbands.« Er führte ein Messer von dem anderen fort. »Denn wir wollen natürlich nicht, daß unsere Schiffe auf die wartenden Geschosse der Verteidigerflotte stoßen, die zu der Zeit in Position sein werden. Die verbleibenden beiden Schiffe nehmen allerdings einen erheblichen Kurswechsel vor. Dieses Schiff und der Truppentransporter. Wir nehmen eine neue Richtung und gehen auf Beschleunigung. Wir rasen um den Mond herum wie ein Gewicht am Ende einer Schnur und kommen nach dem Swingby hier heraus. Abseits aller Abwehrformationen und mit Kurs auf die Erde.«

»Auf einem Kurs, der über der Mojavewüste enden wird?«

»Genau. Die *Dannebrog* wird uns Deckung geben, einen Schutzschirm aus Geschossen gegen etwaige Abwehrreaktionen von der Erde. Das wird voraussichtlich keine Probleme bereiten, weil die Abwehr gegen die Schwerkraft ankämpfen muß. Das müßte uns genug Zeit verschaffen, um sie nacheinander auszuschalten. Und von den Mondstützpunkten hinter uns haben wir nichts zu befürchten, weil sie eine Anzahl von Bomben und eisernen Kanonenkugeln auf den Kopf bekommen – die Ladung müssen sie erst mal verdauen.«

»So, wie Sie es schildern, klingt alles ganz einfach«, sagte Jan.

»Ich weiß. Aber das ist es nicht. Im Krieg nie. Man plant, so gut man kann, dann kommen Zufälle und der menschliche Faktor in die Rechnung hinein und führen zum Endergebnis.« Er schenkte ein Glas Aquavit aus der eingefrorenen Flasche nach und kippte den Inhalt hinunter. »Noch ein paar Drinks, dann ein langer Schlaf – und dann wollen wir mal sehen, was uns erwartet, wenn wir hinter dem Mond hervorkommen. Ich schlage vor, Sie legen sich ebenfalls hin.

Und wenn Sie zum Beten neigen, sollten Sie darum bitten, daß Ihr seltsamer Vogel von Schwager wirklich auf unserer Seite steht.«

Jan legte sich hin, konnte aber nicht einschlafen. Mit hoher Geschwindigkeit rasten sie einem unbekannten Geschick entgegen. Dvora war darin verwickelt – aber über sie durfte er nicht nachdenken. Trotzdem beschäftigte er sich immer wieder mit ihr. Mit Halvmörk, mit allen seinen Freunden dort und den übrigen Kolonisten. Und mit seiner Frau; sie alle waren Lichtjahre entfernt. Auch Lichtjahre von seinen Gedanken. Dieser Krieg, das Töten, es würde bald zu Ende gehen. Auf die eine oder andere Weise. Und was war mit Thurgood-Smythe? Er war der entscheidende Faktor der ganzen Gleichung. Würde sein Plan funktionieren – oder war der in Wahrheit nur eine kompliziert gestrickte Falle, die die Rebellen in die Vernichtung locken sollte? Warmes Fleisch, totes Fleisch, Waffen, Tod und Leben, dies alles wirbelte in seinem Kopf – da schreckte ihn das Alarmsignal hoch. Er war also doch noch eingeschlafen. Trotz seiner Benommenheit erkannte er den Grund, warum er den Wecker gestellt hatte, und in seiner Mitte bildete sich ein Knoten der Angst. Der Kampf trat in seine entscheidende Phase.

Jan fand Admiral Skougaard in philosophischer Stimmung vor. Skougaard hörte sich die leisen Meldungen des Computers an und nickte, als er sich die Darstellungen auf den Bildschirmen ansah.

»Haben Sie das gehört?« fragte er. »Die großen Geschütze feuern bereits wieder auf ein Ziel, das sie nicht sehen können, das vernichtet sein wird, ehe sie es erreichen. Haben Sie sich schon mal mit dem mathematischen Können beschäftigt, das in dieser kleinen Maßnahme steckt – ein Können, das wir für selbstverständlich halten? Ich frage mich manchmal, wie viele Jahre wir brauchen würden, wenn wir diese Berechnungen ohne maschinelle Hilfe machen müßten. Schauen Sie ...« Er deutete auf die kraterübersäte Oberfläche des Mondes, die sich langsam unter dem Schiff bewegte. »Ich lieferte den Computern genaue fotografische Landkarten des Mondes. Auf diesen Karten hatte ich die drei Raktenstützpunkte eingezeichnet, die sich auf der erdzugewandten Seite des Trabanten befinden. Danach gab ich lediglich die Anweisung, die Kanonen abzufeuern, um diese Stützpunkte auszuschalten. Und das geschieht jetzt. Um diese zu erreichen, muß die Mondbewegung einkalkuliert werden, außerdem unser Kurs relativ zu ihm sowie Geschwindigkeit und Höhe. Dann müssen die Zielorte in bezug auf unsere Position ermittelt werden. Dann ist die Flugbahn für die Geschosse zu errechnen, unter Berücksichtigung unserer Geschwindigkeit, der Mündungsgeschwindigkeit der Kugeln und des genauen Winkels, damit sie genau am vorgesehenen Punkt landen. Großartig!« Seine Begeisterung schwand, als er sich die Uhr ansah. Plötzlich zeigte er die konzentrierte Ruhe, die er während eines Einsatzes ausstrahlte. »Noch drei Minuten, dann steigt die Erde über den Horizont. Dann sehen wir, welch ein Empfang uns erwartet.«

Während die Erdatmosphäre über den Horizont stieg, wurden die raschelnden statischen Geräusche im Funk durch gedämpfte Stimmen abgelöst, die in dem Maße klarer wurden, je weiter sie in den Funkbereich der Sender gerieten. Die Computer suchten automatisch sämtliche Frequenzen des Raumfunks ab, um feindliche Nachrichten abzufangen.

»Da ist einiges los«, sagte Skougaard. »Die Gegenseite ist in heller Aufregung. Aber sie hat noch einige gute Kommandeure – ausnahmslos besser als der selige Genosse Kapustin. Aber wenn Thurgood-Smythe sein Versprechen einhält, müßten bereits widersprüchliche Befehle hinausgehen. Wollen wir es hoffen – jede Kleinigkeit kann uns nun weiterhelfen.«

Der blaue Globus der Erde war jetzt in seiner ganzen Größe zu sehen; ein Netz von Radarsignalen füllte das All, und sobald man die Rebellen gefunden hatte, wurde sofort die präzisere Laser-Ortung hinterhergeschickt. Kaum war dies geschehen, brach die Invasionsflotte die Funkstille und begann ebenfalls zu suchen und zu orten. Zahlen und Kodezeichen füllten die Schirme.

»Könnte besser für uns stehen«, sagte Skougaard. »Andererseits hätte die Lage auch viel schlimmer sein können.«

Jan schwieg, während der Admiral Kursberechnungen, Schätzungen von Annäherungsgeschwindigkeiten und Schußweiten abrief – mathematische Einzelheiten, die den Krieg im All erst möglich machten. Er handelte nicht überhastet, obwohl sie viele tausend

Meilen hinter sich ließen, während er sich seine Entscheidung zurechtlegte. Sobald sie gefallen war, ließ sich nichts mehr rückgängig machen – sie mußte also richtig sein.

»Meldung an ersten Flottenverband, unverschlüsselt. Plan sieben. Dann setzen Sie sich mit dem zweiten Flottenverband in Verbindung, kodierter Bericht.«

Skougaard lehnte sich wartend zurück und nickte Jan zu. »Der Feind hat ein weites Netz gebildet. So hätte ich mich auch entschieden und wäre nicht ein großes Risiko eingegangen, indem ich mich auf einige günstige Schlupflöcher konzentriert hätte. Die Verteidiger ahnten, daß wir nicht auf demselben Kurs hinter dem Mond hervorkommen würden, auf dem wir dahinter verschwunden waren. Das ist für uns gut und schlecht zugleich. Gut für den ersten Flottenverband. Er hält auf direktem Wege auf zwei der wichtigsten Satelliten-Kolonien in einem Lagrange-Punkt zu, Fabriksatelliten. Ob sie versuchen werden, sie zu erobern oder nicht, hängt davon ab, wie energisch die Verfolgung ausfällt. Wir werden es bald wissen, wenn der Feind seine Kurskorrekturen beendet hat. Es wird eine langsame Aufholjagd werden, denn die Streitkräfte unseres Gegners stehen weit auseinander. Das könnte für uns auch gefährlich sein, weil es ihnen vielleicht gelingt, mehr Schiffe zusammenzuziehen, als mir lieb wäre, um uns abzufangen. Ich hoffe, die Verteidiger stellen ihre Prioritäten auf den Kopf.«

»Was meinen Sie damit?«

Skougaard deutete auf den Bildschirm, wo sich ganz in der Nähe der Truppentransporter abzeichnete. »In diesem Augenblick hängt im Grunde alles von diesem Schiff hier ab. Wird es vernichtet, haben wir den Krieg verloren. Im Augenblick zeigt der Kurs dieses Schiffes auf Mitteleuropa, was den Feind hoffentlich verwirrt. Doch während der Gegenbeschleunigung wird der Kurs – und auch unserer – geändert, mit Zielpunkt Mojavewüste. Landezeitpunkt – etwa eine Stunde, nachdem der Israeli-Angriff begonnen hat. Mit unserer Hilfe werden sie die Station erobern und die Raketenstellungen lahmlegen. Wenn das geschehen ist, können wir jeden Angriff aus dem All abwehren oder den Stützpunkt in die Luft sprengen, sollte er über Land angegriffen werden. Ende der Schlacht,

Ende des Krieges. Aber wenn das Transportschiff zerstört wird, nun, dann können wir den Stützpunkt nicht einnehmen, dann werden die Israelis zurückgeschlagen und vernichtet – und dann haben wir den Krieg verloren ... Moment! Ein Signal vom zweiten Flottenverband.«

Der Admiral las den Bericht und setzte ein breites Grinsen auf. »Sie haben's geschafft! Lundwall und seine Männer haben alle drei Energiesatelliten eingenommen und besetzt.« Das Lächeln schwand. »Die Abfangflotte wurde zurückgeschlagen. Dabei haben wir zwei Schiffe verloren.«

Dazu war nichts zu sagen. Die Einnahme dieser Satelliten und der in Kreisbahnen befindlichen Kolonien war von größter Bedeutung, um den Krieg nach dem Fall von Raumconcent möglichst schnell zu beenden. Im Augenblick waren beide Aktionen Ablenkungsmanöver, die die Kräfte der Verteidiger auseinanderreißen und dem Truppentransporter ein Hindurchschlüpfen ermöglichen sollten. Wie erfolgreich diese Manöver sein würden, ließ sich erst feststellen, wenn die neuen Kurse der irdischen Raumschiffe berechnet waren.

»Vorläufige Einschätzung«, sagte der Computer gelassen. »Achtzig Prozent Wahrscheinlichkeit, daß drei Schiffe Streitmacht eins Alpha abfangen werden.«

»Ich hatte gehofft, daß es nur eins oder zwei sein würden«, sagte Skougaard. »Die Chancen stehen also nicht besonders gut.« Er wandte sich an den Computer. »Gib mir eine Identifikation der drei Einheiten.«

Sie warteten. Obwohl die näherkommenden Raumschiffe elektronisch klar zu sehen waren, bildeten sie nichts anderes als Punkte im All. Solange sie noch nicht körperlich ausgemacht werden konnten, mußte das Identifikationsprogramm nach anderen Unterscheidungsmerkmalen suchen. Die Beschleunigungsgeschwindigkeit bei Kurswechseln ließ Rückschlüsse auf den Antrieb und damit auf den Schiffstyp zu. Wenn sie miteinander sprachen, ließen sich die Kodebezeichnungen knacken. Aber das kostete Zeit – Zeit, in der sich die Distanz zwischen den beiden feindlichen Einheiten rapide verringerte.

»Identifikation«, sagte der Computer. Skougaard fuhr zu den Bildschirmen herum, auf denen die Ziffern schneller erschienen, als sie hätten ausgesprochen werden können.

»*Til helvede!*« sagte er in kaltem Zorn. »Da stimmt etwas nicht, absolut nicht! Die Schiffe dürften nicht hier sein. Es handelt sich um die größten Kriegsschiffe der Erde, bis zu den Zähnen vollbepackt mit allen Waffen, die man da unten kennt. An denen kommen wir nicht vorbei. Wir sind so gut wie tot! Es ist doch eine Falle!«

22

Daß über der Mojavewüste Sommerwetter herrschen würde – daran konnte kein Zweifel bestehen. In den Wintermonaten konnte wechselhaftes Wetter herrschen, es konnte Wolken und zuweilen sogar Regen geben. An solchen Tagen war die Wüste ungewöhnlich bunt, bedeckt von winzigen Blumen, die nach wenigen Tagen verwelkten. Wunderschön. Für den Sommer galt das Wort nicht.

Vor Tagesbeginn mochte die Temperatur auf achtunddreißig Grad Celsius sinken, vielleicht wurde es auch noch einige Grade kälter, aber das war alles. Und dann ging die Sonne auf.

Sie glühte wie ein geöffneter Hochofen. Zur Mittagsstunde waren sechzig Grad nicht ungewöhnlich.

Als die Flugzeuge zur Landung ansetzten, zeigte der Himmel im Osten erstes Licht, und die Temperaturen waren gerade noch erträglich. Der Tower des Flughafens Raumconcent hatte mit der Formation in Verbindung gestanden, seit die Maschinen über Arizona zur Landung angesetzt hatten. Die aufgehende Sonne schimmerte warm auf den Metallverkleidungen, als sich die Maschinen den Lichtern der Landebahn entgegensenkten.

Gähnend sah Leutnant Packer zu, wie die ersten Flugzeuge zu den Ausstiegspositionen rollten. Große schwarze Kreuze an den Flanken. Krauts. Der Leutnant mochte die Deutschen nicht, da sie in den paranoiden Filmen und Geschichtsbüchern, mit denen er aufgewachsen war, zu den Feinden Amerikas gehört hatten, zusammen mit Kommunisten, Russen, Schlitzaugen, Südländern,

Niggern und einer langen Reihe anderer Leute. Es gab so viele böse Menschen im Leben, daß man nicht so ganz auf dem laufenden bleiben konnte, den Deutschen aber begegnete er immer noch mit Widerwillen, obwohl er nie einen persönlich kennengelernt hatte. Warum wurden hier nicht die braven amerikanischen Jungs zur Verteidigung von Raumconcent, dieses strategisch wichtigen Stützpunkts, eingesetzt? Es gab sie hier, denn auch seine Kompanie machte Dienst, aber Raumconcent war international, und so konnte jede UN-Truppe hierher versetzt werden. Aber Krauts ...

Noch während die Triebwerke ausliefen, senkten sich langsam die Gangways. Eine Gruppe Offiziere verließ das erste Flugzeug und kam auf ihn zu. Hinter ihnen strömten Soldaten ins Freie und begannen sich in Reihen aufzustellen. Packer hatte kurz das Uniformverzeichnis der Welt durchgesehen, vermochte aber die Sterne eines Generals auch ohne diese Hilfe zu erkennen. Er nahm Haltung an und salutierte.

»Leutnant Packer, Dritte Motorisierte Kavallerie.« Die Offiziere grüßten ebenfalls.

»General von Blonstein, Heeresleitung. Wo sind die Transportmittel?«

Redete sogar wie ein Deutscher aus einem der alten Kriegsfilme. »Müssen jeden Moment kommen, General. Schon unterwegs aus der Lkw-Abteilung. Wir haben Sie erst um ...«

»Rückenwind« sagte der General, machte kehrt und gab energische Befehle in seiner Sprache.

Leutnant Packer zog ein besorgtes Gesicht, als die neu formierten Truppen im Eilmarsch auf die Hangars zuhielten. Er baute sich vor dem General auf, der ihn ignorierte, bis er den Mut faßte, ihn anzusprechen.

»Entschuldigen Sie, Sir, aber ich habe Befehle. Die Lkws sind unterwegs – da kommen schon die ersten. Sie sollen Ihre Männer in die Kaserne bringen ...«

»Gut«, sagte der General betont und wandte sich ab. Hastig schob sich Packer wieder vor ihn.

»Ihre Leute dürfen nicht in die Hangars! Die sind Sperrgebiet!«

»Es ist zu heiß. Sie müssen in den Schatten.«

»Nein, das dürfen Sie nicht, wirklich nicht! Ich muß dieses Vorkommnis melden.« Er hob den Arm, um sein Funkgerät einzuschalten, aber einer der Offiziere schlug ihm mit dem Gewehrlauf energisch auf die Hand. Und bohrte ihm die Mündung in die Rippen. Packer starrte sprachlos darauf und hielt die schmerzenden Finger in die Höhe.

»Die Waffe hat einen Schalldämpfer«, sagte der General, der plötzlich gar nicht mehr mit deutschem Akzent sprach. »Sie tun, was ich sage, sonst werden Sie auf der Stelle erschossen. Jetzt drehen Sie sich um und gehen mit den Männern zum Flugzeug! Ein Wort, eine falsche Bewegung – und Sie sind tot. Gehen Sie!« Und er fügte auf Hebräisch hinzu: »Gebt ihm eine Injektion und laßt ihn liegen!«

Als das letzte Triebwerk abgeschaltet war, beendete der Computer im Kontrollturm das Lande- und Rollprogramm und gab Signal, daß die Aktion abgeschlossen war. Einer der Diensthabenden überzeugte sich davon, indem er die Szene mit dem Fernglas überschaute. Alle Flugzeuge waren in Ruhestellung. Überall Busse und Lkws. Er konnte die Landebahnen erst wieder freigeben, wenn alle verschwunden waren. Der Konvoi-Offizier begab sich mit zwei Neuankömmlingen zu einer Maschine. Wahrscheinlich um dort ein Fläschchen zu köpfen. Deutsche Soldaten waren vermutlich auch nicht anders als ihre amerikanischen Kollegen. Großsprecherisch, dem Alkohol und den Frauen zugetan. Nur gut, daß solche Kerle meistens hinter Maschendraht saßen.

»Nach hinten, nicht hier zu mir«, sagte der Corporal, als der Soldat das Führerhaus des Lkw öffnete und einsteigen wollte.

»*Ja, ja, gut*«, antwortete der Soldat und kümmerte sich nicht um den Befehl.

»Nun machen Sie schon! Himmel, ich spreche nicht ausländisch. Nach hinten, aber fix ...« Verblüfft senkte er den Blick, als der Neuankömmling sich näherbeugte und ihm auf das Bein schlug. Etwas stach ihn unangenehm. Protestierend öffnete er den Mund, dann sank er nach vorn über das Steuer. Der Israeli sicherte das Injektionsgerät, das er in der Handfläche verborgen hatte, und steckte es in die Tasche, dann zerrte er den Mann hinter dem Steuer hervor.

Gleichzeitig wurde die Tür auf der Fahrerseite geöffnet. Ein zweiter Israeli schob sich herein, nahm den Helm ab, legte ihn neben sich auf die Sitzbank und setzte das Käppi des Corporals auf.

General Blonstein blickte auf die Uhr. »Wie lange noch?« fragte er.

»Drei, vier Minuten, nicht länger«, antwortete sein Adjutant. »Wir füllen eben gerade die letzten Busse.«

»Gut. Irgendwelche Probleme?«

»Nichts Wichtiges. Ein paar Leute, die sich gewundert haben, sind schlafen gelegt worden. Bis jetzt haben wir aber noch keine bewachten Tore oder Gebäude erreicht.«

»Und damit beginnen wir auch erst, wenn alle in Position sind. Wie lange noch bis zur Abfahrt?«

»Sechzig Sekunden.«

»Dann los! Die letzten können uns einholen. Wir können den Angriffsplan auf keinen Fall ändern.«

Dvora saß neben Wasil, der den schweren Lkw steuerte; ihre Männer hockten dichtgedrängt auf der Ladefläche. Das lange Haar hatte sie zu einem Knoten zusammengebunden und unter dem Helm versteckt, das Gesicht war ungeschminkt.

»Wie lange noch?« fragte Wasil, und sein Fuß spielte mit dem Gaspedal. Der Motor grollte zur Antwort. Sie blickte auf die Uhr.

»Wenn man sich an den Plan hält, muß es jeden Moment soweit sein.«

»Ein großer Laden«, sagte er und blickte zu den Servicetürmen, Kränen und Lagerhäusern empor, die sich hinter dem Drahtzaun erstreckten. »Vielleicht können wir den Stützpunkt einnehmen, halten aber können wir ihn nicht.«

»Sie waren bei der letzten Besprechung dabei. Wir erhalten Verstärkung.«

»Aber niemand hat gesagt, woher die kommen soll.«

»Natürlich nicht. Damit Sie nichts verraten können, wenn Sie in Gefangenschaft kommen sollten.«

Der großgewachsene Mann lächelte kühl und tätschelte den Patronengurt, den er um den Hals trug. »Die kriegen mich nur als Toten in die Finger. Sie können mir's also ruhig sagen.«

Dvora lächelte und deutete zum Himmel. »Unsere Hilfe kommt

von dort.« Wasi brummte etwas vor sich hin und wandte den Kopf ab.

»Jetzt reden Sie wie ein Rabbi«, sagte er, als ihr Funkgerät schrille Pieptöne auszustoßen begann.

»Los!« sagte Dvora, doch er hatte das Gaspedal bereits durchgetreten. »Kanoniere bereit?« fragte sie in den Funk.

»In Position«, sagte die Stimme in ihrem Kopf. Sie zog den Kinngurt fest, um den Kontakt mit dem Empfänger in ihrem Helm zu sichern.

Der große Lkw rollte um die Ecke des Lagerhauses und hielt vor dem Posten der Militärpolizei. Das Tor, das den Eingang versperrte, blieb zu. Der Militärpolizist beugte sich aus dem Fenster und zog ein finsteres Gesicht.

»Sie werden gemeldet, Meister, denn Sie sind blöde, und Sie haben sich verfahren. Ihr Wagen ist mir hier nicht angekündigt ...«

Die Zeit der harmlosen Injektionen war vorbei. Durch einen Schlitz in der Leinenplane des Lkws wurde die Mündung eines Maschinengewehr gezogen. Es begann zu feuern und bewegte sich hin und her. Der lange Schalldämpfer ließ nur ein leises hustendes Geräusch ertönen; das Bersten des Glases und des durchschossenen Metalls klang viel lauter. Eine zweite Waffe tötete den Posten auf der anderen Seite.

»Rammen!« befahl Dvora.

Der schwere Lkw fuhr an und bohrte sich krachend in das Tor, riß es nieder und fuhr darüber hinweg. In der Ferne begann ein Alarm zu schrillen; leise Explosionen ertönten.

Dvora hatte sich die Route genau eingeprägt, aber da sie sich nicht auf das Schicksal verlassen wollte, hatte sie auf den Knien eine Karte entfaltet. »An der nächsten Ecke links!« befahl sie, und ihr Zeigefinger lag auf der rot eingezeichneten Route. »Wenn wir unterwegs nicht auf Widerstand stoßen, müßten wir da direkt zu unserem Ziel gelangen.«

Die Straße, der sie folgten, führte durch eine Zone mit Bürogebäuden und Lagerhäusern. Es gab keinen anderen Verkehr. Wasil trat das Gaspedal durch, und der schwere Lkw gewann an Tempo. Das Getriebe ächzte, als er in den höchsten Gang wechselte, und die

Soldaten hinten hielten sich verzweifelt fest, als der Wagen durch ein Schlagloch raste.

»Das ist das Gebäude, das große ...«

Japsend unterbrach sie sich, als die Straßendecke vor ihr in Bewegung geriet, brach und zerbröckelte und von einer Seite zur anderen aufklaffte. Wasil stand auf der Bremse, die Räder waren blokkiert, die Reifen radierten quietschend über den Asphalt, ohne den Wagen richtig zu verlangsamen. Entsetzt starrten die Insassen in der Kabine nach vorn, sich abstützend, unfähig, etwas anderes zu tun: die Betondecke klaffte in Brocken und Streifen auf, und eine dicke Stahlplatte schob sich senkrecht empor und blockierte die Durchfahrt. Die Rutschfahrt endete mit einem metallenen Krachen, als der Wagen frontal an der rostigen Barriere zum Stillstand kam.

Dvora wurde nach vorn gerissen und prallte mit dem Helm heftig gegen das Armaturenbrett. Wasil faßte sie an der Schulter und zog sie wieder hoch.

»Alles in Ordnung!«

Betäubt nickte sie. »Diese Barriere ... davon war bei der Besprechung nicht die Rede ...«

Ein Geschoßhagel bohrte sich ins Metall des Wagens, sirrte durch die Fenster herein.

»Raus!« brüllte Dvora ins Mikrofon, hob gleichzeitig die Waffe und schickte eine lange Salve in den Eingang eines nahen Gebäudes, wo sie eine Bewegung zu sehen glaubte. Wasil war bereits auf der Straße, und sie warf sich hinter ihm her. Dvoras Männer sprangen aus dem Wagen und suchten Deckung, während sie das Feuer erwiderten.

»Nur schießen, wenn Sie ein Ziel sehen!« befahl sie. »Haben wir Verwundete?«

Es gab Schnitte und Prellungen, aber nichts Schlimmeres. Die Abteilung hatte den ersten Kampf überlebt und fand Deckung unter dem Wagen und an der Wand des Gebäudes. Der Beschuß begann erneut, und Kugeln prallten von der Straße ab, Staub und Betonsplitter wirbelten davon. Gleichzeitig bellte ein einzelner Schuß unter dem Lkw, woraufhin das gegnerische Feuer endete. Es klapperte metallisch, ein lautes Geräusch in der Stille nach dem Schießen; auf der anderen Seite der Straße war eine Waffe aus dem Fenster gefallen, und aus der Fensteröffnung ragte der reglose Arm eines Mannes.

»Es war nur einer«, sagte Grigor und sicherte sein Gewehr.

»Wir rücken zu Fuß weiter vor«, sagte Dvora und schaute auf die Karte. »Aber abseits dieser Straße. Jetzt wo Alarm gegeben ist, scheint es mir hier zu gefährlich zu sein. Durch die Gasse da drüben. Kundschafter voraus. Im Einzeleinsatz vorgehen. Los!«

Die beiden Kundschafter hasteten einer nach dem anderen über die leere Straße und verschwanden in der Sicherheit der Gasse. Der Rest der Abteilung folgte. Sie beeilten sich, denn sie hatten das Gefühl, daß die Minuten doppelt schnell verstrichen. Grigor bemühte sich keuchend, Schritt zu halten, die dreißig Kilo des großen rückstoßfreien 50er-Maschinengewehrs lasteten schwer auf ihm. Die beiden Munitionsträger hielten Schritt.

Eilig überquerten sie eine weitere Hauptstraße; einzeln huschten die Männer hinüber, trafen aber nicht auf Widerstand. Hier hatten sich ebenfalls in regelmäßigen Abständen blockierende Stahlbarrieren aus dem Boden gehoben.

»Noch eine Straße«, sagte Dvora, faltete die Karte zusammen und steckte sie ein. »Das Gebäude wird bestimmt verteidigt ...« Sie hob die Hand, und die Männer blieben mit erhobenen Waffen stehen.

Weiter vorn war aus einem offenen Tor ein Mann gekommen; er wandte ihnen den Rücken zu. Ein Zivilist, anscheinend unbewaffnet. »Keine Bewegung, dann passiert Ihnen nichts«, sagte Dvora. Der Mann fuhr herum und zuckte beim Blick der Bewaffneten zusammen.

»Ich tue doch gar nichts! Ich habe hier gearbeitet und hörte den Alarm. Was ist eigentlich los ...?«

»Ins Haus!« befahl Dvora und gab ihren Männern Zeichen, ihr zu folgen. »Was ist das für ein Gebäude?«

»Versorgungsdepot. Ich habe die Gabelstapler gewartet und neu aufgeladen.«

»Gibt's einen Weg durch das Gebäude?« fragte Dvora.

»Aber ja doch. Treppe in die obere Etage, dann durch die Büros.

Festino -82

Hören Sie, meine Dame, können Sie mir nicht sagen, was hier los ist?«

»Es hat Kämpfe mit Sympathisanten der Rebellen gegeben. Aber wir machen damit Schluß.«

Der Mann schaute sich im Kreis der stummen Männer um, deren Uniformen keine Erkennungs- oder Rangsabzeichen aufwiesen. Er wollte eine Frage stellen, überlegte es sich aber anders. »Sie brauchen mir nur zu folgen. Ich zeige Ihnen den Weg.«

Sie erstiegen eine Treppe und schritten durch den Flur.

»Obergeschoß – ist das richtig hier?« fragte Dvora mißtrauisch und hob die Waffe.

»Genau, diese Etage.«

Sie winkte ihn weiter. Wer hatte nur die Information über die automatischen Straßenbarrieren vergessen? Sie fragte sich, wie die anderen vorankamen, war sich aber darüber im klaren, daß sie die Funkstille nicht brechen durfte.

»Da vorn ist die Tür zur Straße«, sagte der Gefangene. »Dorthin wollen Sie.«

Dvora nickte und deutete auf Grigor, der einen Schritt vortrat und dem Mann den Nacken tätschelte. Mit einer großen Hand erstickte er den erschrockenen Schrei, dann ließ er die bewußtlose Gestalt zu Boden gleiten.

Dvora entriegelte vorsichtig die Tür, öffnete sie langsam einen Spalt breit und schaute hindurch. Schüsse und Explosionen tönten aus der Ferne herüber – dann machte sie schnell wieder zu. Sie stellte den Funk auf Befehlsfrequenz.

»Schwarze Katze fünf an Schwarze Katze eins. Hören Sie mich?«

Die Antwort kam sofort. *»Schwarze Katze fünf, sprechen Sie.«*

»In Position.«

»Schwarze Katze zwei steckt in der Klemme. Sitzt fest. Sie müssen allein weitermachen. Eindringen sofort! Ende.«

Die Männer warteten auf Befehle; Dvora blickte sich im Kreis um. Gute Leute. Doch vom Kämpfen hatten sie so gut wie keine Ahnung. Sie sollten heute dazulernen. Die Überlebenden würden zu den erfahrenen Soldaten gehören.

»Die Gruppen, die die Vorderseite unseres Zielgebäudes angreifen, sind aufgehalten worden«, sagte sie. »Sie sind offenbar auf starken Widerstand gestoßen. Wir müssen die Sache also allein erledigen. Das Gebäude auf der anderen Straßenseite dürfte nicht so gut verteidigt sein. Hoffen wir es. Wir wollen dort eindringen und uns zur anderen Seite durchschlagen, wo es an das Ziel anschließt. Wir gehen durch die Mauer ...«

Sie unterbrach sich, denn auf der Straße jaulte eine Sirene, die immer näher kam. Sie deutete auf Grigor, der seinen Posten verließ und sich flach auf den Boden warf, um aus dieser Stellung vorsichtig die Tür zu öffnen. »Ein Wagen kommt«, sagte er. »Hält gleich dort an der Tür – jemand ist herausgekommen und winkt.«

»Wir greifen an«, sagte Dvora, die sofort ihre Entscheidung getroffen hatte. »Bazooka. Schalten Sie den Wagen aus, sobald er hält. Dann eine zweite Granate durch die Tür. Wir stürmen sofort hinterher.«

Nun kam das Training ins Spiel. Wasil ließ sich zur Seite rollen, und der Mann mit der Panzerfaust ließ sich an der Stelle auf ein Knie nieder, die Augen ans Zielgerät gedrückt, die Waffe ausgerichtet. Sein Munitionsträger hockte hinter ihm und schob das Raketengeschoß von hinten ins Rohr. Er klopfte dem anderen auf die Schulter, zum Zeichen, daß alles bereit war. Der Rest der Gruppe wich zur Seite, aus der Bahn des Flammenstrahls der Rakete. Draußen auf der Straße erstarb die Sirene, und der Wagen hielt.

Ein Flammenstrahl zuckte aus der Rückseite der Panzerfaust, und eine Explosion ließ die Straße erzittern. Der Munitionsmann schob schon ein zweites Geschoß ins Rohr, während draußen noch das Glas der zerbrochenen Fenster zu Boden klirrte.

»Rauch, Ziel verdeckt ...«, knurrte der Mann an der Panzerfaust und wartete – dann schossen die Flammen erneut hervor. Die Explosion, die diesmal im Inneren des Gebäudes erfolgte, klang gedämpft. Dvora riß die Tür auf und führte ihre Männer im Eilschritt über die Straße.

Ein qualmendes Autowrack, brennende Leichen darin. Die Treppe hinauf, durch das zerstörte Tor, im Sprung über weitere Tote. Einer lebte noch, wollte die Waffe heben. Zwei Schüsse fielen, und er sank zwischen die anderen. Die Männer drängten sich am

Eingang, versuchten hereinzukommen. Ein langer Flur, Eilschritt, brüllende Soldaten kamen auf sie zu.

»Runter!« brüllte Grigor und baute sich mit gespreizten Beinen auf, während sie sich hinwarfen und er mit seinem MG den Tod versprühte wie Wasser aus einem Schlauch. Flammengarben zuckten aus den Rückstoßöffnungen hinter seinem Arm, leere Hülsen prallten klappernd von der Wand ab. Die großen 50er-Geschosse zerrissen die anstürmenden Männer, ließen sie herumwirbeln, schleuderten sie zu Boden, töteten alle.

Danach gab es nur noch wenig zu tun. Tempo und Überraschung des Angriffs ließen die Verteidiger zurückweichen. Trotzdem wurde die Zeit knapp; sie waren hinter dem Zeitplan zurück. Dafür kamen sie jetzt schneller voran; Dvora hatte den Grundriß des Hauses im Kopf und gab präzise Anweisungen. Natürlich stammte diese Unterlage von Thurgood-Smythe. Wie auch alle anderen Informationen, die benötigt wurden, um den Angriff durchführen zu können. In der kalten Wut des Kampfes hatte sie den Mann und ihre Zweifel an ihm vergessen. Sie hatte auch gar keine Gelegenheit, über ihn nachzudenken.

»Das ist der Raum«, sagte sie, als sie den Saal betraten, an dessen Ende sich riesige Kisten türmten. »Die Mauer dort, wo die Schilder hängen. Sechs Meter von der linken Ecke entfernt.«

Man hatte sogar daran gedacht, ein Bandmaß mitzubringen. Drei waren ausgegeben worden, damit wenigstens eins mit durchkam. Dvora kam langsam wieder zu Atem, während die Mauer in Angriff genommen wurde.

»Deckung«, sagte sie. »Im Flur – hinter den Kisten. Wenn die Ladungen hochgehen, stürmen wir sofort. Wir müßten uns in einem breiten Korridor befinden, der zu dem Eingang führt, den wir entriegeln müssen. Jetzt kommt der entscheidende Moment.«

Dvora überprüfte die Zündanschlüsse persönlich; alles war in Ordnung. Dann lief sie in den Flur zurück, und zischend löste sich der Draht von dem Roller in ihrer Hand. Sie warf sich in Deckung und drückte gleichzeitig den Sprengknopf.

Als die Ladung hochging, dachte sie kurz an Thurgood-Smythe und fragte sich, ob er ihnen wirklich die Wahrheit über das gesagt hatte, was sie auf der anderen Seite der Mauer vorzufinden hofften.

Dann war keine Zeit mehr zum Nachdenken. Hustend schoben sich die Männer durch die Rauch- und Staubwolken, stiegen durch die gezackte Öffnung. Im Laufschritt voran. Die Überraschung der Verteidiger, die von hinten angefallen wurden, sich wendende Köpfe, Münder, die sich zum Schrei öffneten, während die Körper schon getroffen zu Boden stürzten.

Es war ein Blutbad. Der schwere Bunker war von hinten geknackt worden, hatte auf dieser Flanke keine Abwehreinrichtungen. Granaten und Gewehrfeuer räumten die Widerstandsnester.

»Melden ... Schwarze Katze ... die Tür ist offen ...«, sagte sie keuchend in das Funkgerät. Im dicken Rauch tauchten Soldaten auf. General Blonstein lief allen voraus.

»Endziel: der Raketenkontrollraum«, sagte er. »Folgen Sie mir!«

Die Männer verhielten vor dem Eingang zum Komplex; nach den drei Treppen waren die meisten atemlos.

»Haltet die Waffen unten, wenn wir eindringen«, sagte Blonstein. »Es darf keine Sabotage geben. Ich spreche mit den Leuten und erkläre alles, ich rede ihnen irgend etwas ein, während ihr euch zu den Kontrollkonsolen vorarbeitet. Denkt dran, wir wollen diesen Laden erobern, nicht zerstören ...«

Er wurde durch eine kleine Explosion unterbrochen, die sich anscheinend in einem Zimmer auf der anderen Seite des Gangs ereignet hatte; ein Dutzend Gewehre waren auf den Türknauf gerichtet, der sich langsam drehte. Noch langsamer ging die Tür auf, und ein Mann erschien, der sich an die Türfüllung lehnte; seine Kleidung war blutüberströmt.

»Thurgood-Smythe!« rief Dvora.

»Es ist höheren Orts zu Verrat gekommen«, flüsterte Thurgood-Smythe und sank langsam zu Boden.

23

»Sie wußten Bescheid«, sagte Admiral Skougaard und starrte gebannt auf die Identifikation der Feindschiffe. »Sie mußten es wissen. Für die Gegenwart dieser Streitmacht in diesem Augenblick gibt es keine andere Erklärung.«

»Thurgood-Smythe?« fragte Jan.

»Sagen Sie's mir!« In Skougaards Stimme lag keine Wärme mehr. »Sie haben mir den Plan gebracht.«

»Ich habe Ihnen auch gesagt, ich wisse nicht, ob man ihm trauen könne.«

»Richtig. Und für diesen Fehler werden wir alle mit dem Leben bezahlen. Wenigstens sehen wir, was geschieht. Die Soldaten im Truppentransporter tun mir viel mehr leid.«

»Wir können doch kämpfen, oder? Wir geben doch nicht etwa auf?«

Die kalte Wut auf dem Gesicht des Admirals wurde von einem frostigen Lächeln abgelöst. »Wir geben nicht auf. Aber ich fürchte, wir haben keine Chance mehr. Wir stehen gegen dreimal so viele Geschosse, wie wir selbst aufbringen können, wahrscheinlich sogar noch mehr. Der Gegner wird unsere Abwehr einfach überrennen und dann durchstoßen. Allenfalls können wir uns vom Transporter lösen und einen hinhaltenden Kampf beginnen, so lange es irgend geht, in der Hoffnung, daß sie es überleben.«

»Und darin sehen Sie keine Chance?«

»Nein, es klappt bestimmt nicht. Aber wir tun es trotzdem. Die Bahnberechnungen sind zu präzise, als daß es noch Zweifel geben könnte. Sie werden auf uns stoßen, wir werden kämpfen. Vielleicht können wir Ihnen schaden, aber im Grunde rechne ich nicht damit. Sie werden uns ausschalten. Dann dem Transporter folgen und ihn nach Belieben auseinandernehmen.«

»Wir können aber den Kurs ändern.«

»Die anderen auch. Es gibt kein Entkommen – wir können das Ende nur hinausschieben. Wenn Sie persönliche Botschaften haben, geben Sie sie zur Funkzentrale durch, zur Weitergabe an den zweiten Verband ...«

»Unfair ist das! Nachdem wir so weit gekommen waren, nach den Kämpfen um die Planeten ...!«

»Seit wann spielt im Krieg Fairneß eine Rolle? Armeen und Marinestreitkräfte rückten schon mit Priestern auf beiden Seiten gegeneinander vor – und jeder der Geistlichen versicherte den Kämpfern, daß Gott allein auf ihrer Seite stehe. Ein General sagte einmal, Gott stehe für die Seite mit den meisten Bataillonen ein, was ja wohl der Wahrheit ein wenig näher kommt.«

Dem war wenig hinzuzufügen. Drei Kampfschiffe gegen eins. Das Ergebnis des Kampfes lag auf der Hand. Auf Anweisung des Admirals wurde der Kurs leicht verändert, dann begannen die Raumer auseinanderzutreiben. Bei den Feinden änderte sich nichts. Skougaard deutete auf einen Bildschirm.

»Sie riskieren nichts – und überlassen nichts dem Zufall. Wenn wir in diesem Tempo auf die Atmosphäre stoßen, verglühen wir. Sie wissen, daß wir abbremsen müssen und wie stark, und dann sind sie zur Stelle, wenn wir am verletzlichsten sind, wenn unsere Geschwindigkeit am geringsten ist, dicht über der Atmosphäre.«

Im Laufe der nächsten Stunden wich der Zorn der Apathie, der Schicksalsergebenheit des Todeskandidaten, der in seiner Zelle auf seine Henker wartet. Jan dachte an die Straße, der er gefolgt war, die Straße, die ihn an diesen Punkt geführt hatte. Er wollte nicht sterben, aber es wollte ihm auch nicht einfallen, wo und wann er irgendwie anders hätte handeln können, wie er einen anderen Weg hätte einschlagen, andere Entscheidungen hätte treffen können. Sein Leben sah so aus und nicht anders. Er bedauerte nichts, außer daß es jetzt ein wenig früher zu Ende gehen sollte als vorgesehen.

»Damit beginnt der letzte Akt«, sagte Skougaard in grimmigem skandinavischen Fatalismus, als weiter vorn im All Explosionen aufzuckten. »Sie schicken die ersten Projektile los, obwohl die Entfernung noch zu groß ist, obwohl sie wissen, daß sie uns nicht treffen können – aber in dem Bewußtsein, daß wir keine andere Wahl haben, daß wir unsere Abwehrgeschosse daran vergeuden müssen.«

Der gleichförmige Angriff der feindlichen Raketen ging erbarmungslos weiter – und endete schließlich so plötzlich, wie er begonnen hatte.

»Unsere Reserven sind auf zwanzig Prozent runter«, sagte Skougaard. »Was für ein Katz- und Maus-Spiel veranstaltet man da mit uns?«

»Funkkontakt einwandfrei«, sagte der Funker. »Auf unserer Frequenz, von den Erdschiffen ausgehend. Man will mit Ihnen sprechen, Admiral.«

Skougaard zögerte einen Augenblick lang und zuckte dann die Achseln. »Stellen Sie durch!«

Ein Kommunikationsschirm blitzte auf und zeigte das Bild eines bärtigen Mannes in der Uniform der Raumstreitkräfte.

»Ich hatte mir schon gedacht, daß Sie dahinterstecken, Ryzard«, sagte der Admiral. »Warum wollen Sie mich sprechen?«

»Um Ihnen Bedingungen vorzuschlagen, Skougaard.«

»Kapitulation? Ich glaube nicht, daß mir das gefällt. Früher oder später bringen Sie uns doch alle um.«

»Natürlich. Aber Sie hätten noch ein paar Wochen zu leben. Ein Prozeß, dann standrechtliche Erschießung.«

»Klingt hübsch, aber nicht sehr verlockend. Und was für Arrangements haben Sie vorgesehen – wie sollen sich meine Schiffe ergeben?«

»Schiff. Einzahl. Man will Sie und Ihre *Dannebrog* als Symbol der fehlgeschlagenen Rebellion. Das andere Schiffe, das Sie bei sich haben und in dem ich einen Truppentransporter vermute, nehmen wir auseinander. Eine andere Art Denkmal für die Rebellion.«

»Sie können sich zum Teufel scheren, Ryzard, Sie und der Rest Ihrer Mörderbande.«

»Ich hatte mir fast gedacht, daß Sie das sagen würden. Sie waren ja schon immer ein sturer Hund ...«

»Eine Frage, Ryzard, ein letzter Gefallen für einen alten Klassenkameraden. Man hatte Sie von unseren Plänen informiert, nicht wahr?«

Ryzard fuhr sich langsam mit den Fingern durch den Bart, ehe er antwortete. »Es kann nichts schaden, wenn ich es Ihnen sage. Wir wußten genau, was Sie tun würden. Sie hatten von Anfang an keine richtige Chance. Unsere Informationen kamen von ganz oben ...«

Skougaard hämmerte auf den Knopf und trennte die Verbindung. »Thurgood-Smythe! Die Galaxis wäre ein schönerer Platz zum Leben, wenn er als Kleinkind erstickt worden wäre ...«

Ein Summer forderte energisch Aufmerksamkeit, gleichzeitig begann auf einem Schirm ein rotes Licht zu zucken. Skougaard fuhr herum und sah es sich an.

»Geschosse, die von der Erde abgefeuert wurden«, sagte er. »Man macht sich große Mühe, um die Beute auch wirklich zu erwischen. Die großen Brocken haben atomare Mehrfachsprengköpfe. Lassen sich durch nichts aufhalten, was wir aufbieten könnten. Muß glatt ein Dutzend sein. Auf Gegenkurs gestartet, die müssen in wenigen Sekunden hier sein ... aber nein! Das gibt es doch nicht!«

»Was ist?« fragte Jan. »Was meinen Sie?«

Der Admiral hatte die Sprache verloren. Wortlos deutete er auf den Bildschirm. Jan folgte der Aufforderung und sah die projizierte Linie des neuen Angriffs, sah die drei Feindschiffe.

Explosionen zuckten auf, weit entfernt: die Raketen hatten ihren Angriff abgeschlossen. Der nicht gegen die Rebellen gerichtet gewesen war, wahrhaftig nicht!

Die drei angreifenden Schiffe waren vernichtet worden!

Die Raketen waren auf die Erdschiffe gezielt worden, nicht auf die beiden Rebellenschiffe. Mühelos hatten sie die Abwehr durchschlagen und in einer Hölle von Atomexplosionen zersprengt.

Es war unglaublich – doch es war geschehen. In Sekundenbruchteilen war aus der Niederlage ein Sieg geworden. In dem atemlosen Schweigen war Admiral Skougaards Stimme deutlich zu hören. »Geben Sie Signal!« rief er laut, doch er konnte nicht verbergen, daß seine Stimme ein wenig zitterte. »Schiff sichern zur Gegenbeschleunigung. Landevorbereitungen. Feindliche Streitkräfte vernichtet. Wir ziehen durch!«

24

Aus dem klaren blauen Himmel sanken die beiden riesigen Raumschiffe herab. Es gab keine Bodenkontrolle, keinen Kontakt mit der Leitzentrale von Raumconcent; die beiden Einheiten wurden folglich nicht sicher in die Landegruben eingewiesen. Sie gingen also auf den riesigen Betonflächen des Flugfeldes nieder; in sicherer Entfernung von den Transportmaschinen legten sie auf dröhnenden Flammensäulen eine halsbrecherische 5-g-Landung hin. In die Kojen geschnallt, nach Atem ringend, nachdem ein sonst achtzig Kilo wiegender Mann plötzlich vierhundert Kilogramm wog, warteten Mannschaften und Soldaten ab. Als die Landebeine den Boden berührten, wurden die Triebwerke abgestellt – und sie waren unten. Der verstärkte Beton gab nach und brach unter dem Gewicht, aber die Computer schufen augenblicklich Ausgleich in den Landebeinen, so daß die Schiffe aufrecht stehen blieben.

Kaum waren die Triebwerke der *Dannebrog* verstummt, klappten die Schutzvorrichtungen von den Außenkameras fort, und auf jedem Bildschirm im Schiff erschien die Szene. Der Truppentransporter, der noch von Rauchwolken umgeben war, veränderte plötzlich die Form: sämtliche Frachttüren und Luken wurden im selben Augenblick aufgesprengt. Landerampen fielen herab und knallten zu Boden, Faltleitern ratterten aus offenen Luken in die Tiefe. Der Angriff hatte begonnen. Leichte Panzer brausten die Rampen herab und durch den Qualm, während die Soldaten wie Ameisen die Leitern herabschwärmten. Es gab keinen Widerstand, so daß sich die Angreifer ausbreiteten, so schnell sie konnten. Sie hasteten auf die Gebäude zu, die die Landeflächen säumten.

Admiral Skougaard hörte die Befehlsfrequenz ab. Er nickte zufrieden, beugte sich dann zur Seite und schaltete das Funkgerät aus.

»Sie sind sicher unten«, sagte er. »Kontaktaufnahme mit den Israelis ist erfolgt. Beide Gruppen haben sich zusammengetan, um die verbleibenden Widerstandsnester auszuschalten. Wir haben unsere Arbeit getan. Jetzt liegt's an den anderen.«

Jan sah zu, wie die Truppen durch die Gebäude ausschwärmten, bis sie nicht mehr zu sehen waren; seine Gedanken wirbelten im

Kreis und wollten ihn nicht zur Ruhe kommen lassen. War dies wirklich die Entscheidung – war dies das Ende? War der Krieg vorbei – oder würden die Erdtruppen den Widerstand fortsetzen? Die Rebellen waren nicht mehr aufzuhalten, jeder Gegner würde ausgelöscht werden. Dabei würde der Stützpunkt aber zerstört werden. War diese Gefahr schwerwiegend genug, um die Katastrophe zu verhindern?

»Hier«, sagte Skougaard und schob Jan ein Glas Wasser hin. »Jetzt trinken wir auf den Erfolg – und auf den Sieg, der unmittelbar bevorsteht.«

Das Glas war nicht mit Wasser, sondern mit Aquavit gefüllt, und der Admiral schluckte sein Quantum schwungvoll und schmatzte anschließend mit den Lippen. Jan stürzte einen großen Schluck hinab, was ihm durchaus genügte.

»Bodentransport unterwegs«, meldete der Funker. Der Admiral nickte.

»Gut. Wir benutzen die Schleuse im Maschinenraum.«

Der Kampfwagen bremste mit quietschenden Reifen, als sie ins Freie traten; er trug noch das blau-weiße Zeichen der Erdstreitkräfte – das allerdings etliche Einschußlöcher aufwies. Die israelische Fahrerin hielt den Männern die Tür auf.

»Sie werden beide im Hauptquartier erwartet«, sagte sie, und das Fahrzeug raste los, kaum daß sie Platz genommen hatten. Es wendete in engem Bogen und hielt auf den Ausgang zu. Holpernd fuhren sie durch ein in den Zaun gesprengtes Loch und auf die dahinterliegende Straße. Qualmende Wrackteile kennzeichneten die Stellen, wo die Kämpfe am heftigsten getobt hatten; hier lagen auch etliche Tote. Es hatte Verluste gegeben, am meisten am Kontrollgebäude selbst, dem der Angriff in erster Linie gegolten hatte. Im Erdgeschoß war hier ein Feld-Hauptquartier eingerichtet worden. Sie traten ein, indem sie das große Loch, das in der Außenwand klaffte, als Tür benutzten. General Blonstein brüllte etwas ins Funkgerät, ließ den Handhörer aber fallen, als er die beiden bemerkte. Er eilte auf sie zu.

»Hier haben wir gesiegt«, sagte er. »Die letzten Verteidiger haben eben kapituliert. Aber es sind zwei feindliche Panzerkolonnen nach hier unterwegs sowie einige Regimenter Luftlandetruppen. Hoffentlich können wir die vor dem Eintreffen zum Stillstand bringen. Die Verhandlungen machen Fortschritte, man scheint alle Probleme im Griff zu haben.« Er deutete auf den benachbarten Tisch, auf den Mann, der dort telefonierte. Sogar von hinten war Thurgood-Smythe nicht zu verkennen. Er legte auf und wandte sich um.

»Willkommen auf der Erde, Jan, Admiral. Wie Sie sehen, entwikkeln sich die Dinge nach Plan.« Sein Gesicht und seine Kleidung waren blutverkrustet.

»Du bist verwundet«, sagte Jan. Thurgood-Smythe hob leicht die Mundwinkel.

»Du brauchst dir keine Hoffnungen zu machen, Jan. Das Blut gehört nicht mir. Es gehört einem inzwischen verstorbenen Mann, der meine Pläne stören wollte. Auguste Blanc - der Direktor - ich sollte wohl sagen: frühere Direktor - des Raumfahrtzentrums. Er widerrief Befehle von mir, die ich an die Abwehrflotte geschickt hatte.«

»Die Schiffe, die auf uns warteten?« fragte der Admiral.

»Genau. Obwohl ich es ihm eigentlich nicht verdenken kann, denn die Befehle, die ich losgeschickt hatte, trugen ausnahmslos seinen Namen. Für den Fall, daß etwas schiefging, wollte ich die Verantwortung lieber bei ihm sehen als bei mir. Er fand heraus, was da im Gange war, und ging auf die List ein, anstatt mich mit seiner Entdeckung zu konfrontieren - er wollte meine Befehle im letzten Augenblick zurücknehmen. Hätte peinlich werden können.«

»Für Sie vielleicht«, sagte Jan, und seine Stimme klang gepreßt vor Wut. »Wir aber wären tot gewesen.«

»Aber ihr seid es nicht, Jan - oder? In letzter Konsequenz war die Verzögerung nicht ernsthafter Natur. Der arme Auguste war töricht genug, sich mir doch noch anzuvertrauen, sich mit dem zu brüsten, was er getan hatte. Natürlich hatte er mir vorher die Waffe weggenommen. Heutzutage scheint wirklich jeder eine Waffe zu tragen. Ich versuchte auf Abstand zu gehen, mußte das aber langsam tun, damit ich ihn nicht aufmerksam machte.« Thurgood-Smythe senkte den Blick und fuhr sich über die blutbesudelte Kleidung. »Er war ziemlich überrascht, als meine Waffe explodierte. Dies ist sein Blut. Ich war doch ziemlich erschrocken. Er aber zog den kürzeren. Ich war sicher, er würde versuchen, mich allein zu verhaften, deshalb ließ ich die Waffe präparieren. Ein dummer Mensch!«

»Mr. Thurgood-Smythe ermöglichte es uns, das Raketenkontrollzentrum ohne Sabotage oder Beschädigung zu besetzen«, meldete General Blonstein. »Er ließ die Geschosse abfeuern, die die drohenden Schiffe ausschalteten. Er verhandelt jetzt über die Kapitulation. Er hat sich für uns als wertvoller Helfer erwiesen.«

Die Maschinenpistole lehnte an der Wand. Jan wandte sich ab; niemand achtete auf ihn. Langsam näherte er sich der Waffe. Erst als er sie in der Hand hatte und damit herumfuhr, bemerkte man, was er im Schilde führte.

»Fort von ihm!« befahl Jan. »Ich erschieße jeden, der mir in den Weg kommt. Der Schweinehund soll sterben.«

Die Mündung fuhr im kurzen Bogen hin und her. Plötzlich war es still geworden. Auf allen Seiten waren Pistolen und Gewehre zu sehen, doch niemand hatte mit dieser Aktion gerechnet, niemand war darauf vorbereitet. Reglos standen die Männer sich gegenüber.

»Legen Sie die Waffe hin, Jan!« befahl Skougaard. »Dieser Mann steht auf unserer Seite. Begreifen Sie, was er für uns getan hat?«

»Ich verstehe das nur zu gut – nicht nur dies, sondern alles andere, was er getan hat. Er ist ein Lügner und ein Mörder, und man kann ihm nicht trauen. Wir werden wohl nie erfahren, aus welchen Motiven er so gehandelt hat, aber das ist egal. Wenn er tot ist, werden wir vor ihm sicher sein.«

Jemand bewegte sich und trat vor, und Jan ließ die Waffe in diese Richtung schwingen. Es war Dvora.

»Jan, bitte!« sagte sie. »Er ist für uns eingestanden. Wir brauchen ihn ...«

»Nein. Er wird wieder die Kontrolle an sich reißen – davon bin ich überzeugt. Als Held der Revolution. Und wenn er das tut, wird er im eigenen Interesse handeln. Wir und die Revolution sind ihm egal – alles ist ihm egal, außer er selbst. Es gibt nur einen Weg, ihn aufzuhalten.«

»Würdest du mich auch erschießen?« fragte sie und blieb vor ihm stehen.

»Wenn es sein müßte«, antwortete er langsam. »Mach Platz!«

Sie rührte sich nicht von der Stelle, und sein Finger krampfte sich um den Abzug.

»Spielen Sie hier nicht den Dummkopf«, sagte Admiral Skougaard. »Sie wären ein toter Mann, wenn Sie ihn erschießen. Würde sich das lohnen?«

»Ja. Ich weiß, was er getan hat. So etwas darf nie wieder passieren ...«

Thurgood-Smythe trat vor und schob Dvora zur Seite. Erst dicht vor der Mündung der drohenden Maschinenpistole blieb er stehen.

»Na schön, Jan, jetzt hast du deine große Chance. Töte mich, bring es hinter dich! Davon wird keiner der Toten wieder lebendig, aber du bist dann wenigstens zufrieden. Tu's also! Denn wenn ich weiterlebe, könnte ich in deiner schönen neuen Welt zu einem Machtfaktor werden, vielleicht würde ich mich bei eurer ersten demokratischen Wahl sogar als Präsidentschaftskandidat aufstellen lassen. Das wäre doch eine fabelhafte Ironie, nicht wahr? Thurgood-Smythe, Feind des Volkes, Retter des Volkes, in freier Wahl vom Volk ins Amt gewählt. Also schieß schon! Das Vertrauen in deine neue Freiheit ist wohl nicht groß genug, daß jemand wie ich darin leben kann, wie? Du, der du so gegen das Töten bist, wirst also der erste sein, der in der neuen Republik einen Mord begeht. Na, vielleicht bist du dann sogar der erste, der nach den neuen Gesetzen vor Gericht gestellt und verurteilt wird!«

Seine Stimme klang ironisch, doch er lächelte nicht. Hätte er gelächelt, hätte Jan sicher abgedrückt. Aber er tat es nicht. Eine Berührung hätte genügt, ein schwacher Druck – und das Problem Thurgood-Smythe wäre für immer aus der Welt gewesen. Aber mit Thurgood-Smythe war es nie so einfach gewesen.

»Sag mir die Wahrheit!« forderte Jan so leise, daß ihn von den anderen niemand verstehen konnte. »Sag mir einmal in deinem Leben die Wahrheit! Hattest du dies von Anfang an geplant, oder hast du nur eine Gelegenheit gesehen, die Seiten zu wechseln und das Beste aus der Situation zu machen? Wie steht es damit?«

Thurgood-Smythe blickte Jan offen in die Augen.

»Mein lieber Schwager, dir irgend etwas erzählen zu wollen, wäre reine Zeitverschwendung. Egal, was ich sage, du würdest mir nicht glauben. Du mußt also deine Entscheidung fällen, und zwar ganz allein. Ich helfe dir dabei nicht.«

Mit diesen Worten wandte er sich um, entfernte sich mit langsamen Schritten, zog sich einen Stuhl heran und nahm Platz. Jan gab seinen Fingern den Befehl zu schießen. Aber er brachte es nicht fertig. Was immer Thurgood-Smythe getan hatte, wie seine Motive auch ausgesehen hatten – in letzter Konsequenz hatte er die Rebellion unterstützt. Die Befreiung der Erde wäre ohne seine Hilfe nicht möglich gewesen. In plötzlicher Einsicht erkannte Jan, daß der Sieg ohne Thurgood-Smythe wohl auf andere Weise möglich gewesen wäre; doch sobald er mitgemischt hatte, war die Verantwortung auf ihn übergegangen. Jan hatte keine andere Wahl. Er lächelte sogar, als er die Waffe mit dem Daumen sicherte und zu Boden gleiten ließ.

»Na schön, Smitty, diese Runde geht an dich. Du darfst gehen. Heute wenigstens. Laß dich zum Kandidaten aufstellen! Tu, was dir beliebt! Aber vergiß nicht, daß ich dich beobachte. Wenn du wieder deine krummen Touren reiten willst ...«

»Ich weiß, dann kommst du und legst mich um. Ich zweifle nicht daran. Also müssen wir sehen, was die Zukunft bringt, nicht wahr?«

Plötzlich verspürte Jan den Wunsch, an die frische Luft zu gehen – er wollte fort von diesem Mann, aus dem Zimmer, in dem er sich aufhielt, er wollte ihn und die Vergangenheit vergessen und nur noch in die Zukunft blicken. Niemand hielt ihn auf, als er kehrtmachte und den Raum verließ. Draußen blieb er stehen, tief durchatmend, und wunderte sich über die Gefühle, die ihn bewegten. Jemand erschien neben ihm; er drehte sich um und erblickte Dvora. Ohne Zögern schlang er die Arme um sie und drückte sie an sich.

»Ich werde ihn vergessen«, sagte Jan mit einem zornigen Flüstern. »Ich werde ihn mir aus dem Kopf schlagen und nach Hause zurückkehren, nach Halvmörk, zu meiner Frau und zu meinem Volk. Es gibt dort viel Arbeit für mich.«

»Und hier ebenfalls«, sagte sie. »Ich kehre zu meinem Mann zurück ...«

Überrascht schob er sie ein Stück von sich fort. »Davon hast du mir nie etwas gesagt ...«

»Du hast nie gefragt.« Sie lächelte und streifte sich das Haar aus den Augen, wobei sie ihr hübsches, vom Kampf schmutziges Gesicht noch mehr verschmierte. »Ich hab's dir gesagt, erinnerst du dich? Auf die Ehe sei ich nicht aus. Er ist Rabbi, ein sehr religiöser und sehr ernster Mensch, aber auch ein sehr guter Pilot. Er hat eine der Maschinen hierher geflogen. Ich habe mir seinetwegen große Sorgen gemacht. Die Weltlage hat uns zu lange getrennt. Jetzt werden wir zusammenfinden.«

Jan spürte, daß er lachte, ohne einen Grund zu haben. Er lachte, bis ihm die Tränen über das Gesicht liefen. Er drückte Dvora an sich und ließ sie zum letztenmal los.

»Du hast recht. Es ist vorbei. Wir müssen daran glauben, daß es vorbei ist. Und wir müssen dafür sorgen, daß die Welt für jeden in Ordnung kommt.« Er blickte zum rauchgeschwängerten Himmel empor. Urplötzlich war ihm ein Gedanke gekommen.

»Und ich werde zur Erde zurückkehren. Alzbeta wird das zuerst nicht gefallen, aber sie wird sich daran gewöhnen. Die Erde wird der Mittelpunkt aller Welten sein, wie sie es immer gewesen ist. Ich kann für Halvmörk und seine Bewohner am meisten erreichen, indem ich hier lebe ...«

»Du kannst für jeden das meiste erreichen. Du kennst die Erde, du kennst die Planeten und weißt, was die Leute da draußen brauchen.«

»Freiheit. Und die haben sie jetzt. Und sie ist vielleicht schwerer zu erhalten, als sie zu erringen war.«

»So ist es schon immer gewesen«, meinte sie. »Lies in den schlauen Büchern nach. Die meisten Revolutionen gehen verloren, nachdem sie gewonnen haben.«

»Dann wollen wir dafür sorgen, daß diese Revolution erfolgreich bleibt.« Wieder blickte er zum Himmel empor. »Ich wünschte, es wäre Nacht. Dann könnte ich die Sterne sehen.«

»Sie sind da oben. Die Menschheit ist zu ihnen vorgedrungen, ohne damit gut zu fahren. Jetzt haben wir eine zweite Chance. Mal sehen, ob wir besser abschneiden vor der Geschichte.«

»Das müssen wir auch«, sagte Jan und dachte an die Macht, die sie hatten, an die Waffen und die vielfältigen Möglichkeiten, Tod und Vernichtung auszuteilen. »Wir müssen es. Wenn wir es diesmal nicht schaffen, werden wir wohl keine dritte Chance bekommen.«